【臺灣現當代作家
研究資料彙編】58

巫永福

國立台灣文學館
出版

部長序

　　時光的腳步飛快，還記得去年「臺灣現當代作家研究資料彙編第三階段」成果發表會當天，眾多作家、文友，以及參與計畫的學者專家齊聚一堂，將小小的紀州庵擠得水洩不通，窗外是陰雨綿綿的冬日，但溫潤燦麗的文學燭光，卻點燃了滿室熱情與溫馨。當天出席的貴賓，除了表達對資料彙編成書的欣喜之情，多半不忘殷殷提醒，切莫中斷這場艱鉅卻充滿能量的文學馬拉松，一定要再接再厲深入梳理更多資深作家的創作與研究成果，將其文學身影烙下鮮明的印記。

　　就在眾人引頸期盼與祝福聲中，國立臺灣文學館以前此豐碩成果為基礎，於 2014 年持續推動「臺灣現當代作家研究資料彙編計畫」第四階段，出版刻正呈現於讀者眼前的蘇雪林、張深切、劉吶鷗、謝冰瑩、吳新榮、郭水潭、陳紀瀅、巫永福、王昶雄、無名氏、吳魯芹、鹿橋、羅蘭、鍾梅音共 14 位前輩作家的研究資料專書。看到這份名單，想必召喚出許多人腦海中悠遠而美好的閱讀記憶：蘇雪林的《綠天》、《棘心》，謝冰瑩的《從軍日記》、《女兵自傳》，為我們勾勒了 20 世紀初現代女性的新形象；臺灣最早的「電影人」黑色青年張深切、上海名士派劉吶鷗的風采；人人都能琅琅上口的王昶雄《阮若打開心內的門窗》；無名氏純情而又淒美的《塔裡的女人》；鹿橋對抗戰時期西南聯大青年學子生活和理想的詠歎《未央歌》、鍾梅音最早的女性旅遊書寫《海天遊蹤》……。每一部作品，都是一幅時代風景，是臺灣人共同走過的生命絮語，也是涓滴不息的臺灣文學細流。只是，隨著光陰流轉，許多資深前輩作家逐漸滑進歷史的夾縫，淡出了文學的舞臺。

　　而「臺灣現當代作家研究資料彙編」叢書的出版，無疑正是重現
這些文學巨星光芒的一面明鏡，透過相關資料的蒐集、梳理、彙整，
映現作家的生命軌跡、文學路徑；評論者巧眼慧心的析論，則為讀者
展開廣闊的閱讀視野，讓文本解讀的面向更加豐富多元。這不僅是對
近百年來臺灣新文學的驗收或檢視，同時也是擴展並深化臺灣文學研
究的嶄新契機。在此特別感謝承辦單位台灣文學發展基金會所組成的
工作團隊，以及參與其事的專家、學者，當然更要謝謝長期以來始終
孜孜不倦、埋首於文學創作的前輩作家們，因為有您們，才讓我們收
穫了今日這一片臺灣文學的繁花似錦。

　　　　　　　　　　　　　　　　文化部部長　龍應台

館長序

　　作家站在文學與時代的樞紐，在時代風潮、社會脈動中，用文字鋪展出獨具個人風格的作品。透過心與筆，引領讀者進入真與美的世界，與充滿無限可能的人生百態。而作家到底是什麼樣的一群人？他們寫什麼？如何寫？又為何寫？始終是文學天地裡相當引人入勝的問題之一。此所以包括學院裡的文學研究者和文壇書市中的讀者書迷，莫不對「作家」充滿好奇與興趣，想要一窺其人生之路的曲折、梳理其心靈感知的走向、甚至是挖掘、比較其與不同世代乃至同輩寫作者的風格異同。這些面向，不僅關乎作家自身的創作經歷和文學表現，更與文學史的演進有密不可分的關係。

　　作為一所國家級的文學博物館，國立臺灣文學館除了致力於臺灣文學的教育、推廣，舉辦各項展覽，另一項責無旁貸的使命即是文學史料的蒐集、整理、研究，並將這些資源和成果與社會大眾分享，以促進臺灣文學的活絡與發展。懷抱著這樣的初衷，本館成立11 年以來，已陸續出版數套規模可觀的文學史料圖書，其中，以作家為主體，全面觀照其文學樣貌與歷史地位的「臺灣現當代作家研究資料彙編」系列叢書，可說是完整而貼切地回答了上述問題，向讀者提出對作家及其作品的理解與詮釋。

　　「臺灣現當代作家研究資料彙編計畫」啟動於 2010 年，先後分三階段纂輯、彙編、出版賴和等 50 位臺灣重要現當代作家研究資料專書，每冊皆涵蓋作家影像、生平小傳、作品目錄及提要、文學年表以及具代表性的評論文章和研究目錄。由於內容翔實嚴謹，一致獲得文學界人士高度肯定，並期許持續推展，以使臺灣作家研究累積

更為深化而厚實的基礎。職是之故,臺文館於 2014 年展開第四階段計畫,承續以往,以經年的時間完成蘇雪林、張深切、劉吶鷗、謝冰瑩、吳新榮、郭水潭、陳紀瀅、巫永福、王昶雄、無名氏、吳魯芹、鹿橋、羅蘭、鍾梅音共 14 位資深前輩作家研究資料彙編。本計畫工程浩大而瑣碎,幸賴承辦單位秉持一貫敬謹任事的精神,組成經驗豐富的編輯團隊,以嫻熟縝密的工作流程,順利將成果呈現於讀者眼前;在此也同時感謝長期支持參與本計畫的專家學者,齊為這棵結實纍纍的文學大樹澆灌滋養。

國立臺灣文學館館長　翁誌聰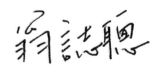

編序

◎封德屏

緣起

1995 年 10 月 25 日，在臺灣師範大學教育大樓的 201 室，一場以「面對臺灣文學」為題的座談會，在座諸位學者分別就臺灣文學的定義、發展、研究，以及文學史的寫法等，提出宏文高論，而時任國家圖書館編纂張錦郎的「臺灣文學需要什麼樣的工具書」，輕鬆幽默的言詞，鞭辟入裡的思維，更贏得在座者的共鳴。

張先生以一個圖書館工作人員自謙，認真專業地為臺灣這幾十年來究竟出版了多少有關臺灣文學的工具書，做地毯式的調查和多方面的訪問。同時條理分明地針對研究者、學生，列出了十項工具書的類型，哪些是現在亟需的，哪些是現在就可以做的，哪些是未來一步一步累積可以達成的，分別做了專業的建議及討論。

當時的文建會二處科長游淑靜，參與了整個座談會，會後她劍及履及的開始了文學工具書的委託工作，從 1996 年的《臺灣文學年鑑》起始，一年一本的編下去，一直到現在，保存延續了臺灣文學發展的基本樣貌。接著是《中華民國作家作品目錄》的新編，《臺灣文壇大事紀要》的續編，補助國家圖書館「當代文學史料影像全文系統」的建置，這些工具書、資料庫的接續完成，至少在當時對臺灣文學的研究，做到一些輔助的功能。

2003 年 10 月，籌備多年的「臺灣文學館」正式開幕運轉。同年五月《文訊》改隸「財團法人台灣文學發展基金會」，為了發揮更大的動能，開

始更積極、更有效率地將過去累積至今持續在做的文學史料整理出來，讓豐厚的文藝資源與更多人共享。

於是再次的請教張錦郎先生，張先生認為文學書目、作家作品目錄、文學年鑑、文學辭典皆已完成或正在進行，現在重點應該放在有關「臺灣現當代作家評論資料目錄」的編輯工作上。

很幸運的，這個計畫的發想得到當時臺灣文學館林瑞明館長的支持，於是緊鑼密鼓的展開一切準備工作：籌組編輯團隊、召開顧問會議、擬定工作手冊、撰寫計畫書等等。

張錦郎先生花了許多時間編訂工作手冊，每一位作家的評論資料目錄分為：

（一）生平資料：可分作者自述，旁人論述及訪談，文學獎的紀錄。

（二）作品評論資料：可分作品綜論，單行本作品評論，其他作品（包括單篇作品）評論，與其他作家比較等。

此外，對重要評論加以摘要解說，譬如專書、專輯、學術會議論文集或學位論文等，凡臺灣以外地區之報刊及出版社，於書名或報刊後加註，如中國大陸、香港、新加坡等。此外，資料蒐集範圍除臺灣外，也兼及中國大陸、香港、新加坡、日本、韓國及歐美等地資料，除利用國內蒐集管道外，同時委託當地學者或研究者，擔任資料蒐集工作。

清楚記得，時任顧問的學者專家們，都十分高興這個專案的啟動，但確定收錄哪些作家名單時，也有不同的思考及看法。經過充分的討論後，終於取得基本的共識：除以一般的「文學成就」為觀察及考量作家的標準外，並以研究的迫切性與資料獲得之難易度為綜合考量。譬如說，在第一階段時，作家的選擇除文學成就外，先考量迫切性及研究性，迫切性是指已故又是日治時期臺籍作家為優先，研究性是指作品已出土或已譯成中文為優先。若是作品不少而評論少，或作品評論皆少，可暫時不考慮。此外，還要稍微顧及文類的均衡等等。基本的共識達成後，顧問群共同挑選出 310 位作家，從鄭坤五、賴和、陳虛谷以降，一直到吳錦發、陳黎、蘇

偉貞，共分三個階段進行。

　　「臺灣現當代作家評論資料目錄」專案計畫，自 2004 年 4 月開始，至 2009 年 10 月結束，分三個階段歷時五年六個月，共發現、搜尋、記錄了十餘萬筆作家評論資料。共經歷了三位專職研究助理，近三十位兼任研究助理。這些研究助理從開始熟悉體例，到學習如何尋找資料，是一條漫長卻實用的學習過程。

接續

　　「臺灣現當代作家評論資料目錄」的專案完成，當代重要作家的研究，更可以在這個基礎上，開出亮麗的花朵。於是就有了「臺灣現當代作家研究資料彙編暨資料庫建置計畫」的誕生。為了便於查詢與應用，資料庫的完成勢在必行，而除了資料庫的建置外，這個計畫再從 310 位作家中精選 50 位，每人彙編一本研究資料，內容有作家圖片集，包括生平重要影像、文學活動照片、手稿及文物，小傳、作品目錄及提要、文學年表。另外每本書分別聘請一位最適當的學者或研究者負責編選，除了負責撰寫八千至一萬字的作家研究綜述外，再從龐雜的評論資料中挑選具有代表性的評論文章，平均 12～14 萬字，最後再附該作家的評論資料目錄，以期完整呈現該作家的生平、創作、研究概況，其歷史地位與影響。

　　第一部分除資料庫的建置外，50 位作家 50 本資料彙編（平均頁數 400～500 頁），分三個階段完成，自 2010 年 3 月開始至 2013 年 12 月，共費時 3 年 9 個月。因為內容充實，體例完整，各界反應俱佳，第二部分的 50 位作家，接著在 2014 年元月展開，第一階段計畫出版 14 本，預計在 2015 年元月完成。超量的出版工程，放諸許多臺灣民間的出版公司，都是不可能的任務。

　　首先，工作小組必須掌握每位編選者進度這件事，就是極大的挑戰。於是編輯小組在等待編選者閱讀選文的同時，開始蒐集整理作家生平照片、手稿，重編作家年表，重寫作家小傳，尋找作家出版品的正確版本、

版次，重新撰寫提要。這是一個極其複雜的工程。還好有宇霈帶領認真負責的工作同仁，以及編輯老手秀卿幫忙，才讓整個專案延續了一貫的品質及進度。

成果

　　雖然過程是如此艱辛，如此一言難盡，可是終究看到豐美的成果。每位編選者雖然忙碌，但面對自己負責的作家資料彙編，卻是一貫地認真堅持。他們每人必須面對上千或數百筆作家評論資料，挑選重要或關鍵性的評論文章，全面閱讀，然後依照編選原則，挑選評論文章。助理們此時不僅提供老師們所需要的支援，統計字數，最重要的是得找到各篇選文作者，取得同意轉載的授權。在起初進度流程初估時，我們錯估了此項工作的難度，因為許多評論文章，發表至今已有數十年的光景，部分作者行蹤難查，還得輾轉透過出版社、學校、服務單位，尋得蛛絲馬跡，再鍥而不捨地追蹤。有了前面的血淚教訓，日後關於授權方面，我們更是如臨深淵、如履薄冰，希望不要重蹈覆轍，在面對授權作業時更是戰戰兢兢，不敢懈怠。

　　除了挑選評論文章煞費苦心外，每個作家生平重要照片，我們也是採高標準的方式去蒐集，過世作家家屬、友人、研究者或是當初出版著作的出版社，都是我們徵詢的對象。認真誠懇而禮貌的態度，讓我們獲得許多從未出土的資料及照片，也贏得了許多珍貴的友誼。許多作家都協助提供照片手稿等相關資料，已不在世的作家，其家屬及友人在編輯過程中，也給予我們許多協助及鼓勵，藉由這個機會，與他們一起回憶、欣賞他們親人或父祖、前輩，可敬可愛的文學人生。此外，還有許多作家及研究者，熱心地幫忙我們尋找難以聯繫的授權者，辨識因年代久遠而難以記錄年代、地點、事件的作家照片，釐清文學年表資料及作家作品的版本問題，我們從他們身上學習到更多史料研究可貴的精神及經驗。

　　但如何在規定的時間內，完成每個階段資料彙編的編輯出版工作，對

工作小組來說，確實是一大考驗。每一冊的主編老師，都是目前國內現當代臺灣文學教學及研究的重要人物，因此都十分忙碌。每一本的責任編輯，必須在這一年多的時間內，與他們所負責資料彙編的主角──傳主及主編老師，共生共榮。從作家作品的收集及整理開始，必須要掌握該作家所有出版的作品，以及盡量收集不同出版社的版本；整理作家年表，除了作家、研究者已撰述好的年表外，也必須再從訪談、自傳、評論目錄，從作品出版等線索，再作比對及增刪。再來就是緊盯每位把「研究綜述」放在所有進度最後一關的主編們，每隔一段時間提醒他們，或順便把新增的評論目錄寄給他們（每隔一段時間就有新的相關論文或學位論文出現），讓他們隨時與他們所主編的這本書，產生聯想，希望有助於「研究綜述」撰寫的進度。

在每個艱辛漫長的歲月中，因等待、因其他人力無法抗拒的因素，衍伸出來的問題，層出不窮，更有許多是始料未及的。譬如，每本書的選文，主編老師本來已經選好了，也經過授權了，為了抓緊時間，負責編輯的助理們甚至連順序、頁碼都排好了，就等主編老師的大作了，這時主編突然發現有新的文章、新的資料產生：再增加兩三篇選文吧！為了達到更好更完備的目標，工作小組當然全力以赴，聯絡，授權，打字，校對，重編順序等等工作，再度展開。

此次第二部分第一階段共需完成的 14 位作家研究資料彙編，年齡層較上兩個階段已年輕許多，因此到最後的疑難雜症，還有連主編或研究者都不太清楚的部分，譬如年表中的某一件事、某一個年代、某一篇文章、某一個得獎記錄，作家本人絕對是一個最好的諮詢對象，對解決某些問題來說，這是一個好的線索，但既然看了，關心了，參與了，就可能有不同的看法，選文、年表、照片，甚至是我們整本書的體例，於是又是一場翻天覆地的大更動，對整本書的品質來說，應該是好的，但對經過多次琢磨、修改已進入完稿階段的編輯團隊來說，這不啻是一大挑戰。

1990 年開始，各地縣市文化中心（文化局），對在地作家作品集的整

理出版，以及臺灣文學館成立後對日治時期作家以迄當代重要作家全集的編纂，對臺灣文學之作家研究，也有了很好的促進作用。如《楊逵全集》、《林亨泰全集》、《鍾肇政全集》、《張文環全集》、《呂赫若日記》、《張秀亞全集》、《葉石濤全集》、《龍瑛宗全集》、《葉笛全集》、《鍾理和全集》、《錦連全集》、《楊雲萍全集》、《鍾鐵民全集》等，如雨後春筍般持續展開。

　　經過近二十年的努力，臺灣文學的研究與出版，也到了可以驗收或檢討成果的階段。這個說法，當然不是要停下腳步，而是可以從「臺灣現當代作家評論資料目錄」所呈現的 310 位作家、10 萬筆資料中去檢視。檢視的標的，除了從作家作品的質量、時代意義及代表性去衡量外、也可以從作家的世代、性別、文類中，去挖掘還有待開墾及努力之處。因此在這樣的堅實基礎上，這套「臺灣現當代作家研究資料彙編」，每位編選者除了概述作家的研究面向外，均有些觀察與建議。希望就已然的研究成果中，去發現不足與缺憾，研究者可以在這些不足與缺憾之處下功夫，而盡量避免在相同議題上重複。當然這都需要經過一段時間去發現、去彌補、去重建，因此，有關臺灣文學的調查與研究，就格外顯得重要了。

期待

　　感謝臺灣文學館持續支持推動這兩個專案的進行。「臺灣現當代作家評論資料目錄」的完成，呈現的是臺灣文學研究的總體成果；「臺灣現當代作家研究資料彙編」套書的出版，則是呈現成果中最精華最優質的一面，同時對未來臺灣文學的研究面向與路徑，作最好的建議。我們可以很清楚的體會，這是一條綿長優美的臺灣文學接力賽，我們十分榮幸能參與其中，更珍惜在傳承接力的過程，與我們相遇的每一個人，每一件讓我們真心感動的事。我們更期待這個接力賽，能有更多人加入。誠如張恆豪所說「從高音獨唱到多元交響」，這是每一個人所期待的。

編輯體例

一、本書編選之目的，為呈現巫永福生平、著作及研究成果，以作為臺灣文學相關研究、教學之參考資料。

二、全書共五輯，各輯內容及體例說明如下：

輯一：圖片集。選刊作家各個時期的生活或參與文學活動的照片、著作書影、手稿（包括創作、日記、書信）、文物。

輯二：生平及作品，包括三部分：

1.小傳：主要內容包括作家本名、重要筆名，生卒年月日，籍貫，及創作風格、文學成就等。

2.作品目錄及提要：依照作品文類（論述、詩、散文、小說、劇本、報導文學、傳記、日記、書信、兒童文學、合集）及出版順序，並撰寫提要。不收錄作家翻譯或編選之作品。

3.文學年表：考訂作家生平所進行的文學創作、文學活動相關之記要，依年月順序繫之。

輯三：研究綜述。綜論作家作品研究的概況，並展現研究成果與價值的論文。

輯四：重要文章選刊。選收國內外具代表性的相關研究論文及報導。

輯五：研究評論資料目錄。收錄至 2014 年 11 月底止，有關研究、論述臺灣現當代作家生平和作品評論文獻。語文以中文為主，兼及日文和英文資料。所收文獻資料，以臺灣出版為主，酌收中國大陸、香港、日本和歐美國家的出版品。內容包含三部分：

1.「作家生平、作品評論專書與學位論文」下分為專書與學位論文。

2.「作家生平資料篇目」下分為「自述」、「他述」、「訪談」、「年表」、「其他」。

3.「作品評論篇目」下分為「綜論」、「分論」、「作品評論目錄、索引」、「其他」。

目次

部長序　　　　　　　　　　　　　　　　　　龍應台　　3

館長序　　　　　　　　　　　　　　　　　　翁誌聰　　5

編序　　　　　　　　　　　　　　　　　　　封德屏　　7

編輯體例　　　　　　　　　　　　　　　　　　　　　13

【輯一】圖片集

影像・手稿・文物　　　　　　　　　　　　　　　　18

【輯二】生平及作品

小傳　　　　　　　　　　　　　　　　　　　　　　51

作品目錄及提要　　　　　　　　　　　　　　　　　53

文學年表　　　　　　　　　　　　　　　　　　　　67

【輯三】研究綜述

不老的大樹，發光的銀杏　　　　　　　　　　許俊雅　101
　　　　──巫永福作品研究概況

【輯四】重要評論文章選刊

《福爾摩沙》雜誌與我的青年文學生涯　　　　巫永福　125

我的〈首與體〉　　　　　　　　　　　　　　巫永福　131

困惑者　　　　　　　　　　　　　　　　　　陳建忠　133
　　　　──巫永福小說〈首與體〉中的留學生形象

日據時代臺灣小說中頹廢意識的起源（節錄）　施　淑　147

日治時期小說中的三類愛慾書寫：帝國凝視、自我覺醒、　　林芳玫　153
革新意識（節錄）

與契訶夫的生命對話　　許俊雅　157
　　——巫永福〈眠い春杏〉文本詮釋與比較

從新感覺派到「意識」的發現　　謝惠貞　191
　　——論巫永福〈愛睏的春杏〉和橫光利一〈時間〉

史芬克司的殖民地文學　　陳芳明　223
　　——《福爾摩沙》時期的巫永福

從政治派到文藝派　　彭瑞金　237
　　——巫永福青年時期的小說創作

水仙花的禮讚與呼聲　　趙天儀　251
　　——論巫永福的詩

巫永福詩中的風花雪月　　李魁賢　259

跨越與重建　　李　弦　269
　　——論巫永福詩的語言與心靈世界

強韌的精神　　陳明台　295
　　——試論巫永福詩的主題與表現

「內心」的獨白，「外界」的故事　　金尚浩　311
　　——論巫永福詩中的節制和觀點

論巫永福詩的「鳥獸」意象及其象徵　　曾進豐　333

不矛盾的雙鄉意象　　游勝冠　365
　　——巫永福的《春秋——臺語俳句集》

觸探臺灣人文的深層記憶　　張恆豪　371
　　——《巫永福全集》出版的寓義與闕失

扭曲的啟蒙 　　　　　　　　　　　　　　　　張靜茹　383
　　——巫永福小說中的少年成長之路（節錄）

【輯五】研究評論資料目錄
作家生平、作品評論專書與學位論文　　　　　　　　411
作家生平資料篇目　　　　　　　　　　　　　　　　413
作品評論篇目　　　　　　　　　　　　　　　　　　427

輯一◎圖片集

影像◎手稿◎文物

1910年代後期，年幼的巫永福與父親巫俊（左）合影。（巫永福文化基金會、埔里鎮立圖書館提供）

1927年，就讀臺中一中的巫永福。
（巫永福文化基金會、埔里鎮立圖
書館提供）

1927年5月，就讀臺中一中的巫永福與二哥巫永勝（右）合影。
（巫永福文化基金會、埔里鎮立圖書館提供）

1929年2月，就讀臺中一中的巫永福（後排左三）與同學留影。（巫永福文化基金
會、埔里鎮立圖書館提供）

1931年7月，於名古屋第五中學校就讀的巫永福（後排右一），返臺探視腳傷的父親
巫俊（前排中），與家族成員合影。（巫永福文化基金會、埔里鎮立圖書館提供）

1934年春，巫永福（第四排右三）與明治大學同學至箱根修業旅行。
（巫永福文化基金會、埔里鎮立圖書館提供）

1934年9月12日,《福爾摩沙》雜誌同仁合影。右
起:巫永福、蘇維熊、張文環、賴明弘。(巫永福文
化基金會、埔里鎮立圖書館提供)

1935年8月,時任臺灣新聞社記者的巫永福與
雕刻家陳夏雨(左)合照。(巫永福文化基金
會、埔里鎮立圖書館提供)

1935年2月,巫永福(前排右)於大學畢業前
夕,與好友合影。(巫永福文化基金會、埔里
鎮立圖書館提供)

1937年5月8日，「臺灣文藝聯盟」同仁參加「第三回臺陽展臺中移動展會員歡迎座談會」，與藝術家們合影於臺中州俱樂部。前排左起陳德旺、楊三郎、李梅樹、陳澄波、廖繼春、洪瑞麟、張星建（立者）；中排左三起：楊逵、田中保男、佚名、林文騰；末排左二起：莊明鐺、巫永福、張深切、葉陶、佚名、莊遂性、吳天賞。（巫永福文化基金會、埔里鎮立圖書館提供）

1937年，歡迎日本名作家窪川稻子、村忪稍風、豐島與志雄等人訪臺。前排左二
起：巫永福、窪川稻子、豐島與志雄、村忪稍風；後排左起：葉陶、楊逵、田中
保男、吳天賞、張星建。（巫永福文化基金會、埔里鎮立圖書館提供）

1938年8月，巫家五兄弟與母親吳月合影。右起：巫永勝、巫永福（後）、巫永
德、吳月、巫永煌（後）、巫永昌。（巫永福文化基金會、埔里鎮立圖書館提供）

1941年9月7日，《臺灣文學》同仁拜訪吳新榮，合影於吳宅小雅園。
前排右起：巫永福、張文環、陳逸松、王井泉、黃得時；後排右起：
黃清澤、林芳年、吳新榮、王碧蕉、郭水潭、陳穿、王登山、莊培
初、徐清吉。（巫永福文化基金會、埔里鎮立圖書館提供）

1941年11月16日，巫永福（中排立者左二）、張星建（中排左七）、楊逵（中排右四）、田中保男（中排右五）等人創立中部文藝懇談會，與會友們合影。（巫永福文化基金會、埔里鎮立圖書館提供）

1943年5月23日，巫永福與妻子許免結婚照。（巫永福文化基金會、
埔里鎮立圖書館提供）

1943年5月23日，巫永福（前排左七）與許免婚宴，張文環（最後
排右起）、吳新榮、王井泉、楊逵（右六）等皆到場祝賀，攝於
臺中老松町宅前。（巫永福文化基金會、埔里鎮立圖書館提供）

1944年2月18日，時任臺中州地主增產協力會專任幹事的巫永福（末
排右四），於第一回委員會時與羅萬俥（前排右二）、林獻堂（前排
右六）等人合影。（巫永福文化基金會、埔里鎮立圖書館提供）

1950年，全家福照片。左起：巫永福、巫宜蕙、許免、家中女傭。（巫永福文化基金會提供）

1951年4月25日，時任臺中市政府祕書的巫永福（前排右一）隨楊基先市長（前排右三）接待日本記者，攝於臺中市政府貴賓室。（巫永福文化基金會提供）

1959年，時任中國化學製藥公司總經理的巫永福（前排右二），與該公司代理商合影於東京三共株式會社前。（巫永福文化基金會提供）

1963年5月1日，新光產物保險公司開幕，巫永福（後排左二）與謝國城（前排左一），謝東閔（前排左四）等同仁合影。（巫永福文化基金會提供）

1964年，「臺北歌壇」會友合影。後排左起：郭水潭、巫永福、吳建堂、吳瀛濤。
（真理大學臺灣文學資料館提供）

1968年4月14日，出席《臺灣文藝》四周年紀念暨第三屆臺灣文學獎頒獎典禮。前排
左起：林海音、佚名、巫永福、佚名、吳濁流、李喬、洪炎秋、鄒宇光、林衡道。
（翻攝自《巫永福精選集——小說卷》，巫永福文化基金會）

1960年代後期，「臺北歌壇」同仁合影。前排左三起郭水潭（立者）、吳濁流（坐者）、陳秀喜（坐者）；後排左二林衡道、巫永福。（巫永福文化基金會提供）

1970年，巫永福夫婦與自臺灣大學畢業之女兒巫宜蕙（右）合影於臺大校園。（巫永福文化基金會提供）

1972年，與笠詩社同仁宴請邱永漢，攝於臺北三條通千鶴餐廳。前排左起：巫永福、邱永漢、郭水潭；後排左起：吳建堂、佚名、趙天儀、李魁賢（後）、陳秀喜、黃荷生（後）、黃騰輝。（翻攝自《陳秀喜全集評論卷》，新竹市立文化中心）

1974年7月21日，出席笠詩社十周年年會，攝於桃園今日大飯店交誼廳前。前排左起：林鍾隆、周伯陽、林亨泰、鍾肇政、陳秀喜、黃騰輝、巫永福、郭水潭、吳濁流；後排左起：陳千武、李魁賢、鄭炯明、羅浪、林清泉、羅明河、陳愛娥、衡榕、趙天儀、林宗源、郭成義、林煥彰、黃荷生、拾虹、梁景峰、李勇吉。（巫永福文化基金會、埔里鎮立圖書館提供）

1979年8月，應邀出席第一屆鹽分地帶文藝營，攝於臺南。左起：巫永福、郭水潭、林芳年、鍾逸人。（文訊文藝資料中心）

1982年7月，與文友們合影。前排左起：楊逵、巫永福、陳火泉、塚本照和；後排右起：王昶雄、吳坤煌、龍瑛宗、鍾肇政，陳遜章（左一）、劉捷（左三）、郭啟賢（左四）。（劉知甫提供）

1982年12月，「臺北歌壇」成立15周年，巫永福（前排左六）與吳建堂（前排左八）、黃靈芝（末排左三）等同仁合影。（巫永福文化基金會提供）

1985年6月，應美國臺灣文學研究會之邀，前往美東臺灣同鄉會夏令營，講授「臺灣文學的回顧與前瞻」課程。左二起：林亨泰、巫永福、李魁賢。（巫永福文化基金會提供）

1987年7月，巫永福與夫人許免合
影，攝於美國永州山莊。（巫永福文
化基金會提供）

1987年8月，應邀出席《自立晚報》主辦第九屆「鹽分地帶文藝
營」，攝於臺南南鯤鯓廟。右起：黃平長、郭水潭、巫永福、陳
秀喜、王昶雄、龍瑛宗。（翻攝自《王昶雄全集──第十一冊・
影像卷》，臺北縣文化局）

1991年2月17日，全家福照片。右起：巫永福、許免（坐者）、巫宜蕙、孫女張巫芸、
女婿張承基。（巫永福文化基金會提供）

1993年1月16日，「益壯會」聚會合影。前排右起：曹永洋、楊千鶴、王昶雄、巫永福、黃平堅、黃天橫、阮美姝、陳淑惠；後排右起：鄭清文、陳遜章、鄭世璠、李魁賢、林文欽、劉竹村、黃正平、陳琰玉、黃智惠，郭啟賢（左一）。（國立臺灣文學館提供）

1993年2月23日，訪問陳炘先生家屬。右起：陳遜章、巫永福、王康陸、陳炘夫人謝綺蘭、張燦鍙、陳盤谷、陳小姐、陳盤東。（真理大學臺灣文學資料館提供）

1994年2月19日，應邀參加臺灣筆會主辦史明
國家民族演講會，與史明合影於臺大校友會
館。右起：巫永福、楊千鶴（後立者）、史
明、彭明敏。（巫永福文化基金會提供）

1994年11月25日，應邀出席行政院文建會主辦「賴和及其
同時代的作家——日據時期臺灣文學國際學術會議」，攝
於新竹。前排左起：吳漫沙、陳垂映、巫永福、王昶雄、
周金波；後排左起：林亨泰、陳千武、葉石濤、楊千鶴。
（文訊文藝資料中心）

1995年8月，應邀出席亞洲詩人會議，與詩人們合影於南投日月潭教師會館。左起：
郭楓、葉笛、巫永福、黃勁連、李敏勇、莊柏林。（巫永福文化基金會提供）

1996年6月9日，出席《巫永福全集》發表會，攝於臺大校友會館。左起：
巫永福、彭明敏、李豐楙、趙天儀、李魁賢。（巫永福文化基金會、埔里
鎮立圖書館提供）

1997年11月2日，應邀出席由淡水工商管理學院臺灣文學系主辦「福爾摩莎
的桂冠——巫永福文學會議」。左起：李魁賢、陳鴻森、林衡哲、陳凌、
巫永福、趙天儀、鄭清文、張恆豪。（巫永福文化基金會提供）

1998年7月24日，巫永福（中）與王藍（右）應邀出席國立文化資產保存研究中心籌備處周年慶，於活動中合影。（文訊文藝資料中心）

1999年5月1日，巫永福榮獲第一屆南投縣文學獎文學貢獻獎。（巫永福文化基金會、埔里鎮立圖書館提供）

1990年代，巫永福出席「益壯會」聚餐，於會後合影。前排左起郭啟賢、陳遜章、劉捷、巫永福、楊千鶴、黃天橫；後排左起杜文靖（左三）、李魁賢（左四）、劉竹村（左六）、廖清秀（左七）。（文訊文藝資料中心）

2005年6月13日，巫永福出席巫永福文化基金會頒獎典禮，與趙天儀（左）、許俊雅（右）合影。（巫永福文化基金會提供）

2008年，巫永福於書房寫作情景。（巫永福文化基金會提供）

苦節

巫永福

1941年9月7日，巫永福與《臺灣文
學》同仁至小雅園拜訪吳新榮，並
於吳新榮《「雅人深致」簽名簿》
中，揮毫寫下「苦節」兩字。（吳
南圖提供）

煮豆燃豆萁
豆在釜中泣
本是同根生
相煎何太急

乙卯孟冬
巫永福書

1975年12月，由書道家陳雲程撰選巫永福
題曹植〈七步詩〉墨寶，送往日本展覽。
（巫永福文化基金會提供）

花生筆稿

人間版作家專用稿紙　中國時報

巫永福　⑨

〈沉默〉

中央的脈絡要在等待我們
告訴我們故鄉城鎮的歷史
猶如守護者很很地
地鎮建造之前之後
長久歲月的憂傷被刻劃
城鎮自遠的生死離別
激刺並比的辛酸
詳細地告訴我們那藜峰
時而放華瓜地烊紅
時而高解似地殘鎮
時而臨解似地殘鎮
死而藜峰所知的木馬
也盡打題身心而憤怒
致過紛爭與累子
終於展美展必沉默下來
以安遠的姿態接取下來

（至和一九七九至六月美霞鳥辭明）

1979年6月，巫永福發表於《笠》第42期詩作〈沉默〉手稿。（國立臺灣文學館提供）

永讀詩書求真理
福門從善必勤之
自是研學至老外
識得力行後有致

永福自識花甲有感　巫永福

1970年代，巫永福〈花甲有感〉藏頭詩：「永讀詩書求真理／福門從善必勤之／自是研學至老外／識得力行後有致」，送往日本展覽。（巫永福文化基金會提供）

（手稿右頁）

我的第一本書

巫永福

記得一九二七年三月我考入台中州立第一中學校（簡稱台中一中），三十一日由家父帶著同樣一些日用簡單包袱，而搭家母新做的一條被蓋，一條褲被及一些日用簡單包袱，而從芳埔里北門出發的輕便車（以人力推行的台車），經過草屯池，再搭真車到二水，早上六吳從芳埔里外的支通就是這樣非常不便，下午二吳新的時候，是由長工揹著行李，再由土城到搭輕便車到草屯讀台中一中，處位頭而至土城，引的五分仔車到二水（今二水），撈乘七分仔火車到二水，搭乘糖台州廳為解決這問題，一九三一年先完成水裡坑，因此台中州廳為解決這問題，照的，一九三一年先完成水裡坑

（手稿左頁）

興埔里間的自動車道路開設公共汽車時間卻也是相當麻煩。因為從埔里到台中坐的土到水裡坑一直到一九三...

是要搭乘七分仔到二水，再轉車到台中興埔里間的交通問題。國姓埔里的直達車...

六文年台中經濟巡峰，草屯，國姓，埔里的中...

真子解決在台中下車後，先步行到成功路去安居店購買...

和旅館体息，洗浴後家父又帶我去步行到車頭家父帶著新的行李乗二台人力車...

二個綿被製成的大行李（自讀部那行李），帶回旅館可装入...

個以漂白棒枝製成的手提箱以便放衣褲日用品等...

以，漂白棒枝四月一日就隨家父帶著新的行李乗二台人力車...

替電到台中，水澤地選的台中一中本校報到，參加入學儀式最...

領取學校課本後，即被配發住第三學寮...

1987年6月，巫永福〈我的第一本書〉手稿，發表於《文訊》第30期「作家的第一本書」專題，後由編輯建議，改篇名為〈燒失的長篇——回憶〈篝火〉與〈家族〉〉。（文訊文藝資料中心）

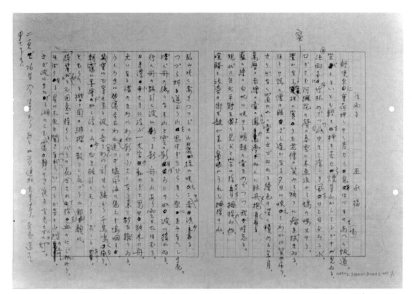

1987年10月15日，巫永福發表於《笠》第141期〈法雨寺〉手稿。（國立臺灣文學館提供）

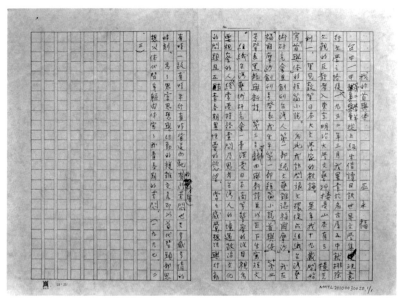

1997年2月3日，巫永福發表於《聯合文學》第149期〈我的〈首與體〉〉手稿。（國立臺灣文學館提供）

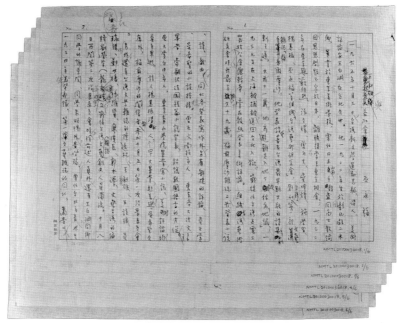

2000年5月31日，巫永福〈王昶雄與益壯會〉手稿。（國立臺灣文學館提供）

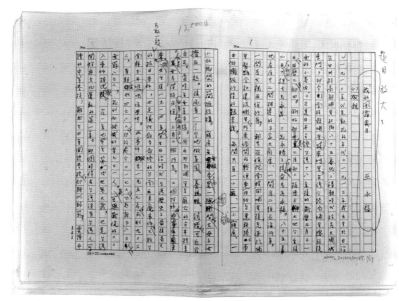

2001年7月，巫永福連載於《臺灣文學評論》第1卷第1期～第3卷第2期〈我的風霜歲月〉手稿。（國立臺灣文學館提供）

歲月把黑髮，變成白髮，行動遲緩，雖然

如此來寫一首生命的詩末竟愛吧

巫永福

2008年7月，埔里鎮立圖書館為籌設
「巫永福文庫」，拜訪高齡巫永福，
留下巫永福親筆詩。（巫永福文化基
金會、埔里鎮立圖書館提供）

輯二◎生平及作品

小傳◎作品◎年表

小傳

巫永福（1913～2008）

　　巫永福，男，號永州，筆名田子浩、EF 生，籍貫臺灣南投，1913 年（大正 2 年）3 月 11 日生，2008 年 9 月 10 日辭世，享壽 96 歲。

　　日本明治大學文藝科畢業。曾任臺灣新聞社記者、大東信託公司囑託、臺中市政府機要祕書兼督學、中國化學製藥公司總經理、新光產物保險公司副總經理、《笠》發行人、《臺灣文藝》發行人。曾參與籌組「臺灣藝術研究會」，創辦臺灣第一本純文藝雜誌《福爾摩沙》，並創立巫永福文化基金會、巫永福文化評論獎、巫永福文學評論獎、巫永福文學獎。曾獲亞洲詩人貢獻獎、臺灣文學牛津獎、臺北市文化獎章、南投縣文學貢獻獎、臺灣文學特別推崇獎、行政院文建會文馨特獎、總統褒揚令。

　　巫永福創作文類以詩為主，兼及小說、散文、論述、俳句、短歌等。詩作部分，題材多元，有鄉土描寫、國族認同、時事感懷等內容，側重於內容的精神基調，強調社會性與寫實性，展現知識分子的堅毅精神，宣示民族信念的可貴，風格以加入笠詩社為界，劃分為前後兩期：前期詩作勇於表達其個性與特質，並展現民族熱誠；後期詩作則以淺白語句，批判社會中不公不義現象，凸顯益發強烈的辯證性。趙天儀指巫永福詩作的進路乃：「從抒情趨向說理，從高度象徵轉而直覺陳述。」小說部分，主要作品皆為戰前所作，受其師橫光利一新感覺流派影響，作品中大致呈現主觀現實的基調。其短篇小說〈首與體〉、〈慾〉、〈愛睏的春杏〉等篇，呈現出少

年自我耽溺的愁鬱幻想、男女戀情的糾葛，及人性的爾虞我詐和爭權奪利
等弱點，並揭露社會底層的黑暗，字裡行間透露出對底層人物的關懷。葉
石濤曾稱其小說：「風格近似自然主義，銳利解剖人生醜惡的層面。」除上
述文類外，巫永福更使用臺語創作俳句、短句，以樸實真切的筆觸，記錄
生活點滴。

　　1979 年，巫永福有鑑於臺灣文壇缺乏文學批評之風，設立巫永福評論
獎，獎掖有志於文學評論之人，期以帶動文壇平均發展與重心。1993 年成
立「財團法人臺北市巫永福文化基金會」，其後更增設巫永福文學獎，持續
推廣文學、文化評論，如今已成為國內文壇指標之一。

　　巫永福身處曲折多變的時代，從日治到戰後，始終以「苦節」自勉，
苦守著知識分子的氣節。雖曾因語言跨越之故擱筆，面對生命中的風霜，
他不僅未被擊倒，復出文壇後創造力愈顯旺盛，終其一生寫作不輟。筆下
抒發的，不僅是個人追憶雜感，更構築出當時臺灣人共同的生活記憶與歷
史空間，洞窺臺灣文史發展的脈絡和軌跡，文詞之間流露出對臺灣社會無
限關懷與用心。誠若評論家張恆豪所言：「巫永福豐饒多姿的一生，不僅是
臺灣文壇的長青樹，同時也是臺灣文學的活見證。」

作品目錄及提要

【詩】

永州詩集・愛
臺北：笠詩刊社
1986 年 2 月，32 開，93 頁
臺灣詩人選集 1

本書集結作者 1949～1985 年間詩作，內容以抒情愛物為
主，另收錄五首光復前詩作，由陳千武中譯。全書收錄〈新
做爸爸〉、〈冬日閑〉、〈秋風漸漸來〉、〈月亮夜更深〉、〈村
農〉等 57 首。正文前有〈略歷〉、巫永福〈自序〉。

永州詩集・時光
臺北：笠詩刊社
1990 年 3 月，新 25 開，118 頁
臺灣詩庫 13

本書集結作者 1980 年代詩作，內容以生活感懷為主。全書
收錄〈囍帖〉、〈會意〉、〈時光〉、〈小麻雀〉、〈白頭翁〉等
66 首。正文前有〈略歷〉、巫永福〈自序〉。

永州詩集・霧社緋櫻
臺北：笠詩刊社
1990 年 3 月，新 25 開，119 頁
臺灣詩庫 14

本書集結作者 1965～1989 年間詩作，內容以思鄉懷古為
主。全書收錄〈我的影子不孤獨〉、〈泥鰍〉、〈虛士堡〉、〈挽
水果〉、〈槌木魚〉等 60 首。正文前有〈略歷〉、巫永福〈自
序〉。

永州詩集・木像
臺北：笠詩刊社
1990 年 3 月，新 25 開，118 頁
臺灣詩庫 15

本書集結作者 1982～1989 年間詩作，內容以生活感懷為
主。全書收錄〈金山灣〉、〈碧山巖〉、〈戰事〉、〈屠殺〉、〈打
高爾夫球〉等 57 首。正文前有〈略歷〉、巫永福〈自序〉。

永州詩集・稻草人的口哨
臺北：笠詩刊社
1990 年 3 月，新 25 開，118 頁
臺灣詩庫 16

本書集結作者日治時代及 1980 年代詩作，內容多與時事、
生活感懷相關。全書收錄〈太陽〉、〈麻雀〉、〈蜩蟬〉、〈圓舞
曲〉、〈金琵琶〉等 63 首。正文前有〈略歷〉、巫永福〈自
序〉。

永州詩集・不老的大樹
臺北：笠詩刊社
1990 年 3 月，新 25 開，119 頁
臺灣詩庫 17

本書集結作者 1950～1979 年間詩作，內容以人生懷思為
主。全書收錄〈如意郎〉、〈心飛飛〉、〈飄思〉、〈香港〉、〈祖
墓〉等 62 首。正文前有〈略歷〉、巫永福〈自序〉。

爬在大地的人
臺北：笠詩刊社
1993 年 6 月，新 25 開，119 頁
臺灣詩庫 23

本書集結作者 1988～1991 年間詩作，內容以時事政治、生
活感懷為主。全書收錄〈爬在大地的人〉、〈侮辱〉、〈權力的
腐敗〉、〈上威下亂〉、〈浪花〉等 52 首。正文前有巫永福
〈自序〉。

無齒的老虎

臺北：笠詩刊社
1993 年 6 月，新 25 開，118 頁
臺灣詩庫 24

本書集結作者 1990～1992 年間詩作，內容以時事感懷為
主。全書收錄〈殺江南〉、〈滑雪〉、〈滑冰〉、〈字帖〉、〈罪〉
等 50 首。正文前有巫永福〈自序〉。

地平線的失落

南投：南投縣立文化中心
1995 年 6 月，25 開，120 頁
南投縣文學家作品集 12

本書集結作者 1991～1993 年間詩作，以樸實筆調記錄生命
中的點點滴滴。全書收錄〈秋刀魚〉、〈草仔粿〉、〈仙人
掌〉、〈土地公祠〉、〈樂趣〉等 55 首。正文前有作家身影照
片、林源朗〈縣長序〉、陳正昇〈主任序〉、巫永福〈自
序〉。

春秋——臺語俳句集

高雄：春暉出版社
2003 年 10 月，25 開，121 頁
臺灣現代詩叢刊 01

本書為作者台語俳句作品結集。全書收錄 966 首俳句，共
5757 字。正文前有〈巫永福略歷〉、巫永福〈序〉。

巫永福現代詩自選集

臺北：巫永福文化基金會
2005 年 10 月，25 開，290 頁

本書為作者現代詩自選集。全書收錄〈難忘〉、〈遺忘語言的
鳥〉、〈信號旗〉、〈愛〉、〈大埔城的呼喚〉等 116 首。正文前
有巫永福〈自序〉。

나의 조국（我的祖國）／金尚浩譯
首爾：푸른사싱
2006 年 8 月，新 25 開，126 頁

本書精選作者詩作名篇。全書分「일제감점기 작품」、「광복 후 50 년대 작품」、「60 년대 작품」、「70 년대 작품」、「80 년대 작품」、「90 년대 이후 작품」六部分，收錄〈언어를 잊어버린 새〉、〈대포섬（大埔城）의 의침〉、〈멍청한 휘파람〉、〈귀뚜라미〉、〈자유의 나무 그늘아래〉等 64 篇。正文前有巫永福〈서문〉。正文後有金尚浩〈后記〉。

巫永福集／趙天儀編
臺南：國立臺灣文學館
2008 年 12 月，25 開，125 頁
臺灣詩人選集 2

本書內容遴選自《巫永福全集》1～3 冊，為作者 1987 年前作品，透過詩選呈現其戰前與 1980 年代的詩作風格差異。全書收錄〈泥土〉、〈遺忘語言的鳥〉、〈愛〉、〈母親的相片〉等 44 首。正文前有黃碧端〈主委序〉、鄭邦鎮〈騷動，轉成運動〉、彭瑞金〈「臺灣詩人選集」編序〉、〈臺灣詩人選集編輯體例說明〉、「巫永福影像」、〈巫永福小傳〉。正文後附錄彭瑞金〈解說〉、〈巫永福寫作生平簡表〉、〈閱讀進階指引〉等四篇。

巫永福
高雄：春暉出版社、笠詩刊雜誌社
2014 年 5 月，10.1×14.8 公分，15 頁
笠 50 年紀念版小詩集 28

本書為笠詩社紀念 50 周年，特集結作者詩作出版，時序橫跨戰前戰後。全書收錄〈嫩葉〉、〈遺忘語言的鳥〉、〈信號旗〉等十篇。正文前有〈巫永福小傳〉。

【散文】

風雨中的長青樹

臺中：中央書局
1986 年 12 月，32 開，210 頁

本書集結作者散文作品，有評論、記人、隨筆等內容。全書收錄〈風雨中的長青樹──讀《臺灣出土人物誌》引起的回憶〉、〈讓它自然成長──對教育部制定語文法有感〉、〈彩繪在臺灣〉等 23 篇。正文前有巫永福〈自序〉、〈略歷〉。

【小說】

翁鬧、巫永福、王昶雄合集／張恆豪主編

臺北：前衛出版社
1991 年 2 月，25 開，387 頁
臺灣作家全集・短篇小說卷／日據時代 6

中、短篇小說集。本書為翁鬧、巫永福、王昶雄三人作品合集，巫永福部分收錄〈首與體〉、〈黑龍〉、〈河邊的太太們〉、〈山茶花〉、〈阿煌與父親〉、〈慾〉共六篇。正文前有作家照片、張恆豪〈赤裸的原慾──巫永福集序〉。正文後附錄杜文靖〈老而彌堅的前輩詩人巫永福〉、張恆豪編〈巫永福小說評論引得〉、張恆豪編〈巫永福生平寫作年表〉。

巫永福小說集

臺北：巫永福文化基金會
2005 年 6 月，25 開，312 頁

中、短篇小說集。全書收錄〈走反的故事〉、〈薩摩仔〉、〈虎仔耳〉、〈望人嶺〉、〈幸在日未斜〉、〈河山在〉、〈脫衣的少女〉、〈榕樹下〉、〈風吹草動〉、〈首與體〉、〈黑龍〉、〈河邊的浣婦〉、〈山茶花〉、〈阿煌與父親〉、〈慾〉共 15 篇。正文前有巫永福〈自序〉。

【傳記】

我的風霜歲月──巫永福回憶錄

臺北：望春風文化公司
2003 年 9 月，25 開，206 頁
望春風傳記叢刊 9

本書為作者 2001 年 7 月至 2003 年 4 月連載於《臺灣文學評論》的〈我的風霜歲月〉系列文章結集，內容為其生平自述。全書依時序分八部分，收錄〈雙親〉、〈皮猴戲〉、〈玉不琢不成器〉等 18 篇。正文前有作家身影照片、張良澤〈序〉。

【合集】

巫永福全集／沈萌華主編

臺北：傳神福音文化公司，榮神實業公司
1996 年 5 月，1999 年 6 月，2003 年 8 月，25 開

共 24 冊；分七卷，按詩、評論、小說、日文小說、日文詩、俳句、短歌、文集、文學會議、臺語短句、臺語俳句分卷。第 1～15 冊正文前有「作家照片手稿」、巫永福〈獻辭〉、巫永福〈總序〉、沈萌華〈編者報告〉；第 11～14 冊正文前新增巫永福〈前言〉（日文）；第 16～19 冊正文前有巫永福〈獻辭〉、巫永福〈續集總序〉；第 20～24 冊正文前新增巫永福〈巫永福全集二〇〇三續集總序〉。

巫永福全集 1──詩卷 I

臺北：傳神福音文化公司
1996 年 5 月，25 開，303 頁

本書集結作者 1977 年 8 月前詩作，其中有七十餘首的日文創作，由陳千武與作者自譯為中文。全書收錄〈難忘〉、〈嫩葉〉、〈遺忘語言的鳥〉、〈信號旗〉、〈愛〉等 166 首。正文前有巫永福〈前言〉、巫永福〈我的詩觀〉。

巫永福全集 2——詩卷 II
臺北：傳神福音文化公司
1996 年 5 月，25 開，304 頁

本書集結作者 1977 年 10 月～1987 年 4 月間詩作。全書收錄〈碼頭〉、〈淡水河畔〉、〈前程〉、〈河山古遠思〉、〈七夕〉等 163 首。

巫永福全集 3——詩卷 III
臺北：傳神福音文化公司
1996 年 5 月，25 開，301 頁

本書集結作者 1987 年 4 月～1991 年 11 月間詩作。全書收錄〈點光〉、〈龍山寺〉、〈地平線〉、〈王爺出巡〉、〈明天〉等 138 首。

巫永福全集 4——詩卷 IV
臺北：傳神福音文化公司
1996 年 5 月，25 開，302 頁

本書集結作者 1991 年 12 月～1995 年 7 月間詩作。全書收錄〈冬節〉、〈石碑〉、〈史大林的像〉、〈細細的雨〉、〈列寧像被拍賣〉等 141 首。

巫永福全集 5——詩卷 V
臺北：傳神福音文化公司
1996 年 5 月，25 開，308 頁

本書集結作者中譯王白淵《荊棘之道》及李敏勇等學者對作家作品之評論。全書分「荊棘之道」、「巫永福其他譯作」、「巫永福其人其詩」三部分，收錄〈詩序〉、〈我的詩興味不好〉、〈地鼠〉、〈生之谷〉、〈水邊〉等 80 篇。正文前有巫永福〈論王白淵詩集《荊棘之道》〉。

巫永福全集 6——評論卷 I
臺北：傳神福音文化公司
1996 年 5 月，25 開，298 頁

本書集結作者評論文章，內容多文學評論、讀書札記兼及地方及家國歷史論述、社會相關記述與評述。全書收錄〈風雨中的長青樹——讀《臺灣出土人物誌》引起的回憶〉、〈思想起〉、〈詩魂醒吧！——併悼吳濁流先生〉等 23 篇。正文前有巫永福〈前言〉。

巫永福全集 7——評論卷 II
臺北：傳神福音文化公司
1996 年 5 月，25 開，302 頁

本書集結作者評論文章，內容包含自述文學生涯、緬懷故舊文友及與臺灣文學、社會相關記述與評述。全書收錄〈三月十一日憶陳炘先生〉、〈臺灣文學與中央書局〉、〈羅萬俥先生種種〉等 26 篇。

巫永福全集 8——評論卷 III
臺北：傳神福音文化公司
1996 年 5 月，25 開，320 頁

本書集結作者對時事評論、獻辭感言和遊記文章。全書收錄〈不看為清淨〉、〈李煥勘什麼亂〉、〈自大文化的制約〉、〈從日本和歌俳句的盛行看臺灣〉、〈臺灣文化的危機〉等 53 篇。正文後分「巫永福其人其文」、「巫永福評論獎、文學獎輯錄」兩部分，收錄黃得時〈活生生的文學史——評巫永福《風雨中的長青樹》〉、王曉波〈臺灣最後的河洛人——巫著《風雨中的長青樹》讀後感〉、巫永福〈巫永福文學評論獎設置的動機〉等 14 篇。

巫永福全集 9——小說卷 I
臺北：傳神福音文化公司
1996 年 5 月，25 開，243 頁

中、短篇小說集。本書集結作者原發表於臺灣巫氏宗親會會刊《平陽之光》及未曾發表的巫氏家族相關故事。全書收錄〈我的母親〉、〈走反的故事〉、〈巫氏自上古至初唐之簡史〉等 12 篇。正文前有巫永福〈前言〉。正文後有〈巫永福略歷〉、〈巫永福年誌〉。

巫永福全集 10——小說卷 II
臺北：傳神福音文化公司
1996 年 5 月，25 開，239 頁

中、短篇小說集。本書集結作者的日文創作，後由李鴛英等中譯的作品。全書收錄〈首與體〉、〈黑龍〉、〈河邊的太太們〉、〈山茶花〉、〈阿煌與父親〉、〈慾〉、〈薩摩仔〉共七篇。正文後有「巫永福作品評論集錦」，收錄羊子喬〈為臺灣文學奠基石的巫永福〉、葉笛〈寒冬過後就是春天——巫永福的文學軌跡〉、莫渝〈寫實與遒勁——記文壇長青樹巫永福〉。

巫永福全集 11——日文小說卷
臺北：傳神福音文化公司
1996 年 5 月，25 開，359 頁

中短篇小說、劇本、論文合集。本書集結作者發表於《福爾摩沙》、《臺灣文藝》等雜誌的小說、評論文章。全書收錄小說〈首と体〉、〈黑龍〉、〈河辺の女房達〉、〈山茶花〉、〈阿煌とその父〉、〈眠い春杏〉、〈慾〉共七篇；劇本《紅綠賊》一篇；評論〈吾々の創造問題〉、〈《陳夫人》に就いて〉二篇。

巫永福全集 12——日文詩卷
臺北：傳神福音文化公司
1996 年 5 月，25 開，242 頁

本書集結整理自作者手稿，依稿原序編排。全書收錄〈故鄉
よ〉、〈有効なる形容詞〉、〈乞食〉、〈細流〉、〈生命の裏〉等
129 首。

巫永福全集 13——俳句卷
臺北：傳神福音文化公司
1996 年 5 月，25 開，315 頁

本書集結整理作者手稿及部分發表於《臺北俳句集》的日文
俳句作品，無題目，依手稿原順序編排。

巫永福全集 14——短歌卷 I
臺北：傳神福音文化公司
1996 年 5 月，25 開，256 頁

本書集結整理作者手稿及發表於《臺北俳句集》、《臺北歌
壇》短歌作品，無題目，依手稿原序編排。

巫永福全集 15——短歌卷 II
臺北：傳神福音文化公司
1996 年 5 月，25 開，247 頁

本書集結整理作者手稿及發表於《臺北俳句集》、《臺北歌
壇》短歌作品，無題目，依手稿原序編排。

巫永福全集 16──續集・短句卷俳句卷Ⅱ

臺北：傳神福音文化公司
1999 年 6 月，25 開，303 頁

本書增補短歌卷、俳句卷未及收錄作品。全書分二部分：
「短句卷」收錄〈一日遊耶馬溪〉、〈永州山莊〉、〈公寓〉、
〈照鏡〉、〈憶祖墾荒〉等 452 首；「俳句卷」收錄 964 首，
各卷前有作者自序。

巫永福全集 17──續集・詩卷Ⅵ

臺北：傳神福音文化公司
1999 年 6 月，25 開，295 頁

本書集結作者 1994～1999 年間詩作，按創作順序編排。全
書收錄〈木蓮花〉、〈南園〉、〈秋日〉、〈終戰五十年〉、〈秋
思〉等 154 首。正文前有巫永福〈序〉。

巫永福全集 18──續集・文集卷

臺北：傳神福音文化公司
1999 年 6 月，25 開，412 頁

本書集結作者小說、評論、書簡等作品。全書分三部分：
「小說」收錄〈望人嶺〉、〈幸在日未斜〉、〈河山在〉、〈脫衣
的小女〉、〈榕樹下〉、〈風吹草動〉共六篇；「評論」收錄
〈林獻堂為何不歸〉、〈臺北西田社十周年慶有感〉、〈談日本
岡崎郁子論二二八與文學〉等 28 篇；「書簡」收錄〈回張寬
敏先生的信〉、〈覆張寬敏醫師的信〉、〈復教育部前專門委員
巫連鈞的信〉等八篇。正文後附錄《福爾摩沙》雜誌與我
的青年文學生涯〉、李榮雄〈埔里祈安清醮記事〉、莊紫蓉訪
問紀錄〈自尊自重的文學心靈〉等六篇。

巫永福全集 19——續集・文學會議卷

臺北：傳神福音文化公司
1999 年 6 月，25 開，443 頁

本書為淡水工商管理學院臺灣文學系於 1997 年 11 月 1～
2 日舉辦「福爾摩沙的桂冠——巫永福文學會議」會議致
辭、論文結集。全書收錄張恆豪〈福爾摩沙的桂冠——巫永
福文學會議緣起〉、淡水工商管理學院臺灣文學系〈臺灣文
學家牛津獎獎辭〉、巫永福〈巫永福文學會議謝辭〉等 16
篇。正文前有巫永福〈序〉。正文後附錄羊子喬〈從祖國的
呼喚到臺灣意識的建構——談巫永福的創作主軸〉。

巫永福全集 20——二〇〇三續集・詩卷Ⅶ

臺北：榮神實業公司
2003 年 8 月，25 開，288 頁

本書集結作者 1999～2002 年間詩作。全書收錄〈故友〉、
〈紀念碑〉、〈霧社事件〉、〈媽祖信仰〉、〈秋風〉等 179 首。

巫永福全集 21——二〇〇三續集・臺語短句卷

臺北：榮神實業公司
2003 年 8 月，25 開，134 頁

本書集結作者臺語短句作品。全書收錄〈手術〉、〈蝴蝶〉、
〈園林〉、〈景〉、〈喜〉等 365 首。

巫永福全集 22——二〇〇三續集・臺語俳句卷

臺北：榮神實業公司
2003 年 8 月，25 開，219 頁

本書收錄《春秋——臺語俳句集》及其他未輯錄的臺語俳句
作品。

巫永福全集 23——二〇〇三續集・俳句卷Ⅲ

臺北：榮神實業公司

2003 年 8 月，25 開，231 頁

本書集結作者日文俳句作品。

巫永福全集 24——二〇〇三續集・文集卷Ⅱ

臺北：榮神實業公司

2003 年 8 月，25 開，241 頁

本書集結作者評論，及金尚浩等多位學者、作家對巫永福作品之評論文章。全書收錄〈從經典文學淺談臺灣文學〉、〈漫談詩體〉、〈日據時代臺灣話文運動〉等 19 篇。正文後附錄〈巫永福年誌（二〇〇三續）〉、〈巫永福評論獎文學獎名錄（二〇〇三續）〉。

巫永福精選集／許俊雅主編

臺北：巫永福文化基金會

2010 年 12 月

共三冊。按詩、小說、評論分三卷。各冊正文前皆有巫宜蕙〈謝辭〉。

巫永福精選集——詩卷

臺北：巫永福文化基金會

2010 年 12 月，25 開，511 頁

本書集結作者詩作及中譯王白淵詩作。全書收錄〈難忘〉、〈嫩葉〉、〈遺忘語言的鳥〉、〈信號旗〉、〈愛〉等 230 首；中譯王白淵詩作〈詩序〉、〈地鼠〉、〈零〉等 19 首。正文前有莫渝〈散發靜光的銀杏——懷念巫永福先生的「文學之路」〉。

巫永福精選集——小說卷
臺北：巫永福文化基金會
2010 年 12 月，25 開，310 頁

本書集結作者小說、劇本、翻譯作品。全書收錄小說〈首與體〉、〈黑龍〉、〈昏昏欲睡的春杏〉、〈山茶花〉、〈阿煌與父親〉、〈慾〉、〈走反的故事〉、〈望人嶺〉、〈河山在〉、〈脫衣的少女〉、〈幸在日未斜〉、〈榕樹下〉、〈河邊的浣婦〉、〈薩摩仔〉、〈虎仔耳〉共 15 篇；劇本《紅綠賊》一篇；翻譯王白淵日文小說〈偶像之家〉一篇。正文前有「巫永福照片手稿」、趙天儀〈巫永福先生生平略述〉。正文後附錄〈埔里文庫——館藏在地文學・文化・文史的寶庫〉、埔里鎮立圖書館〈福爾摩莎的文學桂冠——巫永福紀念文庫〉。

巫永福精選集——評論卷
臺北：巫永福文化基金會
2010 年 12 月，25 開，398 頁

本書集結作者對臺灣文學、歷史事件的評論及追憶文友等文章。全書收錄〈咱的創作問題〉、〈關於《陳夫人》〉、〈金紙、銀紙〉、〈悼張文環兄回首前塵〉等 35 篇。正文前有許俊雅〈良知的凝視——巫永福評論卷的意義與價值〉。正文後有「他人回憶及訪問記錄」，收錄呂赫若著；林至潔譯〈我思我想〉、龍瑛宗〈給文友的七封信（節錄）〉、許雪姬〈巫永福先生訪問紀錄〉，附錄許俊雅與鄭清鴻編〈巫永福年表〉、許俊雅〈後記〉。

文學年表

1913 年 （大正 2 年）	3 月	11 日，生於臺中州能高郡埔里社街東門八十五番地（今南投縣埔里鎮東門里）。父親巫俊，母親吳月，上有兩兄、兩姊，下有二弟、六妹，家中排行第五。
1917 年 （大正 6 年）	本年	發生埔里大地震，巫家新建的後樓中國式樓閣傾倒，全家至埔里支廳前廣場過夜避難。 漢學堂遭禁止，父親乃請漢學家許果堂至家中教授《三字經》、《千字文》等。
1920 年 （大正 9 年）	本年	就讀埔里公學校，對音樂課張進乾老師自作臺語詩歌〈月光兒〉印象深刻。
1925 年 （大正 14 年）	本年	自埔里公學校轉至埔里尋常高等小學校六年級就讀，與霧社事件青年花岡二郎同窗。
1926 年 （大正 15 年）	3 月	因感冒之故，參加臺中二中考試落第。
	4 月	就讀埔里小學高等科一年，再與花岡二郎同窗。
1927 年 （昭和 2 年）	4 月	考入臺中一中就讀。
1928 年 （昭和 3 年）	本年	向同室學長施述天借讀《包法利夫人》、《安娜‧卡列妮娜》、《戰爭與和平》、《罪與罰》、《卡拉馬助夫兄弟們》、《白癡》等書，自此立志走上文學之路。
1929 年 （昭和 4 年）	4 月	轉至日本愛知縣名古屋第五中學校三年級，與大哥、二哥同住。
	本年	就學期間，漢文課老師於課堂中教授杜甫詩，因而對詩產生興趣，並嘗試創作唐詩。

1931 年 （昭和 6 年）	7 月	返臺探視腳傷斷骨的父親，並深入了解霧社事件始末。
1932 年 （昭和 7 年）	3 月	畢業於名古屋第五中學校。
	4 月	抗拒父親要求讀醫命令，逕赴東京就讀明治大學專門部文藝科，師從山本有三、橫光利一、小林秀雄等。
	5 月	為通學方便，遷至駿河臺明治大學附近的本鄉區西片町，因地利之便拜訪張文環，並提議創辦雜誌。
	11 月	13 日，為商討創辦雜誌事宜，與魏上春、張文環、吳坤煌、柯賢湖、吳鴻秋、林添進等於神保町中華第一樓餐廳召開第一次準備會議，因眾人意見分歧，討論無果。從此，日警特務經常上門監視盤問。 15 日，與張文環、魏上春、柯賢湖、吳鴻秋、莊光榮、陳兆柏、吳坤煌、黃波堂等於西片町宿舍召開第二次準備會議，會中商討成立「臺灣藝術研究會」與創辦純文藝雜誌《福爾摩沙》。 25 日，於西片町宿舍召開第三次準備會議，商議成立「臺灣藝術研究會」相關事宜，並於會中決定各部負責人：一、演劇部：張文環、吳坤煌、黃波堂。二、音樂部：另定。三、文藝部：巫永福、陳兆柏。四、文化部：魏上春、柯賢湖、吳鴻秋。
	12 月	25 日，被選為東京埔里同鄉留學生聯誼會背水會會長。
	本年	就讀明治大學期間，時常至神田神保町書店街購買書籍，後將藏書捐贈南投縣埔里鎮立圖書館。
1933 年 （昭和 8 年）	3 月	20 日，與蘇維熊、張文環、魏上春、吳鴻秋、黃波堂等參加「臺灣藝術研究會」成立會議，推選蘇維熊為負責人。
	5 月	10 日，於張文環開設的喫茶店「杜李屋」商議「臺灣藝

術研究會」創刊《福爾摩沙》事宜，與張文環一同擔任編輯委員，並推蘇維熊為發行人兼編輯。

18 日，召開《福爾摩沙》編輯會議，由蘇維熊草擬創刊宣言。

7 月　15 日，日文短篇小說〈首與體〉發表於《福爾摩沙》創刊號。

12 月　30 日，日文詩作〈乞食〉、〈他〉；劇本《紅綠賊》發表於《福爾摩沙》第 2 號。

1934 年
（昭和 9 年）

6 月　15 日，日文短篇小說〈黑龍〉發表於《福爾摩沙》第 3 號。

夏　　至北海道及南樺太地區（今庫頁島）旅行一個多月，並將其閱歷寫成〈北海道紀行〉，連載於《臺灣新民報》。

秋　　因擔任東京埔里同鄉留學生聯誼會背水會會長，參加林獻堂、楊肇嘉組織的東京臺灣留學生同鄉會。

11 月　5 日，日文〈咱的創作問題〉發表於《臺灣文藝》創刊號。

本年　於寫真化學研究所（P.C.L.）木村莊十二監製《微醉人生》一劇中擔任雜役。

參加小說家橫光利一組的創作指導，時常於喫茶店或宿舍舉行座談。

1935 年
（昭和 10 年）

1 月　9 日，父親巫俊逝世，享年 52 歲。
返臺治喪。
回明治大學撰寫畢業論文〈論杜思妥也夫斯基〉。

2 月　1 日，日文短篇小說〈河邊的太太們〉發表於《臺灣文藝》第 2 卷第 2 號。

3 月　31 日，畢業於明治大學專門部文藝科，返臺整理家業。

4 月　1 日，日文短篇小說〈山茶花〉；日文詩作〈道者〉、〈春

和夏的中間〉、〈紙魚〉、〈在橋上〉發表於《臺灣文藝》第 2 卷第 4 號。

5 月　5 日，日文詩作〈守錢奴〉、〈清靜的海濱〉、〈新路〉、〈空間〉、〈煙〉發表於《臺灣文藝》第 2 卷第 5 號。

參加臺中市民館臺灣新聞社記者考試，為社會部唯一錄取的臺籍記者。

加入由張深切、張星建等倡建的「臺灣文藝聯盟」。

6 月　10 日，日文詩作〈光〉、〈愛的矛盾〉、〈歌つくり〉、〈水仙花〉、〈静かな濱の冥想〉發表於《臺灣文藝》第 2 卷第 6 號。

8 月　11 日，參加「臺灣文藝聯盟」全島文藝大會。

9 月　24 日，日文中篇小說〈阿煌與父親〉；日文〈二言‧三言〉以筆名「EF 生」發表於《臺灣文藝》第 2 卷第 10 號。

1936 年
（昭和 11 年）

1 月　28 日，日文短篇小說〈愛睏的春杏〉發表於《臺灣文藝》第 3 卷第 2 號。

創作日文詩作〈祖國〉、〈孤兒之戀〉。

本年　舉家由埔里遷入位於臺中市錦町、新富町角（今臺中市民族路、平等街口），大哥巫永昌新落成「永昌內兒科醫院」居住。

1937 年
（昭和 12 年）

5 月　8 日，與「臺灣文藝聯盟」同仁參加於臺中州俱樂部舉行「第三回臺陽美術展覽會臺中移動展歡迎座談會」。

本年　購買並搬入臺中市老松町七丁目 16 番地 160 坪，一幢有庭院、圍牆的日式房舍。隔年全家遷入居住。

1940 年
（昭和 15 年）

6 月　辭去臺灣新聞社記者，至能高郡國姓鄉（今南投國姓）柑子林自營農場。

本年　埋首撰寫以巫氏家族發展史為主題的日文長篇小說〈家

族〉及日文小說〈屈辱〉。

1941 年 （昭和 16 年）	5 月	27 日,〈論小說《陳夫人》〉以筆名田子浩發表於《臺灣文學》創刊號。
		加入由張文環、陳逸松、黃得時等創辦的《臺灣文學》雜誌。
	7 月	加入由金關丈夫、池田敏雄主編的《民俗臺灣》雜誌。
	9 月	1 日,日文短篇小說〈慾〉發表於《臺灣文學》第 1 卷第 2 期。
1942 年 （昭和 17 年）	本年	著手撰寫日文長篇小說〈篝火〉。
		任職於大東信託公司。
1943 年 （昭和 18 年）	4 月	12 日,〈小說批評の貧困——臺灣文學春季號を中心に〉發表於《興南新聞》第 4 版。
	5 月	23 日,與許免結婚,設宴於老松町自宅前,張文環、吳新榮、王井泉、楊逵等文友均到場祝賀。
	11 月	2 日,與陳炘、顏春福、張星建、楊逵於臺中組織「臺中藝能奉公會」,並至臺北榮座、臺中座等地巡迴公演日語劇《怒吼吧！中國》。
	12 月	參加「臺灣實施志願兵制度」座談會,於會中提出臺灣人與日本人權利義務平等及廢除對臺灣人的差別待遇要求後,遭臺中警察署及老松町派出所警員輪番監視。此舉引起母親惶恐,將〈家族〉、〈屈辱〉、〈篝火〉、〈春天何時來〉等作品付之一炬。
	本年	老松町住處被美軍戰鬥機掃射,緊急疏開至草屯街郊外番仔田烏溪邊農家。
1944 年 （昭和 19 年）	2 月	就任臺中州地主增產協力會常任幹事。
1945 年 （昭和 20 年）	6 月	17 日,全家從疏開地番仔田搬回臺中市老松町住處。

		參加臺中市臺灣光復慶祝大會籌備會。
		辭去臺中州地主增產協力會常任幹事。
	11 月	30 日，任臺灣信託會社囑託於臺中支店服務。協助社長陳炘募股成立臺灣大公企業公司。
		臺中市成立三民主義青年團臺中分團，出任第五區（南臺中）區隊長。
1946 年	2 月	1 日，轉任臺灣大公企業公司。
	5 月	16 日，調派至臺灣大公企業公司總行擔任計畫部部長。接妻北上，遷住城中區峨嵋街日式房屋。
1947 年	4 月	改任大公企業公司協理兼祕書課、調查課主任。申請甲種省縣公職候選人考試檢覆及格。
1948 年	1 月	女兒巫宜蕙出生。
	4 月	1 日，兼任大公企業士林食品廠廠長。辭去大公企業公司一職，並出售峨嵋街房屋。
	8 月	搬回臺中市老松町老家。
1950 年	12 月	協助楊基先律師當選臺中市長。
1951 年	2 月	應邀擔任臺中市政府機要祕書兼督學與《臺灣兒童》月刊編輯委員會常任委員，至 1954 年 6 月。
1956 年	9 月	15 日，隻身赴北擔任臺北中國化學製藥公司協理。後因中國化學製藥公司業績好轉，乃將妻小接至臺北同住。
1957 年	8 月	7 日，升任中國化學製藥公司總經理，公司轉虧為盈。
1958 年	9 月	回家鄉慶祝母親 71 大壽。
1959 年	本年	遷居臺北市忠孝東路。
1960 年	6 月	改聘為中國化學製藥公司專任委員兼計畫室主任。
1962 年	本年	因心律不整，入臺大醫院檢查治療。
		出院，辭去中國化學製藥公司一職。
1963 年	1 月	協助成立新光產物保險公司。

	3 月	20 日，參加新光產物保險公司創立股東大會，被選為第一屆常務董事，同時被聘任為副總經理。
1964 年	本年	開始自習中文，初期困難重重。
1967 年	本年	擔任東京淺田雅一主編的《からたち》雜誌臺北支部長，主持每月一次的短歌會。
		參加東京東早苗俳句會及黃靈芝主辦的臺北俳句會。
		經吳瀛濤、陳秀喜引介，成為笠詩社同仁。
1968 年	1 月	〈短言〉發表於《臺灣文藝》第 18 期「第三屆『臺灣文學獎』評論結果揭曉」專題中。
	本年	與黃靈芝、吳建堂等創辦「臺北歌壇」。
1969 年	本年	出售臺中市老松町舊宅，遷居臺北市忠孝東路。
1970 年	2 月	12 日，母親吳月去世，享壽 83 歲。
1971 年	4 月	15 日，以「故鄉抒情」為題，詩作〈故鄉（大埔城）〉、〈泥土〉、〈沉默〉、〈永眠在菩提山的母親〉發表於《笠》第 42 期。
		加入東京中河幹子、山英子主編的《をだまき》短歌誌、東京東早苗主編的《七彩》俳句誌。
	6 月	15 日，以「追憶詩抄」為題，詩作〈雞之歌〉、〈追憶〉、〈被蜂追逐〉、〈風奏鳴〉、〈日月潭〉、〈玄光寺的燈火〉、〈玄光寺的鐘〉、〈母親的像片〉、〈星際〉、〈有一個寺〉、〈思惟〉、〈野裡的舖子〉、〈口哨〉發表於《笠》第 43 期。
	12 月	15 日，〈悼念吳瀛濤先生〉發表於《笠》第 46 期。
1972 年	8 月	15 日，以「愛及其他」為題，詩作〈愛〉、〈在橋上〉、〈變奏曲〉、〈遺忘語言的鳥〉由陳千武中譯，發表於《笠》第 50 期。
	10 月	15 日，〈致陳千武〉發表於《笠》第 51 期「笠書簡」專

欄，當中有詩作〈與七五三江女士〉、〈呈謝國城兄〉、
〈祝臺南城偉峻兄獨創中學校〉、〈五箇巫〉。

12 月　15 日，詩作〈誰都不知不覺的時候〉、〈水仙花〉、〈門前
之狗〉、〈太陽〉、〈孤兒之戀〉、〈信號旗〉、〈道士（修行
者）〉、〈祖國〉、〈春天和夏天之間〉由陳千武中譯，發表
於《笠》第 52 期「臺灣新詩的回顧──巫永福詩輯（臺
灣光復前的作品）」。

本年　加入東京大野林火主編的《濱》月刊俳句誌。

1973 年　4 月　15 日，以「陽光下及其他」為題，詩作〈陽光下〉、〈野
遊〉、〈牛〉、〈難忘〉發表於《笠》第 54 期。

6 月　15 日，以「影子及其他」為題，詩作〈影子〉、〈星〉、
〈生命的裡面〉、〈細流〉、〈無題〉、〈幻影〉、〈絹扇下〉
發表於《笠》第 55 期。

中國合成橡膠成立，受邀當任監察人。

1974 年　1 月　1 日，應邀出席臺北俳句編輯委員會與臺北短歌編輯委
員會。

4 月　15 日，以「風影集」為題，詩作〈風影〉、〈雜念〉、〈巫
之歌〉發表於《笠》第 60 期。

26 日，於臺北市悅賓樓成立臺灣巫氏宗親總會，被選為
第一屆理事長。

7 月　21 日，應邀出席於桃園今日大飯店舉行的笠詩社十周年
年會，出席者有吳濁流、鍾肇政、陳秀喜、黃騰輝、趙
天儀、林宗源、林鍾隆等。

10 月　15 日，詩作〈十五夜晚的月亮〉、〈晨霧〉、〈秋雨〉、〈麻
雀〉、〈清爽的夜空〉、〈發呆的口哨〉、〈喝蟬〉由陳千武
中譯，發表於《笠》第 63 期。

12 月　15 日，詩作〈春的媚態〉、〈Promenade〉、〈小提琴的破

音〉、〈嫩草〉、〈嫉妒〉、〈金琵琶〉、〈蛙鳴〉、〈蟋蟀〉、〈樹的夢〉、〈等得不耐煩〉、〈夢〉由陳千武中譯，發表於《笠》第 64 期。

1975 年	2 月	15 日，詩作〈路旁椰子樹〉、〈空白的讚歌〉、〈蠹魚（一）〉、〈蠹魚（二）〉、〈枕頭詩〉、〈歡喜〉、〈稻草人的口哨〉、〈飛騰的前夜〉、〈河〉、〈胸膛〉、〈自由的樹蔭下〉、〈在鬼崖上〉、〈貝殼夢〉、〈三葉草可愛的花束〉、〈不會賢明〉由陳千武中譯，發表於《笠》第 65 期。
	5 月	主編臺灣巫氏宗親總會周年紀念會刊《平陽之光》，〈發刊詞〉、〈巫氏源流遷徙入臺事略及其世系〉、〈全島巫氏分布表附巫氏各世系表〉、〈編後記〉發表於該刊。
	12 月	15 日，組詩「還鄉集」：〈四月故里歸〉、〈不老的大樹〉、〈村郊前貼〉發表於《笠》第 70 期。
1976 年	1 月	捐贈二十多件文物給財團法人彰化縣私立鹿港民俗文物館，獲董事長辜偉甫感謝狀乙張。
	2 月	15 日，以「詩兩首」為題，詩作〈河洛頌〉、〈數星稀〉發表於《笠》第 71 期。
	4 月	15 日，〈思惟的墜落〉發表於《笠》第 72 期。
	8 月	15 日，詩作〈明暗交織〉、〈燕子南飛〉發表於《笠》第 74 期。 任臺灣巫氏宗親總會第二屆理事長。
	10 月	15 日，以「鄉土篇」為題，詩作〈熱騰騰的草地繪〉、〈船〉、〈少孩顧厝〉發表於《笠》第 75 期。
	12 月	15 日，〈敬悼吳濁流先生〉；詩作〈詩魂醒吧！——併悼吳濁流先生〉發表於《笠》第 76 期。 率臺灣巫氏宗親會代表團赴泰國參加旅泰巫氏宗親會十周年紀念大會，並為該會會刊撰寫〈巫氏自上古至初唐

簡史考〉。

| 1977 年 | 1 月 | 29 日，擔任《臺灣文藝》發行人。 |

3 月　4 日，應邀擔任第八屆吳濁流文學獎評審，出席評審
　　　會。

〈沖淡不了的記憶〉收錄於吳新榮著《震瀛追思錄》，由
臺南琦琅山房出版。

5 月　〈一得之愚〉發表於《臺灣文藝》第 55 期。

6 月　15 日，詩作〈祕密〉發表於《笠》第 79 期。

8 月　15 日，詩作〈荔枝〉發表於《笠》第 80 期。

12 月　15 日，詩作〈氣球〉發表於《笠》第 82 期。

1978 年　3 月　與楊逵、黃得時、王詩琅、廖漢臣等作家成立「張文環
　　　追思錄與全集編輯委員會」。

4 月　15 日，〈悼張文環兄，回首前塵〉發表於《笠》第 84
　　　期。

6 月　〈憶張文環兄，也談其文學活動〉發表於《臺灣文藝》
　　　第 6 期。

8 月　17 日，應邀出席笠詩社主辦「鄉土與自由——臺灣詩文
　　　學的展望」座談會，座談紀錄刊登於《笠》第 87 期。

10 月　8 日，應邀出席《聯合報》副刊主辦「傳下這把香火—
　　　—光復前的臺灣文學」座談會，出席作家有王詩琅、王
　　　昶雄、杜聰明等。座談紀錄刊登於同月 22～23 日《聯合
　　　報》第 12 版。

15 日，以「思前想後」為題，詩作〈前程〉、〈河山古思
遠〉發表於《笠》第 87 期。

12 月　15 日，以「月娘及其他」為題，詩作〈月娘〉、〈七
　　　夕〉、〈機車〉、〈郊遊〉發表於《笠》第 88 期。

本年　應邀擔任第九屆吳濁流文學獎評審，出席評審會，並於

會中宣布將設立「巫永福評論獎」的理念，並以文學評論與文化評論為設獎兩大方向。

1979 年　4 月　15 日，以「悼亡詩」為題，詩作〈悼妹夫〉、〈坐在碼頭〉發表於《笠》第 90 期。

26～28 日，日文短篇小說〈山茶花〉由魏廷朝中譯，連載於《自立晚報》第 10 版。

被選為南投縣同鄉會常務理事。

6 月　〈巫永福〉（後改篇名〈我的詩觀〉）收錄於笠詩社主編《美麗島詩集》，由臺北笠詩刊社出版。

7 月　〈巫永福文學評論獎設置的動機〉發表於《臺灣文藝》第 10 期。

〈大埔城拾遺〉發表於《埔里鄉情》第 4 期。

8 月　3～5 日，應邀出席於臺南鯤鯓廟舉辦第一屆鹽分地帶文藝營。

13 日，應邀出席由《聯合報》副刊於聯合報會議室舉辦「報紙副刊何處去？——談談過去、現在和未來座談會」，出席作家有林海音、白先勇、梁實秋、鄭愁予等。

10 月　〈光復節談和仔先〉發表於《民眾日報》第 12 版。

〈埔里的傳統〉發表於《埔里鄉情》第 5 期。

12 月　15 日，詩作〈義士頌〉、〈含羞草〉、〈紗帽山下浸溫泉〉發表於《笠》第 94 期。

本年　設立巫永福評論獎，為臺灣第一個文學評論獎。

1980 年　2 月　15 日，詩作〈落葉〉發表於《笠》第 95 期。

4 月　15 日，詩作〈我的肖像〉、〈感受〉、〈林投〉、〈風鈴〉發表於《笠》第 96 期。

6 月　15 日，詩作〈落雨〉、〈橋〉、〈十一月〉發表於《笠》第 97 期。

	7 月	4 日,隨臺北市產險公會參加巴黎國際保險會議,會後遊覽歐洲各地,並於同月 27 日,飛往美國新奧良市探望女兒巫宜蕙一家,8 月 9 日回臺。
	8 月	28～31 日,與劉捷、王昶雄、楊逵、林快青、林清文等應邀擔任第二屆鹽分地帶文藝營「前輩作家座談會」與談人。
	10 月	26 日,〈走反的故事〉發表於《聯合報》第 8 版。 被推選為臺北市留日明治大學校友會幹事。
	11 月	25 日,應邀出席日本地球詩社於東京舉辦的「國際詩人會議」。
	12 月	13 日,應邀出席臺中市立文化中心主辦「臺灣日治時期詩人座談會」,座談紀錄刊登於 1981 年 3 月 17 日《臺灣日報》第 8 版。 15 日,詩作〈應靈祠〉發表於《笠》第 100 期。
1981 年	4 月	15 日,〈巫永福詩觀〉;詩作〈無題〉發表於《笠》第 102 期。
	7 月	1 日,遷居臺北市安和路(今巫永福文化基金會會址)。
	8 月	15 日,詩作〈泥土〉發表於《笠》第 104 期。
	10 月	25 日,〈難忘的光復前夜〉發表於《臺灣日報》第 8 版。
	11 月	24～26 日,應邀出席第五屆世界詩人會議於日本東條會館舉行,有法、英、美、印、韓、泰、日、臺等國詩人共襄盛舉。 應邀出席東京地球詩社主辦 30 周年詩祭。
	12 月	15 日,詩作〈觀音山〉、〈書〉、〈遠望〉發表於《笠》第 106 期。
1982 年	1 月	15 日,應邀出席於臺北國軍英雄館舉辦的中日韓現代詩

人會議，並代表致詞，講稿刊登於《葡萄園詩刊》第 77 期。

2 月　15 日，以「追憶之歌」為題，詩作〈敏感的皮膚〉、〈霧社緋櫻〉發表於《笠》第 107 期。

3 月　1 日，詩作〈渭水頌——懷念蔣渭水先生而作〉發表於《暖流》第 3 期。

4 月　15 日，詩作〈小鳥之死〉、〈月〉、〈曇花〉；古體詩抄〈健行〉、〈小山遊寺〉、〈渭水頌〉、〈七星山遇雨〉發表於《笠》第 108 期。

5 月　1 日，〈背影〉發表於《暖流》第 5 期。

6 月　1 日，〈山〉發表於《暖流》第 6 期。

　　　15 日，以「感應集」為題，詩作〈秋天的感慨〉、〈雨〉、〈獨居〉、〈回味〉發表於《笠》第 109 期。

7 月　1 日，被推選為臺中市扶輪社副社長，次年就任社長，至 1984 年 7 月。

8 月　29 日，於耕莘文教院主持臺灣文藝座談會，會中決議改組。

11 月　應邀出席行政院文建會、中國新詩學會、中國時報社於臺北大理街中國時報大樓聯合主辦新詩座談會。

12 月　〈思想起〉發表於《臺灣文藝》第 79 期。

本年　捐贈「世界美術全集」、許多絕版線裝書等予南投縣埔里鎮立圖書館，次年獲馬文君鎮長頒感謝獎牌。

1983 年　2 月　15 日，詩作〈屠殺〉、〈等待〉發表於《笠》第 113 期。

　　　　4 月　3 日，與錦連、趙天儀、李敏勇、李魁賢、林宗源等參與「李魁賢作品討論會」，會議內容由陳明台記錄，刊登於《文學界》第 7 期。

　　　　　　　15 日，詩作〈採花蜂〉、〈五月粽〉、〈碧山巖〉發表於

《笠》第 114 期。

7 月　〈河洛人談臺灣話〉發表於《臺灣文藝》第 83 期。

8 月　9 日，於臺北東區扶輪社例會演講「河洛人談臺灣話」。

15 日，詩作〈淡水河〉、〈遊內湖〉發表於《笠》第 116 期。

21～24 日，與郭水潭一同擔任第五屆鹽分地帶文藝營「光復前老作家座談會」主持人。

10 月　15 日，詩作〈溫泉浴後〉發表於《笠》第 117 期。

1984 年　2 月　15 日，詩作〈優佳莉樹〉發表於《笠》第 119 期。

4 月　3 日，於耕莘文教院舉辦《臺灣文藝》20 周年紀念會。

5 月　27 日，主編臺灣巫氏宗親總會十周年紀念會刊《平陽之光》，〈發刊詞〉、〈臺灣巫姓事略〉、〈編後語〉發表於該刊。

8 月　4 日，應臺灣詩季刊社之邀，擔任臺灣詩獎頒獎人。

9 月　20 日，應邀出席聯合文學雜誌社主辦「美人心事——文人與藝旦」座談會，座談紀錄刊登於《聯合文學》第 3 期。

11 月　自新光產物保險公司退休。

12 月　應邀出席臺灣人權促進會，成為會員。

1985 年　1 月　7～8 日，〈風雨中的長青樹——讀《臺灣出土人物誌》引起的回憶〉（謝里法著）連載於《自立晚報》第 10 版。

26 日，應邀出席笠詩社於臺大校友會館舉辦笠詩友會，於會中發表「《福爾摩沙》雜誌與我的青年文學生涯」演講，演講內容刊登於《笠》第 125 期。

〈查扣有感〉、〈知也不知也夕暴雨〉發表於《臺灣文藝》第 92 期。

3 月　20 日，〈緬懷王白淵〉發表於《民眾日報》第 8 版。

5 月　26 日，主持臺灣巫氏宗親總會第五屆第一次會員大會。

〈日據時代臺灣新文學運動和楊逵——楊逵先生逝世紀念會演講錄〉發表於《中華雜誌》第 262 期。

6 月　15 日，詩作〈風箏〉、〈玫瑰〉發表於《笠》第 127 期。

應美國臺灣文學研究會之邀，與林亨泰、李魁賢等赴美擔任美東夏令營講師，巡迴華盛頓、紐約、芝加哥、西雅圖、洛杉磯、聖荷西等地，講授「臺灣文學的回顧與前瞻」課程。演講紀錄刊登於隔年 1 月《臺灣文藝》第 98 期。

主持《臺灣文藝》同仁大會，報告社務概況，並聘任張恆豪為總編輯。

7 月　15 日〈阿憨伯的形象〉發表於《臺灣文藝》第 95 期。

8 月　22～26 日，應邀出席第七屆鹽分地帶文藝營，與林清文一同獲頒臺灣新文學特別推崇獎。

11 月　15 日，〈指揮者的良心〉；以「巫永福旅美詩選」為題，詩作〈明湖〉、〈尖塔〉、〈觀加州赫斯特城堡〉、〈見老友郭雪湖〉、〈老情書〉、〈贈洪銘水會長〉、〈贈郭尚五楊葆菲夫婦〉、〈贈蔡明殿王淑英夫婦〉、〈贈許達然教授〉、〈贈陳芳明君〉發表於《臺灣文藝》第 97 期。

12 月　2 日，〈讓它自然成長——對教育部制定語文法有感〉發表於《自立晚報》第 10 版。

1986 年　2 月　15 日，〈試談《告密者》〉（李喬著）；詩作〈遺忘語言的鳥〉發表於《笠》第 131 期。

詩集《永州詩集・愛》由臺北笠詩刊社出版。

5 月　23 日，〈古老的臺灣河洛語〉發表於《自立晚報》第 10 版。

〈話說《臺灣文藝》第一〇〇號〉發表於《臺灣文藝》第 100 期。

6 月　15 日，詩作〈時光〉、〈小麻雀〉、〈白頭翁〉、〈偶感〉、〈海灘〉、〈春雨〉發表於《笠》第 133 期。

9 月　〈吳濁流與我〉發表於《臺灣文藝》第 102 期。

10 月　15 日，詩作〈花園〉、〈出發〉、〈海鷗〉、〈月光〉、〈火〉、〈秋日〉發表於《笠》第 135 期。

率臺灣巫氏宗親總會代表團赴泰參加旅泰巫氏宗親總會 20 周年紀念大會。

12 月　《風雨中的長青樹》由臺北中央書局出版。

1987 年　1 月　於新光產物保險公司會議室主持《臺灣文藝》同仁大會，建言成立臺灣文藝聯盟，後經楊青矗建議，更名為「臺灣筆會」。

2 月　26 日，〈臺灣文學與大稻埕〉發表於《自立晚報》第 10 版。

3 月　1 日，〈活躍早期臺灣畫壇的郭雪湖〉發表於《藝術家》第 142 期。

臺灣筆會成立，楊青矗任第一屆會長。

4 月　15 日，詩作〈矛與盾〉發表於《笠》第 138 期。

25 日，〈三月十一日懷念陳炘先生〉發表於《臺灣文藝》第 105 期。

6 月　〈燒失的長篇——回憶〈篝火〉與〈家族〉〉發表於《文訊》第 30 期。

8 月　〈從《金瓶梅》談臺灣民俗〉發表於《文學界》第 23 期。

9 月　29 日，〈中國人的監獄——天使島〉發表於《自立晚報》第 10 版。

10 月	15 日，詩作〈樹〉、〈濱〉、〈別離〉、〈法雨寺〉發表於《笠》第 141 期。
11 月	13 日，〈奮鬥、愛、生活〉發表於《自立晚報》第 10 版。
12 月	15 日，詩作〈護強〉發表於《笠》第 142 期。

1988 年

1 月	3～4 日，〈萬伸先種種〉發表於《自立晚報》第 10 版。
	14 日，應邀出席笠詩刊社於臺中舉辦第三屆「亞洲詩人會議」，並擔任中華民國代表團團長。
2 月	15 日，詩作〈父親的迷惘〉、〈萬博旅行〉、〈陰魂不散〉發表於《笠》第 143 期。
	27 日，〈四十一年前的黑影〉發表於《自立早報》第 18 版「從愛與諒解出發——二二八專輯」。
4 月	14 日，〈何必講「R.O.C」〉發表於《臺灣時報》第 17 版。
	15 日，詩作〈美麗島〉、〈春寒〉、〈痕〉、〈雲的故事〉、〈謊言〉、〈落在何處〉發表於《笠》第 144 期。
6 月	15 日，詩作〈玫瑰〉、〈裁判〉、〈阿吉在想〉、〈玩具〉發表於《笠》第 145 期。
	〈臺灣新文學運動與賴和〉發表於《文學界》第 26 期。
7 月	16 日，〈臺灣文學與中央書局〉發表於《文學世界（1987）》第 3 期。
8 月	15 日，詩作〈神祇〉、〈葉笛〉、〈灰的心路〉、〈峽谷〉、〈信〉、〈情〉發表於《笠》第 146 期。
10 月	15 日，詩作〈望月亭〉、〈更樓〉、〈貓〉、〈雨〉發表於《笠》第 147 期。
12 月	15 日，詩作〈小春蜂舞〉、〈掃墓〉、〈雛妓嘆〉、〈願〉、〈參詳〉、〈照鏡〉發表於《笠》第 148 期。

〈王白淵詩集《荊棘之道》〉發表於《文學界》第 27
期。

1989 年	2 月	15 日，詩作〈苦芩〉、〈桂花〉、〈萱草花〉、〈八八光復節〉、〈雞之歌〉發表於《笠》第 149 期。
		25 日，應邀出席臺灣筆會於陳林法學文教基金會舉辦「二二八文學會議」。
	4 月	15 日，詩作〈初秋〉、〈樹蔭〉、〈無聊〉、〈目瞘〉、〈博物館〉發表於《笠》第 150 期。
	5 月	率臺北巫氏宗親會遊中國，至寧化謁平陽古族巫氏總祖祠，並訪寧化縣政府拜會縣長。
	6 月	20 日，〈李煥越什麼亂〉發表於《首都早報》第 6 版。
		25 日，〈自大文化的制約〉發表於《首都早報》第 7 版。
	8 月	15 日，詩作〈我的影子不孤獨〉、〈雲林廟〉、〈舍士達雪山〉、〈攏是你害著〉發表於《笠》第 152 期。
		16 日，〈從日本和歌俳句的盛行看臺灣〉發表於《首都早報》第 7 版。
	9 月	1 日，〈臺灣文化的危機〉發表於《首都早報》第 7 版。
		18 日，〈時代的使命〉發表於《首都早報》第 7 版。
	10 月	4 日，〈臺灣獨立為什麼不好？〉發表於《首都早報》第 6 版。
		15 日，詩作〈木魚〉、〈在黃昏中〉、〈總統府〉、〈在日頭當中〉、〈古紅木〉、〈走路〉、〈墓在說什麼〉、〈英俊的照片〉、〈遺憾〉發表於《笠》第 153 期。
	12 月	15 日，詩作〈爬在大地的人〉、〈侮辱〉、〈權力的腐敗〉發表於《笠》第 154 期。
1990 年	2 月	15 日，詩作〈上威下亂〉、〈浪花〉、〈衝突〉發表於

《笠》第 155 期。

3 月	永州詩集系列《時光》、《木像》、《霧社緋櫻》、《稻草人的口哨》、《不老的大樹》由臺北笠詩刊社出版。
4 月	15 日,詩作〈永州山莊〉、〈思茫茫〉、〈客居〉發表於《笠》第 156 期。
6 月	15 日,詩作〈惡夢〉、〈我什麼都不講〉、〈樓梯〉發表於《笠》第 157 期。
8 月	15 日,詩作〈街頭一景〉、〈航〉、〈野百合民主廣場〉、〈一農夫日記〉發表於《笠》第 158 期。
10 月	15 日,詩作〈獵鷹〉、〈門家口〉、〈喫庶羞仔〉、〈日頭雨〉發表於《笠》第 159 期。
12 月	15 日,詩作〈門口庭〉、〈納涼〉、〈望治〉發表於《笠》第 160 期。

1991 年

1 月	15 日,贊助洪惟仁臺語社,推廣臺語活動。
2 月	1 日,張恆豪主編中、短篇小說集《翁鬧、巫永福、王昶雄合集》,由臺北前衛出版社出版。
	15 日,詩作〈煙火〉、〈澎風〉、〈阿媽的纏足〉、〈火金姑〉、〈二舅的風吹〉發表於《笠》第 161 期。
	妻許免突患腦血栓症,入臺大醫院治療。
3 月	妻許免回家療養復健。
4 月	15 日,〈安息吧!秀喜妹〉發表於《笠》162 期。
6 月	15 日,應《聯合報》副刊主編瘂弦之邀,出席「寶刀集」專欄日治時期作家聚餐,出席作家有黃得時、楊雲萍、王昶雄、劉捷、龍瑛宗等。
	15 日,詩作〈燈仔花〉、〈病房〉、〈生病〉、〈黑名單〉發表於《笠》第 163 期。
8 月	15 日,詩作〈心像〉、〈打太極拳〉、〈河堤上〉、〈難

友〉、〈跳水臺〉、〈騎馬〉；翻譯增田良太郎詩作〈屋頂的海〉、〈蝶〉、〈十月〉、〈時雨〉、〈睡眠的房間〉、〈迢迢人〉、〈像噴水〉、〈手掌物語〉發表於《笠》第 164 期。

10 月　15 日，詩作〈釣魚臺〉、〈庭樹〉、〈九八大遊行〉、〈司法的一國兩制〉、〈我愛臺灣〉發表於《笠》第 165 期。

〈如何自我塑造文學風骨〉發表於《幼獅文藝》第 454 期。

12 月　15 日，詩作〈殺江南〉、〈滑雪〉、〈滑冰〉、〈字帖〉發表於《笠》第 166 期。

25 日，〈呂赫若的點點滴滴〉發表於《文學臺灣》第 1 期。

28～29 日，應邀出席由二二八和平促進會、臺美文化基金會、現代學術研究會於臺大法學院國際會議廳舉辦「二二八學術研討會」。

1992 年　2 月　15 日，詩作〈黃華何罪〉、〈掩咯雞〉發表於《笠》第 167 期。

3 月　25 日，〈憶逵兄與陶姊〉發表於《文學臺灣》第 2 期。

4 月　15 日，詩作〈水社海（日月潭）〉、〈過年〉、〈假中國人〉發表於《笠》第 168 期。

5 月　主編《巫翁、巫水公派下族譜》，由作者自印出版。

6 月　25 日，〈憶林幼春先生〉發表於《文學臺灣》第 3 期。

8 月　15 日，詩作〈冬節〉、〈史大林的像〉、〈細細仔雨〉發表於《笠》第 170 期。

10 月　15 日，詩作〈探病〉、〈完墳〉、〈苦苓花〉、〈病後〉發表於《笠》第 171 期。

12 月　15 日，詩作〈遺像〉、〈鐵線草〉、〈花〉、〈患病記〉發表於《笠》第 172 期。

1993 年　　2 月　3～6 日，應邀出席臺灣筆會於陽明山嶺頭山莊主辦「第
　　　　　　　　　一屆臺灣文藝營」。

　　　　　　　　　15 日，詩作〈松鼠〉發表於《笠》第 173 期。

　　　　　　3 月　6 日，應邀出席「《臺灣連翹》的再評價及舊時代省思」
　　　　　　　　　（吳濁流著）公聽會。

　　　　　　4 月　5 日，〈棉薄之力──談巫永福文化基金會的成立〉發表
　　　　　　　　　於《文學臺灣》第 6 期。

　　　　　　　　　15 日，詩作〈落難的故事〉、〈連翹〉發表於《笠》第
　　　　　　　　　174 期。

　　　　　　6 月　15 日，詩作〈芒草〉、〈大鼓〉、〈妄語之害〉、〈回聲之
　　　　　　　　　美〉發表於《笠》第 175 期。

　　　　　　　　　詩集《無齒的老虎》、《爬在大地的人》由臺北笠詩刊社
　　　　　　　　　出版。

　　　　　　8 月　15 日，詩作〈蠟燭〉、〈十二月〉、〈三字經〉、〈刺青〉、
　　　　　　　　　〈獨木舟〉發表於《笠》第 176 期。

　　　　　　9 月　為永續舉辦巫永福評論獎等文化活動，向臺北市政府申
　　　　　　　　　請成立「財團法人臺北市巫永福文化基金會」[1]。

　　　　　12 月　15 日，詩作〈血債〉、〈春寒〉發表於《笠》第 178 期。

1994 年　　2 月　19 日，應邀出席臺灣筆會於臺大校友會館舉辦「史明國
　　　　　　　　　家民族演講會」。

　　　　　　4 月　15 日，詩作〈地基主〉、〈好兄弟〉、〈床母〉、〈桂花
　　　　　　　　　香〉、〈漢賊兩立〉發表於《笠》第 180 期。

　　　　　　5 月　1 日，〈日據時代的臺灣文學經驗〉發表於《日本文摘》
　　　　　　　　　第 9 卷第 4 期。

　　　　　　6 月　12 日，應邀出席臺灣筆會於上智社教研究院主辦「慶祝
　　　　　　　　　《臺灣文藝》及《笠》詩刊 30 周年──九四臺灣文學會

---

[1] 以下稱「巫永福文化基金會」。

議」，邀請來賓有金光林、北原政吉等。

15 日，詩作〈故宮紫金城〉、〈萬里長城〉、〈觀音瀧〉發表於《笠》第 181 期。

8 月　15 日，以「為臺灣寫的詩」為題，詩作〈吹笛〉、〈竹蜻蜓〉、〈風景〉、〈秋興〉、〈箭竹〉發表於《笠》第 182 期。

20 日，〈悲哀的臺灣人陳炘的前言〉發表於《臺灣文藝》第 144 期。

10 月　15 日，詩作〈蠟燭〉、〈望人嶺〉、〈海埔地〉、〈飛〉、〈地藏院〉、〈凌遲〉、〈地母廟〉發表於《笠》第 183 期。

11 月　25 日，應邀出席由行政院文建會與清華大學中國語文學系合辦「賴和及其同時代的作家——日據時期臺灣文學國際學術會議」，出席作家有吳漫沙、陳垂映、王昶雄、周金波、林亨泰、陳千武、葉石濤、楊千鶴等。

因腹痛至國泰醫院內科檢查，發現並切除直腸內的小肉瘤。

12 月　15 日，詩作〈商場〉、〈無尾巷〉、〈五月〉、〈鋼琴〉、〈木蓮〉、〈虛士堡小丘上〉、〈地平線的失落〉發表於《笠》第 184 期。

本年　巫永福文化基金會正式成立，將 1979 年設立的「巫永福評論獎」正式分為「巫永福文學評論獎」與「巫永福文化評論獎」，另增設「巫永福文學獎」。

1995 年　3 月　4 日，應邀出席文訊雜誌社主辦「臺灣現代詩史研討會」，與陳萬益共同主持第一場次。

5 日，應邀出席臺灣筆會於 YMCA 舉辦「第五屆亞洲詩人會議籌備會議」，被選為中華民國代表團團長。

10 日，〈難忘臺中一中〉發表於《臺中一中校友通訊》

第 10 期。

6 月　15 日，詩作〈班甲〉、〈翻身〉、〈曉月〉、〈晨鳥出林〉、〈路〉、〈一隻烏鴉飛去〉發表於《笠》第 187 期。

詩集《地平線的失落》由南投南投縣立文化中心出版。

8 月　24～28 日，與莊柏林等贊助並參加由臺灣筆會於日月潭教師會館舉辦「第五屆亞洲詩人會議」，會中獲頒亞洲詩人貢獻獎。

10 月　1 日，〈恐怖年代人人自危〉發表於《日本文摘》第 10 卷第 9 期。

11 月　7 日，短篇小說〈薩摩仔〉發表於《聯合報》第 37 版。

12 月　15 日，詩作〈民進黨九周年黨慶〉、〈華興演習〉、〈老〉、〈白內障〉發表於《笠》第 190 期。

20 日，〈《巫永福全集》出版總序〉；詩作〈守著陽光守臺灣〉發表於《臺灣文藝》第 152 期。

本年　巫永福文化基金會頒發第一屆「巫永福文學獎」。

1996 年　2 月　15 日，詩作〈南園〉、〈秋日〉、〈悲情〉、〈告別〉、〈選舉〉發表於《笠》第 191 期。

4 月　15 日，詩作〈秋思〉、〈表白〉、〈魚池行〉、〈存在〉、〈寄情〉、〈歲月〉發表於《笠》第 192 期。

5 月　《巫永福全集》（15 冊）由臺北傳神福音文化公司出版。

6 月　9 日，巫永福文化基金會、傳神工作坊於臺大校友會館舉行《巫永福全集》發表會，王昶雄、鄭清文、朱佩蘭、楊青矗、李元貞、林佛兒、張光譽、陳少廷等多位藝文界人士，均到場致意。

11 月　30 日，應邀出席行政院文建會於臺灣師範大學國際會議廳舉辦「呂赫若文學研討會」，共計兩場，另一場於 12

月1日舉行。

| 1997年 | 1月 | 10 日，應邀出席行政院文建會於國家圖書館舉辦「世界中文報紙副刊學術研討會」，於會中致辭；同日，〈臺灣報紙的副刊〉發表於《聯合報》第37版。 |

26 日，《巫永福全集》（15 冊）獲頒 1996 年臺灣本土 12 大好書。

2月　15 日，詩作〈京人形〉、〈木靈〉、〈蓮花〉、〈路〉、〈報應〉、〈寧化〉、〈廈門〉、〈故居〉、〈蘇州〉、〈杭州〉、〈西安〉、〈三門峽〉、〈洛陽〉、〈嵩山少林寺〉、〈開封〉、〈鄭州〉發表於《笠》第 197 期。

3月　16 日，〈我的〈首與體〉〉發表於《聯合文學》第 149 期。

4月　15 日，詩作〈舊金山〉、〈臺車〉、〈做醮〉、〈天燈〉、〈東西〉、〈清國奴〉發表於《笠》第 198 期。

6月　15 日，詩作〈無墳墓的人〉、〈除夕〉、〈極樂世界〉、〈滿山紅〉、〈雜詠〉、〈一日〉、〈種子〉發表於《笠》第 199 期。

8月　15 日，詩作〈祝〉、〈臺灣百合〉、〈樹蘭〉、〈笠仔〉、〈含笑〉發表於《笠》第 200 期。

10月　15 日，詩作〈憶〉、〈三月〉、〈村戲〉、〈山城〉、〈墾荒〉、〈桂花〉發表於《笠》第 201 期。

11月　1～2 日，應邀出席淡水工商管理學院臺灣文學系和臺灣筆會合辦「福爾摩莎的桂冠——巫永福文學會議」，並獲第一屆臺灣文學家牛津獎。

12月　15 日，詩作〈宋江陣〉、〈賞花〉、〈千樂〉、〈回味〉、〈三板橋〉、〈五港泉〉、〈打狗〉、〈萬華〉、〈南烘溪〉、〈彫像〉、〈冥想〉、〈黎明〉發表於《笠》第 202 期。

本年　右眼罹患白內障，至國泰醫院眼科進行手術治療。

1998 年　1 月　18 日，應邀出席於國王大飯店舉辦「臺北歌壇 30 周年紀念祝賀會」，並上臺發表祝詞。

2 月　12 日，應邀出席中央圖書館臺灣分館（今國立臺灣圖書館）舉辦「民俗臺灣回顧座談會」。

15 日，詩作〈秋景〉、〈世情〉、〈白髮〉、〈打撈〉發表於《笠》第 203 期。

23～24 日，〈時代的見證者──我所了解的張深切〉連載於《自由時報》第 41 版。

3 月　20 日，應邀出席行政院文建會於國家戲劇院舉辦第一屆文馨獎頒獎典禮，由李登輝總統親頒文馨特獎，並為女兒巫宜蕙代領文馨銀獎。

4 月　詩作〈醉在園林〉、〈椰子樹〉、〈雨夜〉、〈鳳凰木〉、〈向日葵〉、〈感〉、〈鳳凰開花〉、〈迎春〉、〈石磨〉發表於《笠》第 204 期。

5 月　9 日，應邀出席第一屆全國大專院校學生文學獎頒獎典禮座談會，於會中建議創辦學聯文學雜誌。

6 月　15 日，詩作〈稻香〉、〈籬笆〉、〈緋櫻〉、〈晨光〉、〈山城〉、〈文馨獎〉發表於《笠》第 205 期。

21 日，獲頒臺灣文化學院榮譽博士學位，赴臺中參加領受典禮。

7 月　24 日，應邀出席國立文化資產保存研究中心籌備處周年慶祝會，與王藍共同捐贈文學史料以供典藏。

8 月　15 日，詩作〈白色恐怖〉、〈等待〉、〈悼〉、〈葬〉、〈牽手〉、〈籬笆〉發表於《笠》第 206 期。

南投縣埔里鎮立圖書於館內設立「巫永福文庫」，展示巫永福捐贈的著作、書籍（包括絕版書）、文物等，供大眾

閱覽。

9月　26～27 日，應邀出席中國詩歌藝術學會於臺灣師範大學
國際會議廳舉辦兩岸詩刊學術研討會。

10月　5 日，〈談岡崎郁子女士論陳千武未發表的詩與隨筆所含
的意義〉發表於《文學臺灣》第 28 期。

15 日，詩作〈天〉、〈土地公〉、〈地下道〉、〈海〉、〈畫
寢〉、〈木蓮〉、〈長雨〉發表於《笠》第 207 期。

15 日，〈談岡崎郁子論二二八與文學〉發表於《淡水牛
津文藝》創刊號。

24 日，應邀出席九歌文教基金會於臺北國賓飯店舉辦
「老當益壯──向資深臺籍作家致敬餐會」，出席者有劉
捷、王昶雄、郭啟賢、黃平堅、黃天橫、鄭世璠、廖清
秀、林鍾隆、李安和等「益壯會」作家。

27 日，應邀出席文訊雜誌社主辦第 11 屆文藝界重陽敬老
聯誼活動。

〈揭開林獻堂滯日不歸的始末〉發表於《新臺灣新聞周
刊》第 133 期。

〈從五四談舊金山合約〉發表於《臺灣文藝》第 165
期。

11月　接受聯合報社訪問，針對行政院原則同意獨立設置「國
家文學館」發表意見，認為將不易保管或收藏的資料集
中，將有利學界研究，同時呼籲文學界共襄盛舉。

12月　8 日，返回埔里鎮東門里拍攝「智慧的薪傳──臺灣文
藝的護持者」專輯錄影帶。

15 日，〈臺灣現代詩運動探源〉發表於《笠》第 208
期。

16 日，應邀出席臺灣師範大學人文研究中心主辦戰後臺

灣現代詩風格演講，出席者有陳千武、岩上、李敏勇、
陳明台、許俊雅等。

23 日，獲陳水扁總統頒發臺北市文化獎章。

25～26 日，應邀出席由臺灣大學法學院主辦「近代日本
與臺灣研討會」，出席者有黃春明、陳映真、葉石濤等。

1999 年	1 月	15 日，〈中國絕句和日本俳句〉發表於《淡水牛津文藝》第 2 期。
	2 月	〈談岡崎郁子女士論臺灣文學中所謂昭和時代〉發表於《臺灣文藝》第 166、167 期合刊本。
	3 月	19 日，應邀出席由臺灣筆會、臺灣文藝、文學臺灣、笠詩社、臺文罔報、臺灣新文學等文學團體聯合舉辦「搶救臺灣文學」記者會，對行政院文建會主辦臺灣文學經典研討會表示不滿。
	4 月	15 日，詩作〈風〉、〈曉〉、〈看〉、〈眺望〉、〈黃昏〉、〈禿筆〉、〈暖〉、〈雲〉發表於《笠》第 210 期。
	5 月	1 日，榮獲第一屆南投縣文學獎文學貢獻獎，並出席於南投縣立文化中心舉行之頒獎典禮。
	6 月	12 日，〈植根於臺灣本土的《陳夫人》〉（庄司總一著）發表於《中央日報》第 18 版。
		25 日，主持第 20 屆巫永福文學評論獎、文化評論獎暨第五屆巫永福文學獎贈獎典禮，於典禮中發表《巫永福全集——續集》。
		《巫永福全集——續集》（4 冊）由臺北傳神福音文化公司出版。
	7 月	5 日，〈黃得時先生與我〉發表於《文學臺灣》第 31 期。
		15 日，自譯〈咱的創作問題〉，發表於《淡水牛津文

藝》第 4 期。

8 月　15 日，詩作〈鐘〉、〈四個夢〉、〈風颱〉、〈母墓〉、〈醉月
樓〉、〈我聽見〉、〈四庄牽田〉、〈埔里大馬麟〉、〈雜夢〉、
〈蜘蛛〉發表於《笠》第 212 期。

10 月　27 日，國立文化資產保存研究中心派員前往埔里災區勘
視，並協助南投縣埔里鎮立圖書館進行巫永福捐贈藏書
編目、修復工作。

12 月　15 日，〈震災〉發表於《笠》第 214 期。

2000 年　1 月　15 日，〈龍瑛宗最得意的一九三〇年代〉發表於《淡水
牛津文藝》第 6 期。

2 月　10 日，應邀出席於臺北市文化局紫藤廬舉行文化界耆老
茶敘。

3 月　10 日，應邀出席由國立文化資產保存研究中心籌備處
（今國立臺灣文學館）舉辦「巫永福米壽文學展」。

4 月　15 日，詩作〈龍舟〉、〈花〉、〈烏鴉〉、〈狗〉、〈腦〉、
〈信〉發表於《笠》第 216 期。
〈悼念王昶雄君〉發表於《淡水牛津文藝》第 7 期。

5 月　14 日，應邀出席行政院新聞局舉辦「向資深作家致敬──
──資深作家作品回顧展」。

6 月　15 日，詩作〈老〉、〈生存〉、〈回靈〉、〈地鼠〉、〈坐
禪〉、〈我〉、〈夜空〉、〈午後〉發表於《笠》第 217 期。
〈悼念吳濁流先生百歲冥壽〉發表於《臺灣文藝》第
170 期。

7 月　21 日，受臺南土城正統鹿耳門聖母廟管理委員會之邀，
擔任第二屆臺灣文史營講師，講授「日據時代臺灣話文
運動」課程。

8 月　4 日，應邀出席第 22 屆鹽分地帶文藝營，與葉石濤、詹

冰、陳千武、林亨泰、莊培初一同參加「向臺灣前輩作家致敬」典禮，獲頒獎牌。

15 日，詩作〈合歡山頌〉、〈天佑臺灣〉發表於《笠》第218 期。

〈日據時代臺灣話文運動〉發表於《臺灣文藝》第 171期。

10 月	6 日，應邀出席文訊雜誌社主辦「第 12 屆文藝界重陽敬老」聯誼活動。

15 日，〈淡水晚風〉、〈埔霧寒梅〉、〈孤獨的菅芒花〉、〈遇著雨〉發表於《笠》第 219 期。

27 日，應邀出席國立臺灣歷史博物館籌備處主辦「霧社事件的歷史省思」座談會。

〈楊逵事略〉發表於《臺灣文藝》第 172 期。

12 月　20 日，〈王昶雄文學的管見〉發表於《臺灣文藝》第 173期。

2001 年　1 月　31 日，應邀出席臺北市文化局於臺北市長官邸藝文沙龍舉辦「薪火相傳，新春請益」新春耆老茶會。

2 月　2 日，作家高行健訪臺，受邀於圓山大飯店參加茶會與晚宴。

15 日，詩作〈七里香〉、〈白髮之夢〉發表於《笠》第221 期。

17 日，應邀出席由文化總會於臺北賓館舉辦第十屆新春文薈。

〈漫談詩體〉發表於《臺灣文藝》第 174 期。

4 月　〈中文俳句〉發表於《臺灣文藝》第 175 期。

7 月　〈我的風霜歲月（1〜8）〉連載於《臺灣文學評論》第 1卷第 1 期〜第 3 卷第 2 期。

	8 月	15 日，詩作〈記憶〉、〈思鄉〉、〈日頭尚未落〉發表於《笠》第 224 期。
	10 月	詩作〈海的思惟〉、〈山谷溪水〉發表於《臺灣文藝》第 178 期。
	12 月	15 日，詩作〈深思的雕像〉、〈活在老人的春天〉發表於《笠》第 226 期。
2002 年	2 月	1 日，應邀出席靜宜大學中國文學系臺灣研究所學生自力出版《文學經典與臺灣文學》叢刊新書發表會，並以基金會名義贊助。
		15 日，詩作〈霧中燕〉、〈一枝雨傘〉發表於《笠》第 227 期。
	3 月	9 日，應邀出席由文化總會於臺北圓山大飯店舉辦第 11 屆新春文薈。
	4 月	15 日，詩作〈孤避〉、〈願望〉、〈歲月〉發表於《笠》第 228 期。
		〈從經典文學淺談臺灣文學〉發表於《臺灣文藝》第 181 期。
	6 月	15 日，詩作〈招魂〉、〈思〉發表於《笠》第 229 期。
	8 月	15 日，詩作〈暴力〉、〈八卦〉、〈貓〉發表於《笠》第 230 期。
	10 月	15 日，詩作〈恐怖〉發表於《笠》第 231 期。
	12 月	15 日，詩作〈白色〉發表於《笠》第 232 期。
2003 年	2 月	15 日，詩作〈秋風〉、〈水車〉發表於《笠》第 233 期。
	4 月	15 日，詩作〈中文俳句四十首〉發表於《笠》第 234 期。
	6 月	15 日，詩作〈臺語俳句〉發表於《笠》第 235 期。
	8 月	15 日，詩作〈向日葵〉發表於《笠》第 236 期。

		《巫永福全集——二〇〇三續集》（5 冊）由臺北榮神實業公司出版。
	9 月	傳記《我的風霜歲月——巫永福回憶錄》由臺北望春風文化公司出版。
	10 月	俳句集《春秋——臺語俳句集》由高雄春暉出版社出版。
2004 年	3 月	心肺衰竭，住臺北市仁愛醫院加護病房數周。
	9 月	18 日，〈我的家族〉收錄於《平陽之光——臺灣巫氏宗親總會 30 周年紀念特刊》，由臺北臺灣巫氏宗親總會出版。
2005 年	2 月	15 日，詩作〈人生的悲哀〉（手稿）發表於《笠》第 245 期。
	6 月	中、短篇小說集《巫永福小說集》由臺北巫永福文化基金會出版。
	10 月	詩集《巫永福現代詩自選集》由臺北巫永福文化基金會出版。
2006 年	8 月	金尚浩譯詩集《나의 조국（我的祖國）》，由首爾푸른사싱出版。
2008 年	9 月	10 日，逝世，享壽 96 歲。
	10 月	9～31 日，南投縣政府與行政院文建會於南投縣文學資料館、埔里鎮立圖書館同步舉辦「向巫永福致敬——福爾摩沙文學桂冠巫永福紀念展」，展出巫永福相關文物。
	12 月	趙天儀編詩集《巫永福集》，由臺南國立臺灣文學館出版。
2010 年	12 月	許俊雅主編《巫永福精選集》（3 冊），由臺北巫永福文化基金會出版。
2011 年	5 月	30～31 日，由巫永福文化基金會、靜宜大學臺灣文學系

於靜宜大學舉辦「巫永福文學創作國際學術研討會」，同時舉行巫永福文學獎、文化評論獎、文學評論獎頒獎典禮。

2012 年	5 月	19 日，文化部、國立臺灣文學館、南投縣政府、巫永福文化基金會於南投埔里藝文中心、南投縣文學資料館合辦一系列「泥土文學：巫永福先生百歲冥誕紀念活動」，包括文學特展、「您的回憶・我的歌：臺灣文學之父巫永福紀念音樂會紀念音樂會」、巫永福三大獎頒典禮、文學座談會等活動。至 6 月 16 日止。
		26 日，吳敦義副總統代表馬英九總統於埔里藝文中心演藝廳頒發總統褒揚令，謂：「綜其生平，久標獎掖之風，益著老成之望，森然林植，文苑流詠；弘聲盛業，亙古芳垂。」表揚巫永福對臺灣文學貢獻。
		26 日，由巫永福文化基金會於舉辦「泥土文學：巫永福先生百歲冥誕文學座談暨文學獎頒獎典禮」。
2014 年	5 月	詩集《巫永福》由春暉出版社、笠詩刊雜誌社出版。
	本年	「臺灣文學叢書在法國」——《臺灣現代短篇小說精選第 1 冊》（巫永福小說〈首與體〉法譯），將由 ACTES SUD 出版。

參考資料：

・張恆豪主編，《翁鬧、巫永福、王昶雄合集》，臺北：前衛出版社，1991 年 2 月。

・沈萌華主編，《巫永福全集》，臺北：傳神福音文化公司、榮神實業公司，1996 年 5 月，1999 年 6 月，2003 年 8 月。

・巫永福，《我的風霜歲月——巫永福回憶錄》，臺北：望春風文化公司，2003 年 9 月。

・許俊雅主編，《巫永福精選集》，臺北：巫永福文化基金會，2010 年 12 月。

輯三◎
研究綜述

不老的大樹，發光的銀杏

巫永福作品研究概況

◎許俊雅

一、前言

在臺灣文學發展的歷史長河裡，巫永福（1913～2008）的一生見證了不同的時代和政權，從日治時期起，他即以豐沛的創作力創作了小說、詩、劇本、評論、隨筆、短歌和俳句，直至九十高齡，一生豐富、多彩的創作生涯，譽之為臺灣文學的長青樹固無疑。[1]詩人評論家莫渝在懷思巫永福先生「文學之路」時，冠以「散發靜光的銀杏」形容巫永福先生，這一形象很精準又感性傳達了：文學家巫老的高壽及其文學作品靜靜散放柔和的光芒。

對於巫永福作品的研究，與其文學創作歷程緊密關連。1935 年畢業於日本明治大學文藝科，在校期間（1932 年），他和王白淵、張文環、蘇維熊等在東京成立「臺灣藝術研究會」，創刊《福爾摩沙》（フォルモサ）。留日階段，明治大學文藝科知名作家：里見弴、橫光利一、荻原朔太郎、小林秀雄、米川正夫等師資，開啟了他的文學視野和創作成績。畢業返臺後，他任職臺灣新聞社記者，並於 1941 年前後加入由多位作者組成「臺灣文藝聯盟」，《民俗臺灣》雜誌以及張文環創辦的《臺灣文學》的

---

[1] 李魁賢根據《巫永福全集》24 卷統計，「包括詩 7 卷（其中譯詩 1 卷）、散文 5 卷（其中評論 3 卷、文集 2 卷）、小說 2 卷，另外還有日文小說 1 卷、日文詩 1 卷、俳句 2 卷、短歌 2 卷、短句俳句 1 卷、臺語俳句 2 卷、文學會議 1 卷。……巫永福的創作量，詩大約 900 首、小說 15 篇、散文大約 150 篇」。見〈巫永福詩的特質〉，刊「名流書房」，檢索日期：2014 年 5 月 15 日，網址：http://kslee-poet.blogspot.tw/2011/05/blog-post.html。

團隊。二戰結束，因未能即刻適應語言差異及白色恐怖之故，暫停創作長達 20 年之久，直到 1967 年加入「笠詩社」。1968 年與吳建堂共同創立「臺北歌壇」，並於兩年後各主編第一本臺北短歌會以及臺北俳句會兩本歌集。他先後擔任本土文學兩大重要媒體《笠》和《臺灣文藝》的發行人，是相當重要的臺灣文學推動者。

他的作品文類多元，其中討論較多的是新詩及戰前的小說，從〈首與體〉、〈黑龍〉、〈山茶花〉、〈河邊的洗衣婦〉、〈阿煌與父親〉、〈慾〉到〈愛睏的春杏〉（另譯名作〈昏昏欲睡的春杏〉），不論是從新感覺派、都會現代性等各角度切入，還是從少年小說、商業文學著手，巫永福戰前小說的質量俱佳，幾乎是無庸置疑的，這基本上也說明了他做為小說家的資質天賦及文學訓練之透澈。其詩作之所以多於小說，或者戰後的數篇小說不被評論者討論的現象，其因或許在於戰後國民黨政府廢日文，強力推動中文有關，由母語日文轉換到中文，巫永福的文字表現能力已相當讓人驚歎，但做為小說書寫牽涉到極多生活細節、心靈活動的描寫，欲以後天所學的文字表達，其方便性、精確度以及篇幅多寡上，新詩、散文都較小說得心應手，這也是日治小說家在面臨政權更替、語言轉換之際，[2]所帶來的荊天棘地的絕大困境，王昶雄、張文環、龍瑛宗、楊逵、陳火泉莫不面臨此一打擊。尤其是王昶雄、陳火泉用中文寫散文，要再寫小說的話，大概仍需以日文來書寫，但環境已改變，發表媒介也失去。戰後巫永福先生用中文（譯）寫的小說，其數量不多，比如〈走反的故事〉、〈望人嶺〉、〈河山在〉、〈脫衣的少女〉、〈幸在日未斜〉、〈榕樹下〉、〈薩摩仔〉、〈虎仔耳〉諸篇，內容多與巫家、臺灣歷史有關，有些則是作家記憶深刻的若干民間人

---

[2] 巫永福在一場「呂赫若座談會」時謂自己「是習慣寫日文的人，中文基礎差，所以自習中都是看些《三國志演義》、《水滸傳》、《西遊記》、《紅樓夢》、《金瓶梅》。赫若的中文基礎應該是比我好，而且他又寫過幾篇中文小說，他的修辭方面應該是比我好，而且我的頭腦比較差，那時候我都寫俳句、和歌，無法用中文寫，只能用日文寫。漢詩的話，則是用中文寫。」可見巫永福在戰後初期自習中文。收入許俊雅主編《巫永福精選集——評論卷》（臺北：巫永福文化基金會，2010 年12 月），頁 180。

物、藝術家黃清埕及與之交情友好的臺灣作家故事，但這些被收入到「小說」的作品，迄今未引發評論家的青睞，箇中緣由自然值得關注。總而言之，其作品受關注的情形是戰前的小說及戰後的新詩，其他文類則鮮少受到討論，如其評論、短歌俳句等，皆僅一二篇或篇中部分觸及。以下謹就其作品研究概況一一討論。

二、巫永福作品研究的重點及爭議

　　1941 年 6 月，呂赫若寫了一篇短論〈我思我想〉，其中提到巫永福先生創作的慢工出細活，雖然不是直接評述討論其作品，但也觸及到文學創作與人生、生活學習有關，可說是目前較早的一篇談到巫永福作品的文章。這段文字寫道：

> 沉默的作家巫永福氏，許久才發表一篇創作，這種做法很好。我經常在想，在臺灣這個地方，一般人認為只要有人常發表作品，「他就是大家，他非常努力」，因此就追隨他。可是當他沉寂，人們就馬上認為他很差勁。事實上，人們並不了解誰才有實力，也不明白有些人雖然不發表，但依然孜孜不倦在埋頭苦幹。不發表與不努力是兩碼子事。文學的學習就是人生的學習，也就是生活的學習。生活貧乏的文學會令人覺得厭惡。關於此點，他做得很好。與其勉強擠出一些亂七八糟的東西，倒不如遂心悠閒地豐潤生活。不久後，他從豐潤的生活中創造出傑出的文學是指日可待的。[3]

　　就在呂赫若這篇文章發表不久，三個月後，巫永福發表了一篇題材特別的小說〈慾〉[4]，描述周文平為了得到店鋪，費盡心機的過程。題材涉及

---

[3] 載《臺灣文學》創刊號（1941 年 6 月），頁 82～105。中譯文見林至潔譯，《呂赫若全集》，聯合文學、印刻先後出版此書。
[4] 載《臺灣文學》第 1 卷第 2 期（1941 年 9 月），頁 107～108。

房屋、股票買賣、商業談判，過程中展現「人性貪欲的本性，預示了戰後在工商掛帥下更為繁複糾纏的男女關係以及企業人物在利潤掠奪爭逐中野心勃勃的心態。」[5] 所謂「預示戰後」如何，可見本篇在當時的前衛先行。之後莫渝認為這是一篇「商業文學」、「都會文學」、「中產階級新興市民文學」、「心理小說」，而且在其論文結束時說「在接受與學習過程，整合生活經驗的書寫，巫永福的小說，無疑地，在當前有重新認識重新閱讀的必要價值。」[6]莫渝這段文字與呂赫若所述相當吻合：生活的學習。莫渝應該未受呂赫若此文影響，完全是從小說〈慾〉的文本細讀所獲致的結論，而與巫永福同床夜談文學、人生的呂赫若，想必當時已隱約知道巫永福將撰寫〈慾〉。小說一開始即提及 1941 年 6 月 22 日的「德俄開戰」，其寫作時間自然在這之後，不到三個月，〈慾〉刊登於張文環主編的《臺灣文學》。此後有關巫永福作品的評述，大約要從巫永福在《笠》發表新詩開始，在 1978 年周柏陽寫了〈愛國詩人巫永福〉、李魁賢有〈巫永福詩中的祖國意識和自由意識〉、趙迺定評論〈巫永福作品〈氣球〉讀後〉，1979 年葉石濤、彭瑞金對談評論〈又是陳酒、又是新釀〉（巫永福部分），1980 年有李敏勇評論〈我們這時代的幾首臺灣詩〉、黃武忠評論〈堅守文化「苦節」的人──巫永福〉，1981 年有拾虹、鄭烱明、李敏勇等人訪問〈歷史的脈博、時代的影響──詩人巫永福訪問記〉、李敏勇評論〈巫永福的詩〉（〈愛〉、〈祖國〉、〈難忘〉、〈氣球〉），在 1980 年代巫永福作品被討論的部分，以詩作為多，這與《笠》詩刊關係密切，可說其文學的再度啟程與《笠》有難以割斷的事實。進入 1990 年代其戰前小說才較受到關注，而到 2000 年代，詩、小說的評論略為相當，也各有千秋。在這三十幾年的研究成果中，除了學位論文的完成[7]，宣示其作品研究進入了學院體系外，有兩

[5]張恆豪編，《翁鬧、巫永福、王昶雄合集》（臺北：前衛出版社，1991 年 2 月），頁 172。

[6]莫渝，〈人際／人慾的勾纏與角力──析論巫永福短篇小說〈慾〉〉，靜宜大學臺灣文學系編印《巫永福文學創作國際學術研討會論文集》（臺北：巫永福文化基金會，2012 年 5 月），頁 177。

[7]學位論文有許惠玟〈巫永福生平及其新詩研究〉（中正大學中國文學系碩士論文，1999 年 6 月）、

場分別由真理大學、靜宜大學臺文系主辦的巫永福作品學術會議也是不能
忽視的。許惠玟的學位論文〈巫永福生平及其新詩研究〉，討論有關巫永福
新詩的主題思想及藝術特色，其中主題除了親情、歷史、鄉土、風物民俗
的紀錄之外，更擴及新詩中所論及的政治面向及對臺灣意識的追尋與認
同。許嘉芬的論文〈巫永福日治時期小說中的少年與青年書寫〉探討受到
殖民地文明啟蒙後的巫永福，如何藉由少年與青年書寫，回溯他個人的成
長經驗，以及呈現出巫永福對於日本殖民統治時期的回應與反思。

（一）學術會議論文

　　第一次巫永福作品研討會，在 1997 年由淡水工商管理學院（已改真理
大學）臺灣文學系舉辦的「巫永福文學會議」，發表之作有林慧姃〈巫永福
與臺灣新文學運動〉、莫渝〈榕樹與線香──巫永福詩作的鄉土描寫與親情
述懷〉、陳明台〈強韌的精神──試論巫永福詩的主題和表現〉、李魁賢
〈巫永福詩中的風花雪月〉、陳芳明〈史芬克司的殖民地文學──《福爾摩
沙》時期的巫永福〉、施正鋒〈巫永福的民族意識〉、彭瑞金〈從政治派到
文藝派──巫永福青年時期的小說創作〉、王灝〈巫永福先生詩中的埔里經
驗及埔里風土〉、張恆豪〈觸探臺灣人文的深層記憶──《巫永福全集》出
版的寓意與闕失〉、李瑞騰〈重編《巫永福全集》〉、陳建忠〈困惑者──巫
永福小說〈首與體〉中的留學生形象〉、陳凌〈英譯巫永福小說的經驗論述
──以〈河邊的太太們〉為論述中心〉、游勝冠〈誰的「首」？什麼樣的
「體」？──施淑〈〈首與體〉──日據時代臺灣小說中頹廢意識的起源〉
一文商榷〉、許俊雅〈良知的凝視──《巫永福評論卷》的意義與價值〉
等，大部分集中在詩的部分，小說研究以〈首與體〉受青睞，並對施淑
「頹廢意識」起源論點有所討論。

　　陳芳明在〈史芬克司的殖民地文學──《福爾摩沙》時期的巫永福〉[8]

許嘉芬〈巫永福日治時期小說中的少年與青年書寫〉（中興大學臺灣文學研究所碩士論文，2011
年 7 月）及散見於其他書部分章節。
[8] 陳芳明，〈史芬克司的殖民地文學──《福爾摩沙》時期的巫永福〉，見本書所收。

中指出，當時巫永福所參加的「東京臺灣藝術研究會」有著較鮮明的左翼色彩，但巫永福卻是當中左翼色彩較淡的一員，但並不代表他排斥左翼，只是他堅持走中間路線，並主張是以合法組織的形式來生存。礙於當時被日本殖民，相對也只能使用日文來書寫，所以在文本中較不易看出直接批判日本殖民的用語，多是以隱喻的方式迂迴在其中。彭瑞金的〈從政治派到文藝派──巫永福青年時期的小說創作〉，說明巫永福與《福爾摩沙》雜誌的關係及其影響下的文學主張及政治路線。並從其政治上的中間路線觀察小說內容，提出其戰前小說的共同特質皆是探索主角的內心世界，並不特意強調是殖民統治下的空間。說法亦近於張恆豪〈觸探臺灣人文的深層記憶──《巫永福全集》出版的寓意與闕失〉認為巫永福的小說是主流之外的「另類小說」，因為主張純文學主義的巫永福，在其小說中較難找得到殖民統治的陰影，也較少有直接的批判。可謂在 1997 年的會議，這三篇論文不約而同提出其文學主張、中間路線與殖民議題弱化的關聯。

在第二次以巫永福作品會議舉行的中間，2005 年南投縣政府主辦了「巫永福與張文環創作學術研討會」，本次會議是兩位作家並列，提交的論文較受重視的有黃玉蘭〈巫永福與張文環小說作品風格比較研究〉，後來改題探討兩位作家作品中的「兒童文學」，另外是曾進豐〈論巫永福詩中的鳥獸蟲魚及其象徵〉一文，討論巫永福透過鳥獸蟲魚草木表達邃祕難言卻又不得不發的情感。或純粹即物、詠物；或託物寓意、類比象徵，其中，動物比例遠超過植物，尤以「鳥獸」意象最為大宗，最後掘發巫永福詩作「包孕斯土斯民的隱祕心聲，飽含反抗而堅毅的民族情感」，「既是悲苦歲月的寫真，也是臺灣精神的隱喻」。此與李魁賢〈巫永福詩中的風花雪月〉有異曲同工之妙，李文認為「要討論巫永福詩中的風花雪月，不可能指涉浪漫情懷」，巫永福詩中的鳥獸蟲魚草木、風花雪月種種意象、形象語言，並不偏向內在觀照，而是透過對外在物象的關懷，傳達社會的大我之愛。李魁賢此文也指出巫永福對詩表達的手段傾向小說的書寫方法，有的詩恰如短篇小說，是詩的小說化，而且不單小說化，且有評論化的表現，採取

文學介入社會現實的批判態度，偏向直接的批判手法。

　　到了 2011 年 5 月 30～31 日由財團法人臺北市巫永福文化基金會與靜宜大學臺灣文學系共同主辦，國立臺灣文學館合辦，靜宜大學日本語文學系、臺灣研究中心共同協辦之「巫永福文學創作國際學術研討會」，是第二場專論巫永福作品的研討會，會議以「臺灣意識」與「國際視野」為主軸，邀集專家學者，分別針對巫永福之現代詩、短歌、俳句以及小說創作，進行深入的討論。提交的論文有杜國清〈巫永福作品英譯研究〉、金尚浩〈悲劇的現實和超越意識——巫永福詩中的深層意味〉、阮美慧〈直感與意象：巫永福戰前詩作中的象徵世界〉、邱各容〈典範在夙昔——巫永福少年小說作品初探〉、張靜茹〈扭曲的啟蒙——巫永福小說中的少年成長之路〉、林鎮山〈叫著我，叫著我，黃昏的故鄉不時地叫著我——讀巫永福的日治時期小說〉、藍建春〈巫永福文學中的殖民再現及其轉折〉、王惠珍〈殖民地青年的未竟之志：論《福爾摩沙》文學青年巫永福跨時代的文學夢〉、賴松輝〈泰納民族文學影響下臺灣文學建構——論巫永福〈我們的創作問題〉的科學創作法〉、莫渝〈人際／人慾的勾纏與角力——析論巫永福短篇小說〈慾〉〉、許俊雅〈與契訶夫的生命對話——巫永福〈眠い春杏〉文本詮釋與比較〉、謝惠貞〈從新感覺派到「意識」的發現：論巫永福〈愛睏的春杏〉和橫光利一〈時間〉〉、趙勳達〈普羅文學的美學實驗：以巫永福〈昏昏欲睡的春杏〉與藍紅綠〈邁向紳士之道〉為中心〉等。此會議對巫永福的詩、小說、俳句皆有探討，其中有多篇觸及新譯小說〈眠い春杏〉（昏昏欲睡的春杏、愛睏的春杏）與劇本《紅綠賊》的研究。巫永福小說文本的曖昧性，在 2011 年這次會議尤其備受關注，巫永福在左翼組織中採取中間路線，此曖昧迂迴的特質與其小說的關係，在這次會議成為各家言說的伸展場，各評論家對巫永福作品詮釋的交鋒，可謂精銳盡出。另有些中間文類問題也在巫永福先生百歲冥誕文學座談會被討論，如許俊雅〈小

說還是散文？——談巫永福〈脫衣的少女〉〉。[9]

　　從以上所述的研究概況，可知會議主題的舉辦，對於巫永福作品研究的深化議題的拓展，有相當大的推動之功。期間引發關注的議題亦紛紛拋出，如巫永福作品中的新感覺派與寫實主義、普羅文學的關係，或者巫永福所參與的文學組織及文學主張，與他所創作的小說的關聯性等等。

（二）關於巫永福小說的討論

　　巫永福小說以戰前為大宗，評價亦高，戰後小說不僅不被討論，且多被質疑小說之純粹性。巫永福日治時期的小說有：〈首與體〉（1933 年 7月）、〈黑龍〉（1934 年 6 月）、〈河邊洗衣的太太〉（1935 年 2 月）、〈山茶花〉（1935 年 4 月）、〈阿煌與父親〉（1935 年 9 月）、〈愛睏的春杏〉（1936年 1 月）、〈慾〉（1941 年 9 月）。劇本《紅綠賊》（1933 年 12 月），以及詩作品。在 1945 年之前作品，以小說最為出色。在〈眠い春杏〉（譯為〈愛睏的春杏〉或〈昏昏欲睡的春杏〉）未被翻譯前，巫永福六篇小說已獲學界多次討論，這一篇在 2011 年會議時同時受到許俊雅、謝惠貞、趙勳達、張靜茹關注，論文都不約而同對愛睏的春杏展開討論。筆者之文首先是對〈眠い春杏〉與契訶夫〈萬卡〉、〈渴睡〉（或譯〈瞌睡〉）予以分析討論，並凸顯〈眠い春杏〉獨特的臺灣性，其次是〈眠い春杏〉與契訶夫小說關係密切，有必要釐清巫永福及當時的臺灣文壇與契訶夫作品的關連。該文從巫永福廣納世界性文學之營養，使作品從多個方面彰顯了不同於契訶夫甚至是臺灣新文學的風貌，〈眠い春杏〉如何在接受啟示之餘，加以創造性的發展，形成自己鮮明的獨創性。〈眠い春杏〉小說從反叛的角度對社會黑暗的揭露；對傳統語言的顛覆；象徵手法、意識流的成功運用等等。所有這些也是當時世界文學共同嘗試的問題，更是當時歐洲文壇上最流行的創作思潮。世界性因素不僅表現在其反叛思想和反叛精神上，更重要的還在於通過對世界性語言的嫁接和融合上，從主題、藝術構思到表現形式在美

---

[9]《泥土・文學——巫永福先生百歲冥誕文學座談會論文集》（埔里：埔里鎮公所，2012 年 5 月），頁 76～81。

學表現價值上有著與世界文學相同的共通性。就此點視之，巫永福創作的
接受影響也應放在世界性文學角度觀察。

　　王惠珍分析歸納謝惠貞之文的重點，主要是巫永福的〈首與體〉、〈愛
睏的春杏〉承繼橫光利一「象徵」書寫技法的特色，受其創作手法的影
響，但關於「時間」的書寫，橫光利一的〈首與腹〉呈現近代都市文明所
產生的高速化時間感，而巫永福的〈首與體〉呈現的卻是相反的緩慢感。
另外，〈首與體〉並非如橫光〈首與腹〉最後以首腹二者分裂而告終，巫永
福則試圖在分裂的首與體之間尋求再融合的可能。謝惠貞認為巫永福〈愛
睏的春杏〉接受當時的新心理主義的影響，嘗試透過描繪「意識本身」，進
行查某嫺的內心描寫，仿效橫光「時間」（非物理時間）的命題。趙勳達則
以普羅文學系譜討論，強調作品內容的普羅性題材，但對於小說中的心理
分析超現實手法，特別是超現實手法的夢境書寫亦引佛洛依德之說，定位
為普羅文學的美學實驗上所具有的價值的小說。

　　一般認為巫永福小說比較受當時日本文壇潮流、尤其是現代主義新感
覺派的影響，但因他對於底層人民的關懷（尤其像〈愛睏的春杏〉），就極
易被認為他也是普羅文學作家，而放在左翼系譜討論他的作品，這在 2011
年的學術會議，尤其被凸顯。因此趙勳達之文，引發了巫永福女兒巫宜蕙
的質疑（此與巫永福生前談話有關，巫老素來不認同其作被歸類與普羅文
學有關聯），王惠珍也認為此篇與社會主義寫實主義的路線相左。朱惠足因
此說巫永福戰前小說，難以定位與分類，很難用簡單的概念就可說清楚。
張恆豪在〈觸探臺灣人文的深層記憶──《巫永福全集》出版的寓意與闕
失〉標舉巫永福的小說是主流之外的「另類小說」，因為主張純文學主義的
巫永福，在其小說中較難找得到殖民統治的陰影，也較少有直接的批判。

　　〈首與體〉是最早也是最被廣泛討論的，施淑、賴松輝、梅家玲、游
勝冠、謝靜國、林芳玫、陳建忠諸氏皆曾撰文討論。施淑認為日治下知識
分子首體分離的狀態，是普遍存在接受「內地」等於開化、「本島」等於野
蠻的身分認同的臺灣知識人身上的，因此他們的小說，「有關臺灣、有關故

鄉，都不是鄉愁所在，而是黑暗、混亂、殘酷的象徵」。對〈首與體〉的詮釋，指出在殖民主義不平等的權力結構裡，被殖民者本身的文化特性、民族意識受到壓制，所導致的「文化原質失真」的現象，這種現象，使得知識分子認同於殖民者的文化，當他們看待自己本土文化的各種現象時，往往不自覺地套用殖民者審視和評定事物的標準與理論，是殖民地知識分子被殖民化的後遺症。陳建忠的〈困惑者——巫永福小說〈首與體〉中的留學生形象〉，是從留學生形象的角度來切入，探討身為留學生的巫永福在其小說〈首與體〉中如何呈現文本中兩位青年知識分子對於認同及傳統掙扎與困惑的心境，指出這是研究臺灣日治文學史與知識分子的重要課題。該篇藉由文本中的史芬克司（人面獅身獸）這個不對位的形體來隱喻青年知識分子的心境，說明這個分裂與錯置的狀況同樣也出現在青年知識分子上。面對異國時空的吸引，青年知識分子出現許多嚮往與憧憬，但當面臨到現實困境時，問題往往複雜許多。另外，陳建忠還將巫永福的〈首與體〉與楊雲萍的小說做比較，觀看 1920 年代與 1930 年代有關留學生形象的敘述有何不同及轉變。並指出楊雲萍小說中的留學生對於身處東京的心境是憤怒、不安的，但反觀巫永福小說中的留學生則是流連忘返於都市文化之中，對於新接觸的事物、文化是好奇、享受的。巫永福凸顯出不一樣的留學生形象，因為這些留學生面臨著臺灣／日本東京的掙扎，傳統與現代的矛盾與猶疑。陳芳明文進一步指出巫永福在 1934 年發表的〈我們的創作問題〉中，提出了殖民地文學與作家的兩難之處。陳芳明也藉用巫永福的小說〈首與體〉及〈黑龍〉來說明當時殖民地青年錯置混亂的心境，並指出這是巫永福自況的心情。陳芳明透過爬梳巫永福當時參加左翼組織的狀態，來說明巫永福的主張，並進而從文本中指出巫永福身為殖民地青年作家的心靈錯置狀況，更說明了在當時如巫永福這樣的例子並不在少數，其他殖民地青年作家也有著同樣的困擾與矛盾。許嘉芬〈巫永福日治時期小說中的少年與青年書寫〉就陳芳明的說法，更進一步思考當時殖民地青年作家心靈錯置的狀況既不在少數，那麼到底是什麼樣的環境或文化造就

出這樣的狀況？身在日本東京的留學生到底是經歷怎麼樣的生活，何以會讓他們在異鄉流連忘返？

　　另一被關注的議題是兒童文學、成長小說、少年小說。邱各容的〈典範在夙昔──巫永福少年小說作品初探〉，是將巫永福的小說〈黑龍〉與〈阿煌與父親〉放在兒童文學的文類中去理解，並將其視為是「少年小說」。並從小說的情節結構與人物刻劃去分析文本，指出巫永福的這兩篇小說中具有少年小說的架構與特色。在人物刻劃上，亦點出小說中人物角色的特色與形象，以及巫永福成功地運用新感覺派技巧，展現了對兒童心理的描繪。邱文強調是孤兒寄人籬下身心痛苦的心理，以及貧富懸殊下的父子角力。

　　許嘉芬的〈巫永福日治時期小說中的少年與青年書寫〉，對此提出將其置入日本殖民的歷史情境下去理解，並綜觀青少年在青春期的成長與發展，也許可再發現更深層的意義與特殊性。小說中除了呈現親子關係不和諧的情形之外，仍可再深入觀察這不睦關係下，對於少年的成長造成什麼樣的影響與呈現何種心理變化？並且還可再深入探究小說中，父母親在家中的地位與位置，所蘊含的意義。因此，許文試圖從小說裡觀察青少年成長過程中與父母的相處所呈現的心理轉折與變化，進而去思考巫永福對於時代的回應與省思等。張靜茹的〈扭曲的啟蒙──巫永福小說中的少年成長之路〉，是以「成長小說」的概念來觀看巫永福的小說〈黑龍〉、〈阿煌與父親〉與〈愛睏的春杏〉。並從小說中的情節發展，將三篇小說視為是不同於正向啟蒙的「反啟蒙」、「反成長」，開啟了「成長小說」研究中的另一個面向。以「幻滅是成長的開始」去觀照小說中少年的心理衝擊，並援引佛洛伊德的精神分析理論理解少年成長的心理狀態。揭示出巫永福對於「人」的關懷，以及人生於世間中「存在困境」的問題。此外，張靜茹亦將〈愛睏的春杏〉納入討論中，除了少年的面向外，亦加入少女（女性）的討論。張文深入描繪負面成長下的少年心理，以小說〈黑龍〉與〈阿煌與父親〉為主要分析文本，著重於仍處在家庭中的少年與父母親的互動、

少年對父親的質疑與反叛、臺灣傳統家庭的母子關係，透過觀照少年與母親的相處情況，探討父權結構下母親（女性）的地位與形象。許嘉芬之文，則進一步留意巫永福細膩地描繪少年心理，且大量使用「幻想」、「夢境」、「聯想」所反映的意義。許文觀察巫永福小說中的少年與青年書寫。探究日本殖民時代下，巫永福身為青年又書寫青少年主題，在青少年成長過程裡碰觸到「父母」、「青年」與「愛情」三者交織的狀況時的心理變化與轉折，在這些過程中，巫永福自身的成長背景、求學經驗與文學素養，與其創作的小說自有相互輝映之處。

對於內在意識的描寫在〈黑龍〉、〈阿煌與父親〉等小說尤其明顯，小說主人翁面對的都是一源自於家庭內部的困境，同時主角都帶有一些與親人或現實社會的疏離感和愛想像、細膩甚至脆弱的心思，這樣的人物很適合將其心理狀態的活動展示出來。黑龍經常以沉溺其中的幻想逃避家道迅速中落的現實，各種幻想在漸漸崩毀的現實成為一種安慰，然而黑龍終究不能不面對最終父母雙亡、自己一無所有的悲哀現實。在〈阿煌與父親〉裡，主角阿煌如同〈黑龍〉一般，在「深深察覺自己不幸」之後，主角都開始了大量的幻想。〈山茶花〉的心理獨白、在巫永福小說裡大量的心理話語書寫的過程中，對於人性欲望的表露，也同樣成為他寫作的一個特色。葉石濤便曾如此評論：「他的小說風格近似自然主義，銳利地解剖人生醜惡的層面。代表作〈慾〉最能代表他的小說風格。在描寫複雜的人際關係中，點出人類貪慾、自私、不擇手段的人性弱點。」[10]而張恆豪也對巫永福的內心描寫有這樣的評價：「帶有懷疑、內省、耽思的現代色彩，善於捕捉微妙的心理變化，透過外在複雜的人際關係，追索人類陰暗的層面。」[11]

（三）中間文類：巫永福戰後的小說

巫永福戰後的小說，多半具有中間文類的現象，介於小說、散文之間，而且內容不以虛構為主，而是偏向追求事實，總合起來類似傳記小

---

[10] 葉石濤，《臺灣文學史綱》（高雄：文學界雜誌社，1987年2月），頁51。
[11] 張恆豪，〈赤裸的原慾——巫永福集序〉，《翁鬧、巫永福、王昶雄合集》，頁172。

說。過去散文不強調虛構，但近年散文時見虛構或雜糅魔幻寫實手法，小說寫得像散文，散文寫得像小說，幾乎已成常態，鍾理和〈草坡上〉在《聯合報》副刊發表後，或謂之散文，或歸之小說，黃春明〈戰士，乾杯！〉原載於 1988 年 7 月 8～9 日《中國時報》，前衛出版社當年度小說選即選入此篇，但後來作者收錄於其散文集《等待一朵花的名字》（臺北：皇冠出版社，1989 年 7 月）。作者以第一人稱的視角透過氣氛的醞釀與人物的對話，帶出小說般的情節變化，深刻呈現了原住民家族在結構暴力下的時代悲劇。郝譽翔〈午夜電話〉為中國時報散文首獎，後收入其小說集《逆旅》。陳幸蕙編《七十八年散文選》（臺北：九歌出版社，1990 年 1 月）時，收錄了徐錦成視為小說的〈爸爸的百寶箱〉，編者陳幸蕙說：「現代散文做為中間文類的性格日趨明顯」，又說：「現代散文亦將有可能具備愈來愈多的『混血』成分，而出現綜合文體或定義模糊的模稜地帶。」到了顏崑陽編《九十二年散文選》（臺北：九歌出版社，2004 年 2 月），又收錄馬森〈美好時光〉等五篇小說，在在透露出小說、散文的藩籬日益模糊，甚至有意被打破。國內外幾乎都如此，朱天心小說〈想我眷村的兄弟們〉形式上從傳統寫實手法過渡到散文式的敘述體類，義大利作家卡爾維諾的《看不見的城市》，創作形式叛逆了傳統小說故事、人物、情節的敘述，顛覆以情節為中心的閱讀習慣。整本書像活頁的書可以前後抽換，它的結構、排列順序本身也是可以倒置的，它介於小說、散文，甚至帶有點詩意的中間文類，這些新奇的寫法，讓人耳目一新。

　　本文無意去分辨小說、散文之義界，只是揭示在《巫永福全集》、《巫永福小說集》[12]編錄時的「小說」，應是作家自主性的歸納，因此本人在主

---

[12]沈萌華主編《巫永福全集》（臺北：傳神福音文化公司，1996 年 5 月），有《小說卷Ⅰ》、《小說卷Ⅱ》及《日文小說卷》，《小說卷Ⅰ》多收錄巫氏家族相關的故事，《小說卷Ⅱ》是中文翻譯的戰前六篇小說及一篇戰後的中文小說〈薩摩仔〉，另有《日文小說卷》收錄戰前七篇小說、劇本一篇、評論兩篇，保留原日文風貌。《巫永福小說集》（臺北：巫永福文化基金會，2005 年 6 月），除收錄〈走反的故事〉、戰前六篇已譯成中文的小說，新收入〈薩摩仔〉、〈虎仔耳〉、〈望人嶺〉、〈幸在日未斜〉、〈河山在〉、〈脫衣的少女〉、〈榕樹下〉、〈風吹草動〉八篇。〈河山在〉原是戰後初期時的日文稿，反映當時情景，有時代意義，但草稿潮濕變色又蟲蛀厲害，遂以中文重新寫

編《巫永福精選集——小說卷》時，亦尊重其意思，將戰後〈走反的故事〉、〈望人嶺〉、〈河山在〉、〈脫衣的少女〉、〈幸在日未斜〉、〈榕樹下〉、〈薩摩仔〉、〈虎仔耳〉諸篇納入「小說卷」，而這些作品事實上與戰前小說差異極大，其原因即在於戰後這批小說使用中文表達，似乎無法臻於戰前日文小說的細膩功力，雖然不乏人物對話及情節的鋪陳，但亦經常轉入直接敘述史實、現實、真實的現象。但如此多篇皆是如此處理，不免又讓人疑惑是作家有意的將小說寫得像散文，從新感覺派轉換到寫實主義，並以自己個人歷史來為臺灣寫作，因而捨棄人物內心世界的意識流手法，改以反映外在客觀的現實，而這種種改變，究其因恐怕癥結在於作家所面對的臺灣現實的殘破，對戰後局勢的失望、憤怒與不平，因此經常迫不及待介入小說發言。這些小說除了〈脫衣的少女〉，其他小說如〈河山在〉、〈榕樹下〉、〈風吹草動〉亦都以實人實事為主，如黃清埕、藍運登、張星建、張冬芳、吳天賞等人，寫作時間多在 1998、1999 年間，題材則為戰爭末期及戰後初期（含二二八）發生的風吹草動事件為主，明顯可見巫老在年歲老去急於為自身及臺灣歷史見證的心思，自傳意味濃厚，並傾斜於雜文寫作的手法。

〈脫衣的少女〉以真人真事書寫，前半以人物動作、對話、情節為主，小說成分為多，但後半敘述「脫衣的少女」伴隨個人的遷徙，最終捐贈給臺北市立美術館，此部分則偏向散文寫法。巫永福〈脫衣的少女〉在作家八十六高齡時才書寫，我想其中正體現出他對臺灣菁英人才的早逝，深深感到歎息及不捨，至於是小說還是散文，已不是他在意的分類，此時的他早已拋卻世俗、文壇的喧嘩紛擾，一切從心而所欲。

（四）戰前戰後詩作的評價

巫永福的文學以詩為主體，抒情詩的產量占總產值的二分之一強，但巫永福的抒情詩中獨少「情」。從巫永福的少作考察起，便會發現他是偏現

成，時間是 1998 年 12 月 30 日，翌日完成另篇〈脫衣的少女〉。

實主義社會性的抒情詩人，他不善於或不樂於表達個人性的內在感情，他所關懷的對象傾向於外在景物，例如現存早期作品：〈遺忘語言的鳥〉描寫遺忘母語而喪失精神立場的悲哀。〈誰都不知不覺的時候〉描寫孤寡的老太婆謝世時的淒涼。〈愛〉描寫虛偽的愛之欺瞞性，含有強烈的社會批判性。〈乞食〉描寫對生產無力者人權的尊重，表達了詩人同情弱勢者的姿態。〈權力不會賢明〉直接抨擊臺灣總督「掛上一視同仁的假招牌，而偽裝著愛民的低姿勢」，可看出巫永福青年時便扮演著反抗詩人的角色。他也以詩表達對老人問題、老兵問題的關心，對國際局勢觀察深入，寫下對中東戰爭、蘇聯解體的詩作。

　　由於出生於日本殖民統治下的臺灣，其詩作也就有根深柢固的漢族情感。〈孤兒之戀〉和〈祖國〉明顯表明了政治和民族立場，與統治者採取對立的態度，〈祖國〉一首尤常被引用：

　　未曾見過的祖國

　　隔著海似近似遠

　　夢見，在書上看見的祖國

　　流過幾千年在我血液裏

　　住在我胸脯裡的影子

　　在我心裡反響

　　呀！是祖國喚我呢

　　　　或是我喚祖國

　　燦爛的歷史

　　祖國該有榮耀的強盛

　　孕育優異的文化

　　祖國是卓越的

　　呀！祖國喲醒來

祖國喲醒來

——〈祖國〉

聽青鷦的哀鳴就想起國土
聽庭院雀鳥叫就想起國土
聽了就憂愁
在夜燈下啜泣
在基隆海日出的時候
在臺日航路的船上憤怒著
把恥辱藏在故鄉的山巒
把孤兒的思惟藏在波浪

日夜想著難能得見的祖國
愛著難能得見的祖國
那是解纜孤兒的思惟啊！
醫治深沉的恥辱傷痕
那是給與自尊的快樂啊！
使重量的悲哀消逝
使沉溺的氣憤捨棄深淵
呀！難能獲見的祖國何在

——〈孤兒之戀〉

　　這兩首詩作經常被對岸取之以宣傳其祖國意識，但卻忽略了在經過二二八、白色恐怖戒嚴的祖國之後，巫永福的臺灣主體意識愈來愈清晰。
　　關於巫永福新詩創作的語言特色，許惠玟歸納出：「精緻且具文學表徵意象的作品大都屬於日語詩作，中文的詩作較淺顯平直、敘事性強而削弱其藝術性。他的詩作題材又以詠物詩居多，又可分成植物類、動物昆蟲類、其他類，植物類中又以詠花為最，巫氏之所以以詠物詩居多，似乎多

少受到和歌詠物題材之影響。」[13]另外，敘史詩中也有數篇闡述國族史和地方史的作品，如霧社事件的〈霧社緋櫻〉，或陳述埔里開拓過程中原漢衝突的地方史，如〈阿婆說〉、〈望人嶺〉；地方抗日史的〈應靈祠〉、〈山城〉，二二八事件對抗國府的〈茄苳樹〉等等。

　　陳明台言，巫氏戰前的日文詩創作類型雜然並陳，顯現多元的風貌，形式講究又極為注意語言機能的發揮，但是戰後的中文詩的語言表現，居於白描階段，說明性濃厚者依然不少，由於習慣多用形容詞，是敘述性強的語言，而直接鋪陳的方式，幾乎是他一成不變的特色。可見，巫氏多數戰後詩創作，不免降低了詩的質素，形成過散文化的傾向。但做為一個時代歷史見證者，他卻透過詩文積極地將一個世代的歷史經驗和知識分子的精神史如實地記錄下來。至於其俳句、短歌也成為「承載臺灣在地的文化知識和歷史經驗的敘述語言」，但其「和歌作品個人文藝消遣的自娛性高過於文以載道的社會啟蒙性」（王惠珍語）。綜言之，巫永福戰前的詩作呈現藝術性高於主題性，戰後創作多以新詩、評論為主，主題性高於藝術性，從大量詩作對現實的批判及事件的忠實紀錄，在在都可以看出巫氏從新感覺派到寫實主義間的轉變。

（五）評論

　　巫永福先生除了小說、新詩、短歌俳句外，還寫了一百多篇文章，或記述臺灣文學，或討論臺灣社會現象之經歷與觀察。這些作品反映了他的文化態度、政治見解、文學取向與社會關懷，從而也透露了與其所處時代、社會的對話，提供了研究臺灣文史的另一類觀點——在官方說詞之外的另一種聲音。透過評論的閱讀，我們深刻感受到文化人生命的可大可久。在《巫永福全集》裡頭最能呈現作者的心路歷程與時代變遷的，新詩與評論可說是兩大重鎮，而評論更是直指核心，避開了詩歌中可能有的隱喻以及象徵。就歷史真實的觸及來說，它呈現了閱讀時的暢通感，對不斷

---

[13]許惠玟，〈巫永福生平及其新詩研究〉（中正大學中國文學系碩士論文，1999 年 6 月）。許文為臺灣文學研究，最早一篇研究巫永福的學位論文。

斷裂的臺灣歷史有其補綴作用。尤其「評論卷」所談的幾乎都是以自己的經驗為線索，是一回憶錄式的雜感，它沒有一般學術性論著的枯燥晦澀與單調乏味。這些文章，如果僅是數篇的論述，或許難顯一個時代的歷史現象，但百篇的聚沙成塔，就如荒漠中有了奇花異卉，繁茂而多姿，令人深刻體會到時代感和文化意味。

其評論文之意義與價值可歸納為幾項說明：一是「凸顯了臺灣知識分子的精神」，從日治的反殖民到光復後心靈的幻滅，巫老將他們那一代人的人格風範、價值取向、知識傳統等面貌如實描繪了出來，他們追求理想、關心社會、重義輕利、提攜後進、正直勇敢等等特點，在在令人心嚮往之。它不僅是揭示某種歷史事件的真相，而是凸顯了臺灣知識分子在困躓環境下無與倫比的力量及溫馨之情，提醒了我們對生命的珍惜和尊重。如果臺灣文化人沒有這些高貴的素質，我們就很難想像他們是如何在抗拒不公不義的權力和猥瑣的世俗中掙扎過來的。他記述了張星建樂於助人的事例，對楊肇嘉、羅萬俥、林獻堂、吳天賞、賴和都有深入感人的描寫。

二是重新認識、評價 1920、1930 年代的臺灣藝文。他對自己創辦《福爾摩沙》（フォルモサ）種種的經過、細節，有相當完整的陳述。如走「中間路線」之因等。其中並提及張星建與楊逵間一段往事──《臺灣文藝》分裂，楊逵另創刊《臺灣新文學》。巫老所述不僅是張、楊之間編輯上對稿件取捨意見相左造成嫌隙，他並且認為楊逵退出《臺灣文藝》，是日本人田中從中煽動所導致。田中其時任《臺灣新聞報》副刊主任。由於「臺灣文藝聯盟」是當時文學運動最大團體，故為日人所忌，而企圖加以破壞，製造分裂以削弱反抗力量。巫老認為楊逵可能並未自覺到日人此一企圖，以致扮演了分裂者的角色。此一論述雖不乏忖想臆測之詞，但可做為文學史料之參考。尤其對兩刊物作家群的分析來看，巫老之說自有其理由。又如對曾火石之介紹，書中雖略有四、五次，但資料珍貴，且對照互見，時有樂趣。集中對臺灣藝文之介紹，不局限於音樂、美術、文學之常識，而視之為歷史的另一種敘述法。因而所論述者，著重與時代產生互動關係的藝

術家、作家與作品。易言之，巫老之作可說是把臺灣文學藝術放進臺灣過往歷史的洪流中共同翻滾，使得屬於臺灣人的歷史，是一部有血有淚的歷史。藝術家們的生命菁華透過其筆觸一朵朵地綻放開，陳澄波、郭雪湖、江文也、黃土水、李石樵等人一生嚴謹努力、堅守崗位、熱愛藝術、心懷家鄉，其風采事蹟，無不觸動閱者對生命的反省、對時代的反思。以這樣的角度來觀照，臺灣美術、文學、音樂之行程遺音，令人覺得十足地光彩。

　　三是補史料之不足，如筆名難以歸屬之情形，透過其評論文，大致可整理出較罕見或未見經傳之說，如「疑雨山人」為陳逸松之筆名；「淳光」為邱淼之筆名；「青萍」為黃啟瑞之筆名；「半仙」為羅萬俥之筆名；「兆行」、「史民」實為吳新榮；「郭天留」乃劉捷；「秀湖生」為許乃昌；巫老本人亦曾化名為「田子浩」。此外，對「赫若」筆名之緣由，他在〈呂赫若的點點滴滴〉一文中說：「赫若說：『我的本名石堆很粗俗，故以赫若為號並為筆名。』針對他的筆名，我說：『很有朝鮮名小說家張赫宙的味道。』赫若一聽大笑起來答道：『是啊，我比張赫宙年輕，所以名赫若，日本語的若是年輕的意思。』」巫老對於賴和「安都生」之筆名亦說：「賴和有一個非常有趣的筆名，有如模仿西歐模式的安都生，由這也可見賴和相當受著西洋文學的影響。」在文學史料不足的情況下，這些「筆名」之確定對文學研究有其幫助。此外，如對陳炘其人其事之紀錄，實多為人所未見，主要原因是巫老曾為陳炘之部屬，因此有關陳炘之文，如〈三月十一日憶陳炘先生〉、〈悲哀的臺灣人陳炘的前言〉二文，迄今仍是最重要的參考史料之一。李筱峯撰《林茂生、陳炘和他們的時代》一書，對於陳炘之探討，有不少地方借助於巫老口述歷史及相關文章，即為明證。前文對其家世有詳細載錄，後文對陳炘遇害之陳述，牽連大東信託公司被華南銀行合併之經緯。又如轉述李石樵欲赴日本深造之故事，悉為典籍所未載錄。

　　四是洞窺作者本人的思想與立場。「評論卷」中的成長記憶、歷史反思等等，都提供了了解作家的終極起點。集中巫老特別將臺灣話說成「河洛

話」，以為是身為臺灣人之自尊，他也不諱言日據時代對祖國的嚮往，然而歷經戰後種種壓抑、挫折，他深刻地省思到文化中國是根源，而政治中國是祖國嗎？講河洛話是文化的淵源，但對政治的選擇、對臺灣的定位，他有明顯的論述立場，縱不以獨立國視之，亦是一如假包換的政治實體。在〈臺灣獨立為什麼不好〉及詩歌〈省思〉一作，可窺其心靈告白。「評論卷」中敘及自己的二二八經驗，也交代歷經時局裂變，臺灣人生命史上的重要轉折，有不少知識分子走出神話國，回到人間，回到臺灣這一塊土地上。1989 年 5 月巫老有大陸之行，旅途中見北京、廣州一大群學生向中共當局要求民主自由的大規模改革運動。巫老以早年文化記者生涯訓練出來的靈敏觸覺，小中見大，洞燭其背後隱藏的多層面因素，預感暴風雨之來臨。觀其 5 月 30 日撰就的〈我的大陸行〉及 6 月 14 日完成的〈六四天安門慘案的省思〉二文，可見作者清晰的理路與豐沛的感情，直觀與思辨的相輔相成，在〈我的大陸行〉一文，早有先見之明，洞徹鉅變之難免。集中〈美國行腳〉、〈加州史蹟公園雲林廟〉、〈中國人的監獄──天使島〉、〈奮鬥、愛、生活〉等記遊散文，巫老以臺灣人立場，深入透澈地觀察異國風景，以自然不矯情的筆調，深深刻劃出當地的人文風貌，特殊的歷史、藝術等景觀，傳達了他對名勝古蹟的維護用心，呼籲臺灣在經濟發展之餘，應鼓勵人民了解及實踐愛與生活的真義，並對中國移民的苦難辛酸史，寄予無限同情、感慨。這些文章對人的精神心靈具有洗滌之作用，也是巫老熱愛臺灣的流露。雖然「事如春夢了無痕」，但透過其筆墨的用心，回憶文字的娓娓敘說，見證了他一生不虛度及精神心靈之豐富。其沾溉後學者誠多。

　　從這些文字有長有短，分量有重有輕，前後歷時二、三十年近三十萬字的「評論卷」，吾人可對巫老一生經歷、思想知其梗概，看到他對臺灣文學藝術及自己民族歷史之用心和深情，看到他對歷史政治黑幕下冤死靈魂的深沉追思；看到他對不合理的社會架構，毫不苟且地憤怒聲討；看到他在卑瑣潮流下努力追求道德、追求理想的意志與情操；因而儘管年逾九

旬，他仍奮猛精進，無法真正放下手中的筆。平淡而有味地緩緩湧現，如細水長流般掘地無窮。可說作者的筆調所抒發的，不僅是個人的追憶雜感，而成了民眾記憶的一部分——隨著其筆端遊走於那個世代臺灣人的生活記憶與歷史空間，洞窺了臺灣文史發展的脈絡和軌跡。另方面，作者巫老對臺灣文學、歷史、藝術的人、事、物所進行的爬梳，有意無意之間已為臺灣文化的重新詮釋，提供了不少素材，在膠彩畫、二二八事件、河洛話……中這類訊息比比皆是。汲汲於思索生命、探求臺灣的人，必可以透過書中近百位影像，尋到智慧、光環與成長。

三、結語

巫永福先生的創作豐富而多元，戰前用日文寫小說、詩、劇本、俳句，戰後以中文寫詩、評論、隨筆，晚期則用臺語寫俳句、短句。從戰前的小說可以看到他對現代主義文學的追求，其文學觀與其時代、社會、文學思潮有相當的影響，作品並不直接批判日本殖民統治，可謂是主流之外的「另類小說」（張恆豪語）。雖然如此，他對於底層人民的關懷及對人性的透視，同時也展現了相當深刻的社會批判性，呈顯其創作遊移在寫實精神與藝術趣味之間，因此對其創作的歸類，有的以中間路線文藝派視之，有的以普羅文學視之，這也正見出其作品的複雜度及所開拓出的主題較諸其他新感覺派作家有過之無不及。及至戰後因時局及語言問題，他淡出文壇，直到 1967 年加入「笠詩社」，其文學生命才又再度鮮活起來，他將其精力投注於詩歌的創作。他解釋自己的詩觀時說，要把握的是詩的精神，要嚴格要求的是詩的本質，「詩歌」創作成為他戰後重返臺灣文學的最重要文類。或許面對「語言轉換」所帶來的困擾，在屬於評論、論述的散文部分，基本上主旨清晰，酣暢淋漓；屬於詩歌的部分，則透露了太多對社會現實、敏感政治的直接介入語言，因抵抗意識的關係而有藝術弱化、詩質減弱、散文化傾向的疑慮。而戰後以中文書寫的小說，遠不及日文之作，研究者一般亦不論及此部分。

　　如果不是因語言跨越及政治氛圍的因素，他能夠發揮的天地會更大，獲致的藝術成就也會更為可喜。誠如他自己所說以中文寫小說，都沒有成功，「因為小說形容詞比較多，描寫心理轉變，在使用中文上就很麻煩，我很喜歡寫小說，但是很難寫，不像散文或評論比較好寫。」「小說」語言的高牆他終究未能克服，做為殖民地作家的巫永福，早年不惜違背父親的期待，捨棄醫學而選擇了明治大學文藝科，矢志成為一位作家，但荒謬的時代，使他有志難伸，有願難達，這樣慘酷的現實也見證了「殖民地作家在戰後反覆摸索試圖重回文學家之路的悲劇性意義」（彭瑞金語）。不過，高壽的巫永福，其以臺灣為主體、以憐憫及正義為底蘊的文學精神，將在這塊土地上繼續滋潤後人，啟迪後人。

輯四◎
重要評論文章選刊

《福爾摩沙》雜誌與我的青年文學生涯

◎巫永福

巫永福：

　　《福爾摩沙》雜誌至今已五十多年，1932 年成立「臺灣藝術研究會」，1932 年出版《福爾摩沙》。《福爾摩沙》同仁經過 50 年來的風霜，現尚留存的同仁有吳坤煌先生、施學習先生，現年 84 歲，及劉捷先生等。

　　1932 年我高中畢業，去東京時剛滿 20 歲，要進明治大學讀書，家父很反對我讀文科，因為我的兄弟都念醫科，但我堅決要讀，家父甚至威脅不寄學費給我，後由於家母說情才繼續寄學費來。我會讀明治大學文科，則有幾個原因。1927 年我在臺中一中，還只是一年級學生，當時發生了一次事件，張深切兄被捕入獄，三年級以上學生都很激動，我也很不滿，認為此因臺灣受日本人統治，才會有此現象。其次，我在中學畢業前，臺灣發生了「霧社事件」，此事件的主角一，花岡二郎，是我的小學同學，也是好朋友，花岡一郎則早我二年畢業。花岡一郎是臺中師範學校正科班畢業生，畢業後日本人不肯讓他當老師，卻讓他當警察，導致其非常不滿。花岡二郎在霧社當雇員。當時日本人非常虐待高山族。那時我曾見過花岡二郎，他對我說過：「你們臺灣人是和我們一樣呢！你們不要神氣啊！」令我印象非常深刻。

　　臺灣人是和高山族一樣在日本人的統治之下，臺灣人是真的那麼沒用嗎？當時在埔里曾發生大屠殺事件，此係因日本人要占領埔里時，輕視埔

里是鄉下田莊，只派了小部隊前往，但埔里城內住民抵抗日軍，將其擊退。日本人撤退後，等待臺中的部隊支援。由於路線不熟，便去找當地山胞訊問地理環境及路線。要從內山溪進軍攻占埔里是十分困難的，因此軍隊從國姓入獅港、牛眠山，從北門及西門二邊攻打，埔里才淪陷。

　　占領後日本並沒有採取太嚴厲的手段，因為他們認為要統治埔里，需要當地住民的合作，因此不宜用太激烈的手段。但派駐當地的長官叫花三，十分亂來，引起埔里住民的不滿，以致再度將日本人趕出埔里。而後日本人再由北門、西門、南門三面攻入埔里。當時抗日有三位領導者，分別姓陳、田、蔡，戰敗後逃走，卻又被日本人抓到。由南門攻入之日軍十分蠻橫，放火、殺人，老幼都不放過，許多老百姓都逃亡。

　　我家住東門，東門城外挖了幾個大坑埋被屠殺的死人。如此一來，埔里幾乎一空，無人生產，日本人才又安民，勸人回來，埔里才又開始發展。這件事我小時就常聽父母、祖父母談起，因此對日本人的此種行為，十分討厭，此即第三個原因。

　　我在臺中一中時，有些三年級的學生在看《罪與罰》及托爾斯泰作品等世界名著，我向他們借閱後，覺得非常感動，自己心中在想如果有一天我能寫出這種作品，那該有多好，這也是我選讀文科之原因之一。當時日本明治大學之文科教授陣容非常堅強，可說是空前絕後，有出名的大作家、戲劇家、評論家等等。因此我非常堅決要讀明治大學文科，至今不後悔。我敢誇口兄弟之中，我是精神上最豐富者。

　　我在臺中一中讀至三年級時便轉去日本求學，逐漸懂事，比較臺灣和日本的生活，覺得實在非常落伍，臺灣不論在封建、思想閉塞上都差得很遠。臺灣不論在經濟、言論自由或藝術上都極待迎頭趕上，此亦為我念文科之原因。

　　當時明治大學的教學很特殊，美術、生物學、音樂、戲劇、詩（和歌，俳句）、德國文學、法國文學、蘇聯文學、英國文學等，都請知名的教授來教學。教授帶我們實地去看電影、歌舞伎等，而後再加以評論。有時

帶我們去茶室或教授自己家中教學，非常特別且有趣。有的教授在大學中
自設獎學金，或資助窮學生生活費，非常照顧學生。當時的學生有已成家
的老學生、有已大專畢業者、有已成名的作家。日本也在那時漸進入軍國
主義階段，對青年、教授的活動非常注意。我們正在組織「臺灣藝術研究
會」時，他們的消息非常靈通，隨時來找我們約談，早上或晚上都可能來
打擾，問東問西，我也曾被叫去問了好幾次，但也沒有什麼事，約談後不
會行蹤不明，我們也不會害怕。

　　「臺灣藝術研究會」走純文藝路線，不涉及政治，以免被學校退學。
大夥中以我最年輕，其他都是老大哥。走純文藝路線的雜誌是從《福爾摩
沙》開始，1920 年代以前臺灣文學都是政治派，1930 年代可說是文藝派，
我們注重文學發展。1934 年成立「臺灣文藝聯盟」，在臺中開始發行《臺
灣文藝》，而後又產生《臺灣新文學》。中日戰爭開始後日本人便停止所有
文學活動，後來才又開放。

　　《臺灣新文學》也是走純文藝路線，可是受了《福爾摩沙》的影響，
《福爾摩沙》的內容大部分是詩、評論、小說、戲劇、散文等。畢業後大
家四散謀生，1935 年我也因父喪回臺灣，《福爾摩沙》因而停刊。到臺中
新聞社參加新聞記者考試，有二、三百人參加，只有我一人被錄取。當新
聞記者最要注意力和記憶力。東京由於同仁所剩無幾，《福爾摩沙》便成為
《臺灣文藝》之東京支部。

　　我回臺灣後，參加「臺灣文藝聯盟」、「臺灣文學」活動。我受過小說
創造之訓練、指導，我知道如何看人生、抓重點，這對個人事業的發展也
有幫助，做人方面我是純粹精神主義、人道主義，我也將這種訓練所賜應
用在生活上面，美術、古玩評鑑方面，我覺得我的人生非常豐富。

吳坤煌：

　　每次與青年人在一起，我就覺得也年輕起來，因此很高興與年輕人一
起談論。關於《福爾摩沙》的成立及經過，剛才我的道友巫永福先生已經

說得很詳細了，我再補充一些。

首先我要說明《福爾摩沙》為何到第三期就停刊了。當時我並未離開東京。但由於無資金，大將離開，其他人則熱情不夠，因此停下來。當時臺灣的政治環境很差，所有的政治活動都被日本人壓死，各種文藝協會被解散，民眾黨被解散，議會請願被禁止。九一八事件後，日本對中國侵略一步步開始，對殖民地人民思想控制，主要人物的打擊都很強烈。臺灣一些主要人物為了逃避日本人的壓迫，都到東京來，包括吳三連先生等人，也曾組織了同鄉會，我也曾加入。當時無法從事政治活動，要如何抗日呢？我們認為要以文藝、文化來啟蒙臺灣人民，應是唯一的方法。那時日本政治活動分左派、右派，無中間派。我們幾位朋友印了 70 份《臺灣文藝》，適巧有位先生參加反日遊行被捕，透露有關《臺灣文藝》的消息，以致這批印刷品全部被沒收。大家檢討結果，認為要合法地組織一個純粹文藝，才成立「臺灣藝術研究會」，創刊《福爾摩沙》。《福爾摩沙》停刊後，一些知識分子又組織「臺灣文藝聯盟」，並在東京設立支部，由我負責，一方面推銷「臺灣文藝聯盟」發行的雜誌，一方面藉此雜誌讓日本文學家及日本人知道臺灣人民的痛苦及受壓迫情形。此外並開座談會，與日本作家、中國大陸留學生交流。並曾請朝鮮名舞蹈家來臺公演，非常轟動，知識分子也藉此機來臺活動、聯誼、見面、團結。我也因曾與中國大陸文學家有來往，很受日本警方注意，曾被抓去關了十個月。

七七事變發生前，這些中國大陸文學家忙趕回去抗日，我原先與他們約好一起回去，但因被關而無法成行。出獄後我回到臺灣，日本正推行皇民化，日本特務知道我研究過戲劇，勸我要協助皇民化戲劇。正巧劉捷先生來信說北平有個工作機會，我便去中國大陸。

巫永福：

我 1913 年出生，1914 至 1918 年發生第一次世界大戰，戰爭後，臺灣的民族自決思想很普遍，東京的留學生曾發行《臺灣青年》、《臺灣》，甚至

後來的《臺灣民報》，再發展為《臺灣新民報》，這些文化協會和臺灣的議會請願行動，即當時一連串的臺灣政治活動。戰後帶來日本的繁榮，卻也帶來日本的不幸。日本曾發生經濟恐慌及貧富懸殊現象。1932 年我去東京時，一餐飯有人吃五錢，算是窮人，有人吃一角，也是窮人，一般像我有家人接濟的人吃三角，算不錯的了，但還有更有錢的吃五角、一元的。日本東北地區的農民很艱苦，有人賣女兒到東京為妓。中日戰爭後，日本人對臺灣的管制更嚴，但卻也還有分寸，不會亂來，我曾被日本特務跟蹤、監視一段時日，但對我還很客氣，我也沒有失蹤。

劉捷：

關於《福爾摩沙》、《臺灣文藝》，我在此再補充一些。日本要發動侵略中國之前，各方面活動都增加管制。在臺灣以前的文化人、新聞記者都是社會運動家。我之所以會參加文學運動，是因為我認為經濟、政治、科學發展至某一階段後就接著文學、藝術、宗教、哲學。當時我在《臺灣新民報》寫些評論，介紹，別人稱我是文學的記者。後來報社派我到東京學速記，吳三連先生正在東京當分社主任。因為當時無錄音機，地方消息都靠電話傳達，新聞社需要速記者，我心裡暗自高興，可參加東京的文學盛會。

我除了報社工作、學習速記以外，其餘時間便去逛書店、參加演講會（那時各大學都有演講會）、參觀展覽會、訪問同仁雜誌，無形中培養文學修養。當時日本文壇，超現實主義、象徵主義、達達主義等非常興盛。日本文學分大眾文學和純文學，大眾文學迎合大眾口味、娛樂性、流行性。今天我們需要文學、藝術、宗教、哲學等從心靈發動之創新事物，才能領導人心。我年紀大以後開始研究禪學，禪和詩很有關係。今天的文藝作品量很足夠，但質還要再提高。詩是語言的文學，但必須有思想，且要有感性、形象化。

巫永福：

　　劉捷先生在《福爾摩沙》第 2 期寫了一篇評論叫〈一九三二年的文藝〉。現在的臺灣文學為何會停頓？是因為一般人都不腳踏實地，都不認為臺灣是其鄉土。若想寫較深入的事物，則必須腳踏實地，必須認識臺灣的社會環境。有人說鄉土文學不好，這是不對的，因為從世界而言，中國文學是世界的鄉土文學。例如瓊瑤式作品，不深入，都是空想，無法引起別人的共鳴。要否定鄉土文學是最大的罪惡。甚至日本人統治臺灣時也獎勵臺灣文學。我們必須肯定臺灣鄉土文學，才可能有好作品出現。現在的年青人太膽小，不敢寫，因此寫得不深入，是最大的問題所在。

——原載於《笠》第 125 期，1985 年 2 月

〔編按：此文為笠詩社邀請巫永福先生專題演講之演講紀錄，另有詩友回應。〕

——選自許俊雅主編《巫永福精選集——評論卷》
臺北：巫永福文化基金會，2010 年 12 月

我的〈首與體〉

◎巫永福

　　臺中一中第二學年從上級生借讀日譯世界文學集決意行文學之路後，1932 年 3 月我畢業於名古屋五中就排除父親的反對考入東京明治大學文藝科接受山本有三、橫光利一、里見弴等日本大文學家的教誨。是年 19 歲開始寫〈首與體〉的短篇小說。為此我訪問張文環促成組織「臺灣藝術研究會」並創刊臺灣人第一部純文藝雜誌《福爾摩沙》。我在《福爾摩沙》創刊號發表我生平第一部短篇小說〈首與體〉，第二號發表〈黑龍〉與新詩，第三號發表戲曲與新詩並以 EF 生寫短文。組織「臺灣藝術研究會」一事深受日本高等警察注目視為要視察的人，經常受特務查問乃思考臺灣人的境遇政治文化的問題，且正有青春期異性愛的欲望，常常感覺想法與行動有時一致有時平行有時背道而馳的矛盾有所苦悶也是多感多情的時刻，為了思索思想與行動的複雜交差即以首代替頭部思想以體代替身軀肉體寫了我青春期的苦悶。

——選自《聯合文學》第 149 期，1997 年 3 月

困惑者
巫永福小說〈首與體〉中的留學生形象

◎陳建忠*

一、做為「留學生小說」的〈首與體〉

　　身為日據時期臺灣新文學「成熟期」（約自 1930 年代初期以迄中日戰爭爆發）的一名「日文小說家」，巫永福（1913～2008）在日據時期創作的小說如今可見者有七篇，除去〈愛睏的春杏〉（1936 年）一作尚未譯出外，其餘諸作可見於《翁鬧、巫永福、王昶雄合集》或《巫永福全集 10——小說卷 II》當中。[1]

　　綜觀巫氏的小說，我們可以發現其作品涵蓋許多不同的題材，有以東京留學生為對象的〈首與體〉（1933 年）、〈山茶花〉（1935 年），不約而同地觸及新知識分子在「婚戀」問題上，面臨自我與傳統的矛盾心理（當然，這只是其中一個層面）；也有以兒童為對象的〈黑龍〉（1934 年）、〈阿煌與父親〉（1935 年），寫其成長期對父母既依戀又渴望獨立的心理。此外，像〈河邊的太太們〉（1935 年）以洗衣的鄉間婦女為對象，描寫鄉間生活流程裡的一個片段；而〈慾〉（1941 年）一作，又轉以臺灣新興市鎮中的市民為對象，刻劃了資本主義化下臺灣新興市民物欲橫流的心靈。

　　然而貫通於這些題材紛繁、人物類型多樣的小說當中的是，巫氏對小說人物精神層面和心理狀態描寫的新銳表現，對 1930 年代的臺灣文學界而

* 發表文章時為清華大學中國文學系博士生、明新技術學院（今明新科技大學）兼任講師，現為清華大學臺灣文學研究所教授兼所長。

[1] 張恆豪編，《翁鬧、巫永福、王昶雄合集》（臺北：前衛出版社，1991 年 2 月）。本文所論小說〈首與體〉即依此版本，論述時如非必要，直接於引文後標明頁數，不另加註。沈萌華主編，《巫永福全集 10——小說卷 II》（臺北：傳神福音文化公司，1996 年 5 月）。

言，這種具有現代主義色彩的藝術風格，自是臺灣文學邁向「本格化時期（即成熟期）」（王詩琅語）[2]的先驅標示。這也即是張恆豪先生在〈赤裸的原慾——巫永福集序〉中所論：

> 巫永福小說，帶有懷疑、內省、耽思的現代色彩，善於捕捉微妙的心理變化，透過外在複雜的人際關係，追索人類陰暗的原始層面。[3]

關於小說中這種朝向人物內心拓展各種可能性的書寫傾向，巫永福自己在戰後回憶時有過說明，他說：

> 日據時代我的作品主要在討論人性問題，因為社會的發展主要是以人為主體的，人性的變化和社會的變化是相互影響的，所以人的問題是社會根本的問題，要解決人的問題，就必須從人的理想、人的慾望、人的性格上去追求。[4]

本文所要探討的〈首與體〉一作，為作者留學東京時[5]的小說處女作，在小說中，作者以他熟稔的東京都會為場景，用帶有日本「新感覺派」色彩的技法[6]，把臺灣留學菁英在異時空裡的愛情追尋，與幻滅於故鄉習俗的

---

[2]語見王詩琅先生文，〈臺灣新文學運動史料〉，張良澤編《王詩琅全集卷九／臺灣文教——臺灣文學的重建問題》（高雄：德馨室出版社，1979 年 11 月），頁 102。

[3]張恆豪，〈赤裸的原慾——巫永福集序〉，《翁鬧、巫永福、王昶雄合集》，頁 172。

[4]巫永福，〈日據時代的臺灣文學經驗〉，沈萌華主編《巫永福全集 7——評論卷 II》（臺北：傳神福音文化公司，1996 年 5 月），頁 106。

[5]巫永福於 1929 年（17 歲）時東渡扶桑，先進入名古屋五中（三年級），1932 年畢業後再進入明治大學文藝科就讀，1935 年大學畢業，旋即返臺。此事先生曾多次提及，可參閱《全集》中諸文。

[6]關於巫氏小說中的新感覺派手巧與風格，論者多有提及，其所受影響與就讀文藝科時的訓練有關。巫氏嘗自述，課程最重要的小說創作指導，共分為二組：橫光利一組、里見弴組，而自己選了橫光利一組，「橫光先生是當時日本新銳的新感覺派大家，我讀他的著作也最多。」此說足見青年巫永福的小說表現，所受日本當代文學思潮影響的情形。自述見〈時代的使命〉一文，出處同註 4 所揭書，頁 88～90。又，橫光利一曾有小說名篇〈頭與腹〉（1924 年 10 月），與巫氏之〈首與體〉篇名類近，又都藉人體部位來作為「象徵」，其間關聯實值得深究，本文僅覆案於此，俟另文再論。

徬徨困惑心態，透過敘事者的意識流動敘述出來。

　　我們以為，關於〈首與體〉當中所述及的留學生面臨的困境，並不能僅僅視為孤立的事件，即認為這是另一椿知識分子受到封建習俗桎梏的事件，以這樣的角度來看待此作，或許將會停留於文本表象的詮釋，而忽略隱藏在文本深層、具有時代意義的思想脈絡。

　　把〈首與體〉視為一篇 1930 年代的「留學生小說」，或許更能看出此作的特殊性。

　　如果說，留學生小說乃是由身為留學生的作者，以留學地的時空為小說的場景，而處理的是身在異時空的留學生所面臨的問題；當然，問題的成因可能是多重而複雜的。就像戰後 1960 年代被某些論者稱為「失根的一代」（以於梨華等為代表），所書寫的留學生小說，小說人物除了要面對美國當地的生存挑戰外（升學、就業、婚戀），造成他們斷梗飄蓬的運命與感受的，恐怕與國族問題、歷史變動關聯更深[7]，說這是臺灣後殖民時代下的「產物」，似乎也頗貼切。如是，則在日本殖民地狀況底下，〈首與體〉的文字縫隙當中或也將藏有殖民地知識分子所必須面對的問題罷？

　　面對世界殖民史上「最後帝國」的日本殖民機器，臺灣知識分子無可回避的是「身分認同」（identity）的問題。這不僅僅是國際法上臺灣人被「割讓」為日本國民的問題而已，更糾纏人心的是，日本以其後進資本主義國家優越的經濟力，以及現代化後的進化文明（科技、西方知識）君臨臺灣後，臺灣知識分子既要學習現代化經驗以啟蒙大眾而求臺灣能立足於國際舞臺，但在現代化糖衣裡包裹著的卻是臺人的認同危機（日本化）；換言之，尋求現代化的日據時代臺籍知識分子，必須面對如何處理這宣稱「進化」的日本殖民者與自身的關係，並且要同時面對如何看待自己的鄉土與民族問題，這不僅是殖民史研究的重大課題，對日據時代臺灣新文學的研究而言，同樣具有重大意義。

---

[7]可參閱劉登翰、黃重添等主編，〈「留學生文學」與臺灣旅外作家〉，《臺灣文學史（下卷）》第七章（福州：海峽文藝出版社，1993 年 1 月），頁 242～247。

以下的討論，我們將透過作品中所呈現的人物思索問題的方式，及人物與空間的關係等方面，來探討〈首與體〉中的留學生形象，並以此形象所具的文學史與時代意義加以討論。

二、東京留學生的「困惑」

由臺灣越洋至東京的留學生，他們的生活流程裡，究竟為何種事物所包圍呢？或者說，透過同為留學生的作者所描摹出來的東京生活，是否透露了某些相關於留學生心理狀態或思想傾向的訊息？

〈首與體〉中所描述的故事，是透過兩位臺灣青年留學生所敷演出來的。在一個放了學的下午，小說中的敘事者「我」偕同他的好友 S，漫步在東京街頭，他們在這段時間裡，首先到帝國飯店的東京座，去欣賞此間正在上演的契訶夫的《櫻園》，而後又走入神保町的夜市，最終則走進一處飯館吃起日式的晚餐。

然而兩人在漫步漫談的時候，心中卻同時思索著一件事，那便是 S 受到家中的催促，要求他必須回臺解決婚姻問題，而他在東京已有了戀人（頁 180～181）。作者透過第一人稱的敘事者「我」，以主觀敘述的方式，描寫了其好友的形象與問題，一方面勾勒其好友的性格與興趣——氣質優雅，有勝似蜜糖的甘美性格，心靈卻比一朵波斯菊的花朵或枝幹都更纖細、更脆弱（頁 178），並且與「我」一樣是對文學非常熱衷的青年（頁177）；一方面則由「我」直接地敘述了好友的問題——「最近他在煩惱著的是首與體的問題」（頁 178）：

> 事實上，我知道我們近期間就要分別了，可是他卻不願意離我而去。這是首與體的相反對立狀態。因為他自己想留在東京，可是他的家卻要他的「體」，一封接一封的家書頻頻催他「返鄉」。理由是要他回家解決重大的婚姻問題。所以他想留在東京。

——頁 180

　　然而小說的敘述重點，卻在於「我」由於好友所面臨的「首」與「體」的困局，而陷入冥想之中。首先，「我」見到口中含著噴水口的獅子頭，從而思索起這獅頭的含意（頁 175）；繼而，又見到同樣噴吐著水的羊首（頁 179）。這樣，獅頭與羊首兩個適為強烈對比的意象，就使得「我」越發想去尋求某種存在與兩者間的關係：

> 溫馴的羊跟威猛的獅子在我的腦海裡構成了奇異的圖象，錯愕之中，我想要從這奇異的對象上面尋找根據。……想在羊跟獅子這兩個對象身上找出某種解釋線索……。
>
> ——頁 179～180

最終，「我」的冥想就終結於這樣的畫面裡：

> 有獅子頭、羊身；跟有獅身、羊首的二頭怪獸以加速度疾馳過來，猛烈地衝撞成一團。我忍不住眼睛一閉，眼前立刻出現埃及的史芬克司（人面獅身獸）。……我整個腦海裡都是史芬克司。為什麼會有史芬克司呢？曾經有個國王拿史芬克司出了一道謎：有兩隻動物合而為一，在不明底細的軀幹兩端各接著獅子頭跟羊頭。——這指的是人嗎？
>
> ——頁 184

　　關於敘事者腦海中所出現的這個畫面，我們要如何來解釋它呢？如前所述，「我」的冥想來自於好友 S 的問題，而這個問題即是「我」所謂的「首與體」的問題。更清楚的說，S 的「體」——「身體」被要求回臺處理婚事，然而他的「首」——「意志」卻想留在東京，無疑地，這將使得個人的「身體」與「意志」陷入分裂的狀態，並且互相對峙。

　　小說中處理「我」試圖尋求獅頭與羊首之間關係的結果，最終是出現了有獅頭、羊身，跟有獅身、羊首的二頭怪獸的畫面，這樣的安排豈不是

透過怪獸「首」與「體」的相異，來暗喻其友人「身體」與「意志」分裂、對峙的狀態？甚至，在兩頭怪獸衝撞之後所出現的史芬克司（人面獅身獸），它的表象（人首獸體）與史芬克司的這題「人」[8]，也同樣指向「首與體」無法協調的事實。

關於臺灣小說在 1930 年代開始出現的新知識分子形象，施淑教授曾由殖民地臺灣早熟的資本主義經濟社會結構（都市的興起），及知識分子受到近代日本文明影響下（菁英教育）的文化傾向來加以分析，認為他們都具有都市文化人的心理：

> 大都留學日本或從日本歸來，對日本懷有濃厚的鄉愁，不能適應臺灣農村及市鎮生活，厭惡傳統也厭惡資產階級的功利氣味，在自己心裡築起愛情的、藝術的、知識的城堡。在這類為數不多、完全以日文寫作的知識分子小說裡，貫串其中的主題絕大部分是戀愛和婚姻，意識上則充滿歐洲浪漫主義時期的流亡文學（émigré literature）的味道。[9]

於是乎，在與巫永福同時留學於東京的諸友人的小說裡，如吳天賞（1909～1947）的〈蕾〉（1933 年）、〈龍〉（1933 年），翁鬧（1908～1939）的〈殘雪〉（1935 年）、〈天亮前的戀愛故事〉（1937 年），及張文環（1909～1978）的〈早凋的蓓蕾〉（1933 年），甚至是巫自己的〈首與體〉同〈山茶花〉（1935 年），無不環繞著個人的問題，以濃厚的布爾喬亞（Bourgeois）頹廢式浪漫來抒發他們的苦悶，從而出現了一群具叛逆者和

---

[8]小說有關「史芬克司」的謎題部分，應出於希臘神話中的伊底帕斯（Oedipus）故事，然出謎題者並非國王，而是故事中伊底帕斯所遇之怪獸 Sphinx，謎語是「早上四條腿走路，中午二腿走路，晚上三腿走路是什麼樣的動物？」怪獸在謎題被伊底帕斯所解後（謎底為「人」），羞憤自殺而死。至於埃及雖有人面獅身獸，但未聞與謎題有關，作者可能是把埃及與希臘神話中的人面獅身形象混和，才有此描寫。伊底帕斯（Oedipus）故事的描述見關辰雄編著，《西洋文學典故》（臺北：文鶴出版公司，1996 年 10 月，修訂版），頁 34～35。

[9]施淑，〈日據時代臺灣小說中頹廢意識的起源〉，《兩岸文學論集》（臺北：新地文學出版社，1997年 6 月），頁 115。

流亡者姿態的知識青年形象，施淑教授又評論說：

> 如小說所示，這些以叛逆者和流亡者的姿態出現的知識青年，他們用以
> 抗拒新、舊體制和價值標準的，幾乎沒有例外的是屬於個人主義的主觀
> 的、抽象的訴求，而使這一切成為可能、成為事實的是都市，或者做為
> 都市的化身的日本。[10]

在被施淑所稱，帶有「頹廢意識」的這些「另類小說」當中，我們不難看出一個明顯的事實：即它們的作者皆為「留學生」，不僅多數小說皆創作於作者留學東京的時期，並且東京也成為個人解放的「理想國」。如此，則這些多少帶有「自傳性」的留學菁英的作品，由於「都是在都市生活的前景上，表現啟蒙的、個人主義思想者的感情的失落，理想的動搖與幻滅，以及都會的誘惑、苦悶和寂寞」[11]，因其不同於臺灣新文學自 1920 年代以來，以反帝、反封建為主軸的批判寫實主義小說，而名之以「另類小說」，實是良有以也。不過，我們以為，把這些小說由「留學生小說」的角度來觀察時，或許可以得到另一種收穫。

三、「困惑者」的現實困境

事實上，臺灣的「留學生小說」非自 1930 年代才出現，早在 1920 年代，我們就已經可以看到以東京或北京為場景，描寫留學生在當地的生活與心理的小說，如楊雲萍（1906～2000）的〈到異鄉〉（1926 年）、〈弟兄〉（1926 年）、〈加里飯〉（1927 年），張我軍（1902～1955）的〈買彩票〉（1926 年）、〈誘惑〉（1929 年）。由於本文旨在探討巫永福〈首與體〉中的留學生形象，因此以下將僅就同樣以東京為場景的楊雲萍小說談起，以此來和巫氏的留學生小說做一比較。

---

[10]同前註，頁 116。
[11]施淑，〈感覺世界——三〇年代臺灣另類小說〉，《兩岸文學論集》，頁 93～94。

　　在楊雲萍 1920 年代的留學生小說裡，留學生對臺灣懷藏著一份無可言喻的戀慕，而東京繁華的生活反倒成為沉重的負擔——對自己以及家人。

　　夜晚的東京市，即使已是夜晚，「卻脫不盡白晝時的喧囂，幾多電燈在黃塵濛濛裡，車馬轟轟裡明滅」。這時的留學生不禁要追憶起臺灣家中的情景——「小溪裡的摸魚，竹仔山的吃龍眼，晚飯後的談笑」（〈弟兄〉）[12]。然則，是令人無法承受的卻是自身的貧窮與被殖民者身分所帶來的悲哀和憤怒，臺灣留學生置身在征服者的充滿大廈高樓的城市裡，連走進咖啡店都要踟躕不決了，因為他的頭袋裡，總是會「浮出為一家十口，而日夜勞勞奔命的，一個愚直、忠厚、可憐的四十多歲的村紳的形態來」。甚且他也無法忘卻家書中所寫的：「金融界大不佳！米價又落！租稅則一回加重一回！應酬亦甚繁劇（案：此指與日警、校長的「應酬」）！」[13]他胸中由是充滿悲憤、寂寞和不安，竟爾感到這城市中的人們「像懂得他自己的根底——學費不夠的貧青年，被人征服的劣人種——般的，在愚弄他、嘲笑他」（〈加里飯〉）[14]。

　　透過楊雲萍富含詩意文字的小說所烘托出來的東京留學生形象，顯然是一位無法不時時感受到自己特殊命運的知識分子，而他的敏感則來自於他的「身分」——日本殖民地下的臺灣貧窮留學生，由於這層身分，使人在東京要益發深刻地感受到，身為次等國民及被層層剝削下的貧窮故鄉的悲哀。東京，甚或是城市裡的咖啡店，於此彷彿成為一種迫人的、墮落的符號，絕非可以使人置身其中而能稍稍地療治人心的苦悶。

　　在 1920 年代楊雲萍的留學生小說裡的留學生形象既如上述，那麼臺灣的留學生小說發展到 1930 年代，又呈現出何種面目？1933 年 3 月，一群東京留學生「以圖臺灣文學及藝術的向上為目的」，組成純粹的文學研究團體「臺灣藝術研究會」，並在 7 月推出該團體的機關誌《福爾摩沙》（日文

---

[12] 見楊雲萍，〈弟兄〉，張恆豪編《楊雲萍、張我軍、蔡秋桐合集》（臺北：前衛出版社，1994 年 10 月 15 日，初版第三刷），頁 36。

[13] 楊雲萍，〈加里飯〉，《楊雲萍、張我軍、蔡秋桐合集》，頁 46。

[14] 同前註，頁 49。

刊物）[15]。其主要成員中不少皆在此雜誌開始他們的文學創作活動，僅以小說而論，如張文環、巫永福、吳天賞皆在此發表其處女作，而就是在這些留學生所寫的留學生小說裡，我們得以或片段或全面地窺見臺灣留學生的面目與表情，而其中最具代表性的便是本文所論之巫永福的〈首與體〉，以及稍晚開始創作，而與《福爾摩沙》諸人過從甚密的翁鬧之〈殘雪〉（1935年）、〈天亮前的戀愛故事〉（1937年）。

　　與楊雲萍小說中留學生對身處東京所表現出來的不安、憤怒不同的是，巫永福小說中的留學生對其所置身的「異國」時空，卻因為可以藉此得窺文學、音樂之美，而要感到著實底快慰了。他們雖對俄國的劇作家契訶夫不甚了解，然而由於要去帝國飯店的東京座欣賞契訶夫的《櫻園》[16]，也就像談論茶餘飯後瑣事一般，東拉西扯起來：

> 身為文學青年，對於能接觸到偉大作家的戲曲，自然感到十分的興奮跟欣慰，平常上學總是無精打采，今天卻不管風大，一路談笑著到學校。
> ——頁176

　　此處東京留學生所表現出來的形象，已非楊雲萍小說中那無時不惦記自己特殊「身分」的模樣，我們感覺到的是，二位愛好文學的青年，由於初識東京都會所為他們帶來的心靈饗宴，而不自禁地流露滿足的表情。

　　對於東京留學菁英的文化生活，曾為《福爾摩沙》雜誌同人的劉捷回憶1930年代東京生活時的描述，可以讓我們更具體的看到當時留學生那種

---

[15]黃得時曾評論「臺灣藝術研究會」與其刊物《福爾摩沙》對臺灣新文學運動的貢獻時說：「《福爾摩沙》的創辦人，皆是在日本各大學正在專攻文學、哲學或美術的學生，所以他們能運用西洋近代文學的方法來創作文學和推進文學運動。」由此可見張文環、巫永福諸人在藝術表現上具新銳特質的由來。引文見〈臺灣新文學運動概觀〉，李南衡編，《日據下臺灣新文學明集文獻資料選集》（臺北：明潭出版社，1979年3月），頁306。

[16]巫永福在〈悼張文環兄回首前塵〉一文中說：「……在正式的課業時間中我們常常由教授引導之下去『築地小劇場』，參觀契訶夫的《櫻園》，菊池寬的《父歸》等的演出，……」，引文見《巫永福全集6——評論卷I》（臺北：傳神福音文化公司，1996年5月），頁83。

「熱切」追求都市文化的形象。他說道,在東京除了到圖書館外,可以去逛書街,或聽名人講演,「市內各大學每日皆有教授,名人的文學、哲學、宗教、文化一般的免費講演會」[17]。更可以在「喫茶店」內與人談學問、聽音樂:

> 東京市內到處有文化人所開的「喫茶店」,十元錢一杯的咖啡,可以長坐欣賞音樂或與文人作家同坐交談。我的記憶中最深的是俄羅斯文學的大家秋田雲雀,他當時已經是八十多歲的銀髮作家,但毫無「年老」的感覺滔滔不絕,邊喝咖啡,邊與我們數位的青年人談論風生,不知時刻已晚矣![18]

因此,對巫永福小說中的留學生,或者同時代的許多留學生而言,他們的東京生活是值得留戀的,他們對「空間」的感受,明顯地不同於前此楊雲萍小說中的留學生。這表現在他們悠遊漫步於東京的街道所表現出來的無隔閡感:靖國社、帝國飯店東京座、日比谷公園、神保町夜市、有著溫暖空氣的咖啡店,於今不再是令人感到罪惡的地理空間;再者,是東京這國際性都市可以提供給他們的世界級文學與音樂,這樣的文化空間對嚮往新知的臺灣留學生有著無可抗拒的魅惑。

然而,更為重要的是,東京的留學生活代表著進步與開放的可能,這對比於故鄉(臺灣)連婚戀都無法容人置否的落伍、封閉,以自由、理性為思想新信仰的留學生們會輾轉於「首」與「體」的分裂痛苦之中,而困惑於「人」(臺灣人?)為何總是如此難於自我抉擇,也就不難理解了。

如此一來,〈首與體〉當中關於留學生的「人」的困惑,雖不能說沒有文學上「人類命運」的命題這普遍性的意義,但值得注意的是,〈首與體〉

---

[17] 劉捷,《我的懺悔錄》(臺北:農牧旬刊社),頁58~59,出版年不詳,唯序文所示日期為 1994 年 1 月。
[18] 同前註,頁59。

同時也是臺灣殖民地狀況底下的作品，當留學生不免因「首」與「體」的分裂而困惑不已時，是無法不把殖民時代的歷史情境考慮進去的。因此我們此處要強調的是，〈首與體〉裡臺灣留學生置身於臺、日兩種文化之間的意識狀態，日本（以東京為代表）與臺灣彷彿成為兩個具有相反意涵的象徵性符號，而與小說中「首」與「體」的意象有著呼應關係。

「臺灣」、「故鄉」，已非楊雲萍小說中鄉愁所在或生存艱辛的殖民地，而成為守舊、桎梏的代表，雖說巫永福並未在小說中有直接而批判性的描寫，僅只於陳述故鄉家人阻斷了留學生的生活與愛情，不過我們可以自他的另一篇小說〈山茶花〉中看到留學生的「臺灣印象」。

〈山茶花〉中的主角龍雄亦是正在日本留學的青年，因陷入同姓之婚的問題而痛苦著，他認為僅因姓氏相同就不能結婚是何其愚蠢的習俗，「他對習俗感到憤怒。它是頑固的，難以理解的，冷酷的東西。想到這種習俗並沒有理論上的根據，實在會覺得無聊。」他的救兵來自於法國詩人梵樂希（Valéry）所說的：「現代青年不要想去理解習俗，也不應該去理解。」甚至他還將「不應該去理解」這句話，解釋為：「應該加以抹殺，應該加以忽視。」他思索後的結論是：

> 習俗應該打破。習俗是上一代的不幸的延長，是陸續造成不幸的重擔。[19]

至於「東京」、「日本」，在留學生心中又呈現出何種意涵或面目呢？〈首與體〉當中，留學生們悠遊而至於不願輕易捨去的東京都會生活——充滿文化氣息且觀念開放，如果可以視為這些愛好文學的知識青年用以對比故鄉，而覺得鄙陋的習俗應該可以打破的對照，那麼小說裡「我」的好友 S 不願回臺的原因，透過以下這簡短卻具有象徵意味的描寫，或許就可

---

[19] 見〈山茶花〉，《翁鬧、巫永福、王昶雄合集》，頁 247～248。又，〈山茶花〉雖非留學生小說，但以異時空的東京為場景，提供給追求戀愛自由的青年一個開放空間，成為青年逃出落伍習俗桎梏的出處，東京代表的意義於此可見。

以教我們頓時理解到，東京留學生們「首」與「體」的困惑究竟根源何處了。

小說中描寫兩人進入一家名為「美松」的商品店內，S 卻不知受到什麼東西刺激，竟然反身走出店外（頁 178～179），「我」在事後回想，突然若有所得的憶起：

> 說來其實祇是偶然的靈光一閃，我突然想起張貼在美松三樓的那張和服布料的廣告畫來，對了，那模特兒的笑靨簡直像極了他戀人的側影（案：原文為「面影」，此處或可改譯為「容貌」）。
>
> ——頁 181

是的，穿和服的女子像極了留學生的戀人，正恰似一則殖民地時代的「國族寓言」（national allegory）[20]，這裡似乎已透出了某些呼之欲出的「祕密」，可是小說的結尾處畢竟終止於「我」對於「人」之精神與肉體無法協調的思索，並未指出留學生們最後的抉擇。

然則，無論是巫永福小說中，深陷理想與現實、自我與傳統、精神與肉體的矛盾轇轕的留學生也好；或者竟像翁鬧的〈殘雪〉裡所寫的，感到住在北海道的喜美子與臺灣的玉枝似乎都跟自己遙遙相隔，於是小說的主角竟爾成為虛無的「幻影之人」了。這些東京留學生在意識上所表現的失去歸屬（deterritorialization）的狀態，說明的是同時代的臺灣殖民地作家在日本菁英教育體系底下成長後的現實困境。他們對「本島」臺灣的觀感，

---

[20] 此處用語引自美國的馬克思主義文學批評理論家詹明信（Jameson）的說法，他認為第三世界的文本均帶有寓言性和特殊性，而應該將之當作「民族寓言」來閱讀，他說道：「第三世界的文本，甚至那些看起來好像是關於個人和利比多趨力的文本，總是以民族寓言的形式來投射一種政治：關於個人命運的故事包括著第三世界的大眾文化和社會受到衝擊的寓言。」〈首與體〉當中的知識分子面對的兩難困境，因此不僅是個人的，同時也包含著殖民地下的時代性問題，此處是指追求「現代化」的知識分子而言。引文見詹明信，〈處於跨國資本主義時代中的第三世界文學〉，張京媛譯《馬克思主義：後冷戰時代的思索》（香港：牛津大學出版社，1994 年 1 月），頁 93。

其實是「內化」（internalize）了來自「內地」日本的同一套現代／野蠻、進步／守舊的觀看臺灣的視角，臺灣留學生小說中的留學菁英，適足以因其與「內地」同步的「現代化」視角，而益顯臺灣知識分子在文化認同及身分認同上的轉變軌跡。

　　〈首與體〉當中的留學生以一「困惑者」的形象出現在臺灣文學史上，作者雖以新銳的技巧把觸角深入人物心理，從而拓深了人物心理狀態描繪的深度；然而，就如同施淑先生所說的，臺灣殖民菁英作家所要面對的，是「即便逃向感覺的世界也無法解決的現實的、存在的困境」[21]，身在母親「臺灣」與殖民者「日本」兩者之間的臺灣留學生，經歷的正是一段令人困惑的試煉。

　　從〈首與體〉一作，我們初步看到臺灣知識分子所遭遇的 1930 年代現代性的魅影，也窺見在殖民教育體制下，其中部分人物日後疏離本土世界的部分原因，殖民文化對於殖民地臺灣知識分子的吸引力竟一至於斯。比起賴和這一世代對本土性的思辨，巫永福小說中的困惑者是殖民現代性的新俘虜，因而，沿著這條線索看下來，現代性、殖民性與現代性的糾葛盡現其中，此一研究的開展（包括戰爭期的文學），應是臺灣日據時代文學史及知識分子心靈史的重要課題，有待更深入的理解。

主要參考書目

- 王詩琅，〈臺灣新文學運動史料〉，張良澤編，《王詩琅全集卷九／臺灣文教——臺灣文學的重建問題》，高雄：德馨室出版社，1979 年 11 月。
- 沈萌華主編，《巫永福全集》，臺北：傳神福音文化公司，1996 年 5 月。
- 詹明信（Jameson）著；張京媛譯，《馬克思主義：後冷戰時代的思索》，香港：牛津大學出版社，1994 年 1 月。
- 施淑，《兩岸文學論集》，臺北：新地文學出版社，1997 年 6 月。

---

[21] 施淑，〈感覺世界——1930 年代臺灣另類小說〉，頁 101。

· 劉捷,《我的懺悔錄》,臺北:農牧旬刊社,出版年不詳。

· 李南衡編,《日據下臺灣新文學明集文獻資料選集》,臺北:明潭出版社,1979 年 3 月。

· 關辰雄編著,《西洋文學典故》,臺北:文鶴出版公司,1996 年 10 月,修訂版。

· 劉登翰、黃重添等主編,《臺灣文學史(下卷)》,福州:海峽文藝出版社,1993 年 1 月。

· 張恆豪編,《翁鬧、巫永福、王昶雄合集》,臺北:前衛出版社,1991 年 2 月。

——選自沈萌華主編《巫永福全集 19——續集‧文學會議卷》

臺北:傳神福音文化公司,1999 年 6 月

日據時代臺灣小說中頹廢意識的起源（節錄）

◎施淑*

　　1930 年代中葉，臺灣小說開始出現一些新的知識分子形象。不同於1930 年前後，那些走入大眾，以社會改革為職志的自由主義或社會主義的知識分子，他們大都懷有前述陳逢源筆下的都市文化人心理：大都留學日本或從日本歸來，對日本懷有濃厚的鄉愁，不能適應臺灣農村及市鎮生活，厭惡傳統也厭惡資產階級的功利氣味，在自己心裡築起愛情的、藝術的、知識的城堡。[1]在這類為數不多、完全以日文寫作的知識分子小說裡，貫串其中的主題絕大部分是戀愛和婚姻，意識上則充滿歐洲浪漫主義時期的流亡文學（émigré literature）的味道。

　　巫永福的〈山茶花〉，主角龍雄是個留學日本的青年，因陷入兩個女孩的愛情和同姓之婚的問題而苦悶。他認為同姓不能結婚的習俗是愚蠢的，沒有理論根據的，因而覺得厭惡，「可是正因為淵源於這種習俗的道德律是不成文法，它的確成為看不見的恐怖」，在這恐怖的威脅下，他一方面憤怒於習俗的頑固、難以理解、冷酷，一方面又因它的沒有理論根據，而視之為「無聊」。面對這情況，他於是搬出法國詩人梵樂希說的：「現代青年不要想去理解習俗，也不應該去理解」，他把這當作自己的救兵，而且加上自己的解釋，他的最後結論是習俗「應該加以抹殺、應該加以忽視」，因為

---
*發表文章時為淡江大學中國文學系教授，現為淡江大學榮譽教授。
[1]〔按：因本文為節錄文章，此指陳逢源，〈站在臺南公園的池畔〉，《臺灣》第 3 年第 8 號（1922 年 11 月），頁 54～55。中譯版本由葉笛翻譯，見《文學臺灣》第 12 期（1994 年 10 月），頁 22～23。特此說明。〕

「習俗是上一代的不幸的延長，是陸續造成不幸的重擔」。相似的情況出現在吳天賞的〈蕾〉，不過不同於巫永福筆下的龍雄只停留在思索之中，吳天賞的人物以實際的行動，選擇了愛情，揚棄困擾他的傳統。

在翁鬧的〈殘雪〉裡，阻撓愛情的除了傳統，還有殖民地式的新價值標準。小說裡那個被形容為「蒼白青年」的主角，因為鬧了一場不符合他的中產階級家庭利益的戀愛，被家裡送到東京讀大學，但他「揚棄權威與榮耀象徵的高級文官，投身動人心靈的演劇」，寧願過著「丑角」般的生活，跟偶然相遇的蹺家女孩交往，幾年過去，幾乎把故鄉的一切遺忘。吳天賞的〈龍〉裡，不能接受傳統的婚約，又無法把未婚妻改變成「心目中的理想女性」的主角，最後只有在人道主義和戀愛至上主義的矛盾下，雙雙走上自殺的道路。

在以上這類帶有濃厚的抒情色彩，且一律環繞著個人問題的小說中，使這些 1930 年代臺灣新人類死生以之的，或許可借用呂赫若〈婚約奇譚〉裡，那個同樣陷入婚姻愛情難題的「馬克斯少女」的判斷：「布爾喬亞的頹廢式浪漫氣氛」。然而這僅有的浪漫，似乎正傳達了 1930 年代間，經過日本殖民政府滅絕性的政治大整肅後，臺灣知識分子意識上的重大變革。如小說所示，這些以叛逆者和流亡者的姿態出現的知識青年，他們用以抗拒新、舊體制和價值標準的，幾乎沒有例外的是屬於個人主義的主觀的、抽象的訴求，而使這一切成為可能、成為事實的是都市，或者做為都市的化身的日本。因此在這些小說中有關臺灣、有關故鄉，都不是鄉愁所在，而是黑暗、混亂、殘酷的象徵。張文環的〈早凋的蓓蕾〉描寫兩個到日本留學的青年，他們返鄉時的共同經驗是「好幾次都想縱身躍入那美麗的瀨戶內海」。其中有一個如是訴說：

> 我不僅想跳瀨戶內海，就當我看到那基隆港入口的小島時，我心胸又再次激盪、澎湃起來，險些又想跳下去，……。啊，那時候真是危險哪，那苦悶、鬱積的塊壘，就跟一個小島塞住港灣入口的感覺沒有兩樣……

巫永福的〈首與體〉描寫一個希望留在東京，繼續過著欣賞戲劇、音樂、上咖啡屋的生活的留學生，他不顧回家解決結婚問題。對此，小說形容道：

> 這是首與體的相反對立狀態。因為他自己想留在東京，可是他的家卻要他的「體」，一封接一封的家書頻頻催他「返鄉」。

　　相同的情況發生在已經在殖民體系中，接受「內地」與「本島」，開化與野蠻的身分位階與身分認同的臺灣本地知識人身上。於是，生活在京都賀茂川的分身（incarnation）與歷史的孤島的臺灣知識人，也就在首與體的對立下，輾轉於理想與現實、自我與傳統、精神與肉體的矛盾。郭水潭〈某個男人的手記〉，寫的就是這樣一個在故鄉裡的異鄉人的故事。小說的獨白者，一個自稱極端戀愛主義的男人，因逃避沒有愛的婚姻、「沒有教養」的妻子，結婚不到一年就離家出走，「像一隻野狗般的流浪」。在這過程中，他做過市政府臨時雇員，參加過文化協會，後來他加入一個巡迴劇團，從臺灣北部走到南部。在劇團他結識一個廣告畫的畫家，自己也編寫劇本。逐漸地，他迷戀起有著異國情調的銅鑼聲，有各國船員和阿拉伯歌聲的臺灣海港。最後，他莫名其妙地捲入一宗私奔案件，於是決定回家。回家後的他，每天無所事事地讀點書，覺得自己變得膽小而下流，變得像妻子一樣沒有教養。搞到最後，每天黃昏引頸等待妻子從農場散工回來，成了他生命中最重要、最幸福的事。

　　以上的情節和人物，轉換到「故鄉日本」，就成了被稱為「幻影之人」的翁鬧小說中的幻影世界。[2]在〈殘雪〉裡，那個揚棄高等文官考試，也把故鄉淡忘了的主角，有一天突然想回臺灣，也想到北海道探望他的日本女友。就在這時：

---

[2]這是批評家劉捷對翁鬧的評語，見劉捷，〈幻影之人——翁鬧〉，《臺灣文藝》第 95 期（1985 年 7 月），頁 190～193。

他突然想起了一個奇妙的念頭：北海道和臺灣，究竟哪個地方遠？他記得地圖上北海道比較近，但他發覺在內心這兩個地方都同樣遠。

這樣人物和這樣的心理地圖，不能不終結於〈天亮前的戀愛故事〉裡，那個坦承自己是「廢料」，「不適於生存」的獨白者。透過這獨白者不遺餘力地詛咒都市、詛咒文明，要求人類回到原始、回到野獸狀態；透過那始終如一地被瘋狂和毀滅的欲望封鎖起來的小說世界，我們可以讀出 1930 年代，這些以「布爾喬亞的頹廢式浪漫」姿態出現在臺灣文學史的人物，他們的始而叛逆、繼而頹廢、終而虛無的發展全貌。[3]

以上的文學現象，如果從它所依附的文學背景來看，1930 年代中以西川滿為首的在臺日人文學的唯美傾向，日本本土的私小說、新感覺主義，經日文傳譯過來的 19 世紀末歐洲的頹廢文藝風尚，20 世紀初的現代主義文學思潮，都有直接間接的影響和作用。這方面，可以由被當時文藝圈奉為偶像的波特萊爾、韓波、戈蒂耶、契可夫、島崎藤村、德富蘆花等等名字，以及「風車詩社」的超現實主義實驗作品，得到證明。不過使這些小說人物，不能不以早夭的波西米亞人身分，浮游於臺灣社會現實；不能不以無所歸屬的「幻影之人」的面目告別臺灣文壇，則殖民地臺灣早熟的資本主義經濟社會結構[4]，以及前述知識分子的特殊的雙鄉意識，應該是更根本的決定性因素。因為這些與 1930 年代逐漸成熟起來的日文寫作一道出現的人物形象，顯現出來的正是發生在弱勢族群和殖民地人民的心靈的、物

---

[3] 詳見施淑，〈感覺世界──三○年代臺灣另類小說〉，淡水工商管理學院「第七屆中國文化與社會國際學術研討會」論文，1996 年 5 月。

[4] 根據涂照彥的研究，日據時期臺灣殖民地的社會經濟結構，並不是一般性的資本主義發展，而是從一開始就帶有世界史上被定位為「最後帝國」的日本資本主義本身的「後進性」及「早熟性」的烙印。所謂「後進性」指的是國家所起作用的比重非常之大，這集中表現於以臺灣總督府為代表的「專制的拓殖制度」及其相應的法規。所謂「早熟性」指的是被一般論述片面強調和高度評價的日據時代臺灣的「全盤資本主義化」或「現代化」。這後進與早熟的性格，使日據時期的臺灣表現出一些與其他殖民地不同的特徵，如高度發達的商品經濟，強大官僚統治的中央集權式國家權力機構，以及經濟結構的多元化等。涂照彥所說明的這些現象，可用來了解臺灣新文學運動及1930 年代文學現象的特殊性。見涂照彥著；李明俊譯，《日本帝國主義下的臺灣》（臺北：人間出版社，1994 年 2 月），頁 535～539。

質的流離失所（deterritorialization）的狀態。[5]

　　做為短促的日據時代臺灣文學史的一個轉折點，這些流離失所的幻影之人，若能倖存，接下來要面對的是史芬克司的神話。巫永福的〈首與體〉結束於主角的一場夢魘。夢境中：

　　有獅子頭、羊身；跟有獅身、羊首的二頭怪獸以加速度疾馳過來，猛烈地衝撞成一團。我忍不住眼睛一閉，眼前立刻出現埃及的史芬克司。二頭怪獸還沒有決勝負，倒出現了史芬克司，不由得讓我有些張皇失措。

醒覺後，小說主角如是思量：

　　我整個腦海裡都是史芬克司。為什麼會有史芬克司呢？曾經有個國王拿史芬克司出了一道謎：有兩隻動物合而為一，在不明底細的軀幹兩端各接著獅子頭跟羊頭。——這指的是人嗎？

　　這個謎題，留待自稱是「悲哀的浪漫主義者」的龍瑛宗及其同輩作家去面對。

——選自施淑《兩岸文學論集》
臺北：新地文學出版社，1997 年 6 月

---

[5]Gilles Deleuze and Felix Guattari, *Kafka: Toward a Minor Literature*, Translation by Dana Polan, (Minneapolis : University of Minnesota Press, 1986), pp. 16-18.

日治時期小說中的三類愛慾書寫：帝國凝視、自我覺醒、革新意識（節錄）

自我追尋、自我覺醒的羅曼史

如果說女性被西川滿寫進去又被泯除，那麼臺灣作家在愛慾書寫方面，豎立了男性自我追尋的里程碑，而女性人物面貌是模糊的——不過沒有被取消，反而對主人翁有著重大的衝擊。例外的是張文環與王昶雄對女性有著細緻的描繪，這在日治時期文學中極為難能可貴。本節討論的作家共同特色是臺灣人嚴肅文學的創作者，除此之外，其風格彼此差異極大。例如巫永福與翁鬧屬於新感覺派，龍瑛宗是自然主義作家，張文環對民俗鄉土以厚重樸實的寫實手法細膩的描寫，而王昶雄擅長臺日認同困惑的主題。

巫永福與翁鬧：時尚都會裡的感官探索

〈首與體〉描寫一個希望留在東京，繼續過著欣賞戲劇、音樂、上咖啡屋的生活的留學生 S，面對故鄉父母催促他回鄉辦婚事，他只能逃避與延宕。S 在日本已經有女友了，卻也不願告知父母。

本文以第一人稱「我」，敘述好友 S 的煩惱。「我」陪著 S 走過東京繁華時尚的區域，兩人的對話針對眼前的都會景觀漫無目的的交談著，S 心中的煩惱則由「我」來敘述，並未反映於對話中。

---

*發表文章時為臺灣師範大學臺灣語文學系教授，現為臺灣師範大學臺灣語文學系教授兼系主任。

　　〈首與體〉顯示巫永福受到當時日本文壇現代主義極深的影響。1930
年代的日本現代主義，在內容上呈現都會娛樂時尚文化、俊男美女爭奇鬥
豔、物質與感官文明的美學耽溺、視覺景觀的細緻呈現（包括光影的運
用）、敘事技巧上喜愛多重分裂自我的呈現。[1]本篇小說中的我與 S 兩人關
係親密，S 說話時「靠在我的肩上」。S 號稱有女友，僅止於被我以寥寥數
個字提及：「那張廣告畫模特兒的笑靨簡直像極了他戀人的側影」。年輕學
生讀到我與 S 兩人間親密的互動，經常會反應著：「這是不是一對男同
志！」。我們必須放在日本現代主義的敘事傳統來看，將 S 看成是多重自我
的一部分。

　　本篇小說極力經營二元對立又互相交錯的意象，先是主題上首與身體
的對立，然後鋪陳獅子與羊的交錯，營造出暈眩迷離的效果，文末結束於
人面獸身史芬克司（Sphinx）的聯想。巫永福的文風屬於現代主義陣營的
新感覺派，其特色包括描寫光與色彩的美麗與變化；在氣氛方面，展現流
動的情調；在內在意義的掌握上，運用各種象徵來表現自身的思想、觀念
與美感。[2]

　　小說的其中一節「事實上，我知道我們近期間就要分別了，可是他卻
不願意離我而去。這是首與體的相反對立狀態。因為他自己想留在東京，
可是他的家卻要他的『體』，一封接一封的家書頻頻催他『返鄉』，理由是
要他回家解決重大的結婚問題。所以他想留在東京。」正好顯示殖民地青
年文化主體的顛倒錯亂，如果從正常的角度來看，臺灣才是他的「首」，暫
時居留東京才是他的「體」，然而小說的描寫卻剛好調換了位置，留在東京
反而是「首」──自我的選擇，返鄉卻成了「體」──缺乏自由意志、被
父母之命所束縛的肉身。巫永福的寫法，絕對不是反諷，他描述的相反對
立狀態，並非是虛構，而是事實。這篇小說，與其說在於描寫巫永福個人

---

[1]Tyler, William J. 2008. *Modanizumu: Modernist Fiction from Japan*. Honolulu: University of Hawaii Press.
[2]劉思坊，〈站在流行線上的留日文藝青年──論《福爾摩沙》的流行感及巫永福的「新感覺」書寫〉，《臺灣文學評論》第 9 卷第 1 期（2009 年 1 月），頁 281～298。

思考上的苦惱，倒不如說是當時臺灣殖民地作家的共同困境。現代主義新感覺派的作品，並非只是都市時尚浮面的描寫，也包括殖民國族問題的思索。[3]

　　日本（以東京為代表）與臺灣彷彿成為兩個具有相反意涵的象徵性符號，而與小說中「首」與「體」的意象有著呼應關係。故鄉的歷史經驗，原是知識分子成長過程中無可分割的一環，那是他原初人格的基礎。然而，現代化的價值觀念卻又無情衝擊著他的歷史經驗。小說中的青年決定要留在現代化的東京時，便被迫必須與自己的歷史記憶割裂。換言之，他的「首」，亦即思想，以及他的「體」，亦即行動，不能不發生裂變。小說對這種雙重人格的景象，形容為「有獅子頭、羊身，跟有獅子身、羊首」的二頭怪獸。傳神的描寫，誠然刻劃了知識分子的困境。殖民地青年積極要克服自己母體文化的落後性，往往找不到具體的答案。他們最為直接方便的途徑，便是通過日本化而達到現代化。但是現實的狀況，個人縱然獲得了「救贖」，並不意味整個社會也同時得到提升。於是人格昇華的知識分子，就不能不與「落後、劣等」的本土文化進行對決，最後則無可避免走向分裂的道路。他們對自己的文化充滿憎恨，才能合理化自己向殖民者靠攏的行為。殖民暴力加諸在本土文化的凌遲與刑求，對傾斜的知識分子而言，乃是社會在到達現代化之前必經的陣痛。他們採取自我克服的方式很多，或遺忘，或無視，或精神分裂，或鄙夷憎惡，不一而足。

　　〈首與體〉這篇小說與其說是自由戀愛與父母之命兩者間的衝突，不如說是留學生的自我認同衝突。前文提及羅曼史的第六種定義，係由Richard Chase（1957）所提出的「美國羅曼史」（American Romance），以此來區隔寫實主義的文學，指的是以個人的自我追尋為主題的小說而又帶有幻奇與超越日常生活現實的風格。巫永福這篇小說可說是「臺灣留學生羅曼史」，探討留學生掙扎於故鄉與繁華都會的自我追尋。追尋的過程並沒

---

[3] 陳建忠，〈講評〈上海與臺灣——新感覺的兩種實踐：以翁鬧與劉吶鷗的作品為探討對象〉〉，《文訊》第 232 期（2005 年 2 月），頁 42～43。

有解答，結束於一個新的裂變意象：史芬克司，「在不明底細的軀幹兩端各接著獅子頭與羊頭──這指的是人嗎？」。

「這指的是人嗎？」敘事者提出了人已不再是人的絕望困惑。原本第一層次的象徵解讀上，身體是故鄉，頭是殖民國日本，這已然是分裂與錯置，到了結尾，代表故鄉臺灣的身體甚至不是人的身體，而是獸，人頭也沒有了，是軀幹兩端接著獅子頭與羊頭，成了名符其實的混種怪物，象徵被殖民又留學日本的認同混淆與無所適從。表面上看似煩惱著戀愛問題，最終成為自我追尋的怪物旅程。

同樣執著於自我追尋的作家，還有翁鬧及其代表作〈天亮前的戀愛故事〉。翁鬧 1934 年至東京留學，積極參與當地文學活動，發表多篇詩及小說於《臺灣文藝》、《臺灣新民報》及《臺灣新文學》。他才情橫溢，唯生性浪漫，不善營生，終致在東京窮愁潦倒。

──選自《中國現代文學》第 17 期，2010 年 6 月

與契訶夫的生命對話

巫永福〈眠い春杏〉文本詮釋與比較

◎許俊雅[*]

一、前言

　　1933 年巫永福在《福爾摩沙》創刊號發表小說〈首與體〉，至 1941 年，戰前的巫永福寫了七篇日文小說，另六篇小說是：〈黑龍〉、〈愛睏的春杏〉、〈山茶花〉、〈河邊的浣婦〉、〈阿煌與父親〉、〈慾〉，除了〈眠い春杏〉（譯為〈愛睏的春杏〉或〈昏昏欲睡的春杏〉）外，其餘六篇已多次被學界討論。〈眠い春杏〉發表於 1936 年《臺灣文藝》第 3 卷第 2 號，由於之前未見中文版，又因日文小說殘缺不全，遂未能即時展開討論。根據評論家張恆豪先生的回憶，〈眠い春杏〉之所以未譯成漢文，主因在於所刊之《臺灣文藝》恰巧缺其中第七至第十四頁，因此《光復前臺灣文學全集》（小說卷）只好割捨。[1]此後《臺灣作家全集・短篇小說卷・日據時代》、《巫永福全集》亦未見中文譯文，直至《巫永福精選集——小說卷》方收入譯文。[2]

---

[*]臺灣師範大學國文學系教授。

[1]張恆豪，〈探觸臺灣人文的深層記憶——《巫永福全集》出版的寓義與闕失〉，收入《巫永福全集19——續集・文學會議卷》（臺北：傳神福音文化公司，1999 年 6 月），頁 168～169。葉石濤、鍾肇政主編，《光復前臺灣文學全集》（小說卷）（臺北：遠景出版公司，1979 年）。編輯者為張恆豪、羊子喬、林瑞明。根據謝惠貞研究，其缺頁是因檢閱被迫刪去所造成，欲覓完整版本恐怕是可遇而不可得。謝文見〈巫永福「眠い春杏」と橫光利一「時間」——新感覺派模写から「意識」の發見へ——〉，《日本台湾学会報》第 12 號（2010 年 5 月 31 日），頁 216。

[2]許俊雅主編，《巫永福精選集——小說卷》（臺北：巫永福文化基金會，2010 年 12 月）；許俊雅、趙勳達策劃，「散發靜光的銀杏：新譯巫永福作品集」，《文學臺灣》第 77 期（2011 年 1 月），頁 235～277。以下引用中譯本時（譯者是趙勳達博士），據基金會版直接標示頁碼於後，不再另加注，謹此說明。

雖然依舊未能尋獲完整無缺之《臺灣文藝》第 3 卷第 2 號，但此作的內容、技巧及意涵清晰可讀，尚可一窺全豹，更何況此作在巫永福七篇小說中獨具重要意義，筆者在細讀文本之後，擬從幾個方面予以討論。首先是對〈眠い春杏〉與契訶夫〈萬卡〉、〈渴睡〉（或譯〈瞌睡〉）予以分析討論，[3]並凸顯〈眠い春杏〉獨特的臺灣性，此部分亦將援引漢人文化傳統裡的婢女舊習，及當時眾多小說裡的婢女命運及形象，以見臺灣文化背景與俄國農奴制度之差異，呈現作家在影響啟示後的獨創性。

其次是〈眠い春杏〉與契訶夫小說關係密切，有必要釐清巫永福及當時的臺灣文壇與契訶夫作品的關連。本文將使用「世界性因素」這一概念來討論契訶夫與巫永福小說，「世界性因素」一詞，借自陳思和在〈關於 20 世紀中外文學關係研究中的世界性因素〉一文中所謂的「中國文學的世界性因素，指在 20 世紀中外文學關係研究中的一種新的理論視野。」他認為：「既然中國文學的發展已經被納入了世界格局，那麼它與世界的關係就不可能完全是被動接受，它已經成為世界體系中的一個單元，在其自身的運動中形成某些特有的審美意識，不管其與外來文化是否存在著直接的影響關係，都是以獨特面貌加入世界文化的行列，並豐富了世界文化的內容。在這種研究視野裡，中國文學與其他國家的文學在對等的地位上共同建構起『世界』文學的複雜模式」[4]。此一觀點同樣適合援用來思考臺灣文學與世界文學的關係。所以，藉由契訶夫與巫永福的討論，不但可以讓我們看到一種巫永福式的民族寫作是如何帶出世界性意義的，同樣也可以讓我們見識這種具有世界性意義的寫作是如何命中臺灣民族傳統的命脈。

從比較視域觀察，跨民族的文學藝術影響本來就是複雜的，這不僅表現在影響源的各不相同，或一個作家可能同時受到許多外國作家的綜合影

---

[3] 當時譯法極多，如為契訶甫、雀霍甫、柴霍甫、柴霍夫、欠亮夫、德乞戈甫，大約是從 Tchehov 的非俄文拼寫法轉譯的。

[4] 陳思和，〈關於 20 世紀中外文學關係研究中的世界性因素〉，收入氏著，《談虎談兔》（桂林：廣西師範大學出版社，2001 年 6 月），頁 32～60。嚴紹璗、陳思和主編，《跨文化研究：什麼是比較文學》（北京：北京大學出版社，2007 年 2 月），頁 139～159。

響，而且表現在即使同樣對某個外國作家感興趣的臺灣作家，其接受影響的角度和深度往往也是大相逕庭的。作家間的文學接受在很大程度上取決於他們在審美趣味、藝術追求、創作個性和精神氣質上的接近，而藝術的審美接受又是純粹的精神性的愉悅活動，藝術創作更是社會生活的綜合性精神投射，兩者之間可能會有某種關聯，但由於精神領域的複雜性與審美特徵的形象性，使藝術傳播功能模糊性自是難免。本文將從巫永福廣納世界性文學之營養，使作品從多個方面彰顯了不同於契訶夫甚至是臺灣新文學的風貌，〈眠い春杏〉如何在接受啟示之餘，加以創造性的發展，形成自己鮮明的獨創性。

二、現實與現代的融合

　　巫永福的小說〈眠い春杏〉讓人想起俄羅斯文學大師安東・巴甫洛維奇・契訶夫（Антон Павлович Чехов, 1860～1904）[5]的名篇〈萬卡〉。一個家庭貧困的九歲的男孩萬卡被送到莫斯科一家皮鞋匠那裡做學徒，繁重的工作把他折磨得筋疲力盡，又受到打罵和饑餓的虐待。在耶誕節前夜，趁著主人出去做晨禱的時候，偷偷給他唯一的親人、鄉下的爺爺寫信，抱怨他的惡劣生活，希望爺爺把他帶回鄉下去：「昨天我挨了一頓打，老闆揪著我的頭髮，把我拉到院子裡，拿師傅幹活用的皮條狠狠地抽我，怪我搖他們搖籃裡的小娃娃，一不小心睡著了。上個星期老闆娘叫我收拾一條青魚，我從尾巴上動手收拾，她就撈起那條青魚，把魚頭直戳到我臉上來。……親愛的爺爺，我求你看在基督和上帝面上帶我離開這兒吧……這兒人人都打我，我餓得要命，氣悶得沒法說，老是哭。前幾天老闆用鞋楦頭打我，把我打得昏倒在地，好容易才活過來。我的日子苦透了，比狗都

---

[5]俄國小說家、戲劇家、19世紀俄國批判現實主義作家、短篇小說藝術大師。1860年1月29日生於羅斯托夫省塔甘羅格市。祖父是贖身農奴。父親曾開設雜貨鋪，1876年破產，全家遷居莫斯科。但契訶夫隻身留在塔甘羅格，靠擔任家庭教師以維持生計和繼續求學。1879年進莫斯科大學醫學系。1884年畢業後在茲威尼哥羅德等地行醫，廣泛接觸平民和了解生活，這對他的文學創作有良好影響。他和法國的莫泊桑，美國的歐・亨利齊名，為三大短篇小說巨匠。

不如。」[6]萬卡把寫好的信裝進信封裡，再寫上地址：「寄交鄉下祖父收」，然後又添寫上：「康司坦丁‧瑪卡雷奇」。他高興地跑到街上，把這封珍貴的信投到郵筒裡，回去後他懷著美好的希望睡熟了，夢中他看見爺爺正在讀他的信。孩子的這一舉動是幼稚可笑的，但在這一具有喜劇因素的情節裡面，包含了凝重的人生悲劇，蘊藏著人生從少年開始的辛酸，其中童稚的天真、精神的苦痛和處境的孤苦無助揉合在一起，一篇才 5000 字的小說，寫得很平靜，但催人淚下。而巫永福〈眠い春杏〉創作於上世紀 30 年代，故事寫的是 11 歲的春杏，出身於貧苦的漁民家庭，被賣到鄰近富戶仁德老闆的家當丫頭，從早忙到晚，一天只睡五小時。長期的睏倦壓倒了她。有一天晚上主人外出，她在睏倦中持續工作：洗盤子、疊衣服、抱孩子……沒完沒了，終於累倒在床上，深深地睡著了，但無意間把襁褓中的小主人壓死了。

從萬卡到春杏，人類的惡劣生存環境沒有改變，但是世界文化卻已經發生了變化。在契訶夫的時代，現實主義的寫實手法已經發展到了極致的階段，難破自身的局限。文學大師如上帝的眼睛洞察世俗萬態，他通過一封短短的書信，把孩子的痛苦如實呈現在讀者面前，大師語言絲絲入扣，以致讀者深信不疑，這個九歲的農村孩子竟能夠寫出一封感人至深的書信。這封信沒有送到（也不可能送到）鄉下爺爺的手裡，但是已經深深地到達了讀者的心靈深處，因此而受到感動。但是在巫永福的時代，人們對於現實主義的過於依賴寫實的手法已經有了質疑，作家的創作手法必須有變化，文學要求有更強烈和更深刻的方法來揭示人物的心理世界，於是，漁家女兒春杏不會再用書信的方式來傾訴內心痛苦，她也無意表述，唯一的感覺就是睏倦。睏倦與傾訴是多麼的不同，傾訴有對象、內心有不平、還有寄託著對未來出路的尋求，而睏倦，近於睡著了。

於是，春杏沒有傾訴的對象，她被賣到鄉村一年多，家裡親人只是在

---

[6]契訶夫著；汝龍譯，《契訶夫小說全集》（第 5 冊）（上海：上海譯文出版社，2008 年 1 月），頁 413～415。

夢境裡出現，而且夢中呈現的，全是恐怖的意象：漁民父親被風暴吞噬，中風的母親在與父親死別，小弟弟剛剛病死，現實世界裡已經無人可以傾聽她的痛苦；她也已經沒有內心的不平，她已經完全認命，把這個時時在剝削她、虐待她的富戶之家看作是自己的家，承認自己是其中的可憐的一員，所以她在睏倦中還盼望主人能快回家，可以減輕她的工作，作者說她：「考慮到不被責罵的話，就會採取不會被責罵的行動。這是依照幾近於奴隸式的義務觀念與動物直覺的行動。」順從而不是不平之聲，是因為她根本無法發出不平之聲；還有，春杏沒有未來，她知道沒有人可以救她出火坑，她唯一的祈求就是讓她深深地睡一覺，墜落到黑甜鄉裡麻醉自己。於是，作者沉痛地說：

> 春杏只是動了，工作了，行動了，與其說是出自有意識的行為，不如說是依照潛在的本能。春杏那顆失去智慧的、被扭曲的心，只能感性地考慮聽從與迎合老闆而已。
>
> ——頁111

很顯然，巫永福在創作這部作品的時侯，受到了日文譯本契訶夫及啟蒙主義思潮的影響，但與契訶夫的悲天憫人有所不同。他筆下塑造的春杏明顯地含有殖民體制下哀其不幸、怒其不爭的話語因素，這種呼籲聲在郭秋生〈解消發生期的觀念，行動的本格化建設化〉一文，謂：「我們已不願再看查某嫺的悲憤而自殺，我們要看的是查某嫺能夠怎樣脫得強有力的魔手與獲得潑辣的生存權，在舊禮教下陷一生於不幸之淵的女性，我們也不願再看其不幸的姿態而終，要看的是該女性能夠怎樣解消得不幸的壓力而到達了怎麼樣的幸福的境地，……是故我們要看的，是只要能夠有熱烈的生活力，克服了冷遇的惡環境，以奏人生凱歌的新人物出現」[7]。這是因當時小

---

[7] 郭秋生，〈解消發生期的觀念，行動的本格化建設化〉，《先發部隊》創刊號（1934 年 7 月），頁21。

說內容觸及到的底層女性多屬憂鬱、消沉、沮喪、煩悶、焦躁等境況的人生。現實中的春杏,她依舊無能為力去反抗惡環境,春杏的現實痛苦和她的精神麻木相得益彰,生理的難以忍受的折磨,只能依靠精神的睏倦麻木來減輕其痛苦,於是,小說裡的「昏昏欲睡」成為一種精神麻木的象徵;黑色,也成為一種象徵,黑浪的海、黑色的山、黑色的夢,生不如死的可憐的生命就被吞沒在無邊無際的黑暗裡。但是筆者這樣分析可能過於沉重和悲觀了,這篇小說在閱讀時所產生的審美效果還不僅僅是這種啟蒙主義的沉重。巫永福的文字裡含有殖民地文學所不具備的亮色,這種亮色,可以用另外一個範疇作參照系,那就是在上世紀 30 年代已經瀰漫世界文學領域的現代主義。這麼說不是指殖民地文學就沒有亮色,或沒有現代主義的因素,但是殖民地文學過於沉重的啟蒙任務,使文學精神的亮色變得非常勉強,這與魯迅在〈藥〉的結尾有些相似,為了增加亮色而不得不描寫了一個花環,完全是外在加上去的,而從狂人、阿 Q 到祥林嫂等等,都沒有真正寫到他們身上所含有可怕的反抗性的一面,日治的臺灣小說也多半如是。然而這個因素,在巫永福筆下的春杏的故事裡出現了,春杏在沉重地睡著了的過程中,完全無意識地殺了人。作者寫道:

> 春杏真的睡了。腳也張開,手也張開,以舒服自在的心情睡了。身體伸向了二小姐的臉。她原本搖搖晃晃的身軀此時已陷入了忘我的境界。春杏的身體壓在二小姐臉上會造成什麼後果,她完全不知情,也沒有加以考慮。根本來不及想到二小姐會被自己的身體壓住而窒息、壓死。以及在二小姐窒息死後趕到的老闆娘與老太娘,她們會如何叫罵、發狂、鞭打等等,春杏拋諸腦後。

——頁 113

報復在不自覺中完成了。一方面在麻木的沉睡中盡可能地伸張四肢,本能地尋求在清醒時無法尋求的身體快感,另一方面,在無意識中實現了報

復，不僅僅是生命的毀滅（二小姐被窒息而死），也包含了對於虐待她折磨她的老闆一家的精神報復（老闆娘、老太娘等的悲愴反應）。就彷彿是冥冥之中復仇女神借了這個弱小身體來報復這個刻薄寡恩的世界，春杏是無辜的，又是必然的復仇者，復仇是通過她全不知曉的無意識來完成的，這就應和了當時風靡世界的佛洛伊德學說：人的無意識世界是一個充滿了犯罪欲望的黑暗的精神領域。[8]當意識世界由於軟弱和被壓抑到絕望的時候，無意識就出現了，它就是一個人我俱毀的復仇。現代主義的描寫無意識的手法，使這篇小說打亂了正常的理性思維的寫法而進入一個新的深的層次：清醒與幻覺，現實與夢境，理性與非理性，交織在一起，展示出由悲憫到恐怖、平實到怪誕的審美效果。

　　因此「昏昏欲睡」不僅僅是一種人物睏倦的精神狀態，而是在表面上看似麻木昏沉的精神世界裡，咆哮著憤怒反抗的激浪。「睡」的審美效果就從消極轉為積極了。我們從小說一開始就看到了這種怪誕的圖景：

> 春杏一邊洗著盤子，一邊覺得廚房微暗的每個角落都響起近似闃黑的海潮拍打聲，空氣中也瀰漫著陣陣的惡臭。垂掛在天花板的電燈所發出的偏黃色燈光，在忽明忽滅之際轉變成紫色，春杏覺得腳下所站立的地板從兩端彎曲成圓弧狀，自己似乎頭下腳上地翻轉過來。真的是天旋地轉。

——頁 103

「昏昏欲睡」導致「天旋地轉」，海潮翻滾，惡臭瀰漫，清醒的理性世界將被黑色的非理性傾覆，怪誕的審美由此產生。於是，整個小說不是沉悶的寫實，也不是觀念的吶喊，而是充滿了怪誕意味的黑色海水的激蕩和蔓延，由此布滿了全篇。我們再看夢境，作者通過夢境來展示春杏原來家庭

---

[8]歐陽明編，《謊言與圈套》（北京：民族出版社，1993 年 3 月），頁 38～47。

的遭遇，出現的卻是鬼魂：

> 爸爸死去的靈魂化作藍燈在頭上遊蕩。只剩可憐形骸的精靈在媽媽的破
> 房子前低頭站立。爸爸的臉很窄小，上有眉毛和眼睛。這是在已忘卻了
> 奮鬥的積極性的人臉上，時而可見的深刻的陰鬱。
>
> 「你現在將要死了。」
>
> 爸爸微弱的聲音被風吹過。被繚繞不已的憂鬱聲音所刺激，媽媽的臉色
> 發青。媽媽看著爸爸，目不轉睛地看著。但是和印象中的不同，呈現出
> 不可思議的臉。媽媽混濁的雙眼已不具視力。她並不知道那是爸爸。
>
> 「不管怎麼說，你就要死了。誰也幫不了你。況且，誰又會在乎你
> 呢？」
>
> 爸爸向媽媽招手。爸爸為什麼進入那間破房子卻不照顧媽媽，春杏感到
> 不可思議。但是，春杏迷迷糊糊的腦袋瓜兒確實聽到爸爸微細的聲音，
> 非常悲壯的聲音。
>
> 媽媽已經被折騰到要死了。爸爸站在破房子外，目不轉睛地看著媽媽。
> 媽媽痛苦得直呻吟。之後，爸爸的頭看不見了，只剩身體看得見。
>
> 「你將在無人知曉的狀態中死去。」爸爸的聲音飄蕩在空中。在黑色的
> 波濤緊挨著的地平線那頭，爸爸的形影一點一滴地消逝了。之後，一陣
> 波浪激起了浪花。風在激烈地吼叫。海天連成一片，在怒濤與咆哮聲中
> 發狂。小型豬舍被吹毀，媽媽的肚子像被刀挖空，發出悽屬的叫聲。像
> 山一樣高的大海嘯逼近海濱，吞噬砂地、剷平樹林、推倒山丘，恣意妄
> 為。不只如此，後面緊接而來大海嘯加倍地廣闊與強大，把一切都吞沒
> 了。在目光所及之處，被海浪捲走的媽媽，像樹葉一樣地消失了。

——頁108～109

這是一場夢，值得注意的是，那個鬼魂遊蕩在空中所說的話，是典型的歐
化語言，這種語言結構很可能來自當時日本語。漁民的父親不可能說出這

種含有詩意的語言，但是鬼魂卻是可以的，因為它已經超脫了現實世界的具體身分。這種抽象意義上的鬼魂，仍然是象徵手法。夢境裡沒有現實的具體細節，卻幻化出一幅戲劇性的人鬼交流圖來告訴春杏：此刻，正是她的苦難的媽媽在彌留之際，在托夢給女兒，與女兒作死別。魔幻的場景裡隱藏了現實的內容。而夢幻裡的大海嘯，暗示了無意識的閘門終於要打開，一場大禍行將發生。

　　反之，在現實描寫的層面上。也處處照應了無意識的存在，如以下一段是描寫春杏在與疲倦作鬥爭：

> 春杏精疲力盡地癱坐在椅子上。疲勞與睡意像濃霧般襲來。春杏對電燈下所映照出來的自己的黑影感到害怕，自言自語地說著「小姐，不要啊」的糊塗話。貓又叫了。春杏靠在椅背上閉著眼睛，心亂如麻。卻開始打起盹兒來。

——頁 106

這裡黑影的出現，嘴裡的胡話、貓的叫聲都是現實中存在的細節，但又彷彿是無意識世界派遣而來的使者，催眠一樣地起著作用，「心亂如麻」是現實世界的春杏在天人之戰的心理，但她很快就沉睡過去，向無意識的使者屈服了。於是，奇禍開始。

　　這篇小說營造時產生的恐怖意境是一點一點逼近的，每進一步，現實中理性的掙扎就後退一步。這種衝突的節奏使小說的審美效果顯得激越而緊湊。整部小說的敘事在現實層面的人物活動和非現實層面的瞌睡、幻覺、夢境之間交替進行，而人物的活動也是緊張而頻繁，讀者看到的春杏，在短短的一段時間裡不停地幹活、抱孩子、走來走去，進進出出，充滿了不安感，再配置越來越逼近的無意識世界裡的大風暴，整個小說敘事達到了尖銳而殘酷，豐富而變幻，真實與非現實的交替的現代主義的藝術高度。這部作品創作的時間與上海 1930 年代初出現的劉吶鷗、穆時英的新

感覺派小說、施蟄存的意識流小說[9]等同一時期，但在精神層面和技術層面上，都在一般高度之上。這是值得我們注意的。

三、契訶夫〈渴睡〉與巫永福〈眠い春杏〉

當本文開始時從契訶夫小說裡選擇了〈萬卡〉做為〈眠い春杏〉參照系的時候，筆者有意暫時擱下契訶夫的另一篇小說〈渴睡〉[10]，從敘事內容上來比較，〈渴睡〉與〈眠い春杏〉幾乎是如出一轍。這裡先簡述〈渴睡〉小說的內容，再討論兩部作品之異同。〈渴睡〉極其生動地描寫了小主人翁的渴睡感。13 歲的姑娘華里珈（或譯作瓦爾卡），由於父親去世，家裡生活艱難，母親送她到一個皮鞋匠老闆家當使女。華里珈從早到晚有幹不完的活。一早起來就要生爐子、燒茶炊，然後就是刷老闆的雨鞋、打掃臺階、削土豆，準備午餐。白天過去了，華里珈還要侍候來喝酒的客人。客人們走了，主人也睡了，但華里珈不能睡，她要搖著籃，哄孩子，唱催眠曲。她實在太睏倦了，但她稍一闔上眼，老闆娘就會敲她的腦袋。她需要睡眠。白天，幹活的命令一個接著一個，使她沒有一分鐘空閒，孩子的哭

---

[9] 新感覺派是日本現代文學史上一個重要的文學流派，第一次世界大戰結束以後，日本經濟得到恢復和發展，但 1920 年爆發了經濟危機，特別是在 1923 年發生了關東大地震，社會上蔓延著虛無和絕望的思想以及西方貪圖瞬間快樂的風氣。它強調對官能感覺的實描摹，創造訴諸視覺和聽覺的動態藝術形象，重要作家有橫光利一、川端康成等，對中國、臺灣文學界也起了相當的影響。意識流是 20 世紀初葉在西方興起的一種與傳統的寫法不同的創作方法。它以表現人們的意識流動、展示，恍惚迷離的心靈世界為主。意識流經日本傳入，而巫永福曾在日本留學，接受了這種影響，回臺後用在了〈眠い春杏〉的創作中。其呈現方式千變萬化，或是流暢的獨白，或是恍惚的夢幻。巫永福用夢境構成獨特的意境，也用夢境對人物的命運做出暗示，更以夢境做為情節發展的轉機。

[10] 因未見臺灣中譯本，但臺灣白話文作家其實也接觸過中國契訶夫（柴霍甫）之譯作，從王詩琅〈柴霍甫與其作品〉一文可知其來源與中國譯本、譯介關係密切，因此本文選擇了中國 1930 年代的譯本為參照本：韋漱園選譯，《最後的光芒》（北京：商務印書館，1931 年 6 月）。當時亦有趙景深譯作：〈瞌睡來了〉，刊《文學週報》第 7 卷（上海：開明書店，1929 年 1 月），頁 324～333。趙景深譯〈瞌睡來了〉，前言云：「這一篇是柴霍甫極其有名的短篇。Mirsky 的《現代俄國文學史》稱讚此篇道：『〈瞌睡來了〉是真的傑作，集中，經濟而且有力。托爾斯泰也很重視這篇東西。』（頁 87）日本西川勉說：『柴霍爾的〈瞌睡來了〉是以兒童為主人公的真的傑作。』此外我國如謝六逸的《西洋小說發達史》稱此篇為『興味極深的作品』（頁 24）蔣啟潢的《近代文學家》也說這篇極好。（頁 187）英文選譯本也常有這一篇，Garnett 的全譯那就更不用說了。」頁 324～325。

鬧又使她無法休息。她似睡非睡地進入了夢鄉，在夢中她感悟到那個不讓她活下去的敵人，就是那個啼哭的娃娃。於是。她走過去，用身子倒在搖籃上，悶死了娃娃，然後她趕快往地板上一躺，帶著高興的笑，不出一分鐘就睡得像死人一樣了。很顯然，如果我們拘泥於故事情節的比較，就很容易得出「巫永福抄襲了契訶夫構思」的結論。所以，只有當我們充分地認知巫永福在〈眠い春杏〉創作的獨創性以後，才有可能把兩者進行比較，由此看出了在相同的題材創作中的世界性因素。

> 所謂世界性因素，指的是從歌德到馬克思提出「世界文學」的概念，本身包含了某種共同性的因素。「世界性」是一種人類相關聯的同一體，即我們同在一個地球上生活，「世界性」就是這個地球上人類相溝通的對話平臺。對話並不排斥發生影響的可能性，因為在資訊發達的環境下影響無時無刻都是存在的，對話既是雙方或者多方的自由表達，又是一種普遍意義上的交流，它包括了影響的發生和可能性。更進一步探討下去，世界文學內部存在了許多共同的主題，而這些主題又在各個不同民族、不同文化環境下會以不同形態表現出來。每一種形態都是這一主題的個別形態，綜合起來就構成了主題的多元結構和多重意義。[11]

回到這兩部作品比較而言，他們共同的主題是由「渴睡」與「殺人」構成了雙向結構的「罪與罰」。現在我們無法證明，巫永福在創作〈眠い春杏〉之前是否閱讀過〈渴睡〉，我們沒看到作家在回憶錄或書信、旁人敘說裡披露與契訶夫〈渴睡〉相關的文獻記載或旁證。他自己沒說過曾受到契訶夫的影響，也沒看過他引用了契訶夫的語言，但是據記載他確實看過契訶夫的戲劇〈櫻園〉，而〈渴睡〉、〈眠い春杏〉兩者的相近似是沒有疑問的。因為兩部作品都是通過一個孩子（使女）由「渴睡」進入「殺人」的敘事結

---

[11] 以上關於世界性因素的闡釋，是筆者對陳思和先生電話採訪中的筆錄內容。時間 2011 年 4 月 28 日。這段話的主要意見亦可參考其專文，見本文註 4。

構。更進一步相似的是，如本文前面所說的，巫永福的時代與契訶夫的時代相差了近半個世紀，這個時間差裡包含了世界文化發展的一個巨大轉變，現代主義文學思潮已經洶湧興起，主宰了歐洲和日本的文學領域。然而契訶夫是俄羅斯最後一位現實主義大師，他的短篇小說藝術事實上已經達到現代主義手法的邊緣。〈萬卡〉創作於 1886 年，〈渴睡〉創作於 1888 年，時間才相隔兩年，在似乎相類似題材的創作中，契訶夫的創作手法卻有了驚人變化，〈萬卡〉的手法基本上是寫實，而在〈渴睡〉裡，故事敘事始終在似醒非醒、斷斷續續的意念下進行，女孩華里珈不斷地瞌睡中，朦朦朧朧地夢見了一條小道，許多人（包括她死去的父親、還有母親、外祖父……）都在沉重地行走，不停地倒下，我們似乎可以把這條小道看作是黃泉路上；但又有一種力量不讓她倒下，把她拉回現實世界。那就是孩子的啼哭聲。這是一幅萬分沉重、渾渾噩噩、生不如死的悲慘圖景。這就是 13 歲的女孩華里珈的精神世界的象徵，所指的也就是了無生趣地走向死寂。這篇小說包含了現代主義的無意識、非理性的描寫，整個情調是壓抑而沉重慘澹的。而在巫永福的筆下，無意識世界卻是呼嘯的巨浪排天而來，世界在大憤怒中動搖破碎，這種巨大的精神威力，與麻木狀態下的小女孩春杏的現實遭遇形成了尖銳的對照。

〈渴睡〉中作者也描寫到華里珈的父母的悲慘結局，雖然也是在夢境中出現，但現實主義大師依然採用了寫實的手法，清晰地描寫了父親臨終時的痛苦，周圍人的反應等等；而在巫永福的筆下，這個夢景完全採用了象徵主義[12]的手法，鬼魂與垂死者的交流，神祕的靈異世界與現實的悲慘世界交疊在一起，陰陽混合難辨，讓人處處感受到毛骨悚然的驚恐之感。此即象徵主義帶來的神祕效應。當時年輕的巫永福先生的整體文藝創作，在藝術的成熟程度上自然難以與俄羅斯文學的大師相媲美，但是現代主義的

---

[12]象徵主義是 1886 年出現在法國文學史上的一種流派和文學思潮的線條和固定的輪廓，它所追求的藝術效果，並不是要使讀者理解作者究竟要說什麼，而是要使讀者似懂非懂，恍惚若有所悟，使讀者體會到此中有深意。象徵主義不追求單純的明朗，也不故意追求晦澀，它所追求的是半明半暗，明暗配合，撲朔迷離。

驚心動魄的藝術效果是明顯達到了的，震撼力應在〈渴睡〉之上。

　　這兩種創作手法：一邊是爐火純青的現實主義的大手筆，舉重若輕；另一邊是初試鋒芒的現代意識的新創作，精銳傾盡，但筆者只想分析一個關鍵細節，便可以看出兩種相似手法的差異。在〈渴睡〉中，13 歲的孩子突然意識到妨礙她瞌睡的敵人是嬰兒的啼哭，於是她將要殺死嬰兒——

> 　　她笑將起來。她很驚異：怎麼這樣的小事，她以前不能夠明白？綠的印痕，黑影和竈蟲，彷彿也都正在笑而且驚異。幻景主宰了華里珈。她從鼓凳上立起來，現出滿臉笑色，兩眼並不眨動，在屋裡走來走去，因為這種思想，她又高興又好笑，覺得她此刻才從絆住她的腳手的小孩得救……殺死小孩，以後便睡覺，睡覺，睡覺……
>
> 　　華里珈又是笑，又是眨眼，又是用手指威嚇綠的印痕，輕輕走近搖籃跟前，歪倒小孩子身上。把他剛悶絕了氣，她便在地上躺下，歡喜的發笑，因為她可以睡去，過有一分鐘工夫，她已睡得很熟，好像死了似的。[13]

這是一個幼稚而混亂的女孩在下意識支配下的謀殺心理，但應該注意，這不完全是無意識下進行的，而是在半清醒半昏沉狀態下完成的謀殺。無論如何，13 歲的孩子不可能完全不了解謀殺的嚴重性，一個人在謀殺之前從容不迫地進行，謀殺之後心安理得地睡去，即使是孩子，其冷靜和冷漠的精神描寫也是令人感到恐怖；相反，巫永福在現代意識的支配下，11 歲的小女孩根本就沒有意識自己在進行一場謀殺，她只是昏昏沉沉地舒服睡去，無意中窒息了另外一條無辜的小生命。無意識在這裡幫助她完成了正常意識世界裡不可能出現的報復——

[13]韋漱園選譯，《最後的光芒》（北京：商務印書館，1931 年 6 月）。

春杏感覺自己的頭就像油水一樣地流動，像被分割成三、四塊，變成平
面物體。神經崩壞，四肢散解。身體柔軟的程度就像沒有關節似的。

感覺自己被黑色的大浪沖走，無法抵抗，萎靡不振的意識就像被數不盡
的黑絲線拉進去。像被引力所拉走那般，睡意壓倒性地拉走了腦袋與雙
手。

春杏過勞的身體感到痛苦，迷離於時空倒錯的夢幻境地。……春杏聽到
老闆娘與老太娘吃驚地……謾罵聲。

「你這個廢物，你此簡天壽啊，你此簡斬頭短命。」

——頁 112～113

可以看到，這裡是一幅身體被肢解的圖景，是春杏在極度疲倦中沉沉睡去
所夢見和感受到的肉體痛苦，但是就在這個夢境的過程中，被她壓倒的嬰
兒窒息而死了。或也可以說，春杏在夢境裡感受到的身體四分五裂，意識
（靈魂）飛離身軀的過程，也是那個嬰兒的死亡過程的折射和感應。

　　筆者在這裡要提醒讀者注意的，不僅僅是兩者敘事的內容不同，這是
顯而易見的，契訶夫筆下的殺人心理完全是用精緻的人物表情描寫——華
里珈臉上的「笑」來表現的，而巫永福則是通過一個更為抽象的「夢」來
表現殺人者與被殺者（無辜者）的精神關係；而且，筆者更想指出的是，
他們所展示的殺人場景看似相同，卻展現出完全不同的各自精神文化的特
點。

　　在契訶夫所描寫的主要場景裡，開始就這樣描寫：「在神像的前面，綠
色的神燈燃著……神燈映到天棚上有塊大綠色的印痕，包被和褲子在暖
爐、搖籃和華里珈身上射出很長的黑影。……當神燈開始閃動的時候，印
痕和黑影活躍而且搖擺，好像被風吹了似的。」就是在這間房間裡，華里珈
每天承受著難以勝任的繁重勞作和非人的折磨，而神像和神燈卻高高掛
在牆上，彷彿這一切都是在神的注視下完成的——同樣，當華里珈剛剛閃
過要殺害啼哭中的娃娃時，「綠的印痕，黑影和竈蟲，彷彿也都正在笑而且

驚異。幻景主宰了華里珈。」到這時候，神的注視也同樣包含了即將要發生的一件謀殺案。這才有了——「華里珈又是笑，又是眨眼，又是用手指威嚇綠的印痕」的描寫。所謂「綠的印痕」象徵了神的存在和影響，彷彿是一隻高高在上的眼睛注視這一切。它默許了這裡發生的所有罪惡和不義，同時也默許了受害者對於壓迫的報復。我們從小說裡沒有看出作家契訶夫對於神的態度，但是他寫到了神的存在以及華里珈對於神的調皮似的冒犯。這才是這篇小說篇幅很短卻具有極為寬闊內涵的藝術境界。

小說是這樣開始描寫的：「深夜的時候。小保姆華里珈十三四歲的女孩，搖動裡面臥有嬰兒的搖籃，口中微微發出唔唔的聲音：拍喲——拍喲——拍喲，我來唱個小歌喲……」這是一幅多麼溫馨的場面，彷彿是一個小姊姊在充滿愛意地哄娃娃睡覺，但是故事慢慢地敘述，漸漸地進入了現實人生的可怕圖景，最後這個哼著兒歌的小姐姐半瘋狂半自覺地把娃娃謀殺了。小說寫得淒厲緊迫，短短篇幅裡讓人物經歷了驚心動魄的心理變化，從人物的心理描寫的角度說，作家在描寫中無意識地掀動了人物內心深處的惡魔性因素，把一個善良女孩在睏勞之極頓變為惡魔。這就是現代意識的惡魔性因素[14]的覺醒所致。惡魔是上帝的反面，神的反面，當惡魔性占據了華里珈的人性領域，善良勤勞的小女孩霎眼間就變成了魔鬼，這樣就不難理解，她會調皮地對著象徵神的神燈的綠光又是笑又是眨眼，並且惡作劇似的用手指去「威嚇」神燈。從這個意義上理解，華里珈的最後舉動其實是對於默認了不公不義的現實生活的抗議。

而恰恰是在這一點上，巫永福與契訶夫的距離被拉開了。從小說所呈現的敘事而言，作家所描寫的春杏和她的故事，則是道道地地屬於發生在

---

[14]在近代中國文藝界，魯迅是首先用「摩羅」一詞來解釋「惡魔性」（the demonic）概念。魯迅小說裡的惡魔性因素，是他根據中國的現實環境，為世界性的惡魔性因素提供東方的獨特品種，惡魔性因素的內涵是指人性深處隱藏的某種爆發力，顯示了對某種正常秩序的破壞，對正常意義上的社會倫理道德的反叛，其核心要素是反抗，其生命是叛逆，其實質是破壞。惡魔性因素在中西方文學傳統中具有普遍意義，惡魔性人物形象始終具有著無限的藝術生命力。尤以歌德、杜思妥也夫斯基、湯瑪斯·曼等著作中人物為典型。臺灣學界比較少用惡魔性因素，但在中國學界相當普遍，也有很深刻的論述，本文挪用之以討論這篇小說特殊的人物形象。

日治臺灣的人物及其悲慘故事。小說的開始，故事似乎也是在渲染一種溫馨的氣氛：主人家的老闆、太太、還有老太娘帶了七歲的大小姐和三歲的二少爺去看戲了，家裡留下了五歲的大少爺和七個月的二小姐在睡覺，留下一個小使女看家、洗刷晚飯後的盤子，時間是晚上八點鐘。似乎一切都很正常，但是，瞌睡來了，盤子碎了，內心的風暴起了。11 歲的春杏從早上五點起來就不停地工作，她要做飯、洗衣，抱孩子……半夜也好幾次必須起床，化身為嬰兒的保母。工作沒做完的話，會被鐵棒毒打，大約每天都是從白天忙到深夜，還不能安靜痛快睡一覺。日久積累，不知不覺地瞌睡勢不可擋地來了。故事就從這裡起了變化，內心的風暴也同樣可以視為一種內心的惡魔因素將覺醒了。

但是，在春杏的故事場景裡，沒有高高在上的神像和神燈，而籠罩著她心理的卻是地獄的恐怖：「春杏在腦中描繪出老闆娘與老太娘痛打自己的悲慘的地獄圖像。就像地獄的紅鬼、青鬼拷問犯人那般，自己的身體也將腐爛成為紅色蚯蚓的巢穴。……很久以前某件發生於早飯前的事，就讓春杏嚐到老闆娘與老太娘的厲害，痛苦到了彷彿要死的地步。春杏還記得那次因工作怠慢而被她們用小指指甲刮傷的事，紅色的鮮血汩汩流出，刻寫著脈搏的跳動聲，繼而滴落到地上。由於不堪負荷的痛楚與戰慄，春杏昏死了過去。春杏想起了這些往事。」（頁 106）在這個比喻中我們似乎看到，主人家本身就是地獄，主人的老闆娘和老太娘就是地獄裡的惡鬼，而她只是地獄裡的一個犯人。在現實生活中由於鮮血被主人的指甲掛上二流堂，因而聯想到紅色蚯蚓的象徵，聯想到自己將死去和腐爛，這都是出現在孩子心理的圖景，並非是完全的寫實。如敘事中所說的：這場毒打是「很久以前」發生的，其實春杏被賣到主人家不過一年左右，但在孩子的記憶力已經「很久以前」，而一年前她在老家居住十年之久卻已經全然不記得了，只是在夢境裡才依稀浮現。事實上「小指指甲刮傷而流血」與「地獄裡惡鬼拷打犯人」是兩個不可同日而語的施虐行為，但是在孩子的感受記憶力混同於一體了。所以，巫永福在這裡所描寫的，不是寫實，而是一

個 11 歲的孩子在主人家裡恐懼、委屈、仇恨以及緊張對抗的主奴關係下的一種特別心理。

　　筆者認為故事的背景發生與最後暴力的結果之間是有距離的，其證據之一，就是主人全家外出看戲，把五歲的大兒子留在家裡睡覺，卻抱著三歲的二兒子外出，這似乎也不合情理，三歲的孩子哪裡有耐心喜歡看戲？為什麼不把這個孩子也留在家裡呢？小說通過春杏的心理告訴我們：「還好二少爺不在，那個小孩在家的話，自己必當手足無措。二少爺雖然只有三歲，但脾氣相當不好，十分易怒，一旦哭了起來就不打算罷休。」（頁 104～105）也許這正是原因，主人考慮到這個愛哭鬧的孩子如果留在家裡，三個孩子鬧起來肯定 11 歲的小丫頭是難以對付的。所以主人外出看戲帶走了二少爺，留了兩個已經睡熟的孩子，留下了洗盤子、疊衣服等並不太繁重的家務。但是主人家顯然沒有考慮到，「早上五點起床必須做飯。一整天像牛一樣辛苦工作，到了晚上十二點還必須做這個做那個的。即使自己有五小時的睡眠時間，半夜也好幾次必須起床，化身為嬰兒的保母。時間分分秒秒咬嚙著春杏的肉體與神經，強迫她接受深刻的忍耐、勞動與艱苦」（頁 105～106）的日常生活早已經摧毀了春杏的理性和意志，長年積累的疲勞已經損壞了她的身體，於是，疲勞一旦轉化為內心風暴出現，就排山倒海，勢不可擋，惡魔性因素借喻為風暴、黑海等意象，平地掀起。

　　不過即使如此，當事人春杏自己也沒有意識到這場內心風暴竟以如此怪誕的形態把她推向了悲劇。她主觀上並沒有意識到反抗和復仇，相反，她只想放下一切隨著身體的呼籲好好地熟睡一次。但是她身處的環境不允許她這麼做，以至於她竭盡全力地與瞌睡作抗爭。她努力想把事情做好，避免老闆娘的責罵和毒打。當盤子被打碎了，她會巧妙地把碎片藏起來；孩子哭了，她背著孩子繼續走來走去地工作；為了避免自己睡著了主人回家無人開門，她還事先把大門打開，甚至忘記了小偷可能進來——所有這一切都證明她絕無報復之心，只是想迎合主人的要求使自己平平安安地過下去。但是悲劇還是發生了，當她倒在只有七個月的小姐身邊睡熟了，無

意中竟把小姐悶死了……惡魔性因素完全不在她的理性之中，而是在無意
識裡完成了一場謀殺。

　　反映在敘事修辭裡〈眠い春杏〉故事幾乎就是在「黑暗」中展開（前
面已略述及），給人的感覺似乎是一連串黑暗中的噩夢折磨著當事人。這樣
的設置應非巧合，如果不是巫永福有意識地這樣設置的話，至少也可以
說，他的無意識想像把〈眠い春杏〉的故事置於一個黑暗而封閉的時空
中。小說中觸目是闃黑的海潮、黑色大海、周圍流動著黑暗的空氣、深夜
陰森森的空氣、陰暗房間、黯淡的陰森氣氛無邊無際地蔓延、黑潮、憎惡
的海、惡劣的黑暗世界，巫永福用了很沉重的黑暗的意象來象徵著春杏的
淒苦無助，麻木混濁，春杏幾乎與四周的黑暗融為一體，生活在雖生猶死
的煎熬之中（生活在人間「地獄」），不論是現實還是夢境，黑暗的描繪不
僅使環境散發著陰冷的氣息，也烘托了人物的悲劇心理。

　　如果說，〈渴睡〉裡的小丫頭華里珈呈現的是俄國農奴與農莊主人的現
實環境，還外加西方的基督信仰。而在〈眠い春杏〉裡，春杏完全是臺灣
漢人社會傳統下養女、童養媳制度裡的被賤賣的小婢女，[15]其題材也是日治
臺灣小說習見的小婢女受虐致死案。這在楊守愚〈生命的價值〉[16]及其他眾
多小說都可見到。楊守愚這一篇作品也是以兒童視角來呈現，[17]小說透過小
男孩的視角，敘述鄰居的小婢女秋菊的悲慘生活。故事發生於冬夜，小男
孩被哀號聲驚醒時，正在甜美的睡夢中「脫離了肉的、汙濁的人世間，魂
遊於極自由、極美麗的天地」，相對於這夢境的是現實暴厲而洪亮的聲響，

---

[15]張淚痕，〈回憶小時的她〉，以散文形式描述一名友人，出身貧寒，自幼即被父親典雇給人做婢
　女，每日遲睡早起，還得挨主人拳打腳踢，足足過了六年如煉獄般的生活。《臺灣民報》第 160
　號，1927 年 6 月 5 日，頁 13～14。
[16]刊《臺灣民報》第 254～256 號，1929 年 3 月 31 日，4 月 7、14 日。
[17]做為一種敘事策略，兒童視角進入臺灣新作家的文學創作空間，為新文學作家提供了一種嶄新的
　反映現實的角度。可以說，對兒童生命特徵的體認，促成了臺灣新文學中兒童視角這一敘事角度
　的出現，而兒童視角給臺灣新文學帶來的，是藝術空間的豐富和對文學發展的推動。巫永福、呂
　赫若、張文環等作家的作品都善於利用兒童視角。相關論文可參張恆豪，〈日據末期的三對童
　眼──以〈感情〉、〈論語與雞〉、〈玉蘭花〉為論析重點〉，陳映真等，《呂赫若作品研究：臺灣第
　一才子》（臺北：行政院文建會、聯合文學出版社，1997 年 11 月），頁 79～97。

是天明後目睹婢女垂死的慘劇。小婢女秋菊不過是八歲的小女孩（比巫永福小說中的春杏還少三歲），但是奴婢制度和金錢世界虐殺了這尚稚齡的小女孩，她終日被打罵，皮開肉綻，過著魂飛魄散的生活，最後終被折磨致死。男孩追溯起她被賣以後的生活：「她每晚都要過到十一點鐘才得睡覺，早上又須五點多鐘就要起來；她每天的工作，老實說，就是一個成人也還擔當不起。每早起床就要掃地、拭椅桌、換煙筒水、煎茶、排水、洗衣服、洗碗箸、買菜蔬、槌腰骨、清屎桶、當什差、守家門、還要管顧小主人。這麼多的工作，都要她一個人擔當。萬一不提防、不小心、還要飽嘗那老拳、竹板、繩子的滋味呢！」[18]秋菊牛馬似的工作，與春杏有著驚人的雷同，之所以如此相似，正是當時臺灣現實社會裡婢女、養女生活的如實寫照。同樣，朱自清在〈生命的價格──七毛錢〉[19]一文記敘了他親眼看到的一件事──七毛錢就可以買到一個小女孩，同時對小女孩未來的悲慘命運做了層層的思考與剖析。他指出：造成這種慘痛悲劇的罪魁禍首，不是小女孩的父母，不是那該死的人口販子，而是那讓人生活在水深火熱中的半殖民地半封建社會。在楊守愚或朱自清的作品裡，生命未曾受到尊重，可以任人販售，任人擺布，而且僅是區區七毛或一個銀角就可以任人宰割，大抵漢人社會陋劣的習氣未除，因而不約而同流露了對小女孩生命遽逝的不忍。繼〈生命的價值〉之後，楊守愚又寫了〈冬夜〉、〈女丐〉兩篇，[20]同樣探討了女性被賤賣的悲慘命運。〈冬夜〉敘述伯父為了買一條牛，狠心把七歲侄女梅香賣掉，不出幾個月牛犁田過度死後，伯父也死了，就用餘錢辦喪葬之事。在金錢世界裡，女人還不如一頭牛。巫永福筆下的春杏，也是弟弟罹患大病，家中缺錢，不得已被賣到遠離海邊的農村富戶仁德老闆的家。不久弟弟也藥石罔效而死去。〈眠い春杏〉沒提到春杏賣了多少錢，但從文獻及眾多小說的敘說，大抵都是以極賤價格被出售。

---

[18]同註 15。

[19]朱自清，《朱自清文集》（北京：大眾文藝出版社，2009 年 1 月），頁 12～14。

[20]分別刊《臺灣民報》第 311～313 號、346～347 號，1930 年 5 月 3、10、17 日及 1931 年 1 月 10、17 日。

而被出售的女子幾乎也白白犧牲，挽救不回重病的親人。

　　臺灣漢人之封建傳統多沿襲自中華（尤其閩粵），觀其婢女的形成與相關的作品不少。顧況代表作〈囝〉：「囝生閩方，閩吏得之，乃絕其陽。為臧為獲，致金滿屋。為髡為鉗，如視草木。天道無知，我罹其毒。神道無知，彼受其福。郎罷別囝，吾悔生汝。及汝既生，人勸不舉。不從人言，果獲是苦。囝別郎罷，心摧血下。隔地絕天，及至黃泉，不得在郎罷前。」[21]寫閩童閹割後被賣做奴隸，為主人勞動，創造了許多財富，而他卻被人輕賤，受到虐待。「吾悔生汝」一語意味深長，在封建社會裡本來有重男輕女的偏見，做父親的尤其希望生男孩，可是這位父親卻後悔生了男孩，認為生後也不該養育他。詩人正是從這種反常心理狀態中，更進一步揭示出閩地人民受害之慘。詩人在這首詩的小序中說：「哀閩也」。對閩地人民的不幸遭遇表示同情，卻通篇不發一句議論，而是用白描的手法，讓事實來說話，因而比簡單的說教內涵更豐富，男童如此，何況女孩？檢索《太平廣記》其他各卷以及唐人小說單行本等，以婢女為題材或涉及婢女生活命運的小說作品三十餘篇。作品通過對這群卑賤女性形象生活、命運的敘寫，透視了唐代婢女的生活狀況，寄寓了小說作者對這些婢女形象命運的同情，她們身處社會最底層，她們中的大部分生活極其艱難，吃不飽穿不暖，甚至沒有休息的時候，稍有過失即遭主子買賣、踐踏打殺。到了清末民初，虐婢事件更是層出不窮，相關的詩文、圖片極多，[22]體現了作家文人關懷悲憫之心。1941 年臺灣水蔭萍（楊熾昌）在〈查媒嬺與花〉也提到：「這樣沒有點好環境的女郎的名，怎麼都取了美麗的花做了她的

---

[21]（唐）顧況著；王啟興、張虹注，《顧況詩注》（上海：上海古籍出版社，1994 年 6 月），頁 17。

[22]如（清）張應昌編，《清詩鐸（上、下冊）》（北京：中華書局，1960 年 1 月）錄有施潤章、林雲銘〈老女行〉、黃璋〈貧家女〉、吳昇〈老婢歎〉（頁 973），李毓清〈訓婢示子婦暨姪女孫女等〉：「彼亦人子身。爾曹須體恤。慎勿輕怒瞋。」（頁 975），及「虐婢招供圖」、「虐婢受譴圖」、「虐婢罰鍰圖」，廣東省立中山圖書館編，《舊粵百態·廣東省立中山圖書館藏晚清畫報選輯》（北京：中國人民大學出版，2008 年 4 月），頁 206、133。及劉精民收藏，《民國畫刊系列光緒老畫刊——晚清社會的《圖畫新聞》第一輯》（北京：中國文聯出版社，2005 年 12 月），頁 58。

名？……『茉莉』、『桂花』、『阿梅』、『含笑』……等，統統都是她——
（查媒嫺）的名，查媒嫺與花……。看了臺灣花，就想出查媒嫺的事來；
可憐的花和查媒嫺薄幸是這樣想吧！這任何採摘的花，卻脫不離東家暴
舉，以致弄到臺灣社會時常的波瀾，尤其貞操和生命，也時常在危機線上
徬徨著，過著那黑暗社會的制度……『查媒嫺與花』，事實上，給予人們未
免太過分悲慘的對象。」[23]春杏，春天的杏花，也是以美麗之花為查媒嫺的
名，也同樣是悲慘的命運。尤其水蔭萍文中提到「貞操和生命，也時常在
危機線上徬徨著」，此即臺灣婢女之命運，巫永福〈眠い春杏〉後面寫到仁
德老闆的燃起欲念的臉，及春杏還有一個老奶奶，在文中沒有呼應，可能
與中間缺了四頁有關，以致斷了呼應的線索。文中春杏主人的欲念暗示了
春杏除了日夜操勞外，可能也難逃脫主人魔掌，這在臺灣婢女文學作品中
普遍觸及此一現象。[24]

四、日治臺灣文壇與契訶夫

　　日治臺灣文壇對俄國文學之介紹及翻譯，可見資料並不多，大抵多由
日譯本獲讀俄國文學。目前可見之譯作如落合廉一譯屠格涅夫〈夢〉[25]、宮
崎震作譯契訶夫（アントン・チェーホフ）〈やくざ者のプラトノフ未發表
四幕戲曲（拔萃）～（全 11 回）〉[26]、轉載魯迅所譯愛羅先珂〈魚的悲
哀〉、〈狹的籠〉、〈池邊〉[27]，薛瑞麒譯〈露西亞偶語四則〉[28]、毓文譯昇曙
夢（1878～1958）〈最近「蘇維埃文壇」的展望〉[29]、春薇譯托爾斯泰〈小

---

[23]歒子譯，《南方》第 136 期（1941 年 8 月 15 日），頁 10。
[24]如楊雲萍〈秋菊的半生〉，秋菊因家貧被賣給周家，後為養父姦辱，投河自殺。《臺灣民報》第
　217 號，1928 年 7 月 15 日。陳如江曾控訴此一陋習：「嘗見蓄婢之人，托養女之名，以牛馬相代
　者有之，以奸淫相加者有之，昨日賣一婢，今日買一婢……。」《崇文社文集》卷二。
[25]刊《紅塵》第 1 期（1915 年 6 月 1 日），頁 2～15。
[26]刊《臺灣日日新報》，1930 年 8 月 4 日，第 3 版。中譯本收入筆者主編，《臺灣日治時期翻譯文學
　作品集（第四卷）》一書，出版中。
[27]分別刊《臺灣民報》第 57 號，1925 年 6 月 11 日；第 69～73 號，1925 年 9 月 6、13、20、27
　日，10 月 4 日。《南音》第 1 卷第 5 號（1932 年 3 月 14 日），頁 36。
[28]刊《臺灣教育會雜誌》第 191 號（1928 年 5 月 1 日），頁 9～10。
[29]《南音》第 1 卷第 5 號（1932 年 3 月 14 日），頁 16。

孩子的智慧〉[30]、胡愈之譯愛羅先珂〈我的學校生活的一斷片——自敘傳〉[31]、
宜閑譯高爾基〈鷹的歌〉[32]、張露薇譯高爾基〈在輪船上〉[33]、曇華譯嘉洵
（迦爾洵）〈泥水匠〉[34]、譯加斯特夫〈工廠的汽笛〉[35]，數量遠不及英法
作家，契訶夫之譯作亦不多見。所以如此，恐怕在一定程度上也受到了日
本的影響。明治維新以後，日本為了迅速趕上西方，開始全方位向西方學
習，歐美文學大量湧入日本。19 世紀 90 年代日本開始翻譯俄國文學，但
總數遠遠低於歐美各主要資本主義國家。1904 年日俄戰爭爆發，日本戰勝
俄國，其對俄國的態度也像十年前甲午之戰後對中國那樣發生了根本性的
變化，敬畏之心漸被輕視之心所取代，對俄國文學的譯介自然趨於冷清。
這從魯迅在日本留學期間，也感到收集俄國文學作品頗為困難可窺知。[36]日
治下的臺灣通曉俄文的人極少，欲讀俄國小說得由日譯本轉譯而來。俄國
文學在臺灣譯介規模和社會影響較小，是由多種原因造成的，並非臺灣人
士沒有認識到它們的獨特價值，如從臺灣報刊轉載中國魯迅、胡愈之、宜
閑、張露薇、曇華的譯作，可知中國作家對俄國文學給予高度評價的大有
人在，[37]也因之多由中國轉手進入臺灣，[38]在《楊守愚日記》即可見其讀書

---

[30]刊《臺灣文藝》第 2 卷第 7 號（1935 年 7 月 1 日），頁 215。

[31]刊《臺灣民報》第 59、60、62 號，1925 年 7 月 1、11、26 日。

[32]刊《臺灣文藝》第 2 卷第 5 號（1935 年 5 月），頁 29。

[33]同註 29，頁 155。

[34]刊《赤道》創刊號（1930 年 10 月 30 日），頁 5。

[35]《赤道》第 2 號（1930 年 11 月 15 日），頁 2。

[36]冷文輝、許世欣，〈俄國文學的傳播與中國現代文學的建構〉，《國外文學》2010 年第 1 期。

[37]當時中國對契訶夫（作柴霍甫）作品的主要翻譯者，大多精通俄文，如耿式之、沈穎、瞿秋白、
耿濟之、曹靖華等。如王靖譯，《柴霍甫小說：漢英合璧》（上海：泰東圖書局，1921 年）。收
〈可愛的人〉、〈歌女〉、〈雨天〉、〈美術家〉、〈書記〉、〈一個紳士的朋友〉六篇，書前有譯者的
〈柴霍甫傳略及其文學思想〉。耿濟之、耿勉之同譯，《柴霍甫短篇小說集》（北京：共學社，
1923 年 11 月）。趙景深譯，《柴霍甫短篇小說集》（上海：開明書店，1927 年 6 月）。據英譯本轉
譯，內收〈在消夏別墅〉、〈頑童〉、〈復仇者〉、〈頭等搭客〉、〈詢問〉、〈村舍〉、〈悒鬱〉、〈樊
凱〉、〈寒蟬〉、〈太早了〉、〈錯誤〉、〈活財產〉、〈罪惡〉、〈香檳酒〉、〈一件小事〉15 篇。周瘦鵑
譯，《少少許集 俄羅斯名作家柴霍甫氏小小說》（未著錄出版地、出版社，1929 年），收〈可愛
的人〉、〈歌女〉、〈雨天〉、〈美術家〉、〈書記〉、〈一個紳士的朋友〉六篇。書前有譯者的〈柴霍甫
傳略及其文學思想〉（與 1921 年泰東圖書局篇目相同）。及毛秋萍譯，《柴霍甫評傳》（上海：開
明書店，1924 年 7 月）。陸立之譯，《柴霍甫評傳》（上海：神州國光社刊，1932 年 7 月）。

[38]日文作家則直接閱讀日譯本，龍瑛宗〈讀書遍歷記〉回憶其閱讀俄國文學之經驗：「所說俄國則
是沙皇時代的文學，普希金、戈果里、屠格涅夫、杜斯妥也夫斯基、柴霍甫、托爾斯泰、高爾基

經驗：「讀《高爾基的學習時代》和《一幅肖像畫》。」、「讀完了高爾基的俄羅斯童話。」[39]周傳枝自述其文學學習時，亦言：「通過朱點人的介紹，我也大量閱讀了舊俄的小說如托爾斯泰的《復活》與杜思妥也夫斯基的《罪與罰》……等，以及法國、英國等西方文學名著。」[40]應該也是透過中國的譯本而讀到舊俄小說。

　　日人升曙夢是日本的俄國文學研究者、翻譯家，著有《俄國近代文藝思想史露西亞》，所作關於蘇聯早期文學的論著如〈新俄羅斯文學的曙光期〉，有畫室（馮雪峰）譯本。契訶夫的作品則是尾崎紅葉的弟子瀨沼夏葉翻譯較多。夏葉在明治 37 年譯有〈月亮與人〉、〈多餘的人〉等，明治 41 年還譯有《契訶夫傑作集》。此外，馬場孤蝶翻譯了〈六號病室〉（明治 39 年），小山內薰翻譯了〈決鬥〉（明治 40 年），秦豐吉翻譯了〈三姐妹〉（明治 44 年）等。而契訶夫對藤村、白鳥等人頗有影響是廣為人知之事。當時臺灣新文學作家是從何種角度選擇了契訶夫的作品？契訶夫的作品與當時文壇需求相契合的要素有哪些？在以往的研究中，論者普遍注意到的是契訶夫作品中深厚的人道主義精神、對「小人物」的深度刻畫、鮮明的現實主義色彩、短篇小說的特殊結構等，這些都是促使新文學對契訶夫大力介紹的重要因素，除此之外，我們也看到像王詩琅紹介契訶夫的另一旨意。

　　契訶夫在臺灣被介紹之文獻，似乎很晚，《臺灣日日新報》除翻譯其未發表四幕戲曲外，就沒什麼材料了，到了 1930 年代，才稍多了起來。1930

等。其他還有安特列夫、阿志巴綏夫、伊凡諾夫克普林的作家；尤其是克普林的《決鬥》，安特列夫的《赤色的笑》和《七個人的死刑犯》等作品，至今難忘。」刊《民眾日報》，1981 年 1 月 28 日。廖漢臣曾翻譯早稻田大學講師昇曙夢發表在《東京堂雜誌》一篇介紹蘇俄文學的著作有「新露西亞小冊子，和翻譯露西亞的小說：《決鬥》，《戰爭與和平》，《托爾斯泰十二講》外，還有五卷的露國民眾文學全書。」見廖漢臣，〈最近「蘇維挨文壇」的展望〉，《南音》第 5 期（1932 年 3 月），頁 17。

[39]許俊雅、楊洽人編，《楊守愚日記》（彰化：彰化縣立文化中心，1998 年 12 月），頁 59、99。提及的三篇應分別是鄭伯奇撰，羅納卻爾斯基作；秦炳蓍譯，魯迅譯，前兩篇刊《文學》1936 年第 1～6 期，頁 328～335，336～341。第三是上海：文化生活出版社出版，書名原文 Русские сказки；據高橋晚成的日譯本轉譯，諷刺性短篇小說集，共收 16 篇。

[40]藍博洲，《沉屍·流亡·二二八》（臺北：時報文化公司，1991 年 6 月），頁 130～131。此外，王詩琅自述其文學教育時亦多所提及閱讀日本、俄國文學之經驗。

年，臺北高等學校教授、學生組成的讀書會評論契訶夫短篇小說，其刊物《翔風》記載了此閱讀狀況。[41]夢華〈人名小字典（外國人之部）〉介紹說：「或譯作契訶夫。1860 年～1904 年。俄國短篇小說的大家。生長於南俄羅斯、父親做過農奴、後為自由民。小壯時曾做過醫生，因此有接近各階級男女的機會。他善於觀察人生的真相。他的作品沒有那所謂歡樂或喜悅等的華豔分子。他是根據於無果敢的現實的無意識的苦悶與對於人生是病的意識，所流出來的病的情調而給與以一種難堪的印象的。是一個暴露現實的黑暗面的寫實作家。他的代表作品〈黑衣僧〉、〈六號病室〉、〈櫻桃園〉、〈萬尼亞叔父〉、〈伊凡諾夫〉等。」[42]之後是王詩琅在《第一線》發表的〈柴霍甫與其作品〉一文，分別就契訶夫（即「柴霍甫」）所屬的時代背景、成長歷程、文學作品進行詳盡的介紹。此文提到了柴霍甫不少作品，有〈紅襪〉、〈亞娘搭〉、〈無心的悲劇演員〉、〈熊〉、〈道中〉及〈可愛的女人〉、〈女主人〉、〈貞操〉、〈父親〉、〈鄰人〉、〈牧笛〉、〈歌女〉、〈白鳥之歌〉、〈叔父瓦爾耶〉、〈山谿〉、〈婚約者〉、〈紀念祭〉、〈結婚式〉、〈三姊妹〉、〈櫻桃園〉等。根據鄒易儒的研究，王詩琅是以追尋知識分子的敗北黯影為主軸，關注契訶夫筆下參與那露彌基運動的俄國知識分子，其從昂揚奮起到敗北幻滅的期間種種幽微混沌的思緒情感，以及在運動挫敗之後迷惘而絕望的知識分子如何面對自身理想的虛妄與現實生活的嘲諷。[43]王詩

---

[41] 見志馬陸平（中山侑），〈青年與臺灣（九）──文學運動之變遷〉，《臺灣時報》第 205 號，1936年 12 月 1 日。不過，黃英哲主編，《日治時期臺灣文藝評論集（雜志篇）・第二冊》譯文疏誤未訂正。文中云「15 年（1940）5 月……，第二次（同年 6 月）介紹會讀了蕭伯納的《聖約翰》、契訶夫的短篇小說。」（臺南：國家臺灣文學館籌備處，2006 年 10 月），頁 226。該文 1936 年發表，不可能預知 1940 年之事。其錯誤在於昭和 5 年誤為 15 年。

[42] 刊《曉鐘》（昭和 6 年（1931 年）12 月 8 日），頁 17～18。

[43] 鄒易儒，《無政府主義與日治時期臺灣新文學──王詩琅之思想前景與文藝活動關係研究》（臺北：國立政治大學臺灣文學研究所碩士學位論文，2010 年 7 月），頁 99。文中並云「或許王詩琅正是藉由觀看其所再現的敗北知識分子之形象，與過去曾從事無政府主義運動的自己展開一場赤裸裸的自我對話與心靈重建，甚且由此確立了王詩琅小說創作中，以最切身的知識分子或運動從事者為主角的書寫基調亦不無可能。」（頁 266）更早之前，徐曙在座談會裡即說：「王詩琅在許許多多的作家裏挑柴霍甫來寫，主要的原因是：柴霍甫筆下的知識分子大多屬於灰暗面貌的，他們在沙皇專制統治下，知道現實生活很糟糕，卻無力去改變它，有的人只好消極地躲在小閣樓，終日耽酒，王詩琅寫柴霍甫，寫的其實是當時臺灣知識人的悲哀。」見徐曙整理，〈「黑色青年」王詩琅〉，收入張炎憲、翁佳音合編，《陋巷清士──王詩琅選集》（臺北：弘文館出版社，1986

琅從而在〈柴霍甫與其作品〉中，抒發其對於俄國知識分子的慨歎：

> 七十年代的文人，思想家，青年智識階級們，以如初戀的男女的愛和情
> 熱，爭先恐後地追求的「那露彌基」的運動。為其理想主義的內在矛
> 盾，及社會狀態的變遷，當然是不得不破綻而消滅的，經濟地位屬於小
> 資產階級的智識階級，疲憊於過去的沒有功果的爭鬥。到這而纏怳然大
> 悟難以打勝周圍的玩迷的社會。而不得不沉痛傷悲了。以往崇高的努力
> 都付諸流水了。齷齪醜汙的實生活，理想和現實的無限的遠離，實生活
> 的慘澹的敗北，他們都不約而同一齊陷入絕望，空虛，倦怠的境地了。
> 這在歷史的現實的形成裡，必然的會變為自己破滅的兩種意識，一種是
> 無為的生活，如機械的存在，失掉對理想的希求和慾望。一種是成為完
> 全喪失力氣，徒詛咒人生，嘲笑世間的敗殘的憂鬱的厭世。[44]

這一年（1935 年）似乎契訶夫受到較多關注，高商演劇之夜在 6 月時演出
《熊》[45]，石川智一《新劇通訊》評介了《熊》、《求婚》二劇[46]，這段時間
契訶夫戲劇被搬上舞臺演出的記載漸多，這與臺灣新劇的發展有關係。緊
接著，我們就看到 1936 年巫永福〈眠い春杏〉發表於《臺灣文藝》，此作
與契訶夫作品有其相似性。從整個臺灣新文學的宏觀角度來看，巫永福與
日本近代文學之間的密切關係，絕不是一種特例現象。臺灣是日本殖民
地，透過日文接觸世界文學，本極是普遍。臺灣新文學之新，主要原因就

年 11 月），頁 301～302。

[44] 刊《第一線》第 1 期（1935 年 1 月），頁 67。王詩琅可能看過《小說月報》刊登的一些重要的有
　關契訶夫的評論，如第 17 卷第 10 號上陳著著的〈克魯泡特金的柴霍甫論〉，同一期上還有趙景
　深翻譯的俄國作家蒲甯的回憶文章〈柴霍甫〉。趙景深還在《小說月報》第 18 卷第 5 號上譯有科
　普林的〈懷柴霍甫〉。另汪倜然，〈柴霍甫及其他〉，《俄國文學 ABC》（出版地不詳：ABC 叢書
　社，1929 年 1 月）。

[45] 見志馬陸平（中山侑），〈青年與臺灣（五）——新劇運動的理想與現實〉，《臺灣時報》第 200
　號，1936 年 7 月 1 日。此劇在 1934 年亦曾由臺北演劇團演出，同氏著〈青年與臺灣（四）——
　新劇運動的理想與現實〉，《臺灣時報》第 199 號，1936 年 6 月 1 日。

[46] 刊《臺灣新文學》第 1 卷第 8 號（1936 年 9 月），頁 53。

是受到了外國文學的影響，而且臺灣新文學作家的近現代文化菁英和作家中，曾經負笈日笈讀書以日本為媒介進一步學習和接受西方現代文化觀念的不少。

　　據《我的風霜歲月──巫永福回憶錄》所述，1928 年時他認識了臺中一中上級生鹿港人施述天，借讀其藏書日譯本《世界文學全集》，閱讀法國與舊俄作家的小說，如《包華利夫人》、《女人的一生》、《安娜卡列尼娜》、《戰爭與和平》、《罪與罰》、《卡拉馬曹夫兄弟》、《白癡》等大作，深受感動，遂立志將一生行走文學之路。但亦因背逆父親原意，引發一些困擾。1929 年赴日，進名古屋五中，畢業後，因仰慕明治大學文藝科的教師陣容，於 1932 年考進明治大學文藝科，接受世界文學的學院制度洗禮與薰陶。當時文藝科部長是小說家山本有三，[47]師資都是一時之選，小說師資有：菊池寬、里見弴、橫光利一、舟橋聖一；新詩師資有：室生犀星、萩原朔太郎；戲劇師資有：岸田國士、豐島與志雄；評論師資有：小林秀雄、阿部知二，以及露西亞（俄國）文學研究者米川正夫，法國文學研究者辰野隆，德國文學研究者茅野簫簫等人。深受當時現代主義思潮如：象徵主義、新感覺派等的影響。[48]雖然在《我的風霜歲月──巫永福回憶錄》未見特別提到契訶夫的〈渴睡〉，但從其文學閱讀經驗及跟從名師學習的歷程與小說〈眠い春杏〉流露的某些相似性，巫永福極有可能閱讀過日譯本的契訶夫之作，或聽過介紹。在〈首與體〉這篇小說就鋪敘了主角與朋友的一段情誼，朋友「是個對文學非常熱衷的青年，所以經常跟我談論著有關文學的事情，他之所以會在最近讀契訶夫的作品，便是因為某一天我倆

---

[47]山本有三（やまもと ゆうぞう，1884～1974）有（「嬰 殺し」，1924 年），月珠、德音譯為〈慈母溺嬰兒〉，刊《先發部隊》第 1 期（1934 年 7 月 5 日），頁 48～60。譯者即蔡德音（1910～1994）、林月珠（1913～1998）夫婦。

[48]巫永福，《我的風霜歲月──巫永福回憶錄》（臺北：望春風文化公司，2003 年 9 月），頁 40、47、48。類似文學教育養成之自述見諸〈如何自我塑造文學風骨〉，原載於《幼獅文藝》第 454 期（1991 年 10 月），頁 4～7。收入許俊雅編，《巫永福精選集──評論卷》（臺北：巫永福文化基金會，2010 年 12 月），頁 162～163。

放學途中發現了一本契訶夫的全集才開始的。」[49]因此想去看帝國飯店東京座開放觀賞的契訶夫的《櫻園》。在〈悼張文環兄回首前塵〉一文，巫永福也提到山本有三很重視實地的教學，在正式的課業時間中常常由教授引導之下去「築地小劇場」，參觀了契訶夫的《櫻園》，菊池寬的《父歸》等的演出，也去看過歌舞伎座的《勸進帳》、《忠臣藏》等。[50]由此觀知，巫永福極有可能閱讀過《契訶夫全集》。他的創作深受橫光利一啟發，橫光利一是曾經與川端康成馳名日本文壇的新感覺派小說的重鎮之一。巫永福在〈悼張文環兄回首前塵〉：「在學校的寫作課堂上，橫光利一師曾示意要我訪問他於其寓所，可是由於家父的去世，且要我回臺灣，頓時我意氣消沉不能振作，致不敢訪問老師，實在留下我此生的最遺憾的傷感。」[51]

五、餘論

日治臺灣文壇曾發生多起疑似抄襲模仿之爭議，如楊華小詩對謝冰心的模仿，或者李獻璋質疑朱點人〈蟬〉、〈秋信〉為剽竊模仿之爭議，對於作者朱點人而言，實為難以承受之重，他也力予澄清曰：

> 凡是我的作品，無一篇不是從我的經驗中得來的。尤其是〈蟬〉，是我的孩子入院當時的實紀錄，也可說是我做父親的真情底流露。所以，我敢斷言：〈蟬〉的任那一節絕對不是你所說的什麼剽竊、更不是什麼模仿人家的！[52]

---

[49] 許俊雅主編，《巫永福精選集──小說卷》（臺北：巫永福文化基金會，2010 年 12 月），頁 75、77。

[50] 原載於《笠》第 84 期（1978 年 4 月），頁 14～22。收入許俊雅編，《巫永福精選集──評論卷》，頁 58。

[51] 同前註。莫渝〈散發靜光的銀杏：懷思巫永福先生的「文學之路」〉：「橫光利一創作過〈頭與腹〉（腦袋與肚子），巫永福第一篇小說〈首與體〉，適時出現。或許有標題的模擬，內容純是作者『獨特的感覺』。不論初學或模擬，並無礙有心者的朝前邁進。如果將這兩篇作品，從影響接受說的理論探究，會是比較文學有趣的主題。」收入《巫永福精選集──新詩卷》，頁 11。

[52] 朱點人，〈關於剽竊問題──給獻璋君的一封公開信〉，《臺灣新文學》第 1 卷第 9 號（1936 年 11 月），頁 75～77。

　　楊守愚在日記表達了他不贊同李獻璋之說，日記有這麼一段話：「《臺新》11 月號，中有點人君呈給獻璋君的關於剽竊問題的一封公開信。引張資平〈三七晚上〉和他的〈蟬〉各一段以對照。讀後，覺得點人君因平時喜讀張氏作品，不知不覺間受其影響。……但，照〈蟬〉之主題、結構、技巧，那麼完整的一篇力作，即有一小部分是拾取張氏意，那也無傷於〈蟬〉之真價，何況是不大重要的部分，何況是拾其意而重新寫過呢？獻璋君也無乃太吹毛求疵了。」[53]其後李獻璋應亦有所理解，因而蒐錄於《臺灣小說選》[54]。臺灣新文學在開始階段，自然有學習之必要，賴和〈一桿「稱仔」〉在後記特別提到「這一幕悲劇，看過好久，每欲描寫出來，但一經回憶，總被悲哀填滿了腦袋，不能着筆。近日看到法朗士的克拉格比，纔覺這樣事，不一定在未開的國裡，凡強權行使的地上，總會發生，遂不顧文字的陋劣，就寫出給文家批判。」[55]林瑞明亦有賴和小說〈一個同志的批信〉是向魯迅〈犧牲謨〉學習「並加以創造性轉化的痕跡」之說，認為「賴和在呈現情節方面，多了一些敘述，而全文有三分之二以上情節皆採用單邊會話體，內容則同樣是同志遺棄同志的情節。」[56]在這裡，林瑞明「創造性轉化」之評議值得我們留意，對於剛起步的臺灣新文學，向其他國家借鏡學習，毋寧是自然正常現象，動輒以抄襲或剽竊模仿以貶抑作家，誠宜慎重。

　　巫永福和俄國文學、契訶夫之關係如上所述，其〈眠い春杏〉用了與〈渴睡〉相近似的題材，但不同的地域會展現出完全不一樣的藝術效果和多樣性。臺灣與俄羅斯顯然是不一樣的，從這一點來看，兩者的構思上相近似就變得不重要。由於以往的影響研究，研究者將重點放在考據兩個文

---

[53] 同註 39，頁 87～88。另頁 124 對「蟬是否模仿？秋信是否剽竊？」楊守愚亦言「我不視為剽竊」。

[54] 該書原定於 1940 年 12 月出版，印刷中被禁止發行。但目前仍可見該書。

[55] 《臺灣民報》第 93 號，大正 15 年（1926 年）2 月 14 日，頁 16。

[56] 林瑞明，〈石在，火種是不會絕的——魯迅與賴和〉，《國文天地》第 7 卷第 4 期（1991 年 9 月），頁 18～24。然而賴和〈一個同志的批信〉與魯迅〈犧牲謨〉之作手法相似，似乎也可能是因二人都透過翻譯吸收世界文學有關。

本間的「相似」之處，即構成「影響」的事實，而對於受影響者在接受與消化過程中表現出來的獨創性缺乏應有的重視。尤其在世界進入了資訊時代以後，思想文化間的影響可以通過無數有形跡和無形跡的管道發生作用，人們幾乎無時無刻不身處世界資訊的喧囂之中，類似追尋影響痕跡的做法越來越變得不可能或不可靠。陳思和認為在創作過程中必然會調動起大量積澱在意識深層的文化資訊，包括遠期與近期的閱讀資訊。外來影響的某些資訊或許會成為他感情爆發的某種引線，也可能成為某些情節布局的啟發點，但這對一個卓越的藝術家而言，完全屬於他個人的精神獨創的一部分，因為在無數文化資訊共同熔鑄成新的藝術形象的合成過程中，某一個具體的外來影響其實是微不足道的。[57]事實上，〈眠い春杏〉小說從反叛的角度對社會黑暗的揭露；對傳統語言的顛覆；象徵手法、意識流的成功運用等等。所有這些，也是當時世界文學共同嘗試的問題，更是當時歐洲文壇上最流行的創作思潮。世界性因素不僅表現在其反叛思想和反叛精神上，更重要的還在於通過對世界性語言的嫁接和融合上，從主題、藝術構思到表現形式在美學表現價值上有著與世界文學相同的共通性。就此點視之，巫永福創作的接受影響也應放在世界性文學角度觀察。

不過，雖然在相關的回憶錄及其文學教育受容描述裡，似乎未見巫永福特別傾心契訶夫。但這兩篇作品從主題、具體的藝術表現形式、美學追求，以及對人生存在處境等深層意蘊上的表述方式，有著深刻而驚人的共通性。在巫永福的小說中，我們也的確能夠見到契訶夫那種在濃縮的篇幅裡透視人類的靈魂，在平常的現象中發掘深刻的哲理的特點，在接受與影響中的確呈現出一種藝術精神上的默契。兩者在體裁形式（都有受虐、渴睡、嬰孩死亡等）與解剖社會的深刻與尖銳性上都很相似，因此我們很難完全排除巫永福受到過契訶夫的影響，這種影響的途徑可能是多方面的，諸如他在明治大學文藝科受教過程經由橫光利一的教導介紹，或者間接獲

---

[57] 陳思和，〈關於 20 世紀中外文學關係研究中的世界性因素〉，《談虎談兔》，頁 54。

知相同的故事內容等等。因而以其豐富的生活經驗與理解想像，創造出一個與自己民族文化血肉相關的藝術品。就像呂赫若、葉石濤、龍瑛宗當時的作品，亦接受了很多世界文學的因子一樣。「接受外來影響」並不否定其獨創性，恰恰相反的是從某一種文學間的接觸能引發出作家勃發的創造力。模仿、影響從本質上來說，表現的是文化上自我更生的能力，它並不是亦步亦趨，或者退一步說，即使是亦步亦趨，其中依然隱藏著不易覺察的新東西，這是模仿者會借助於模仿對象而進行的自我改造，成為被模仿者的變異體。這是 20 世紀臺灣文學史難以忽略的重要現象。在世界格局下的文學寫作，是否有可能出現純粹「獨創」的個人風格？小說，因為其某種因素（或題材、或結構、或敘事方法、創作風格等）與某部外國作品相類似，是否就能懷疑其獨創性的可靠程度？陳思和特別提出此一觀點，如此看來不能不慎予考量問題所在，因而今日即使得出巫永福〈眠い春杏〉受到〈渴睡〉的影響，仍不妨礙作品的獨創性，作家並沒有因此喪失了對自己民族文化的最直接最獨特的感受。

引用文獻

一、傳統文獻

・（唐）顧況著；王啟興、張虹注，《顧況詩注》，上海：上海古籍出版社，1994 年 6 月。

・（清）張應昌編，《清詩鐸（上、下冊）》，北京：中華書局，1960 年 1 月。

・山本有三著；林月珠、蔡德音譯，〈慈母溺嬰兒〉，《先發部隊》第 1 期，1934 年 7 月 5 日，頁 48～60。

・水蔭萍著；甃子譯，〈查媒嫻與花〉，《南方》第 136 期，昭和 16 年 8 月 15 日，頁 10。

・王詩琅，〈柴霍甫與其作品〉，《第一線》第 1 期，1935 年 1 月，頁 66～74。

・石川智一，〈新劇通訊〉，《臺灣新文學》第 1 卷第 8 號，1936 年 9 月，頁 53。

・加斯特夫著；曇華譯，〈工廠的汽笛〉，《赤道》第 2 號，1930 年 11 月 15 日，頁 2。

- 托爾斯泰著；春薇譯，〈小孩子的智慧〉，《臺灣文藝》第 2 卷第 7 號，1935 年 7 月，頁 215。

- 朱點人，〈關於剽竊問題——給獻璋君的一封公開信〉，《臺灣新文學》第 1 卷第 9 號，1936 年 11 月，頁 75～77。

- 志馬陸平，〈青年與臺灣（四）——新劇運動的理想與現實〉，《臺灣時報》第 199 號，1936 年 6 月 1 日。

- 志馬陸平，〈青年與臺灣（五）——新劇運動的理想與現實〉，《臺灣時報》第 200 號，1936 年 7 月 1 日。

- 志馬陸平，〈青年與臺灣（九）——文學運動之變遷〉，《臺灣時報》第 205 號，1936 年 12 月 1 日。

- 汪倜然，〈柴霍甫及其他〉，《俄國文學 ABC》，出版地不詳：ABC 叢書社，1929 年 1 月。

- 契訶夫著；汝龍譯，《契訶夫小說全集》（第 5 冊），上海：上海譯文出版社　2008 年 1 月。

- 契訶夫著；宮崎震作譯，〈やくざ者のプラトノフ未發表四幕戲曲（拔萃）～（全 11 回）〉，《臺灣日日新報》，1930 年 8 月 4 日，第 3 版。

- 契訶夫（柴霍甫）著；王靖譯，《柴霍甫小說：漢英合璧》，上海：泰東圖書局，1921 年。

- 契訶夫（柴霍甫）著；耿濟之、耿勉之同譯，《柴霍甫短篇小說集》，北京：共學社，1923 年 11 月。

- 契訶夫（柴霍甫）著；趙景深譯，《柴霍甫短篇小說集》，上海：開明書店，1927 年 6 月。

- 韋漱園選譯，《最後的光芒》，北京：商務印書館，1931 年 6 月。

- 高爾基著；宜閑譯，〈鷹的歌〉，《臺灣文藝》第 2 卷第 5 號，1935 年 5 月，頁 29。

- 高爾基著；張露薇譯，〈在輪船上〉，《臺灣文藝》第 2 卷第 7 號　1935 年 7 月，頁 155。

- 張淚痕，〈回憶小時的她〉，《臺灣民報》第 160 號，1927 年 6 月 5 日，頁 13～14。

- 屠格涅夫著；落合廉一譯，〈夢〉，《紅塵》第 1 期，1915 年 6 月 1 日，頁 2～15。
- 楊守愚，〈生命的價值〉，《臺灣民報》第 254～256 號，1929 年 3 月 31 日，4 月 7、14 日。
- 楊守愚，〈冬夜〉，《臺灣民報》第 311～313 號，1930 年 5 月 3、10、17 日。
- 楊守愚，〈女丐〉，《臺灣民報》第 346～347 號，1931 年 1 月 10、17 日。
- 楊雲萍，〈秋菊的半生〉，《臺灣民報》第 217 號，1928 年 7 月 15 日。
- 愛羅先珂著；魯迅譯，〈魚的悲哀〉，《臺灣民報》第 57 號，1925 年 6 月 11 日。
- 愛羅先珂著；胡愈之譯，〈我的學校生活的一斷片──自敘傳〉，《臺灣民報》第 59、60、62 號，1925 年 7 月 1、11、26 日。
- 愛羅先珂著；魯迅譯，〈狹的籠〉，《臺灣民報》第 69～73 號，1925 年 9 月 6、13、20、27 日，10 月 4 日。
- 愛羅先珂著；魯迅譯，〈池邊〉，《南音》第 1 卷第 5 號，1932 年 3 月 14 日，頁 36。
- 葉石濤、鍾肇政主編，《光復前臺灣文學全集》（小說卷），臺北：遠景出版公司，1979 年。
- 趙景深譯作，〈瞌睡來了〉，《文學週報》第 7 卷，上海：開明書店，1929 年 1 月，頁 324～333。
- 嘉洵（迦爾洵）著；曇華譯，〈泥水匠〉，《赤道》創刊號，1930 年 10 月 30 日，頁 5。
- 夢華，〈人名小字典（外國人之部）〉，《曉鐘》，昭和 6 年（1931 年）12 月 8 日，頁 17～18。
- 劉精民編，《民國畫刊系列 光緒老畫刊──晚清社會的《圖畫新聞》第一輯》，北京：中國文聯出版社，2005 年 12 月。
- 賴和，〈一桿「稱仔」〉，《臺灣民報》第 93 號，大正 15 年（1926 年）2 月 14 日，頁 16。
- 薛瑞麒譯，〈露西亞偶語四則〉，《臺灣教育會雜誌》第 191 號，1928 年 5 月 1 日，頁 9～10。
- 廣東省立中山圖書館編，《舊粵百態・廣東省立中山圖書館藏晚清畫報選輯》，北京：

中國人民大學出版，2008 年 4 月。

二、近人論著

· 巫永福，〈悼張文環兄回首前塵〉，《笠》第 84 期，1978 年 4 月，頁 14～22。

· 巫永福，〈如何自我塑造文學風骨〉，《幼獅文藝》第 454 期，1991 年 10 月，頁 4～7。

· 巫永福，《巫永福回憶錄——我的風霜歲月》，臺北：望春風出版公司，2003 年 9 月。

· 林瑞明，〈石在，火種是不會絕的——魯迅與賴和〉，《國文天地》第 7 卷第 4 期，1991 年 9 月，頁 18～24。

· 契訶夫（柴霍甫）著；毛秋萍譯，《柴霍甫評傳》，上海：開明書店，1924 年 7 月。

· 契訶夫（柴霍甫）著；陸立之譯，《柴霍甫評傳》，上海：神州國光社刊，1932 年 7 月。

· 徐曙整理，〈黑色青年「王詩琅」〉，收入張炎憲、翁佳音合編，《陋巷清士——王詩琅選集》，臺北：弘文館出版社，1986 年 11 月。

· 張恆豪，〈日據末期的三對童眼——以〈感情〉、〈論語與雞〉、〈玉蘭花〉為論析重點〉，陳映真等著，《呂赫若作品研究：臺灣第一才子》，臺北：行政院文建會、聯合文學出版社，1997 年 11 月，頁 79～97。

· 張恆豪，〈探觸臺灣人文的深層記憶——《巫永福全集》出版的寓義與闕失〉，《巫永福全集續集 19——續集·文學會議卷》，臺北：傳神福音文化公司，1999 年 6 月，頁 168～169。

· 許俊雅、楊洽人編，《楊守愚日記》，彰化：彰化縣立文化中心，1998 年 12 月。

· 許俊雅主編，《巫永福精選集——小說卷》，臺北：巫永福文化基金會，2010 年 12 月。

· 許俊雅主編，《巫永福精選集——評論卷》，臺北：巫永福文化基金會，2010 年 12 月。

· 許俊雅主編，《巫永福精選集——新詩卷》，臺北：巫永福文化基金會，2010 年 12

月。

• 許俊雅、趙勳達策劃，「散發靜光的銀杏：新譯巫永福作品集」，《文學臺灣》第 77 期，2011 年 1 月，頁 235～277。

• 陳思和，《談虎談兔》，桂林：廣西師範大學出版社，2001 年 6 月。

• 陳思和、嚴紹璗主編，《跨文化研究：什麼是比較文學》，北京：北京大學出版社，2007 年 2 月。

• 黃英哲主編，《日治時期臺灣文藝評論集・雜志篇・第二冊》，臺南：國家臺灣文學館籌備處出版，2006 年 10 月。

• 鄒易儒，《無政府主義與日治時期臺灣新文學——王詩琅之思想前景與文藝活動關係研究》，臺北：國立政治大學臺灣文學研究所碩士學位論文，2010 年 7 月。

• 龍瑛宗，〈讀書遍歷記〉，《民眾日報》，1981 年 1 月 28 日。

• 謝惠貞，〈巫永福「眠い春杏」横光利一「時間」——新感覺派模写から「意識」の発見へ——〉，《日本台湾学会報》第 12 號，2010 年 5 月 31 日，頁 199～218。

• 藍博洲，《沉屍・流亡・二二八》，臺北：時報文化公司，1991 年 6 月。

——選自許俊雅《足音集：文學記憶・紀行・電影》

臺北：萬卷樓圖書公司，2011 年 12 月

從新感覺派到「意識」的發現

論巫永福〈愛睏的春杏〉和橫光利一〈時間〉

◎謝惠貞[*]

一、與《福爾摩沙》同人「異質性」的「苦節」

巫永福（1913～2008），是創刊於 1933 年，臺灣人最早的日語純文藝雜誌《福爾摩沙》裡極為核心的人物。然而，與同為該雜誌作家的張文環和吳坤煌等人不同的是，巫永福在戰後被批評為，小說並無表現出反抗精神的「異質」性存在。[1]

誠然此評價有一定來由，那麼究竟此一「異質性」如何具體地呈現在巫永福的態度及其小說表現上？

眾所周知，巫永福留日時代後期 1932 年 4 月到 1935 年 3 月，設籍於明治大學文藝科，曾直接受教於橫光利一。多年之後，巫永福有此回顧：

> 橫光利一則是直接指導我寫作的老師，他是新感覺派作家，強調將個人
> 對外在事物的感覺描述出來，注重心理的描寫，我的小說創作受到他的
> 影響。[2]

此外，他也如下強調過：

---

[*]發表文章時為日本帝京科學大學兼任講師，現為文藻外語大學日本語文系專案助理教授。
[1]陳芳明（1997 年），〈史芬克司的殖民地文學〉，《巫永福全集 19──續集・文學會議卷》（臺北：
傳神福音文化公司，1999 年 6 月），頁 97。（以下略稱《全集》）。彭瑞金（1997 年）〈從政治派到
文藝派──巫永福青年時期的小說創作〉，《全集19》，頁 205。張文薰（2005 年），頁 38。
[2]莊紫蓉（1997 年）的巫永福訪談紀錄〈自尊自重的文學心靈〉，《全集 18》，頁 321～322。

「苦節」這二字在當時的我的生活中及所有記憶中常常迴盪不散。就是說，我們在異民族日本人的統治之下，我們這些一小撮知識分子，都有共同的意志及願望，要求臺灣的進步，要求臺灣的現代化，而透過藝術文化的運動使大家更堅持我們漢家兒女的傳統精神，不被日本人同化而為日本皇民，乃是我們不可否認的原則。[3]

由於 1928 年的三‧一五事件中，多數的日本共產黨員受到迫害；翌年的四‧一六事件，更往擴大檢舉的方向發展。小林多喜二於 1933 年 2 月 20 日在警察署被拷問至死，從而不僅共產黨員，林房雄、中野重治等文學家也陸續宣言「轉向」，普羅文學步入衰退期。乃至 1932 年「勞農藝術家聯盟」解散，1934 年 2 月，「日本無產階級作家同盟（ナルプ）」也宣布解散。

普羅文學崩壞之後，置身東京且無左翼運動經驗的巫永福，與左翼色彩濃厚的「東京臺灣文化 circle」成員張文環、吳坤煌等一起組成中間路線穩健派的臺灣藝術研究會。據巫永福的回憶，他在東京留學時過著較為富裕的生活，因而其寄宿處，召開過組織「臺灣藝術研究會」的會議。[4]可以想見家境優渥的地主階級出身的巫永福，受到同人影響，而開始關注底層階級。巫永福以小說〈黑龍〉描繪出生於地主人家的黑龍在父母死後，開始寄宿在底層階級的親戚家的階級移動；乃至刻劃〈阿煌與其父〉，富裕出身的阿煌被父親禁止與底層階級的孩子遊耍。此類由上層階級的視點觀察底層階級的描寫，可說是出自於巫永福自身階級的產物。做為地主階級出身的殖民地作家，面對觸目可見的普羅文學運動，想必會感覺自己的出身猶如原罪一般吧！和張文環等中產階級出身的臺灣作家相比，執著於底層階級描寫的巫永福文學背後，除了共享著身為臺灣作家，因殖民地出身者的抗日「苦節」之外，不難窺見多了幾分地主階級出身所帶來的創作上的

---

[3]巫永福（1977 年），〈沖淡不了的記憶〉，《全集6》，頁67。
[4]許雪姬（1998 年），〈巫永福訪談紀錄〉，《全集18》，頁332～333。

「苦節」。「苦節」和他做為一名作家的「異質性」之間可以想見關係匪淺。那麼，身處從事過左翼運動的同人之中，即使抱持著不同「苦節」，一同以創作臺灣新文藝為目標的巫永福，是以怎樣的手法來實踐其文學表現？

筆者以為，認為臺灣知識分子應拒絕被「同化」的巫永福，從「苦節」所產生的文學反映論和向橫光利一學習「意識流」概念，都使得巫永福成為與其他臺灣作家「異質性」的存在。為了究明此一假設，本文將聚焦巫永福的「底層描寫」和「文體模仿」，分析巫永福短篇小說〈愛睏的春杏〉（《臺灣文藝》第 3 卷第 2 號，1936 年 1 月。以下略為〈春杏〉）。並且嘗試與橫光利一短篇小說〈時間〉（1931 年 4 月，本文中作品名標示為〈時間〉，物理現象標示為「時間」）做比較，分析共享「底層描寫」與「意識流」這二個主題的兩作中如何描寫「意識」。

二、「底層描寫」的苦節：二人的文學反映論

新感覺派時代的橫光利一抱持的文學觀，除了反覆被引用的諸如《文藝時代》創刊時的文句外，值得吾人注意的是「相信寫實遠不如結構的象徵性來的美。也就是將文學等同於雕刻的藝術」[5]。此文提出了橫光的文體，是先有象徵性的結構藍圖，再進一步「雕刻」細鑿成形的手法。

按照橫光利一的邏輯，他所說的「雕刻」指的是整頓外在的節奏、形式，而文體便是它的具現。有趣的是，另一方面，在刊登〈春杏〉的《臺灣文藝》第 3 卷第 2 號〈編輯後記〉裡，對該作品下了「可以看出相當地雕刻過的苦心之痕跡」的評語。然而，當時對巫永福如何「雕刻」並無詳盡敘述。[6]

---

[5] 橫光利一（1941 年），解說頁。中譯由筆者自譯，以下引用日人作家學者及巫永福日文著作，皆由筆者自譯。

[6] 在筆者關注於此小說之時，臺灣尚無中譯版，在日本也並未受到重視的〈春杏〉，往往因而排除在研究對象外。然而，關於〈春杏〉欠缺中譯版的理由，筆者認為，是因為《台湾文芸》受到檢閱被迫刪去所造成的。張恆豪（1997 年）〈觸探臺灣人文的深層記憶──《巫永福全集》出版的寓

應該不難推知的是，此處做為評語用的「雕刻」蘊含了，臺灣日語作家想擺脫歷來文體模仿時純粹的寫實手法之渴望。事實上，《福爾摩沙》1933 年 7 月創刊號裡楊行東提出「和文的文藝表現！這是我們將來最應該大力鼓吹的武器」這樣的主張。[7]

想當然耳，這與巫永福〈我們的創作問題〉（《臺灣文藝》創刊號，1934 年 6 月）中特別提出受制於漢文與和文的苦惱有所呼應，是意識著「鄉土文學・臺灣話文運動」的發言。對殖民地時期臺灣作家而言，以「借來的」日語創作時，是無法避免與文體纏鬥的。從而必然需要追求手法的精煉，也就是「雕刻」。[8]

因而值得注意的是，巫永福當時思索著以結構、文體為文學中心思想的文學觀，基於「科學的」「心理法則的認識」的創作方法。〈我們的創作問題〉中有言：

> 偶然的必然的物理的社會的諸狀態，自然地損傷並助長我們先天上的天賦之諸傾向，……如此創作方法是科學的是建立我們的精神歷史之物，成為我們對心理法則的認識，……描寫出的作品是文學性的，其效用若愈完全其價值愈能增大。〔編按：底線為作者所加，以下相同〕

值得玩味的是，橫光利一在他富有科學觀的文論〈關於文學的唯物論〉（《創作月刊》，1928 年 2 月）中提過，「只要我們生存在現實中，就絕對

義與闕失〉，《全集 19》，頁 169 中提到「市中的復刻本雖然收錄了原文，可惜其中第 7、8、9、10 頁都缺頁」。換言之，原文是在復刻前就已被撕去。筆者於吳三連臺灣史料基金會圖書館，發現了吳新榮寄贈的《台湾文芸》第 3 卷第 2 號。可惜的是，7～10 頁的部分只剩下被切下的痕跡，有留下封面。但是，河原功所藏的複寫本封面蓋有檢閱印章。從河原氏（2009 年），〈日本統治期台灣での「檢閱」實態〉（頁 236～237）的調查看來，已製本的雜誌內容若和《台湾新聞紙令》牴觸，則切除該部分後販賣是被許可的，然而封面會印上「濟」表示檢查完畢的印章。由此可說明缺頁是因檢閱所造成。參考謝惠貞譯（2007 年），〈愛睏的春杏〉，《文學臺灣》第 64 期（2007 年 10 月），頁 80～91。
[7] 楊行東，〈台湾文芸界への待望〉，《フォルモサ》創刊號（1933 年 7 月 15 日），頁 2。
[8] 謝惠貞（2009 年）對此有詳盡的論述。

不可能跳脫出現實。我們與任何東西雖在這個緣故上<u>無法不受資本主義的</u><u>國家主義的藝術的速度影響</u>，與此同時，<u>我們的個性除了遵從這個現實的</u><u>速度而變化之外，沒有其他的路</u>」。由此，不難窺見橫光利一和巫永福之間存在某種共通且呼應的意識。

　　巫永福接著在前引文中，更進一步針對殖民地臺灣的現狀來說明何謂「社會的諸狀態」：

> 我們是臺灣人。我們持有我們在這個世界上出生的同時，如宿命般必然的遺傳性諸性向。……在此我們有無論如何必須關注之事。那就是根據我們的環境和時代，所造成的我們的屈折。……異文明的日本文化如何將我們變形？再者，西洋文化如何和日本文化同時地將怎樣的東西帶給我們？

　　下村作次郎，曾指摘《福爾摩沙》的創刊，受到日本文藝復興之影響。[9]據筆者攬觀日治時期報刊時常得見文藝復興一詞，[10]筆者也十分認同。若然，要論及文藝復興期（1932 年後半～1937 年中日戰爭開始），必然要提到巫永福的兩位恩師：橫光利一的〈純粹小說論〉（《改造》，1935年 4 月）和小林秀雄的〈私小說論〉（《經濟往來》，1935 年 4 月 5～8日），引領當時文藝議論的活躍情形。[11]〈純粹小說論〉，是以適應文藝大眾化做為目的所建構的理論，也是從純文學要如何和其大眾文學競爭讀者，

---

[9]下村作次郎（1995 年）的學會報告論文裡有〈「文芸復興」（昭和 8、9 年）の台湾文学への波及──『フォルモサ』創刊の意味するもの〉（日本中國學會第 47 回大會，立命館大學大會）的篇名，雖向作者本人洽商，但為未刊行資料，未能得見。然而，從題名可以看出，這篇論文是〈文芸復興〉對《福爾摩沙》影響有關的先驅研究，筆者認為其重要性非常高。劉捷（1932 年）〈一九三三年的台灣文學界〉，《フォルモサ》第 2 號，也指出日本文壇的「文藝復興」現象。

[10]這也波及到了臺灣。光明靜夫（1935 年）〈台頭する純粹文學のイリュジョンに就いて〉，《台湾文芸》第 2 卷第 2 期，裡面也有揭載，文藝復興期的純粹文學（當作純文學的大文學）的提倡也在臺灣文壇受到注目。劉捷（1932 年）〈一九三三年的台灣文學界〉，《フォルモサ》第 2 號，也指出日本文壇的「文藝復興」現象。

[11]磯貝英夫（1966 年），頁 445。

並與普羅文學共同面對日本法西斯主義高漲的社會環境對峙，而又思考著如何超越對峙所產生的理論。

那麼，巫永福在戰前，於創作個人的小說之際，又置身於怎樣的「社會的諸狀態」之中？除了學界已知的，《福爾摩沙》成立背景與左翼組織「臺灣文化 circle」重建有關之外，筆者以為有必要就巫永福的生長背景做進一步了解。

巫永福 1929 年自臺中第一中學校（現臺中一中）二年級轉入日本的熱田中學校（其前身是名古屋第五中學校，現在的愛知縣立瑞陵高校。巫永福在回想錄中常常記為「名古屋五中」），利用 1930 年 7 月到 8 月的暑假期間回埔里老家，曾順道拜訪小學校時代保護他免於日本人欺侮的好友花岡二郎。當時，花岡對他說，「巫君你不要以為留學日本就高人一等噢！你我都是日本的殖民」，此段話深深地在烙印在巫永福的心裡。[12]其後，巫永福在名古屋獲知霧社事件的噩耗。戰後，巫永福作了為數不少如「復生為緋櫻的一郎二郎啊」、「霧社櫻復綻放，花岡一郎二郎懷恨而死不復返」等的俳句和短歌。[13]然而，根據熱田中學校時代的學籍簿，巫永福的操行被記載為「良」且「思想穩健」，可見他的反抗意識鮮少顯露於外。[14]明治大學時代，在巫永福擔任東京埔里同鄉會、別名背水會會長的因緣下，與組織東京臺灣同鄉會的林獻堂相識。當時，同鄉的陳在葵[15]因參加日本共產黨而被逮捕，被父母斷絕關係，釋放後又因肺病而慘死，由背水會料理後事。此後，他強烈地要求「臺灣藝術研究會」的合法性以及保持《福爾摩沙》的中間路線。巫永福日語小說表現，論者多評為缺乏明顯的反抗精神，[16]或者

---

[12]巫永福（2000 年），〈霧社事件的憶往〉，《全集 24》，頁 78。
[13]同上〈霧社事件的憶往〉，頁 74～80。短歌收錄於《全集 14》，頁 19、42、218，《全集 15》，頁 36、116、156、196、223、241。俳句收錄於《全集 16》，頁 195、220。
[14]參見愛知縣立瑞陵高等學校所提供的第 21 回卒業生巫永福的學籍簿（圖 1 與圖 2）。在此感謝瑞陵高校的小田博一校長及調查當時在同校任職的旭丘高校西鄉孝先生的協助。
[15]陳在葵是吳坤煌等左翼社會主義者的親交，吳（1935 年）曾作詩〈陳在葵君を悼む〉，《台湾文芸》第 2 卷第 4 號。參見柳書琴（2009 年），頁 218～225。
[16]巫永福（1989 年），〈時代的使命〉，《全集 7》，頁 88；許雪姬（1998 年），頁 332。

是與左翼色彩有一線之隔的「異質性」存在，上述學生時代的體驗影響不可小覷。再者，巫永福在〈我們的創作問題〉中有言：

> 我們在這個世界上無法自己一個人生活，無法生存。因此很自然地在我們的周圍有其他人在生活著。並且，如果集體的生活長遠持續，偶然的必然的物理的社會的諸狀態，愈自然地損傷並助長我們先天上的天賦之諸傾向。個人終須如此走完一生。

換言之，巫永福從橫光利一繼承而來的文學反映論，誘導巫永福將臺灣人的殖民地處境反映在文學上。此外不能忽略的是，巫永福認為自身的「描寫表現力」除了被「損傷」，還有被「助長」的可能性。綜言之，學習「科學的」「心理法則的認識」，在社會體制中進行小說的「雕刻」，是巫永福對其創作的基本立場。

這也說明了他對於同人和底層階級、以及殖民地的社會體制的立場。出身地主階級帶給他創作上的「苦節」，讓他一方面執拗地對底層階級付出關心，另一方面，賦予他「依據環境和時代而造成」「屈折」，讓他有「穩健的思想」，也就是獨有的「異質性」。

三、新感覺派模仿的展開：發現做為故事結構的「意識」

除了上述文中階級上的「苦節」外，巫永福的文體中則反映了另一個「苦節」。〈我們的創作問題〉中，他提到做為「社會的諸狀態」之一的「語言」問題：

> 我們受語言所困。並且因為依存於這個語言的文體所困。因為我們一遇到漢文或和文我們的描寫表現力便不完整，而被減弱扼殺了。這可說是身為創作者之輩共同的煩惱吧！

　　關於此點，郭天留（劉捷的筆名）在〈對創作方法的片斷想法〉中，言及上述文論，將「模仿」的階段看做是不可或缺的。[17]兩個人的議論，不啻是確認了當時臺灣的日語作家，既然接納日語的文體，不可避免地會受到既存日語文學作品的影響。

　　彭瑞金曾評巫永福為「與張文環、楊逵、吳坤煌等相同屬於文藝科系科班出身的『一脈』」[18]。由此再進一步細究巫永福所就讀的明治大學專門部文藝科，「與其他大學的文科不同，高舉專門栽培作家和記者的特殊目標」[19]，可知巫永福挑選明治大學文藝科，且不選擇里見弴等其他作家，而選擇了橫光利一做為創作課的指導教授，在在都表現了巫永福對於文學創作的主體性，佐證了他開始橫光利一文體仿作的動機。[20]

　　那麼，巫永福究竟從橫光利一文學中汲取了何種文體？

　　橫光利一在巫永福接受其指導的 1934 年到 1935 年間，正是新心理主義的創作高峰。[21]巫永福不斷提及自認是新感覺派旗手橫光利一的門生，另外也曾透露，「橫光先生是當時日本新銳的新感覺派大家，我讀他的著作也最多」[22]。從這二點看來，可以窺見巫永福對橫光利一文學的理解；橫光文學既是新感覺派，同時也傾注心力從事心理描寫。

　　關於橫光的評論正確地傳達了他以 1930 年為界產生的變化。例如，森敦在〈文體餘話〉中表示，橫光利一在 1930 年發表的〈機械〉，1931 年發表的〈惡魔〉、〈時間〉，文體突然一變。[23]這對巫永福來說，仿效橫光利一

---

[17]郭天留，〈創作方法に対する断想〉，《台灣文芸》第 2 卷第 2 號（1935 年 2 月 1 日）。

[18]彭瑞金（1997 年），頁 205。

[19]《明治大学・1956》，無與出版有關之記載。

[20]參見巫永福 1932 年入學時明治大學文科概覽手冊封面及教師名單。此年度橫光利一尚未加入教師陣容。1933～1935 年該概覽目前明治大學已無保存。根據《定本橫光利一全集》（1987 年）年譜，橫光的確於 1934 年到 1935 年其間任教該校。至於巫永福設籍該校的學籍資料，雖得到巫永福本人親筆信同意調查，然透過該校校史資料中心松村玄太先生協助得知，該校基於日本法律規定不得提供本人之外人士（包括親人）閱覽，僅回應的確設籍於該校。

[21]據磯貝英夫指出，橫光曾書寫〈機械〉（1930 年）、〈寢園〉（1930 年）、〈花花〉（1931 年）、〈雅歌〉（1931 年）、〈時計〉（1934 年）、〈盛裝〉（1935 年）、〈春園〉（1937 年）等多篇心理主義的長篇。磯貝英夫（1972 年），頁 44。

[22]前引巫永福（1989 年），頁 89～90。

[23]森敦（1978 年），頁 157。其他尚可參考伊藤整（1952 年），頁 117；松寿敬（1990 年），頁 18；

嘗試新心理主義的技法，想來是勢在必然。

　　在此，有必要細究的是，日本的新心理主義的意涵。根據吉田精一的定義，此手法專指處理人的「意識流」，嘗試綰合內部和外部現實交互作用的表現。[24]做為文學用語是在 1930 年 7 月的《新科學的文藝》中〈新科學的話題〉條目裡第一次被提及，[25]由伊藤整將其理論演繹發展。而後，同年橫光利一發表的長篇小說〈機械〉（1930 年 9 月）[26]，導入了此新心理主義手法大獲好評。其理論基礎「意識流」一詞，則是心理學家威廉‧詹姆斯，在其著作 *The principles of psychology*（1890）裡發明的語彙。[27]簡言之，是一種將「意識」比喻為如河川一樣在「流動」的假設。之後，作家詹姆斯‧喬伊斯將此理論加以應用，衍生出自由聯想（free association）和內心獨白（Monologue intérieur）等「意識流的手法」[28]。在日本，也於 1929 年時開始翻譯和研究喬伊斯，「昭和五年到七年（1930 年到 1932 年）可稱作是一股喬伊斯熱潮持續延燒，到了昭和十年（1935 年）左右此學問研究也大致獲得整理。」[29]1932 年到 1935 年就讀於明治大學的巫永福，無疑的身處喬伊斯熱潮之中。

　　值得關注的，是巫永福對於將「意識」當作河川一般「流動」的概念感到強烈關心。屢次將「意識」比喻成河川等的「流動」。譬如〈我們的創作問題〉中的主張：

> 他以自我為中心測量自我的人性和神性的距離。將自己如一條河川一樣放流，客觀看待自我和他人的距離，成為獨一無二的存在而流向前去。

橫光利一文學會（2006 年），頁 1～102，則以特集的型態從多種角度來探討橫光在 1930 年的變化。
[24]吉田精一（1959 年），頁 80。
[25]千葉宣一（1978 年），頁 253～254。
[26]小田切進（1965 年），頁 79。
[27]戶川晴之（1959 年），頁 11。
[28]安藤宏（2007 年），頁 146。
[29]太田三郎（1955 年），頁 14～17。

不斷地關注著自我和自我流動的去向。他即使捕捉到一個印象、感覺、
形象、詩情，他也還是依從內在而行動，對自我批判解釋，客觀看待自
我。……而且他與諸事象有著依存關係。……而他的河川依然依著自我
的流動在流動著。他是朝向自我的終極點、終點流去的。……我想這也
是一種創作的方法。

　　此外，當時被劉捷評為「傑作」[30]的小說〈黑龍〉（《福爾摩沙》第 3
號，1934 年 6 月），其中也有運用。巫永福借由黑龍之口說出「水流的想
法是極端徹底新的想法，是到現在為止誰也沒有想過的獨創性的東西」。

　　巫永福可說是透過新心理主義時代的橫光利一，接納了將「意識」比
喻為經常變動的流體之文體。而且無論是做為創作者的「意識」，還是作品
中人物的「意識」，巫永福認為都要有「主體性」，就像前引加底線部分，
需「關注著自我和自我流動的去向」。另一方面，在採用「意識流手法」的
新心理主義時期橫光的作品中，〈時間〉實踐了「觀察意識的意識」描寫和
「底層描寫」，成為分析同樣主題的〈春杏〉之時絕佳的比較對象。以下將
近一步具體地比較剖析巫永福對於「意識流」這個概念的接受。

四、「睡意」的系譜

（一）查某嫻描寫的改革：從寫實主義到「意識」的發現

　　橫光利一短篇小說〈時間〉是部敘述劇團團長將整個劇團的財產盜領
後逃跑，迫使劇團的 12 名演員，忍受空腹和疲勞及睡意，逃離房東催討的
小品。小林洋介指出，其旨在以當時的心理學新知為基礎，描寫出「意識
流動」的「時間」。[31]此外，遠藤郁子則指出，作品中的「睡意」可以由
「意識」一詞來代替。[32]

---

[30]劉捷，〈台湾文学の鳥瞰〉，《臺灣文藝》創刊號（1934 年 11 月 5 日）。
[31]小林洋介（2004 年），頁 38～39。
[32]遠藤郁子（1997 年），頁 159～161。

在〈春杏〉中，可見多處和意識相關的睡意描寫。

> 疲勞和睡意像大片雲一樣又再籠罩過來……睡意和打從遠處大洋盡頭的
> 地平線湧來的浪一起令人鬱悶地侵蝕著腦……被麻痺的意識被無數的黑
> 線拉扯而下沉……在春杏充滿睡意的腦漿中大海開始波動起伏。

〈春杏〉中反覆出現「睡意」、「想睡」、「意識」等詞語，是否能像橫
光利一在〈時間〉作品裡「睡意」和「意識」的關係一樣，有互換的可能
性？首先以下就實例兼及前人論述加以說明。

小林洋介指出，和長篇作品〈機械〉相比，短篇的〈時間〉更能透過
對時間的觀察，直接由正面來描繪「意識」的「流動」性。〈時間〉中的
「我」，從「睡眠仍從只有一點點的間隙湧入將意識抽掉」的狀態，到「我
的意識也從極度的快樂中溶解恍恍惚惚地漂走」，更進一步地，「在如天空
般快活的氣體中油然地交換變動的彩色波浪到底是生死之間的什麼東西」
將「意識」如流體般地看待。另一方面，在〈春杏〉裡，「睡意」和「意
識」被比喻作「大海」及「波浪」，感覺「自己的腦袋趨向油的樣態，開展
開來」，最後更感覺到「緊張的手呀腳呀身體舒展往河面上被流走」。

誠如玉村周所言，睡眠應被當作「將意識引導向快樂」之媒介，[33]不
過，這兩部作品皆強調主人翁的「意識」在「生與死之間」及「緊張」間
往返，且排除了將主人翁引導向快樂「睡意」，十分值得玩味。這或許可從
主人翁的角色設定來闡釋。

遠藤郁子在論及橫光利一關於底層階級描寫的意義時指出，1931 年 9
月的滿洲事變以後的創作中，普羅文學衰頹之時，橫光利一為了尋求新的
底層階級描寫之表現，進而創作了〈時間〉一作。[34]

同樣的，巫永福也如同他所宣言的，不得不以「底層描寫」，來響應對

---

[33]玉村周（1992 年），頁 243。
[34]遠藤郁子（1997 年），頁 163～165。

臺灣獨自「社會的諸狀態」的要求。這種稱作「睡意」的「意識」「流」，原本應該是極為本能的事物。然而，根據「社會的諸狀態」，產生了屈折的狀況。主人翁春杏除了結局部分之外，關於她對睡意的本能反應是不被允許的，從而失去「主體性」。從春杏的父母將她「賣到仁德的家」這個描寫來判斷，不難得知春杏是「查某嫺」[35]。

綜合前述，把巫永福的〈春杏〉看作似「睡意」來描寫「意識」的故事來剖析，恰恰是若合符節。正因為巫永福使用「愛睏」一詞做為作品標題，可以推測出「意識」是此篇小說所表現出的重要主題。

另一方面，關於查某嫺描寫的問題，黃得時於〈小說的人物描寫〉中說到，在啟蒙時代的臺灣發表的作品，幾乎都與破除迷信、解放查某嫺等問題做為訴求，完全沒有藝術價值。[36]郭秋生在〈解消發生期的概念、行動的本格化建設〉中，批評「臺灣新文學中的查某嫺描寫數十年如一日，毫無進步」[37]。會產生這種表現上的停滯，是因為臺灣新文學從 1920 年代做為民族社會運動的一環發軔以來，一直潛藏著將文藝視為社會改革手段的一種目的性需求。從 1935 年 5 月到 1940 年 6 月，巫永福擔任《臺灣新聞》社會部記者，透過〈春杏〉的創作，敏感地反映了當時的時代潮流中試圖改善人口買賣制度的「查某嫺」議題。

無疑的，在〈春杏〉中，主人翁就是「睡意」和「疲勞」的產物。如荒俣宏所指出，小林多喜二的《蟹工船》等普羅文學經常以「疲勞不堪」

---

[35]「查某嫺」是清朝統治期開始，歷經日本統治期、國民黨統治期存在於臺灣的一種女性人口販賣制度，其他尚有「養女」、「媳婦仔（童養媳）」等。根據洪郁如的說法，「養女」是以認養的形式，「媳婦仔（童養媳）」是為了替兒子討媳婦，在年紀還小時就買進來的女童，而「查某嫺」則指的是下女。三者的區別並不明確。洪郁如（2004 年），頁 247～250。大正 6 年查某嫺受到法律上的禁止，在那之後就以養女或寄居人的名義登記在戶籍上，或未登記而繼續存在。參照洪郁如（2001 年），頁 231。

[36]黃得時，〈小說的人物描寫〉，《第一線》第 1 號（1935 年 1 月 6 日），頁 83。原文「在臺灣所有發表過的作品，大體以『事件』為中心。作者只求很多問題——聘金廢止，迷信打破，婚姻自由，查某嫺解放以及蓄妾排斥——壓縮在一個作品裡，完全像個『問題的展覽會』一樣，……事實上卻沒有什麼藝術的價值」。

[37]郭秋生，〈解消發生期的概念、行動的本格化建設〉，《先發部隊》第 1 號（1934 年 7 月 15 日），頁 20。原文「臺灣新文學裡頭的查某嫺，十年如一日，分毫也沒有長進」。

的詞語當作關鍵詞。[38]巫永福可以說是從日本普羅文學做為主題的「疲勞」出發，並以「意識流」的手法更加深刻地表現其心理層面，由此踏入了臺灣普羅文學未曾涉足的「睡意」的心理「意識」。總而言之，巫永福站在超越以往寫實主義「捨棄空想的精神界，重視物質層面。……不用技法來表現現實」[39]等手法的立場上，以描寫「睡意」「意識」的「流動」技法，使得臺灣鄉土的查某嫺描寫問題得以成長。

（二）「時間」命題：「半夢半醒」的「轉移」「映照」效果

上述郭秋生的評論中，提到當時除了期待第三人稱寫實主義呈現的查某嫺描寫能有所創新的同時，也指出「感覺的世界至今仍未被注意」，正可說是提倡表現查某嫺的感覺世界等臺灣文學的新形式。[40]對在 1934 年開始直接向新感覺派大師橫光利一學習，更早在 1933 年就開始創作橫光利一的〈頭與腹〉的仿擬作品〈首與體〉的巫永福來說，他所學到的文體可說是當時時代所追求的文體。

那麼，在〈春杏〉之前，查某嫺描寫的缺失究竟為何？何以會成為被批判的對象？關於此前的「查某嫺」，筆者想以楊雲萍〈秋菊的半生〉（《臺灣民報》，1928 年 7 月 15 日）、楊守愚〈生命的價值（一）～（三）〉（《臺灣民報》，1929 年 3 月 31 日、4 月 7 日、4 月 14 日）、悲鴻生〈查某嫺〉（《南音》第 1 卷第 9、10 期，1932 年 7 月，頁 10）做一概觀。

楊雲萍的〈秋菊的半生〉是敘述主人翁秋菊 14 歲被賣作查某嫺，17 歲時受到主人郭議員的性暴力對待，又被郭夫人綑綁痛打的故事。敘述的部分雖然徹底採用寫實主義手法，不過小說前後有「獰牙的牛頭青鬼，……挈起鋼叉，剟著炸的油膩膩的肥馥女子的肉體，盛在鋼鐵盤」及「獰牙的牛頭青鬼，揩著口邊的油輕輕地從鐵籠裡捉出一個肥馥的女子，猛然地擲下油鍋」等隱喻表現，是本作的特徵。

---

[38]荒俣宏（2000 年），頁 36～54。
[39]無署名（1935 年），〈自然主義小論〉，《臺灣文藝》第 2 卷第 7 期，頁 208～209。
[40]郭秋生（1934 年），頁 20～23。

　　楊守愚的〈生命的價值〉則以少年在夜晚聽見鄰人景祥舍家裡傳來吵鬧的罵聲和哭聲開場。少年本以為是抓到小偷，後來才知是那家的查某嫺被主人痛打的聲響。因此，少年開始回想查某嫺的境遇。「她……每早起床就要：掃地、拭椅桌、換煙筒水、煎茶、挑水、洗衣服……因為這一晚，景祥舍夜深賭輸了麻雀回來……，就叫起她到大街上買點心去；誰知道她因為在夢中被他喚了醒來，免不了還帶有幾分睡意，湊巧竟把一個銀角丟掉。……這一下就把她吊了起來，拚命地痛打。……唉！生命的價值：一個銀角！」。這部作品的全文宛如報導文學。

　　此外，悲鴻生的〈查某嫺〉小說裡，叫作香玫的查某嫺剛滿破瓜之年，主人趙氏父子看上她的美貌，遂失去處女之身。趙夫人因嫉妒香玫，拚命地欺負她，企圖將她賣到妓院。悲鴻生字裡行間，將香玫描繪為絕對無法抵抗自己命運的柔弱下女。並於卷末題上「一個問題」，添上自己的詮釋，聲明查某嫺制度違反人道主義，呼籲解放查某嫺。

　　上述三部描寫查某嫺的作品中，敘述者皆是知識分子或鄰家少年等旁觀者，與作品中的查某嫺有著相當的距離。此外，對於人口買賣制度及對查某嫺的虐待，除了以地獄畫卷做為比喻之外，幾乎都是根據敘述者的報導來向讀者講述過程。作家無不以意識形態和感歎為基調，投射自身的同情，將查某嫺視為應被解放的對象。

　　從這種「沒有技法地表現現實」的手法來看，無非就是上述郭秋生所批判的，「數十年如一日」的刻板寫法。如此一來，〈春杏〉重點不放在描繪「什麼」，而是以「如何」描寫為其課題也是其來有自。綜言之，〈春杏〉有充分的動機繼承橫光利一〈時間〉描寫底層階級的「睡意」系譜之命題。

　　橫光利一的〈時間〉作品中，有「我能清楚感受到，時間對我來說，不是什麼其他的東西，而應該說正是胃袋的容量」這樣的描寫。從他將標題訂為〈時間〉，就可看出這部小說的命題旨在，對時間賦予新的定義。野中潤認為，「將〈時間〉做為標題的作品裡的時間，不是毫無斷裂均等流逝

的時間，而是透過敘述者『我』的詞語來變化速度，依照意識而再度形構的時間」[41]。

　　巫永福曾在〈首與體〉進行於標題中設定命題的嘗試。他透過敘述者「我」敘述「他所苦惱的是首與體」的問題，親自明示出做為中心思想的命題，並進行隱喻式的演繹。這個設定，也間接地佐證了他由橫光作品〈頭與腹〉，繼承了對比「頭」和「腹」的命題。[42]若考慮巫永福所積極進行的橫光利一仿擬之背景，也可能推論出〈春杏〉的結構開展建立於「時間為何物」這個命題之上。其中直接定義小說中的「時間」：

　　這個世界上的時間和分分秒秒齧蝕著春杏的肉體與神經的東西。是強加人嚴峻的隱忍服從和勞動以及艱苦的東西。春杏肯定是把明朗爽快的精神上的愉悅以及只是舒服躺著休息的時間都已遺忘在前世了。

　　由此可知，其中「時間」的定義，是被睡意所左右的。是故，巫永福的〈春杏〉及橫光利一的〈時間〉兩作品幾乎都不從屬於物理上的時間。兩作雖然提示了時鐘的報時，但物理上的時間只不過是為了凸顯心理時間的幫襯。

　　回溯此前的臺灣新文學，都將查某嫺做為解放的對象看待，並無企圖處理其苦悶的心理描寫，因而多採用第三人稱客觀敘述。為了克服因循查某嫺形象的問題，巫永福首先以 11 歲的少女「春杏」為主人翁，做為可進行春杏的主觀心理「時間」描寫的第一個解決方法。

　　細繹前引敘述，可知〈春杏〉中的「時間」感覺是被動的、肉體的，完全排斥春杏的主體性、精神性。對春杏來說「時間」不僅是睡意這種身體感覺，更能感悟到它是被剔除了愉悅感的代稱。至於巫永福如何縊合睡意這種身體感覺和「時間」下文中有端倪。從「在春杏充滿睡意的腦漿中

---

[41]野口潤（1990 年），頁 4。
[42]詳細論述請參考謝惠貞（2009 年）。

大海開始波動起伏，海為泥所包圍著。自己的腦袋變成不知為何物的液體，開始游移不定地漂起來」一文來推想，春杏並非只把它當作單純的已完成的行為，而是發現了自己正快要睡著的事實，做為主體感知到心理「時間」開始流動。因此，在許多場景裡「時間」一詞，往往連結到流動的大海所包覆的半夢半醒的心理狀態。所謂「齧蝕著肉體和神經的東西」，無非就是睡意。睡意是和「時間」的經過同時出現的產物，漸漸不能抵抗潮來潮去的過程，更使讀者明確地感覺到心理「時間」的經過。春杏察覺到的「時間」是透過春杏的主觀感覺來計量的，與物理性時間不同，有著獨自的速度。換言之，巫永福透過「心理『時間』描寫」得以超越前行作品。

其次，為了避免主人虐待查某嫻的刻板描寫，巫永福準備了以下第二種解決對象。其一是，藉描寫半夢半醒的潛意識，間接轉移場景，映照困苦與受虐的遭遇。一開始，「春杏只是動。勞動。行動。與其說是依據意識，不如說是依據潛在本能。失去了知性而扭曲的春杏的心靈只是一逕感情作用地跟隨著主人，迎合主人」。這樣的描寫跟歷來只根據敘述者的主觀來解釋查某嫻的心理思考有很大的不同。春杏的時間感覺一度經過半夢半醒的狀態進入夢幻的世界，然後甚至到達「未來永劫都將被黑暗所包圍」、「把自己出生的家和自己十年的生活都忘了」的境界。不僅僅對物理上的時間失去知覺，連心理上的時間也變得無法產生知覺，而進入夢境的世界。那個世界是「被黑暗所包圍的海」，而春杏感到「將沉到海中的黑暗世界」。巫永福以「黑暗」做為半夢半醒、夢境的世界的隱喻，呼應了「仁德主人情慾高漲微發著蒼白的臉色、黑潮、憎恨的海、殘酷的黑暗世界」等描寫查某嫻不幸遭遇的自由聯想。通篇可呈顯出與時間一起進行的心理，及以睡意形式帶出那個受主人們「無止盡」虐待的黑暗世界。

根據根元美作子在《睡眠和文學》中指出，「『半夢半醒』不只是單純的表現『現在』，而是同時突顯不在與存在，死與生，已經不存在之物和尚

未存在之物的二元對立，並使之無效的界線」[43]。〈春杏〉裡的現實世界的
廚房中，「漆黑的海水正發出滋音令人毛骨悚然地洶湧起伏打著旋。……春
杏覺得腳輕飄飄地浮到空中」，以及在夢中「只是迴響著風浪的聲音。……
暗澹的駭人氣息無止盡地蔓延開來。……母親像蟲般的生命在海濱的風
裡，像將和陋屋的家一起永遠地隱沒盡浩大的天空的雲朵中」的對立，正
好說明了「同時突顯……」二元對立，並使之無效。

　　因為半夢半醒使得現實和夢境既對立，又透過「黑、海、令人毛骨悚
然、生死的想像」的隱喻，而有所聯結。此外，根據「半夢半醒」的曖昧
性而使之無效。此時，「睡意」和「黑色大浪」讓春杏的表面意識將時間軸
「轉移」到過去，表面意識的暫停，映照出「應該在遠處的家竟然近在眼
前，且家中雜亂都看得一清二楚」等父母悲慘末路光景。

　　歷來的查某嫺作品中，大多止於說明查某嫺貧困悲慘的境遇，並沒有
描繪出她們因為貧困而產生壓抑的心理。反觀巫永福則技巧性地並行描繪
正在進行式的虐待，和以夢境提示家庭的貧困。並且得以刻劃貧困、虐
待、過度勞役而使睡意加深，進而剝奪走春杏的理性思考的狀態。

（三）第三人稱和第一人稱的融合：底層階級的主體性回復

　　論及因為春杏的內面心理時，必須想起日本近代文學裡對內在心理描
寫的問題──例如柄谷行人在《日本近代文學的起源》中所言，「告白的內
在，或者『真正的自我』是，告白的形式、或者說告白的制度的產物」。[44]
換言之，在虛構小說中，吾人必須認清，主人翁的內心世界是由告白形式
所「創造」出來的。

　　在〈春杏〉中，巫永福為了打破以第三人稱的查某嫺描寫之弊病，而
決定透過春杏自身的告白，來「創造」她的內心。然而，告白無可避免地
必須導入第一人稱的視點。敘事學研究者糸井通浩指出，日語的故事和小
說裡，「『敘事者』站在第三人稱的人物的立場，然後，與該人物同化（轉

---

[43]根元美作子（2004 年），頁 136。
[44]柄谷行人（1982 年），頁 88。

移視點到該人物身上）」的情形，比起英語等其他語言要來的自由。[45]

　　安藤宏更繼承了上述柄谷行人的理論，指摘起用第一人稱是為了替虛構小說賦予真實性的方法。而在「全知的視點（第三人稱的世界觀）和當事者的視點（第一人稱的世界觀）」之間，如何找出接點，則是日本近代文學的課題。譬如，川端康成的《雪國》中「穿過了國境的長隧道就是雪國」這一句的視點，並不特定於主人翁島村或葉子，但也不是全知的視點，而是「將現場實況轉播的目光──也可以說是潛在的第一人稱」[46]。那麼，巫永福是如何在第三人稱及第一人稱的句子之間「找出接點」便成了第三個解決對策。以下藉〈春杏〉敘述進行剖析說明：

　　　覺得黑色的大浪像將把自己捲走。也無法抗拒地，被麻痺的意識，被無數的黑線拉扯而下沉。

　　巫永福透過省略傳達動詞「（她）覺得……」的自由間接話法[47]手法，除了可呈現第三人稱敘事者的「客觀」視點外，亦能表達第一人稱春杏的「主觀」的視點。以下三句同樣值得注意：

　　　若自己不小心睡著了，不說主人們進不來，還有可能主人們為了叫醒自己喉嚨都啞了。……急躁的夫人一定立刻怒氣衝天，勃然大怒的吧！一定會痛斥自己的吧！

---

[45]糸井通浩（1992年），頁27～28。
[46]安藤宏（2008年），頁33～34。
[47]自由間接話法是直接話法（直接以引用符號納入某人所敘述的內容的直接傳話法）和間接話法（置身於敘事者的傳話法）以及介於其中的間接話法。其人稱、時制、副詞等的敘述法直接留下，只刪除掉傳達動詞部分即為其基本型。例如，「ヨシオは立ちあがる。こんなことではいけないと思う。（吉夫站起身。想著這樣是不行的。」像這樣的間接話法把傳達動詞「想」省略，改為「ヨシオは立ち上がる。こんなことではいけないんだ。（吉夫站起身。這樣是不行的）。」而構成自由間接話法。川口喬一、岡本靖正編（2000年），頁131。然而因日語裡自由間接話法，在文法上不存在，只存在於文體之中的緣故，日語不是從文法上的特徵，而是從半客觀的、半主觀的述等特徵來做為自由間接話法文體的判斷，日語中也稱為「自由間接言說」。參考波多野完治（1966年），頁198～210。

如果自己能像大少爺那樣舒舒服服地睡一覺那該有多好。如果能像二小姐一樣，伸直雙手，什麼顧慮也沒有地舒展身體睡去那該有多好啊！

自己是很想睡的。

另一位敘事學專家藤井貞和曾經注意到「做為敘事者的第三人稱敘述中，會出現主要在會話或內心文的表現主體的『われ（吾人）』。這種第三人稱和第一人的重層。[48]上述三個句子中的「自己」和藤井所關注的「われ（吾人）」，有異曲同工之妙。用現在式表達的這四個獨白，宛如和小說世界中的時間同步發生，且發揮了創造春杏內面心理的重要功能。再者，三谷邦明在〈近代小說的「敘述」「言論」：第三人稱和第一人稱小說的位相或《高野聖》的言論分析〉裡，引用了古井由吉《櫛之火》的開頭，進行了頗堪玩味的議論。《櫛之火》的開頭如下：

部は午後から半日病室で過ごして、帰りぎわに、廊下に出て扉を閉めながら、例によってかるい心残りから、夕暮れ時の柔かな明るさの中に横たわる病人に目をやつた。……確かめようとした時には、弥須子はもう天井に向きなおり、けわしく静まった横顔しか見えなかった。

（廣部從下午開始半天都在病房裡度過，返家時，走出走廊一邊關上門，和平常一樣因為輕微的依依不捨，看了看黃昏的時候柔和的明亮中橫躺著的病人。……準備要確認的時候，彌須子已重新望向天花板，除了險峻而靜止的側臉之外什麼都看不見。）

三谷首先指出，不伴隨推測表現的語尾「た（ta）」，使得敘事者和登場人物的視點產生重層化，是能讓讀者產生同化為主人翁般錯覺的裝置。[49]接著特別強調，以「に目をやった（看了看）」、「見えなかった（看不

---

[48]藤井貞和（2004 年），頁 139～145。
[49]三谷邦明（1996 年），頁 14～15。

見）」這種表現視覺主體的感官認知之手法，是一種自由間接話法。[50]

綜合前述可知，前引〈春杏〉的四個例句中，之所以具有雙重意涵，一是因為日語一般用來表示推測的「に思った（想）」、「を感じた（覺得）」、「に見えた（看起來像）」，表示了全知全能的第三人稱敘事者視點；二是因為半夢半醒狀態使得句子可以解釋為春杏自己本身的想法、感覺；三是因為含有「自己」的句子結構形成自由間接話法，例如「覺得黑的大浪像要將自己捲走。無法抵抗，麻痺了的意識被無數的黑線拉扯而下沉」。雖然，本應看作由敘事者的報告也可以解讀成春杏自己的告白。

總之，這個雙重意涵，可以視為巫永福利用日語的特徵來產生出的第三種解決策略。據此，便可排除因為站在上層階級的第三人稱視點而產生的同情和批判。〈春杏〉如此一來，因為讓「第三人稱和第一人稱的視點」相互出現的緣故，使在日語小說中不可能敘說自己做為「屬下階級（Subaltern）」[51]的查某嫺，也因此能敘說出自己的內心苦惱。

那麼，整體看來，〈春杏〉使用了「心理的『時間』描寫」、「半夢半醒描寫」、「人稱的融合」三個解決策略，克服前人作品的問題，究竟達成了什麼？觀察小說尾聲，春杏統合了必須持續工作的奴隸觀念和生理上欲求睡眠這二個相背反的意識，得以最後「心情為之一好」地「落入深層的睡眠」。雖然，這僅是春杏內心發生的事件，並非意味著她得以從奴隸的身分解放，但至少，暫時的，從奴隸的思考中得到解放。

> 春杏笑著聽夫人和老夫人的辱罵。自己好愛睏啊！……春杏真的睡著了。……只是漂流在睡眠的河裡遠遠地遠遠地進入深渺的失神狀態。春杏安心了，心情為之一好，現在已經像二小姐和大少爺一樣打鼾伸手香甜地落入深層的睡眠了。

---

[50] 同前註，頁 16。

[51] G. C. Spivak 之用語。「無法自己發言的人」，即使發了言，也會被解釋自己發言的他者的視點或語言所覆蓋。G. C. Spivak 著；上村忠男譯（1999 年）。

　　小林洋介曾就橫光利一〈時間〉表示，不將故事整體的時間設定為物理時間，而是把重點放在心理的時間上，其效用是讓主人翁的「『我』找到了朝向『主體性回復』的方向性」。同樣的，〈春杏〉中，時間的設定，著重在心理時間的變化，也可說是呈現春杏與「奴隸的義務觀念」纏鬥的過程，最終透過選擇睡眠實現了在春杏心理上的「主體性回復」。其中透露出，巫永福和橫光利一之所以描寫受社會體制壓抑生理及心理的極限體驗，也是對底層階級的「主體性回復」寄託了希望。

五、結語：是「異質性」還是「主體性」？

　　盱衡 1930 年代的臺灣，社會主義運動受到鎮壓，檢閱制度也越發嚴格，像 1920 年代的普羅文學一樣以赤裸裸的告發手法來寫作的作品，已無發表之園地。根據河原功指出，「1930 年前後，為防止中國新文學和日本普羅文學中潛藏的赤化思想進入臺灣，實施異常警戒的防衛策略，其象徵即是嚴厲的檢閱，和禁止發行的劇增」，他強調在臺灣文學扭曲的成長過程中檢閱制度的存在之不可忽略性。[52]換言之，此時將底層階級的解放問題做為文學表現的主題時，「如何」書寫變成極大的課題。

　　巫永福往往在無意識的行為中，將他的批判託付於小說的中心思想。譬如，早期的小說〈首與體〉中，主人翁在象徵帝國中心的皇居外步道上漫步，乍看似乎是無意識的行為，但其實可視為，被帝國和殖民地的差距撕裂了的「首」與「體」想再統合的願望；另外，也可解釋為向殖民地權力者無聲的抗議。在小說〈黑龍〉中，主人翁從地主階級沒落為底層階級，寄居親戚家，因無法忍耐那份艱苦，無意識之間，來到過世的母親墳前睡去。陳芳明認為，此處母親是祖國的象徵，而可視為巫永福祖國回歸思想的表現。[53]

　　依循這樣一貫的手法，巫永福在〈春杏〉裡，賦予了奴隸身分的春杏

---

[52]河原功（2009 年），頁 271～272。
[53]陳芳明（1997 年），頁 95。

無意識的抵抗及自我解放。強烈的睡眠欲望引發對極端虐待的無意識反抗，遂將主人的女兒壓死。敘事者暗示此事將帶給春杏更多的悲劇。藉著查某嫺春杏的無力感，揭露了階級差別的根深柢固。就藝術表現上而言，〈春杏〉做為告發階級社會不平的導火線，並不從正面敘述虐待和性侵犯的現場，而是將春杏獨角的心理劇搬上舞臺。由結局可預見主人一家對其致命的虐待即將爆發，無非都讓讀者深思查某嫺制度的荒謬。

作者巫永福，在嘗試使春杏擺脫奴隸的身分及回復其主體性的同時，也暗示著自己通過春杏在思想做為日語作家的局限。從巫永福使用「自己」這個詞來看，他是否將因為身為臺灣人日語作家而被視為沒有主體性的自己，投射在陷入奴隸身分的春杏身上？為了克服〈黑龍〉、〈阿煌與其父〉以來只能從地主階級的視點來描繪底層階級的課題，巫永福在〈春杏〉中，透過描寫「心理的『時間』」，成功地把視角從旁觀者移轉到底層階級的查某嫺的內心。[54]在表現過程中，隨著被壓迫階級的查某嫺的「主體性回復」，巫永福「自己」做為被殖民者的認同也於焉形成。巫永福所發現的「半夢半醒描寫」這個方法本身，也是他主體性的策略選擇。「心理的『時間』描寫」、「半夢半醒描寫」、「人稱的融合」這個三個解決策略正是區分〈春杏〉和只能指陳問題的查某嫺小說不同的最大關鍵。同時，這也是根植巫永福的「主體性」回復願望，且揭示了巫永福「異質性」的內涵。

身為臺灣作家以日語來進行小說創作本身，就可能受到欠缺「主體性」的批判。雖然只是暫時的，春杏所得到的「主體性回復」正是巫永福自己在〈我們的創作問題〉所主張的，做為作者的「主體性回復」宣言。在「異質性」背後，巫永福不畏「底層描寫」和「文體模仿」所產生的「苦節」，堅持文學苦行，應該讓他自己覓得了「主體性回復」的感覺。

---

[54] 趙勳達（2009 年）博士論文中（220 頁），沒有將〈春杏〉列入討論範圍，以〈黑龍〉、〈阿煌與其父〉中沒有描寫底層階級的內心掙扎，僅表現出地主階級立場。忽略了巫永福背負著「政治不正確」的出身，卻致力於底層階級描寫的努力。本文可說是對此種巫永福認識的一種異議。

　　所謂解放被壓迫的身體，先要從擺脫奴隸的意識開始。以日語進行創作乍看之下好像是對日本文學的忠誠，但就像在〈春杏〉裡查某嫻這種底層階級的意識也可能解放一樣，身為被壓迫者的臺灣作家也有可能在思想上有主體性回復。這和他即使以日語當作武器，也不願被日本同化的志向相通。

　　更何況，巫永福在〈春杏〉裡，通過「愛睏」和普羅文學的底層階級的系譜連結，以新心理主義的手法來實踐，前所未有的描寫「意識本身」的手法。接受理論（Reception theory）學者 H. R. Jauss 在談到關於讀者接受過程有言，「對讀者（聽眾）來說，新的文本召喚在那之前的文本中所習以為常的各式各樣的期待和遊戲規則」[55]。無庸置疑的，巫永福深刻地意識著前述查某嫻作品臺灣人讀者的「期待的準則」，並加以超越。〈黑龍〉、〈阿煌與其父〉裡，描寫透過地主階級孩童之眼所見的底層階級，也是因為感受到從事過左翼運動的臺灣作家間的氣氛，而回應他們的期待的吧！這部作品當可被稱為黃得時等人所要求的，同時具有藝術性和啟蒙性的稀有作品。

　　　　——本文以〈臺灣作家巫永福における日本新感覚派の受容——横
　　　　　　光利一「頭ならびに腹」と巫永福「首と体」の比較を中心
　　　　　　に〉（2009 年）為底稿，加以翻譯修改，特此說明。

---

[55]H. R. Jauss 著：彎田收譯（2001 年），頁 40。

參考文獻

一、文本

- 東方文化書局，《第一線》、《先発部隊》、《フォルモサ》創刊號～第三冊、《台湾文芸》第 1 卷第 1 號～第 2 卷第 7 號，臺北：《新文學雜誌叢刊》復刻本，東方文化書局，1981 年。

- 巫永福等著；沈萌華編，《巫永福全集 1～24》，臺北：傳神福音文化公司、榮神實業公司，1996～2003 年。

- （日）橫光利一著；保昌正夫等編訂，《定本橫光利一全集》，東京：河出書房新社，1987 年。

二、專書

- G. C. Spivak 著；上村忠男譯，《サバルタンは語ることができるのか》，東京：みすず書房，1999 年。

- H. R. Jauss 著；轡田収譯，《挑発としての文学史》，東京：岩波書店，2001 年。

- 三谷邦明編，《近代小說の〈語り〉と〈言說〉》，東京：有精堂，1996 年。

- 川口喬一、岡本靖正編，《最新文学批評用語辞典》，東京：研究社，2000 年。

- 千葉宣一，《現代文学の比較文学的研究》，東京：八木書店，1978 年。

- 小田切進，《昭和文学の成立》，東京：勁草書房，1965 年。

- 玉村周，《橫光利一》，東京：明治書院，1992 年。

- 糸井通浩、高橋亨編，《物語の方法――語りの意味論》，京都：世界思想社，1992 年。

- 根元美作子《眠りと文学――プルースト、カフカ、谷崎は何を描いたか》，東京：中央公論新社，2004 年。

- 吉田精一，〈近代芸術派の系譜〉，吉田精一等著《昭和文史》，東京：至文堂，1959 年。

- 安藤宏，〈モダニズム文学の系譜〉，野山嘉正、安藤宏編著《改訂版近代の日本文学》，東京：放送大学教育振興会，2007 年。

• 伊藤整，〈新興芸術派と新心理主義文学〉，荒正人編《昭和文研究》，東京：塙書房，1952 年。

• 柳書琴，《荊棘之道：台灣旅日青年的文學活動與文化抗争》，臺北：聯經出版公司，2009 年 5 月。

• 浅野豊美、松田利彦編，《植民地帝国日本の法的構造》，東京：信山社，2004年。

• 荒俣宏，《プロレタリア文学はものすごい》，東京：平凡社新書，2000 年。

• 波多野完治，《文章診断学》，東京：至文堂，1966 年。

• 柄谷行人，《日本近代文学の起源》，東京：講談社，1988 年 6 月。

• 洪郁如，《近代台湾女性史》，東京：勁草書房，2001 年。

• 森敦，《横光利一の文学と生涯》，東京：桜楓社，1978 年。

• 横光利一，《三代名作全集──横光利一集》，東京：河出書房，1941 年。

• 磯貝英夫，〈第五講　文芸復興期の文学〉，成瀬正勝編著，《昭和文学十四講》，東京：右文書院，1966 年。

• 磯貝英夫，〈横光利一〉，紅野敏郎等編《近代文学史 3　昭和の文学》，東京：有斐閣，1972 年。

• 藤井貞和，《物語理論講義》，東京：東京大學出版會，2004 年。

三、期刊論文

• 小林洋介，〈横光利一「時間」における時間と心理〉，《上智大学国文学論集》第 38 號，2004 年，頁 38～39。

• 太田三郎，〈ジェイムズ・ジョイスの紹介と影響〉，《学苑》第 175 號，1955年，頁 14～17。

• 戶川晴之，〈「意識の流れ」に就いて──内容と手法〉，《主流》4 月號，1959 年 4 月，頁 11。

• 安藤宏，〈一人称の近代〉，《文学》第 9 卷第 5 號，2008 年，頁 32～45。

• 松寿敬，〈昭和五年の横光利一初期習作をからめて〉，《文學研究科論集》3 月號，1990 年 3 月，頁 18。

- 野中潤,〈イメージとシンボルの射程——横光利一「時間」論の試み〉,《文學と教育》6 月號,1990 年 6 月,頁 4。
- 遠藤郁子,〈横光利一「時間」について〉,《文研論集》3 月號,1997 年 3 月,頁 159～161。
- 謝惠貞,〈愛眠的春杏〉,《文學臺灣》第 64 期,2007 年 10 月,頁 80～91。
- 謝惠貞,〈臺灣作家巫永福における日本新感覚派の受容——横光利一「頭ならびに腹」と巫永福「首と体」の比較を中心に〉,《日本台湾学会報》第 11 號,2009 年,頁 208～222。

四、學位論文

- 張文薰,〈植民地プロレタリア青年の文芸再生——張文環を中心とした『フォルモサ』世代の台湾文学〉,東京:東京大學大學院人文社會系研究科,博士論文,2005 年。
- 趙勳達,〈「文藝大眾化」的三線糾葛:一九三〇年代臺灣左、右翼知識分子與新傳統主義者的文化思維及其角力〉,臺南:成功大學臺灣文學研究所博士論文,2009 年。

附錄

學籍簿

入學試驗成績	學科点数							合計點	平均點	席次	氏名	巫　永　福

學業成績及勤惰

學年／學科	修身	國語及漢文 國文 漢文 文習字			英語 譯讀(正) 譯讀(副) 會話 文法 作文					歷史	地理	數學 算術 代數 幾何 三角				博物	物理	化學	圖畫	體操	圖書	總計	平均	缺席時數	遲刻度數	缺席度數 早退 引缺		席次	及落	組席次	全學年席次	授業日數	授業時數	主任認印
大正度第一學年第一期																																	
大正度第一學年第二期																																	
前度第三學年 一	80	86	77	85	63	60	83	72	80	88		79	52		73	67	76		65	85	73	73	5				15	92	19	976	印
二	85	76	77	80	61	78	78	69	71	73		80	63		75	78	63		60	87	53	74	3	1	1		17	93	93	977	
學年	85	89	77	83	67	73	81	68	81	79		67	66		80	80	78		63	88	63	76	7	5	1	及	16	96	232	977	2.28
前度第四學年 一	75	83	70	80	71	72	83	76	85	80		65	57		57	54	86		75	64	70		5		1	印	20	96	89	441	印
二	80	85	84	80	70	71	76	62	78	80		60	81		71	76	68		55	95	72		3				20	96	93	774	
學年	75	84	77	80	74	72	76	59	79	83		63	70		61	76	78		58	92	73	72	7	10	2	及	20	104	330	774	2.30
昭和度第二學年 一	50	60	65	75	47	77	76	97	73	86	43	47	29	57	55	60	66	53	56	70	44	60	5	1			19	88	89	417	
二	65	57	83	81	60	81	76	78	76	60	60	42	55	60	68	7	60	71	65	56	67	2	8	2		18	91	93	435	
學年	73	66	76	80	67	82	79	79	85	59	64	47	57	58	54	71	57	64	69	128	68	7	11		及	20	107	221	106	
大正度第四學年																																	

身體檢查

學年現狀	身長	体重	胸圍	概評
第一學年	一四八	三一〇	〇,七八	乙
第二學年	五〇	四〇,〇	〇,七九	甲
第三學年	五一,二	五五,〇	〇,八〇	乙
第四學年	一五二,五	五六,〇	〇,八二	甲
第五學年	一五六,〇	五九,五	〇,八三	甲
第　學年				

操行

	詳	語				性行		行	
學年現狀	第一期	第二期	第三期	主任認印	在學中操行ノ良否	良	風采擧動	普通	
第一學年	乙			印	性質ノ概評及長所短所	正直面目思考穩健勤	惰	勤勉	
第二學年	乙	乙	甲	印	著シキ性癖	ナシ	体格等級	發育甲 營養甲	
第三學年	乙	乙	乙	甲 印	本人ノ好ム運動及遊戲	テニス ホッケー 音樂	著シキ疾患	ナシ	
第四學年	乙	甲	甲	甲 印	父兄ノ職業又ハ官職	ナシ		學業成績及勤惰欄ノ主任認印ハ同學年中ニ替リタルトキ捺印シ得ル標ニスルコト 操行ノ性行欄ハ卒業ノ際記入ノコト	備考
第五學年	甲	乙	乙	印	父兄ノ貧富ノ程度	中			
第　學年					才幹	善通			

愛知縣熱田中學校

圖 1　愛知縣瑞陵高校藏巫永福學籍簿正面

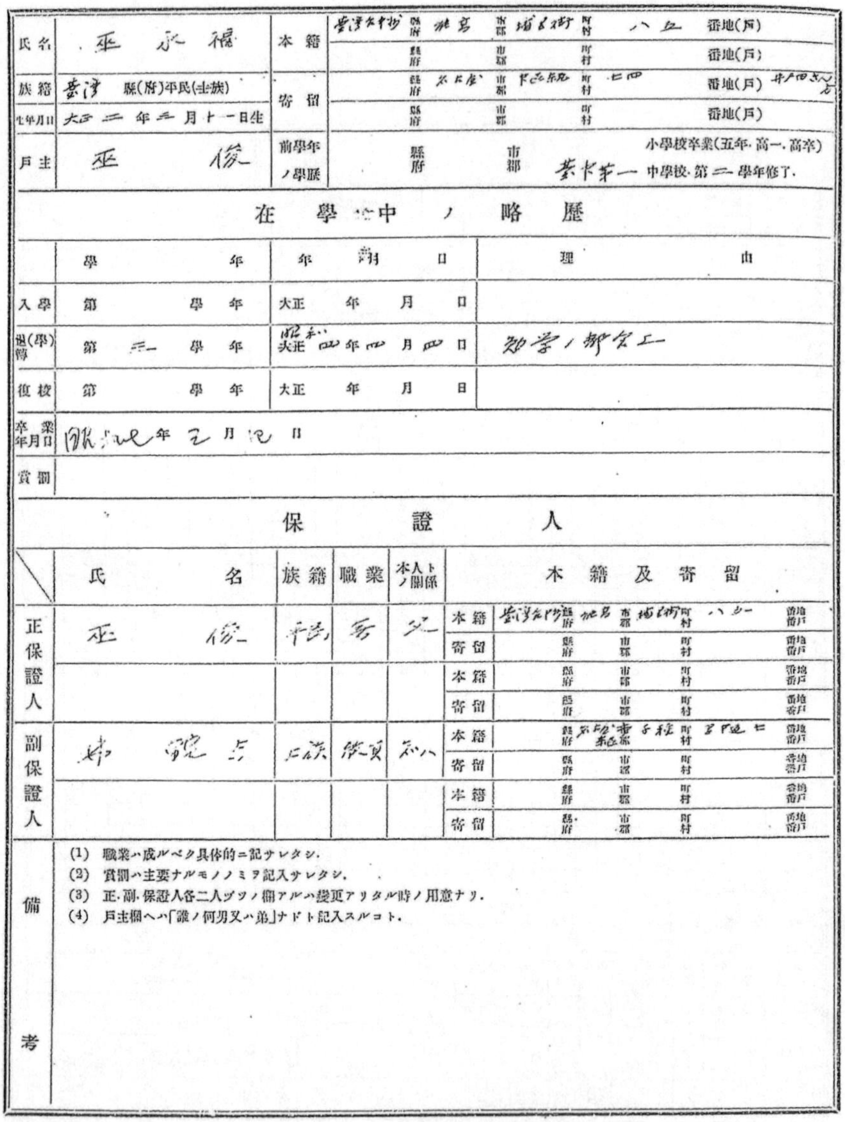

氏名	巫永福		本籍	臺灣ナル州	州郡	市郡	桷名街	町村	八五	番地(戶)
族籍	臺灣 縣(府)平民(士族)		寄留		縣府 名古屋	市郡 下山區	町村	七四		番地(戶) 井戶田五ノ五
生年月日	大正 二 年 二 月 十一 日生				縣府	市郡	町村			番地(戶)
戶主	巫 俊		前學年ノ學歷	縣府	市郡		小學校卒業(五年.高一.高卒) 黃本年一 中學校.第 二 學年修了.			

在 學 中 ノ 略 歷

	學 年	年 月 日	理 由
入學	第 學年	大正 年 月 日	
退(學)轉	第 三 學年	昭和 大正 四 年四 月四 日	勤學ノ都合上
復校	第 學年	大正 年 月 日	
卒業年月日	昭和七 年 三 月 九 日		
賞罰			

保 證 人

	氏 名	族籍	職業	本人トノ關係		本 籍 及 寄 留				
正保證人	巫 俊	平民 商	父	本籍	臺灣ナル州	州郡	市郡 桷名街	町村	八五	番地戶
					寄留	縣府	市郡	町村		番地戶
					本籍	縣府	市郡	町村		番地戶
					寄留	縣府	市郡	町村		番地戶
副保證人	林 寬吾	士族 依賴	尓八	本籍	縣府 桑名 子稻	市郡	町村 西門七二			番地戶
					寄留	縣府	市郡	町村		番地戶
					本籍	縣府	市郡	町村		番地戶
					寄留	縣府	市郡	町村		番地戶

備考	(1) 職業ハ成ルベク具体的ニ記サレタシ. (2) 賞罰ハ主要ナルモノノミヲ記入サレタシ. (3) 正.副.保證人各二人ヅツノ備アルハ提更アリタル時ノ用意ナリ. (4) 戶主欄ヘハ「誰ノ何男又ハ弟」ナドト記入スルコト.

圖2　愛知縣瑞陵高校藏巫永福學籍簿背面

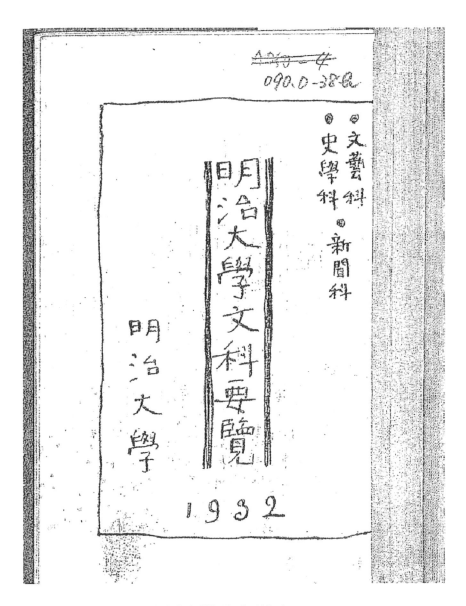

圖 3　巫永福入學時期明治大學文科概覽手冊封面

二 各科細說

文藝科

△本文藝科は在來の文科大學とは聊か異なり、その根本方針に於いても、教授法に於いても、獨自の抱負と存在理由とを持つものである。今その特長の一端を示せば

在來の文科は古典や外國語本位の文學の研鑽に沒頭し、文學の眞髓よりは字句の解釋に堕する嫌ひが見えるが、本文藝科は活きた文學の味得を目標とする。

學生の中にある文學的のよい芽を育み、伸び上らせるやうに努める。

△從來の講義の敎授法を出來得る限り避けて實習、見學、制作に力を注ぐ。

講義は一學年單位の制度を廢し、一學期乃至半學年を單位とし、冗を省き

四

その中核を端的に捕へしむ。

文學的天分豊かにして、學費乏しき者の爲には奬學資金制度を設け能習なる銓衡の上學費の一部又は全部を給與する。

學科課程

第一學年 必修課目	一週時間	第二學年 必修科目	一週時間	第三學年 必修課目	一週時間
文藝論	一	文藝論	一	文藝論	一
文學概論・文藝思潮史	二	近代思想研究	二	美學	一
日本文學概說・明治大正文學概說	二	倫理學・東洋思想	二	哲學概說・哲學史概說	二
世界文學概觀	二	世界文學概觀	二	作家研究	二
自然科學	二	作家研究	二	教練	二

五

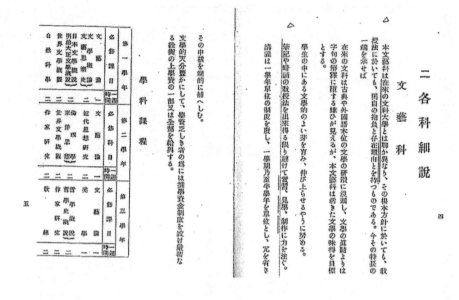

圖 4 巫永福入學時明治大學文科概覽手冊內頁 1

第一學年	一週時間
心理學・論理學	二
作家研究	二
指導講座 小說研究	二
指導講座 戲曲研究	二
指導講座 詩歌研究	二
美術解說・音樂解說	二
國語及國文學	二
教練	二
計	二五
選擇課目	
幕末明治史	二

第二學年	一週時間
現代國文	一
教練	二
計	一二
選擇課目	
社會學・經濟學	二
演劇・映畫	四
指導講座 小說研究	二
指導講座 戲曲研究	二
指導講座 評論研究	二
指導講座 新聞雜誌編輯	二
吉利支丹史	二

第三學年	一週時間
計	八
選擇課目	
宗教學概論	二
精神分析學・性格學	二
風俗史	二
演劇・映畫	四
指導講座 小說研究	二
指導講座 戲曲研究	二
指導講座 評論研究	二
指導講座 新聞雜誌編輯	二
出版法及著作權法	一

六

第一學年		第二學年		第三學年	
英語及英文學	三	英語及英文學	三	英語及英文學	三
獨逸語	三	獨逸語	三	獨逸語	三
佛蘭西語	三	佛蘭西語	三	佛蘭西語	三
計	一一	計	二五	計	二八
備考 外國語は英獨佛の内孰れか一國語必修		備考 外國語は孰れか一國語を除いて六單位以上必修		備考 外國語は孰れか一國語を除いて七單位以上必修	

特別講座　學界文壇各方面の名家を招聘し、一週約一回これを行ふ。（一週二時間宛一箇年を以て一單位とす）

文藝科擔任敎師

文藝論　菊池寛

文藝論　岸田國士

文藝論　里見弴

七

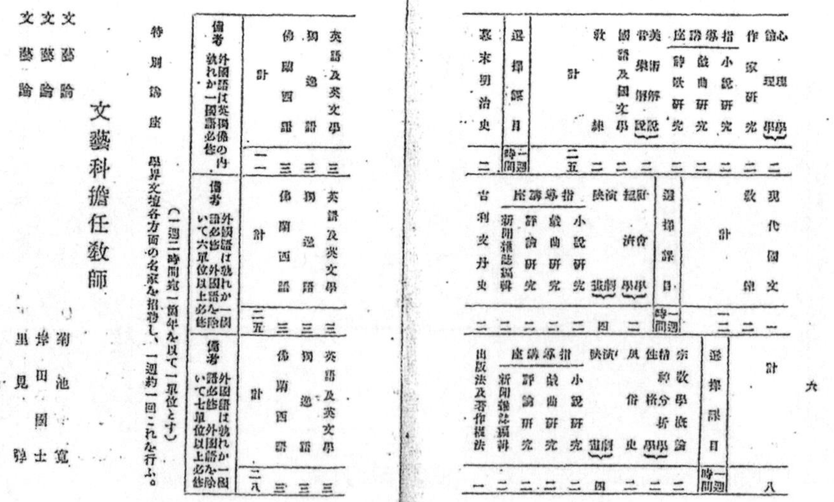

圖 5 巫永福入學時明治大學文科概覽手冊內頁 2

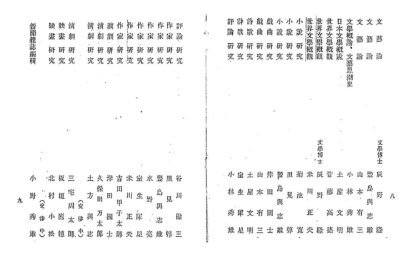

圖 6　巫永福入學時明治大學文科概覽手冊內頁 3

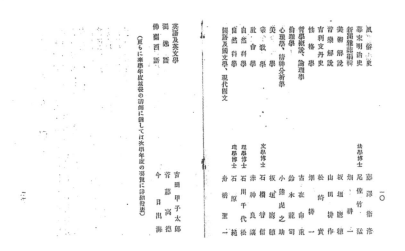

圖 7　巫永福入學時明治大學文科概覽手冊內頁 4

——選自靜宜大學臺灣文學系主編《巫永福文學創作國際學術研討會論文集》

臺北：巫永福文化基金會，2012 年 5 月

史芬克司的殖民地文學

《福爾摩沙》時期的巫永福

◎陳芳明*

引言

巫永福先生在 1994 年的「賴和及其同時代作家」國際學術會議上，曾經有這樣的發言：「眼見日據時代作家一個一個凋零，我內心常常有寂寞的感覺。」[1]巫永福的喟歎，其實也曾經在私人聚會的場合，多次做過類似的表白。誕生於 1913 年，今年（1998 年）已邁入 85 歲的他，與同時代的評論家劉捷，是《福爾摩沙》時代碩果僅存的歷史見證者。巫永福吐露寂寞的心聲，固然在於表達他對時光逝去的感傷；然而，他的孤獨，正好也凸顯了畢生不懈的鬥志。從 1930 年代到 1990 年代，除了戰後初期有一段沉潛期之外，巫永福從未在文學運動中缺席過。他的年紀越大，創作力越旺盛；憑藉他的創作成績，足以預告他在文學史的鞏固地位。

臺灣新文學運動邁入 1930 年代以後，出現兩個重要的特色，一是純文學的社團開始蓬勃活躍，一是純文學雜誌也開始積極出版。1933 年正式成立的「臺灣藝術研究會」，以及由此組織發行的《福爾摩沙》，可以說是建立這兩種特色的奠基者。稍帶左翼色彩的《福爾摩沙》，不僅開創了新文學作家結社的風氣，並且也刺激了日後「臺灣文藝聯盟」的組成；其重要性，由此可見。因此，對於在這段時期參加「臺灣藝術研究會」活動的巫

發表文章時為靜宜大學中國文學系副教授，現為政治大學講座教授。
[1]1994 年由行政院文建會、清華大學中文系合辦的「賴和及其同時代作家──日據時期臺灣文學國際學術會議」邀請了數位日據時期作家出席座談，包括巫永福、楊千鶴、周金波、葉石濤、林亨泰等人，筆者在會議上親聆巫永福先生的發言。

永福，不能不予以恰當注意。

　　葉笛曾經把巫永福的文學生涯劃分成三階段：第一階段從 1932 年到 1941 年，亦即在《福爾摩沙》、《臺灣文藝》與《臺灣文學》發表小說與詩的時期。第二階段 1942 年到 1966 年，這是他冬眠蟄伏的時期。第三階段從 1967 年迄今，他參加《笠》詩社，並且開始他後期大量創作的時期。[2] 如果葉笛的分期方式是可以接受的，那麼這篇論文要探討的，應該是巫永福文學生涯的第一階段。不過，第一階段又可分為東京時期與臺灣時期的話，則本文集中討論的重心將放在東京時期，也就是巫永福參加文學活動的初期。在這最初階段，他發表第一篇小說與第一首詩於《福爾摩沙》，稍後又在《臺灣文藝》繼續發表小說；亦即始於 1932 年，止於 1935 年。本文探索的重點有二，一是東京「臺灣藝術研究會」成立的過程中，巫永福所扮演的角色；一是這個時期巫永福發表的文學作品，呈現了何種思想光譜的意識形態。從這兩個議題進行討論，以便尋索出殖民地社會臺灣的知識青年是如何型塑自我，以及如何為自我的政治意識形態定位。

　　1932 年成立的東京「臺灣藝術研究會」，在臺灣文學史上是有特殊的意義。它是第一個純粹留學日本的臺灣學生組成的文學團體，其機關雜誌《福爾摩沙》也是第一份純粹以日文發表文學作品的刊物。[3]更值得注意的是，這份文學刊物首度觸及了意識形態的問題。來自殖民地社會的作家，他們積極討論什麼是屬於臺灣的文學，並且也討論文學應該走怎樣的路線。這樣的文學思考，為 1930 年代臺灣左翼文學開啟了原始的想像。

　　臺灣藝術研究會籌組的前夜，有兩個主要的背景不能不予以注意。第一、在 1930 年與 1932 年之間，臺灣島內發生了一場鄉土文學論戰。在這

---

[2]葉笛，〈巫永福的文學軌跡〉，《臺灣文學巡禮》（臺南：臺南市立文化中心，1995 年 4 月），頁 63 ～64。

[3]葉石濤先生指出：「從 1933 年創刊的日文文學刊物《福爾摩沙》開始，逐漸有日文作家的擡頭，這離開 1895 年的臺灣割讓已經流去了三十多年時光。在日本天年的事實下，臺灣民眾不得不接受異民族語文，依靠日文去吸收西方國家的文化和新知識，以開展更現代化的反日運動。」見氏著《臺灣文學史綱》（高雄：文學界雜誌社，1991 年 9 月），頁 50。

場論戰中的參與者，包括黃石輝、郭秋生、廖毓文等人，探討臺灣文學創作應採取何種語文的議題，同時也思索臺灣文學是否要走大眾文學的路線。[4]第二、臺灣左翼知識分子王白淵，聯合林兌、葉秋木、吳坤煌、張麗旭等人於 1932 年組成東京臺灣文化同好會，決定「藉文學形式，啟蒙大眾的革命」。這組織成立的目的，在於強調臺灣固有的獨特文化發展。[5]但這組織旋即因政治理由，立即被迫解散。

這兩個背景之所以值得注意，主要是因為臺灣新文學運動發軔以來，文學工作者第一次觸及臺灣文學的性格、路線、意識形態等問題，如果沒有 1930 年代鄉土文學的論爭，就沒有後來《福爾摩沙》雜誌之討論如何為臺灣文學定位。同樣的，如果沒有東京臺灣文化同好會的組成，就沒有後來東京臺灣藝術研究會的籌組，因為，前者的重要成員，隨即加入後者的組織，這裡有必要指出的是，無論是鄉土文學論爭，或是東京臺灣文化同好會，都提出了左翼路線的問題。尤其是後來加入《福爾摩沙》的王白淵與吳坤煌，其文學思考具有高度的社會主義色彩。了解了這兩個背景，才能清楚說明東京臺灣藝術研究會在成立過程中所出現的意識形態的困擾，也才能理解巫永福在這個時期所抱持的政治信仰。

巫永福是在 1929 年抵達日本讀書，那年他 17 歲。1932 年，他考入明治大學文藝科，立志以文學家為追求的目標。在他的不同文章裡，多次提到明治大學帶給他的文學啟蒙和教養。即使在最近的一次訪問裡，巫永福再度提到大學時代日本文學家給他的影響。他說：「山本有三先生給我的是精神上的啟發，他是當時日本有名的文學家，和菊池寬齊名。橫光利一先生則是直接指導我寫作的老師，他是新感覺派作家，強調將個人對外在事物的感覺描述出來，注重心理的描寫，我的小說創作受到他的影響。小林秀雄是日本名評論家，後來被稱為『評論之神』，他的言論儼然是金科玉

---

[4]關於這場論戰的內容，可參閱松永正義著；葉笛譯，〈關於鄉土文學論爭（一九三〇～一九三二年）〉，《臺灣學術研究會誌》第 4 期（1989 年 12 月），頁 73～95。

[5]臺灣總督府編，《臺灣總督府警察沿革誌》，中譯本改名為《臺灣社會運動史》第一冊，「文化運動」（臺北：創造出版社，1989 年 6 月）。以下為引文方便，簡稱《警察沿革誌》，頁 61～62。

律，他的評論有深刻的理論基礎，文學十分優美，文學十分優美，可以當作文學作品閱讀。」[6]

這段自白，頗能反映文學青年巫永福的思想狀態。具體言之，他文學生涯的出發點與當時的左翼思潮並未有任何聯繫關係，而毋寧是比較傾向於現代主義的信仰。這樣的思考方式，與當時殖民地臺灣的左翼文學色彩顯然有扞格之處。20 歲的巫永福沒有走上社會寫實主義的左翼道路，恐怕與當年東京的「文藝復興」思潮有極其密切的關係。[7]日本的文藝復興運動，是指日本左翼運動者悉數被逮捕之後，特別是左翼作家小林多喜二遭到虐殺之後，普羅文學運動逐漸趨於沒落。於是，轉向者陸續復出，包括宇野浩二、德田秋聲、廣律和郎等，提倡純文學的創作，從而有新雜誌《文藝》的發行，一時純文學蔚為風氣。[8]巫永福在其後的回憶文字裡，未嘗一字提及文藝復興運動的事實。不過，在當時大環境的營造下，身為文學青年的巫永福，想必受到純文學思潮的推波助瀾。

當時的臺灣文學評論家劉捷，後來在《福爾摩沙》撰文評估臺灣文學界時，也特別指出包括《福爾摩沙》在內的臺灣作家，能夠在 1930 年代有躍遞式的蓬勃現象，其原因是不難推測的。這種活躍現象，與內地日本文藝復興聲中的純文學主張有著極其密切的關係。[9]這個現象是值得注意的。1930 年代的臺灣文學運動具有濃厚的社會主義色彩，重要作家如楊逵、王詩琅、吳新榮、楊守愚等人，都在這個時期發表引人議論的作品，純文學運動的出現，恰好與左翼文學構成鮮明的對比。巫永福沒有走上左翼的道路，恐怕不能單純由臺灣殖民地文學的脈絡來觀察，而必須結合當時日本

---

[6]莊紫蓉採訪記錄，〈自尊自重的文學心靈——巫永福訪問記〉，《文學臺灣》第 24 期（1997 年冬季號），頁 29。

[7]有關日本文藝復興的討論，筆者承蒙日本天理大學下村作次郎教授的指教，在此特致謝意。參閱下村作次郎未刊稿，〈「文藝復興」（昭和八、九年）的台湾文学的的波及——『フォルモサ』創刊の意味するもの〉，發表於 1995 年 10 月 7 日，立命館大學「日本中國學會第 47 回大會」。原稿頁 10。

[8]參閱小田切進編，《日本近代文學年表》，轉引自下村作次郎，同上。

[9]劉捷，〈一九三三年的台湾文学界〉，《フォルモサ》第 2 號（1933 年 12 月），臺北東方書局復刻本，頁 31。

的文學潮流來理解，才有較為真實的掌握。

　　因此，巫永福會參加大多數成員是左翼作家的文藝團體，不能不說是令人相當訝異的事。1932 年 9 月，臺灣文化同好會解散後，該組織的舊有成員擬議重建，巫永福便是在這個時候，受邀參加籌組的工作，這個團體的發起人大多數是留學生，包括蘇維熊（東京帝大英文系）、曾石火（東京帝大法文系）、張文環（東洋大學）、施學習（日本大學）、楊基振（早稻田大學）、吳坤煌（明治大學），以及在盛岡女子師範任教的王白淵。根據巫永福的回憶，在籌組過程中，這些發起人「曾經多次的磋商，由左翼及中間路線之爭未獲解決，最後還是參加的學生占多數，都有學業的顧慮不肯走極端，終於以中間路線妥協，以共同的宗旨共襄盛舉。」[10]誠如前述，巫永福的文學信念，與當時的左翼色彩作家有很大的分歧。

　　籌組過程中的兩條路線之爭執，根據日本警察檔案，大約是以下述的事實呈現出來。籌組發起人的左翼路線者魏上春、柯賢湖、吳鴻秋等人認為，這個組織「應歸屬於日本普羅列塔利亞（proletariat）文化聯盟，作為非法組織來成立」。但是，支持中間路線的吳坤煌、張文環則認為：「若以非法組織再出發，我們參加，不僅將立即受到鎮壓，且一般臺灣留學生也必躊躇不前。因此，當前暫定方針，仍用合法組織的形態為宜，在發展期間，可併用非法的實質運動。」[11]這兩條路線，相當具體反映了臺灣留學生的政治立場。其實，他們都是左派運動者，在意識形態上並未有多大的歧異。不過，在運動實踐的技術上，他們才劃分成「非法」與「合法」的兩種策略。所謂非法的，自然是依照社會主義者的反體制運動方式，採取較為激進，批判的態度；同時，在組織方面，直接隸屬於日本左翼文學聯盟。支持中間路線的張文環與吳坤煌，則考慮到組織的生存問題。

　　這個團體的第二次籌備會議，是在巫永福的東京住處召開。主張非法

---

[10]巫永福，〈臺灣文學的回顧與前瞻〉，收入沈萌華主編，《巫永福全集 6——評論卷 I》（臺北：傳神福音文化公司，1996 年 5 月），頁 171。

[11]《警察沿革誌》，頁 65。

路線的柯賢湖等人，再次強調：「在左翼運動中，害怕官方鎮壓的分子，勢
必會給我們的運動帶來障礙。」不過，張文環、吳坤煌也再次堅持他們的
態度說：「不能適應客觀情勢的主張，會阻礙普羅列塔利亞文化運動的發
展。」[12]他們的辯論，縱有分歧，但同屬社會主義信仰者，則無可否認。經
過雙方反覆的討論，他們終於決定採取合法的中間路線。從左翼運動的觀
點來說，這是一種聯合陣線的策略；亦即在文學開展的過程中，團結一切
可以團結的力量，使整個陣容顯得更為龐大。

　　聯合陣線一旦成立，巫永福加入組織的意願才更為堅定。他自己是主
張成立合法的組織，因為「參加非法組織而被退學時，無法向父母交代」。
[13]這是相當現實的一個理由，同時也是當時留學生的共同心境。1933 年 3
月 20 日，東京臺灣藝術研究會正式宣告成立，揭示該會的目的在於「謀求
臺灣新文藝之進步發展。」[14]

　　東京臺灣藝術研究會成立之後，也決定發行文藝雜誌《福爾摩沙》。在
出版之前，這個團體發表一份〈發刊宣言〉，公開檢討臺灣到底有沒有自己
的文化。宣言承認在殖民統治下，臺灣文藝已經衰墜不堪。因此他們表明
這個研究會的努力方向：「在消極方面，想去整理研究從來微弱的文藝作
品，來脗合大家膾炙的歌謠傳說等鄉土藝術；在積極方面，由上述特種氣
氛中所產出的我們全副精神，從心裡新湧出我們的思想及感情，決心來創
造真正臺灣人所需要的新文藝。」[15]在宣言裡，他們主張願意重新創作「臺
灣人的文藝」。這樣的理念，既是臺灣鄉土論爭中所得到的一個共同議題，
也是稍早臺灣文化同好會有意追求的目標。

　　發展出臺灣人的文藝，幾乎是 1930 年代臺灣文學刊物的一致願望。問

---

[12]同前註，頁 65～66。

[13]沈萌華編，〈巫永福年誌〉，《巫永福全集 9——小說卷 I》（臺北：傳神福音文化公司，1996 年 5
　月）頁 162。

[14]《警察沿革誌》，頁 67。

[15]施學習，〈臺灣藝術研究會成立與福爾摩沙（Formosa）創刊〉，原載《臺北文物》第 3 卷第 2 期
　（1954 年 8 月 20 日）；後收入李南衡編，《日據下臺灣新文學，明集五、文獻資料選集》（臺
　北：明潭出版社，1979 年），頁 359。

題在於要使用怎樣的語言，才能達到這個願望。1930 年與 1932 年之間的
鄉土文學論爭，便是就文學語文的問題進行公開辯論。在論戰過程中，他
們都使用漢文表達各自的觀點。但是，對於留學日本的《福爾摩沙》成員
而言，漢文的使用顯然是一件困難的事。因此，《福爾摩沙》揭櫫臺灣人文
藝的主張，重點似乎不是放在語文方面，而在於文學創作的內容。一份以
日語為唯一表達工具的文學刊物，終於在臺灣文學史上誕生。《福爾摩沙》
是第一份標榜臺灣人的文藝，而又純粹以日語為書寫主體的文藝雜誌。[16]這
是它突破稍早鄉土文學論爭的格局，而企圖以使用日語的表達，來完成建
構臺灣人文藝的目標。

　　《福爾摩沙》創刊號發表一篇署名楊行東的文章〈對臺灣文藝界的期
望〉，清楚指出臺灣文學的建立必須通過和文（日語）的表達，因為這是未
來最活躍的「唯一武器」。[17]可以理解的，這份純日語的文學刊物出版時，
距離日本統治臺灣伊始的時間，已達到 38 年之久。臺灣知識分子接受的幾
乎都是日語教育，他們的思考模式已很難脫離日語的影響。《福爾摩沙》成
員又清一色是留日學生，日語的使用乃是無可避免的選擇。正是這樣的背
景，決定了巫永福走日語創作的路線。《福爾摩沙》的創刊辭也說得很清
楚，這份刊物，將以全副精神，決心創作真正的「臺灣純文藝」。[18]純文藝
一詞的誕生，可能是左翼運動者為了掩飾意識形態的一個假面；不過，這
個概念似乎也預告了臺灣文學的一個新階段，巫永福日後在《福爾摩沙》
發表作品和風格，或多或少可說接受這種信念的影響。

1930 年代文學與巫永福

　　東京臺灣藝術研究會的主要同仁，大多是具有左翼色彩的思想。巫永

[16]有關以日語來創作臺灣文學作品的對論，參閱賴香吟《台湾文学の成立序説——就社會史的考察
（一八九五～一九四五）》（未刊稿，東京大學大學院綜合文化研究科地域文化研究專攻修士論
文，1995 年 12 月），頁 35～36。
[17]楊行東，〈台湾文藝界の待望〉，《フォルモサ》創刊號（1933 年 7 月 15 日），頁 21。
[18]〈創刊の辭〉，《フォルモサ》創刊號，頁 1。

福可以說是左翼色彩最淡的一位成員；說他是最淡的，並不意味他對左翼
運動有任何的排拒。在他往來的朋友中，林兌、林添進都是屬於臺灣共產
黨員。他最崇敬的詩人王白淵，也是具有濃厚的左翼思想。巫永福與他們
的交往，可以顯示他意識形態的兼容並蓄。在這段時期，他的作品風格誠
如葉石濤所說：「他的小說風格近似自然主義，銳利地解剖人生醜惡的層
面。」[19]巫永福在這段時期發表了下列的作品：

1.〈首與體〉（小說），《福爾摩沙》創刊號。

2.〈乞食〉、〈他〉二篇（詩）；〈紅綠賊〉（劇本），《福爾摩沙》第 2 期。

3.〈黑龍〉（小說），《福爾摩沙》第 3 期。

　　這些作品全部以日語完成，如果要在這些小說裡找到批判殖民體制的
語言，幾乎是不可能的。但是，他的詩〈故鄉〉則帶著抗議的精神。放在
他全部作品裡來觀察的話，這首詩儼然有值得討論之處：

　　　踏出永遠昏闇的路吧
　　　尋求一線衆生的光吧
　　　負了殖民苦難的重架
　　　故鄉　勇開冥門的扇呀

　　　為過苦難的荊棘之道
　　　雖會流出多少辛酸血淚
　　　故鄉呀　步步　探索　勇敢求進
　　　為你子孫代代的榮光

　　從全詩使用的意象來看，巫永福把焦點放在「苦難」之上。走在幽暗
道路之上的故鄉，對他而言，是苦難的象徵，要克服苦難，就必須蓄積勇
氣。短短八行詩，他同時使用了「勇敢」兩次。就創作技巧而言，這首詩

---

[19]葉石濤，《臺灣文學史綱》，頁 51。

並沒有出奇制勝之處。不過，對於一位來自殖民地的知識青年而言，巫永福的作品確實頗富反殖民的意味。

　　以純文藝的眼光來衡量這首詩，大約可以發現巫永福的情緒稍嫌過於緊張。「昏闇」、「苦難」、「重架」、「荊棘」、「辛酸」、「血淚」等等負面的用語，正好顯示他的想像仍停留在沉鬱的狀態。「衆生的光」與「子孫代代的榮光」卻只是他的期待與憧憬而已。這樣的表現方式，是否就是巫永福在稍後所說的「宿命的必然遺傳」？

　　他在 1934 年發表的〈我們的創作問題〉曾說：「我們是臺灣人，我們是我們出生的同時，就有著宿命的必然遺傳的諸性向。我們的性向顯示著與表現其氣質和體質的他種族不同。」他更指出：「我們的活動形式、習慣、言語、我們的能力、我們的食物和呼吸，在在受到外在的印象總是在反覆著。亦即我們不能不想我們擁有遺傳性的諸性向，同時也有著根深柢固的後天性的。」最後他又強調，「我們的言語就是現在還是臺灣語、日本語和支那語混雜在一起的，由於我們的時代和環境，以及我們是臺灣人之故，才處於這個境地的。我們要注意我們的是在一切影響之下的，我們是臺灣人式地行動著、感覺著。這是極其自然的事，這是應該大為注意的，因此一理論派生出來時，我們就有鄉土文學了。」[20]

　　這是巫永福極為深刻的分析，即使放在今天的文學史研究，它仍然是一篇極為值得注意的文字。他指出，臺灣人這個人種是被殖民者，但是被殖民者的文化主體，並沒有一成不變的本質，也沒有全然缺席的本質。他認為文化主體由其固有的遺傳性格，亦即先天性，表現在活動形式、習慣、言語、食物、呼吸之上。但是這種遺傳性格受到殖民體制的影響之後，也開始添加了新的文化性格。以語言的使用而言，除了原有的臺灣語與支那語之外，臺灣必須兼採日本語。因此，臺灣文化的主體於此又具備了後天性。臺灣人之所以成為臺灣人無非是遺傳與後天兩種性格的構成。

---

[20]巫永福，〈吾夕の創作問題〉，《臺灣文藝》創刊號（1934 年 11 月），東方書局復刻本，頁 54～57。本文所採譯文轉引自葉笛，〈巫永福的文學軌跡〉，《臺灣文學巡禮》，頁 65～66。

從後殖民論述的觀點來看，巫永福其實點出了殖民地文學的兩難處境。因為，臺灣作家並不可能全然維持其固有的文化遺傳性格。在殖民體制的支配下，臺灣作家被迫要挪用（appropriate）殖民者的語言，從而，其文化性格自然而然就具備了兩面性，因此，臺灣鄉土文學絕對不可能是純粹由臺灣語來撰寫，臺灣作家既然不可能避免使用日語，則鄉土文學滲透了殖民者語言，顯然是很自然的，也是無法擺脫的。使用日語之後的文學作品，巫永福認為，那也是屬於鄉土文學。

巫永福在此討論的創作問題，似乎是在為使用日語的臺灣作家進行辯護。猶如前述的楊行東所說那般，日語已成為臺灣文學的唯一武器，〈故鄉〉一詩寫的是臺灣的苦難，但其語言使用卻不能不選擇日語，這樣的困境大約就是巫永福及其同時代作家共同面臨的問題吧！

殖民地文學所具備的兩面性格，巫永福在這時期寫的小說〈首與體〉，應該是典型的具體寫照吧！[21]這篇小說的情節與布局，不免予人一種鬆懈的感覺。不過，在探討殖民地知識分子的思想（首）與行動（體）之間的相剋、矛盾，這篇小說有其令人省思之處。〈首與體〉描寫的留學東京的臺灣青年有心繼續留在日本，但是臺灣的家裡卻來信命他回去完成結婚大事。

小說的其中一節是這樣寫的「事實上，我知道我們近期間就要分別了，可是他卻不願意離我而去。這是首與體的相反對立狀態。因為他自己想留在東京，可是他的家卻要他的『體』，一封接一封的家書頻頻催他『返鄉』，理由是要他回家解決重大的結婚問題。所以他想留在東京。」

這裡正好顯示殖民地青年文化主體的顛倒錯亂。如果從正常的角度來看，臺灣才是他的「首」，留在東京才是他的「體」，然而小說的描寫卻剛好調換了位置，留在東京反而是「首」，返鄉卻成了「體」，巫永福的寫法，絕對不是反諷，他描述的相反對立狀態，並非是虛構，而是事實。這其實是巫永福的自況。巫永福年表指出，原來在 1935 年他還繼續留在東

---

[21]巫永福，〈首與體〉，《巫永福全集 10──小說卷 II》（臺北：傳神福音文化公司，1996 年 5 月），頁 1～18。

京，卻因父親突然去世，而不得不返鄉。〈首與體〉寫於他返臺之前，他想留在日本的念頭，自是可以推見。

　　如果繼續觀察當時的大環境，也可以發現為什麼臺灣作家都願意留在日本。劉捷的另一篇評論指出，臺灣作家都希望能夠像韓國作家張赫宙那樣，有朝一日進軍東京的日本「中央文壇」。[22]歷史事實證明，1935 年楊逵與呂赫若的分別獲獎，恰好可以證明當時臺灣作家志在東京的決心。這個事實又可回到巫永福在〈我們的創作問題〉一文指出的，臺灣鄉土文學以日語創作，應該是無可避免。那麼，鄉土文學能夠打進日本中央文壇，也應該是不會失去其鄉土文學的性格吧！

　　〈首與體〉這篇小說，與其說在於描寫巫永福個人思考上的苦惱，倒不如說是當時臺灣殖民地作家的共同困境。誠如施淑指出的，這種首與體的對立狀態，正是臺灣知識分子「輾轉於理想與現實、自我與傳統、精神與肉體的矛盾」。[23]巫永福小說中的人物，是希望留在東京欣賞戲劇、音樂，上咖啡屋，享受著留學生的生活。這是一種理想的境界。而當時臺灣作家要進軍東京，其理想目標則是要打進中央文壇。殖民地作家的文學成就，竟然要通過殖民地母國的承認，這無疑是一種巨大的矛盾。從另一個觀點來看，臺灣作家若只是在臺灣發表作品，其影響力或批判力將只局限於臺灣，如果能在東京揚名立萬，則其作品的批判精神或許因此而得到更大的擴散。這也是殖民地作家挪用東京中央文壇的一個具體例證。僅賴臺灣固有的遺傳性尚不足以發揮影響力，如能藉助日本提供的後天性，文學的影響自然就大大增加了。但是這樣的實踐，卻使臺灣的主體地位受到顛覆了。首與體的矛盾，於此充分暴露出來。

　　巫永福的另一篇小說〈黑龍〉，通篇也都表達小孩世界的兩面性格，名為黑龍的男孩，在年幼時期就失去了父母，因此不得不被寄養於姨母的

---

[22]劉捷，〈台湾文学の鳥瞰〉，《臺灣文藝》創刊號，頁 62。
[23]施淑，〈日據時臺灣代小說中頹廢意識的起源〉，《兩岸文學論集》（臺北：新地文學出版社，1997年 6 月），頁 117。

家。在父母生前，黑龍從未聽從雙親的話，待父母去世後，他才憶起雙親對他的情深。特別是來自母親的關愛使黑龍懷念不已。在姨母家寄人籬下，他受盡排斥與歧視，黑龍在忍無可忍的情況下，離家出走，竟然在母親墳前過了一夜，這種神祕的行為，甚至黑龍自己也無法解釋。

黑龍回憶自己是如何走到母親的墳前：「記得黑暗的竹林與稀疏的星光遠遠向我招手，犬吠聲清晰而恐怖，梟在林稍嘶叫，我覺得孤苦無助，彷若即將窒息，不覺間就睡著了。今早有一老人喚醒了我，太陽當空照耀，老人微笑地注視我，並且領我回家。啊！我是在母親的墳前睡著了，真是在母親的墳前睡覺了，一直睡到今早。」[24]

這段男孩的自白，形同一篇淒美的散文。為什麼巫永福要在「母親」的形象刻意著墨？如果「母親」是刻意的隱喻，這是不是意味他對臺灣母體回歸的意願？小說中，黑龍一直不能釐清自己為何會走到母親的墳前，而只是說那是「母親指引我的吧」，是一個解不開的謎。臺灣對他的呼喚，不也是屬於一個解不開的謎，如果這個解釋可以成立的話，臺灣在小說中又恢復了主體的位置。至於排斥他、歧視他的姨母家，大約就是暗喻著日本。不過，臺灣若是屬於主體，小說中的母親則已經去世，這是否又意味著臺灣主體已經淪亡，而被殖民者篡奪？

巫永福的這篇小說是自然主義的寫法，卻有現代主義的矛盾效果。處在那個殖民地時期，他以精神分裂的狀態，況喻臺灣知識分子主體身分的錯亂，想必有他深沉的思考。殖民地的大環境造成價值觀念的混亂，從而對於自我的認識也產生混淆不清的情境。巫永福初期的文學創作與文學理念，無疑倒映當時臺灣作家的苦惱與困惑。

結語

臺灣文學發展到了 1930 年代，左翼批判的風氣為之增強，這是可以解

---

[24] 巫永福，〈黑龍〉，《巫永福全集 10──小說卷 II》，頁 45。

釋的。因為左翼政治運動在 1931 年悉數受到摧毀之後，包括臺灣共產黨、臺灣農民組合、臺灣文化協會（左傾）在內的社會主義信仰者被捕的被捕，逃亡的逃亡，幾乎已經到了凋零不堪的地步。具備左翼思想的作家，為填補政治運動遺留下來的真空，遂發願以左翼文學作品的形式繼續針對日本殖民體制展開批判。從《洪水報》、《伍人報》、《臺灣戰線》的次第出版，一直到《福爾摩沙》、《先發部隊》、《第一線》、《臺灣文藝》、《臺灣新文學》的相繼問世，左翼文學的薪傳不絕如縷。就在左翼思潮特別濃厚的時期，巫永福躋身於左翼作家之間，卻以現代主義的姿態跨進臺灣文壇，他所扮演的角色不能不引人注意。

　　初登文壇的巫永福，從平實的角度來看，其文學成就並非可觀。不過，他提出的文學觀點，以及為實踐文學理念而創作的詩與小說，都是足以代表臺灣知識分子的兩難處境。就像他在〈首與體〉刻劃的：「『有獅子頭、羊身，跟有獅子身、羊首』的二頭怪獸，以加速度疾駛過來，猛烈地衝擊成一團。我忍不住眼睛一閉，眼前立刻出現埃及的史芬克司（人面獅身獸）。二頭怪獸還沒有決勝負，倒出現了史芬克司，不由得讓我有些張惶失措。」[25]這是相當富於意識流的現代主義寫法。兩頭怪獸的對決，其實就是兩難處境的對立。何者才是臺灣主體，甚至巫永福也有感到茫然的時候。

　　臺灣社會全然暴露於殖民體制的一切影響之下，何者屬於臺灣，何者屬於日本，似乎是殖民地作家最感困擾的問題，巫永福以史芬克司（Sphinx）自況，想必有極其沉痛的感受。他討論創作問題時，固然在於合理化自己使用日語的創作實踐，然而作品內容卻又不時流露他的矛盾衝突。

　　巫永福不是孤立的例子，即使是左翼作家如楊逵、呂赫若、張文環等人，批判殖民體制不遺餘力，卻被迫必須使用日語創作，不僅如此，他們

---

[25]巫永福，〈首與體〉，《巫永福全集 10——小說卷 II》，頁 17〜18。

也效法韓國作家張赫宙，銳意向東京中央文壇進軍，以便取得殖民母國承認的地位。這種思考與行動方式不能說高度具有史芬克司的性格。

左翼作家以強烈的批判精神從事創作，至少可以克服內心的矛盾。但是，現代主義作家的巫永福，似乎就難以掩飾精神上的衝突，而終於在《福爾摩沙》發表了最初的兩篇小說〈首與體〉和〈黑龍〉。這兩篇作品都同樣呈現了巫永福思考的兩面性。在他的小說中，可以發現理想的消逝與主體的淪亡，也可以發現他在精神上的掙扎與憧憬。那種進退失據、左右躊躇的文學理念，充分表現於這個時期的巫永福身上。

歷來討論到臺灣文學史的研究者，酷嗜在殖民時期的作品中尋找抵抗與批判的精神。但是，並不是每一位殖民地作家永遠都具備了戰鬥的性格。巫永福在文學生涯初期所表現出來的兩面性，其中有畏怯，也有自我反思，更有矛盾衝突。這才是充滿人性思考的文學；從人性的角度切入，也許可以開啟殖民地文學研究更多的想像空間。

——選自沈萌華主編《巫永福全集 19——續集·文學會議卷》
臺北：傳神福音文化公司，1999 年 6 月

從政治派到文藝派

巫永福青年時期的小說創作

◎彭瑞金[*]

一、巫永福與《福爾摩沙》

　　《福爾摩沙》雜誌是巫永福最早的，也是他的文學奠基舞臺。1935 年畢業於日本明治大學文藝科的巫永福，是日治時期臺灣新文學運動健將中，與張文環、楊逵、吳坤煌等相同屬於文藝科系科班出身的「一脈」，其實這一起步便隱約透露出他的文學和運動派的文學，在本質方面的差異。

　　《福爾摩沙》是「臺灣藝術研究會」的機關雜誌。這個組織由當時在日本東京就讀的大學臺灣文學系學生蘇維熊（東京帝大英文系）、張文環（東洋大學文科）、巫永福、施學習（日本大學文科）、魏上春、吳鴻秋、張文鋸、黃坡堂、吳坤煌、王白淵、劉捷、曾石火（東京帝大法文系）等人，於 1932 年 3 月 20 日發起成立，目的在「以圖臺灣文學及藝術的向上」，決定發行機關刊物。《福爾摩沙》於同年 7 月 15 日創刊，12 月 30 日出版第二冊，1933 年 6 月 15 日出版第三冊後停刊。這份刊物分量有限，每期不滿一百頁，第三冊限於經費只有 56 頁。

　　但這一份自稱是臺灣新文學史上最先創立的一本純文學雜誌，對新文學持有極大的抱負，也有極強烈的見解。「研究會」在成立的 3 月 20 日發布的、稱作「檄文」的〈發刊宣言〉中稱：「同仁等常以這種文藝改進事業為自許，大膽的自立為先鋒。在消極方面；想去整理研究從來微弱的文藝

* 發表文章時為靜宜大學講師，現為靜宜大學臺灣文學系教授暨臺灣研究中心主任。

作品，來吻合於大眾膾炙的歌謠傳說等鄉土藝術；在積極方面；由上述特種氣氛中所產生的我們全副精神，從心裡新湧出我們的思想及感情，決心來創造真正臺灣人所需要的新文藝。我們極願意重新創作『臺灣人的文藝』。絕不俯順偏狹的政治和經濟所拘束，將問題從高遠之處觀察，來創造適合臺灣人的文化新生活。」[1]

「宣言」除了明確批判對於偉大天賦思想有「束縛綁死的罪惡」的漢詩形態之外，也對附著於「文化運動」的文藝運動的成就、收穫感到不滿，認為身為時代前鋒的青年，應負起著手恢復被人久困不顧的文藝運動，提高臺灣同胞的精神生活的責任。或許由於《福爾摩沙》實際推動其理想實現的力道的確有限，卻明白指出「臺灣藝術研究會」的成立及其成員，已經站在臺灣新文學發展的關鍵時刻，的確提出了意欲提振臺灣文學朝深層化，進入「文學本格建設時期」的遠見。

《福爾摩沙》的誕生，距離臺灣新文學運動的發軔，已整整超過了十年，此一明顯依附於臺灣社會運動而出現的新文學運動，不僅具有強烈的社會運動目的意識，從這個時期萌發的「左翼化」現象，更顯示已失去「文學本格化」的自覺。

從賴和以降的臺灣新文學運動走向，不只和他同時代的文學伙伴得到新文學運動就是新文化運動，或社會、民族運動之一環、一支的訊息，數十年後，無論從臺灣民族運動史抑或臺灣新文學史的考察，都得到同樣的結論，不是多少凸顯了「臺灣藝術研究會」的宗旨，正是那個臺灣文學走進困惑的年代，一記被忽略的用來警醒人的暮鼓晨鐘嗎？雖然它的「異議」聲音不夠洪亮，卻清楚地記錄了一段臺灣新文學走在歷史分岔路口的屐痕。

巫永福是「臺灣藝術研究會」的發起人之一，是時，他還是明治大學

---

[1] 見施學習〈臺灣藝術研究會成立與《福爾摩沙》（*Formosa*）創刊〉一文。該文收入東方文化書局景刊中國期刊 50 種之第 29 種「新文學雜誌叢刊」復刻本第二冊。文中錯別字及排版錯植字已逐予更正。

文藝科的學生，他說，他在這裡獲得山本有三、橫光利一、小林秀雄、荻原朔太郎等日本文學名家「終生難忘、用之不盡」的教誨，「受過小說創作的訓練、指導」[2]，《福爾摩沙》也是他開始發表小說的刊物。他在《福爾摩沙》上一共發表了兩篇小說，一篇劇本。不過，從巫永福整體的文學世界看來，小說仍然只是他文學裡的偶然，在作品量上、創作態度的執著、持續的熱忱看來，詩應是他的最愛，可是他有限的小說作品，尤其是最早發表在《福爾摩沙》上面的兩篇作品，卻明顯地綻露了他基本的文學觀。他的作品不僅是蘇維熊執筆的「宣言」之外，最有力的《福爾摩沙》文學立場表示，也是宣言理論的有力實踐者。

　　包括戰後以中文所寫〈薩摩仔〉在內，巫永福一共有八篇小說作品，有兩篇發表於《福爾摩沙》、四篇發表於《臺灣文藝》，一篇發表於《臺灣文學》。這三個日據時代主要的臺灣的純文學刊物，也是文學基本觀點相近的刊物，記錄了巫永福最主要的小說創作活動。

　　「臺灣藝術研究會」所以立起純粹的文學研究團體的旗幟，必然是盱衡當時的文學發展環境後做出的決定，巫永福是「中間路線」原則的堅持者。[3]然而《福爾摩沙》做為臺灣新文學，由漢文而步入日文寫作的起點，相對於島內黃石輝、郭秋生等人掀起臺灣話文論戰，質問「怎樣不提倡鄉土文學？」提案「建設臺灣話文」[4]以及與島內先後創設的《伍人報》、《赤道報》，或純文學的《南音》、《先發部隊》、《第一線》[5]的作者群，何以儼然壁壘？而《臺灣新民報》似乎是唯一兼容兩派，並蓄異議的唯一演出舞臺。賴和做為臺灣新文學由漢文而臺灣語文創作的前鋒和領導者，同時也

---

[2]見〈獻辭〉，《巫永福全集》。

[3]見巫永福〈臺灣文學的回顧與前瞻〉：「創刊《福爾摩沙》文藝雜誌。在此之前，曾經多次的蹉商，……最後還是參加的學生占多數，都有學業的顧慮不肯走極端，終於以中間路線妥協……。」收入《巫永福全集 6——評論卷 I》（臺北：傳神福音文化公司，1996 年 5 月），頁171。

[4]黃石輝於 1930 年 8 月 16 日出版之《伍人報》發表〈怎樣不提倡鄉土文學〉。郭秋生於 1931 年 7 月 7 日《臺灣新聞》發表〈建設臺灣話文一提案〉。

[5]《南音》創刊於 1932 年 1 月，《先發部隊》創刊於 1934 年 7 月 15 日，《第一線》創刊於 1935 年 1 月 6 日，實為《先發部隊》之續刊。

是《臺灣民報》文藝欄的主持人,何以選在這個時候逐漸淡出臺灣新文學創作的行列?《福爾摩沙》選在這個時代的接合口出發,發表措辭具批判文壇現狀的「檄文」,表達強烈的文學主張,在在都透露了臺灣文學內在遞變的訊息,沒有形成表面化的爭議和論戰,應是《福爾摩沙》的中間妥協路線提供了舒解壓力的缺口。

二、中間路線與巫永福的小說

　　廖毓文在回憶「臺灣文藝協會」的創立經過[6]說:「《南音》文藝雜誌,發行第一卷第十二號而停刊後,臺灣文藝界,相繼的成立了兩個文藝團體,一個是臺灣藝術研究會,另一個是臺灣文藝協會。⋯⋯臺灣文藝協會是由臺北一班文學青年郭秋生(芥舟)、黃得時、朱點人、林克夫⋯⋯王詩琅⋯⋯蔡德音、徐瓊二和筆者組織,於民國二十三年七月十五日,發行機關雜誌《先發部隊》。」《福爾摩沙》因併合於後來創立的「臺灣文藝聯盟」而解散,文藝協會維持組織,組織准許會員自由加入聯盟,直到禁用漢文才自行解體。

　　巫永福也說:「一九三三年秋在台灣文藝聯盟發起之前,其發起人之一賴明弘來東京與蘇維熊、張文環、巫永福會面,要求台灣文藝聯盟成立之後,台灣藝術研究會可否與之同流,以壯大文藝陣營之氣勢,共同對抗日本,其時我們也贊成統一陣線,認為學業完成後可以合流,乃於一九三五年後,台灣藝術研究會成為台灣文藝聯盟東京支部。」[7]

　　這兩段分別出自兩個不同文學集團的回憶,共同證實了 1930 年代的臺灣文學的確產生了左翼和中間路線的爭執,雖然彼此的大方向相同,都是為了提高臺灣文化的水準,壯大臺灣文藝,和日本人爭一高下,以免被歧視。但從《南音》受到的謗言:「《南音》是專唱高調的,毫無特點,是資

---

[6]指廖毓文作〈臺灣文藝協會的回憶〉一文,收入同註 1 復刻本第二冊。
[7]巫永福,〈臺灣文學的回顧與前瞻〉,《巫永福全集 6——評論卷 I》,頁 172。

本階級的娛樂刊物,是霧峰派的小嘍囉。」[8]以及「臺灣文藝協會」的文學定位和走向,顯示臺灣文學的階級定位是深受文藝界重視的一個議題。巫永福在這個議題上,曾經作出清楚的選擇,並以小說創作實踐此一理念,雖然巫永福的回憶證明中間路線的選擇,是出自學生身分、學業前途的考量,但這樣的選擇不僅成為他的文學裡極重要的一項特質,也成為他日後文學行程裡的重要方向。

從〈首與體〉、〈黑龍〉、〈河邊的太太們〉、〈山茶花〉、〈阿煌與父親〉及〈慾〉,這六篇巫永福依序發表的日文作品來看,[9]共同的特質是,袪除明確可以指證的時、空環境,而直接進入人物的內心世界去探索,不僅不去標示被日本殖民政治統治的政治環境,也模糊了「臺灣」這個特殊的地理環境的意義。雖然〈首與體〉和〈山茶花〉的背景是日本、東京,但畢竟還是發生在旅日臺灣人生活圈裡,作者並無意表達臺灣人特有的感情處境,更別談現實的現象和困境了。在這些作品裡被刻意淡薄的「臺灣」,固然可以解釋為追求純文藝的純粹性,可是實際上,可能更接近是為了規避臺灣處於被殖民統治現實。只要從藝術研究會的「檄文」上即可以看出,他們對過去 30 年來的「政治解放運動」的成果不滿意,對東京留學青年剛發起的文化運動,亦認為徒有過多的熱情,太過莽撞,缺少考究破壞之後應如何建設。認為文化運動的功績不過是打破一些古陋的迷信觀念。《福爾摩沙》雖然認定他們對前人的批評到此為止,但自己提出來的奮鬥目標依然十分抽象——恢復久困不顧的文藝運動,提高同胞的精神生活;不過,與其說他們規避「政治」的理由是為了避風避雨,不如說他們認定唯有擺脫了政治運動為主旋律的文藝運動才能提升文藝。

做為《福爾摩沙》主要小說作者之一的巫永福,他的作品充分展現這個文學信仰。〈首與體〉是巫永福發表的第一篇小說,這篇顯然從古埃及文

---

[8] 引自黃邨城〈談談《南音》〉,原載 1954 年 8 月 20 日出版之《臺北文物》第 3 卷第 2 期,收入同註 1 復刻本第一冊。

[9] 巫永福另篇同期作品〈眠い春杏〉,原載 1936 年 1 月出版之《臺灣文藝》第 3 卷第 2 號,因迄未見中譯本,不予討論。

明人面獅身雕像所引發創作美感的題材中，一對看起來無所事事，內心卻充滿鬱悶的臺灣青年學生，狀似落寞地遊走異鄉的街頭，之中一位不得不返鄉的青年，雖已訂好歸期，心頭卻不斷露出流連遲疑的情緒，漫染著兩人之間的友誼，喝酒、閒逛、瀏覽街頭商品、看戲、吃、睡⋯⋯，在近乎渾噩間，仍透著知識分子的清醒，無聊地算計戲院的收入，思索長期存在卻好像第一次注視到牆上「獅首」象徵的意義⋯⋯，首與體的分離，或人面獅身、獅面人身、羊首獅身、獅首羊身不協調的組合，暗示了苦悶中的知識分子心靈身體的不一致，甚至矛盾。相形之下，這些沒有現實困境為基礎的煩惱，不僅烙著清晰的青春期知識分子不著邊際煩惱的標記，恐怕也是一幅頗有寫真價值的時代的街景。小說中一再困擾著「我」的心靈的——溫馴的羊跟威猛的獅子連結在一起的奇異構圖，透露著幾許陰暗、苦悶、感傷、頹喪的青年心境，但也不乏理智清醒的時刻，無以名之，大概可以稱作現代人複雜心靈的糾葛吧！

　　巫永福的小說似乎一開始便設定在這些人物心靈的探索，無論內省式或素描式的，都有試著洞察、剖解各色各樣的人物心靈的企圖。〈黑龍〉寫一個父母雙亡、寄居親戚家的少年黑龍。小時候在父母身邊時，便以不知名的原因，違逆父母的期望不肯上學，寧願與同齡玩伴逃學冶遊；不然，就是沉溺於幻想，「脾氣反覆無常，頑固又彆扭」令父母傷神，所以被父親戲謔為一條「黑龍」。等待父母相繼死亡之後，家產被父親醫病耗費光了，寄居姨母家，仍以脾氣怪異，不得姨母家人的喜愛，他則本性不改，無所事事，逃家、幻想，躲到母親的墓前露宿、哭訴。〈黑龍〉人物的個性和遭遇並不特別凸出，它實在不過是極平凡常見的人間故事之一，但些許的人生的不幸和無奈，可能敲擊更多更普遍的心靈，因為讀〈黑龍〉可能使每一個人間人產生心靈共鳴，領悟「人生就是這樣」的同感。

　　普遍人性的觀察和普遍人性的呈現，應是巫永福小說創作相當重要的一項主張。當他的第三篇作品〈河邊的太太們〉出現時，可能令人無限錯愕的是，它不過是河邊一群洗衣婦洗衣情景的素描，到底它要寫的是什

麼？不過，透過那群洗衣婦的對談，卻發現洗衣婦們不同的個性，不同的家庭背景——婚姻狀況、生育子女的情況，不僅構成饒富趣味的一幅河邊風景，又何嘗不是一幅市井之民的生活縮圖呢？就作者刻意的無所施為來看，應該和 19 世紀 60 年代印象畫派的表現理念相同。洗衣婦們有的活在婚姻暴力之下，有的為多子女煩惱，有人則為不孕而恨憾，一個人代表一個家庭，也代表社會的一面樣像，更反映在她們個人的人格裡，有的樂於助人，有的善妒、小器，有的寬厚、有的刻薄，透過簡單的對話和描寫，皆展露無遺。

〈山茶花〉寫戀愛的男子心理，自私而多變。〈慾〉寫商場上的爾虞我詐。〈阿煌與父親〉寫一對父子之間緊張的親情關係，一個在家裡得不到父愛的孩子，要出去尋找自己的生活空間——交自己的朋友，當父親的只知上街喝酒到杏花樓抱女人，卻橫加干預孩子的交友，做為父親的脆弱，被孩子的朋友略施小技便把他擊破擊倒，以近似諷刺、幽默的筆法打敗一個沒有感情只有專橫的父親形象。雖然解剖了親情的深溝，但存在於窮人、富人之間的歧見，勢利眼，橫刀阻斷多少人間可貴的情誼？也是這篇小說有意刺刺人心的地方。

〈山茶花〉等數篇剖析人物心理的作品，都共同將矛頭指向自我封閉的心靈；自私、唯我。〈阿煌與父親〉裡的「父親」的「威嚴」，最後為什麼被一個他所看不起的小孩，用情急之下編出來的謊言將它擊破？不正是因為「父親」是一個自我中心到極點的人嗎？〈山茶花〉的「龍雄」的自我中心思考，可以說更甚一層，為了存心懲罰對方約會時遲到 40 分鐘，他放棄一段深刻的感情，轉移到偶然遇上的故鄉來的，幾乎完全「陌生」的女子，只因為她在約會時提早了 20 分鐘到達，對方卻遲至 40 分鐘不見人，覺得自尊心嚴重受了傷。至於對方的說明、道歉、懇求，也改變不了他的心意。「龍雄」的固執，其實是膚淺的，當他想到自己已經愛上偶然遇到，來自故鄉的女子和自己是同姓時，他即變得優柔寡斷了。這顯示「龍雄」活得十分自我，也活得十分浮面，對愛情、對婚姻的決斷的猶豫多

變，是一種淺碟子式的生活態度。

　　具有自我和淺浮這兩項生活特質的人物，其實也充斥在〈慾〉這篇作品裡，雖然〈慾〉的人們為利益勾心鬥角，工於算計別人、城府極深，但除了爭逐財富、情慾，這些人物的生活裡缺乏較為深層的意義，至此，使人不得不注意到，記述如蜉蝣般眾生的浮生紀事，正是巫永福小說創作的重要企圖。從〈首與體〉、〈黑龍〉兩篇《福爾摩沙》帶動下產生的初作看到，巫永福其實是有意在並不純粹的印象表現手法外，揉入心裡描寫、刻劃，解構人物的心理現象。這樣的藝術表現手法，平心而論，由於作品量沒有多到可以成為一種風格，也欠缺比較深刻、進展性的演示，距離獨領風騷的自成一家，仍有不足，它最主要的意義，還在向當代文壇發出異議，強調當代臺灣文學發展的另一個可能。

三、巫永福與他同時代的作家們

　　巫永福的日治時期小說創作，最早的作品是出現在 1933 年，最晚的是1941 年，活動場域則從東京的《福爾摩沙》延及島內的《臺灣文藝》和《臺灣文學》。和他一起在東京的文學戰友有張文環（〈落蕾〉、〈貞操〉）、吳天賞（〈龍〉、〈蕾〉）、吳希聖（〈豚〉）、王白淵（〈唐璜和加彭尼〉）和賴慶、張碧華等人。

　　吳希聖的〈豚〉採用現實主義的表現方法，描寫當時陷入困境的臺灣農家禍不單行，小豬賣不出去，母豬病死，女兒受騙失身，淪為娼妓並染上性病，終至家破人亡，自己還吃官司，是個比較特殊的例子；餘外，張文環、王白淵、吳天賞等人的作品，可說與巫永福的作品同一個調子，非常《福爾摩沙》式的。吳天賞的幾篇小說，都在寫愛情、婚姻，探討人性、感情。

　　1935 年，巫永福返臺後，雖然也加入張深切、張星建為主幹的「臺灣文藝聯盟」，成為《臺灣文藝》的一員，但以賴和為首的島內作家，實際上已經由《臺灣民報》系統的刊物，發展出以臺灣話文寫作為鵠的的創作

觀。作家及文藝團體，固然不像社會運動團體區分得那麼明顯，但小布爾喬亞與普羅列塔利亞階級意識認同之區別，仍然可以從個人創作的選擇上，清楚地找出分野。文學刊物確實有些模糊地帶，《福爾摩沙》偏向小布爾喬亞是在創刊檄文便表示出來的，「民報」或「文藝聯盟」比較能兼容並蓄，屬於兩派的模糊地區，巫永福屬於《福爾摩沙》則十分明顯。

　　賴和為首的，在島內發展出來的作家，起步便以白話漢文寫作，並且絕大多數都是現實主義的信仰者，文字風格上也都具有強烈的現實批判精神，一般所謂的日治時期臺灣文學具有反帝反封建、現實主義風格的說法，指的是這一系的作家。後起的《福爾摩沙》，以人物心理、人物性格描寫，試圖脫離社會運動附庸，深化、獨立文學的自我期許，雖然聲勢上不如前者，卻始終都是自成一系在發展。黃得時認為《福爾摩沙》對臺灣新文學運動有三大貢獻，首先便說，該刊的創辦人「皆是在日本各大學正在專攻文學、哲學或美術的學生，所以他們能運用西洋近代文學的方法來創作文學和推進文學運動。」又說：「他們推進文學運動的意欲特別堅強而熾烈，大有非創出一種新文學絕對不願罷手的氣概。」[10]

　　葉石濤也說：「從一九二○年代後半到三○年代，……台灣的知識份子深受共產主義和無政府主義的影響，在文化、政治、農民、勞動等運動中呈現了尖銳的階級鬥爭意識，……雖然因應這些社會運動而創辦的許多雜誌不一定都是新文學的園地，但它們都致力於新文學的栽培，卻是不容置疑。」[11]

　　所以，1930 年代出現的《福爾摩沙》，做為巫永福小說的出發點，可以說，正是賴和、陳端明等人推動的，正待開花結果的臺灣話文運動和受日文教育的日文作家自然成熟的交錯點；同時也是附會於社會運動，做為文化抗日運動的一支和只關心文學發展和藝術發展的純文藝派的分岔點；

---

[10]黃得時，〈臺灣新文學運動概觀〉，原載《臺北文物》第 3 卷第 2、3 期，第 4 卷第 2 期（1954 年 8 月 20 日、12 月 10 日，1955 年 8 月 20 日）。

[11]葉石濤，〈臺灣新文學運動中的普羅列塔利亞文學〉，《臺灣文學入門──臺灣文學五十七問》（高雄：春暉出版社，1997 年 6 月），頁 29。

當然更由此區分了小布爾喬亞與普羅列塔利亞意識的歧異。巫永福顯然站在維護純正文學的少數的一邊。

1933 年，《福爾摩沙》創刊以後，希望作家負起吹奏激勵民眾進行曲的喇叭手[12]任務的賴和，實際已淡出小說創作的行列，但楊守愚、楊逵、呂赫若、楊華、翁鬧、朱點人……等人先後崛起，特別是他們的〈決裂〉、〈送報伕〉、〈牛車〉、〈一個勞動者的死〉、〈薄命〉、〈戀伯仔〉、〈羅漢腳〉……等作品，卻一再顯示強烈的現實批判精神。之中，楊逵、呂赫若、翁鬧、朱點人都有深化自己作品的意圖，對人物個性、心理的描寫頗下功夫，卻仍然顯示現實批判才是主要的創作意圖，這凸顯了巫永福的小說理念的堅持，事實上面對的是廣大的現實主義的洪流。

1931 年創刊的《南音》，雖然謙虛地以「盡一點微力於文藝的啟蒙運動」自許，但卻不知不覺地還是把關心臺灣社會「思想」、「生活」提升的「使命感」流露出來。它的發刊詞裡充斥著「為解決生活上的痛苦，藉文字來消愁解悶」、「做思想交換的機關」，在迷矇苦悶的人心上，添加潤澤、「推行思想和文藝的普遍化、大眾化」[13]，《南音》似乎自承文學對社會負有不可脫卸的重大改革使命，這也難怪 12 期中有四分之一「因為刊登反日作品受日當局禁止」。

針對《南音》的散文，「都是描寫身邊瑣事或讀書雜記為多」，《福爾摩沙》的創刊號即曾著文批評它是「腐心於風月花鳥的貴族文學」[14]，可見兩者的對峙性文學觀點是各有依據的。此外，《南音》停刊後留下來的「空白」，島內作家立刻以「臺灣文藝協會」和《先發部隊》填補，而頗有拒絕響應兩個多月前創刊的《福爾摩沙》的用意。《先發部隊》的宣言：「藝術的發生是基因於生活的刺激與整理，並不是閑人的消遣物或生活的餘興品，是故文藝與人生活的關係如何可知。」、「使全面的臺灣新文學能夠健

---

[12]賴和於 1931 年元月 1 日出刊的《臺灣民報》第 345 號，發表〈希望我們的喇叭手吹奏激勵民眾的進行曲〉一文。
[13]見《南音》發刊詞。1932 年元月 1 日出刊。
[14]語見《福爾摩沙》創刊號，楊行東評論文〈對臺灣文藝界的期待〉。

全的發達和繁榮，進而應付時代的要求，做起未來的所有生活分野和先驅和動力呢！」[15]

　　《先發部隊》和《第一線》的小說作者，除了朱點人、林越峰和王錦江，其餘的作者作品並不多，而且大部分的作品，都取材於愛情、婚姻，和朱點人的〈紀念樹〉、芥舟的〈王都鄉〉、王錦江的〈夜雨〉，是屬於和楊守愚的代表作──〈一群失業的人〉同類的，反映經濟大恐怖衝擊下農民、勞動者、失業者的悲哀。王錦江與楊守愚同因「黑色青年聯盟事件」，遭到檢舉，而朱點人則在戰後的 1949 年因加入中共地下工作被槍殺。這個系統作家作品的無產階級傾向是最大的特色。黃得時認為東京的臺灣藝術研究會以日文寫作以及《先發部隊》、《第一線》主張以白話文寫作，都「對於萎靡不振的臺灣文學，灌輸了新鮮的血液。」[16]

　　出現在臺灣新文學發展分岔路口的《福爾摩沙》，雖然明顯比《南音》一系顯得弱小，卻不失為文學亂世裡的清音，兩者的影響也難分軒輊，但從它開始的文學政治派和文藝派的爭執，卻綿延半個世紀以上。

四、文學的政治派與文藝派

　　巫永福回憶他青年時期的文學生涯說：「『台灣藝術研究會』走純文藝路線，不涉及政治，以免被學校退學。……走純文藝路線的雜誌是從《福爾摩沙》開始，一九二〇年代以前台灣文學都是政治派，一九三〇年代可說是文藝派，我們注重文藝發展。……《台灣新文學》也是走純文藝路線，可說是受了《福爾摩沙》的影響。」[17]，證明巫永福以及他所屬的《福爾摩沙》，不僅在當時即清清楚楚他們選擇的是不同於政治派的文藝派，更明白，政治派路線是有危險的，至少有被退學的危險。賴和、楊逵、王詩琅、楊守愚都受過牢獄之災，朱點人、呂赫若為此喪命。從結果論，這兩

---

[15] 見《先發部隊》宣言，1934 年 7 月 15 日發行。
[16] 黃得時，〈臺灣新文學運動概觀〉，原載《臺北文物》第 3 卷第 2、3 期，第 4 卷第 2 期（1954 年 8 月 20 日、12 月 10 日，1955 年 8 月 20 日）。
[17] 見巫永福〈我的青年文學生涯〉，《巫永福全集 6──評論卷 I 》，頁 281。

派作家文學觀念的分歧，不會僅僅只是文學投入熱度和深度的差異，而是一種生命價值觀的差別，政治派很可能不只把文學當做實踐自己人生理想的道路或工具，恐怕還把作品裡的理想等同自己的人生理想，必要時只有全身以赴了。相對於政治派沒有遲疑的投入，文藝派從容、冷靜，足以仔細經營藝術的特質，就被凸顯出來了，一般而言，文藝派作品普遍具有較繁複、精密的藝術表現技巧。

在〈我的青年文學生涯〉一文中，巫永福曾說：「日本曾發生經濟恐慌及貧富懸殊現象。一九三二年我去東京時，一餐飯有人吃五錢，算是窮人，有人吃一角，也是窮人，一般像我有家人接濟的人吃三角，算不錯的了，但還有更有錢的吃五角、一元的。日本東北地區的農民很艱苦，有人賣女兒到東京為妓。那時因此左派及普羅文學在日本很興盛，軍國主義漸抬頭。」這段自白裡的情形，固然讓後人明白，他無法寫出像楊逵的〈送報伕〉或楊華的〈一個勞動者的死〉之類的經驗文學，但其實他是有機會朝向賴和的〈一桿秤仔〉或楊守愚的〈一群失業的人〉之類的非經驗文學發展的，畢竟他還是親自見證了那個艱困年代的許多面向，他所以沒有朝這個方向發展，我以為只因為他相當篤定堅決於自己文藝派的選擇。

文藝派有意超然於臺灣現實的特質，固然是文藝觀的一種抉擇，有其孤高的理想性，但浮游於現實，缺乏創作的紮實支點，也構成了推衍進展的難度。巫永福的詩作，持續在發展，小說創作卻止於 1940 年代初，當初的抉擇，很可能是一個主要的原因。《巫永福全集》雖收有小說三卷，主要的作品還是只有日治時期寫下的七篇，戰後部分，除了〈薩摩仔〉可稱作「小說」，其餘是相當勉強的。巫永福在日治時期發表的七篇小說，前後雖然相距八年，但距離以小說這種藝術形式純熟地展現他的文學觀、藝術觀，應該還有很長的一段創作之路才是，畢竟這些作品實在不夠多得可以驗證一個作家的文學抱負。基本上，巫永福是日治時期，臺灣作家左右分歧之際，一位未能充分演示自己文學觀的，未完成的小說家。他的生平年表也說明，離開記者生涯投入商場，以及時局的遞變，他離小說創作漸行

漸遠，留下來的只是舊時代一個青澀的小說創作果實。

　　　　——1997 年 11 月 1～2 日發表於私立淡水工商管理學

　　院臺灣文學系「巫永福文學會議」

　　　　　　　　　　——選自彭瑞金《驅除迷霧・找回祖靈》

　　　　　　　　　高雄：春暉出版社，2005 年 5 月

水仙花的禮讚與呼聲

論巫永福的詩

　　巫永福，號永州，臺灣埔里人，1913 年生。1935 年日本明治大學文藝科畢業。1932 年在東京與蘇維熊、王白淵、吳坤煌、張文環、施學習、曾石火等組織「臺灣藝術研究會」，創刊文學雜誌《福爾摩沙》。歸臺後參加「臺灣文藝聯盟」文學雜誌《臺灣文藝》，1941 年參加張文環主編的《臺灣文學》。曾任臺灣新聞社記者。戰後曾任臺灣大公企業公司協理，臺中市政府祕書，中國化學製藥公司總經理。現任新光產物保險公司常駐董事。《臺灣文藝》發行人，笠詩社同仁。

　　巫永福在 50 年前，就已修完明治大學文藝科課程，算是文藝科正科班的畢業生了！他使用日文，寫過詩、劇本、小說、隨筆，甚至俳句和短歌。而他使用中文，主要的是寫詩，包括現代詩與傳統詩，偶爾也寫隨筆小品。當然，他是跨越語言的一代，他以漢文字的底子，河洛話的日常語言，流利的日本語文，再來從事中文現代詩的創作，雖然說繞了個彎子，但還是以詩的創作為他的主要課題。

　　他在其「詩觀」中說：「由自己的獨特個性出發，選擇其詩的形態以語言技巧地表現其詩情詩感以顯示對人生的感性及思想。換言之，由主觀的燃燒而成為客觀化的純粹的詩的感受，再由其所把握的視覺角度以簡約適切的語言組織的效果及修辭，表現其多端的姿態而構成新的世界或新的現實，這樣成為生命的動態及美感而能引起讀者的共鳴與共感者即為好

*發表文章時為國立編譯館人文組編纂，現為靜宜大學退休教授。

詩。」這是巫永福對詩的看法。

　　巫永福因為偶然的機會，找到了他在日據時期的舊筆記簿，因此，找到了他那時所寫的日文現代詩，交由詩人陳千武先生翻譯，開始在《笠》詩刊登場。這些創作於戰爭時期的作品，可以說比吳濁流先生的《亞細亞的孤兒》出土更晚，不過，也因此激起巫永福重新出發，直接以中文來創作現代詩。那麼，就讓我們來欣賞他的創作吧！

　　　看來像水中的仙女
　　　像處女的清淨
　　　哀憐
　　　而潔白
　　　貞婦的花瓣是不沾泥土的
　　　白黃的小花　　青直的小莖
　　　風雅而美麗的
　　　水仙花
　　　水仙花

——〈水仙花〉

　　這是一首意象晶瑩，簡潔有味的小詩。水仙花，是一種多年生花草的名字，冬末開白花。這首詩，把水仙花那種清純比喻為「像水中的仙女，像處女的清淨」，而以「貞婦的花瓣是不沾泥土的」來加以發展，末了，直接重複地呼喚著水仙花的名字，是一種禮讚，也是一種呼聲，令人感覺到有一種空谷中迴盪的音響。我們知道，在古代希臘神話中，有所謂納蕤思（Narcissus）的故事，一位美少年，愛上自己的映影，死後成為一朵清新可愛的小花，即水仙的意思。

　　　泥土有埋葬父親的香味

泥土有埋葬母親的香味

飄過竹簇落葉微亮著
向那光的斜線鳥飛去

潮濕的泥土發出微微的芬芳
寒冷的泥土發出淺春的芬芳

閃耀於枯葉的光底呼吸裏
新鮮而豐盈的嫩葉發亮

微風也匿藏著早來的溫暖
雲霞也打著早春已來的訊息

嫩葉有父親血汗的香味
嫩葉有母親血汗的香味

——〈泥土〉

　　這首詩，以泥土來表現兩代之間的關聯和感情，因為「泥土有埋葬父親的香味，泥土有埋葬母親的香味」；而經過泥土的埋葬，也透過歲月的醞釀，終於變成「嫩葉有父親血汗的香味，嫩葉有母親血汗的香味」。開頭表現了雙親被泥土埋葬的香味，而末了則表現了嫩葉帶有雙親血汗的香味。如果說嫩葉是新生的一代，那麼，也就是隱喻了自己；透過了泥土，父母繫了根；透過了泥土，嫩葉又新生了。而泥土該是一種大地的象徵，也是一種現實繫根的所在。這首詩，表現了一種上一代的犧牲與護泥，而且也表現了下一代的新生與慕情，形成了一種兩代間和諧而溫暖的倫理淵源。

母親的死和花瓣的凋謝
那生命的冷落似很相似

雖然如此站在樹蔭下
母親的微笑仍然存在啊

曾經隨母親在此山遊玩
那時緋櫻的花瓣飛舞著
在風和日麗的小春天裡
所拍攝的母親的遺影喲

常替我洗過皮膚的母親
常教我講好語言的母親
又在愛哭時替我拭去淚水
啊母親的笑容猶在心目中

四月的天空裡母親的聲響著
四月的清溪裡母親正在細語
雖沒有愛的語言，母親的慈容猶在
四月的新綠裡顯現

　　　　　　　　　　　　——〈母親的照片〉

　　從「母親的照片」中，體驗到母親的愛，而且有一種慈祥的音容猶在
的感受。母親雖然已逝，而她的微笑依然存在；從她的遺影，恍惚回到跟
她在春天的山裡遊玩的情景。替我洗過皮膚，講好語言以及拭去淚水的母
親，永遠在我的「心目中」，所以，在四月的天空、清溪和新綠裡，有母親
的聲響、細語和慈容，雖然沒有愛的語言，卻處處都是愛的啟示和感受。
這首詩，是一首表現母愛的懷念和體驗的詩，深刻而親切，令人回味無
窮。

父母未曾說過愛我

但我領悟到父母的愛

你每次都說著愛我

你的愛卻無法領受

你想征服我把愛說成一視同仁

我知道你的花言巧語含著虛偽

你想擁有我底心呀

但我底心因常受騙已成石頭了

——〈愛〉

　　父母的愛，未曾說過，但是，卻自然流露，使我領悟到那種天倫的愛。而「你每次都說著愛我」，卻使我無法領受，那是為什麼呢？這個你是誰呀？如果我們像作者一樣，曾經在日據時期異族的統治下，嚐過被殖民的悲哀與痛苦。那麼，你這統治者想征服我，儘管花言巧言說得天花亂墜；「把愛說成一視同仁」；然而，「含著虛偽」的愛，雖然能征服我，卻不能「擁有我底心」！如果常常受騙，我底心就已成石頭了！這麼多麼沉痛的隱喻呀，因為受騙的心已僵化成石頭一樣的堅硬與冷漠了！這首詩，從說理出發，卻表現了一種高度的象徵意味，以及一種強烈而多義性的暗示作用。

未曾見過的祖國

隔著海似近似遠

夢見的，在書上看見的祖國

流過幾千年在我血液裡

住在我胸脯裡的影子

在我心裡反響

呀！是祖國喚我呢？

　　　或是我喚祖國？

燦爛的歷史
祖國該有榮耀的強盛
孕育優異的文化
祖國是卓越的
啊！祖國喲醒來！
　　　祖國喲醒來！

國家貪睡就病弱
病弱就會有恥辱
人多土地大的
祖國喲　咆哮一聲
祖國喲　咆哮一聲

民族的尊嚴大自立
無自立便無自主
不平等隱藏有不幸
祖國喲　站起來
祖國喲　舉起手

戰敗了就送我們去寄養
要我們負起這一罪惡
有祖國不能喚祖國的罪惡
祖國不覺得羞恥嗎
祖國在海的那邊
祖國在眼眸裡

風俗習慣語言都不同

異族統治下的一視同仁
顯然就是虛偽的語言
虛偽多了便會有苦悶
還給我們祖國呀！
向海叫喊　還我們祖國呀！

　　　　　　　　　　　　　　　——〈祖國〉

　　雖然說臺灣被滿清割讓給日本，但是在日據時期的 51 年歲月中，臺灣人民的祖國意識隨著民族解放運動而高昂，並沒有被日本所謂皇民化運動所同化，因此，對祖國的嚮往與呼喚，乃是亞細亞的孤兒要掙脫被殖民的悲哀的一種抗議的精神與聲音。在日本進行中日戰爭、太平洋戰爭之際，巫永福這首「祖國」的詩，當然無發表的機會，而今，通過陳千武的翻譯，終於讓我們窺探到也感受到當年他那種對祖國的嚮往之情，以及寄望之殷切，在字裡行間，都可以讓我們深深地體會到。從巫永福的這種祖國意識和自由意識，我們可以想像得到臺灣人民當年的那種民族運動的精神主流，只有失去祖國，失去自由的人民才會有這種深切的痛苦與呼聲吧！

　　巫永福的詩，早期是從抒情出發，透過意象的凝聚，形成一種高度象徵的氣氛。而他近期的作品，卻往往從說理出發，意象的繽紛則較減低，而直覺的陳述則較增加，因此，無形中也形成了他的另一種特色，不過，也許我們還年輕的緣故吧！我們還是比較偏愛他那種意象凝聚中所透露的那種生命的訊息和希望呀！

　　　　　　　　　　　　　　——選自趙天儀《臺灣現代詩鑑賞》
　　　　　　　　　　　　　　臺中：臺中市立文化中心，1998 年 5 月

巫永福詩中的風花雪月

◎李魁賢*

一、前言

　　風花雪月原指四時景物，後被轉借影射情色狎玩，習用上成為浪漫情事或消極人生的用語。

　　要討論巫永福詩中的風花雪月，不可能指涉浪漫情懷，因為巫永福從少作起，幾乎看不到一般詩人比較容易下手的情詩，即使青春時期的〈夢〉（Ⅰ 69），也曾祈求「願有幸福的愛戀」，結果「瞬時看到霧社事件的學友花岡二郎在討命」。社會血淋淋的事件壓倒詩人青春夢中愛戀的柔情蜜意，從浪漫主義立場上看，毋寧是大煞風景的事。巫永福曾自白：「我不談日常的風月情節／兒女私情是我的秘密風流」（〈我什麼都不講〉，Ⅱ 183），所以他在詩中幾乎不寫兒女私情，有之，則為社會的大我之愛。

　　巫永福的文學以詩為主體，《巫永福全集》15 卷中，創作中文詩占四卷，日文詩一卷，俳句一卷，短歌二卷，這些抒情詩的產量占產值的二分之一強。但巫永福的抒情詩中獨少「情」，這是很有趣的事。若從巫永福的少作考察起，便會發現他是偏現實主義社會性的抒情詩人，他不善於或不樂於表達個人性的內在感情，他所關懷的對象傾向於外在景物，例如現存早期作品〈遺忘語言的鳥〉（Ⅰ 7），描寫遺忘母語而喪失精神立場的悲哀；〈愛〉（Ⅰ 11），描寫虛偽的愛之欺瞞性，便含有強烈的社會批判性；〈誰都不知不覺的時候〉（Ⅰ 17）描寫孤寡的老太婆謝世時，人世間毫無迴響的淒

---

*詩人，發表文章時為專利代辦，現已退休，為名流書房坊主。

涼；〈乞食〉（I 87）描寫對生產無力者人權的尊重，表達了詩人同情弱勢者的姿態；至於〈孤兒之戀〉（I 76）和〈祖國〉（I 80），則明顯表明了政治和民族立場，與統治者採取對立的態度；又如〈權力不會賢明〉（I 74）直接抨擊臺灣總督「掛上一視同仁的假照（招）牌／而偽裝著愛民的低姿勢」，在受到高壓統治的殖民地環境下，則需有很大的勇氣和膽識，也可看出巫永福青年時便扮演著反抗詩人的角色。

從毫無風花雪月情緒的詩人作品裡，要探討詩人的風花雪月之情，並非無的放矢，而是企圖尋求詩人借物喻義的一些軌跡，來探索詩人的精神立足點。當然，巫永福大量詩作中，不乏直接宣述其意念，直接批判對象和核心，但從物象的符意中尋求符旨的美感意義，更能探究詩意的曲折和變化。

二、風

在四時景物的風花雪月當中，風是唯一不具形體的物象，所以不發生視覺的直接效應，而要透過皮膚的觸覺，或其他物象的間接反應，例如樹木花草的搖動，去感覺和察覺。

所以，巫永福詩中沒有直接以風為對象的吟詠，風都是以配角的意象出現詩中，而萬種風情的感受常因詩人的心情而定，所謂移情同感，一方面是由風的姿勢觸動詩人的不同感懷，另方面以詩人的心情去詮釋風的不同態度，造成以物喻意或客觀投射等等的物我交感。

因此，在巫永福詩中出現的風情多樣，有春風和秋風，有寒風、暖風和薰風，有曉風、晨風、晚風和夜風，有山風、溪風和海風，有強風和微風。此外，還有颱風、順風、陣風、和風、清風、幽風等不一而足。當然，風情儘管多樣，不外配合自然的描述。

春風和秋風是就季節而分。〈蘆葦〉（II 56）上節描寫「蘆葦青青春風吹」的春日欣欣向榮景象，水鳥在此築巢，與下節秋日時幼鳥出世後，「無言蘆草萎」成一對比。〈木棉花〉（III 16）描寫詩人在臺北市出入要道的仁

愛路街道樹「木棉隨著春風抒展橙色花蕾」。

　　在季節上，春季是一年之所寄，且此時氣候轉暖，有益生命力的活動，故景象充滿活力，而秋季雖為收穫季，可是逐漸進入寒冬蕭條，故在〈心飛飛〉（Ⅰ 146～147）裡一方面吟詠「等待秋風好割稻」，另方面又寫「不等秋風打棉被」。而這首歌謠體的詩二節後半，都明白指出男兒被「一紙日軍令」徵召南洋，以致鴛鴦花和鴛鴦盟被拆散的憂愁，顯示荒蕪心情與季節的關聯。〈秋風的感慨〉（Ⅰ 157）描寫「秋風靜肅地吹來／枯葉乃飛東又飄西／發出撕破舊衣的聲音」，顯示入秋後逐漸破敗的景象。至於〈秋風漸漸來〉（Ⅰ 133）直指「秋風漸漸來／窮人將挨害／破壁無法補／薄被透骨骸」，更表現了詩人的人道關懷。

　　寒風、暖風和薰風，表面上是溫度之差，其實仍然和季節相關。「強烈寒風橫掃的一刻／潛入籬笆在門邊避風／沒有掛牌的骯髒小狗／獨自寂寞地呻吟著」（〈門前之狗〉，Ⅰ 108），「窗外的寒風深沉暮色悵惘／……／你的家將在冷漠中過年」（〈悼妹夫〉，Ⅱ 17），以及「寒風掃地落葉片片起舞幽吟／淒涼的心抱著不和諧的紅葉隕落」（〈落葉頌〉），Ⅱ 43），顯示寒風是自然界對人畜同樣的打擊，似乎比秋風還要嚴酷，落寞淒涼的景象和心情明顯受到自然所左右。相對地「枝葉於暖風飄漂放蕩／日　月　天　星　雲　霧」（〈空間〉，Ⅰ 99），和「春雨像滋潤的生命帶來溫暖／……／招來陣陣薰風」（〈春雨〉，Ⅱ 161），詩中的情緒是活潑昂揚的。

　　曉風、晨風、晚風和夜風，與時辰有關。「閃爍的稀星消失於曉風」（〈晨〉，Ⅰ 162），「不知名的早鳥哼了好幾聲／報知游泳池邊的臘梅紅花在晨風裏招搖」（〈早晨〉，Ⅲ 56），「虹橋的雲彩在黃昏中驅走了我的疲倦／而農家的燈火通明時晚風習習」（〈彩虹〉，Ⅲ 157），以及「夜風裸藏著喜樂哀愁／於無限的空間漂泊徬徨／迷惘地流浪於渺茫夜色中」（〈裸體的夜風〉，Ⅰ 173），都明顯配合著時辰所做描述。

　　山風、溪風和海風，則與地理位置有關。「泥路滑滑小心行／山風習習難思清」（〈山路〉，Ⅱ 172），「由山上看山腳看壯觀的黃金田野／而後閉目

傾聽山風的樂章」（〈葉笛〉，III 19～20），「陽照蘆葦溪風吹」（〈蘆葦〉，II 56），以及「面對狂飄海風／我耐心昂頭／呼雲走去」（〈濱〉，II 190），都是詩中所描寫場景出現的風的屬性。

強風和微風是與風的強度有關。「強風吹動池邊茂盛的荒草／露出一個高高刻有名字的墓碑」（〈牆內牆外〉，II 226），和「欲雨而止的黑雲飄入池底盪漾／強風吹來……」（〈護牆〉，II 232），二詩中同樣描寫到牆內成為廢園，因為主人受害於二二八事件。因此，強風除了塑造不平靜的氣氛外，一種強權的隱喻已昭然若揭。另外在「強風凄殺掃亂枝幹」（〈麻雀〉，I 26），有類似的意象，蕭殺環境的破壞同樣明顯。至於早期詩裡頻頻出現的微風，例如「微風腐蝕我的身軀／把春天的慾望帶到夏天」（〈春天和夏天之間〉，I 91），「江上輕舟情意重／迎面吹來微微風」（〈如意郎〉，I 145），「微風也匿藏著溫暖／雪也打來春的訊息」（〈泥土〉，I 180），和「思惟從海吹來的微風裡沉淪」（〈思惟〉，I 184），卻在戰後的詩裡不見了，不知不覺之中，溫柔的微風被毀滅性的強風所取代，經過社會重大事件的震撼後，詩人潛意識裡的變化，在詩的意象和意境裡，可以找到一些蛛絲馬跡。

此外，在巫永福詩中還出現颱風、順風、陣風、和風、清風、幽風等，不外是強度的不同，同樣引起詩人心裡的因應變化。

總之，在巫永福詩中的風，都是場景中塑造氣氛的手段，而非對象物。只有在〈風影〉（I 187）中直接描寫到「由於風仔飄動毛髮起舞嗎／由於毛髮起舞而風仔飄動嗎／好像有了毛髮的細微聲音／好像有了風兒低訴的聲音」，然而由於風的無形無影，還是透過毛髮的動作來呈現風的行為。

三、花

與無形無影的風相對地，花的具象和彩色繽紛，成為巫永福最喜歡即物歌詠的對象，就直接以花名入詩題的就有紫苜蓿、水仙、曇花、月下美人、緋櫻、玫瑰（二首）、寒梅、鼓挺花、木棉花、桂花（二首）、苦苓花

（二首）、萱草花、燈仔花、煮飯花、蒲公英、鳳仙花、秋海棠、白菊花、向日葵、仙人掌、素心蘭、連翹、夾竹桃、木蓮、七里香，至於在詩中描寫到的至少還有卡特利亞、玉蘭花、含笑、荷花、百合、牡丹、臘梅、李花、杏花、石榴、鈴蘭、薔薇，總共有三、四十種之多。

　　巫永福描寫花有幾個面向，早期是純粹對花表面的歌詠，例如「看來像水中的仙女／像處女的清淨／哀憐／而潔白／……／風雅而美麗／水仙花／水仙花」（〈水仙花〉，I 107），「開展白色清秀的新衣／曇花在夜中傾香一時」（〈曇花〉，I 275），和「夾竹桃花紅隨風招展著／把花影落在水裡白雲天」（〈陽光下〉，I 231），詩人保持著與物象的知性距離。

　　然後，詩人漸漸走入物象的生命裡：「仙人掌長久忍耐寂寞後／芬芳的生命將綻放／……／曇花一現的月下美人／雖短命卻有燦爛的一刻」（〈月下美人〉，II 264），「鼓挺花大花朵如喇叭／……／不散放異香／不孤芳自憐／不自誇品評／……／個性獨立不自傲／……／自在不狂嘯」（〈鼓挺花〉，II 259），「玫瑰謙卑站在籬下悄悄盛開／不誇示綺麗，卻很美」（〈玫瑰〉，II 279），「桂花在陽光下放幽香／不管人看不看不動容／不管人聞不聞不氣餒／不管人愛不愛不卑鄙」（〈桂花〉，III 69），「仙人掌從不逃避情人的愛／情人卻怕仙人掌的尖刺傷身／喘著氣不敢親近／仙人掌孤掌難鳴」（〈仙人掌〉，IV 67），以及「門前木蓮花／清高立雲沙／……／一絲塵不染／世塵自看破／……／不談世事時／就不想榮華」（〈木蓮〉，IV 203），使花卉賦有了生命力。擬人化的結果，不但是詩人的詮釋觀點投射在客觀物象，實際上也是詩人借物自況。

　　另外一個特殊的面向是，詩人把花做為道具，描寫民俗活動，以花襯托傳統的氣氛。例如「門前籬笆的燈仔花開了／翹起大紅的花瓣報喜／猶如美麗的風鈴吊燈」（〈燈仔花〉，III 166），接著敘述舊習娶親的禮俗和動作，到最後以「籬笆的燈仔花依然紅紅燃燒著」，表現了喜氣洋洋的場面。另外，「連翹開花結子外根部會生殖／不怕摧殘、永生永育長遠流／石榴開紅花結球形厚皮的果實／含鮮紅種子年復一年生命連綿」（〈連翹〉，IV

166），描寫為親戚女兒于歸添妝贈送連翹、石榴各一盆成對的意義和兆示，也是襯托出早生貴子的民俗，目的都是以花本身為對象物。

面向最廣的是從花引起懷思，尤其是懷念母親的詩，一種睹物思親之情躍然紙上。例如「芳郁的玉蘭花吸引我到它樹下／引來母親毛髮的香味使我懷思」（〈花〉II 78），「萱草花猶如母親的笑容照亮／在麗日風和中引我思念」（〈萱草花〉，III 95），「母親去世多年了　常使我幻想／煮飯花會不會在晚上看到牛郎織女」（〈煮飯花〉，III 276），以及「素心蘭開白花不發一聲／放出高貴的芬芳使我陶醉／猶如母親的花粉」（〈素心蘭〉，IV 79）。另外如「藏在童年的記憶裡／鳳仙花會笑／握在隔壁的少女手裡」（〈鳳仙花〉，IV 54），這大概是詩人「什麼都不講」的「祕密風流」中唯一透露出的一絲浪漫情懷，在巫永福的詩裡絕無僅有的感情波動了。

不像風的虛無飄渺，花有具形、有色彩、有活躍的生命，詩人不但與花有深厚的交感，還加以人格化，再把自己的思想客觀投影，成為詩人的分身，所以花的形象在巫永福詩裡具有謙虛、堅忍、重本質而忽視存在，認同土地，甚至具備反抗的精神特性。除上引詩例外，還可以從下列詩中顯現具體的反射：「雖無巴比崙的榮華夢／卻有純潔高貴的命字／留下錦繡清麗的詩章」（〈曇花〉，I 275），「就覺長久的忍耐有回報」（〈月下美人〉，II 264），「為了使你擁有我／為了使我擁有你／我成無名花」（〈無名花〉，II 276），「梅葉紛紛落盡後／不見蜂蝶雖孤單／卻見枝上花苞點點」（〈寒梅〉，II 220），「說他為滿足人間的愛心而開／不怕風吹雨打／不怕都市喧嘩」（〈木棉花〉，III 17），「桂花在風和中舒暢生命／不醒目不倦容不荒蕪／蝴蝶不來也不寂寞／蜜蜂不來也不悲傷」（〈桂花〉，III 69），「蒲公英只要有土地／便欣欣發芽開花向榮」（〈蒲公英飄了〉，IV 12），「去年插在花盆的夾竹桃枝／經過多月寒冷嚴峻的考驗／保持奇異的活力不乾枯」（〈夾竹桃〉，IV 176），「有土地向日葵的種子就會發芽」（〈向日葵〉IV 65），「一郎二郎悲憤的鮮血／似緋紅的櫻花／又怒放了」（〈霧社緋櫻〉II 61）。

1980 年代，巫永福在美國舊金山虛士堡購置永州山莊後，由於土地面

積寬闊，大庭院遍植花木，從此詠花詩大量出籠，這也是巫永福詩中對風花雪月獨鍾花的一個機緣。

四、雪

巫永福的風花雪月獨少雪的吟詠，原因可能是臺灣地處亞熱帶，很少下雪，偶爾天寒有雪，也大多在高山上，所以，雪在巫永福的生活經驗裡關係最淺，生活體驗既少，就不易觸動詩的情趣。

唯二有關雪的詩，〈舍士達雪山〉（III 115）和〈滑雪〉（III 234），都寫在巫永福耄耋之年。

〈舍士達雪山〉是詩人在美國遊舍士達山的感懷作品，詩分三節，第一節描寫「站在水秀清麗的舍士達湖畔」，眺望著「白皚皚雄壯舍士達大雪山」，久久心曠神怡，接著表揚標高四千多公尺的舍士達山傲視周邊世界，從太古的冰河時代至今，經年積雪不化。第二節描寫舍士達山原為印第安人生活的場域，卻被白人所驅逐，已不見蹤跡，可是舍士達卻不動生色「幾千年來故我不改容」。最後一節描寫詩人年已老但仍不覺老，面對舍士達山的高拔英挺，鼓舞起詩人熱情的勇氣，「雖然不想攀登大山頂頭／卻想成一隻大鷹飛翔／看看大山壯麗的骨頭如何強硬」。

此詩雖因舍士達山終年積雪白皚，引起詩人的詩思，但詩人的詩興卻是由大山的雄偉所衍發。一方面客觀投影，在心裡上產生壯碩的硬朗感，而稱讚大山的骨頭強硬，可是另方面卻對印第安人被白人驅逐，「舍士達山不動生色默然／其中的奧秘是什麼呢」，表示不滿，雖然「幾千年來故我不改容」，本身沒有受到破壞，但這種硬骨頭，也只是獨善其身，未能兼善天下。

巫永福為嬌弱的花，拼命賦予自立自強的生命意志力，而未強求超出其本質以外的能量，但對雪山遠較花堅強不可相比的堅定意志，卻覺得有所不足，顯現了詩人對物象發揮存在生命極致的期求。

另一首〈滑雪〉雖然成詩較晚，卻是回憶約六十年前在日本留學時往

信州霧個峰滑雪的記遊詩作，真正弄雪的一次親身經驗。詩中描寫第一次看到白雪皚皚的莊嚴雪景受到感動，這大概是生長在亞熱帶的臺灣青年普遍會有的反射，相當具有代表性。全詩接著描寫滑雪的緊張興奮，在朋友指導下鼓起勇氣，踏出滑雪的第一步，「從此一直滑下山坡猶如飛車／雖然寒風刺骨終於幸福到達終點」，似乎把學習過程太簡易化，但這種征服雪，挑戰自己意志和能力的「刻心未曾有經驗」，卻表現得淋漓盡致。

〈滑雪〉的投入和〈舍士達雪山〉的旁觀，恰成對比，一則年少時有參與的興趣和體力，容易與客體物象交融，一則年老時傾向靜觀自得，比較會採取遠距離觀察的態度。前者投入而忘我，是屬於身體的動作，後者淡出也忘我，則是心靈的感應。

但無論如何，雪對巫永福吸引力之大，無論是弄雪的激烈表現，或是賞雪的悠然神往，雪給詩人的經驗充滿陽剛之氣，是外爍而顯性的，與風的意象較近，而對待花的陰柔美感，則恰成對比，巫永福雖也給花灌輸許多堅強的意志力，卻是傾向內斂而隱性的。

五、月

巫永福對月的感受，又呈現了陰柔的一面，月觸動人的思念和愁緒，是心理的固定反應，李白的「天上明月光，疑是地上霜，舉頭望明月，低頭思故鄉」，算是最典型的代表作。

巫永福在有關月的詩作中，也透露一些比較浪漫傾向的感性線索，像在少作的〈月夜〉（I 19）裡描寫「在月夜一心等愛戀」，然而相思卻成幻影，「月光的惱絲」卻換成「紅血般的哀淚」，一種自怨自艾的少年愁滋味躍然紙上。在另一首少作〈十五月冥〉（I 23）裡，描寫「蒼白的光灑在屋頂上／灑在黑樹上／灑在灰暗的道路上／像年輕情人的心顫抖著／又像輕輕撫捫著／撫捫著自己寂寞的心胸」，同樣有著陰柔的感應。

然而，巫永福最浪漫的一面是把月當做體貼的伴侶，可以傾心，可以解語，可以默對。例如「月如解意做伴侶／獨自細步心依依」，「披心對明

月圓時／交感幾何無言語」，以及「清野月亮夜更深／孤冷獨坐靜沉沉／對月幽情頓時起／忘卻一切自吟詩」（〈月亮夜更深〉，I 128），完全是對多年的情侶或是老妻的感情。

月觸動詩人的情懷相當平實，即使在予人鏡花水月固定反應的〈水中月〉詩題（II 263）中，從第一節「看見水中月圓圓／想著汝啊汝未來」，轉到第二節的「水中月圓我一個／撿起石頭擲一咧／水波揚起月未散／想著汝啊咱二個」，仍然寄予厚望，並未無端興愁，似乎把未散的月視為「汝」的替身。

巫永福寫月的詩也不多，另外一首是〈曉月〉（IV 264），第二節描寫「風飄花動香自來／曉月消後霞藹藹／一女行走終無影／怡顏留連我心開」，而自足於「能賞花月好運氣」、「人生到老無限期」。上舉第一節前二句如果更動幾個字，變成「風飄花動香自來／曉月消後雪皚皚」，那就風花雪月全到齊了。

有趣的是，後面列舉這幾首巫永福描寫相當投入的詠月詩，卻採取舊詩的形式，暗示著一種古典的浪漫，拉大了與現實的浪漫的距離。

六、結語

巫永福詩中的風花雪月，實質上不具有風花雪月之情，而只有對「風」、「花」、「雪」、「月」之情。其中「風」往往被用來烘托場景的氣氛，似乎構不成詩人矚目所要刻意表現的對象，儘管巫永福詩中風情萬種，呈現各種不同姿態、時地、強弱的變化，而正反面意義都有。「花」卻是巫永福喜歡做為直接對話的對象，且都被賦予正面的意義，在近距離的觀察中，處處顯示詩人自我鑑照的投影形象，其中有肯定，有期許，有自負，有滿足。「雪」著墨少，一遠眺一近觸，一描述老人的靜觀，一回憶年少的遊樂，但大體上，雪被視為實在的物象。至於「月」卻成為慕而遠之的對象，大概是不能親炙的心理和美感距離所肇吧。

基本上，風花雪月的意象可歸類為一陽（風）一陰（花），又一陽

（雪）一陰（月）的對照，一飄浮（風）一實在（花），一具體（雪）一抽象（月）的對比。由此可見，不論是「風月」或「風花雪月」都不能組成同一屬性的詞組，難以構成同一指謂。所以，在巫永福詩中的風、花、雪、月，就恢復到四時景物的類別，分別探索巫永福對物象投注抒情，以供談助。

其實，在探索中已可發現從風、花、雪、月的表現，正反射出詩人的個性。詩要逃避個性幾乎很難，因為詩既然是詩人意識的創作品，則詩就是個性，從巫永福的詩裡大體可以獲得印證。

參考書目

- 巫永福（1996 年），《巫永福全集》，臺北：傳神福音文化公司。文中引用以羅馬數字 I、II、III、IV 表示全集卷數，而以數字 1、2、3、4、……，表示該卷頁數。

- 巫永福文學會議，淡水工商管理學院臺灣文學系主辦，1997 年 11 月 1～2 日

——《自立晚報》，1998 年 1 月 21～23 日

——選自李魁賢《李魁賢文集——第九冊》

臺北：行政院文建會，2002 年 10 月

跨越與重建
論巫永福詩的語言與心靈世界

◎李弦[*]

在臺灣文學史上，巫永福先生正如同同一世代的作家一樣，他們的跨越與重建是經歷其後半生始能完成的，而這些要努力以赴的絕非只是語言，而是語言符號所象徵的思想意識及其行為意義。在光復前，巫氏既基於其文學才華及素養，採用殖民國的語言積極表達其被殖民者的殖民意識；但在戰後、光復後，惡劣的外來政權，迫使其深刻反省所謂「祖國」的語言，及其背後隱藏的威權心態。在這局勢下經歷 40 年，為了跨越與重建語言，其心靈從排拒、冷漠到調整後再出發，終於在晚年經由持續寫作，連串出版了系列詩集。這些產量豐富的詩集就一位老詩人而言，就像一種儀式性行為一樣，逐漸在人生的重要關鍵階段，經由一首首詩的創作，將 40 年前被中止的文學之夢完成，也將四十餘年來被壓抑、隱忍的惡夢一一解除、淨化。在這一通過儀式中，作者深沉地體認個人與群體的共同命運，為了島國的重生，他以一種新語言嘗試重建其臺灣意識；要跨越被禁制 40 年的關限，重新建立臺灣話、臺灣人的自尊，因此所有的詩集其實正是一位詩人的心靈紀錄、一個即將獲得新生的島國子民的心路歷程。

一、語言的跨越與重建

在臺灣的文學團體中，笠詩社的前行代都屬「跨越語言的一代」，不過從 1967 年就加入笠詩社，巫氏卻經歷了較為漫長的時間。他曾自述：「光

---

[*] 本名李豐楙。發表文章時為中央研究院中國文史哲研究所研究員，現為政治大學宗教研究所講座教授。

復後一時興奮，猛學北京話及中文」，但接踵而至「二二八後卻深感失望」，因而荒廢了。但在「深感做為一個完整的臺灣人，就得好好學習講完整的臺語話及寫自如的中文。」[1]臺灣詩庫中他結集出版了七本詩集，除了小部分是日據時期的創作外，[2]大多是以臺灣話文作的，《不老的大樹》中所收的就是他摸索的成長歷程，經歷二十餘年的嘗試後，始能逐漸完整地運用臺灣話、文，這自是一段毅力與打拚的戰果。所以近年來能持續刊出《時光》、《霧社緋櫻》、《木像》及較近的《爬在大地的人》與《無齒的老虎》等。[3]也就證明了一位詩人如何跨越並重建其語言藝術，正是基於對臺灣話、文的強烈信念，才能渡過語言與心靈的重重關限。

從巫氏的生命史言，他在早年投入文學的創作，對於掌握殖民國的語言能力是頗為傑出的；而同時對說、讀臺灣話，也在民族意識的驅使之下具有相當的自覺。因為語言是一種文化表徵，當時他就對於遺忘語言遺忘文化者，象徵地說是「遺忘語言的鳥」，對那些孤單、頑固的鳥，只顧「飛到太陽（日本象徵）那樣高高在上」，而遺忘了傳統的表達語言，也遺忘了自己的精神習俗和倫理，他認為是傲慢而悲哀的。[4]類似巫氏這一世代的作家，在當時只能受到日式教育，及部分的「漢塾教育」，對於祖國的語文，不管是舊文學抑是新文學確是無緣完整地接受的，因此祖國、母國的語言也就成為唐山象徵。他們試著經由臺灣話來銜接祖國的文化根源，並以此抗衡殖民國的語言，所以語言對於作家而言，除了是表達的工具，也是民族意識凝聚的隱喻物，在詩中「語言」所蘊含的象徵意義，就如同圖騰一樣，是一個民族的神聖物。

---

[1] 巫永福在永州文集《風雨中的長青樹》（臺中：中央書局，1986 年 12 月）的自序，說明其學習中文的過程。

[2] 戰前日文詩是分由陳千武及作者自譯，大多數於《不老的大樹》及《稻草人的口哨》中，二書由臺北笠詩刊社出版（1990 年 3 月），列於臺灣詩庫第 16、17 種。

[3] 五種詩集均列於笠詩刊社「臺灣詩庫」第 13、14、15 及 23、24 種，前面兩種出版於 1990 年，後兩種出版於 1993 年，這些詩集承蒙作者參閱，特此致謝。

[4] 對於巫永福先生的評述，有羊子喬〈為臺灣文學奠基石的巫永福〉，杜文靖〈老而彌堅的前輩詩人巫永福〉，上兩文蒙羊子喬先生提供，特此致謝。

對於目前八十左右的臺灣知識分子，臺灣的光復也正是一個幻滅與覺醒的關鍵，所以巫氏在出版詩集中一再反覆的說明，為何垂老之時才寫出這些「修辭不良的詩」，他痛感他及同輩人被無理統治的命運：「我的一生前三十多年在日本統治下，後四十多年在中國國民黨統治下生活」[5]。從被殖民者到被統治者，這群深具亞細亞孤兒意識的知識人，從對母國語言的圖騰式的崇拜情緒中驚醒，這一場幻滅就是「二二八」及隨後國民黨政府的諸般措施，不過這種幻滅感在長達 40 年中是被壓抑下去的，是種政治禁忌，不准碰觸。因而在心靈深處扭曲、變形，直至蔣經國過世後這股情緒才在老詩人的心中發酵成熟為詩，他開始不計工拙一一發洩於詩中，有感即錄，據筆直書，「新希望」一詩採用直述法，可做為這類反覆出現的數罪式文學的典型：

> 先是陳儀一班人來台劫財
> 引起二二八事件殺死台灣人精英無數
> 繼之強行戒嚴以萬年國會霸占政權
> 四十多年美麗島事件陳文成慘案發生
> 國民黨以黑名單剝奪臺灣人出入境的自由
> 使臺灣人黑暗過日不能出頭天

詩中所傳述的事件，諸如二二八、戒嚴、美麗島事件及各種冤死案件，以至黑名單等，就好像惡夢一樣反覆地出現於詩集中。因此極具反諷「光復節」對於經歷二二八夢魘者，象徵的是：

> 那是外來政權占領台灣
> 少數外省人開始壓制台灣人的日子

　　　　　　　　　　　　　　　　——〈新希望〉，《時光》

---

[5] 參見《木像》自序。

光復後幻滅的祖國夢，也使祖國的語言成為恥辱的符號：「大戰後大陸人占管台灣／大陸人以台灣人聽不懂的北京語說是國語／以統治者的姿態指使台灣人欺負台灣人」，在這些指控之後，他明白地說：「我自二二八慘案後不講北京話」（〈真失禮真歹勢〉，《霧社緋櫻》）。

北京語即是一種罪惡，在強烈的臺語意識之下，他的排斥感從直述式的詩句中，表達出那一代人的憤懑情緒，在〈奇巧的羅輯〉中，「我」與湖南籍的「青年」之間的爭辯是：「我是個退隱的老人不大懂北京話」（《時光》）或在〈消遣〉時，表達「聽不大懂北京語常感不自在／就要人翻譯台語以資了解／不然我會憤然退出或發脾氣不聽」（《時光》）這代人從期待祖國的語言到有意無意的排拒，逼使他們認真地思考臺灣話、臺灣話文及臺灣國，而這些又凝結為強烈的臺灣意識。在〈臺灣話的悲哀〉中，他坦率地質疑戰前、戰後的語文教育，認定大陸人是為了「維持他們的政權要咱忘記是台灣人／而不教台灣的話文、台灣的歷史／這都是外來人帶來的悲哀」（《霧社緋櫻》），對於一個被割斷了語言的臍帶的一代，尤其是需賴語言以展現其創作生命的作家，這種深沉的悲哀更堅定了「臺灣語」與「臺灣人」的不可分割的裙帶關係。這是針對國民黨政府的一種反對，一種抗議的姿勢。

或許秉持大中國理念者不易設身處地的體認巫氏同一世代的悲憤，在他們的文化認知中確實有一「文化中國」的存在，那是文化的根源、臺灣話河洛話的根源，他以溯源的情緒寫了數首，先有 1975 年用五言詩體的〈河洛頌〉，頌美河洛人、河洛話（《霧社緋櫻》），又在 1979 年以〈我的肖像〉新詩體，歌頌大黃河的發源、老祖宗的南遷避難，「自河洛地區經浙江輾轉到福建，開拓生路並流傳河洛衣冠與語言」，他在追溯河洛的光榮譜系中就是為肯定河洛話的榮耀，末節即具有史詩的澎湃情緒：

　　那遙遠的黃河洛水照射出來的太陽
　　造型生輝遺傳歷代不朽的細胞膚色

> 又經明末清初的動亂獲得保佑
>
> 隨媽祖渡海到台灣言語不變
>
> 三百年來篳路籃縷生於斯死於斯
>
> 把血肉化為塢土使草木發芽生春
>
> 雖遭日治五十年仍堅守台灣人氣質
>
> 那是千辛萬苦奮鬥換過來的金記
>
> ──《不老的大樹》，頁 102

詩中將河洛話與河洛文化的臍帶關係聯繫為一，這也反映了本地人的語言認知、文化認知，而對於侮辱河洛話者感到憤怒，寫 1989 年的〈侮辱〉一詩，就宣稱長白山胞女真族所建立的大清帝國：「統治了中國二百六十年講北京話」，所以相對於河洛人的河洛話，「而今國民黨把北京語說成國語／侮辱了孔子、關公媽祖及台灣人」（《爬在大地的人》，頁 4）。

巫氏將臺灣話說成河洛話，是一種臺灣人的自尊，在經歷了 40 年的壓抑後，深刻地省思：文化中國是根源，然則政治中國是祖國嗎？外來政權所宣稱的祖國是祖國嗎？這一世代的悲情在 40 年後，經由臺灣人與出生臺灣的外省人在舊金山海濱展開一段對話，〈省思〉的末段即是詩人以「我」的敘事觀點所作的心靈告白：

> 從前我曾夢想大陸是我的祖國
>
> 但光復後的種種經驗看開了，深深體會到生長的台灣
>
> 才是我們落根的所在，才有溫暖
>
> 這是事實，台灣才是祖國啊！
>
> ──《時光》，頁 34

臺灣是祖國，而中國只是「無齒的老虎」，在蔣家父子所自命的神話的王者（《無齒的老虎》，頁 41～45）。他旅遊美國時，在中國與臺灣之中，

前者確曾存在於光復前的夢想裡，但殘酷的現實逼使他認清這他生於斯長於斯的臺灣，才是真正的祖國。他置身於臺灣的社會時，堅強地說「我愛臺灣」，不管是滿清、日本或國民政府統治過，都不能改變，因為「臺灣是四百年來祖先父母所開拓」，既生為臺灣人，就要「在歷史抗爭中長伴了臺灣的苦難」，如此就賦予了「我是臺灣人講臺灣話」的莊嚴意義。

在臺灣解嚴的前後，由於久被壓抑的情緒逐漸浮現、爆發，四十餘年不合理的語言教育、語言政策，使得巫氏在跨越語言時，產生諸多衝突與波折。他由不齒這一外來的政權、也不會學習這一強制推行的北京語，經由如此的自絕後，讓這一代知識人發現臺灣話、臺灣人，其中含蘊著愛與美。他經歷了長達二、三十年的省思，才跨越過作家所需求殷切的語言工具的門限，從臺灣話、文中尋找到一種適合於他自己的語言，類此酷烈的尋求過程，如果不是基於對土地、人民與歷史的強烈信念，恐怕早就放棄了。正因為他經久才「重建」了自己的語言，因而在退休隱於市朝時，就積極而有力地寫出 40 年來的悲情，它不僅是巫氏一人，也並非只是他們一代，而是屬於全體有良知的臺灣人。換言之，他近十年來的詩作確有以詩存史，不計工拙的衝勁，這是為了彌補二、三十年的荒廢與空白，更是為了為歷史留下一頁頁的見證。

二、政治的跨越——一種關限的渡過

巫永福先生早歲參與文學活動，經歷一段光復後的挫傷，「由於語文關係中斷了我文學之路」[6]，而在參加笠詩社之後，一群共同跨越語言的一代，分別在不同的情況下再出發，也獲致了可觀的文學成就。巫氏是其中經歷較長時間調整的一位，基於漢文私塾的教育，日式文學如短歌的訓練，使他勇於實驗一些傳統詩體，諸如多量的擬七言詩體，及部分的五言詩，還有一些臺灣民俗詩體，不過他使用較多的仍是自由詩體，是一種使

---

[6] 《爬在大地的人》自序。

用臺灣話文融鑄一般的中文後，成為具有拙趣的語言風格。從新近的六、七種詩集中，所選擇題材也正反映臺灣歷史上的關鍵時期：從戒嚴到解嚴，國民黨政府所解開的不僅是政治的緊縛咒，更是臺灣人心靈上的重重禁忌。巫氏參與並錄下這些行為，諸如〈四一七大遊行〉（《無齒的老虎》）、〈九八大遊行〉（《爬在大地的人》）等，這是覺醒後的再出發，為一場臺灣前途的自決而勇敢地走上街頭。

　　在當代詩人，尤其這是老一代詩人，如此認真地處理政治題材的並不多，不過巫氏所關懷備至的，其實也就是當代臺灣人所共同關心的事件。由於是切近四十餘年來真實發生的歷史事件，在解嚴之前是一件件被沉埋的冤屈案件，與在親朋好友間口傳，或雖有研究卻常處於禁制狀態，因而現代詩人中少有選用為創作素材的。類似笠詩社的社員則是使用較委婉、曲折的方法加以表現，巫氏在掌握並重建其語言後，剛好也是一個較能公開表達的時間——一個臺灣人為爭取民主、自由而上街遊行，著書存史的轉型階段，巫氏即以臺灣人為榮，在一生中一個機不可失的老年階段，因而形成一股熱力據筆直書，而且多直截而有力地表露其壓抑三、四十年的感受。這種直述法確實為史存真、不計工拙，是一種舖述感慨的激昂聲音，正如同老詩人「挺身戴著草帽」走上臺北街頭，在「豔陽當天」（1991年 4 月 17 日），或「在大雨中縱走承德路全身淋濕」（1991 年 9 月 8 日），是「萬人雷動」、「勇壯的齊唱歌聲中」所激成的情境，因而這些作品都是激越的調子，控制「臺灣的天還是黑暗」。

　　從創作心理學言，詩人會反覆處理一些相近的素材，實在是反映出那些事件的特殊意義：就巫氏個人的感受，這是壓抑在心靈深處的陰影；而就他所認同的臺灣人，則是一種普遍的經驗，「臺灣人要出頭天！」就要先「跨越」這種黑暗，然後才能「重建」臺灣光明的天空。他相當清楚自己寫詩，就是沒有遺忘語言的鳥，所以自擬為「烏鴉啼叫」（《無齒的老虎》，〈烏鴉〉），或是多嘴的「烏嘴筆仔」（〈烏嘴筆仔多嘴〉，《霧社緋櫻》），他已不懼「刑法第 100 條」，也「不管警總」，而「在山野自由自在就事論事

／浮燥地東翔西飛多嘴喎喎喎」，因為他知道警總「束手無策」，不能「查
噤牠的嘴」，巫氏慣用啼鳥象徵詩人，至此他對於自己產量多的控訴，隱喻
為「鳥」嘴，不歌功頌德，卻能唱出臺灣的天是黑暗的。這一心路歷程及
寫作情境，是解讀巫氏詩集之鑰，他正在為一個也是所有臺灣人的心靈，
進行「超越與重建」的通過儀式。

　　一種個人與集體心靈的過渡階段，正是要結合為一種團契式的力量，
無私的、懺悔的、救贖的，在不分彼此、融為一體的遊行行列中，以聖潔
的心前進、走過豔陽、走過大雨，為四十餘年的冤魂、怨魂，為造成冤案
的戒嚴、刑法，遊行的手緊緊聯結、心密密結合，為的是跨越那堵橫直 40
年的大關限，巫氏及所有遊行者正是通過這些儀式，讓「臺灣人」出生、
成年，黑暗的天即是試煉其心志，而每一聲萬人齊唱與吶喊凝聚為一首
詩，每一首詩都在為一次次的冤屈事件，驅出邪煞並進行淨化。由於是積
年沉冤，久年煞氣，因而不是一次一首即可驅盡、潔淨，需要反覆多次地
舉行儀式，其實他的詩人性格與身分在這場通過儀式中所承擔的正是
「巫」的角色，他不自覺地寫一首〈巫詩〉：

> 上一頂天
> 下一立地
> 中—連天地
> 而統人與人
> 曰巫
> 為神權者

——《不老的大樹》，頁 84

「巫」的職司即在溝通神人，即在淨化天地，為下界子民重建一片神聖的
宇宙。

　　在詩學中詩人之於詩的狂熱，何嘗不像巫師之於儀式、巫法，都是經

由神聖的行為為群體的心靈進行淨化。因此解讀巫氏所作的政治詩、抗議時，讀者就如同被巫師（一個 wise man 原型性角色）帶引，需要勇敢面對著 40 年來的創傷與死亡、愛與恨，其中蘊含人性的光明與黑暗、歷史的宿命與劫數，不管如何悲愴都要揭開、逼視，然後現代史上的臺灣人才能通過成年禮，茁壯為亞洲、世界的一個成人，共同承擔人類所共有的任務。這些詩就好像儀式中一個個矗立的門關：冷冽而肅殺，是由血與淚所凝固而成的，「巫」正是以無懼的勇氣、無私的奉獻加上語言的咒術力，帶引著通關。

第一關是二二八：凡有良知的人（臺灣人或外省人）都應深切體認這一悲情事件，尤其巫先生正是身歷其境而倖免於難的一代，他的親人、友好與長輩多有在這事件中沉冤莫白的，這事件構成臺灣人心中永遠的痛，1992 年 2 月 22 日行政院研究小組正式公布「二二八事件報告」等著作，使詩人讀後為之「憤慨、痛苦、落淚」，他特別為「這臺灣史上最大慘案中失落的眾多臺灣菁英」[7]，列出一列名單：其中兄巫永昌在 1965 年〈祈禱〉詩較隱晦地出現（《不老的大樹》，頁 20），而陳炘則出現於 1975 年七言體〈海邊〉一詩（《霧社緋櫻》，頁 102），是「影響了我後半生的職業及生活差距」的長輩。較成功的作品直到 1987 年才完成，3 月寫的〈護牆〉，睹物懷人，觸景傷情，側筆寫出「死而不閉目的舊牆主於二二八時上街購物／不知何故被軍警挾持銃殺後／被擲入這冰冷的池塘浮沈／家人經不起慘重的打擊搬家他住」（《木像》，頁 75～76），而留下廢園、護牆。這是二二八的悲情事件中的一景而已，不只是舊牆主永世的沉冤，也是家人含冤 40 年的悲痛。類似的冤而怨之氣凝聚為〈陰魂不散〉的悲傷之歌。（2 月寫成）巫氏在這首誦禱式的歌調中，以純熟的臺灣話文，簡潔而有力地控訴，是一首成功的二二八紀念曲：

---

[7]同前註。

在四十年殘酷的戒嚴中仍在繁榮的土地上

二二八事件的歷史傷口猶在社會裏流轉

盡管在國民黨政權的施壓下喊天叫地不應

其陰魂仍在不死的土壤裏溫存著

而不忘二二八事件成根的草球潛活力

發出生命復活的堅強聲音

那是燒不死厭不偏的求生聲音

那是亡靈由傷亡鄭重喊叫有力的聲音

雖然人類務實的聰明智慧漸時忍耐

二二八的傷痕總要在歷史中明確定位

為此企求聖靈的和平大使必須隆臨

——《木像》，頁 33

整首歌調經由土壤與草球及重複出現的三種聲音迴環動盪，末句以莊嚴而肅穆的聖歌式結句，讓人讀後有餘音裊繞之感。

　　1989 年隨著島內的翻案氛圍，臺灣人要求為二二八罹難者立碑並設紀念堂，它不僅是反對黨的有力呼籲，也是有良知的臺灣人的共同聲音，詩人就在七月以〈我的影子不孤獨〉為題，強調同志的愛與恨，開始有一段設想奇詭的想像力：

我企首的影子不孤獨

四十多年來帶著

二二八悲慘巨大的歷史傷口

與眾多犧牲者的怨魂

親人朋友共識

不斷徘徊在台灣上空

凝視台灣美麗山河

存在於每個角落

——《霧社緋櫻》，頁 1

　　這些意象群是很臺灣式民俗式的，怨魂雖死而不甘心，也就是人神之所共憤。為了「縫補二二八慘痛的歷史傷口」，因此呼喚「官定為和平紀念日」、「建設和平紀念堂」，這種呼喚的力量使得臺灣島上第一座和平紀念碑，「聳立於嘉義市彌陀路忠義橋頭」，詩人喜悅地載欣載奔，寫出「沒有失落的眼淚」（《時光》，頁 115～116），歌頌「高白壯麗的紀念碑輝煌／代表著台灣千千萬萬的心血」，並勸慰「英靈安息吧！台灣會繼續邁進／討回公道！」詩人為二二八事件以詩記事，留下他們一代人的活見證，也為後代子孫帶引走過悲劇開始的第一關。

　　第二關就是戒嚴關：其中含藏著白色恐怖長達 39 年的高壓，從初期的濫捕濫殺到反對黨的反抗事件，由於冤死冤獄眾多，所以詩中只選擇性凸顯部分較醒目的事件：1986 年〈酷死人形〉寫陳文成及林義雄事件（《霧社緋櫻》，頁 62～63），解嚴後 1990 年 2 月寫〈黃華何罪〉（《無齒的老虎》，頁 66～68），六月於美國虛士堡以〈望治〉寫彭明敏（《爬在大地的人》，頁 52～53）；1991 年以〈老朋友〉反諷國民黨（同上，頁 102、104）。他所使用的筆調有直接的憤怒指責，也有諷刺，解嚴後，1987 年 5 月 19 日即以〈真無聊〉短詩記其事；也以〈照鏡〉自嘲在「長達四十年不愉快的戒嚴／雖加深我一些可見的皺紋」，但「何故沒有映像在鏡面／鏡並沒照出我的心路歷程」，而託開一筆說「鏡也有偏見與限制／或鏡的機能不足而不理」（《時光》，頁 80～81）。巫氏延續早年的民族意識而為臺灣意識，關懷臺灣的諸多事件，因而對於國民黨的戒嚴心態、大中國之夢（〈故國之夢〉，《時光》，頁 57～58）嚴加批判，它其實正是 40 年政府與人民都不易跨越的關限。

　　巫氏經由創作的心靈作業，於己於人都在進行一種過渡性儀式，所有歷史所造成的悲劇都將在告白中淨化，他有一首〈洞簫〉詩，借由簫聲奏

出一大堆煩心曲,「把二二八事變的哀恨/把四十年戒嚴的委屈/把美麗島事件的怨嘆/把蓬萊島事件的憤慨」,或低或高、或幽怨或激烈地告訴出來。這些煩心曲曾使臺灣人:

> 心事如水激流洶湧
> 洞簫奏如看不見的巨手
> 捲起萬般聲浪
> 吹散開來
> 從草原到街頭巷尾高樓空間
> 引起共鳴
>
> ——《時光》,頁 41

因為心頭起了共鳴,所以需要讓它公開奏唱,使大家在泣淚交零後消散一些怨與恨,也經由紀念碑彌補一些冤與怨。只有跨越這一重重關限,才能在大眾共禱中結合為一,共同重建臺灣人的和平、和諧之愛。

三、土地與人民——一種再度的認同

巫永福先生在跨越與重建臺灣的地圖形象時,基本上所關注的是認同問題,不管是早遷來三、四百年,抑是晚來的 40 年,既是仰賴於這塊土地與人民,就要認同其歷史、文化,否則生養於斯卻仍要虛假地喊「中國」,他就指摘為「假中國人」(《爬在大地的人》,頁 113),或是「無根無故鄉的人」(同上,〈凸風〉),類此既無法回歸中國又不認同臺灣者,才是 20 世紀末的邊際人。基於 40 年來的政治經驗,他比較過日本與國民黨的不同統治,得出的結論是:「中國人比日本人還要惡毒的感受」[8],但它只針對統治者及其幫兇,而對於能認同臺灣的人,也就理所當然地被視同「臺灣

---

[8]《時光》自序。

人」，這是他們經歷過不同統治的一代，因而能較深刻地體會認同的意義。所以在他的詩集內，臺灣意識的形成是自有其歷史文化脈絡的，是一種對於土地、人民表達感恩之情的大愛。

他為了辯證如何才是認同臺灣這一課題，特別選取外省人在中國與臺灣之間的抉擇，頗為切近人情地試作檢驗。其中只有三種類型：被迫隨軍來臺而妻兒在大陸的，帶著妻小而來的，或是獨身來臺後而娶了臺灣新娘的，三種情況就會有不同的認同感。數量頗多的還是老兵，就是〈幹一杯〉中的單身漢，「曾經單槍殺敵後／眺望那波濤台海／而今戰不成和不能／已成孤軍一老漢／仍見不到親愛的妻兒」（《時光》，頁 94～95），或者擬之為〈蘇武在臺灣〉，在「不甘瞑目死在台灣／心存大陸故鄉」的情況下，從香港「堂堂以台胞回鄉探親／算是蘇武回家了」（《霧社緋櫻》，頁 34～35），另一種是〈父親的迷惘〉中，從在美國的兒子的敘事觀點，描述一個失了根土的老將領，老來喪妻後，既「不能返回大陸故鄉掃墓祭祖／眼看這個家只得分裂無法挽回／一個在美國一個在大陸一個在台灣」（《時光》，頁 29～31），另一種則是〈矛與盾〉的對話中，投筆從軍，輾轉來臺，「有幸與台灣姑娘結婚」，也生了下一代，老弟要「返回大陸故鄉去」了一生心願；但盾兒提醒他要「返回臺灣」來（同上，頁 22～24）。這類原本是小說與散文的好題材，巫氏仍企圖以不同的技巧分別處理，期望能對於大陸人、內地人的認同危機，提出一種較感性的的觀點：只要認同於生活 40 年的土地，生根播種，就是臺灣人，就如同〈我愛臺灣〉詩的一句「我愛台灣的一草一木歷史與同胞」，他就有資格成為臺灣的主人。

類似詩人的這一代，臺灣意識促使他們更深一層發現歷史、土地及人民之愛，由於七、八十年的生命閱歷，他有許多的追憶材料，也有較濃厚的憶舊情緒，因而筆調也是戰爭兼有抒情，形成一種迥異於控訴臺灣人命運的表達手法，尤其是與故鄉、親人相關的一類，最能表現出一種溫婉而蘊藉的情愫。由於離家在臺北，他的出生地埔里，出現在詩中都是伴隨著祖先的墾拓史：光復前用日文寫的〈大埔城的呼喚〉，就是連繫著「曾祖父

母、祖父母、父母們／以血汗艱難墾荒」、「先民寫下悲壯歷史」,而寫於
1978 年的〈前程〉,仍舊追懷田園的豔陽「照出古早先人來此開荒拓地／
蓋茅屋刻苦耐勞落腳生根的情景」;不過也流露社會變遷中,「各房分家後
形成小家庭而忙碌／造成年青人紛紛立志背井離鄉」,而導致大厝沒落的命
運。(《不老的大樹》,頁 79～81)

　　對於故鄉的呼籲是伴隨民俗一起活躍於詩中的,他會用大地理大歷史
的觀點,寫出埔里〈鄉情〉(《霧社緋櫻》,頁 26～27),會以一個定點做為
歷史追憶的起點:〈應靈祠〉即是敘述 1895 年的抗日事件(《不老的大
樹》,頁 109～111),表現臺灣的有應公信仰習俗;而〈恆吉宮〉則從道光
年間敘起,帶出媽祖信仰、埔里 12 年一度的醮典,這些民俗的敘述其實仍
是為了襯出「昔時先祖翻山越嶺刻苦開拓／墾成美麗的田園和安樂的家」
(《無齒的老虎》,頁 99),也就是吾俗吾民吾土的裙帶關係,仍是表現對
於土地歷史的大愛。而與他寫〈王爺出巡〉(《木像》)或〈地下道〉的恩主
公廟(《霧社緋櫻》,頁 24)不同,有另一種故鄉所牽絆的土地之情。

　　在他的追憶中,表現得親切動人的是與親人有關的印象,尤其是對於
祖母與母親兩位女性、母性。他對阿公的模糊形象,是〈白菊花〉寫的
「為阿公站在椅條上戴笠舉雨傘」的儀式,借由阿媽的口中說山「至死頭
不戴清朝天　腳不踏清朝地」的諾言(《無齒的老虎》,頁 64)。而對於亡
父的印象則是由「玄光寺的燈光」聯想而來的(《不老的大樹》[9],頁 55)。
不過阿母的印象就很深刻,大多集中於《爬在大地的人》一集內:〈門口
庭〉帶出「老媽過世出殯」的情景,而〈阿媽的纏足〉則是從纏足追憶起
阿媽及她所講古的歷史,基本上仍是圍繞著土地與人民的主題,從一雙繡
鞋中勾引出一頁臺灣悲慘歷史。

　　與母親有關的詩,詩集內凡有多首,其寫作手法也較有變化,如果依
意象的傳達──中國的賦、比、興,則三種俱運用於懷念母親的不同詩作

---

[9] 《不老的大樹》,由作者自譯。

中，其寫作時間前後相隔二十餘年，而思念的結始終如一。較早期多是追憶母親與他的片斷印象，《不老的大樹》中，〈被蜂追逐〉寫兒時情事，母親勸他「不要驚」（1971 年），同一年寫〈母親的相片〉（《愛》），則是由遊山時所攝的遺影聯想起母愛；〈故居〉（《不老的大樹》）寫年輕美麗的母親在故居情景：搖籃、唱兒歌的回憶（1973 年）；〈七夕〉（《不老的大樹》）詩則是阿母「說了一段傷心哀怨的故事」，牛郎織女來了的愛情故事，又由他指點給自己的小女（1978 年）；有時也會由老要買回來的風鈴聲，追憶起一段往事：

> 風鈴猶如舊相識
> 引出故鄉古屋的小庭
> 依偎在母親腿膝上聽到的
> 可愛親切悅耳的聲音
> 正在莫名其妙的時候
> 母親笑著說：「那是風鈴」
>
> ——〈風鈴〉，《不老的大樹》，1979 年作

　　類此由物起興法，將風鈴的聲音與母親的聲音給合為一，是經由聯想而使喻體、喻依合一，表現出思母的喻旨。不過縱使採用舖寫的手法，仍能喻託其情感：如〈藤椅〉以母親所坐的舊藤椅，勾勒其縫補的形象（《時光》，1983 年作），〈石頭路〉從歸鄉的路石頭多，舖寫母親抱著、牽著走，將它比擬為「在我心處都是歸鄉的燈光」（《木像》，1987 年作）。

　　將母親與花聯想，是詩人八歲時的新手法，也都是由物起興法，〈煮飯花〉做為七夕的供物，是由見到「厝庭的煮飯花會開出可愛的／紅　粉紅黃　白色的小喇叭」興發的七夕印象——「母親常說：『七娘媽生的時候一定要奉獻花蕊／祈禱牛郎織女幸福相會』」（《無齒的老虎》，1991 年作）。此外他還作了另一首〈素心蘭〉也是由物起興的，將與母親有關文物投射

其思母之情，成為感情蘊藉之作：

> 素心蘭開白花不發一聲
> 放出高貴的芬芳使我陶醉
> 猶如母親的花粉
> 把我倒進母親吻我時的溫馨
> 感覺母親真正嬌
>
> 母親愛素心蘭栽植多盆在中庭
> 我常隨母親三日四日澆一次水
> 花開時置於大廳的案桌
> 我即感覺母親的花粉真像素心蘭
> 應該受眾人喜愛
> 從記憶中勾出母親的花粉
> 芬芳成為花彩散於空中時
> 記憶多麼美好啊
> 又不忘將美麗的記憶溫存起來
> 在素心蘭的盆邊出神

——同上，1992 年作

在追憶中素心蘭的花色（白）、味道（花粉），是與母親的「嬌」（美麗）合為一體的，即使不用「猶如」的喻詞，喻體與喻依仍能取得緊密的聯繫，帶出人與花合一的孺慕之情，是一種更完整的形象，意象具足而近於象徵。在巫氏近年的創作中，象徵手法的運用仍較鋪述情，表達出更多義、豐富的想像力。相較之下，他寫清明掃墓的〈祭墓〉（《霧社緋櫻》，1984 年作），或〈回鄉〉（《無齒的老虎》，1992 年作），就近於記事兼抒情的作品了。基本上表現孺慕之思要純真、樸質，因此對於雙親的懷念緣於

手澤猶在，引發思慕其生前種種的慈愛，使由物起興的手法成為常見的表達法。巫氏在風鈴、素心蘭兩種物件中，由於與母親的聲音、芬芳取得妥切的類似點，意象準確而有力，構成情感豐富的思母佳構。

　　從關愛臺灣的土地與人民出發，其中較具原型性意象的臺灣本土詩，則是故鄉、母親，它是母性的，厚載一切的，讓人親切地感受寬容與美好。這也是笠詩社四大類型中具有本土精神的土俗詩型，具有強烈的鄉土性。[10]而其動力即是「我愛臺灣」。基於同一心境，巫氏也關懷環保問題：〈淡水河〉的污染（《霧社緋櫻》）、〈溪埔石壘壘〉的森林濫伐（《時光》）及〈浪花〉的海濱污染（《爬在大地的人》），類似的土地破壞是所有愛臺灣人的人所憂懷的，而在官方聲稱外匯存底、國民所得提高的經濟表相下，有良知的多會呼籲關懷土地、人民，關懷人性，巫氏有感於社會中的弱勢者，如雛妓、老人及無保險者，都是都市繁榮後的邊緣人，隨著年紀越大，關愛、憂煩之念越切，只要有見聞與感受都一一表現於詩，[11]這是符合笠詩社的關懷現實，關懷本土的精神的，也是巫氏以詩認同臺灣的土地與人民的關愛姿勢，成為他不懈的創作的原動力。

四、重建一個臺灣精神的隱喻

　　笠詩社做為臺灣現代詩運動的主力之一，多年來已逐漸形成笠詩集團的集團性格，從戰前的前行代到中堅世代，到戰後出生的新生代及新起的一代，世代傳續創作的經驗，隱然已具有一種異於「現代詩」、「藍星」及「創世紀」諸早年詩社的風格。[12]類此臺灣本土詩在和而不同的創作趨向下，所融合的諸般現代主義、新即物主義及新寫實主義等，經由長期的實

---

[10]陳明台，〈綿延不絕的詩脈——笠詩人的精神與風貌〉，《混聲合唱——「笠」詩選》（高雄：春暉出版社，1992 年 9 月）。

[11]《木像》收有〈雛妓歎〉、〈紅燈下〉；《無齒的老虎》收有〈拾荒老人〉，及《木像》收〈無保險〉，詩中都涉及整個社會制度諸問題。

[12]笠詩社的集團性格及其世代關係，在其戰後新生代陳明台的分析中，確是符合詩史的考察的，它多少也代表了笠集團的共通看法。《混聲合唱——「笠」詩選》，頁 947～952。

驗、嘗試之後,逐漸跨越語言與詩規的闗限,重建一種隱喻系統。他們多少是從臺灣本土的生活經驗出發,從農業臺灣到工商業臺灣,將傳統事物到新事物所形成的語言意象,在自己的創作中不斷地進行聯結,因而發現新的認知關係,形成新的隱喻關係。類似這種強調臺灣本土的認知傾向,在笠集團的共同刊物及詩叢中,隱然表現為李敏勇所說的「臺灣精神的隱喻」,它是自覺也是不自覺的表現出來的。[13]巫永福既是前行代中的長者,是否也實踐了臺灣政治和社會現實的隱喻性?

在巫氏詩集中,除了積極表達對政治體制的質疑,抗議,是一種熾熱的臺灣意識的強烈反映外;也嘗試以沉靜的隱喻性認知,經由詠物的、即物的手法,採用一些臺灣本土的諸般事物表現意義性,就是在日常的事物中挖掘表相下的價值,以表達其人性、社會觀點。從詩創作的立場言,類此透過事物的外相,以詩的符號形式用來寄寓其意義,其實近於一種悟性作業,只是這些哲理、意義被隱藏於形象思惟中,成為作品的主題。這種喻託形式需要小中見美、淺中見深、平常中見出不平常,除了基於詩人本身的氣質外,人性閱歷,人情練達是一種關鍵因素,也就是要閱歷廣、感慨深,才能對日常事物之間時時運用其新認知能力,因而發現新的隱喻關係。從日據時代的作品風格言,即被認為有象徵主義的傾向,所以再出發後,仍是保有這一重視象徵隱喻、重視主題意識的風格。這可從被選入笠詩選集《混聲合唱》中的作品獲得證明,它符合巫氏個人的藝術傾向,也較切合笠詩集團的集體性風格。

從《時光》一集開始,巫氏既已顯示這一傾向,對於詩題的製題方式,取喻上的能透取譬,以及逼顯意義性的手法等,都是集內最常見的慣用手法,剛好與控訴政治的直述性,成為兩大創作的取向。諸如小麻雀、白頭翁、樹、優佳莉樹、採花蜂、木棉花、候鳥、流星、路樹……,在這一標題下,勢必要附託其主題,才能跳出單純詠物的限制,如他以〈鼓挺

---

[13]李敏勇對於《混聲合唱》的同仁選集,希望找出其中共同的精神面貌,因而提出「臺灣精神的隱喻」,對這一標幟的詮釋,參見其編後記〈詩的選擇〉,《混聲合唱——笠詩選》,頁961~962。

花〉為題，在表現鼓挺花的植物相之下，所有的語言意象都環繞了「個性獨立不自傲」一個核心，才能集中焦點於花的精神，也是詩人所體悟的意志。另一首被選入詩選的〈候鳥〉，其寫作策略也是漸進式地逼顯出主題來，三節中首節先集中表現其生物本能，為詩人主觀意志的投射：

> 候鳥以堅忍的雙翼自由飛翔
> 以自己的能耐尋求美好生存空間
> 一直飛奔一條自我生息的路途
> 不怕長途的艱辛勞苦
> 為族群的生存共奔波

從個體與族群的聯繫，詩中所輻射的是老人與群體，或臺灣人與集體命運，也就是政治的隱喻性，所以二節必須點明這層認知關係：

> 東西南北四方傲飛求生
> 候鳥翻山越嶺遠渡海洋
> 雖有時疲倦迷路被捕受辱
> 雖有時酷遭殺死燒死落難
> 總要擺脫難關自救

難關意象是作者主觀投射於候鳥的飛行歷程的，其多義性可落實於現實政治，也可隱喻人生。末節即可顯出主題，一種永遠不屈服的意志：

> 離開家鄉尋安適處所
> 候鳥與所愛的同伴共生死
> 如故國被蹧蹋即遷離他去
> 堅定地不管高山大海

　　不怕暴風雷雨尋建自己的世界

候鳥做為喻依物，喻有所在則是詩人所賦予的，類似強調不屈、生存，也
就是臺灣精神的隱喻。

　　巫氏對於即物技巧的處理，在重建其語言後，經由辛勤的反覆寫作，
逐漸掌握它的巧妙，而獲致可觀的成就。他有時會在不同的策略下處理同
一性質相近的題材，由於切入點的不同，也就展現出深淺不同的喻意。他
深廣的土地意象，有關〈種籽〉的詩題，1984 年曾以六行短詩表現：

　　養成的時間準備收成的歡樂
　　種籽突破土壤欣欣向榮
　　伸出活潑可愛的雙葉向太陽敬禮

　　活潑的雙葉知道有水有光的世界
　　播下種籽就會有收成生命不會靜止
　　在陽光下繁茂後開花結子貢獻大同

　　　　　　　　　　　　　　　　　　——《霧社緋櫻》，頁 56

　　他在詩中掌握的是：一種等待成長及成長的喜悅，剛好分由兩節承
擔，就種籽的生命史言，圓道循環的始終、準備與完成，都與種籽有關，
準確把握這兩點加以扼要精簡的表現，即可挖掘出其意義性。但在 1987 年
重新處理時，就調整了新視角：諸如種籽為何等待？為何突破地層？如果
要寫盡種籽的一生，使用短詩或是再長一些的行數，也仍是無法完全地曲
盡其妙；所以他的新策略是只要集中焦點於種籽的等待，在漫長的等待中
就有足夠的時間想一生；而且由此輻射出對生命語言喜悅，要比實際成長
時具有更大的想像空間。所以他將題目題作「解凍」。因而獲致較耐人思索
的喻意：

冷凍的地下蓄藏著種子
夢見春光裏騰空的花蕊
強忍淚水滿懷希望
等待天暖再生的來臨

如果春雷清醒過來
響雷會解凍地下種子
細胞接受熱血的鼓勵
身殼暴漲伸出幼芽下根

種子思考著長大後的一生
在欣欣向榮的青春裏
潛在著極大的生命快樂
大展枝幹繁茂向天奉獻

昨天今天明天世世代代
種子的眼睛拋吻太陽接手
發出青翠響亮的聲音
根在地下葉在地上甜蜜歡笑

——《木像》，頁 44～45

1987 年 4 月 26 日正是臺灣實施戒嚴 39 年的前夕，他在五一九解嚴時只以〈真無聊〉的短詩嘲諷，但這首〈解凍〉其實可寓意解嚴前最後的等待，其中的意象群，諸如冷凍的地下、春雷之類，都是向地朝著解凍後的生命逼出題旨；但作者按捺住急於成長的力量，只讓它思考、等待。就哲理性的喻意言，這種表現手法較有等待的希望；而在現實的喻意上，臺灣人 40 年的忍耐，需要冷靜地思考解嚴後如何正確而快速的成長，其中的深沉意蘊是冷靜觀點後的體悟。

　　笠詩社同仁在綜合多樣的技巧後，逐漸形成諸種較知性的特色，陳明
台所歸納的四類型：土俗、機智、敘情及認識詩型。[14]其中巫氏也嘗試多種
詩型，而較為成功的即是第四種，具有較強烈的思考性格，以理則構造表
現作者的理念，是融合感性、知性於一，從事相之表深挖其意蘊的寫作策
略。巫氏在跨越語言的關限後，寫出數量可觀的作品，其中較成功的多有
思考性的認識詩型，將一生的閱歷深沉盡萃於詩中。像做為詩集名稱的
〈木像〉，分四節，從不同角度觀察木像，將客廳中的一尊木雕像，寫出生
命深沉的意蘊，用字準確而有力，確是完全掌握了語言重建後的自信。他
寫靜態之物如此，移心捕捉動態之物也是一樣精準。1990 年完成的〈獵
鷹〉（《爬在大地的人》，頁 38～39），是詩人喜愛處理的鳥類之一，因此他
如何處理為自己較獨特的視角，就要思考其切入點。他的策略是從獵鷹的
角度下手，三節的發句都採用「獵鷹如何」的句型，讓讀者隨從其觀察視
角，讚歎生者氣勢之鳥如雄風：

　　　獵鷹在空中展翅飛呀，飛呀
　　　平平穩穩繞了幾圈，哮了幾聲
　　　以敏銳的眼光確定目標
　　　瞬間猶如噴射機直線下降
　　　一舉抓住獵物急速爬升
　　　飛向遠樹

　　　獵鷹從容不迫具王者魅力
　　　以兇猛不可抗力的雙腳爪
　　　以彎鉤強韌如剌刀的尖嘴
　　　以慓悍萬無一失的大眼神出鬼沒
　　　猶如英雄橫飛使人瞻仰為圖騰

---

[14]同註 12，陳明台前引文。

　　成一個國家一個民族的標誌

　　獵鷹飛來雞兔閃避
　　單騎在空中悠哉悠哉飛呀、飛呀
　　擁抱我不能實現的理想與幻夢
　　優美地繞了幾圈、哮了幾聲
　　化成綺麗不死的鳳凰
　　飛向幽玄的世界

　　三節的進展，是節節深入，首節是現實界的物相，是人人都可即之物之象，二節轉為歌頌，將它圖騰種物化；而末節則哲理化為超越死亡的象徵，這是中國詠物詩臻於象徵的層次，也是新即物主義所強調的哲理、悟性。

　　由於巫氏近年勤於寫作，數量可觀的作品中仍不懈地在實驗，其中成功之作有不少：諸如雙行句式，如〈泥土〉（1971 年）、〈落葉頌〉（1979年），是開發成功的嘗試；或採用臺灣話文試寫民歌調，使用整齊句式的如五言體的〈一農夫日記〉（《爬在大地的人》，1936 年），七言體的〈顧曆的少年〉（《霧社緋櫻》，頁 100），用臺灣話朗誦是有舊詩的情韻的，這類試驗分量頗多，不過諸如不整齊的民歌體，如〈搖嬰仔歌〉就是民歌的變調，實可譜成現代民歌，一定韻味十足，在臺灣話文的重建中應是成功的嘗試。（《霧社緋櫻》，頁 41）巫氏在笠詩集團中是大老，也是跨越語言較為辛苦的一個世代，他終於成功地跨越過去，且能掌握臺灣話文之美，因而重建自己的語言風格。從這一點就可知他的韌性和毅力，而他對於「臺灣精神的隱喻」，從強烈的臺灣意識出發，基於對於土地與人民的大愛、大美，的確也戮力在建立他一己的隱喻系統，並匯入笠集團的共同圖騰中。就如詩庫扉頁上鮮明的綠色臺灣——一個生機勃發的美麗島，他也投入重建這詩文之王國的打拚行列中，老而彌堅，強而有力。

五、結語

　　在臺灣的新詩發展史上，笠詩社的成立與發展，是隨著臺灣當代史而顯現其象徵意義的。而笠詩集團的前行代，從戰前到戰後，跨越語言與心靈的重重關限，在過渡的階段中，歷盡諸般政治的、社會的試煉與磨難，經過 40 年，終於通過了儀式。巫氏正是這群通過儀式考驗的世代之一代表，近年來大量整理行世的詩集，就是這一通過的證物。在詩中對於政治禁忌，對於國民黨的圖騰，加以強烈的批判、質疑與抗議，他從公寓走出，走上街頭、吶喊、呼喚臺灣魂──「我愛臺灣」，不管是在臺北、在埔里故鄉或在美國虛士堡，他思思念念的一草一木、土地與歷史。他出國後才發現臺灣才是祖國，是自己生根播種的地方，而舊金山再好再美，「雖信美而非吾土兮，曾何足以少留」，生架登樓的概歎也見於他的詩歌中，只有回鄉回臺灣打拚，那才是有大愛與大美的祖國！

　　巫永福以詩見證了歷史，也以詩解除臺灣 40 年的邪煞，在解嚴前後，他的詩即是當代詩史，記錄並批判一個被詛咒的惡毒政權的消逝。基於這股老來彌堅的毅力，他試著重建臺灣精神的圖騰──一種神話式的隱喻符號：埔里的土地與母親，一個原型性的母性象徵：種籽與解凍，一個長久期待後的陽光與生命。他在各種摸索中，經過憤懣與不安，終於掌握一種新語言、新方向，也匯入一個重建臺灣精神的臺灣人行列中。在 40 年前他萃然中止的創作生命，終於在退休養老之後再出發，歷史加諸他們這一代的，委實不公平、不厚道，但該補償的終究該公平的賜與，當他照鏡之際，發現白髮下的紅顏，不也象徵他年雖老而創作力絲毫不減嗎？在戰前的世代中，巫先生仍是幸運的一個，他終究是走過 40 年，冷眼看蔣氏父子的世代終點，看國民黨解體、分裂，這些都能一一留於詩人的筆下，何嘗不是一個外來政權的宿命！

　　巫氏與笠詩集團所堅持的「臺灣精神」，在當前急遽變遷的時代，就如臺灣詩庫上的新圖騰，清晰浮現於澎湃的巨浪中。那巨浪一波波湧來，會

破壞一切陳舊的，淘盡一切落伍的，它來勢勇猛，沛然莫之能禦，綠色臺灣如何堅持不墜？在巫氏的詩中，在笠詩集團的隱喻符號中，或許值得當代人士試加解讀，深刻體會其中所透過的訊息。或許中國結與臺灣結、中國人與臺灣人……，都是一種知識人的認同問題，也是臺灣子民的未來方向問題，它雖一時不可解，但以詩表現對自己的語言、歷史與土地的愛與美，確是一個臺灣詩人的抉擇——一個無悔的愛及堅持。

——原載於《一九九四年臺灣文學創作研討會論文集》

1994 年臺灣筆會出版

——選自沈萌華主編《巫永福全集 5——詩卷 V》

臺北：傳神福音文化公司，1996 年 5 月

強韌的精神
試論巫永福詩的主題與表現

◎陳明台[*]

一、前言

　　巫永福氏的文學活動展開甚早，始於 1930 年代初頭，迄今算來，前後也有六十多年漫長的歷史。單單就時間的累積而言，他就有充分的資格被認為是臺灣文學史上的珍貴存在，況且，他的文學觸角延伸甚為廣泛，從戰前的小說、詩、劇曲創作到戰後詩、隨筆和文化評論各個領域，都留下不少作品，烙印下深層的足跡，而不管戰前或戰後，他用心用力、持續創作不輟的則是詩這一個範疇，包括古典漢詩、短歌、俳句和現代詩，特別是在現代詩方面，毋寧是他全力以赴的一個創作重心，1986 年至 1995 年九年之間，他陸續出版的詩集就有九冊之多，即可見出現代詩創作在他整個文學創作中所占的比重和意義。

　　相對於他現代詩的創作數量，戰後關於巫永福詩的研究和論述並不算多，捨 1970 年代各家相關的評論不提，最近期的相關論述，較重要而可資列舉討論的則至少有底下三篇。

　　1.杜文靖氏的〈老而彌堅的前輩詩人巫永福〉[1]一文，明白地刻劃出詩人日常真實的風貌和作品的特色，諸如：

---

[*]詩人、文學評論家，發表文章時為淡江大學日本語文學系副教授。
[1]張恆豪主編，《翁鬧、巫永福、王昶雄合集》（臺北：前衛出版社，1991 年 2 月），頁 306～307，巫永福（合集）部分。

……在他的詩裡，表現出或多或少的理想主義色彩……民族精神和民權信念的追求，都成為他目前的詩中最為重要而特出的訴求的主題，也是他詩觀中極其重要的支柱。

……巫永福的詩，無論是具體的、意念的，都用具體的意象，表達顯明的精神內質，他的詩作到了以意義決定詩人地位，他真的站穩在民族、正義、人道、愛心的立場上，爽朗高歌。[2]

此一論文可以說是透過作者杜氏自身親炙詩人，觀察和體驗之餘，才能寫出的，筆鋒帶有強烈感性的評論。

2.葉笛氏的〈巫永福的文學軌跡〉[3]一文，則將重點置於巫氏文學演進的歷程，從把握若干極具「轉換意義」的要素與契機（如時代背景、詩人抱持的文學理念等），中肯的來分析巫氏詩的特質，在最後以：

巫永福證明了詩人是歷史的見證人、時代的歌手。[4]

作為結語，可見葉氏不只有意識地，從時代和歷史的角度檢證巫氏的詩和詩人面目，也意圖以詩是成為詩人自身「自己的歌」而創作的觀點，來閱讀、鑑賞他的作品，文中充分呈示出葉氏自身饒富趣味的「意外發現」。

3.李弦氏的研究論文〈跨越與重建──論巫永福詩的語言與心靈世界〉[5]，則從揭露巫氏詩作中所蘊藏的臺灣精神內涵為基點，透過語言、歷史、政治和詩相互關連的探究，詩的隱喻和象徵功能的申論，架構起十分龐大的論述體系，對巫氏詩作做為個人精神史以及當代臺灣詩史的重要意

---

[2]同前註。

[3]葉笛，〈巫永福的文學軌跡〉，《臺灣文學巡禮》（臺南：臺南市立文化中心，1995 年 4 月），頁 63〜82。

[4]同前註，頁 81。

[5]《一九九四年臺灣文學創作研討會論文集》（臺北：臺灣筆會，1994 年 6 月），頁 4〜28。

義加以剖析和闡明：

> ……他試著重建臺灣精神的圖騰——一種神話式的隱喻符號；埔里的土
> 地與母親，一個原型的母性象徵；種籽與解凍，一個長久期待後的陽光
> 與生命。他在各種摸索中，經歷過憤懣與不安，終於掌握一種新語言，
> 新方向，也匯入一個重建臺灣精神的臺灣人行列中。[6]

　　確實，李氏的論文開啟了解讀巫氏詩作一條必經的門徑，也開發出連
結他的詩和現實狀況，可資探察的通道。特別能彰顯出巫氏詩作，居於臺
灣時空座標軸中，所具有的強烈政治性和社會性之特質與意涵。

　　基於上述筆者對三篇既成論述的檢討，可見一般論者多不約而同地，
能對巫永福詩表現的精神意涵，具備有共通的觀察和把握，如民族性、時
代性等內涵特性，詩人精神史和臺語詩史的意義等等指陳均是。因而，在
本論文中，筆者加諸自身的課題，即意圖跳越既成、既存的論述框框或方
式，提供比較不同的，解讀巫氏詩角度，來探究巫氏詩作的特質。基本
上，想自宏觀（詩人和外界狀況關聯的探究）和微視（詩人的內部世界探
索）兩面，來放大或凝集考察其詩作的焦點，經由主題和表現兩個基本層
面來加以發揮，以便描繪出巫永福詩作中內含的文學的異樣的質素。

二、詩風的形成

　　葉笛氏曾將巫永福氏的全體文學歷程區分為三個階段，亦即 1.東京留
學時期，參與「臺灣藝術研究會」以降，至 1941 年在《臺灣文學》雜誌發
表作品的五、六年間；2.1942 年至 1966 年，約 24 年的冬眠期；3.1967 年
參加笠詩社，重拾創作之筆以降，老而彌堅的時期，[7]確實不失為一概括性
的分期。而若單以其現代詩的創作歷程來加以區分，則筆者以為，可大致

---

[6]同前註，頁 26～27。
[7]葉笛，〈巫永福的文學軌跡〉，《臺灣文學巡禮》，頁 63～82。

畫分為前期，即日本統治時代（1930 迄 1940 年代）的詩創作期，以及後期，即戰後重新參加笠活動（1967 年）以降的時期，兩個階段。前期的作品大都收入《愛》（1986 年 2 月）、《稻草人的口哨》（1990 年 3 月）等詩集中，後期的作品則收入《時光》、《霧社緋櫻》、《木像》、《不老的大樹》（1990 年 3 月）、《爬在大地的人》、《無齒的老虎》（1993 年 6 月）、《地平線的失落》（1995 年 6 月）等詩集中。前期的作品是以日文來創作，戰後翻譯成中文公開發表。後期則以中文來表現，跨越了兩個歷史時期同時也越跨了兩種不同的語言。

依筆者一己私見以為，巫永福氏其實算得上是一位早熟的詩人，自其文學出發期，就已提供世人足以顯示他鮮烈的個性和風俗的作品。最早期發表於《福爾摩沙》第 2 號的兩首詩作〈乞食〉和〈故鄉〉就是證明，頗能顯示其詩創作的雛型：

生垢三寸、蓬亂生蟲又骯髒的頭髮三寸
穿著油垢和泥土而破爛的暗茶色衣褲

〈乞食〉一詩的開頭，即披露了作者的洞察力，全篇內容極其飽滿，帶有強烈的寫實性。〈故鄉〉的末段：

為過苦難的荊刺之道
雖曾流出多少辛酸血淚
故鄉呀步步探索、勇敢求進
為你子孫代代的榮光

則有極其清澈的現代個人意識的呈現，強固的意志表達。兩篇都偏於短詩的形式，一則投注於外界描寫人物，一則深入內心抒發理念，令人意外地，不只詩風已相當穩健，內容與形式也都能保持適度的均衡感覺。

　　戰前巫氏的日文詩作，實際上已經經歷過各種詩型的試煉，抒情（如〈貝殼夢〉、〈三葉草可愛的花束〉）、理性（如〈權力不會賢明〉、〈自由的樹蔭下〉）和知性（如〈歡喜之河〉）乃至饒富童趣（如〈稻草人的口哨〉）的創作均雜然並陳，顯示出相當多彩的風貌，在表現上也有所講究，又極注意語言機能的發揮，如〈枕詩〉一篇的清新感性、小巧形式：

乘馬過海
划船過沙漠

花在夜裏開
戀情在噴火口跳舞

在摩天樓上打瞌睡
跟情人在冰河擁抱

倒立攀上山去
言不由衷地害怕危險的懸崖

漫遊於空中
以白雲吊鞦韆

　　以各自二段，分割跳躍且鮮明的意象，來表示詩情和詩趣，沁入眾多的外在風物和事物來構織抒情的場景，在結尾利用風景顯示有趣的畫面，做一收束，令人吟味。

　　相對的，戰後的中文創作詩，題材上雖然維持了多樣性，卻多集中、重複於抒發心情（通過風物或事物，如〈病後〉、〈芒草〉、〈夾竹桃〉等作品）或言志（對現實現象的批評或事物的感慨，如〈我的影子不孤獨〉、〈尾行〉、〈開刀〉等詩）的表現，如〈陰魂不散〉（《木像》）一詩：

而不忘二二八事件成根的草球潛活力

發出生命復活的堅強聲音

那是燒不死厭不偏的求生聲音

那是亡靈由傷亡鄭重喊叫有力的聲音

又如〈我的影子不孤單〉(《霧社緋櫻》)一詩：

我企首的影子不孤獨

四十多年來帶著

二二八悲慘巨大的歷史傷口

與衆多犧牲者的怨魂

親人朋友共識

不斷徘徊在台灣上空

凝視台灣美麗山河

這些詩表達的方式，比起前期的某些創作，不只詩風顯得凝重而深沉，在語言表現上，敘述性十分強，多屬意識的直接表陳羅列，或未加修飾的理念表白與說明，詩的內容和形態因而難免顯得冗長和雜蕪，1990 年代出版的幾冊詩集，就詩風而言，也看不出相互間有太大的變化，各冊中收入的作品，在題材和主題上，甚至多有雷同，可謂大同小異。和日治時代前期的作品相比，那種刻意於凝縮與節制的風格多已消失不復可見，確實有明顯的不同。

縱觀巫永福氏詩風的確立，前後期雖各有所偏，其一貫的方法，卻使其詩的脈絡依然有跡可循，筆者以為他的詩有著「極為強烈的個性」做為底流和依憑，他的詩世界，是以他做為一個詩人「個人」的主觀視點或意識舖陳架構起來的。因此，他的詩，一方面是個人與外在世界（諸如現實狀況，物、事、他人感情等）對峙、對應、交感的產物，一方面自然又是

一種個人內裡精神（內在的感性、理性世界）完全的呈露與表白。底下，筆者擬從此一觀點展開推衍，對其詩的主題做一探究。

三、詩的主題

以宏觀的角度來看，詩是詩人的精神往外散布或擴散的結晶體，詩人意欲保持不逃離、不逃避現實的姿勢，則他的詩必然須是他自身和外在世界或既存狀況不斷對峙、對應的產物，如此詩人才能具備強烈的實存意識。所謂詩的投影，詩人勇敢地將自己投入於實存的世界即是：

> ……投影的實體，亦即我們自身的存在，即存在於現代生活的內部，……則對於在那兒會發生的或可能發生的所有事象，應以某種方式刻印在自己的經驗裡……。[8]

所以詩人可以成為一個時代的見證者。透過詩，他的存在、個人的精神史可能成為歷史、時代流脈中的典型，他的悲劇可能就是時代的悲劇，他的掙扎和痛苦可能就是時代的痛苦。

從上述詩和實存的關聯，詩人所具備時代和精神史的意味兩面觀點，來閱讀巫永福式的詩作，則他身經兩個時代的歷史經驗自然無法加以忽視，那讓他可能以某種方式將發生的所有事象印在自己經驗裡，巫氏曾自述：

> ……日據時代我視中國為祖國，大戰後在台灣經與大陸接觸，觀念改觀，即視我出生長大的台灣為祖國。[9]

---

[8] 北村太郎；筆者譯，「投影的意味（摘錄）」，〈荒地關係資料拾綴〉（「荒地」集團研究專題），《笠》第112期（1982年12月），頁115。
[9] 巫永福，〈自序〉，《稻草人的口哨》（臺北：笠詩刊社，1990年3月）。

在他詩化的體驗裡，最重大者莫過於詩人自身身分的認同了。由於詩人確認自身所歸屬的對象（依附的政治實體），是隨著觀念會有所變動的，巫永福在詩中所暗喻的精神史的意義，因而並不著重於單純的兩個時代（戰前、戰後）的印象來加以呈示，反而是投注在時代、生存環境和他自身的聯繫上，特別是，從自身依附的政治實體做為原點，做為基盤去思索，來進行自我檢證，他的傑作〈祖國〉一詩，從此一觀點來看就十分具有意義：

夢見，在書上看見的祖國

流過幾千年在我的血液裏

住在我胸脯裏的影子

在我心裏反響

呀！是祖國喚我呢

⠀⠀或是我喚祖國

⋯⋯

戰敗了就送我們去寄養

要我們負起這一罪惡

有祖國不能喚祖國的罪惡

祖國不覺得羞恥嗎

祖國在海的那邊

祖國在眼眸裏

〈祖國〉一詩，可以說是寄託了置身於時代流脈中、感到無可奈何，一個清醒詩人的苦悶表白。苦悶來自詩人對自身歸屬和鄉愁難以清楚的掌握或認定，因此，產生了愛恨交織的矛盾心理（祖國喚我？／或是我喚祖國），以及對於實體的憧憬和不滿（燦爛的歷史／⋯⋯孕育優越的文化／祖國是卓越的，對比於：有祖國不能喚祖國的罪惡／祖國不覺得恥辱？

／……虛偽多了便會有苦悶……）等等情緒，終究祖國的印象是極其鮮明，又是遙遙不可及的（祖國在海的那邊／祖國在眼眸裡）。這樣一篇屬於「認識的詩型」，是有其背景（臺灣歷史）認知的下意識創作，同時，詩人始終未曾覆沒於氾濫的感情中，才能做出的理智選擇和判斷。戰後，巫氏更進一步，能創作許多內含強烈批判精神的事件詩（如二二八事件的省察詩），也是由於他具備有類似上述，對自己所置身的時代流脈（含自身的身分、歸屬認同），可清晰地加以自我檢證的能力所致吧！

　　以這樣的自我檢證為基點，促使巫氏在他的詩中，可以自別的視角來凸顯做為一個詩人，在時代的巨流裡的位置，刻意地引爆、散發「個人」苦悶掙扎的精神片段、痕跡，日據時代創作的詩〈遺忘語言的鳥〉：

　　固陋的心，遺忘了一切
　　遺忘了自己的精神習俗和倫理
　　遺忘了傳統的表達語言
　　鳥　已不能歌唱了

　　什麼也不能歌唱了
　　被太陽燒焦舌尖了

　　傲慢的鳥
　　遺忘了語言
　　悲哀的鳥呀

　　以對立於異民族的觀點，確保自身民族意識的心情，用鳥的喪失語言和遺忘一切來作暗喻，透過對反面教材的批判，顯示了詩人和現實環境對峙、對應的強硬姿勢，也表達了對抗（下對上）殖民（統治）者的作者意志。同樣是戰前的創作〈愛〉一詩，也是含有淺顯隱喻的作品：

你想征服我把愛說成一視同仁
我知你的花言巧語含有虛偽
你想擁有我底心情
但我的心常受騙已成了石頭

　　從對等的立場，簡單地暗喻時代（體制）和個人之間的間隙，難以解開的心結，所謂石頭對抗虛偽，也未嘗不是顯示詩人堅忍意志的一種隱喻。

　　戰前如此，戰後國民政府統治時期，巫氏也創作了不少同樣性質的作品，如〈候鳥〉：

離開家尋安適處所
候鳥與所愛的同伴共生死
如故園被蹧蹋即遷離他去
堅定地不管高山大海
不怕暴風雷雨尋建自己的世界

　　這首詩中呈示的是，勇於選擇和捨棄的「個人意志」，對抗異民族的心情轉化為本身尋求強烈自立、自由的願望，也可見出詩人在時代流脈中，對自身不同境遇思考和對應方式。

　　〈氣球〉一首則同樣平白地表達出，在被禁錮的時代裡，致力爭取自由的詩人一己之願望，與其不變、堅強的意志。

氣球想飛到更高的地方去
也想向左右移動尋找更廣闊的地方
卻沒有那種自由
又是怨　又是恨

……

啊！不能飛到更高更遠的地方

不能有自己的意志

說是「自由」、是嗎？

　　不能尋得自由的逆說，也即是對詩人追求自由不屈意志的肯定。可見，覆沒在時代的巨流中，巫氏不中止地在追求一種「個人的意志」，經由此一意志的堅持，也把時代裡發生的某些事象記錄下來，這正是支持巫氏詩作的一個原始動機，也形成他以詩來抒發「個人對應時代」心情的大主題，乃是一個人，一個詩人，對峙於自身所無法脫出的時代，不自願不自主地被捲入歷史的漩渦中流轉之際，投出自己而苦悶的精神軌跡。

　　如同巫氏的詩表達時代流脈中個人意志的堅持，能凸顯出詩人個人和現實糾結的外在側面和姿勢。他的歷史思考和意識則可能深入事物內部，呈示出一種久遠深層靜態的面貌。不管是戰前或戰後，巫氏詩中隱含的歷史意識無疑地，也可能提供詩人見證自身，亦即見證時代精神的歷史變動和不變的一面。1970 年代以後，巫氏創作了許多事件詩（如以二二八事件為主題的不少詩作），家族、歷史記事詩（如以時事為主題的詩、以戰後臺灣人或事為主題的詩）。這些作品都可能描畫出他自身時代變動的一面，並留下詩人個人的觀察紀錄。但也有如〈日月潭〉、〈沉默〉等，以臺灣風物為主題，抒發自身內面鄉愁和故土情懷的作品，顯然更具有恆久不衰、不變的感動詩質，值得一提：

在青藍的連漪滾動著

頌讚著生命的源泉價值

悠悠然把衷心的愛誠

溫柔而無所謂地呈現

——〈日月潭〉

中央山脈的巒峰告訴我們

告訴我們故鄉城鎮的歷史

有如守護者　悠然地

把城鎮建造之前　之後

長久歲月的愛憎悲歡

城鎮每個角落的生死別離

激烈無比的鬥爭變遷

詳細地告訴我們　那巒峰

……

為了過多勞累了

終於美麗地沈默下來

以安靜的姿勢橫臥下來

　　兩首詩都顯露出詩人對故鄉風物的熟稔、親近和愛憐，其淡淡的筆觸，反而強化了沉澱於綿長時間、歷史中的空間感覺，雖然這樣的詩在巫氏作品中並不多見，卻也足以標示出詩人觀照自身歷史的一種姿勢。

　　再從微視的角度來考察，縮小巫氏詩文學的探究焦點，集中於其個人的內部世界，則巫氏的作品，自然多是經由私人體驗以詩化的結晶，他內裡的世界也可能是充滿感傷、纖細、憧憬美的世界。巫氏的個人抒情中，內孕的一個質素即有著憧憬這一要素，戰前他寫過〈難忘〉一詩：

像幻影似的映在眼底

我能透視到

從那遙遠的地方

那個人確實存在著

常常叫喚我

　　明顯地，對遙遠、未知、不可預測的人、物的憧憬，即等同於對異質性的文學有所感動，此一異質的感動也可能轉化為他詩的主題之一。即使耽美和異樣兩個詩素，在戰後巫氏的詩作中不見有所發揮，但從其詩集中收入類似性質的作品（如河、夢等），也未嘗不能讓我們窺見他擁有詩人纖細氣質，特殊的另一個面貌。至於為數不少既興式的感傷詩，在戰前創作的如〈月夜〉一首：

　　　月亮啊！憐憫我不知何從
　　　為了不成熟的愛戀
　　　獨自在小路上
　　　誦吟著月光光之歌

在戰後創作的如〈落葉頌〉：

　　　片葉紛紛化成黑土滋潤大地後
　　　一隻烏鴉飛來寒枝寂寂鳴叫

　　　落葉的銀色眼睛看到花苞微笑
　　　就知春的快車會帶新生小芽茁壯

　　可謂相互輝映，兩詩的底層均可看出，一直內孕在他詩世界裡的一個要素——借物抒情——，由此而產生濃厚的感傷、情緒的成分。這些特質，正足以顯示詩人巫永福內部的「抒情與理性同居」的特色，提供讀者一種意外的發現，也是純粹屬於詩人一己的「私性氣質」，美的意識。

四、詩的語言和表現

　　從表現的語言來探究巫氏詩的特質，則正如前節筆者所述，他的日文

創作詩和中文創作詩顯示出相當不同的面貌。中文詩的語言表現，居於白描階段，說明性濃厚者的依然不少，如〈鼓挺花〉一首：

> 繼承固有遺傳基因
> 鼓挺花挺挺血色清淳
> 個性獨立不自傲
> 悅目耀眼的大花朵
> 在陽光中揮發充實的愛

習慣於多用形容詞，是敘述性強的語言。而直接舖陳的方式，幾乎是他一成不變的特色，因此，巫氏多數的戰後詩創作，不免降低了詩的質素，形成過散文化的傾向，比之戰前的作品，如〈落葉〉：

> 冷寞的風寂寂地直颺一夜
> 叠積成堆的枯葉們
> 於院子角落裏搖動風騷死亡

透過翻譯，依然可見其意象的變化，刻意表現的痕跡，詩性追求的重視，終究有所差別。

以巫氏自身居於跨越語言的一代，即臺灣前行代詩人的位置，這一瑕疵自是無關緊要，何況他自身持有「強調追求詩本質」的觀點。也是基於此，對他的詩意義的理解，可能才是讀者應多加注意的焦點。縱使如此，解讀他的詩之際，由於需從意義性的偏重著眼，或許在無意識之間，會讓讀者感受到過度舖陳理念的毛病，進而感覺喪失了某些重要且優美的東西也說不定。

五、結語——強韌的精神

　　不可否認地，巫永福的詩，內涵有值得令讀者思索的多樣「問題」存在，他跨越日治和國民政府統治兩個階段的歷史體驗，以及將人體驗詩化的過程，確實足以證明詩對於詩人個人乃至時代的精神史具備意義。巫氏做為一個詩人，對時代、歷史關注的心情，導致他大量創作事件詩、時事詩，或以戰後臺灣的人、事、物為主題入詩，其實是他有意識地作為，意欲透過詩，為自身的時代來作見證。他詩中蘊含表達的強烈現實意識，多少已經固定了他詩的走向，塑形他做為詩人存在的意義。即使如此，我們也不宜遺忘他還是一位具備強烈個性的詩人，他的許多詩中也表達出個人濃郁的抒情風格，值得吟味。

　　但，超乎一切地，就如前節所述，巫永福的詩，呈示出居於時代中小小的、個人意志的堅持，以及對峙於黑暗歷史中頑固不屈的人的姿勢，也正是詩人硬骨精神的表現。因此，在他詩作的延長線上，我們自然不難發現，做為詩人持久的、強韌的精神，那混和了「理想」和「忍耐」兩個質素的精神，如〈解凍〉一詩：

> 冷凍的地下蓄藏著種子
> 夢見春光裏騰空的花蕊
> 強忍淚水滿懷希望
> 等待天暖再生的來臨
> ……
> 昨天今天明天世世代代
> 種仔的眼睛拋吻太陽接手
> 發出青翠響亮的聲音
> 根在地下葉在地上甜蜜微笑

　　帶有堅忍的意志，又抱持著追求未來、無限希望的理念。確實是一首足以喚起人們希望的詩。我們在這樣的作品中，彷彿可以看見詩人浮現爽朗樂觀的笑容，也重新感受到詩的溫暖和價值。同時，更不難發現老而彌堅的詩人巫永福，在他持續下去的文學創作和人生途中，正升起閃閃發亮的新地平。

　　　　　　　　　　　　　──選自陳明台《強韌的精神──臺灣文學研究論集》
　　　　　　　　　　　　　高雄：春暉出版社，2005 年 5 月

「內心」的獨白，「外界」的故事

論巫永福詩中的節制和觀點

◎金尚浩[*]

一、前言

從戰後的情況來看，在破壞的秩序裡，重新建立秩序是理所當然的事。他們向著新秩序的目標邁進，同時在混亂和重壓的殖民地或戰爭體驗中，重要的是，個人如何調整自己的內心。這時，建立秩序的一種方法，是基於一種混亂的經驗，透過文學流露出自己的心聲。決斷的瞬間就是回歸本來自己面貌的時刻，屬於本來意味的時間性。如此，在決斷的瞬間，回歸自己本身的屬性概念，基於此恐怕會與歷史形成距離。人們從現在的自身裡，缺乏的某些向未來投射而得到滿足，預期引發的行動來表現，但應矚目的是，行動並不是與自己的存在隔離，將自己埋沒在世人中，而是經過決斷的瞬間的表現。在詩中投射行為，就是透過語言形象化。因此，對存在探究的語言，是與在日常生活中使用的語言不同，它脫掉工具性的界限，認定提示事物的角色。這時，語言不是手段，而是具備固有存在論的作用。相反地，即是日常語言積極拉進詩中，而在世人的公論裡，尋找與他人之間的和諧。這裡所謂的和諧不是隱蔽的否定，卻是對活生生的生命加以描寫給予肯定的意思。

巫永福的詩有節度和規範。他詩的作法，是事先確定自己作詩的框架，然後在其框架裡將言語和意象一個個配置下去。因此，從他的詩作

[*]修平技術學院（今修平科技大學）應用中文系副教授。

中，期待感動或深奧主題的讀者，恐怕會感到失望。因為當初具有製作的意圖構成的詩，感情極度的節制，所以想法很單純。不過，擺在單純想法之間的意象和其聯想的梯子，是由於細緻，所以精密地令人能感到喜悅。

　　巫永福，1913 年出生於南投縣埔里鎮，先後畢業於臺中一中、日本明治大學文藝科。1932 年在東京與蘇維熊、王白淵、吳坤煌、張文環、施學習、曾石火等組織「臺灣藝術研究會」，創刊文學雜誌《福爾摩沙》[1]。回到臺灣之後，參加《臺灣文藝》和張文環主編的《臺灣文學》。曾任臺灣新聞社記者[2]、臺中市首任民選市長楊基先市府的督學及祕書、中國化學製藥公司總經理、新光產物保險公司董事兼副總經理、《臺灣文藝》雜誌發行人等。現任《笠》詩社同仁。他的文學活動自 1930 年代初迄今，就時間的累積而言，他有充分的資格被認為臺灣文學史上的珍貴存在。[3]他雖然寫過小說，但他的文學以詩為主，「我試過好多次用中文創作小說，結果都沒有成功」[4]。他的全集共 19 卷中，有關詩的部分是中文詩占六卷、日文詩和俳句各一卷、短歌二卷、短句俳句一卷，由此可見，詩占了一半以上比例。他戰後中文詩的特徵，題材上雖然維持了多樣性，卻可以以一個主題來形容，就是「內」和「外在」的構圖，即「內心」的獨白和「外界」的故事。陳明台在〈強韌的精神──試論巫永福詩的主題與表現〉一文中說：

　　　　巫氏的詩表達時代流脈中個人意志的堅持，能凸顯出詩人個人和現實糾
　　　　結的外在側面和姿勢。他的歷史思考和意識則可能深入事物內部，呈示

---

[1]《福爾摩沙》雜誌是巫永福最早的，也是他的文學奠基舞臺。這是「臺灣藝術研究會」的機關雜誌。這個組織由當時在日本東京就讀的大學文學系學生，於 1933 年 3 月 20 日發起成立，目的在「以圖臺灣文學及藝術的向上」，決定發行機關刊物。《福爾摩沙》於同年 7 月 15 日創刊，12 月 30 日出版第二冊，1933 年 6 月 15 日出版第三冊後停刊。這份刊物分量有限，每期不到一百頁，第三冊限於經費只有 56 頁。

[2]許雪姬〈巫永福先生訪問紀錄〉一文中說：「戰爭末期，我也怕被日本政府召集當軍屬，然而那時我擔任新聞記者」。《巫永福全集 18──續集‧文集卷》（臺北：傳神福音文化公司，1999 年 6 月），頁 337。

[3]陳明台，〈強韌的精神──試論巫永福詩的主題和表現〉，《巫永福全集 19──續集‧文學會議卷》（臺北：傳神福音文化公司，1999 年 6 月），頁 405。

[4]〈自尊自重的文學心靈〉，《巫永福全集 18──續集‧文集卷》，頁 319。

出一種久遠深層靜態的面貌。[5]

內心有幻想和獨白，則集中於物象描寫、親情述懷、閒情逸致；外界有人與人之間發生的各種故事或言志，如人們產出的悲劇、國家認同、政治觀照等等。人類知識的累積中，平常使用的語言，文字是寫詩最基本的工具。從巫永福詩的題材來說，與別的詩人沒什麼兩樣。因為世上所有的題材對任何人都是公平、公開的。詩人巫永福不會刻意地尋覓，畫下自己詩特徵的本體。這是他自己說的「立志要做一個文學家，寫出日本統治下臺灣人民生活的狀態與思想困境」[6]，以敏銳的眼光保存純潔複雜的心理，和其相對於人的欲望引起的葛藤。他不僅不斷地描寫人間的聲音，且不斷地努力關注這些。這兩者之間的緊張，可以說是支撐他詩的全盤的力量。巫永福透過節制和過濾的感情，描寫維持兩者間的平衡。巫永福的詩，隨著時期或詩集的出版，可以抽出其個別的特徵。不過，整體來說，他的詩可以區分兩類：其一，是追求人間完全沒有介入的絕對純粹世界；其二，是逐漸顯示人的聲音而形象化。本論文擬上述二個層面來提出論述。

二、絕對純粹的世界

文化是與文明相對比的概念。如果文明意味的是生活外的現實，則文化意味的是生活內的現實，就是精神活動。巫永福的初期中文詩作，是從事物中要尋找其本身的意識，和為了意象本身的目的而寫，都是徹底的排斥人間味的作品。對既成事實的疑問和確認的作業，就是他初期詩的關鍵主題。他並不是單純的描寫，而是提出對事物存在本質的疑問。這時，他未點名的事物或是事件都只不過是排列而已，並沒有什麼意思。這些，雖然有，其實似乎如同沒有，因詩人以自己的概念指稱某某的剎那，那些就

---

[5]陳明台，〈強韌的精神──試論巫永福詩的主題與表現〉，《巫永福全集 19──續集·文學會議卷》，頁 426。
[6]《巫永福全集 7──評論卷 II》（臺北：傳神福音文化公司，1996 年 5 月），頁 87。

會被疏遠。此時詩人知道事物的表情，經過閱讀之後，重新對其角色加以命名。在此，由於詩人只有面向對象，所以，根本與一般人或讀者無關。他在〈樹〉一詩中描寫：

　　樹幹瀝瀝長大
　　不管大枝小葉風光
　　向太空呼喚
　　站在風雨中不徬徨

「樹」在近距離的觀察中，顯示出他自我鑑照的投影形象，內心「站在風雨中不徬徨」有自負的獨白，他所追求的是成為習慣性之前的某些東西，可以通用的名義，是轉變不同的他者之前的某些東西。這可以稱為是理念，對象和詩人之間，沒有介入任何一個媒介物，世界裡只有存在著要命名的詩人和被命名的事物。尚未被污染的純粹的處女地，「由主觀的燃燒而成為客觀化的純粹的詩的感受」[7]這些都是脫離有關人間所有的歷史和社會，如同指向絕對純粹的世界。他在〈枯葉〉一詩中，把日常的事物不加以詳細的說明，正把某些觀念或根本無意味的「無常的觀念」依賴於物象的描寫中：

　　繞過山後的窮苦人家
　　也繞過山前的富家庭院
　　片片的枯葉又蕭蕭飄落
　　好像不能收留的生命一樣
　　好像快將凋謝的生命一樣
　　飄積於布簾風動的窗下

---

[7]巫永福，〈巫永福詩觀〉，《美麗島詩集》（臺北：笠詩刊社，1979年6月），頁233。

　　無聲音

　　一個秋

　　這是典型的顯示單純形式美的一首詩。此詩的構思是，透過枯葉接近「窮苦人家」或「富家庭院」，他說枯葉蕭蕭的飄落，是「好像不能收留的、快將凋謝的生命一樣」，如此結束的生命，「飄積於布簾風動的窗下」，無常的一個秋天。先確認對象意味的行為，然後，就連結到針對對象重新命名的行為而完結。

　　在〈歲月〉一詩中，把範圍縮小之後，尋覓個個事物的意思，引進在作品裡頭：

　　古人曾唱明月思故鄉

　　聽來盡是滿懷悲衷

　　猶如對月一片渺茫

　　猶如苦楚深沉流浪

　　但歲月對紅顏少年是警鐘呀

　　男兒步出鄉關後

　　抱著一番熱情

　　想有一點事成

　　歲月卻不留人

　　歲月會流去

　　待汝髮白照鏡時

　　覺得歲月愚弄你

　　屈指算來以何堪

　　幾十個星霜

　　透過詩人直觀摘除事物的本質，是通過比喻的意象，顯示在詩裡而重

新命名。這是表現某種觀念，但基本上不使用概念語，只用意象來指稱這些。他告訴年輕人「抱著一番熱情／想有一點事成」，不過「歲月卻不留人／歲月會流去」，並「覺得歲月愚弄你」。詩中顯現像年輕時的回憶中想到的一種錯綜的心理般，以纖細地感情來描寫某種害羞或某種隱藏的模樣。但實際上，詩人自己內含的觀念類推、迴饒和組合造成一種「投影內心的觀念」，或是經由「意識的浮現」。杜文靖在〈老而彌堅的前輩詩人巫永福〉一文中說：「巫永福的詩，無論是經驗、意念的，都用具體的意象，表達顯明的精神內質。」[8]

在〈泥土〉全詩中，描寫以泥土來表現兩代之間的關聯和感情：

泥土有埋葬父親的香味
泥土有埋葬母親的香味

飄過竹叢　落葉亮著
向那光的斜線　鳥飛去

潮濕的泥土發出微微的芳香
寒冷的泥土發出淺春的芳香

閃躍於枯葉的光底呼吸裏
鮮新而豐盈的嫩葉　亮著

微風也匿藏著溫暖
雲也打來春的訊息

嫩葉有父親血汗的香味
嫩葉有母親血汗的香味

---

[8] 杜文靖，〈老而彌堅的前輩詩人巫永福〉，《巫永福全集 5——詩卷Ⅴ》（臺北：傳神福音文化公司，1996 年 5 月），頁 221。

此詩的全文都是在說明「泥土」的角色。泥土從直接顯示埋葬父母親的香味開始，潮濕的、寒冷的泥土，發出芳香的，經過「枯葉的光底呼吸裏／鮮新而豐盈的嫩葉　亮著」，然後微風和雲帶著溫暖及春的訊息，最後回到原點，嫩葉就是想念的父母親血汗的香味。「我覺得〈泥土〉這首詩的意象和文學性都不錯」[9]，但如此指稱的比喻意象，無法與對象的本質完全一致。因為那是無論怎樣靠近，也不能超越比喻本身。在此巫永福追求的就是意象本身為目的的「敘述的意象」。這是開始時，描寫眼睛所看到的事物和情景。因此，詩人把原本的對象轉移到作品上。記號理論（theory of signs, semiotic）和意味論（semantic）並不是實證主義的邏輯體系，而是強調人間持有的象徵[10]的技能。因此，文學與自然科學或哲學的命題不同，是把其本身獨特的意味體系，透過象徵的語言來結構形成的。

巫永福在〈幼年〉全詩中，將對象和自我混合在同一個空間上：

清澈的溪水
浮流著美麗的白雲
游著活潑可愛的小魚
充滿著我幼年的凝望

幼稚的童心
夢著飛行美麗的藍空
夢著航海汪洋的大魚
充滿著我幼年的快樂

詩中描寫幼年的區區小事，這並不是與現在斷絕的過去，卻是與現在

---

[9] 〈自尊自重的文學心靈〉，《巫永福全集 18——續集・文集卷》，頁 326。
[10] 許雪姬〈巫永福先生訪問紀錄〉一文中說：「那時（日治）我看得最多的是法國文學和露西亞文學，這兩者對我的影響也最大」《巫永福全集 18——續集・文集卷》，頁 322。因當時的日本文壇深受法國象徵主義影響，故巫氏的作品也採用象徵的手法。

聯繫獨特的意味體系，活生生而現實上的過去。然後，這些在象徵的語言
結構中，超越時間的距離。「幼稚的童心／夢著飛行美麗的藍空／夢著航海
汪洋的大魚」，這種幼年的快樂情緒，接近了立基於現在視角的詩人。「在
近距離的觀察中，處處顯示詩人自我鑑照的投射現象」[11]。小時候的天真回
憶又在詩人的眼前：「春雨像我童年一樣／增添厝前路樹的美貌／淅淅瀝瀝
落個不停／擋住了蒼天／驅走了小雀（下略）」〈春雨〉；「三週歲生日時父
親為我也為土地公做生日／請皮猿師父一班人來家裡演封神榜」〈生日〉。
美國的心理學家威廉・詹姆斯說：「人的精神裡的思維和意識並沒有斷絕，
都是持有一貫性的連續。只是那些經常以非邏輯和單面的形態混合在一
起。」

　　巫永福的詩，描寫內心的聲音時，採取一般的方式，其實，表面上的
內心世界中，最能顯示感情的是寂寞。在〈散落的頭髮〉一詩中如此的描
寫：

　　　經過幾十年辛酸甜蜜後

　　　該來的衰退真實地來了

　　　我光白的頭髮天天會脫落幾根

　　　一根一根地粘在毛衣上

　　　使我有落葉知秋的感慨

　　　（中略）

　　　清理毛衣的頭髮掉落在地上

　　　瞬受陽光閃起一點點晶亮

　　　有如我的生命在美中幻化

　　　乃彎腰撿起一根看看

　　　把遙遠的不安盡入褲袋

---

[11]李魁賢，〈巫永福詩中風花雪月〉，《巫永福全集 19——續集・文學會議卷》（臺北：傳神福音文化
公司，1999 年 6 月），頁 69。

自我安慰一頓寂寞的心

　　寂寞得精疲力盡時，只好進入自己世界的獨白。人年紀掉下頭髮是難免的事，雖然他「把遙遠的不安盡入褲袋」，可是終於說「自我安慰一頓寂寞的心」，此詩把寂寞的力量集中，來接受善良和弱小。「乃知飼主激賞歌喉而痛愛／總覺得不自然不自在起來」〈籠鳥〉，他的這種寂寞，並不是他的痛苦，而是我們人生的本質。因為詩人已經知道人生的背影就是空虛，所以他的詩，做為忍受這空虛的世上的一種生活方式而存在。他在〈我的青年文學生涯〉一文中說：「我知道如何看人生、抓重點，這對個人事業的發展也有幫助，做人方面我是純粹精神主義、人道主義，我也將這種訓練所賜應用在生活方面。」[12]

　　雖然在心中持有時代的空虛，但不會挫折或絕望。他透過自己的設定，在現實的生活態度中包含希望，以資克服悲劇的現實。日常生活是每天不斷地反覆，沒有什麼特別事，與一般人沒什麼兩樣。但所有的特別事件，若沒有日常的基礎，恐怕不會發生。因此，日常的處理，是就無意味的事實中，發現隱藏的某些，和抓住重要的某些東西。在〈雪〉全詩中，描寫日常的內容：

合歡山的二月

雪紛紛

滑雪的人在山上戲樂

合歡山的天寒

不遲疑

雪飄落地柔白閃閃

---

[12]巫永福，〈我的青年文學生涯〉，《巫永福全集 6——評論卷 I 》（臺北：傳神福音文化公司，1996年 5 月），頁282。

熱情的年輕詩人爬上來
笑向人群揮手
讓山頂發光

裝備的詩人踏雪
猶如撕裂世界猛然
飛向下坡破雪而去

　　雪紛紛的二月到合歡山旅遊的詩人，看到遊客在山上戲樂，雪飄落的
天氣也不錯，年輕詩人向人群揮手時，蠻高興的老詩人踏著雪，「猶如撕裂
世界猛然」的速度，「飛向下坡破雪而去」。這首詩不晦澀，所以比較容易
理解而給人舒適的感覺。他的大多數詩作，形式和內容上，維持一種平衡
點，這是他的詩最大特色。平凡的日常生活中，周邊可能會發生的事，以
它做詩的內容。重要的並不是在日常性本身的處理，而是在日常性扮演如
何的角色。
　　巫永福迄今繼續描寫的親和自然的詩作，都是對自然的讚美與感情。
如果他對自然沒有如此地偏愛，恐怕在瑣碎的句子的描繪中，無法抹掉誇
張的感覺。在〈寒梅〉全詩中描寫：

不管曇晴風雨
不管地凍天寒
梅葉紛紛落盡後
不見蜂蝶雖孤單
卻見枝上花苞點點
而綻放滿白花瓣
以展純潔毅力時
寒風中香動暗散

揮走了冬雲

要來了春光

花蕊吻天斟地心歡

報冬將去

　　寒梅的生命力堅強，「揮走了冬雲，要來了春光」。有時遺棄對象的某個部分或誇張另一個部分。由於對象和背景的位置與實際情況完全不同的安排，所以有時造成與物象不同的另一個物象。這是物象或是對象的重新架構，此過程中介入邏輯和自由聯想。當初因為脫離詩人思考範圍的任何而完全沒有關聯，所以如此描寫的詩，做為日常生活以及詩人外界的則例，呈現出不同的結構。這時，必然產生虛無。此所謂的虛無，並不是虛無主義（nihilism），而是從日常的角度來看的「無意味」。在絕對純粹的極致中，描寫的這樣的詩作，是一種與自言自語無法區別的抽象的感覺。因此，巫永福詩特色之一的「節制的美感」也消失了，卻使空虛的回聲不斷的在迴響。這種語言只能描寫封閉的自我感情的回聲，看來似乎極度的不安的樣子。總之，巫永福的詩作，是站在其語言本身絕對化的純粹來表現的立場。

三、逐漸顯示人的聲音而形象化

　　我們不知不覺得被各種壓抑的侵害，並被來歷不明的威脅包圍。大家認為信賴社會是思想溝通的橋梁，但實際上能夠信賴的便是權力、金錢、武力等不斷地溢出來的力量而已。四面都被敵人攔住下，約束和信賴已經破壞了。我們為了生存還是介入在泥濘的鬥爭中。這就是現代人的苦悶。

　　以詩人的直觀看透思想（idea）的努力，轉移至描寫意象。這種企圖的共同特色，是未設定任何媒介，與其對象直接連結。詩人有時以自己的直觀，有時以現象的描繪與對象相對。詩人在集團裡出生、長大，他在成長過程中，熟習集團的生活和感情後，代言詩的實用論。這不僅是詩人的本

分，並且也是從社會全盤而言，知識分子能夠做到的事。巫永福的詩，當初從知識階層（intelligentzia）的自意識裡出發，此知識分子的角色，表現出華麗的（ornate）面貌。他在〈時代的使命〉一文中說：「我雖然老矣，但仍願意與大家共同思考臺灣的前途與答案，這也是我文學生涯中必經的路，並認為這是時代的使命。」[13]

　　知識分子的作用，便是提高社會的本質和核心的價值觀。詩不是與現實分離，不管如何應要反映現實。其理由是，因為藝術基於社會行為的傳達作用。詩裡該反映時代精神是藝術的一個使命，必須具有的條件。詩人為了實現這些需要努力。詩人把時代精神以詩來實踐，並創造出價值。巫永福在〈感受〉一詩中，描寫時代精神：

> 以「愛國有罪嗎」標示你愛國
> 在常識的範疇內愛國無罪且該鼓勵
> 可是愛國如果走出極端錯誤的方向
> 就值得憑良知虛心檢討
> （中略）
> 愛國心人人都有並非個人的專利
> 其行為應讓大家深思與理性的選擇後
> 理出大家能體認的方法來行動
> 因愛國的真諦並非盲目的東西
> （下略）

　　詩中一開始就問：「愛國有罪嗎」，當然在常識的範圍內是無罪而受到鼓勵。但方向錯誤時，「就值得憑良知虛心檢討」。詩人提醒大家真正的愛國是什麼？「因愛國的真諦並非盲目的東西」，所以「其行為應讓大家深思

---

[13]巫永福，〈時代的使命〉，《巫永福全集 7——評論卷 II 》（臺北：傳神福音文化公司，1996 年 5 月），頁97。

與理性的選擇後」才能說愛國。詩人對人間存在意味的喪失和歷史上的悲
劇問題，經過不斷地思考和苦悶。如此描寫社會現實的詩中，詩人除去修
飾和隱喻，其社會現實直接顯現出來。在〈月光〉一詩中的最後一段描
寫：

> 離開遙遠多災難忘的台灣
> 在這天邊一角茂林嚴客舍
> 指算日數回望那月光中的故鄉
> 該回去吧故鄉！擁抱吧故鄉

曾經歷過臺灣歷史上發生過的悲劇，如二二八事件和白色恐怖中，他
自己的家兄無故的被捕，妹夫也莫名的坐獄十年。

> 原來當時在台中市的黑名單中，我大哥排名第二，而在台中縣的黑名單
> 中，我二哥是排名第一。[14]
> 我妹夫以「知情不報」的罪名被關，判刑十年。[15]

詩中的最後一句「該回去吧故鄉！擁抱吧故鄉」，似乎聽到此民族經歷
過的歷史痛苦。對詩人而言，悲劇不是干擾自己的一種敗北，而是不曾預
知的敗北，從被捲入其戰鬥的事實開始。然而，對他來說，命運不是具體
或現實的生活，便是生活的抽象。那是做為孤獨存在的愛、對遙遠的渴
望、只不過是留著期待的期待而已。

他在〈地下道〉一詩中，描寫觀照的詩精神：

---

[14] 許雪姬，〈巫永福先生訪問紀錄〉，《巫永福全集 18──續集‧文集卷》，頁 340。巫氏的大哥是當
時治療肺病最專門的臺灣唯一的臨床博士；二哥是日本京都帝大理工系畢業，在臺灣大學農學院
擔任教授。
[15] 同前註，頁 346。妹夫是日治時期曾擔任過飛行員，後來在松山機場任機場長。

> 廟前地下道通東西民權、松江南北各路
> 地下商店叫賣十花五色的祭禮物品
> （中略）
> 穿襤褸的殘障病者，老弱婦女呻吟討食
> 各色各樣的男女老幼穿梭過路
> （中略）
> 南方傳統式的恩主公廟多人添油香
> 不論貧富香客多下各種許願
> 求家庭老小平安學業進步生理發財
> 卻無人為地下道那些可憐的乞食人
> 祈求福利消除艱苦人的存在真是諷刺

　　詩人目擊廟前地下道的萬象，尤其是「穿襤褸的殘障病者，老弱婦女呻吟討食／各色各樣的男女老幼穿梭過路」，公廟前多人添油香，拜拜各種許願，但「卻無人為地下道那些可憐的乞食人」祈求。李弦在〈跨越與重建——論巫永福詩的語言與心靈世界〉一文中說：「巫氏有感於社會中的弱勢者，如雛妓、老人及無保險者，都是都市榮後的邊緣人，隨著年紀越大，關愛、憂煩之念越切。」[16]

　　觀察是自然科學的重要方法，但對生活現象需要超級特殊感受性的詩人而言，這可能是特別的策略。以詩人冷靜的視線抓住，然後銳利的描繪觀察的主要對象，就是世俗都市的生態和欲望的構圖。當觀察者身分的詩人，是以現象背後行為的都市生活，絕妙的加以批判的形式來描寫。在此不能忽略的是，巫永福詩的想像力的源泉，不但與孟子所說的「人皆有不忍人之心」同類，而且他對詩的態度也是具備堅固基礎的道德主義。他在〈指揮者的良心〉一文中說：「文學不只是形容，還要有不朽的良心與道德

---

[16]李弦，〈跨越與重建——論巫永福詩的語言與心靈世界〉，《巫永福全集 5——詩卷Ⅴ》（臺北：傳神福音文化公司，1996年5月），頁290。

精神。」[17]

　　巫永福詩的真正意味，不只限定於卓越的觀察和描繪的能力，而是可以找到那些與存在論的洞察聯繫的思維的力量。在〈為什麼〉一詩中思維的對象就是悖理：

　　　　還給我們良好的生活環境吧
　　　　為什麼台灣的治安比日據時代不良生命沒保障
　　　　為什麼竊強盜、搶劫殺人經濟犯氾濫
　　　　為什麼交通建設落伍不能改善
　　　　為什麼不做好環境衛生、自然生態
　　　　（下略）

　　這整首詩 35 行中，顯示 20 次的「為什麼」，詩人幾十次問的「為什麼」該誰來回答？詩人盡力抑制感情依靠邏輯的思維方式。不過，因思維的對象源於悖理，因此，他在詩中顯示的苦惱，可以說是從無法信賴的對象之悖理而產生。在〈商場〉全詩中描寫生活現象：

　　　　夜深靜
　　　　駛車回
　　　　對面人家又酒醉
　　　　經濟蕭條做事難
　　　　苦撐維持嘆運衰
　　　　咬牙切齒
　　　　厭惡負債被人催
　　　　卻不能怪人

---

[17]巫永福，〈指揮者的良心〉，《巫永福全集 7——評論卷 II》（臺北：傳神福音文化公司，1996 年 5 月），頁 151。

　　總該想法有所為
　　要打拼要計畫
　　趕緊賺錢
　　東奔西波拖命累
　　賺錢、賺錢
　　輾轉難眠
　　何苦

　　詩中說「總該想法有所為／要打拼要計畫」就是「趕緊賺錢」。現代社
會若有錢什麼都行通的想法，因此，為了追錢什麼都可以做的蠻幹的社
會。「東奔西波拖命累」還是說「賺錢、賺錢」，不過為了錢「輾轉難眠」
這時詩人抨擊「何苦」。詩中描寫的不是單純的空虛美學，卻給人一種堅固
邏輯的實在感。此對生活現象有著觀照和洞察的態度，似乎接近佛教的思
維。這不僅是看透世俗都市的幻想和欲望的虛無之本質，而且超越其根源
就是對真實生命的體認。

　　在〈三字經〉一詩中，詩人又抨擊沒有思想和苦惱的現今的世態：

　　三字經的人之初、性本善
　　為啥變成姦你娘　是性善的墮落嗎
　　（中略）
　　現在的學校或家庭都不教性本善
　　時代在變，是進步還是退步
　　為什麼粗話這麼多，是生活無味
　　還是生活環境所造成要出口氣

　　啊！幹你娘、駛你娘
　　真是難聽的粗野語言

現在的社會貧富差距太多太緊迫
生活上無詩　文雅的語言就飛了嗎

　　詩人指責「現在的學校或家庭都不教性本善」，雖說時代在變，可是「為什麼粗話這麼多」。這時代大家都是忘卻人類的本質，只有被假象挾持而已。詩人擔心語言逐漸地破壞，「生活上無詩，文雅的語言就飛了嗎」，這樣以後到底產生怎樣的結果呢？詩人否定存在的假象，而要尋覓真相他的觀照和洞察不但寫出批評的詩作，而且嚮往更根源的世界。一直關懷社會問題的詩人，透過作品像希臘神話中的九頭海蛇怪（Hydra）似的，繁雜的社會裡，我們忘卻的珍貴的東西，為了回復這些在做苦惱的掙扎。

　　在〈計程車〉全詩中，追求的是一種民族和民權的信念：

有一天從安和路坐計程車到台北車站
坐上後始知司機是老芋仔
這個老芋仔的面色紅潤健談

車一直走
他一直講
我一直聽

他說：前年盡力帶大包小包回大陸探視
親情認為我是台灣來的有錢人
不客氣地索取我的物件

大陸人太窮了
馬桶、浴室都沒
日常生活真艱苦

我的故鄉在江西鄉下

> *回來時手錶、皮鞋都被剝去*
> *只穿一雙布鞋狼狽回來*
>
> *父母已死不再回大陸了*
> *要在台灣好好生活*
> *這時車到達車站　我給錢就下車*

　　詩中「前年盡力帶大包小包回大陸探視」，表示誠心誠意的準備，可是他們「不客氣地索取我的物件」。看到此句就想起，幾十年的時間，對於被籠罩在兩岸問題陰影中生活的臺灣人而言，不能不想到意識形態的對立，是多麼可怕的現實。其實，這些都是當代臺灣人所共同面臨的事。若意識形態一直對立，也許其中一個「手錶、皮鞋都被剝去／只穿一雙布鞋狼狽回來」。司機體會到父母已死不再回大陸了」，已過了蠻長歲月，將要珍惜這塊土地，「要在臺灣好好生活」。這時，一直傾聽的詩人，雖然沒說，但他也對包圍自己的現象，與民眾沒什麼不同的感受。

四、結語

　　在那山頂上歇息吧！以不會疲倦的「浮士德」的旺盛的熱情，對自然和人間，天才式不斷地探究的歌德（Goethe），有時也認過想要休息。可是巫永福的字典裡，並沒有歇息這個字。以六十多年的文學業績而言，他已經到達山頂，他的詩心卻仍然沸騰而洋溢著青春。頗多人都嚮往確實和繁雜的這時代中，巫永福就耿直固守自己位置的詩人。不僅有智慧懂得自己的界限和節制，且對周邊瑣事的愛情一直維持他詩作的兩個主軸。他為小事傾注細心的熱情，尋覓使他出適合的模樣，也發現世間萬事的道理。

　　巫永福早期大多數的中文詩，是從抒情出發，把自然物象毫不用潤色的語言來捕抓。他透過意象的凝聚，形成一種高度象徵的氣氛。相對的，屬於比較中後期的頗多詩作，描寫人的感情的過程。如此的變化呈現出逐

漸的蘊藏著過去徹底排斥過的人間的因素。巫永福詩的評價，可以說是取決於存在論或是絕對純粹的價值上。他的詩，巨大的意味就存在於絕對純粹的世界和人間回聲的介入之中。不過，他詩特徵的最大的因素，便是節制和觀照，此與人間的回聲結合時，顯示出成熟的境界。這是他人生的體驗和真實以及誠實的內心與外界，以不斷地探究和依照詩想像力構思的意志，一直累積下來的詩的結晶。

　　對他的詩傾向，不管同意還是不同意，他的詩代表臺灣現代詩的一個流向。這樣的詩傾向，將來應該有系統的詩論來研究，如此才能呈現出其全貌。因為詩人巫永福還繼續在寫詩，所以，本文談不上全盤的詩人論。本文只對巫永福這位詩人，做了一些試論和考察而已，對他全盤的詩世界的研究，恐怕要留待以後的機會。

參考書目（依刊行先後排列）

- 笠詩社主編，《美麗島詩集》，臺北：笠詩刊社，1979 年 6 月。
- 鄭烱明編，《臺灣精神的崛起》，高雄：文學界雜誌社，1989 年 12 月。
- 彭瑞金，《臺灣新文學運動四十年》，臺北：自立晚報社，1991 年 3 月。
- 葉石濤，《臺灣文學史綱》，高雄：文學界雜誌社，1991 年 9 月。
- 李魁賢，《詩的反抗》，臺北：新地文學出版社，1992 年 6 月。
- 林瑞明，〈現階段臺灣文學之發展及其意義〉，《文學臺灣》第 3 期，1992 年 6 月。
- 彭瑞金，《瞄準臺灣作家》，高雄：派色文化出版社，1992 年 7 月。
- 趙天儀、李魁賢、李敏勇、陳明台、鄭烱明編選，《混聲合唱——「笠」詩選》，高雄：春暉出版社，1992 年 9 月。
- 杜國清，《詩情與詩論》，廣州：花城出版社，1993 年 2 月。
- 葉石濤，《展望臺灣文學》，臺北：九歌出版社，1994 年 8 月。
- 彭瑞金，《臺灣文學探索》，臺北；前衛出版社，1995 年 1 月。
- 呂正惠，《戰後臺灣文學經驗》，臺北：新地文學出版社，1995 年 7 月。

- 沈萌華主編，《巫永福全集 1、2、3、4、5‧詩卷 I、II、III、IV、V》，臺北：傳神福音文化公司，1996 年 5 月。
- 沈萌華主編，《巫永福全集 6、7、8‧評論卷 I、II、III》，臺北：傳神福音文化公司，1996 年 5 月。
- 岩上，《詩的存在》，高雄：派色文化出版社，1996 年 8 月。
- 陳明台，〈論戰後臺灣本土詩的發展和特質〉，《文學臺灣》第 20 期，1996 年 10 月。
- 陳千武《臺灣新詩論集》，高雄：春暉出版社，1997 年 4 月。
- 陳明台，《臺灣文學研究論集》，臺北：文史哲出版社，1997 年 4 月。
- 李漢偉，《臺灣新詩的三種關懷》，臺北：駱駝出版社，1997 年 10 月。
- 李魁賢，《詩的紀年冊》，臺北：草根出版公司，1998 年 4 月。
- 趙天儀，《臺灣現代詩鑑賞》，臺中：臺中市立文化中心，1998 年 5 月。
- 彭瑞金，《文學評論百問》，臺北：聯合文學出版社，1998 年 8 月。
- 駱寒超，《新詩主潮論》，上海：上海文藝出版社，1999 年 1 月。
- 沈萌華主編，《巫永福全集 17——續集‧詩卷 VI》，臺北：傳神福音文化公司，1999 年 6 月。
- 沈萌華主編，《巫永福全集 18——續集‧文集卷》，臺北：傳神福音文化公司，1999 年 6 月。
- 沈萌華主編，《巫永福全集 19——續集‧文學會議卷》，臺北：傳神福音文化公司，1999 年 6 月。
- 彭瑞金，《驅除迷霧‧找回祖靈——臺灣文學論文集》，高雄：春暉出版社，2000 年 5 月。
- 阮美慧，〈跨越語言第一代詩人的文學特質及其在臺灣詩史上的地位〉，《笠》第 217 期，2000 年 6 月。
- 陳鴻森編，《笠詩社學術研討會論文集》，臺北：學生書局，2000 年 9 月。
- 鍾肇政，《臺灣文學十講》，臺北：前衛出版社，2000 年 11 月。
- 鄭清文，《小國家大文學》，臺北：玉山社出版，2000 年 12 月。

• 岩上，《更換的年代》，臺北：前衛出版社，2000 年 11 月。

• 趙天儀，《臺灣文學的周邊》，臺北：富春文化公司，2000 年 12 月。

• 趙天儀，《時間的對決——臺灣現代詩論集》，臺北：富春文化公司，2000 年 5 月。

• 鈴木茂夫著；陳千武譯，《臺灣處分 1945 年》，臺北：晨星出版公司，2003 年 4 月。

——選自金尚浩《戰後臺灣現代詩研究論集》

臺中：晨星出版公司，2005 年 3 月

論巫永福詩的「鳥獸」意象及其象徵

◎曾進豐[*]

一、前言

　　前行代詩人巫永福（1913～2008），中文詩六百多首。[1]將近八十年的詩創作歷程，可以臺灣光復為界，略分作前後二期，即創作初始（1930 年代）的日治時期，以及戰後轉換語言、重新參加「笠」詩社活動以降的時期。[2]前期純以日文寫作，蘊藏強烈的國家民族意識，以對抗日本帝國殖民主義。戰後，自 1950 年到 1970 年間，文學生命幾乎呈現停頓狀態，除了是因為不同語言文字的艱難轉折外，更重要的，恐怕是緣於根深柢固的民族之認同，與當時統治政權產生巨大衝突，情感上因而有了懸殊的落差。斷筆蟄伏 20 年，直到 1971 年 4 月才又於《笠》詩刊第 42 期發表了〈故鄉〉、〈沉默〉、〈泥土〉、〈永遠在菩提山的母親〉四詩，正式宣告重新出發。此後所作，率皆偏重於關懷斯土斯民，圍繞著鄉情、親情與閒情書寫，即景即事即物，凸顯本土性、在地性特色，以及臺灣主體意識的自主

[*]高雄師範大學國文學系副教授。

[1]巫永福著，沈萌華主編，《巫永福全集》（臺北：傳神福音文化公司，1996 年 6 月），計 7 卷 15 冊，1 至 10 冊為中文作品，11 至 15 冊為日文作品。中文作品包括《詩卷》5 冊、《評論卷》3 冊、《小說卷》2 冊。1999 年發行《續集》11 至 19 冊，2003 年又續 20 至 24 冊，皆由「傳神福音」出版，計增加《詩卷》2 冊。據筆者初步統計，《詩卷 I》至《詩卷 VII》7 冊中文詩作，共約六百多首。以下引詩、引文，凡出自《全集》者，僅標頁碼，不再另行加註。

[2]舒蘭，〈中國新詩史話──巫永福篇〉，原載《新文藝》第 286 期，1980 年 1 月。收錄於《巫永福全集 5──詩卷 V》，頁 178～180。陳明台贊同此一分法，他說：「前期即日本統治時代（1930 迄 1940 年代），後期即戰後重新參加笠活動（1967 年）以降的時期。」見〈強韌的精神──試論巫永福詩的主題和表現〉，《笠》第 203 期（1998 年 2 月），頁 181～192。

性追求。

　　巫永福和他所處的時代始終對峙衝突，個人命運的苦難不幸，卻為臺灣文學留下可觀且珍貴的成績。數量龐大的詩篇，記錄了日本殖民時代的悲慘生活，及戰後戒嚴時期的恐怖陰暗，如歷史圖卷一頁頁鋪陳展開，感性、知性兼具；其詩張揚了一代知識分子的堅毅精神，傲然宣示民族信念的可貴。子曰：「詩可以興，可以觀，可以群，可以怨。邇之事父，遠之事君，多識於鳥獸草木之名。」[3]《三百篇》有「興、觀、群、怨」之功，兼備君父人倫之道，而其緒餘復能多認識「鳥獸草木」，可見得文學作品中，動、植物題材的描寫吟詠，《詩經》早濫其觴。文學遞嬗演進，承祧傳統或發而皇之，體裁一再變化生新，詠物題材則不斷地擴增版圖，延展深化。新詩做為其中一環，百年來的發展並沒有例外。巫永福詩作，有關鳥獸蟲魚、風雲草木之書寫，多不勝舉，唯〈巫永福詩中的風花雪月〉一文早經披露，[4]討論內容遍及花草樹木。因此，本文僅擇取動物類進行分析，且聚焦於「鳥、獸」二者。除了歸納整理其意象表現外，更著墨於詩作象徵隱喻之掘發。

二、「象徵」與「新即物」

　　象徵，廣義地說，是聯想的一種。「文學神祕的世界，不能直接描寫，只好暗示在那漠然的恍惚的情調之中。」[5]意指通過某一特定的具體形象，來暗示另一事物或某種較為普遍的意義，表示某種抽象概念或思想感情，利用二者內容在特定經驗條件下的類似和聯繫，使後者得到強烈的表現。象徵主義詩歌，主要抒寫的不是日常生活中的喜怒哀樂，而在於呈現一種新的體驗、詮釋，一種完全來自於不可捉摸的內心隱祕。「詩人們試圖喚起人的內部生活的不可名狀的直感和感官印象，並運用自由的和高度個人化

---

[3]《論語・陽貨》。宋・朱熹撰，《四書集註》（臺北：文津出版社，1985 年），頁 406。
[4]李魁賢，〈巫永福詩中的風花雪月〉，《巫永福全集 19——續集・文學會議卷》，頁 49～71。
[5]孫俍工，《文藝辭典》（臺北：河洛圖書影印出版，1978 年 5 月），頁 730～734。

的暗喻和意象去表達生存的潛在的神祕性。」[6]象徵派詩人認為任何一種事物都具有與之相對應的意念含義，外界事物與人的內心世界是互相感應契合的，因而注重運用物象，暗示內心的微妙世界，把兩個世界溝通起來。由於他們強調感官地刺激聯想，進而發展出重視音樂性、聲響、視聽效果等的創作理念。大量運用暗示、隱喻、聯想和烘托的手法，增強了詩的表現力，建構了詩的朦朧、神祕的氣氛，加深且拓寬了詩意詩境。

現代象徵詩的創作，最早可追溯到美國愛倫・坡（Edgar Allan Poe, 1809～1849），但真正的先驅應該是法國詩人波特萊爾（Charles Baudelaire, 1821～1867），特別是其詩集《惡之華》（Les fleurs du mal, 1857），對象徵主義藝術有了更進一步的推進，也給後來象徵主義的主導者馬拉美（Stephane Mallarme, 1842～1898）、魏爾倫（Paul Verlaine, 1844～1896）及韓波（Arthur Rimbaud, 1854～1891）產生相當大的啟發與影響。他們所揭櫫的反對高蹈派公式化的詞藻與精確的描述、反抗貴族色彩之形式主義的新風格，從法國移植到日本，使得 20 世紀的日本詩壇，整體籠罩在象徵詩的氛圍之中。巫永福於 1929 年到 1935 年留學日本，深深沾染時代風潮，其作品普遍帶有明顯的象徵派傾向，例如〈難忘〉、〈愛〉、〈泥土〉等，皆透過感官品味現實世界，呈顯詩人的心靈狀態；以父母之愛、鄉土之愛象徵祖國之愛。尤其〈泥土〉一詩，李魁賢稱詩中充滿「芬芳的味覺經驗、光亮的視覺經驗、音響的聽覺經驗」，感官經驗交錯併現，乃典型的象徵詩風姿。[7]

「新即物主義」是一次大戰後興起於德國的文藝流派，又稱為新客觀派（New Objectivity），近於新寫實主義。其表現方式，在於他們主張對於

---

[6]臺灣中華書局、美國大英百科全書聯合編輯，《簡明大英百科全書》（臺北：臺灣中華書局，1989年），頁 460。

[7]周伯陽說：「巫永福的新詩作品表現著象徵詩的風格」，並舉〈難忘〉為例論證之。〈愛國詩人巫永福〉，《笠》第 87 期（1978 年 10 月），頁 8～11。李敏勇，〈臺灣現代詩的鑑賞──巫永福篇〉，探討〈愛〉詩之象徵。原載《今日國泰》第 4 期（1979 年 5 月）。李魁賢〈論巫永福的詩〉一文，詳細分析〈泥土〉的象徵意蘊。原刊《暖流》第 1 卷第 4 期（1982 年 4 月）。後兩篇收錄於《巫永福全集 5──詩卷 V》，頁 163～177，228～254。

眼前景物作客觀直接的立體描述，彷彿是冰冷鏡頭，捕捉物體的本身，而幾乎排除了一切抒情性的想像。詩人能近取譬，挖掘物項的種種特質，呈現嶄新的觀照視角，並強調詩的嘲諷性與揶揄性，賦予現代詩一種較為強韌的力量。此一流派於 1970 年代由笠詩社引入臺灣，很快地成為該社社友創作上的標誌之一。笠詩社詩人們，經由長時間的實驗、嘗試之後，逐漸跨越語言與詩規的閾限，重建一種所謂的「臺灣精神的隱喻」，[8]這種成果大都是藉由「新即物手法」予以表現與完成的。巫永福身為笠詩社前行代長者，必然是此道之倡導者與踐行者，這一點李弦已敏銳的觀察到，曾提出如下深刻的洞見：「（巫永福）嘗試以沉靜的隱喻性認知，經由詠物的、即物的手法，採用一些臺灣本土的諸般事物表現意義性，就是在日常的事物中挖掘表相下的價值，以表達其人性、社會觀點。」[9]採取即物、詠物藝術技巧，擷取臺灣本土的、日常的素材，透過這些淺層的、表相的事物描寫，其最終目的乃在於那深層的、內在的人性觀照以及潛隱的批判意識之透顯。

　　此外，巫永福曾不只一次提到：「……在明治大學文藝科學生修學年代教導我、影響我甚深的文豪山本有三、橫光利一、評論家山林秀雄先生。」[10]三位先生在當時的日本文壇，皆有舉足輕重的地位。山本有三係日本「新思潮派」[11]的代表作家，橫光利一則是「新感覺派」[12]的主倡者之

---

[8]李魁賢，〈詩的選擇──《混聲合唱》笠詩選編後記〉。文中提到有關社友們討論書名的定奪時：「試圖能夠找到兼具明喻和暗喻的具象名稱，而又能夠涵蓋臺灣現實的特殊性和臺灣詩人立場的精神立場。」總之，希望找出「笠」詩人、詩作共同的精神面貌，而提出「臺灣精神的隱喻」一說。後來未獲正式採用，因為幾經考慮，覺得似乎太「文學化」而作罷。見趙天儀等編選，《混聲合唱──「笠」詩選》（高雄：春暉出版社，1992 年 9 月），頁 955～962（引文：960）。

[9]李弦，〈跨越與重建──論巫永福詩的語言與心靈世界〉，《一九九四年臺灣文學創作研討會論文集》，1994 年 6 月。收錄於《巫永福全集 5──詩卷 V》，頁 255～308（引文：頁 291）。

[10]巫永福，《全集・總序》，頁 3。

[11]19 世紀末至 20 世紀在日本繼白樺派之興起的「新思潮派」，又稱新現實主義或新技巧派，通常指 1916 年第四次復刊的《新思潮》雜誌同人。他們反對自然主義純客觀、呆板的描寫方法，十分講究寫作技巧，注重藝術形式的完美。他們認真地審視人生，把握現實，在反映現實的同時，賦予自己筆下的一切以新的意義，理智地加以詮釋。代表人物有芥川龍之介、菊池寬、久米正雄、丰島與志雄、山本有三。提倡依靠直觀表現客觀世界，追求新的感覺和對事物的新的感受方法，以表現自我。

[12]日本「新感覺派」，是指橫光利一、川端康成等人以《文藝時代》雜誌（1924～1927）為中心的

一。兩大文豪深深影響到巫永福對於現實生活、客觀世界的觀照方式及表
現方式，此從巫永福〈我的詩觀〉一文便能窺知：「由主觀的燃燒而成為客
觀化的純粹的詩的感受，再由其所把握的視覺角度以簡約適切的語言組織
的效果及修辭，表現其多端的姿態而構成新的世界或新的現實，這樣成為
生命的動態及美感而能引起讀者的共鳴與共感者即為好詩。」[13]好詩必須是
立足現實，以主觀感覺為中心，精確掌握外在現實的一個片段，進行深度
理智心理描寫，重構一嶄新的現實世界，且能引發讀者的共鳴同感。這就
與日本新思潮派、新感覺派的核心追求與特徵若合符節了。[14]

　　巫永福的詩創作，融合上述各種表現技巧，充分展現個人主觀情感，
以獨特視點與批判意識，詮釋時代政治和社會現實的歷史軌跡，完整而全
面地揭示了臺灣群眾長期被漠視、壓抑的真實處境，浮雕出堅持抵抗、永
不屈服的精神圖騰。以下擬先整理有關「鳥獸蟲魚」意象詩篇，以做為後
文論述之基礎。

三、「鳥獸蟲魚」意象

　　巫永福書寫鳥獸蟲魚的詩很多，略可分作兩大類，其一，題目清楚標
明做為歌詠對象；其二，題目未明白指出，全詩實以之為主體意象，或於
內容中屢屢出現，此類比例最高。之外，還有一些詩作同時提到多種鳥獸
蟲魚，難以明確歸類，暫列「其他」。本文探討重心在「其一」，茲詳細蒐
羅篇目，一一臚列；其餘則舉隅數篇及部分詩句，藉窺一斑。有關詩篇寫
作日期，作者皆已註明；發表時間及刊物名稱，可參閱許惠玟〈巫永福生

文學集團。一般認為新感覺派屬於日本第一批現代派，基本而言，它是一種小說創作手法的革新
運動。他們提倡依靠直觀表現客觀世界，追求新的感覺和對事物的新的感受方法。揚棄當時流行
的寫實手法，改採嶄新的擬人法或比喻法，大量使用感性表達方式，以表現自我，文筆新奇、詞
藻優異，對於現代的物質文明和社會構造感到強烈不安。

[13]巫永福，〈我的詩觀〉，原載《美麗島詩集》（臺北：笠詩刊社，1979 年 6 月），頁 233。收錄於
　《巫永福全集 1——詩卷 I》，頁 1～2。

[14]當時的臺灣作家受到影響的，除了巫永福之外，主要還有翁鬧（1908～1940？）。

平及其新詩研究〉，[15]不再贅述。本文所錄詩作，皆以《巫永福全集‧詩卷》
（含《續集》）為依據，為節省篇幅，僅標明卷別及其頁碼。又，「蟲魚」
部分一併整理，存而不論，藉供同好研究參考，本文僅圍繞「鳥獸」類進
行分析剖釋。

（一）題名「鳥獸蟲魚」者

類別	篇名	詩卷別、頁碼	備註
鳥 （35）	〈遺忘語言的鳥〉	I，頁 7～8	
	〈麻雀〉	I，頁 26	
	〈小鳥之死〉	I，頁 158	
	〈雞之歌〉	I，頁 177～178	
	〈燕子南飛〉	I，頁 253～254	
	〈籠鳥〉	II，頁 66～68	
	〈烏嘴筆仔多嘴〉	II，頁 136～137	
	〈美國野鳥〉	II，頁 154～155	
	〈小麻雀〉	II，頁 158～159	
	〈白頭翁〉	II，頁 160	
	〈公孫鳥〉	II，頁 166～167	
	〈海鷗〉	II，頁 203	
	〈候鳥〉	III，頁 40～41	
	〈獵鷹〉	III，頁 190～191	
	〈烏鴉〉	III，頁 245～246	
	〈鳥巢〉	IV，頁 83～84	
	〈一隻烏鴉飛去〉	IV，頁 117	
	〈青鳥〉	IV，頁 191	
	〈畫眉〉	IV，頁 249	
	〈班甲〉	IV，頁 260～261	
	〈晨鳥出林〉	IV，頁 266～267	
	〈一隻烏鴉飛去〉	IV，頁 269～270	
	〈班甲〉	VI，頁 148～149	

---

[15]許惠玟，〈巫永福生平及其新詩研究〉（嘉義：中正大學中國文學所碩士論文，1999 年 6 月），頁
56～80。

	〈晨鳥〉	VI，頁 150～151	
	〈鳥〉	VI，頁 174～175	
	〈白頭翁〉	VII，頁 41	
	〈鳥〉	VII，頁 44～45	
	〈竹雞〉	VII，頁 128	
	〈班甲〉	VII，頁 130	
	〈白頭翁〉	VII，頁 131	
	〈青啼仔〉	VII，頁 132	
	〈公孫鳥〉	VII，頁 133	
	〈班甲〉	VII，頁 173	
	〈鳥〉	VII，頁 269～270	疑似重出。
	〈霧中燕〉	VII，頁 287	
獸 （12）	〈門前之狗〉	I，頁 108～109	
	〈水牛〉	I，頁 227～228	
	〈愛犬〉	II，頁 299～300	
	〈貓〉	III，頁 71～72	
	〈無齒的老虎〉	IV，頁 39～43	
	〈牛吃草〉	IV，頁 115～116	
	〈松鼠〉（一）	IV，頁 148～149	
	〈松鼠〉（二）	IV，頁 150～151	
	〈流浪狗〉	VI，頁 216～217	
	〈地鼠〉	VII，頁 53	
	〈貓〉	VII，頁 187	
	〈狗〉	VII，頁 249	
蟲 （14）	〈蜩蟬〉	I，頁 33	
	〈蛙鳴〉	I，頁 40	雌雄互相追殺／黑暗的世界　吱吱為你做伴生動鳴奏／使你思考什麼是自己的世界
	〈蟋蟀〉	I，頁 41	
	〈蠹魚〉（一）	I，頁 48～49	蠹魚，又稱衣

	〈蠹魚〉（二）	I，頁 50～51	魚、壁魚。是一種蛀蝕衣物書報的小蟲。感歎知識分子與蠹書蟲無異，「生死文字間」（韓愈〈雜詩〉），無乃可悲之事。
	〈被峰追逐〉	I，頁 203～204	
	〈蛇〉	II，頁 41	藉《聖經》中蛇與蘋果典故，又聯繫《白蛇傳》故事，暗寫世間男女情慾。
	〈採花峰〉	II，頁 101～102	
	〈小春蜂舞〉	II，頁 230～231	
	〈火金姑〉	III，頁 220～222	
	〈短命的小蟲〉	IV，頁 44～45	
	〈青蛙〉	VI，頁 206～207	
	〈蜘蛛〉	VII，頁 124	
	〈青蛙〉	VII，頁 135	
魚（2）	〈泥鰍〉	III，頁 123～124	
	〈秋刀魚〉	IV，頁 111～112	

（二）以「鳥獸蟲魚」為主意象或詩句述及者

篇名	詩卷別、頁碼	主意象與詩句
〈印象〉	II，頁 71	「蝴蝶」意象
〈愚人〉	II，頁 181～182	「雞公」擬「查埔」
〈罪〉	III，頁 264～265	「雀鳥」喻臺灣人民
〈箭竹〉	IV，頁 250～251	「公孫鳥」傳說
〈小提琴的破音〉	I，頁 35～36	失去伴侶的山羊鳴鳴叫／星星為之哭喪地眨眨眼／草地為山羊斷腸的思念悲傷／斷斷續續小提琴的破音／慰撫寂寞的夜給山羊安息

〈嫉妒〉	I，頁38～39	只有大頭的老婆魚悠然游泳著／可愛的少女魚失蹤了
〈空白的讚歌〉	I，頁46～47	蠹魚不要吃掉美麗的空白啊／要吃就吃那些多餘的頁字吧
〈孤兒之戀〉	I，頁76～79	聽青鶲的哀鳴　就想起國土／聽庭院雀鳥叫　就想起國土
〈有一個寺〉	I，頁200～201	樹上的小鳥啼啼飛翔
〈風奏鳴〉	I，頁202	還巢的鳥群啼啼寂寂
〈七夕〉	II，頁10～11	聽細小的蟋蟀娓娓
〈落葉頌〉	II，頁42～43	片葉紛紛化成黑土滋潤大地後／一隻烏鴉飛來寒枝寂寂鳴叫
〈慈慧塔〉	II，頁95～97	塔頂飛來數隻小麻雀悠哉悠哉／怡怡然然躍來跳去　啾啾　唧啾　啾
〈春雨〉	II，頁161～162	麻雀猶如我的童年一樣
〈酷死人形〉	II，頁218～219	這個年頭人命最不值得／比起一隻死貓都不及／更不如一隻太平狗吠一聲
〈竹蜻蜓〉[16]	IV，頁236～237	無憂無慮歡喜過活的童年／灌蟋蟀、掠草蜢、捫蜆仔、撿田螺、追蝴蝶、釣水蛙、捉泥鰍、釣魚蝦

　　除了以上二表所列之外，動物入詩的作品還有很多，而且通常是一首之中，同時出現兩種甚至多種動物，欲一一歸類，著實不易。茲再稍加整理，暫作「其他」類（省略卷數及頁碼）。

（三）其他

篇名	動物名稱
〈稻草人的口哨〉、〈一個黃昏〉	蜻蛉、鳥、白鷺、馬
〈田舍夢〉、〈在鬼崖上〉、〈在黃昏中〉、〈生命的裡面〉	蝴蝶、松鼠
〈等待〉、〈黑牢〉	蜘蛛、蟋蟀、蜜蜂
〈海濱的冥想〉、〈貝殼〉	小鳥、海鷗、海蟹
〈村郊剪貼〉、〈鳳凰木〉	鷺、鴉、牛、蟬、雞

---

[16] 回憶童年的詩還有〈春的紙鶴〉（IV，頁283～285）、〈笠仔〉（VI，頁126～127）。

〈萱草花〉、〈時光〉、〈陽光下〉、〈花園〉	蜂鳥、青啼鳥、蜂蝶
〈孫兒〉、〈晨光〉、〈坡路上〉、〈鋼琴〉、〈樹〉、〈雲〉	青鳥、燕
〈木靈〉、〈小提琴的破音〉	山猴、山豬、山熊、山鹿、山羊
〈醉在園林〉、〈樹〉、〈行路〉、〈景〉	松鼠、青鳥
〈村〉、〈蓑衣〉、〈一農夫日記〉	白鷺、牛、水蛙、公雞、山鳥
〈六月天〉、〈夕陽〉、〈秋思〉	白鷺鷥、牛屎龜、蚯蚓
〈園林深處〉	翠鳥、貓頭鷹、白頭翁、班甲、蜂鳥、暗光鳥、松鼠
〈峽谷〉	昆蟲、魚群、水蛙
〈淡水河〉	魚、泥鰍、蜆蜊
〈溪邊溫泉浴〉	魚游、蟬鳴、鳥啾、蝶翻
〈打撈〉、〈雨夜〉	紅蟳、龜

綜覽上述三種表格，知見巫永福詩中之動物意象，以牛、雞、松鼠、白鷺鷥、班甲、蝴蝶、蟋蟀、蜜蜂、海鷗等，出現的頻率最高。蓋皆就眼前所見，即物書寫，或單純詠物，或以為象徵隱喻，別有寓意。《文心雕龍・物色》云：「是以詩人感物，聯類不窮。流連萬象之際，沉吟視聽之區；寫氣圖貌，既隨物以宛轉；屬采附聲，亦與心而徘徊。」[17]說明了詩人每每攝取與自己所處環境、自己心境有某種聯繫，足以引發情感共鳴的客觀物象，以之寫照自我、抒發內心感應。巫永福熟稔地運用這種聯想與類比技巧，透過鳥、獸的某些特質去隱喻、暗示，精確地傳遞某一種訊息，表現某一種意緒，達到言在此而意在彼的多重象徵效果。以下分從「禽鳥」、「走獸」二類，探討巫永福詩中的豐富象徵。

四、「禽鳥」之象徵

「鳥」一直是巫永福詩中的主角，種類多樣，姿態各異，或能遨翔嬉戲，或遭禁錮限制；或引吭高歌，或低低哀鳴。引為表達情感意緒的媒介，呈現多重的象徵意涵。

---

[17] 〔梁〕劉勰著；王更生注釋，《文心雕龍讀本》（臺北：文史哲出版社，1988年），頁302。

（一）殖民／戒嚴的悲鳴

　　作於日治時期的名篇〈遺忘語言的鳥〉，嚴厲譴責趨炎附勢、奉日人為宗祖神明的人；表達拒絕遺忘母語，拒絕蠻橫無理的語言同化政策，揭發殖民者殘酷暴虐本質：

> 遺忘語言的鳥呀
> 也遺忘了啼鳴
> 趾高氣昂孤單地
> 飛啊　又飛啊
> 飛到太陽那樣高高在上
>
> 離開巢穴遠遠飛去
> 離開了父母兄弟姊妹
> 也遙遠地拋棄祖宗
> 能遠飛才心滿意足似的
> 像不知回歸的迷路孩子
> 固陋的心，遺忘了一切
> 遺忘了自己的精神習俗和倫理
> 遺忘了傳統表達的語言
> 鳥　已不能歌唱了
>
> 什麼也不能歌唱了
> 被太陽燒焦舌尖了
>
> 傲慢的鳥
> 遺忘了語言
> 悲哀的鳥呀

——I，頁7～8

鳥的啼鳴，就是要唱出自己的姿勢與聲音，如今，泯滅了靈魂、失去立場
（「精神習俗和倫理」、「語言」忘得一乾二淨），已經「被太陽燒焦舌尖」，
再也不能歌唱了。更為可恨的，牠們竟轉而傲慢、趾高氣昂地欺負同族同
胞，因此，詩人唾棄牠們是悲哀的非族類。1937 年日本於臺灣全面推行
「皇民化」，如火如荼地展開「國語普及運動」，在日人淫威之下（「太陽」
是日本的轉喻），變節歸順、阿諛諂媚之流不少，許多人改名換姓、學說日
本話，以躋身「皇民」、「仕紳」之列為榮，殊不知其醜陋嘴臉、忘本無恥
的行徑，恰似「遺忘語言的鳥」。

　　背棄民族文化，忘記祖宗根本，不寫漢字，不說母語，還算是臺灣人
嗎？巫永福嘗說：「失去母語的人是痛苦的人，以自己的母語表達自己確切
的心靈，應是詩人至尊的榮耀。」[18]詩人用自己的母語，表達內心情感，是
基本的自由與尊嚴，尤其是對於類似巫氏這一世代的作家而言：「（母語）
除了是表達的工具，也是民族意識凝聚的隱喻物，在詩中『語言』所蘊含
的象徵意義，就如同圖騰一樣，是一個民族的神聖物。」[19]母語是榮耀，是
國家的象徵，遺忘母語就等於斷了民族命脈、喪失了國家，本質上就是一
種悲哀。精審細繹此詩，可以看出巫永福在斥責之餘，還帶著些許的悲憫
情懷；同時，凸顯了詩人苦節自守，維繫漢家兒女傳統精神[20]的堅持，無怪
乎黃武忠譽之為「堅守文化苦節的人」[21]。

　　異族統治下，臺灣子民生命賤如牲畜，只能像風雨中的麻雀無助哀
鳴。如戰前作品〈麻雀〉一詩所述：

---

[18]巫永福，〈一九八八年亞洲詩人會議歡迎酒會歡迎辭〉，《巫永福全集 8──評論卷Ⅲ》，頁 137～
　 139（引文：139）。
[19]李弦，〈跨越與重建──論巫永福詩的語言與心靈世界〉，《巫永福全集 5──詩卷Ⅴ》，頁 258。
[20]巫永福：「……使大家更堅持我們漢家兒女的傳統精神，不被日本人同化而為日本皇民，乃是我
　 們不可否認的原則。」〈沖淡不了的記憶〉，《巫永福全集 6──評論卷Ⅰ》，頁 64～72（引文：
　 67）。
[21]黃武忠，〈堅守文化「苦節」的人──巫永福〉，原載《自立晚報》，1980 年 6 月 10～11 日，10
　 版。收錄於《巫永福全集 5──詩卷Ⅴ》，作者誤植為李魁賢，頁 181～186。

　　麻雀在竹叢裡啾啾鳴叫

　　尋求伙伴快樂地飛上跳下

　　此時強風淒殺掃亂枝幹

　　荒蕪的天空猛集黑黑的雲雨

　　瞬時覆盆似地瀉灌下來

　　安全地帶的竹簇大亂

　　無情的颱風兇惡地揮拳

　　麻雀縮著羽翼避入深處

　　哀憐地息在葉根避雨鳴救

　　等待　等待　等待

—— I，頁 26

　　突遭怒風暴雨肆虐，倉皇逃竄的麻雀，象徵苦難無告的百姓，「強風淒殺掃
亂枝幹」、「無情的颱風兇惡地揮拳」，這一股肅殺之氣，則是強權、霸權的
隱喻！鐵蹄踐踏下的臺灣人民，個個猶如驚弓之鳥，終日惶惶。瑟縮在角
落，等待風止雨歇，等待黎明曙光，等待獲救的時刻。類疊三個「等待」，
哀哀啼音，苦苦鳴救：「好像從雲上呼喚的聲音／好像從遙遠的山上叮嚀的
聲音／好像從茫茫的海上捎來的聲音／好像有微風問話的聲音／／早上起
來安坐靜思的時候／中午讀書迷迷沈思的時候／晚上橫臥窗邊孤獨看天的
時候／好像我全身都有所等待」（〈等待〉，VI，頁 232〜233）。「全身」都
在等待恐懼，陰霾散去，其折磨煎熬之痛，不言可喻。

　　巫永福常以雀鳥類比臺灣人民，除了上述作品，還有：「雀鳥抗議人類
濫捕殘殺／集體騷鳴遍滿山野／無人理會／攏無罪」，聯想到世界各民主國
家，人民集會遊行抗議政府惡政惡法也無罪，可是「在台灣人民為抗議惡
政／匯集街頭壯烈遊行／被指違反集遊法／講有罪」（〈罪〉，III，頁 264〜
265）。小麻雀大膽地、無視一切地喁啾鳴囀，集體騷鳴暴動，無人理會，
意味著沒人禁止，而臺灣人民只能藏躲屋內，甚至被監禁牢獄之中，不敢

出聲。〈籠鳥〉刻劃囚禁的苦悶，以及對自由的無限憧憬。節錄其末兩節如下：

> 因此領悟到麗姿與美喉
> 反而害苦了自己致成籠囚之理
> 真想自我傷殘返回平凡了
> 就絕不再展喉鳴鳴長唱
>
> 飼主看到我自悲不唱搖頭嘆息
> 但其十三歲的兒子卻拿竹鞭來
> 苛虐地強迫要我再唱使我窒息
> 乃感咽喉激痛而從夢中驚醒

——II，頁 66～68

前一節，醒覺到之所以遭受「籠囚」禁錮，竟然是「麗姿與美喉」的原罪，因而產生自傷、自殘的念頭，祈求回歸「平凡」，寧願庸庸碌碌過一生。然而，籠中鳥沒有絲毫的自由，即使是「默不作聲」這樣卑微的要求也不被允許。

上述諸作，較多出之於暗示，較多隱藏遮掩的成分，蓋處於異族統治時期，詩人豈能放膽出聲。光復後，詩人大膽了些，直接將人、鳥並置於一個時空中。如〈小麻雀〉啾啾鳴叫，「要把安全警察拋開」，要「在地上跳舞」、「在屋頂唱歌」（II，頁 158～159）。再如〈烏嘴筆仔多嘴〉：

> 嬌小膽弱的烏嘴筆仔
> 穿一身茶灰色衣裳配大烏色嘴筆
> 在野林茅簇裏東藏西藏
> 說是為避開警總嚴密的視線

提起戒嚴下的警總人人都自危

多嘴常常造成可怕的不幸說是造謠

為匪宣傳、挑撥離間、分離意識等

或祭出尚方寶劍以「叛亂」拘捕法辨

敏捷可愛小小的烏嘴筆仔

不管警總在山野自由自在就事論事

浮躁地東翔西飛多嘴唧唧唧

使警總束手無策，查禁牠的嘴

——II，頁 136～137

臺灣警備總部是戒嚴時期恐怖事件的製造廠，那裡豢養著無數鷹犬，廣布每個可疑角落，時時刻刻偵伺監視，只要有一點風吹草動，不管是具體的犯行（包括言詞煽動），或是抽象虛無的「思想」意念，都可扣上「叛亂」罪名，逮捕入獄，正所謂「欲加之罪，何患無辭」。一旦身繫囹圄，往往就不聲不響地消失。因此，人們不是噤若寒蟬，便是裝聾作啞，唯獨烏嘴筆仔不畏箝制地吱吱喳喳，無視於警總的存在。詩中，那令人聞之不寒而慄，避之唯恐不及的「警總」出現四次，一者暗示其網羅之嚴密，與烏嘴筆仔形成強弱大小之對比；二者恰足以凸顯警總的愚蠢無能，被機靈敏捷的烏嘴筆仔搞得暈頭轉向，束手無策。「多嘴」的烏嘴筆仔，無疑是詩人自我形象及情感的投射，詩人就是「沒有遺忘語言」的鳥，勇於「雄叫」[22]的雞。

　　走了日本鬼子，來了軍政府，「強行戒嚴自我陶醉」、「還以臺灣為大陸的地圖掙扎」（〈故國之夢〉，III，頁 36～37），他們編造了祖國神話，高舉反共復國大旗，臺灣人民則被陰霾籠罩，惡夢糾纏，那日夜渴待的自由民主，依然遙不可及。巫永福假借那不屬於威權體制管轄範圍的鳥類，透過

---

[22]〈愚人〉：「雞公無用就沒命／同款查埔若有氣慨／要雄叫／與人知」，《巫永福全集 2——詩卷 II》，頁 181～182。

「鳥口」輾轉宣洩滿腔憤懑，如〈白頭翁〉：

> ……
> 探望四周莫名其妙的人間世界
> 聽國民黨政府詭辯：
> 戒嚴並非軍事統治
> 是在保護憲法云云
> 真有這種高明的歪理嗎
> 白頭翁看看高樓、陽光、花樹
> 搖頭沉默不言語
> 就在樹梢上嗟嘆啼哭
> 罵句混蛋！語言遊戲何用

——II，頁 160

處於莫名其妙的世界，動輒得咎，面對掌權者的歪理詭辯，無言以對，白頭翁沉默不語，嗟歎啼哭，頂多出之以「罵聲」，徒歎奈何。另二首〈白頭翁〉，似乎透露了一絲絲希望：「透早天未明白頭翁頻頻鳴叫／……／健康使你心態青春／使你能保持自己的理想／有了長遠的理想使你會感覺生存的價值何在／理想！就是你的信念　你的青春夢」（VII，頁 41）、「噪音足耳亂／鳥飛好還鄉」（VII，頁 131）。頌詠理想、信念，青春美夢，盼望儘早返回故鄉，還我自由天空。白頭翁亂耳鳴叫，象徵臺灣人民「放歌」高唱，有著「青春作伴好還鄉」[23]的狂喜。然而，二二八事件的族群撕裂，白色恐怖的心靈斲傷，在在讓我們相信，此純係想像之詞。

　　在那個風聲鶴唳的時代裡，備受歧視的本省人，就像是那些姿態不

---

[23] 杜甫〈聞官軍收河南河北〉詩：「劍外忽傳收薊北，初聞涕淚滿衣裳。卻看妻子愁何在，漫卷詩書喜欲狂。白日放歌須縱酒，青春作伴好還鄉。即從巴峽穿巫峽，便下襄陽向洛陽。」見《全唐詩》卷 227（北京：中華書局，1960 年），頁 2460。

雅、鳴聲刺耳，一向被視為不祥不潔的烏鴉，動輒被冠以「內亂罪」名。
〈烏鴉〉末兩節寫道：

> 搖動眉毛一下
> 無言中搖動了神經一條
> 便有點疑神暗鬼
> 烏鴉咆哮聲作祟了
> 此時正研讀史明的台灣四百年史
> 說我是陰謀預備內亂
> 根據刑法第一〇〇條應該判罪
>
> 烏鴉大聲叫鬧
> 成為暴力言論
> 烏鴉幾隻做陣齊聲哮叫
> 被指聚眾陰謀內亂
> 發出刑法第一〇〇條逮捕
> 這些自然的烏鴉
> 就成內亂罪犯了

　　　　　　　　　　　　　　　——III，頁 245～246

和〈烏嘴筆仔多嘴〉並讀，發現烏嘴筆仔東躲西藏，東翔西飛多嘴唧唧，
警總倍感困擾，卻苦無對策；烏鴉聚眾鼓躁，咆哮叫鬧，則遽冠上「陰謀
內亂罪」。烏鴉何其無辜！牠要真能說話，不免發出不平之鳴，申訴「不
白」之冤。此詩描繪當時臺灣黑暗的天空，陰森恐怖的氣氛，反諷意味非
常明顯。

　　在詩人眼裡，烏鴉並不可怕，所以一詠再詠，共有三首。另兩首皆題
〈一隻烏鴉飛去〉，其一云：

本迷信烏鴉是惡靈

看到烏鴉就有惡感

可是烏鴉站在牛背上悠哉悠哉

……

此時烏鴉向遙遠的山林飛去

向牛唱著:「牛啊!不要再吃草了

　　　回家吧,

　　　主人正等著你啊」

在斜陽中牛羣也回家了

留下一片美麗的寧靜彩霞

—— Ⅳ,頁 117

　　一般傳說烏鴉是惡靈的化身,在這裡卻化作散布溫馨寧靜的使者,留給天空美麗的彩霞。詩人長期即物觀察,以親身的經驗,破除迷信,重新定位烏鴉。再如另一首詩句:「傳說埔里山城古早若聽烏鴉哮／就會有生蕃出草獵人頭」,然而烏鴉飛來又飛走,「我心平獨在門前台階靜坐／不知為什麼並無不安的感覺」(Ⅳ,頁 269～270)。不管是凝視烏鴉「飛著」,或聆聽烏鴉「唱著」,觀色聽聲都沒有任何不安、不祥的徵兆。巫永福以此三詩徹底顛覆傳統,打破刻板印象,極力為全身墨黑的烏鴉平反,若聯繫時代背景,不無「白色恐怖」的隱喻。

(二)意志／理想的寄託

　　鳥的麗姿屬於天空,鳥的美聲屬於田野,籠中金絲雀永遠比不上樹間小鳥的自由快樂。〈雞之歌〉就唱出了「心之憂矣,不能奮飛」[24]的抑鬱之悲:

---

[24] 《詩經・邶風・柏舟》卒章:「日居月諸,胡迭而微?心之憂矣,如匪浣衣。靜言思之,不能奮飛。」

竹籠裡的雞凝望著什麼？

混在討厭而污穢的糞堆裡

被封閉於狹窄的天地

驚惶　為自卑而憤怒的雙眼

悲傷　低低地啼啼著

曾經飛奔在鄉村的日子

能從廣大的院子裡仰望高空的雲

眺望遙遠的山野

悠揚而快樂地

啄啄花叢下的塵土

終會死去的一個生命

若以努力換以待斃

也許還有飛奔的一天

堅強地嘗試在廣大的世界

或許不會遇到死的命運呀

有一天雞脫離了竹籠

跳上垂危的橫木

更勇敢地跳上屋頂

從咽喉迸出高亢的聲音

向四方響叫而誇耀

——I，頁 177～178

竹籠裡的雞，嚮往寬闊的庭院，憧憬奔馳山野的逍遙。牠懂得生命終究會
結束，更清醒地認知到與其被困鬱鬱而死，不如勇敢突圍，掙脫牢籠，或
許還有跳上危木、站立屋頂，炫耀嘹亮聲音的機會。不甘坐以待斃，不願

被命運擊倒，要扭轉殘酷的現實，以之宣告自我的存在。如此有思想、有力量的歌聲，不正與面對嚴酷險境絕不退卻，前仆後繼的民主鬥士之精神相彷彿！

　　候鳥為求生存，遠離故鄉，尋找自己的世界，漫長途中又得躲避各種猛禽、野獸及人類濫捕濫殺的威脅。朝不保夕的命運，悽慘的情狀，可做為威權時代、廣大可憐人民之寫照。〈候鳥〉詩云：

> 候鳥以堅忍的雙翼自由飛翔
> 以自己的能耐尋求美好生存空間
> 一直飛奔一條自我生息的路途
> 不怕長途的艱辛勞苦
> 為族羣的生存共奔波
>
> 東西南北四方傲然飛求生
> 候鳥翻山越嶺遠渡海洋
> 雖有時疲倦迷路被捕受辱
> 雖有時酷遭殺頭燒死落難
>
> 總要擺脫難關自救
> 離開家鄉尋安適處所
> 候鳥與所愛的同伴共生死
> 如故園被蹧蹋即遷離他去
> 堅定地不管高山大海
> 不怕暴風雷雨尋建自己的世界

——111，頁40～41

　　發端描寫生物本能，並投射詩人主觀意識，從個體到族群，喻指臺灣人永不向命運低頭的特質；次節落實於候鳥求生的歷程，暗示人生的艱難

險阻；末節則凸顯其志節，歌頌堅強意志，勇於追尋的精神。採取「卒章顯其志」[25]之表現手法，層層鋪敘展開，終將情感推至高峰，結穴於詩末，逼顯出主題。

　　前文述及，臺灣在長達 51 年被壓榨、被奴隸、被蹂躪侮辱的非人歲月之後，國民政府派來昏庸的陳儀接收臺灣，緊接著 39 年的獨裁統治，巫永福說：「有如一九八五年日本初治臺灣，派軍人總督的狀況一樣」，「只以統治者的心態看待臺灣人，甚至還比日本人可惡。」[26]臺灣再一次陷入被壓迫的黑暗深淵，無數的仁人志士無辜被殺，卻依然不能擁有自己的家園。宿命般的悲慘境遇，有如候鳥遷徙的必然；而那永不停止追尋「自己的世界」的堅毅精神，亦頗為相似。

　　傳統文學裡吟詠候鳥，以「雁」（燕）為最常見。或抒發呼伴還鄉之忱，如李嶠〈詠雁〉[27]；或以雁群迫切北飛，反襯己之念歸而不可得的悵惘，如李益〈春夜聞笛〉[28]；也有慨歎雁群的不幸遭際，觸發生命意識和悲憫之情的，如朱敦儒詞〈卜算子〉[29]。詩人詠物託懷，悵觸無限。巫永福有詠燕詩兩首，其一，〈燕子南飛〉寫不辭勞苦，南移避冬，後半云：「一夜之間千里迢迢／勞累的燕子勇毅無恙／從寒冷的地方飛來／越過許多遼闊的村野河山／沿峻拔的中央山脈／飛到山城歇腳喜報平安／習於雄圖靈性的／燕子自北飛南來／將待春暖北方歸」（I，頁 253～254）。自然的風雨，亦即人間的風雨；旅燕之跋涉艱難，如同人世的困厄與憂患。其二，〈霧中燕〉悲憫長途跋涉，憐惜苦待哀鳴，流露出濃濃的人道關懷：

---

[25]〔唐〕白居易〈新樂府序〉：「首句標其目，卒章顯其志，詩三百之義也。」《全唐詩》卷 426，頁 4689。

[26]巫永福，〈談四十年來家與國〉，《巫永福全集 6──評論卷 I 》，頁 230～240（引文：236）。

[27]〈詠雁〉：「春輝滿朔方，候雁發衡陽。望月驚弦影，排雲結陣行。往還倦南北，朝夕苦風霜。寄語能鳴侶，相隨入故鄉。」《全唐詩》卷 60，頁 719。

[28]〈春夜聞笛〉：「寒山吹笛喚春歸，遷客相看淚滿衣。洞庭一夜無窮雁，不待天明盡北飛。」《全唐詩》卷 283，頁 3227。

[29]〈卜算子〉：「旅雁向南飛，風雨群初失。飢渴辛勤兩翅垂，獨下寒汀立。鷗鷺苦難親，矰繳憂相逼。雲海茫茫無處歸，誰聽哀鳴急。」朱敦儒，《樵歌》（臺北：臺灣商務印書館，1968 年 9 月），頁 59。

堅毅不屈的燕群翻山過海

每年秋冬飛到佈滿白霧茫茫的山城埔里

在無風籠罩濃霧的所有電線上

燕群龜縮　休息　整羽

辛辛苦苦等待早晨的來臨哀鳴

我重衣在停仔腳聽哀聲始知燕群的存在

而想日頭一出整條街白霧散開時

燕群會再拼命飛往更溫暖的南方

果然白霧散開時所有電線上的所有燕都不見了

我只有在路邊珍惜那燕群的哀鳴

──VII，頁287

這是燕鳥的生存方式，無法改變的祖先傳承。至少牠們有搏命追尋的自由與勇氣，有不屈不撓的堅強意志。詠燕亦所以自詠，燕之哀鳴何嘗不是詩人的哀鳴？圖繪時代色彩，更具有普遍性的意義。

　　鷹，嘴鉤曲而銳，性凶悍，力猛，眼光銳利，晝間活動，能捕食鳥、兔，本為「強猛」之象徵。巫永福〈獵鷹〉一詩，譽之為君臨天下的「王者」、「英雄」，又賦予「國家」、「民族」之想像意涵，寄以無限希望。詩云：

獵鷹在空中展翅飛呀，飛呀

平平穩穩繞了幾圈，哮了幾聲

以敏銳的眼光確定目標

瞬間猶如噴射機直線下降

一舉抓住獵物急速爬昇

飛向遠樹

獵鷹從容不迫具王者魅力

以兇猛不可抗力的雙腳爪

以彎鈎強韌如刺刀的尖嘴

以慓悍萬無一失的大眼神出鬼沒

猶如英雄橫飛使人瞻仰為圖騰

成一個國家一個民族的標誌

獵鷹飛來雞兔閃避

單騎在空中悠哉悠哉飛呀，飛呀

擁抱我不能實現的理想與幻夢

優美地繞了幾圈、哮了幾聲

化成綺麗不死的鳳凰

飛向幽玄的世界

　　　　　　　　　　　　　　——III，頁190～191

直接從「鷹姿」落筆，書寫其哮聲、銳眼及迅疾飛行，繼而稱美其氣宇不凡，渾身散發王者、英雄之魅力，甚至神格化為圖騰、民族的標誌；末節轉向深度的理性思索，獵鷹幻化為浴火鳳凰，成為「不死不滅」精神之象徵。陳明台曾將戰後的臺灣本土詩（以笠詩社為主）歸納為「土俗、機智、敘情及認識」四類，[30]其後，又在另一篇論文中，詳予分析比較四種詩型之不同，他說：「第一詩型，往往投射了詩人的原始體驗，是屬於浮現詩人的歷史經驗的詩。第四詩型則往往有著詩人凝視現實，冷徹的心思，是能展示詩人現實意識的詩。兩者均能顯示出戰後本土詩的深層內涵。」[31]李弦認為「巫詩」[32]以第四種最為成功，謂其「具有較強烈的思考性格，以理

---

[30]陳明台，〈戰後臺灣本土詩運動的發展與成熟——以笠詩社為中心來考察〉，《現代學術研究》專刊IV（1991年5月），頁86～90。

[31]陳明台，〈論戰後臺灣本土詩的發展和特質——戰後詩人的歷史經驗與現實意識〉，《文學臺灣》第20期（1996年10月），頁203～224（引文：208）。

[32]巫永福有〈巫詩〉，曰：「上一頂天／下一立地／中一連天地／而統人與人／曰巫／為神權者」。

則構造表現作者的理念，是融合感性、知性於一，從事相之表深挖其意蘊的寫作策略。」[33]此詩採全知觀點，有節節進逼的氣勢；能透過表象的觀照，冷靜的沉思析辨，而有現實意識的滲入、歷史情感的投射，因而透顯其深刻的時代意義，完全合乎陳、李二氏所言。

五、「走獸」之象徵

如前列表格所見，巫永福詩以「鳥」意象為大宗，言及「獸」類的詩篇寥寥可數，二者比例相差懸殊。僅約 20 首與走獸有關，可說是吉光片羽，彌足珍貴。以下仍分作兩細目，探討獸類詩之象徵。

（一）不可呼喚的祖國

作於戰前的名篇〈祖國〉[34]（Ｉ，頁 80～83）一詩，暗指戰敗下的祖國為「東亞病夫」、「睡獅」，第三節傳達了絕望的愴痛：

> 國家貪睡就病弱
> 病弱就會有恥辱
> 人多土地廣博的
> 祖國喲　咆哮一聲
> 祖國喲　咆哮一聲
>
> ——Ｉ，頁 80～83

聲嘶力竭地呼喚祖國，殷殷祈求「牠」能夠有尊嚴的「咆哮一聲」，自立自主地驅除不幸與苦悶。臺灣做為被殖民地，多麼渴望「祖國」的疼惜憐

見《巫永福全集 1——詩卷Ｉ》，頁 286。從「巫」字形體發想，而以「神權者」釋之。析字溯源，又能扣合「詩」之本質，神祕性、歧義性源源而生。本文備用其字面意義，指巫永福詩作。

[33] 李弦，〈跨越與重建——論巫永福詩的語言與心靈世界〉，《巫永福全集5——詩卷Ｖ》，頁 299。

[34] 此詩應是寫於 1936 年「祖國事件」後不久。原係日文創作，經陳千武翻譯，發表於《笠》第 52 期，1972 年 12 月，後來被陸續轉載於各文學刊物，是巫氏最具祖國意識的代表作。參閱李魁賢〈巫永福詩中的祖國意識和自由意識〉，《臺灣日報》副刊，1978 年 8 月 11～12 日，20 版。

愛，然而，祖國若有似無，有祖國卻不呼喚，亞細亞孤兒茫然自失，只能「發呆」，只能「發出夢幻的呼喚」（〈發呆的口哨〉，I，頁 29～30）。邈遠虛幻的祖國，真的存在嗎？棄兒的哭泣聲，祖國聽到了嗎？

　　夢中的祖國是虛構的、想像的，既非可以呼風喚雨的巨龍，也不是能夠號令百獸的猛獅，實質上，只是一隻〈無齒的老虎〉：

> ……
>
> 自我發問什麼才叫中國文化
>
> 而從中國悠久的歷史演變中追逐
>
> 使其反射出應有的面貌與體質
>
> 剖析後才了解原來是一隻無齒的老虎（第一節）
>
> 漢民族從不對異民族要求道歉
>
> 被侵略的奴隸文化也成了中國文化了
>
> 中國人民在皇權淫威下喪失基本人權
>
> 清末以來中國羣雄割據殘踏人民
>
> 繼之日本奪取滿州再侵略華北
>
> 中國便成世界各國的半殖民地又成無齒的老虎（第六節）
>
> 中國文化五千年來的最大成就
>
> 雖有紅樓夢　西遊記　水滸傳　金瓶梅
>
> 三國誌演義等五部偉大的文學
>
> 卻遠不及西方國家一個文學家的成就
>
> 如露西亞的屠士特耶夫斯基　法國的巴爾札克
>
> 證明了被皇權去勢的中國文化是無齒老虎（第九節）
>
> ——IV，頁 39～43

沉酖於封建思維長達數千年的中國，一旦列強侵略，便是摧枯拉朽，瞬間

崩毀的局面。古老中國向來引以為傲、洋洋自誇的悠久歷史與博深文化，其實質盡是顢頇痴騃、凋敝破敗的不堪。尤其在被「皇權去勢」後的祖國，徒具空洞軀殼，根本就是無恥／無齒的「老虎」，只能虛張聲勢。

巫永福留學日本期間，曾於 1933 年與張文環、王白淵、蘇維熊、曾石火、吳坤煌、劉捷、施學習等人在東京組織「臺灣藝術研究會」，創辦文學刊物《福爾摩沙》[35]。王白淵（1902～1965）曾以詩〈地鼠〉[36]自喻──即便道路崎嶇坎坷，危機四伏，艱難跋涉，卻旦夕徘徊在邁向光明的途中。表達其爭自由民主的決心。後來，巫永福以同題詩悼念文學戰友，稱揚其睿智剛毅性格及為臺灣犧牲奉獻的不朽精神，流露景慕之情：

> 靠著敏銳的小眼在地下流動
> 地鼠以敏捷的嗅覺智慧避災難
>
> 被指思想有左傾走入地下運動
> 為免被日本憲警跟蹤而周旋自保
>
> 為了安全地鼠時常流動易居
> 雖不堪壓力仍能剛毅求活生存
>
> 地鼠為了明志在適當時出頭露面
> 不忘伺機活動使日本憲警奔波
>
> ──VII，頁 53

地鼠被迫「地下」活動（地上被異族占領），需時時保持高度警戒，敏捷機

---

[35] 《福爾摩沙》做為「臺灣藝術研究會」的機關誌，自 1933 年 7 月創刊，至 1934 年 6 月止，共發行三期。

[36] 〈地鼠〉：「默默挖掘地道的地鼠／你的路暗暗又彎曲／你的天國卻讓我懷念／地鼠啊！你是幸運者／沒地上的虛偽與生的倦怠……／在黑暗的一隅能使充分的愛開花／地上的二腳動物雖厭惡迫害你／地鼠啊！你可笑笑避開之／在這廣闊的世界裡不一定無人會讚美你／你始終不懷疑神國的存在／向光明你通過黑暗的路」。見王白淵著；巫永福譯，《荊棘之道》，收錄於《巫永福全集5──詩卷V》，頁 13～14。

動，以躲過「日本憲警」的跟蹤獵捕，還得適時鑽出地面「明志」，製造騷動，搞得「日本憲警」疲於奔命。地鼠被賦予「文化抗日」的英雄形象，其堅定拼搏求生存，戮力突圍，維繫民族尊嚴之苦心孤詣，恰是王白淵的凜然情操與傲岸精神的象徵。

（二）臺灣精神隱喻

　　巫永福歷經日本帝國「皇民化」的混淆扭曲，以及戰後國府政權下的「省籍」分裂，有超過四分之三的生命是在霸權迫害下度過，讓他對夢中的祖國徹底失望。戰後，巫永福念念不忘的，是腳下可親可近的土地，「祖國」意識有了巨大轉折。他說：「日據時代我視中國為祖國，大戰後在臺灣經與大陸接觸，觀念改變，即視我出生長大的臺灣為祖國。」[37]臺灣才是確確實實的祖國，認同臺灣，熱愛臺灣，至於中國，早已隨著戰爭遠去。他絲毫不掩藏愛臺灣的心情，一次又一次地說道：「我愛台灣的一草一木歷史與同胞」（〈我愛臺灣〉，III，頁 38～39）、「生於斯、長於斯、也將死於斯／台灣是我的故鄉」（同上，頁 282～283）。臺灣是「根」的所在，溫暖的家園。

　　水牛是臺灣早期農耕主力，與土地上的人民關係密切，牠溫順憨厚而勤勞，成為臺灣的精神象徵。〈水牛〉：

　　　　吃了身體龐大的虧
　　　　水牛拖著細細四隻腳
　　　　不斷動嘴緩慢移步
　　　　笨腦地被催被笞打

　　　　知水牛性情溫順有力
　　　　拖牛車勞動

---

[37]巫永福，〈自序〉，《稻草人的口哨》（臺北：笠詩刊社，1990 年 3 月），未標頁碼。

拖犁耙耕田

被人指使默默營生

牠所愛的是什麼呢

吃　睡　勞動　還有

早已忘記是什麼了

除了生存以外

——I，頁 227～228

水牛承受無情的斥喝、鞭笞，為了生存，任勞任怨。好像被殖民統治的臺
灣人民，毫無尊嚴地過活，不敢奢想「所愛」，但也不願意毫無意義、無聲
無息地死去；他們相信「活著」就有希望，生存成為唯一的信仰。

好不容易盼到臺灣光復，隨之而來的卻是漫長的戒嚴恐怖，大旱之後
竟然不是滋潤的甘霖，而是更為廣大的荒蕪與皸裂。詩人萬念俱灰，不禁
扼腕嘶喊：「你該痛哭一場跪求憐憫／說是你錯生於這個年代／蔣家政權」
（〈偶感〉，II，頁 134～135）。真的是錯生年代嗎？〈松鼠〉末節寫道：

小小可愛的松鼠不愁食，遊手好閒

在廣大的園林裡任意挑選好多果樹

野性的生命建立在大自然空間

知道適當地保護自己的安全

所以他會說：他是賢者

你是人：如果在美國可享受真正民主的好運人

你是人：如果在台灣尚無可敬民主自由，常為霸道欺負，是可憐人

——IV，頁 150～151

松鼠「任意」挑選果樹，具有「野性」的生命，飽食終日，無憂無慮，且

慧黠地避開獵殺的危險。如果牠是人類，生活在美國將是悠哉的賢／閒者，不幸落腳在不民主不自由的臺灣，必定難逃欺凌迫害，甚至刑法之誅。莫非這就是臺灣人宿命的悲哀？

另外，前文表格（二）中，〈酷死人形〉一詩，顯然為時為事而作。哀悼枉死的陳文成博士，以及林義雄母親和二個幼女的慘遭殺害。怒斥戒嚴政權陰毒謀殺之可惡，慨歎人命不如貓狗：

> 但咱台灣最會草菅人命
>
> 這個年頭人命最不值錢
>
> 比起一隻死貓都不及
>
> 更不如一隻太平狗吠一聲
>
> ……
>
> 四十年可惡的戒嚴使人比一隻死貓都不如
>
> ——ⅠⅠ，頁218～219

類此指涉時代社會之作，巫詩中俯拾皆是，已為 1980、1990 年代「政治詩」先肇其端。詩人直抒胸臆，直指人名、事件，且嚴詞批判，實在是怒不可遏，自然無暇顧及語言的修飾或情緒的隱藏。

六、結語

巫永福創作的關懷層面，始終落實於臺灣這塊土地上，如他自述：「我們是臺灣人式地行動著感覺著的」。[38]其詩可說是自我與時代環境不斷的面對、省思與覺醒的產物。從日治到國統時期，詩人強烈的孤兒意識，醞釀發酵；冷眼觀察，冷靜思考，而能據筆直抒感慨，發出強而有力的批判。

---

[38]巫永福，〈我們的創作問題〉，《臺灣文學》創刊號（1934 年 11 月）。本文轉引自葉笛，〈巫永福的文學軌跡〉，《臺灣文學巡禮》（臺南：臺南市立文化中心，1995 年 4 月），頁 63～82（引文：67）

他一向強調詩的精神，主張詩要有其時代任務、時代意義，至於語言的壓縮、錘鍊、陌生化，或說是藝術性的裝飾，似乎較不講究。敘述性的語言，直接鋪陳理念，缺少意象的轉換，以致於詩的質素意境相對弱化。這尤其明顯地表現在後期的詩作上，趙天儀就有透徹的觀察，指出巫詩的進路乃「從抒情趨向說理，從高度象徵轉而直覺陳述」[39]，洞見巫詩的精神底蘊，且精確地掌握其前後期風格的差異轉折。唯，若謂巫詩絕大部分作品都有象徵意味，只是其象徵並不難尋繹理解，無寧更為接近事實。

巫永福詩的象徵傾向，主要表現在大量的詠物、即物詩（以鳥獸類占多數）中，由於這些作品幾乎都是意識前導，主題先行，大抵屬於「國族認同、政治吶喊」[40]型，稍不小心，易流於粗俗式的叫囂，淪為徒具形式的文字。為避免這些缺失，巫氏廣泛運用聯想、比喻、暗示等手法，藉助「象徵」以隱約朦朧，營造多義性的想像空間。打破物我距離，創作主體介入客觀物象中，而在知性描述之後，復感性地投射自我內在的悲喜情緒，賦予作品深刻的蘊含，藉以「重建臺灣精神的圖騰——一種神話式的隱喻符號。」[41]換言之，巫永福透過鳥獸詩及其多方象徵，建構出一種特有的臺灣意識，同時標誌了臺灣書寫、在地書寫的時代意義與價值。

徵引書目

一、專書

• 巫永福著；沈萌華主編，《巫永福全集》，臺北：傳神福音文化公司，1996 年 5 月（15 冊），1999 年 6 月（4 冊），2003 年 8 月（5 冊）（版權頁之出版者署榮神

---

[39] 趙天儀評論道：「巫永福的詩，早期是從抒情出發，透過意象的凝聚，形成一種高度象徵的氣氛。而他近期的作品，卻往往從說理出發，意象的繽紛則較減低，而直覺的陳述則較增加。」〈水仙花的禮讚與呼聲——論巫永福的詩〉，原載《臺灣詩季刊》第 3 號（1984 年 3 月）。收錄於《巫永福全集 5——詩卷 V》，頁 200～210（引文：210）。

[40] 莫渝將巫永福的詩，依內涵分作：「國族認同、政治吶喊、鄉土描寫、親情述懷、閒情逸致、應景酬庸等六類。〈榕樹與線香——巫永福詩作的鄉土描寫與親情述懷〉，收錄於《巫永福全集 19——續集·文學會議卷》，頁 15～47（引文：16）。

[41] 李弦，〈跨越與重建——論巫永福詩的語言與心靈世界〉，《巫永福全集 5——詩卷 V》，頁 305。

實業公司），計 24 冊。本文徵引資料，主要包括詩卷、評論卷、文集卷及文學會議卷，唯仍將《全集》悉數列出，以備查考。

——，《巫永福全集 1——詩卷 I 》

——，《巫永福全集 2——詩卷 II 》

——，《巫永福全集 3——詩卷 III 》

——，《巫永福全集 4——詩卷 IV 》

——，《巫永福全集 5——詩卷 V 》

——，《巫永福全集 6——評論卷 I 》

——，《巫永福全集 7——評論卷 II》

——，《巫永福全集 8——評論卷 III》

——，《巫永福全集 9——小說卷 I》

——，《巫永福全集 10——小說卷 II》

——，《巫永福全集 11——日文小說卷》

——，《巫永福全集 12——日文詩卷》

——，《巫永福全集 13——俳句卷》

——，《巫永福全集 14——短歌卷 I》

——，《巫永福全集 15——短歌卷 II》

——，《巫永福全集 16——續集・短句俳句卷》

——，《巫永福全集 17——續集・詩卷 VI》

——，《巫永福全集 18——續集・文集卷》

——，《巫永福全集 19——續集・文學會議卷》

——，《巫永福全集 20——二〇〇三續集・詩卷 VII》

——，《巫永福全集 21——二〇〇三續集・臺語短句卷》

——，《巫永福全集 22——二〇〇三續集・臺語俳句卷》

——，《巫永福全集 23——二〇〇三續集・俳句卷 III》

——，《巫永福全集 24——二〇〇三續集・文集卷 II》

・巫永福，《稻草人的口哨》，臺北：笠詩刊社，1990 年 3 月。

- 〔梁〕劉勰著；王更生注釋，《文心雕龍讀本》，臺北：文史哲出版社，1988 年。

- 《全唐詩》，北京：中華書局，1960 年。

- 〔宋〕朱敦儒，《樵歌》，臺北：臺灣商務印書館，1968 年 9 月。

- 孫俍工，《文藝辭典》，臺北：河洛圖書影印出版，1978 年。

- 葉笛，《臺灣文學巡禮》，臺南：臺南市立文化中心，1995 年 4 月。

- 趙天儀等編選，《混聲合唱——「笠」詩選》，高雄：春暉出版社，1992 年 9 月。

二、單篇論文

- 周伯陽，〈愛國詩人巫永福〉，《笠》第 87 期，1978 年 10 月，頁 8～11。

- 許惠玟，〈巫永福生平及其新詩研究〉，嘉義：中正大學中文所碩士論文，1999 年 6 月。

- 陳明台，〈戰後臺灣本土詩運動的發展與成熟——以笠詩社為中心來考察〉，《現代學術研究》專刊 IV，1991 年 5 月，頁 75～90。

    ——，〈論戰後臺灣本土詩的發展和特質——戰後詩人的歷史經驗與現實意識〉，《文學臺灣》第 20 期，1996 年 10 月，頁 203～224。

    ——，〈強韌的精神——試論巫永福詩的主題與表現〉，《笠》第 203 期，1998 年 2 月，頁 181～192。

三、報紙文章

- 李魁賢，〈巫永福詩中的祖國意識和自由意識〉，《臺灣日報》副刊，1978 年 8 月 11～12 日。

- 黃武忠，〈堅守文化「苦節」的人——巫永福〉，《自立晚報》副刊，1980 年 6 月 10～11 日。

——選自《國文學報》第 17 期，2013 年 1 月

不矛盾的雙鄉意象

巫永福的《春秋——臺語俳句集》

◎游勝冠*

　　前輩詩人巫永福，雖然高齡已經九十一了，但老而彌堅的他，創作力絲毫未減，去年底又由春暉出版社出版了《春秋——臺語俳句集》一書。1913 年次的他，出生、成長於原、漢交界的埔里，人生當中最敏感、最具創造力的精華階段，則在日本殖民統治的文化影響深化的後半期度過，這樣的成長背景，這樣的時代，異文化之間的頡抗、雜交，雖然形式不一，但卻同時以節奏不同的調子進行著，被這樣的文化氛圍教養而成的詩人，曾經展現過怎樣的風華？回到戰前歷史，我們可以追憶，但在這本最新的創作集中，「臺語」、「俳句」這兩種異質文化就這樣奇妙地被結合在一起，富有意味地道出由日治時期走過漫長歲月來到當代的老詩人文化教養的兩個重要源頭。

深沉的「雙鄉」意象

　　這兩個文化源頭，正是葉盛吉那頗負盛名的「雙鄉」意象所要指稱的，在《雙鄉記》，也走過日治時代的葉盛吉回憶他心中的兩個故鄉說：

> 在我心中，有一個故鄉。幼時會社的宿舍區度過了童年，在中學經歷了學寮生活的我，從教科書中了解到內地（日本）的風俗習慣，在我心中栽種了一個故鄉日本。

*發表文章時為成功大學臺灣文學系副教授，現為成功大學臺灣文學系教授。

而孩提時代，那灰暗陳舊的房子，親戚家的婚喪嫁娶，接觸這些生活，接觸這些習俗，還有鄉下廟會的風情，人山人海，小販的叫賣聲，唱戲的喧鬧聲，以及化妝遊行，和花車等等往昔的經驗，在我心裡又塑造出另一個故鄉。

　　——楊威理著；陳映真譯，《雙鄉記》（人間出版社，1995 年），頁 17

　　後一個故鄉源於老詩人出身的臺灣，所以在新書中，他以母語操作俳句的形式寫這一個故鄉的風情說：「山坡枇杷樹　日暮小廟燈光輝　枇杷結實實／扒龍船競賽　端午節拍鑼拍鼓　淡水河日暮／元宵暝街頭　提燈遊行弄獅鼓　宋江陣大鬧」；前一個故鄉來自日本殖民教育，所以在「讀臺中一中　二年杜翁罪與罰　決心讀文學」之後，進入日本明治大學文科就讀，透過日文，領受世界文學與當代文學潮流的洗禮，成為當時極少數文學專業出身的臺灣人作家，這個日本故鄉，因此不僅僅是「從教科書中了解到內地（日本）的風俗習慣」而已，我們在他發表於戰前，以日文創作的〈首與體〉、〈黑龍〉、〈山茶花〉等名作可以見證到日本文化教養的充分成形。

　　巫永福是個注重人性道德的人道主義者。在文學思想上，他深受杜斯妥也夫斯基、屠格涅夫、狄更斯、巴爾札克等寫實大師的影響，而在表現手法上，如同翁鬧一般都不難找到感覺派橫光利一、川端康成的遺緒。在1930 年代的文學思潮中，他之所以傾向「感覺」而沒有走向「普羅」，或許是他認為「社會的改造」必須植根於「人性的改造」，「人性的改造」則是一切革命或改造的根本。

城皇祭鑼鼓，臺灣為祖國

未曾見過的祖國／隔著海似近似遠／夢見，在書上看見的祖國／流過幾千年在我血液裏／住在我胸脯裏的影子／在我心裡反響／呀！是祖國喚我呢／或是我喚祖國？

　　當我們在每個有他參與的場合看到，當臺上的講者以北京話發言，他都不吝地大聲提醒講者不用說北京話，要用臺語發言時，我們實在很難想像，這位一頭銀髮的老詩人，曾經在戰後以中國民族主義為主導價值的文壇中，曾被冠以「民族詩人」的稱號。「巫永福生來就在日本殖民統治之下，不過，根深柢固的民族情感，卻在巫永福漸次成長的過程裡，一再地呼喚著他，使他在早年的作品中，充滿了祖國意識，也充斥著對民族熱愛的情誼」，是這樣嗎？會不會雙鄉之外，巫永福還有祖國這個故鄉？

　　這或許是什麼都用「民族」、「愛國」詮釋的文學戒嚴時代所造成的一個天大誤會吧！在「祖國該有榮耀的強盛／孕育優異的文化／祖國是卓越的／呀！祖國喲醒來！／祖國喲醒來！」的懷想之後，他對祖國也有所怨懟，「戰敗了就送我們去寄養／要我們負起這一罪惡／有祖國不能喚祖國的罪惡／祖國不覺得羞恥嗎」的質疑之後，他還對祖國「貪睡就病弱／病弱就會有恥辱」的沉痾有所意識，這一切負面的想像，在祖國真正君臨臺灣之後，就不再只是惡夢，而是一一實現的真實。新書名冠以「春秋」二字，應該也有以微言大義針砭歷史的意思吧！所以，我們可以看到對戰後國民黨統治的批判，在老詩人以本書回顧其一生的歷史點滴中，不時穿插而出，我們可以看到呼應孤兒意識所寫的：「臺灣人屈辱　馬關條約百年祭而今已洗清」，也可以看到戰後老詩人親身經歷的二二八的認同轉變：「二二八事件陳炘失蹤使我恨　改變祖國觀」，當然鎮壓的血腥也一而再地在不適任的俳句形式中冒現：

　　陳儀惡長官　憎其比虎還要猛　臺灣失菁英
　　蔣介石非人　派軍來臺殺臺胞　二二八哀哮
　　臺灣雖光復　卻有二二八惡夢　終生不能忘

　　之後，是白色恐怖：

二二八清鄉　　白色恐怖不是夢　　可怕不能忘
蔣介石經國　　二代戒嚴四十年　　恐怖殺多人
陳文成博士　　探親回國被約談　　慘死真不堪

甚至，政治事件也被他入詩：

美麗島事件　　蔣經國以軍法判　　何不以司法
楚瑜興票案　　事實真相應說明　　不然疑不清

　　想像中的祖國，在異族的統治下固然讓人孺慕，但想像的還是比較美好，當想像的羽翼一再被斫傷，不再能超脫現實，祖國當然不可能是雙鄉之外的另一個故鄉，所以老詩人斬釘截鐵地斷定臺灣才是祖國，他說：

城皇祭鑼鼓　　大鬧臺灣為祖國　　非屬於中國

春燈下變成過去，現慣用臺語

　　雖然有兩個故鄉，但葉盛吉說：「我卻不感到有什麼矛盾地相容並存於心中，真是不可思義。」

反對志願兵　　五月雨中警務科　　舉例理由多

　　1932 年加入「臺灣藝術研究會」，並與張文環、王白淵等人共同創辦《福爾摩沙》雜誌：

元宵王白淵　　研究會創刊雜誌　　憶當年共事
冬寒曝日暖　　想起少年東京日　　修文學唯一

中學畢業時　父親命我讀醫學　我拒讀文學

大阪城春雨　庭櫻雖開無人賞　雨大無所從

霧裡事件慘　同窗花岡二郎死　心中難過矣

霧社緋櫻開　秋冬霧社事件生　花岡二郎死

櫻岡緋櫻開　霧社事件古戰場　花片無聲落

秋夜想東京　租舍中野山茶花　讀杜罪與罰

用慣日本語　春燈下變成過去　現慣用臺語

——選自《臺灣文學館通訊》第 4 期，2004 年 6 月

觸探臺灣人文的深層記憶

《巫永福全集》出版的寓義與闕失

◎張恆豪[*]

一、波瀾滄桑又豐饒多姿的活見證

巫永福豐饒多姿的一生，不僅是臺灣文壇的長青樹，同時也是臺灣文學的活見證。

臺灣新文學的濫觴，萌芽於日本殖民統治的 1920 年代，至今已涉歷過八十的寒暑，如今老而彌堅的巫永福，其年齡尚高於此，因此綜觀巫永福的一生，歷經戰前的殖民時代，以及戰後的戒嚴歲月，一路上風風雨雨走了過來，堪稱是臺灣新文學波瀾滄桑的活見證。

與戰前的文學同儕比較起來，巫永福擁有最高學歷，而且是科班出身，他畢業於日本明治大學文藝科，曾是日本文豪山本有三、橫光利一、里見弴，評論家小林秀雄等人的高足，比起留學日本的文友，諸如王昶雄、劉捷、吳坤煌，或是楊逵、張文環、翁鬧[1]等人，巫永福實在擁有相當優異的條件。同時他的經歷亦最完整，早年在新文學運動的「奠基期」，他在東京加入「臺灣藝術研究會」，與張文環等人共同創辦《福爾摩沙》雜誌，當臺灣新文學發展進入「成熟期」時，他回到臺灣，參與「臺灣文藝聯盟」的《臺灣文藝》雜誌，1937 年中日戰爭轉為遽烈，在「戰爭期」他又參加張文環創辦的《臺灣文學》雜誌。戰後初期目睹二二八事變及白色

---

[*]專事文學研究。

[1]王昶雄日本大學齒學系畢業、劉捷日本速記學校畢業、吳坤煌日本大學藝術專門科及明治大學文科肄業、楊逵日本大學夜間部文學藝術專門科肄業、張文環東洋大學文學部肄業、翁鬧畢業於臺中師範，留學日本，未有學籍。

恐怖的血腥鎮壓，臺灣人從此淪落於精神荒原，巫永福曾經以沉默失聲做為抗議，直到 1960 年代中期，才又重新活躍起來，先後參與了本土文學雜誌《笠》及《臺灣文藝》，並創設「巫永福評論獎」以鼓舞後進，歷經戰前、戰終及戰後的荊棘之道，其人生經歷飽嘗冷暖悲歡，可謂既多采又豐實。如今，承蒙上蒼垂愛，巫永福享有璀璨之高年，當其他文學伙伴都一一走入歷史或垂垂老矣，他與王昶雄卻是精神矍鑠，豪情奕奕，依舊屹立於文學舞臺。

在日治時代，他以七篇日文小說在「成熟期」中占有一席之地，終戰後仍以日文寫詩，寫短歌及俳句，1960 年代中葉，他更在克服語言障礙後，以漢文寫新詩，為他取得詩人的發言權。照理說，具備如此得天獨厚的條件，其文學光環應該也會更為粲亮，但事實上，學歷和經歷未必是文學才華及成就的保證，當我們仔細檢閱巫永福的評論索引，不得不驚訝地發現，顯然他的作品受到相當冷落，尤其小說至今只有羊子喬、葉石濤、葉笛及施淑……寥寥幾人注意而已，[2] 其小說受到重視程度不但未及《福爾摩沙》時代的同儕——「在地上爬的人」的張文環，他的光芒更是被同為受到新感覺主義影響的「幻影之人」翁鬧比得黯然失色。

二、可貴的「異質」與「特質」

何以致此呢？

平心研讀巫永福戰前的小說，我們不難發現他一些可貴的「異質性」：在題材上，他刻劃了留日學生飄泊異鄉時徘徊於「藝術」與「現實」，在肉體上與精神上的矛盾性，帶有現代人懷疑不安，耽思內省的心理面向（如〈首與體〉）；他也反映了現代都會男女三角戀情的愛慾糾纏，對於傳統習俗的質疑及叛離（如〈山茶花〉）；他也以同情的眼光，特別關注青春期少

---

[2] 羊子喬評論，見《光復前臺灣文學全集卷三・豚》（臺北：遠景出版公司，1979 年 7 月）。葉石濤評論，見《臺灣文學史綱》（高雄：春暉出版社，1987 年）。葉笛評論，見《臺灣文學巡禮》（臺南：臺南文化中心，1995 年 4 月）。施淑評論，見《兩岸文學論集》（臺北：新地文學出版社，1997 年 6 月）。

年乖異反叛的微妙心理，對於父權淫威的抗議，開啟了少年小說的先河（如〈黑龍〉、〈阿煌與父親〉）；同時他更直剖人類貪婪的欲望，預言資本社會下人性物化、重商逐利及鉤心鬥角的心態（如〈慾〉）。

　　至於表現手法上，巫永福也有一些難得的「特質性」，或許是對於杜斯妥也夫斯基《罪與罰》及巴爾札克作品的偏愛，他在小說中特別喜愛融入獨白、幻想、夢魘、意識流的心理描寫，他人物的內心世界從平面變為立體，顯得更有深度，在技巧上有成功也有失敗；他打破了傳統上時間的處理方式，有時使節奏的進展加快（如〈河邊的太太們〉），有時又變得異常遲緩（如〈山茶花〉）；同時，他也試著以隱喻及象徵，來加深題旨的多義性（如〈首與體〉的史芬克司人面獅身獸及〈山茶花〉的山茶花）；有時他也運用一些新感覺派的描寫技巧（如〈河邊的太太們〉）[3]；甚至他更打破故事性，打破主題性，擷取表現主義，僅以對白、動作來直接呈現，凸顯典型的場景，生動表現了河邊洗衣婦在一個晴朗上午的生活斷面，掩卷之餘，似乎還令人眼裡耳際迴盪著粼粼波光、朗朗笑語及窸窣的風聲。

三、主流之外的「另類小說」

　　質言之，巫永福的作品在日治時代新文學傳統上，可說是屬於主流之外的「另類小說」[4]。在他純文學主義下，小說的內涵，很難找到殖民統治的陰影，他的人物也好像不存活於殖民時代，他的筆觸殊少批判殖民體制及統治階層，與賴和、陳虛谷、楊守愚的反抗帝國資本主義、反對封建主義的「批判寫實路線」截然不同；也與楊逵、王詩琅、乃至呂赫若的「社會主義左翼色彩」迥然有異；同時他銀髮童顏、嚴正不阿的形象，也與翁鬧的叛逆不群、浪漫頹廢，具有毀滅性傾向的浪子典型儼然有別，後者較

---

[3]例一：「河水在日光下晝著，紋樣發出粼粼波光，流過腳邊，再慢慢地擴展開去，流到激處，紋樣四散，閃出星光。那些女人的身影映在水中，隨著水波搖曳，肌肉結實的小腿，在水中曲折成兩截。」見《翁鬧、巫永福、王昶雄合集》（臺北：前衛出版社，1991年2月），頁205。

[4]「另類小說」的說法，最先見於施淑〈感覺世界——三〇年代臺灣另類小說〉，收錄於《兩岸文學論集》。

易引起世人的青睞，自是可以想見。

然而，1980 年代倏忽飄逝，1990 年代接踵而至，隨著解嚴後社會力的釋放湧現，臺灣文學也逐漸由禁忌打開僵局，從邊緣泅向中心，臺灣文學家全集的相繼出版，也獲得世人新的關注及迴響。巫永福亦在人生燦爛高齡，在自我的參與下策劃 15 卷的全集，將一生的小說、新詩、短歌、俳句、劇本、評論、隨筆、回憶雜感整理付梓，在眾聲喧嘩、多音交響的年代，無疑提供其文學歷程及歷史經驗與新時代新人類再一次對話的機會，其意義自是非比尋常，或許稍可彌補歷年來受到評論界輕忽的遺憾。

戰前的文學人物，譬如賴和、楊守愚、陳虛谷、王詩琅、吳新榮、呂赫若，都是在謝世凋零，被無情浪淘去時，後人再為其追思出版其全集，而碩存健在時能有幸參與且目睹自己全集的堂堂推出，驀然回首，俯仰其間，無疑的，巫永福應是文學史的第一人。

四、敲開臺灣社會被禁絕的深層記憶

全集的主編、亦是資深小說家的沈萌華，在〈編者報告〉中針對出版宗旨、編輯方針及作品分類，有如下說明：

巫永福先生畢生熱愛文學，年少時東渡扶桑即毅然決然捨華陀而就繆思。他一生念茲在茲的始終是台灣文學的發展，他除了自己投身創作的行列，也關懷其他文友的作品與生活。他的關懷不但用心，用口，而且用行動。這促使他成就台灣文壇的一方重鎮。特別是繼承吳濁流先生擔任《台灣文藝》發行人，創辦巫永福評論獎，一肩挑起賡續台灣文學香火的重擔。近年來更把觸角伸向國際舞台，熱心支持多項國際性文學活動。1995 年更獲得亞洲詩人大會頒發的國際詩人獎座，可謂實至名歸。【傳神工作坊】有幸承編《巫永福全集》，自始至終都抱持戒慎戒懼的心情，盡心盡力，期望能使本全集達臻完整無憾，讓有心鑽研巫老其人其文者不必再上窮碧落下黃泉，因此，本全集的編輯方針以完整為首要，

對於作品內容部分或有類同者，皆一併收集。本全集共計七卷十五冊，一至十冊為中文作品，十一至十五冊為日文作品。中文作品則包括《詩卷》五、《小說卷》二、《評論卷》三，日文作品則包括《短歌卷》二、《俳句卷》一、《日文詩》一、《日文小說》一。

為尊重巫永福先生的原創意，本全集對於其風格獨特的、反應時代之用語、語法皆保留原貌，其中包括外國地名和人名的翻譯。對於坊間有關巫永福作品的評述，在徵得執筆作家的同意後一併收錄全集中，俾供讀者參閱。

對於全集出版，也有如此的期待：

> 《巫永福全集》的出版，是台灣文壇的大事，這一套書必將成為台灣文學史的寶貴典藏。像巫永福這麼重要的作家，畢生致力文學筆耕，在晚年尚得費心整理出版其一生的作品。這種文化傳承的重要工程，原來是政府文化機構責無旁貸的事情，但是在當前政府的文化政策下，台灣作家現階段也只能自求多福了。

　　全集的出版，自是文壇上不可多得的盛事。誠如所言，「這一套書必將成為台灣文學史的寶貴典藏」，正因如此，對於其編輯成果予以冷靜的審視及客觀的評價，相信對於全集的流傳、閱讀乃至研究都將有正面的意義。

　　全集的優點，乃是蒐羅了巫氏一生重要的文學作品，按照文類及年代重新編排，開啟了多元化的面向，全面展現了一位跨越兩個世代、經歷不同政權的知識分子的精神歷程，並且透過其對於文學與藝術的穿梭點染，對於政治與歷史的縱橫發言，對於社團與文友的肝膽交遊，深入地觸探到臺灣人文的靈魂深處，敲開了臺灣社會被禁絕的深層記憶。

　　此外，在形式上也收進日文的原文，與翻譯的漢文相互對照，這自是編輯上的一大進步。此雖非空前絕後的創舉，前者已有龍瑛宗的中日文對

照小說集《夜流》[5]，後者有 87 年度將出版的《楊逵全集》，但重視原文此
一學術性的做法，對於愈來愈多的研究者在原始資料的收集上，自是提供
了很大的便利，這正是前瞻性、學術性的示範。

五、體例上的瑕疵

但論及編輯上的闕失亦復不少。

首先映入眼簾的便是每卷之前的生活照片處理，都大同小異，幾無特
色，徒造成資源的浪費，詩卷、小說卷、評論卷、短歌卷、俳句卷應鎖定
與各文類相關而且具有特殊意義的照片，應有前後順序，說明也應簡扼精
緻，而非目前這般一網打盡，不少照片與內容毫無相關可言。

再者，在內容作品的收集上，仍有不少可以找到卻遺漏的文章，許俊
雅教授於此已有專文詳盡列舉，[6]茲不贅言。

其次在內文的體例上，瑕疵尤多。例如：

《詩卷 I》的戰前作品，僅記「光復前」，宜註明其創作年月，此有助
於作品繫年，免得日後無從查證。

《詩卷 V》，尤不宜將另一位同時代詩人王白淵詩集《荊棘之道》，其
小說〈偶像之家〉，以及臺裔日本詩人增田良太郎之詩的中譯文，與巫氏創
作的詩卷混在一起，翻譯與創作如此混淆，洵令人無所適從，應另闢「翻
譯」專卷收進這些作品，此外這卷所收入的李敏勇等人的評論，不宜充當
附錄，應另闢「評論彙編」專卷，時人及後人的「評論系統」，是相對應作
者的「創作系統」，應該受到重視。

至於評論卷，所謂「評論」，其實有些文字稱其為雜文隨筆更為恰當，
編者雖言依創作日期或發表日期排序，但綜觀此三卷，或許匆促成編，未
依前後日期排序者所在多有，未註明日期亦復不少，順序顛倒，前後誤

---

[5] 龍瑛宗，《夜流》（臺北：地球出版社，1993 年 5 月）。
[6] 許俊雅，〈歷史的告白——《巫永福全集——評論卷》的意義與價值〉，「巫永福文學會議」論文，
淡水工商管理學院臺灣文學系，1997 年 11 月 1～2 日。

置，徒增日後考證上的困難重重（除非作者以為這些文字不可能傳世），此外《評論卷 III》後面所附的黃得時、王曉波二文也應放進「評論彙編」之卷。其理已前述，茲不再重複。

最後的「巫永福評論獎、文學獎輯錄」，係巫老獎掖後進的獎項，與自己的評論並無關連，不宜「殿後」，能專輯一卷，單獨正名，最為理想不過，這自然是意旨鮮明，條目清晰，對於後人的了解與索閱相信有很大的助益，像《詩卷 I》，李喬在 1993 年得到巫永福評論獎的照片就應該放在此扉頁，照片之有無意義，全繫於編者的觀念及巧思。

六、小說與回憶的合流？

至於小說卷的問題，也有不少值得商榷之處。在小說卷〈前言〉，巫永福有段自述文字：

> 而今我進入大老八十歲以上的老人了，這次為了整理出版我的全集中的小說集，即抽出前衛出版社出版的台灣作家全集翁鬧、巫永福、王昶雄合本中的巫永福部分，加上曾在《聯合報》刊登的 1895 年日本軍占領我的故鄉埔里〈走反的故事〉及我巫姓宗族自古中原山西平陽流浪到臺灣，在臺灣奮鬥而有成分三章的家族的文字結合起來，雖是非常粗糙，也可表示我的青春都在不幸的亂世中度過，成為失敗的小說家。這種境遇著實使我哀歎，以此為序。

此一表白，說明了在體例上巫永福本人的涉入，他將其近年來所自撰的回憶文字，以及戰前的日文小說視為一小說合集，而分為一、二兩卷。小說慣以戲劇性手法來呈現人生經驗，出入於寫實及想像，游走於人物的外在及內在，當然帶有回憶的成分，但也不等同於真實的回憶雜感，小說與回憶的合流，不免又將帶有虛構性質與實錄成分的文類如真似幻地混同相雜，其分界自是模糊不清，則全集文類分別的用心與意義即相對地減

低。

　既要分類，小說應歸小說，回憶應歸回憶，只要將《小說卷 I》〈我的母親〉以下文字，另闢一卷「回憶雜感」，《小說卷 II》〈首與體〉等作品冠上名正言順的「小說」，則體例上魯魚亥豕的問題自不存在，亦顯得名實相符。

　其中，1981 年曾被編入聯合報叢書《寶刀集》的〈走反的故事〉，處理的是乙未年割臺時期作者母親攜帶孩子逃難，後又回到埔里重建家園，以及檜山主政後民眾反抗慘遭屠殺的故事，正是不折不扣的民眾記憶，雖有點像「小說」，但誠如篇名所示只是個「故事」，只有架構，未見骨肉，「故事」就好比是素材，距離成品的「小說」尚有段距離，勿寧將其放在〈回憶雜感〉比視之為小說更為貼切，儘管〈走反的故事〉極可能是戰後 30 年，巫永福以中文思考嘗試用中文再寫小說而未能成功的作品，但它似乎更接近散文。

七、〈薩摩仔〉是「戰後唯一漢文小說」？

　在小說卷上，另外有篇不得不一提的作品，即是〈薩摩仔〉。

　〈薩摩仔〉，主編沈萌華視之為「係巫老最新創作，也是唯一一篇使用漢文寫作的小說，1995 年 9 月脫稿，並發表於 1995 年 11 月的《聯合報》副刊」。

　戰前的日文小說家，在戰後跨越語言的障礙，重新拾筆發表漢文小說的例子並不多見，除為人熟知的呂赫若在戰後的四篇漢文小說[7]、楊逵的〈春光關不住〉等作[8]、王詩琅的〈沙基路上的永別〉、〈邂逅〉[9]、葉石濤的長短篇外，值得一提的，尚有張文環、龍瑛宗仍以其擅長的日文各自完成

---

[7]呂赫若〈冬夜〉、〈改姓名〉、〈一個獎〉、〈月光光〉，見林至潔譯《呂赫若小說全集》（臺北：聯合文學出版社，1995 年 7 月）。
[8]楊逵〈春光關不住〉、〈才八十五歲的女人〉，見《楊逵集》（臺北：前衛出版社，1991 年 2 月）。
[9]王詩琅〈沙基路上的永別〉、〈邂逅〉，見《王詩琅、朱點人集》（臺北：前衛出版社，1991 年 2 月）。

了長篇《滾地郎》（原題《地に這うもの》）及《紅塵》[10]。職是，在人生高峰巫永福寫作這篇唯一「漢文小說」，到底意圖訴說什麼？其藝術性又如何？比起戰前的早期作品究竟有何特殊不同之處？

〈薩摩仔〉原指的是「平埔蕃婆」，她名叫尤莉佳，這是一篇誠摯表達臺灣漢族與平埔族善意互動的「小說」，巫永福首先以平舖直述的「流水式」傳統敘述手法，從埔里的地理位置與歷史背景，再引出自我家族史早年的一般軼事。母親在剛生下大姊後，為了答謝產婆在歸途中，救起了一位「平埔番婆」——薩摩仔，日後薩摩仔憑著會聽鳥聲的異常能力，預言布農族人即將出草殺人，乃走訪相告，以避免一場悲劇的發生。作者一方面旨在表達對於社會邊緣人的人道關懷，「平埔番婆」也深諳知恩圖報的情義，一方面即在反映臺灣各族群之間善意的互動。

這一題材，與戰前的小說內容毫無關連，其表現手法近似散文，亦無早年小說的功力。「薩摩仔」原是個可善加發揮的鮮活角色，介於現實與超現實之間，她自然的、母性的形象及異常能力，或許可以魔幻寫實的手法，將她塑造得趣味盎然，張力十足，可惜作者將她平面化處理，依個人之見，其實巫老根本無意寫成小說，它正屬於巫氏家族史回憶的一個片段，他除了感懷母親外，巫永福的寄意，可能在呼應 1980 年代解嚴以來逐漸浮上檯面的議題：尋找自我失落的記憶、原住民的人權運動及其文化重建，以及原住民與漢族融合共存的議題。巫永福雖然正面化描繪了薩摩仔，但依我看來，仍不免帶有漢族的本位。

參考巫永福自撰的〈年誌〉，他對於青年時代的日文小說均有清楚著錄，假如這是一篇近年來、也是唯一戰後的漢文小說，應會大書特書，但巫老卻沒提及〈薩摩仔〉，因此將其歸為有如〈走反的故事〉屬於「回憶雜感」，遠比歸類為「小說」來得適當，依個人之見，說它是「戰後唯一的漢文小說」，其實是個蛇足。

---

[10]龍瑛宗，《紅塵》（臺北：遠景出版公司，1997 年 6 月）。

八、讓文學遺產重新復活

巫氏的戰前小說，依發表順序，共有七篇，其中文篇名分別為：

〈首與體〉，1933 年 7 月，發表於《福爾摩沙》創刊號。

〈黑龍〉，1934 年 6 月，發表於《福爾摩沙》第 3 號。

〈河邊的太太們〉，1935 年 2 月，發表《臺灣文藝》第 2 卷第 2 號。

〈山茶花〉，1935 年 4 月，發表於《臺灣文藝》第 2 卷第 4 號。

〈阿煌與父親〉，1935 年 9 月，發表於《臺灣文藝》第 2 卷第 10 號。

〈愛睏的春杏〉（原題〈眠い春杏〉），1936 年 1 月，發表於《臺灣文藝》第 3 卷第 2 號。

〈慾〉，1941 年 9 月，發表於《臺灣文藝》第 1 卷第 2 號。

除了〈眠い春杏〉外，其他各篇早就有現成的中譯文（可視之為舊譯本系統），既然是新出版的全集，理應有一套新譯的版本，提供更精確的新譯本系統。退一步言之，若是限於經費，一時無法覓尋適當人選，重新翻譯，起碼也應對舊譯本再行校定比對，同時，為求周全，更應將未譯的〈眠い春杏〉翻成漢文，若如此相信可提供更為周延的全集新義，遺憾的是，小說除了沿襲舊譯本系統，其實並無任何新的「探索」與「發現」。

回想當年，〈眠い春杏〉之所以未譯成漢文，重要關鍵在於原文一時難窺全貌，此篇原載於 1936 年 1 月的《臺灣文藝》第 3 卷第 2 號，坊間復刻本雖收有此一原文，可惜缺了一半篇幅，原誌中第七、八、九、十，四頁俱缺，易言之，原文復刻之前已遭人撕棄，其實，海內外的書藏家蒐有這一原文全貌者應不乏其人，祇要勤於查訪，此一問題洵不難解決。

今觀全集日文小說卷，也蒐有〈眠い春杏〉此作，然編者不察，仍將復刻本殘缺不全之文照章收入，而無隻字片語特別註明，以殘卷視為全璧，則十年百年之後，如是瑕疵相傳，「必將成為臺灣文學史的寶貴典藏」的期許，恐怕免不了仍有少許的「遺憾」吧？

在歷史的因緣際遇，因政治的錯綜複雜，戰前的臺灣文學家既已被壓

抑多年，其心血結晶也被塵封多時，當有朝一日能撥雲再見青天，相信其文學思想與藝術，必然能獲得不同世代的重新認定，因此，整理翻譯的工作應該更為慎重，若是能結合更多專業領域的人才、智慧及資源同心戮力，重視專業性的品質，做好傳播的發行管道，相信是讓文學遺產重新復活的具體做法，期待臺灣文學的出版能朝向專業化及精緻化，這應是流落民間多年的臺灣文學，走進另一學術性領域的開端吧？

——1997 年 10 月

——選自《福爾摩莎的桂冠——巫永福文學會議資料彙集》
臺北：淡水工商管理學院臺灣文學系主辦，1997 年 11 月 1～2 日

扭曲的啟蒙
巫永福小說中的少年成長之路（節錄）

◎張靜茹*

　　在閱讀巫永福小說過程中，發現以少年為書寫對象的篇章有：〈黑龍〉（1934 年 6 月發表於《福爾摩沙》第 3 號）、〈阿煌與父親〉（1935 年 9 月發表於《臺灣文藝》第 2 卷第 10 號）、〈昏昏欲睡的春杏〉（1936 年 1 月發表於《臺灣文藝》第 3 卷第 2 號）。這三篇作品中的主角都經歷了內在心理與外在環境的拉扯，並且經歷了重大衝突或震撼事件並且帶來改變。因此，本文嘗試以〈扭曲的啟蒙──巫永福小說中的少年成長之路〉為題，嘗試從巫永福以少年為敘述主體的篇章中，觀察主角困惑、憤怒、迷惘與沮喪些什麼？希望找出主角內在焦慮的源頭，以便理解小說人物的成長歷程。本文中所謂的「成長」，並非指向必然有衝破難關、邁向新階段的正面結局，而是著重於「幻滅是成長的開始」這部分的討論，亦即觀察這些主角在成長過程中經歷的事件對心理的衝擊。從巫永福的小說內容中，可以看到許多心理變化的描述，有受佛洛伊德（Sigmund Freud，1856～1939）學說影響的痕跡，在析論過程中，將會適時援引，互為印證。

〈黑龍〉：任性獨子的成長旅程

　　〈黑龍〉發表於《福爾摩沙》第 3 號（1934 年 6 月）。主角黑龍是個虛歲十二的孩子。他任性而為，總愛沉溺於幻想、不喜歡上學，備受父母鍾愛卻也令雙親頭疼。表面上看來，種種行止似乎是時下許多少年的共通

* 發表文章時為靜宜大學臺灣文學系副教授，現為靜宜大學臺灣文學系副教授兼系主任。

特質，但是放在日治時期那個傳統保守的社會中，就顯得少見了。巫永福前半段先是透過許多細微事件及心理狀態的描寫，讓讀者看到黑龍與父母相處時的問題所在；後半段則從家庭經濟發生變化、雙親相繼辭世對他生活、內心造成的重大改變與衝擊，鋪陳這位主角的生命際遇。以下就將黑龍的生命變化分成前後兩部分觀察、解析，據此看出他的成長旅程。

（一）對權威的焦慮與反抗

因為黑龍是獨子，祖先又留有遺產，家庭經濟狀況頗為穩定，不需要為生計所困。父親特別留意要以「嚴父慈母」方式管教，只是原本脾氣就壞，又不擅於以感性方式與孩子互動，與母親的溫柔相較之下，顯得更為權威。但是無論再怎麼嚴格，最終總是選擇原諒，由此可見到他內心其實是很在意、疼惜兒子的；而母親則是傳統社會中那類無限包容的慈母形象。因為父親嚴厲、母親溫婉，再加上骨子裡都很鍾愛這唯一的孩子，讓從小個性就反覆無常的黑龍在備受嬌寵之後，變得益加固執矯情。

從小說描述的事件中，可以看到不少黑龍對權威的焦慮與反抗。這裡的「權威」大致可分兩個部分：一是父母的管教，二是學校師長的壓力。「對權威的焦慮與反抗」是每個孩子或多或少都會經歷的成長過程，因為這是從孩童天真無憂到必須在父母及教育體制的雙重管道下，學習到與他人相處，融入社會群體的重要過程。也就是佛洛伊德學說中從「原我」（Id，享樂原則）到「自我」（Ego，現實原則）、「超我」（Super ego，良知道德原則）的學習過程。當本能的需求因為種種原因而不能被滿足時，焦慮和反抗也就由此而生。[1]例如黑龍睡過頭的反應：

---

[1]佛洛伊德認為人格結構是由原我（Id）、自我（Ego）和超我（Super ego）三者組成。人在剛出生時，在意的是透過肉體滿足欲望，如：餓了就喝奶、渴了就喝水，以便讓「原我」達成享樂目的；成長過程中，因為社會化的學習過程常與原始的需求相違背，像是：即使餓了也要等開飯時間才能吃、即使有便意也不能隨地排泄，這些是屬於「自我」必須做到的現實原則；更進一步如：不遵守社會道德規範，就會受到良心譴責，這部分就是屬「超我」所發揮的「道德良知」控制作用。詳細討論可參考佛洛伊德著、葉頌壽譯《精神分析引論、精神分析新論》二冊合訂本中關於「心理人格的分析」（臺北：志文出版社，1997年1月再版），頁488～507。

揉揉眼睛一看已經九點，……於是忿忿的向母親哭訴：

「九點了，不去上學，不去上學了。」事實上，母親早在八點以前就喊過他，黑龍起床後不久又昏沉地睡去。

「你還生氣？八點以前就喊過你，自己不肯起來，還要發這麼大的脾氣。」

「你沒有喊我，我才起不來。你明知道我一定要在八點鐘到校的。」他哭了起來，想到今晨的約會（母親不知道遠足的事），他不禁悲從中來，頓足捶胸，哭得震天價響。[2]

　　雖然賴床是黑龍自己的問題，滿足睡眠的生理需求後，卻錯失了與朋友前一天約他翌日早上去河邊戲水的玩樂機會，當他尚未學習到在睡覺、嬉遊二者間只能擇其一前，任性耍賴就成了他當下面對挫折的直接反應。

　　除了愛發脾氣外，黑龍的偏執個性及因此衍出來的嚴重後果，也讓父母深感頭痛：

他的個性經常困擾著父母，對於有興趣的事是那麼專注，不喜歡的事卻連甩也不甩。……記得是他七歲時的事。祖父死了，……他原應以長孫的身分，捧著祖父的牌位，坐在轎中送祖父的靈柩還山，然而黑龍不知何故非常討厭坐轎，竟予以峻拒，身處狹隘昏暗的轎中，會使他有喘不過氣來的感覺，而他又如此不願受人擺佈，於是他嚎哭著拒絕了。發葬時刻迫在眼前，人們焦急不堪，最後只得由父親捧米斗，黑龍步行（或被抱在懷裡）結束了葬儀。[3]

　　臺灣漢文化裡的喪葬儀式背後有諸多關於家庭倫理的考量。平日常聽

---

[2] 巫永福著；林妙玲譯，〈黑龍〉，收錄於許俊雅主編《巫永福精選集——小說卷》（臺北：巫永福文化基金會，2010 年 12 月），頁 88。
[3] 同前註，頁 90～91。

到的「不孝有三，無後為大」背後的意涵也與父權社會中希望由男性子孫送終、祭祀祖先有關；因此，喪葬一事對臺灣人來說，是非常重要的生命禮儀。日治時期雖然受殖民統治，但是漢人在此已經生活了數百年，移入並變化、累積出具有臺灣特色的傳統，並未因改隸而消失。黑龍平日耍賴還是小事，但是在祖父安葬當日無法以傳統「長孫捧牌位坐轎」習俗送終，對一般家庭來說是相當嚴重且有違孝道的行為，也會引來親友非議；但是父親最後選擇讓步，足見他對黑龍的愛與寬容。儘管愛孩子，還是會擔心黑龍執拗的個性不改，日後無法融入社會，甚至可能招致許多波折、不幸，一再要求兒子做些不喜歡的事，以期將他導入「正軌」，但總是一次次失敗。無計可施之餘，冀望藉由老師的權威發揮管教作用，沒想依然無效：

> 父親總想要矯正他的偏執，不停地勉勵他按時上學（這點卻失敗了），……父親想到將他寄託在老師家中，接受嚴格的教育，沒幾日黑龍回來了。他頭髮蓬亂，眼露兇光，雙頰削瘦，呼吸急促，原來一絲不苟的老師並不能獲得黑龍的愛戴，他甚至批評自己的老師是「大猩猩」。在黑龍心目中，父親所請的老師根本是言語枯索的傢伙，……[4]

黑龍對老師的反感與厭惡，使他不但不服管教，還選擇了逃離和批評，這在當時普遍「尊敬師長」的社會氛圍中，可說是相當叛逆的行為。由此可見，家庭或學校的管教體制，造成黑龍更深的焦慮與反叛，堅持依然「本我」原則過生活。也因為父母的寵溺，使黑龍這樣不符社會常規的性情和生活方式能持續保留著。

（二）告別童年：黑龍的成長儀式

黑龍雖然任性順隨自己的欲望面對這個世界，但是在父母羽翼保護

---

[4] 同註 2，頁 90。

下，並沒有遇到太大困境。直到父母相繼辭世、被貧窮的姨母收養這兩個重大事件發生，使他必須開始獨自面對成長的考驗。

首先是關於「死亡」的議題。許多成長小說都會以「死亡事件」做為人物成長的一個重要儀式，因為它帶來的是永遠的分離，當主角面對至親死亡的痛苦與掙扎，成長契機也就蘊藏其中。如余德慧曾經談到好好去理解現代人獨特的生存與死亡處境，可以讓原本的悲痛轉化為正面意義：

> ……提供一種更寬廣的存在基礎，明白原來現在的活著是一種疑問；也引導我們了解另外一種活著的方式，讓「我的死亡」變成一種存在。[5]

這段文字從哲學層面帶出了存在與死亡與人的密切關係，這也是現代主義思潮作品時常出現的主題。〈黑龍〉這篇小說，也觸及此一面向。

黑龍原本過著任性自我的生活，雖然言行不符合「乖小孩」形象，卻享受著父母給予的愛；雖然原先不喜歡去學校，經過一段時日後，也結交到一些常到河邊遊玩的同學。在父母相繼罹病後，平穩生活開始掀起波瀾：

> 黑龍偶爾聽到父母親在商量著變賣土地及家計困難的事，不久就聽到他們兩人低聲地哭泣著。父親常猛咳著說：「沒有人會了解我們的困難並且伸出援手的，情況這樣不景氣，土地也變得不值錢了。這種日子實在過不下去了……我們如果死了，那孩子一文不名，只怕會淪落街頭，……賣了也許可以治好胸疾，病好了我可以出去工作，拼命賺錢來養活你們。唉！事到如今，只有賣了吧！」[6]

因為繼承祖父遺產，父親可以不需要出去工作，全家也能衣食無虞。

---

[5] 見余德慧，《生死學十四講》（臺北：心靈工坊，2003 年 1 月），頁 11。
[6] 同註 2，頁 93。

但是這種有出無進的生活，讓有限財產日益消耗，再加上罹患胸疾後醫藥費大增，再加上經濟不景氣，即使變賣土地也沒有好價錢。父母為錢、為病煩惱，使得他們把關注的重心從孩子身上轉移開來，這種改變黑龍也察覺到了。從這裡開始，黑龍的生活從天真無知，開始感受到家庭中籠罩著經濟困頓的低氣壓，以及死亡可能帶來離別的威脅。此時的黑龍只能用幻想來面對眼前的問題。先是幻想或許幾年後可以闖出一片天以逃避馬上出去工作來解決家庭危機，接著幻想 18 歲時無意間走進深山，發現無數金銀。甚至想像自己仰臥水中，無意遇到搭著自家船舶的富翁：

> ……船夫發現我的存在，他發狂地叫著，彷彿船即將顛覆一般。大人物受了驚並且也見到了我，他那時心情恬適，或許會發出惻隱之心幫助我（這些事必須在極自然的情況下進行）。我成了他的孩子（他無子，見到伶俐高尚的我就決定收養，這也是我的幸運）。因此我搖身一變而為巨富的幼子，父母親受到庇蔭衣食無虞，這都是我細心策劃而成。[7]

當黑龍初遇家道中落這個生命裡的重大困境，而且又是父母無能為力的問題，他開始要學著思考解決的方法。此時的他，一方面能力有限，另一面少爺習性未脫，吃不了苦，所以不想去工作而讓身體疲累受苦，只能沉溺於不切實際的想像來逃避。然而，現實是殘酷的，賣掉土地後，他們幾乎一無所有，不久父親就因急性肺炎惡化而棄世。

父親的死，對黑龍帶來的成長，是領略了「想像與逃避無法解決現實問題」。但是在巫永福筆下，一方面原本就很怕父親而甚少與之親近，比較喜歡負責照顧生活起居的媽媽，所以這個事件即使帶來震撼，還有母親可以依賴、為他打理生活大小事；因此小說內容沒有描寫到黑龍喪父的情緒反應；比較重大的打擊，是媽媽的死亡：

---

[7]同註 2，頁 95～96。

他整整地哭了一晚，並且死命地叫著：「母親死了，母親死了。」哭累了就靠在母親的床沿，苦苦地挨到天明。從這時起，他時常回想著父親在世時的母親及死時的母親。

……

他想起母親生前，自己是那麼恣意任性，為所欲為，有時還殘酷地故意去傷害母親，心中便覺痛苦不堪。

……見到母親的棺材一部分一部分地被泥土淹沒，卒至完全沒入土中時，黑龍悲慟地昏了過去。[8]

巫永福用大篇幅文字描寫黑龍喪母的哀痛欲絕，與喪父的反應有天壤之別。何以如此？筆者認為，從整篇小說來看，作者除了意欲展現黑龍這個角色的成長外，應該也受到當時西方現代主義小說影響，借用了佛洛伊德理論裡的「伊底帕斯情結」（Oedipus Complex）來彰顯主角對母親情感上的依戀。佛氏認為：

兒童在其性的潛伏期之前……我們很容易便能發現，小孩想獨占其母，而深恨其父；看見父母擁抱則感到不安，看見父親離去，則滿心愉快。[9]

上述說法雖然一開始主要在談通常擔任主要照料者的母親，因為能滿足小孩的需要而被喜愛，但是隨著成長過程，孩子對母親的依戀不僅僅只存在於喝奶、換尿布這樣的生理需要，也會把媽媽當成情感投射的對象；黑龍就屬於這類。雖然表面上，他總是做些讓母親頭痛的事如賴床、不上學、玩到忘了回家的時間，但是小說中可以看到黑龍這些外顯行為的背後，顯然與戀母有關：

---

[8] 同註2，頁98。
[9] 同註1，頁316。

> 「母親真好。」他哭著，眼淚不自覺地流了滿臉，……「母親如果是天
> 使， 我就是小天使。」他不停地想著。……從小他心中所存留的影像就
> 只有父親，黑龍對他又敬又畏，對母親卻是疏忽大意，並且時常抱持著
> 殘忍的想法──「母親對他所做的一切是理所當然的，盡她本分而已」。
> 然而黑龍的生活卻大部分與母親連繫在一起，母親的死比父親的死更令
> 他悲傷，也令他花費更多的時間去回味。如今想來，當初離開學校一方
> 面固是厭惡上學，一方面也是無法摒棄母愛所致。[10]

　　這段文字明白交代了黑龍任性的行為，背後是想得到母親更多的關
注，不去上學是想與她有更多時間相處。而父親之於黑龍而言，則是權威
管教，令他心生恐懼的存在。透過這段黑龍回憶文字，可以看到他已經有
了自我反省的能力，並為過去那些行為如何傷害了母親，有很深的罪惡
感。這樣的負罪感，是「超我」發揮了作用。

　　母親過世之後，沒有其他手足的黑龍，被迫必須要孤單地面對眼前的
劇變，再也沒有人可以讓他呼來喝去、發洩情緒，也沒有人可以幫他解決
大大小小的問題。當以往為他遮風擋雨的雙親都撒手而去，真正感受到無
伴的孤單，無法再期待問題會自動消失，接下來的人生，他得開始學著如
何社會化，才能存活下去。

　　母親臨終前，將他付託給姨母一家。雖然是親戚，但是畢竟沒有一起
生活的經驗，再加上姨母家是貧窮農戶，又有五名年幼子女，原本就食指
浩繁，再收養黑龍，經濟狀況更為雪上加霜。因為寄人籬下得仰人鼻息，
又無他處可去，即使感受到姨丈的敵意和想像其他孩子們的不友善，以前
無論是生活或即使只是想像，稍不順意就會直接發脾氣，現在的他，開始
學會忍耐：

---

[10] 同註 2，頁 92。

……姨母的孩子們便無由地唾棄他。十五歲的吉源老是臭著一張臉，白眼相向。十三歲的吉清最是厭惡他，只要黑龍上了飯桌，他就一語不發地捧著飯碗到庭院裡吃。吉清的態度每每換來姨母的怒斥，眾人便把過錯都推向黑龍身上。黑龍忍耐著，只與對自己友好的琴英遊玩。……[11]

　　當父母還健在時，「忍耐」對黑龍而言是不可能做到的事，一不如意就大肆哭鬧，不達目的絕不終止，現在的他，除了要收起過往那些驕氣外，還要學著如何和年齡相仿的孩子同住一個屋簷下，不再是那個被捧在手心疼著的寶貝獨子。這對黑龍而言，都是使他邁向成長的挑戰。

　　母親死後，黑龍一直難以從悲傷情緒中抽離，有時幻想母親靈魂還與他長相左右，或是幻想她已經被玉皇大帝請到天上，住在華麗的花園裡，這些想像還是無法阻止他想再見母親一面的渴盼。最後，他從想像付諸於實際行動，終於在某夜跑到山的那一邊，在母親墳前睡了一整夜，帶他回家的老人如此描述：

　　他睡死了似的，好不容易把他喚起，他卻不住地喚著「母親，母親」，好似夢魘一般，他不願回答任何話，只說回家令他感到羞恥……。孩子總難免犯錯的，他對自己的過錯感到羞恥，那已經值得原諒了，……原諒他吧！[12]

　　陌生老人不知道事件的來龍去脈，以為只是個迷途孩子，並且向黑龍父母的姨父母求情後離去。但是對姨丈來說，黑龍與自己的兒女們無法相處，帶來經濟更大負擔，竟然還敢離家出走，讓陌生老人帶回，或許早已到處向人訴說受到的非人待遇以博取同情，這讓他深感受辱、難堪，不待證實，心中的累積怒氣委屈一次爆發開來：

---

[11]同註2，頁99。
[12]同註2，頁100。

......某個晴朗的早晨，當黑龍被一個老人帶回時，他怒氣沖天地掌摑黑龍，不顧一旁的陌生人。同時說著:「走了最好!」[13]

雖然姨母的反應不似丈夫那般暴烈，再加上黑龍又是姐姐的孩子，母性的溫柔讓她對眼前這個父母雙亡孩子保有憐憫之情，但是黑龍的離家出走又夜宿亡母墳前，還是讓她覺得被侮辱了:

姨母緊盯著黑龍，她不明白黑龍何以會離家出走。是受到眾人的唾棄嗎？自古以來常有受虐的孩子被逼死的故事，她想黑龍是在父母的墳前哭訴了一夜吧!他的母親死了，孤兒的悲傷與寂寞是可想而知的，然而自己不也是盡心盡力在照顧他嗎？他竟能露宿一夜，向母親哭訴不幸？[14]

對於他們的憤怒、無法理解，黑龍選擇保持緘默。他逐漸明白，自己不再是那個備受呵護的獨子，不能再用向父母要賴討愛的方式面對接下來的日子。值得留意的是，黑龍以往面對困境時，總耽溺於逃避問題、無助於解決當下現實的天馬行空幻想，但是在小說最後的這段以想像解讀自己離家行為的文字，有其深刻寓意:

怎麼會到那兒去的？彷彿不曾觸及沿途的水田泥沼、小川、樹林，就到了那裡，我並不清楚墳場的去向啊，是母親指引我的吧？這真是不可思議，如果我完全清醒，或許還可記得蛛絲馬跡吧？既是母親領我回家，我不是曾經看見母親了嗎？[15]

母親過世時，黑龍除了痛苦自責、充滿罪惡感之外，死別使他與媽媽

---

[13]同註2，頁100。
[14]同註2，頁101。
[15]同註2，頁102。

之間的連結被切斷，這也是黑龍在面對死亡這個事件時，遲遲無法從哀痛中抽離的主因。但是從上面這段文字中，可以看到他已經能夠將「母親引領他找到墳墓又讓他平安返家」的不可思議事件解讀為「曾經看見母親」，因此得到了某種心靈的安慰；從這點來看，黑龍學到了：讓母親永遠活在心中，是可以超越肉體衰亡限制的方法。

從這篇小說，可以看到黑龍從一個任性受寵的少爺，從不考慮父母心情，執意以個人好惡行事，對家庭教育及學校體制的焦慮抵制，直到失去雙親，必須獨力面對眼前的種種艱難挑戰的少年。面對親人死亡的不可承受之重，他從死別中體悟以往執拗任性的不可取，進而重新看待以往父母之愛背後深層的意涵，學習以忍耐面對新的家庭環境與成員並找到心靈的自我安置之道。由此看來，死亡是促使黑龍體悟生命道理、生活現實與內在成長的關鍵事件。

〈阿煌與父親〉：懼父少年理想的幻滅與成長

〈阿煌與父親〉原載於《臺灣文藝》第 2 卷第 10 號（1935 年 9 月）。故事只濃縮在午飯之前到晚上這段不到一天的時間。從表面上看，短到僅有十數小時的小說，是否能被歸為成長小說？事實上，成長小說並非只能以時間長短做為唯一的判斷標準。如鄭樹森曾提及：

> 「啟蒙短篇」小說的定義，通常是指青少年在很短暫的時期內，例如一個夏天，甚至有時只有一個星期，遇到一個重大的生命上的選擇、存在的危機，或者遇到一系列的事件，這些遭遇，使得青少年在事後，對自己、對人生、對世界，有了一份新的認知、頓悟，令青少年能夠在將來進入社會後，是一個比較成熟的人物。[16]

---

[16] 鄭樹森，〈尋找書寫的潛力和脈絡——世界華文「成長小說」決審會議紀錄〉，《幼獅文藝》第 510 期（1996 年 6 月），頁 8。

　　由此可見，短時間內的事件，只要其中有蘊涵「成長」的事件，都是可以討論的。雖然鄭樹森在此處所言似乎比較傾向所發生的事件使主角能因此被啟蒙，未來成為成熟人物；但是近年來，「成長小說」不再只局限於「正向啟蒙」書寫才能被納入討論，許多「反啟蒙」情節的作品也是可以探討的面向。如同前言中，楊照提及的第二種類型，可以只是某一特殊事件對主角產生的「瞬間意義」，突然領悟到成人世界的神聖或污穢，[17]〈阿煌與父親〉就屬於此一類型的成長小說。主角阿煌是個 12 歲的孩子。整篇小說用不到一天內所發生的事件，鋪陳他與父親關係的變化。雖然現實時間極短，但是作者透過阿煌的回憶，補白了一部分父子何以情感不睦的歷史脈絡，這些回憶能提供更多分析線索。從內容來看，大致可以用今天晚上以前、今天晚上發生的事件作區隔。前者可從阿煌的回憶裡，看到父子長期以來累積的問題；後者則是敘述重大衝突事件如何發生，並且導致兩人關係惡化、決裂。以下就針這兩個部分解析阿煌在事件前後與父親互動方式的變化，從中看出他對成人世界的體悟。

（一）從懼父到恨父的內在糾結

　　「父子衝突」是許多成長小說中會碰觸到的主題，〈阿煌與父親〉這篇也是如此。小說中，阿煌的父親是有錢人，在鎮上很吃得開，也很愛面子。他與許多父親一樣，對孩子充滿期望，但是並不關心阿煌的日常生活，從未給予親情的溫暖，只有嚴厲的約束和指責：

> 「不是吩咐過你不要光知道玩嗎？不是告訴你不要跟別家那些髒孩子玩嗎？」
> 父親的口氣非常嚴厲，他生平就最討厭阿煌跟隔壁鄰居的孩子一起玩。那些窮人家，拖著兩條黃鼻涕的小孩，他形容為「小鬼」，是「鬼招引來的餓鬼」，因此，他認為讓那些抽著鼻涕的野孩子跟他家體面的阿煌玩，

---

[17]〔編按：請見楊照，〈啟蒙的驚悚與傷痕——當代臺灣成長小說中的悲劇傾向〉，《夢與灰燼——戰後臺灣文學》（臺北：聯合文學出版社，1998 年 4 月），頁 200～202。〕

簡直是丟盡面子的事。他對這些野孩子根本打從心底瞧不起。[18]

　　從這些指責中，可以看到父親除了不喜歡阿煌整天玩耍之外，對窮鄰居的嫌惡更顯現富人的優越感。阿煌正是愛玩的年紀，無法理解父親訓斥背後是想要兒子符合他理想中生活常規、擇友標準的要求，卻又懼怕父親脾氣暴躁，如果正面衝突可能會被打，只好選擇沉默；久而久之，逐漸累積成恐懼、抱怨、嫌惡的內在複雜情緒：

　　阿煌渾身哆嗦著在聽父親訓斥，事實上，阿煌嫌厭父親訓話的成分要比懼怕的成分多得多。他那倔強、不滿之情顯然是由胸中迸發而溢乎形表。自己只是想玩而已。他不懂，跟阿海玩究竟有什麼不好？他心裡昇起一股無以名之的怨氣，憋得漲紅了臉，幾乎都要哭出來了。阿煌神經質地玩弄著衣角，氣嘟嘟地噘著一張嘴，半句話不吭。[19]

　　這樣的親子互動在傳統父權社會中很常見。不過從小說內容中，可以明顯看到巫永福小說中，阿煌的心理與前述佛洛伊德「伊底帕斯情結」的形成與發展，也有相當程度的對應關係。在佛氏的人格發展相關理論中曾提及「伊底帕斯情結」，認為男孩一開始愛戀關係親近的照顧者：母親，對與母親有特殊關係的父親抱持敵意，但是從現實觀察中，發現父親的力量遠遠多過自己，為了害怕被報復和傷害，會壓抑對母親的情感，為了符合外在期待，迫使自己將父親當成取代母親的理想「學習對象」，發展出「仿同作用」（identification）：

　　假如一個人喪失了一個依戀對象，或者被迫放棄，他往往就會藉著使自己認同它，並再度於個人的自我內在重建它，以補償自己，於是對象選

[18] 巫永福著；李鴛英譯，〈阿煌與父親〉，《巫永福精選集——小說卷》，頁145。
[19] 同前註，頁145。

　　擇遂因而退化至仿同作用。[20]

　　從小說內容來看，阿煌的父親向來扮演引導兒子如何成為一個理想富戶少爺的教養者角色（母親則是照顧者角色），他心目中有一套道德禁制、完美生活的尺度，希望兒子能遵守：

> 一般而言，父母類似他們的權威，在教養兒童時，會依據他們自身的超我觀點，對兒童實施教養。……他們在教育孩子時，是嚴正而一絲不苟的。他們已忘記了自身在童年時代的艱苦困境，他們現在也十分樂意，能夠完全使自己與他們的父母互相認同——這些父母在過去的往日，曾在他身上施加很嚴厲的限制……[21]

　　因為懼於父親的權威，起初阿煌選擇勉強自己接受種種要求及規範、不敢出聲、默然承受。但是小說中曾述及，他對父親的害怕不僅僅是因為被嚴加管教，還出於本能想躲避：

> 在更小的時候，阿煌毋寧是非常畏懼父親的，幾乎每次一遭到父親的視線，不管有事、沒事，他都會立刻躲藏起來。在他眼裡，世上最可怕的東西莫過於他父親的那張臉了。他不知道為什麼，只是本能上有這種感覺。[22]

　　這樣的反應與前述的「伊底帕斯情結」有若合符節之處。可以說阿煌的人格發展沒非是出於喜愛而「認同」父親，而是被迫的「仿同」；再加上父親經常以大發雷霆的方式訓斥他，使得父子關係更為疏離。由於對父親

---

[20]同註 1，頁 494。
[21]同註 1，頁 497。
[22]同註 18，頁 146。

的不認同，等到更為懂事之後，也慢慢有了來自家庭、學校種種人際互動建立的一套價值觀，這套價值觀與父親想強加給他的並不相同，因而抗拒之心日熾。再加上曾經目睹每天管教他的父親在外面風花雪月，相較於會給零食、叮嚀起居的母親，他的惱恨就更深了：

> 然後阿煌逐漸懂事，性情也隨之改變。他經常冷眼望著父親，卻往往一聲不響。被罵的時候，他的心理開始有了反抗的聲音：「煩死了。」在感情上也逐漸隨這種情緒的產生而惱恨父親。習慣了父親的申斥、責罵之後，他心裡不但不會覺得難過，反而是那股怨恨的惡戾之氣愈演愈熾。[23] 父親撇下自己的家庭，到外頭跟杏花樓的女人廝混，這些阿煌都知道得一清二楚。他知道父親在鎮上冶遊，也因此對父親的反感更為強烈。一天傍晚從學校放學回家，路過杏花樓時，他還親眼目睹父親粗魯地縱聲狂笑，野蠻地摟著女人親吻。阿煌並不曾把這件事告訴母親，只是每當父親約束他遊玩的時候，他眼前就會浮現起這個畫面，他的心也就愈來愈僵、愈來愈冷了。[24]

　　這種痛恨父親的心情，來自於權威形象與縱欲行為之間的落差所致。「父親」原本應該是孩子崇拜和學習的理想標竿，但是平日的冷漠無情，以及言行不一的表現，讓原本應該是阿煌模仿認同的「理想父親」，在他內心崩毀了，再加上入學之後，因為知識的啟蒙、視野變廣、同儕及其他人際互動的影響……，讓 12 歲的阿煌對父親不再只是出於親情的依戀或只想尋求認同，而是開始對父親的作為有了「超我」的道德審判。

（二）父子對立衝突與理想形象的瓦解

　　雖然父親平日時常指責兒子的行為、批評兒子的玩伴，用權威和主觀好惡箝制他的行為；阿煌對父親，從幼時的害怕到現在的惱恨反抗，但是

---

[23]同註 18，頁 147。
[24]同註 18，頁 152。

在故事中的當天晚上以前,都只是像兩隻刺蝟般無法靠近彼此,各自在心裡對彼此不滿並築起高牆,卻沒有爆發過正面衝突。今天早上被一頓痛罵以後,阿煌的怨氣達到臨界點,甚至動了死亡念頭:

> 父親的心比什麼都冷、都硬。阿煌深深體會到自己的不幸。眼淚忍不住流了一臉。……他小小的心靈開始閃動死亡的念頭。活在這人世間是多麼的乏味、悲涼啊,死亡的念頭慢慢延伸向墓穴。……阿煌想到死,但這不過是一種念頭而已。其中並沒有任何絕對悲壯、厭世的成分。他只是寂寞的動了死亡的念頭而已。[25]

雖然只是出於寂寞、不被了解,但這樣的念頭可以說是為後來的激烈衝突埋下伏筆。

被父親訓斥過後不久,隔壁玩伴阿海來約他出去玩,起初阿煌還因被責罵的窒息感尚未平復而猶豫著;最終叛逆之心戰勝了對父親的恐懼,再加上母親的默許,孩子們就出門玩樂去了。

阿煌跟著阿海到野外呼吸新鮮空氣、一起捉麻雀,加入另一群孩子的捉迷藏遊戲,阿煌選擇當鬼,享受「抓人」的快感,扮演這個「主動者」角色,某種程度可以彌補他在家庭中總是被父親挑毛病卻無力招架的受創心理。

當他們玩了一下午,眾人都要回家時,阿煌因為不想回去面對不通情理的父親,也擔心再被痛罵,遲遲不想回去。直到阿海提醒老師出的習題還沒寫,阿煌一急,馬上只想趕回去寫作業:

> 習題對他們兩人而言是非常要緊的事情。……這時候他再也管不了父親會對他怎麼樣,只一心想要回家寫作業。

---

[25] 同註 18,頁 148。

自己並沒有理由不交作業，要是作業不交，到時候一定會被老師叫出去罵，那該有多丟臉啊。在許多小朋友面前被罵，對他而言不啻是身心的一大凌辱。[26]

從這段文字來看，對這個時期的阿煌來說，一方面是父親在的理想形象經過長時間的互不諒解，日漸磨損，另方面則是求學之後，在學校的時間變多，而「傳道、授業、解惑」的老師，成為另一個理想道德規範（超我）的傳授者，在角色功能上，剛好可以成為一個班級群體的權威象徵，可以模仿、學習的對象；老師成為他另覓的理想鏡像，從中尋求認同的可能；這也是何以其重要性凌駕父親的重要因素：

在成長過程中，超我也接受了那些取代父母地位的人——教育家、老師，吾人選擇做為理想模範的人之影響。[27]

此外，12 歲的孩子不再像幼兒般以父母為生活唯一重心，開始有了同儕關係、在意自尊，更害怕成為被嘲笑的焦點，因此急著要回家寫作業，解決可能的危機。

小說中最後一個事件，也就是對立衝突的關鍵爆發點，是他們急著趕回家的路上，半途遇到剛從酒樓尋歡結束，正醺醺然唱著從歡場女子那裡學來流行歌曲的父親。當父子相遇時，先是氣氛凝結，接著發生激烈肢體衝突：

他想起今天早上的事情，更是怒火中燒，一個箭步上前，往阿煌臉上啪—地一聲就是一個巴掌。阿煌被這突如其來結實的一巴掌打得顫巍巍幾乎摔跤，那疼，簡直疼徹骨髓。阿煌咬緊牙瞪視著父親。緊接著父親

---

[26]同註 18，頁 156～157。
[27]同註 1，頁 495。

一把揪住阿海的手，……啪啪往他臉上怒摑了好幾個耳光。……阿煌一
下怒火上衝，抓住父親的手便使勁咬下去。父親痛得大叫一聲，舉起腳
向阿煌踢去。……阿煌出言頂撞，……愈挑起父親的無名火，沒頭沒腦
地往阿煌身上亂打亂踢……[28]

因為長期隱忍的怒氣，再加上阿煌知道父親又再度去杏花樓玩樂，自
己放浪形骸卻又嚴苛管教兒子，這樣的雙重標準原本就讓他很不滿，這次
不但掌摑阿煌，還對他最好的玩伴動手，不僅讓他在朋友面前下不了臺，
也讓他對父親僅有的一點顧忌，都在氣急攻心下蕩然無存；選擇以咬、出
言頂撞對待父親，一方面是前述「恨父」意念的白熱化，也可視為一種象
徵性的「弒父」儀式：阿煌透過肢體的抵抗（或是攻擊），突破了來自父
親、社會施加的權威倫理規範，這個舉動可以是一次對長期被權威壓制後
的反擊，崩解了既有家庭倫理關係，這次擺脫父親慣常控制模式（痛罵—
—聽訓）常軌的經驗，提供阿煌日後對傳統體制背叛和建立自我主體性的
可能性。

在激烈扭打之後，巫永福安排了一個耐人尋味的情節：

「阿伯，您饒了我們吧。我們不是去玩。是伯母見您回來得晚，要我們
來接您的。我們並沒有去玩啊！」
阿海閃著淚光說。謊話在這時候說不定有特殊作用。……
阿煌的父親終於住了手。……或許是自己弄錯了。他仍緊繃著一張臉，
木立著默不吭聲。好不容易由幾分醉意中清醒過來，他這才發現自己果
然是回家得晚了。這才垂頭喪氣地急急朝回家的路上走去。[29]

這段文字中，阿海用謊言說服了阿煌父親，讓他信以為真並且急著回

---

[28]同註 18，頁 157～158。
[29]同註 18，頁 158～159。

家。謊言的編織者是父親向來最看不起的貧窮野孩子阿海，這一方面意味著阿海為阿煌提供一個除了用打架本能之外的方式（謊言）解決衝突的範例，那麼，即使在體力上還無法和父親抗衡，阿煌以後還是有機會以編織謊言的方式占上風，這對他而言，是一次重要的學習。此外，父親只因為阿海這個看似平凡的謊言就「垂頭喪氣地急急朝回家的路上走去」，而不再繼續為難他們，也讓阿煌看到父親原來也有心虛的一面，那些僅存的權威形象就此瓦解。誠如佛洛伊德所言：

> 從青春期開始，一個人必須努力設法擺脫父母的束縛；唯有在這種擺脫有了成果之後，他才不再是個孩子，而成為社會的一個成員。……假使他敵視父親，那麼他便須力求和解；假使他因反抗不成而一味順從，那麼他便須力求擺脫他的控制。[30]

男孩在成長過程初期，常以父親為理想投射對象，當這個想像中理想的他者（other）隨著年歲漸長、不再健壯，或是暴露出缺失，抑或者如小說情節所鋪陳的焦慮、復仇的負面情緒再也無法控制時，就是「父親」形象毀壞之時，這種幻滅和挫敗，以及正面衝突，正是促使阿煌成長、重新追尋理想認同的契機。

〈昏昏欲睡的春杏〉：被迫早熟的孤女

〈昏昏欲睡的春杏〉原載於《臺灣文藝》第 3 卷第 2 號（1936 年 1月）。這篇小說與前述兩篇以父子關係為描述主軸的相當不同：主角是個 11 歲女孩，敘述重點在她的流轉身世及被賣到僱主家的處境，呈現一個無法為自己作主的少女成長歷程。雖然它是三篇作品中篇幅最短的，而且原稿中間缺了四頁篇幅，某種程度而言不算完整，但是就故事架構來說，已

---

[30]同註 1，頁 320。

經足以提供觀察人物生命變化的基礎。

這篇小說寫春杏如何從一個海邊窮人家的女兒，被賣到農村富戶家中，從此每天勞動、無法休息又時常受虐的經過。故事只濃縮在一個晚上、短短數小時的時間。巫永福以今昔交錯、意識流寫法，鋪陳春杏的成長經歷。與〈黑龍〉、〈阿煌與父親〉兩篇不同之處在於：春杏從來沒享受過經濟尚可或優渥的生活，家庭一直是貧窮的。大致可以從原生家庭、被賣掉兩部分觀察她不同時期的成長事件。

（一）窮苦家庭的困境與成長

透過春杏的回憶，得知在十歲之前，雖然貧窮，起碼能與家人同住。雖然父親早逝，還是可以過著與親人在一起的家庭生活。她半夢半醒中浮現的老家模樣是：

> 被海風猛烈拍打的簡陋房子只能勉勉強強遮風避雨而已，茅草搭建的破舊牆壁內部，相當雜亂，連小型豬舍也是一樣。應該距離很遠的老家，卻近在眼前，甚至連家中的雜亂都能清楚看到，春杏感到不可思議；同時又親切地感覺到，破舊牆壁上的茅草隨強風搖晃的，是自己的家啊。[31]

春杏一家人原本住在海邊的山丘上，父親是漁夫，母親做幫傭，夫妻一起照顧祖母、她以及弟弟。這樣的日子原本也有平凡的幸福；但是父親過世，家庭經濟更為雪上加霜。小說中的父親之死，並未對春杏帶來立即性的影響，而且作者在文中未曾提及春杏喪父的悲傷情緒。這可能與父親的職業是漁夫，在家時間並不長，照顧子女的主要責任落在母親身上，因此與父親的互動和感情較為疏離有關。相較之下，弟弟生病和母親積勞成疾兩件事，才是讓她被迫急速早熟、必須有所犧牲、承擔責任的主因：

---

[31]巫永福著；趙勳達譯，〈昏昏欲睡的春杏〉，《巫永福精選集——小說卷》，頁107。

　　媽媽在貧窮之中與爸爸死別。……弟弟剛剛罹患大病，家中缺錢。之後
　不得已，自己被賣到了遠離海邊的農村富戶仁德老闆的家。但是，弟弟
　藥石罔效而死去。[32]

　　這段文字交代了春杏被賣掉的原因是要籌措弟弟醫藥費，雖然被賣的
時候她只有十歲，但是向來的窮苦，原本就及早讓春杏見識到生活現實，
平日也能體會父母賺錢不易的辛勞，這使得她與任性的黑龍、阿煌相比，
是個認命的孩子。因此，母親決定將她賣掉換取為弟弟治病的機會，儘管
對於離家一事相當不捨，卻能體諒而不覺得母親此舉是遺棄。即使到了雇
主家，還是時常掛心著聽說在弟弟死後，積勞成疾的母親。思念著她無法
回去探望的病母：

　　躺在家中雜亂角落的蓬頭垢髮的媽媽，正在痛苦地呻吟著……
　「嗳喲！」媽媽的眼窩底下，痛苦地翻著白眼。「我是不幸的女人。怎麼
　辦，啊，好想死啊，好想死啊。」
　　媽媽的病痛無人知曉。她中風的手在空中亂抓，之後又抱在胸前。[33]

　　令春杏痛苦的是：為了分擔母親的憂愁、治好弟弟的病，她遠離了故
鄉和家人，忍受孤獨和折磨，卻無法挽回弟弟的生命，也無法照顧臥病的
母親。在這個過程中，春杏學習到的是生命無常與身不由己的殘酷現實。

（二）身心勞苦及毀滅性的解脫

　　被賣到遠離海邊的農村富戶老闆家後，春杏認命且日復一日做著超乎
一個 11 歲女孩體力所能負荷的勞動：

　　早上五點起床必須做飯。一整天像牛一樣辛苦工作，到了晚上十二點還

---
[32]同前註，頁 109。
[33]同註 31，頁 107～108。

必須做這個做那個的。即使自己有五個小時的睡眠時間，半夜也好幾次
必須起床，化身為嬰兒的保母。時間分分秒秒咬噬著春杏的肉體與神
經，強迫她接受深刻的忍耐、勞動與艱苦。[34]

　　雖然這段文字並未交代每日工作的細項，不過從小說中這個晚上的短
短時間內，透過春杏正在做的事再加上回憶，可以整理出她日常工作的一
部分：洗衣服、洗盤子、安撫鬧脾氣的小孩、哄他們睡覺、摺堆積如山的
衣服、將隔天早上要煮的米浸水、在主人尚未回家前必須等門⋯⋯。平日
不斷付出勞力又沒有足夠休息，時常因為出錯或沒完成工作，而被老闆及
其家人們處罰：

　　工作沒做完的話，老闆娘與老太娘回來會斥責自己，還會用鐵棒毒打自
　　己，並虐待自己的身體至青一塊紫一塊的地步。⋯⋯春杏還記得那次因
　　工作怠慢而被她們用小指指甲刮傷的事，紅色的鮮血汩汩而出，刻寫著
　　脈搏的跳動聲，繼而滴落到地上。由於不堪負荷的痛楚與戰慄，春杏昏
　　死了過去。⋯⋯[35]

　　從這些悲慘的經驗，春杏一方面學習做事更俐落的方法，也學到如何
隱瞞失誤。如打破盤子後，在老闆及其家人們發現之前快速收拾乾淨；又
如在可能累過頭睡著之前，打開大門讓晚歸的主人們不致於被鎖在門外而
怒氣衝天的責罵她。小說中解釋了春杏這些看似投機的行為，都是出於自
我防衛：

　　春杏認為自己的行為沒有不是之處。⋯⋯只是出於恐懼，本能地採取了
　　自我防衛的行動。考慮到不被責罵的話，就會採取不會被責罵的行動。

---

[34]同註 31，頁 105～106。
[35]同註 31，頁 106。

這是依照幾近於奴隸式的義務觀念與動物直覺的行動。[36]

　　春杏與所有人一樣，都有尋求自我滿足的本能。但是現實條件並不容許她有足夠的休息時間或享受舒適生活，因為她是被賣到老闆家的傭僕，這使她的生活與命運都被套上無法掙脫的枷鎖，在經過被毒打、苛待的經驗後，她的成長就是找出一個自己能力所及、又不會被主人發現的辦法。所以，我們能從春杏的表現中，看到她如何透過學習，尋找出減少被打罵的做事方式。

　　雖然春杏因為家庭的問題，被迫早熟，要做很多家事和照顧主人家的孩子，但是，小說中的某些情節，仍不斷點出她還只是個 11 歲小女孩，也有許多害怕、需要被照顧的時刻：

> 大廳的時鐘響起悽冷的餘音，長長地打了八下。不知何處屋頂上的貓也以令人毛髮倒豎的悽厲叫聲呼喚著惡魔。貓在黑暗的屋頂上，藍色的眼睛閃耀著光芒，悠然地行走。毛骨悚然的黑暗與貓的邪惡叫聲在空氣中結合，且餘音繚繞。……春杏由衷地感到恐懼。……老闆他們能趕快回來解救我就太好了……[37]

　　作者藉由夜晚的鐘聲、貓叫帶來的聽覺及夜行貓眼的視覺交織出春杏怕黑、怕鬼的恐懼，也讓讀者感受到她度秒如年的煎熬。

　　在此之前，巫永福筆下的春杏有令人悲憐的流轉身世，是被迫早熟的女孩。但是當身心疲累到臨界點時，原本可以用理性控制的生活方式瞬間瓦解，往往會回歸到以動物本能來解決問題：

> 春杏真的睡了。腳也張開，手也張開，以舒服自在的心情睡了。……她

---

[36] 同註 31，頁 111。
[37] 同註 31，頁 105。

原本搖搖晃晃的身軀此時已陷入了忘我的境界。……根本來不及想到二小姐會被自己的身體壓住而窒息、壓死。以及在二小姐窒息死後趕到的老闆娘與老太娘，她們會如何叫罵、發狂、鞭打等等，春杏拋諸腦後。……春杏既安心而且心情愉悅。現在自己也像二小姐與大少爺一樣發出鼾聲、兩手張開，陷入了深深的睡眠之中。終於能夠盡量地伸展身體，好好睡一覺了。[38]

小說從一開始就描述不停做家事、哄小孩的春杏頭昏眼花、睏到眼皮睜不開、精疲力盡、似夢非夢、不斷被睡意拉走腦袋與雙手……這些文字堆疊出春杏長期以來睡眠不足的疲累，也揭示最後造成壓死七個月大女嬰（二小姐）悲劇的根本原因，是來自於雇主長期對她的非人對待。

透過意識流的書寫方式，可以看到春杏最終必然會遭遇毀滅式的嚴厲懲罰。小說並未指出她在被謾罵、鞭打之後，是被私刑抵命？或再轉賣別人家？……無論結果如何，在經歷女嬰死亡事件後，對春杏而言，必然是一次無法抹滅的成長印記。

結論

透過文獻的閱讀與探討，可以看到巫永福想要走出一條與多數同時代以寫實主義批判殖民政策及社會不公風格有所區隔的純文藝路線。這並不代表他脫離了對「人」的關懷，而是更著重於人在世間必然要面對的「存在困境」命題。此一書寫面向，與他赴日攻讀文藝、受現代主義思潮影響，有絕大關係。他的小說中，人物心理活動的描寫相當深刻，關注了包括知識分子、女性、商場、情場、少年等不同身分及面向人物的內在世界，雖然篇數不多，卻都觸及了現代人複雜的心靈糾葛，這是巫永福小說深具價值之所在。

---

[38]同註 31，頁 113。

　　這三篇小說中的「成長」，並非皆以「被教化後有正面成長」的方式描寫，而是集中於人物經歷重大事件、危機、考驗後帶來巨大改變。本文著重於觀察這些主角內在焦慮的源頭、經歷的事件對心理及現實的衝擊。經過分析後，得到以下幾點結論：

　　一、〈黑龍〉原來是個任性獨子，對父母管教和學校體制都以叛逆方式面對。在家裡個性執拗、不服管教；對學校生活不感興趣，常蹺課到河邊玩水，對老師無比反感。如此偏離社會主流的性格與生活方式，因為父母寵溺，使他得以依此性情過生活。直到父母雙亡、寄人籬下，不再能恣意而為、逃避問題，他學到忍耐，重新體悟父母的用心，更發現以往的耍賴原來是對母親的依戀，「死亡」帶給黑龍逾恆的哀傷，也體認到如何超越時空限制，讓母親永遠活在心中，進一步使痛苦不安的心靈重新得到安置。

　　二、〈阿煌與父親〉描述許多成長主題都會碰觸到的「父子衝突」。在日治時期那個相對於今日更為保守的社會、家庭氛圍中，巫永福不但寫出常見的父權體制中，父親以權威嚴厲管教的畫面，還深刻呈現兒子阿煌內心對父親的怨恨不滿，這在「百善孝為先」的漢人文化中，可算是大膽的描寫了。透過這篇小說，我們看到阿煌對父親從畏懼到憎恨的主要原因在於後者脾氣暴躁，只會訓斥約束，從未以親情的溫柔與兒子培養感情，既要兒子符合乖小孩標準，自己卻又在外尋花問柳，長期下來，自然無法得到阿煌的認同。小說中後半段的父子衝突不但讓阿煌最終選擇以反擊做為防禦，同伴阿海的謊言也讓他看到父親的狼狽倉皇，使其向來在孩子面前的權威形象頓時瓦解。當父親形象崩壞之時，也是阿煌重新追求理想認同的成長契機。

　　三、〈昏昏欲睡的春杏〉雖然篇幅不完整，卻已具備足以討論的架構。小說中的主角與前述二者不同的是，並非出身富戶，原本就家境窮困。因此她的成長大致是可分原生家庭生活、被賣掉之後兩個階段。雖然貧窮，但是能與家人相依為命，也享有平凡幸福。在父親過世、弟弟罹病，不得不將她賣去幫傭以賺取醫藥費；沒想到弟弟依然過世，與家人分離的痛

苦、無法得知病母近況,是春杏在這段時期學到的「無常」與「身不由己」課題。後半段則以從女兒身分轉變為主人家的勞動者與照顧者,春杏一方面必須適應新環境,另方面還得忍受肉體的辛勞以及來滿足苛刻主人需求的心理壓力,最終無法負荷,疲累得癱睡不起,壓死了主人家七個月大的女嬰。雖然小說戛然而止,卻以留白的方式讓讀者深思此一事件可能帶來的成長印記。

從相關文獻來看,巫永福小說的討論並不算多,大半聚焦在知識分子以及綜論式觀察,而且至今未見〈昏昏欲睡的春杏〉有專文探討。本文選擇〈黑龍〉、〈阿煌與父親〉、〈昏昏欲睡的春杏〉三篇都以少年為主角的作品,在觀察他們的成長歷程後,一方面可將「少年成長小說」的研究從戰後分析場域,往前推至日治時期;另方面也能豐富巫永福的文學論述。

——選自靜宜大學臺灣文學系主編《巫永福文化創作國際學術研討會論文集》

臺北:巫永福文化基金會,2012 年 5 月

輯五◎
研究評論資料目錄

作家生平、作品評論專書與學位論文

專書

1. 沈萌華主編　　巫永福全集‧文學會議卷　臺北　傳神福音文化公司　1999 年
　　　　6 月　443 頁

本書收錄評論巫永福文學之會議論文。全書收錄：巫永福〈序〉、張恆豪〈福爾摩
沙的桂冠——巫永福文學會議緣起〉、淡水管理學院〈臺灣文學家牛津獎獎辭〉、
巫永福〈巫永福文學會議謝辭〉、莫渝〈榕樹與線香——巫永福詩作的鄉土描寫與
親情述懷〉、李魁賢〈巫永福詩中的風花雪月〉、陳芳明〈史芬克司的殖民地文學
——《福爾摩沙》時期的巫永福〉、施正鋒〈巫永福的民族意識〉、張恆豪〈觸探
臺灣人文的深層記憶——《巫永福全集》出版的寓義與闕失〉、陳凌〈英譯巫永福
小說的經驗論述——以〈河邊的太太們〉為論述中心〉、彭瑞金〈從政治派到文藝
派——巫永福青年時期的小說創作〉、王灝〈巫永福先生詩中的埔里經驗及埔里風
土〉、陳建忠〈困惑者——巫永福小說〈首與體〉中的留學生形象〉、林慧姃〈巫
永福與臺灣新文學運動〉、游勝冠〈誰的「首」？什麼樣的「體」？——施淑
〈〈首與體〉——日據時代臺灣小說中頹廢意識的起源〉一文商榷〉、許俊雅〈歷
史的告白——《巫永福全集：評論卷》的意義與價值〉、陳明台〈強韌的精神——
試論巫永福詩的主題和表現〉，共 17 篇。正文前有巫永福〈獻辭〉、〈續集總
序〉；正文後附錄羊子喬〈從祖國的呼喚到臺灣意識的建構——談巫永福的創作主
軸〉。

2. 巫永福　　我的風霜歲月——巫永福回憶錄　臺北　望春風文化公司　2003 年
　　　　9 月　206 頁

本書記敘巫永福祖先從古中原河洛地區山西的平陽開始，隋唐時渡江至福建，而後
移居臺灣彰化埔鹽，再徒步經日月潭，在埔里定居的家族史，其中所記錄的「埔里
抗日運動」的史事是史書上所無。全書共 18 章：1.雙親；2.皮猴戲；3.玉不琢不成
器；4.五城堡；5.從小學到臺中一中；6.名古屋；7.臺灣藝術研究會；8.明大文藝科；
9.臺灣文藝聯盟；10.臺灣新聞社記者；11.《臺灣文學》雜誌；12.皇民奉公會；13.二
二八事件；14.白色恐怖下的臺中市政府祕書；15.中國化學製藥總經理；16.新光產物
保險公司副總經理時代；17.退休生活；18.結尾。

3. 靜宜大學臺灣文學系編印　　巫永福文學創作國際學術研討會論文集　臺北
財團法人巫永福文化基金會　2012 年 5 月　510 頁

本書為會議論文集結，透過各個角度分析巫永福之作品，探究其文學地位。全書收錄：許俊雅〈與契訶夫的生命對話——巫永福〈眠い春杏〉文本詮釋與比較〉、金尚浩〈悲劇的現實和超越意識——巫永福詩中的深層意味〉、阮美慧〈感時・憂國：巫永福戰前詩作中的感興與敘事表現〉、邱各容〈臺灣少年小說寫作前行者——巫永福少年作品初探〉、莫渝〈人際／人慾的勾纏與角力——析論巫永福短篇小說〈慾〉〉、張靜茹〈扭曲的啟蒙——巫永福小說中的少年成長之路〉、謝惠貞〈從新感覺派到「意識」的發現：論巫永福〈愛睏的春杏〉和橫光利一〈時間〉〉、林鎮山〈叫著我・黃昏的故鄉不時地叫著我——讀巫永福的〈首與體〉〉、趙勳達〈普羅文學的美學實驗：以巫永福〈昏昏欲睡的春杏〉與藍紅綠〈邁向紳士之道〉為中心〉、藍建春〈日暮鄉關何處是：巫永福文學中日本殖民經驗的再現及其轉折〉、王惠珍〈殖民地青年的未竟之志：論《福爾摩沙》文學青年巫永福跨時代的文學夢〉、賴松輝〈泰納文學理論影響下的臺灣鄉土文學建構——論巫永福〈我們的創作問題〉的科學創作法〉，共 12 篇。

學位論文

4. 許惠玟　　巫永福生平及其新詩研究　中正大學中國文學系　碩士論文　施懿琳教授指導　1999 年 6 月　315 頁

本論文探索巫永福的寫作歷程、文學活動，並掌握其作品中數量最多的文類——新詩，研究其內容特質、思想主題及寫作特色，給予巫永福比較客觀而公正的文學評價。全文共 6 章：1.緒論；2.巫永福的生平與文學歷程；3.巫永福的創作理念及其實踐；4.巫永福新詩的主題思想；5.巫永福新詩的藝術特色；6.結論。正文後附錄：〈巫永福生平及著作年表〉、〈巫永福作品繫年〉、〈巫永福先生訪問紀要（一、二、三）〉。

5. 許嘉芬　　巫永福日治時期小說中的少年與青年書寫　中興大學臺灣文學研究所　碩士論文　朱惠足教授指導　2011 年 7 月　94 頁

本論文以巫永福的戰前小說為研究文本，探討受到殖民地文明啟蒙後的巫永福，如何藉由少年與青年書寫，去回溯他個人的成長經驗，以及呈現出他對於日本殖民統治時期的回應與反思。全文共 5 章：1.緒論；2.父權壓迫下的崩解家庭——論〈黑龍〉、〈阿煌與父親〉中少年的家庭關係；3.殖民地留日青年的文明體驗與首體分裂——以〈首與體〉為例；4.傳統與現代文化之間的抉擇——論〈山茶花〉中青年的愛情與婚姻；5.結論。

6. 謝惠貞　　日本統治期台湾文化人による新感覚派の受容——横光利一と楊

達・巫永福・翁鬧・劉吶鷗　東京大學人文社会系研究科　博士論文　藤井省三教授指導　2012 年 1 月　140 頁

本論文以楊逵的文學理論及巫永福、翁鬧、劉吶鷗的小說，交叉比對橫光利一的作品，比較兩者之間的異同，同時探討日治時期「臺灣新感覺派」作家的發展脈絡、影響情況，以及「臺灣新感覺派」的誕生過程。全文共 7 章：1.日本統治期台湾における「新感覚派」；2.1932 年—1936 年橫光利一受容の概観：楊逵と「純粋小説論」を中心に；3.明治大学での師事：橫光利一「頭ならびに腹」と巫永福「首と体」；4.構図としての「意識」発見：橫光利一「時間」と巫永福「眠い春杏」；5.植民地的メトニミーの反転：橫光利一「笑はれた子」と翁鬧「羅漢脚」；6.翻訳による権威の流用：橫光利一「皮膚」と劉吶鷗「遊戯」；7.「台湾新感覚派」の系譜——文体と題材の受容と変容。

作家生平資料篇目

自述

7.　巫永福　　巫永福[1]　美麗島詩集　臺北　笠詩社　1979 年 6 月　頁 233—234

8.　巫永福　　巫永福詩觀　笠　第 102 期　1981 年 4 月　頁 29

9.　巫永福　　我的詩觀　巫永福全集・詩卷 1　臺北　傳神福音文化公司　1996 年 5 月　頁 1—2

10.　巫永福　　我的詩觀　笠　第 194 期　1996 年 8 月　〔1〕頁

11.　巫永福　　巫永福文學評論獎設置的動機　臺灣文藝　第 10 期　1979 年 7 月　頁 7—9

12.　巫永福　　巫永福文學評論獎設置的動機　巫永福全集・評論卷 3　臺北　傳神福音文化公司　1996 年 5 月　頁 279—283

13.　巫永福　　思想起　臺灣文藝　第 79 期　1982 年 12 月　頁 235—241

14.　巫永福　　思想起　巫永福全集・評論卷 1　臺北　傳神福音文化公司　1996 年 5 月　頁 27—36

15.　巫永福　　《福爾摩沙》雜誌與我的青年文學生涯　笠　第 125 期　1985 年 2 月　頁 43—47

---

[1]本文後改篇名為〈巫永福詩觀〉、〈我的詩觀〉。

16. 巫永福　我的青年文學生涯〔摘錄〕　巫永福全集・評論卷 1　臺北　傳神福音文化公司　1996 年 5 月　頁 276—282

17. 巫永福　《福爾摩沙》雜誌與我的青年文學生涯　巫永福全集・文集卷　臺北　傳神福音文化公司　1999 年 6 月　頁 290—301

18. 巫永福　《福爾摩沙》雜誌與我的青年文學生涯　巫永福精選集——評論卷　臺北　巫永福文化基金會　2010 年 12 月　頁 73—80

19. 巫永福　《愛》自序　愛　臺北　笠詩刊社　1986 年 2 月　頁 9

20. 巫永福　《風雨中的長青樹》自序　風雨中的長青樹　臺北　中央書局　1986 年 12 月　〔1〕頁

21. 巫永福　燒失的長篇——回憶《篝火》與《家族》　文訊雜誌　第 30 期　1987 年 6 月　頁 71—75

22. 巫永福　燒失的長篇——回憶《篝火》與《家族》　巫永福全集・小說卷 1　臺北　傳神福音文化公司　1996 年 5 月　頁 102—111

23. 巫永福　《不老的大樹》自序　不老的大樹・永州詩集　臺北　笠詩刊社　1990 年 3 月　〔1〕頁

24. 巫永福　《木像》自序　木像・永州詩集　臺北　笠詩刊社　1990 年 3 月　〔2〕頁

25. 巫永福　《時光》自序　時光・永州詩集　臺北　笠詩刊社　1990 年 3 月　〔2〕頁

26. 巫永福　《稻草人的口哨》自序　稻草人的口哨・永州詩集　臺北　笠詩刊社　1990 年 3 月　〔1〕頁

27. 巫永福　《霧社緋櫻》自序　霧社緋櫻・永州詩集　臺北　笠詩刊社　1990 年 3 月　〔1〕頁

28. 巫永福　如何自我塑造文學風骨　幼獅文藝　第 454 期　1991 年 10 月　頁 4—5

29. 巫永福　如何自我塑造文學風骨　巫永福全集・文集卷　臺北　傳神福音文化公司　1999 年 6 月　頁 199—205

30. 巫永福　　如何自我塑造文學風骨　巫永福精選集——評論卷　臺北　巫永福
　　　　　　　文化基金會　2010 年 12 月　頁 161—164

31. 巫永福　　棉薄之力——談巫永福文化基金會的成立　文學臺灣　第 6 期
　　　　　　　1993 年 4 月　頁 22—27

32. 巫永福　　棉薄之力——談巫永福文化基金會的成立　巫永福全集・文集卷
　　　　　　　臺北　傳神福音文化公司　1999 年 6 月　頁 225—235

33. 巫永福　　《地平線的失落》自序　地平線的失落　南投　南投縣立文化中心
　　　　　　　1995 年 6 月　〔4〕頁

34. 巫永福　　《巫永福全集》出版總序　臺灣文藝　第 152 期　　1995 年 12 月
　　　　　　　頁 58—61

35. 巫永福　　總序　巫永福全集〔全 15 冊〕　臺北　傳神福音文化公司　1996
　　　　　　　年 5 月　頁 3—13

36. 巫永福　　前言　巫永福全集・短歌卷 1　臺北　傳神福音文化公司　1996 年
　　　　　　　5 月　頁 23—29

37. 巫永福　　前言　巫永福全集・日文詩卷　臺北　傳神福音文化公司　1996 年
　　　　　　　5 月　頁 23—29

38. 巫永福　　前言　巫永福全集・日文小說卷　臺北　傳神福音文化公司　1996
　　　　　　　年 5 月　頁 23—29

39. 巫永福　　前言　巫永福全集・俳句卷　臺北　傳神福音文化公司　1996 年 5
　　　　　　　月　頁 23—29

40. 巫永福　　話說《臺灣文藝》第 100 號　巫永福全集・評論卷 1　臺北　傳神
　　　　　　　福音文化公司　1996 年 5 月　頁 283—286

41. 巫永福　　時代的使命　巫永福全集・評論卷 2　臺北　傳神福音文化公司
　　　　　　　1996 年 5 月　頁 86—97

42. 巫永福　　巫永福略歷　巫永福全集・小說卷 1　臺北　傳神福音文化公司
　　　　　　　1996 年 5 月　頁 135—141

43. 巫永福　　我的〈首與體〉　聯合文學　第 149 期　1997 年 3 月　頁 10—11

44. 巫永福　　　續集總序　巫永福全集・短句俳句卷　臺北　傳神福音文化公司　1999 年 6 月　頁 3—10

45. 巫永福　　　續集總序　巫永福全集・詩卷 6　臺北　傳神福音文化公司　1999 年 6 月　頁 3—10

46. 巫永福　　　續集總序　巫永福全集・文集卷　臺北　傳神福音文化公司　1999 年 6 月　頁 3—10

47. 巫永福　　　續集總序　巫永福全集・文學會議卷　臺北　傳神福音文化公司　1999 年 6 月　頁 3—10

48. 巫永福　　　短句自序　巫永福全集・短句俳句卷　臺北　傳神福音文化公司　1999 年 6 月　頁 1—4

49. 巫永福　　　序　巫永福全集・詩卷 6　臺北　傳神福音文化公司　1999 年 6 月　頁 1—6

50. 巫永福　　　巫永福文學會議謝辭　巫永福全集・文學會議卷　臺北　傳神福音文化公司　1999 年 6 月　頁 9—13

51. 巫永福　　　我的風霜歲月（1—8）　臺灣文學評論　第 1 卷第 1—2 期，第 2 卷第 1—4 期，第 3 卷第 1—2 期　2001 年 7，10 月，2002 年 1，4，7，10 月，2003 年 1，4 月　頁 20—35，100—118，150—172，116—126，162—176，156—171，150—170，152—168

52. 巫永福　　　《巫永福全集》二〇〇三續集總序　巫永福全集・詩集卷 7　臺北　榮神公司　2003 年 8 月　頁 1—6

53. 巫永福　　　《巫永福全集》二〇〇三續集總序　巫永福全集・臺語短句卷　臺北　榮神公司　2003 年 8 月　頁 1—6

54. 巫永福　　　《巫永福全集》二〇〇三續集總序　巫永福全集・臺語俳句卷　臺北　榮神公司　2003 年 8 月　頁 1—6

55. 巫永福　　　《巫永福全集》二〇〇三續集總序　巫永福全集・俳句卷 3　臺北　榮神公司　2003 年 8 月　頁 1—6

56. 巫永福　　　《巫永福全集》二〇〇三續集總序　巫永福全集・文集卷 2　臺北

　　　　　　　　榮神公司　2003 年 8 月　頁 1—6

57. 巫永福　　巫永福略歷　春秋——臺語俳句集　高雄　春暉出版社　2003 年
　　　　　　　10 月　頁 1—2

58. 巫永福　　我的家族　平陽之光——臺灣巫氏宗親總會三十週年紀念特刊　臺
　　　　　　　北　臺灣巫氏宗親總會　2004 年 9 月 18 日　頁 79—81

59. 巫永福　　自序　巫永福現代詩自選集　臺北　巫永福基金會　2005 年 10 月
　　　　　　　頁 1

60. 巫永福　　自序　巫永福小說集　臺北　巫永福基金會　2005 年 11 月　頁 1
　　　　　　　—4

61. 巫永福　　日據時代的臺灣文學經驗　巫永福精選集——評論卷　臺北　巫永
　　　　　　　福文化基金會　2010 年 12 月　頁 165—170

他述

62. 呂赫若　　想ふまゝに〔巫永福部分〕　臺灣文學　第 1 卷第 1 號　1941 年 5
　　　　　　　月　頁 107—108

63. 呂赫若　　想ふまゝに〔巫永福部分〕　日本統治期臺灣文學文藝評論集・第
　　　　　　　3 卷　東京　綠蔭書房　2001 年 4 月　頁 413—416

64. 呂赫若著；張文薰譯　　我見我思〔巫永福部分〕　日治時期臺灣文藝評論
　　　　　　　集・雜誌篇 3　臺南　國家臺灣文學館籌備處　2006 年 10 月　頁
　　　　　　　135—136

65. 呂赫若著；林至潔譯　　他人回憶及訪問紀錄——我思我想　巫永福精選集—
　　　　　　　—評論卷　臺北　巫永福文化基金會　2010 年 12 月　頁 248

66. 周柏陽　　愛國詩人巫永福　笠　第 87 期　1978 年 1 月　頁 8—11

67. 黃武忠　　堅守文化「苦節」的人——巫永福（上、下）　自立晚報　1980 年
　　　　　　　6 月 10—11 日　10 版

68. 黃武忠　　堅守文化「苦節」的人——巫永福　日據時代臺灣新文學作家小傳
　　　　　　　臺北　時報文化出版公司　1980 年 8 月　頁 123—126

69. 黃武忠　　堅守文化「苦節」的人——巫永福　巫永福全集・詩卷 5　臺北

傳神福音文化公司　1996 年 5 月　頁 181—186

70.〔編輯部〕　　巫永福　寶刀集——光復前臺灣作家作品集　臺北　聯經出版公司　1981 年 10 月　頁 77

71. 杜國清　　《笠》與臺灣詩人〔巫永福部分〕　笠　第 128 期　1985 年 8 月　頁 56—57

72. 杜國清　　《笠》與臺灣詩人〔巫永福部分〕　臺灣精神的崛起——《笠》詩論選集　高雄　文學界雜誌　1989 年 12 月　頁 158—160

73. 古繼堂　　熾熱的愛國詩人巫永福　臺灣新詩發展史　臺北　文史哲出版社　1989 年 7 月　頁 52—57

74. 邱秀年　　從不說國語的副總經理——巫永福流連古詩詞　拾穗雜誌　第 472 期　1990 年 8 月　頁 48—49

75. 王維真　　《福爾摩沙》的長青樹　聯合報　1991 年 6 月 29 日　25 版

76. 王晉民　　巫永福小傳　臺灣文學家辭典　南寧　廣西教育出版社　1991 年 7 月　頁 339—341

77. 趙天儀　　巫永福小傳　混聲合唱——笠詩選　高雄　春暉出版社　1992 年 9 月　頁 2

78. 洪子誠，劉登翰　　笠詩社的詩人群〔巫永福部分〕　中國當代新詩史　北京　人民文學出版社　1993 年 5 月　頁 527

79. 古繼堂　　巫永福小傳　臺港澳暨海外新詩大辭典　瀋陽　瀋陽出版社　1994 年 5 月　頁 124—125

80. 杜文靖　　用「全集」寫歷史的巫永福　文訊雜誌　第 117 期　1995 年 7 月　頁 22—23

81. 王昶雄　　還我當初美少年——樂天豁達的「益壯」一群人〔巫永福部分〕　阮若打開心內的門窗　臺北　草根出版公司　1996 年 3 月　頁 251

82. 王昶雄　　還我當初美少年——樂天豁達的「益壯」一群人〔巫永福部分〕　阮若打開心內的門窗　臺北　前衛出版社　1998 年 4 月　頁 251

83. 王昶雄　　還我當初美少年——樂天豁達的「益壯」一群人〔巫永福部分〕

王昶雄全集・散文卷 2　臺北　臺北縣文化局　2002 年 10 月　頁 263

84. 陳文芬　巫永福作品全集今天出版　中國時報　1996 年 6 月 9 日　24 版

85. 張夢瑞　《巫永福全集》發表，文壇盛事　民生報　1996 年 6 月 10 日　15 版

86. 杜文靖　《巫永福全集》問世　文訊雜誌　第 129 期　1996 年 7 月　頁 69

87. 杜文靖　巫永福——全集問世忙碌而喜悅　1996 臺灣文學年鑑　臺北　行政院文建會　1997 年 6 月　頁 142—143

88. 葉石濤　巫永福——葛藤心理的重塑者　臺灣新聞報　1997 年 7 月 25 日　13 版

89. 葉石濤　葛藤心理的重塑者——巫永福　從府城到舊城——葉石濤回憶錄　臺北　翰音文化公司　1999 年 9 月　頁 89—96

90. 葉石濤　葛藤心理的重塑者——巫永福　葉石濤全集・評論卷六　臺南，高雄　國立臺灣文學館，高雄市文化局　2008 年 3 月　頁 21—27

91. 〔岩上主編〕　巫永福（1913—）　笠下影——1997 笠詩社同仁著譯書目集　臺北　笠詩社　1997 年 8 月　頁 8

92. 李魁賢　福爾摩沙的桂冠[2]　臺灣立報　1997 年 10 月 25 日　2 版

93. 李魁賢　福爾摩沙的桂冠　李魁賢文集 8　臺北　行政院文建會　2002 年 10 月　頁 75—76

94. 彭瑞金　巫永福——《福爾摩沙》的主幹　臺灣新聞報　1998 年 7 月 6 日　13 版

95. 彭瑞金　巫永福——《福爾摩沙》的主幹　臺灣文學步道　高雄　高雄縣立文化中心　1998 年 7 月　頁 134—137

96. 陳元彥　見證臺灣歷史的前輩作家巫永福　自立晚報　1998 年 10 月 26 日　8 版

97. 楊樹煌　應邀拍攝「智慧的薪傳」專輯・文學家巫永福返埔里・地方歡迎

---

[2]本文簡介《福爾摩沙的桂冠——巫永福文學會議》以及巫永福的文學生涯。

中國時報・中彰投　1998 年 12 月 18 日　20 版

98. 蔡美娟　《巫永福全集》續集・面世　聯合報　1999 年 6 月 26 日　14 版

99. 陳益裕　苦節詩翁巫永福的精神修持（上、下）　臺灣時報　2000 年 6 月 18—19 日　16 版

100. 陳益裕　苦節詩翁巫永福的精神修持　巫永福全集・文集卷 2　臺北　榮神公司　2003 年 8 月　頁 146—157

101. 彭瑞金　《福爾摩沙》那頂桂冠　歷史迷路文學引渡　臺北　富春文化公司　2000 年 10 月　頁 245—251

102. 林長順　臺北詩歌節閉幕・鄉音演詩・耆老唱和——余光中・巫永福・趙天福等詩人・國臺客三語吟誦・贏得滿堂彩　中央日報　2000 年 12 月 24 日　16 版

103. 王蘭芬　研究臺灣文學・學子新聲來了成立網站・巫永福贊助・叢刊誕生　民生報　2002 年 2 月 2 日　A13 版

104. 林政華　臺灣本土小說名家與名作——巫永福　臺灣文學汲探　臺北　文史哲出版社　2002 年 3 月　頁 128—155

105. 林政華　堅持理想主義老而彌堅的文學泰斗——巫永福　臺灣新聞報　2002 年 10 月 25 日　9 版

106. 林政華　堅持理想主義，老而彌堅的文學泰斗——巫永福　臺灣古今文學名家　桃園　開南管理學院通識教育中心　2003 年 3 月　頁 43

107. 陳秀枝　巫永福要提升臺灣文學創作空間　巫永福全集・文集卷 2　臺北　榮神公司　2003 年 8 月　頁 142—145

108. 莫素微　巫永福，為臺灣文學寫歷史　書香遠傳　第 4 期　2003 年 9 月　頁 42—43

109. 張文薰　1930 年代臺灣文藝界發言權的爭奪——《福爾摩沙》再定位〔巫永福部分〕　臺灣文學研究彙刊　創刊號　2006 年 2 月　頁 119—120

110. 莊紫蓉　巫永福　面對作家——臺灣文學家訪談錄（一）　臺北　財團法

　　　　人吳三連臺灣史料基金會　2007 年 4 月　頁 85—87

111. 〔鹽分地帶文學〕　　前輩作家寫真簿——巫永福——遺忘語言的鳥呀也遺
　　　　忘了啼鳴　鹽分地帶文學　第 13 期　2007 年 12 月　頁 18

112. 許俊雅　　淡水河流域的文化與文學——淡水河流域的文化——文學中淡水
　　　　文本的構成類型的作家群——巫永福（一九一三年—）　續修臺
　　　　北縣志‧藝文志第三篇‧文學（上）　臺北　臺北縣政府　2008
　　　　年 3 月　頁 24

113. 趙天儀　　談巫永福先生　臺灣時報　2008 年 4 月 21 日　16 版

114. 趙天儀　　談巫永福先生　2008 南投文學學術研討會論文集　南投　南投縣
　　　　文化局　2008 年 4 月　頁 188

115. 〔封德屏主編〕　　巫永福　2007 臺灣作家作品目錄　臺南　國立臺灣文學
　　　　館　2008 年 7 月　頁 277

116. 陳思嫻　　臺灣文學前輩巫永福辭世　自由時報　2008 年 10 月 9 日　D10 版

117. 〔文學臺灣〕　　悼　文學臺灣　第 68 期　2008 年 10 月　頁 5

118. 趙天儀　　臺灣文學評論的推手——巫永福的生平及文藝生涯　文訊雜誌
　　　　第 276 期　2008 年 10 月　頁 44—46

119. 詹宇霈　　臺灣文學前輩作家巫永福逝世　文訊雜誌　第 276 期　2008 年 10
　　　　月　頁 149—150

120. 林欣誼　　我們失去的作家〔巫永福部分〕　中國時報　2008 年 12 月 28 日
　　　　B1 版

121. 李敏勇　　我的心已成了石頭　海角，天涯，臺灣——心境旅行‧詩情散步
　　　　臺北　圓神出版社　2009 年 4 月　頁 175—177

122. 趙天儀　　巫永福先生生平略述　巫永福精選集——小說卷　臺北　巫永福
　　　　文化基金會　2010 年 12 月　頁 66—69

123. 許俊雅，趙勳達　　散發靜光的銀杏：新譯巫永福作品輯　文學臺灣　第 77
　　　　期　2011 年 1 月　頁 235—236

124. 許俊雅　　《臺灣文藝》與臺灣新文學的發展——臺灣文藝聯盟分裂始末

〔巫永福部分〕　足音集——文學記憶‧紀行‧電影　臺北　萬
卷樓圖書公司　2011 年 12 月　頁 172—176

訪談、對談

125. 巫永福等[3]　　現代詩與鄉土文學——座談紀錄　鄉土文學討論集　臺北
〔自行出版〕　1978 年 4 月　頁 788—797

126. 巫永福等[4]　　傳下這把香火——「光復前的臺灣文學」座談會（上、下）
聯合報　1978 年 10 月 22—23 日　12 版

127. 巫永福等　　傳下這把香火——「光復前的臺灣文學」座談會　楊逵全集‧
資料卷　臺南　國立文化資產保存研究中心籌備處　2001 年 12 月
頁 187—199

128. 黃武忠訪談　　苦守中華兒女氣節的巫永福　臺灣日報　1981 年 3 月 3 日　8
版

129. 黃武忠訪談　　苦守中華兒女氣節的巫永福　臺灣作家印象記　臺北　眾文
出版社　1985 年 5 月　頁 89—92

130. 巫永福等[5]　　日據時期詩人談詩　臺灣日報　1981 年 3 月 17 日　8 版

131. 李敏勇，拾虹，鄭烱明　　歷史的脈搏——時代的影響詩人巫永福訪問記
笠　第 102 期　1981 年 4 月　頁 28—33

132. 劉靜娟　　父母的愛——訪詩人巫永福先生　文運與文心——訪文藝先進作
家　臺北　中央月刊社　1982 年 2 月 27 日　頁 50—52

133. 劉靜娟　　父母的愛——訪詩人巫永福先生　中央月刊　第 14 卷第 7 期
1982 年 5 月　頁 99—101

134. 劉靜娟　　父母的愛——訪詩人巫永福先生　老鼠走路　彰化　彰化縣立文
化局　1996 年 7 月　頁 181—186

---

[3]與會者：巫永福、李魁賢、陳秀喜、李勇吉、黃騰輝、拾虹、趙天儀、李敏勇；紀錄：李永吉。
[4]與會者：王詩琅、王昶雄、巫永福、杜聰明、郭秋生、郭水潭、黃得時、陳火泉、陳逢源、葉石濤、楊雲萍、楊逵、廖漢臣、劉捷、劉榮宗；紀錄：黃武忠。
[5]與會者：楊雲萍、邱淳洸、楊啟東、林精鏐、楊逵、周伯陽、江燦琳、巫永福、郭起賢、龍瑛宗、王昶雄、郭水潭、李魁賢、陳金蓮、趙天儀、杜國清、康原、廖莫白、李敏勇、黃勁連、林亨泰；紀錄：陳千武。

135. 巫永福等[6]　　美人心事——「文人與藝旦」座談會　聯合文學　第 3 期　1985 年 1 月　頁 64—73

136. 巫永福等　　美人心事——「文人與藝旦」座談會　美人心事　臺北　號角出版社　1987 年 8 月　頁 91—104

137. 巫永福等[7]　　臺灣新文學回顧座談記錄　臺灣文藝　第 103 期　1986 年 11 月　頁 6—28

138. 杜文靖　　老而彌堅的前輩詩人巫永福　文訊雜誌　第 29 期　1987 年 4 月　頁 216—223

139. 杜文靖　　老而彌堅的前輩詩人巫永福　復活的群像——臺灣卅年代作家列傳　臺北　前衛出版社　1987 年 4 月　頁 167—178

140. 杜文靖　　掌握詩質‧爽朗高歌老而彌堅的前輩詩人巫永福先生　筆墨長青——十六位文壇耆宿　臺北　文訊雜誌社　1989 年 4 月　頁 186—195

141. 杜文靖　　老而彌堅的前輩詩人巫永福　翁鬧、巫永福、王昶雄合集（臺灣作家全集）　臺北　前衛出版社　1991 年 2 月　頁 299—311

142. 杜文靖　　老而彌堅的臺灣前輩詩人巫永福　巫永福全集‧詩卷 5　臺北　傳神福音文化公司　1996 年 5 月　頁 211—227

143. 巫永福等[8]　　臺灣人的唐山觀——兼論巫永福〈祖國〉一詩　笠　第 149 期　1989 年 2 月　頁 6—34

144. 巫永福等　　臺灣人的唐山觀——兼論巫永福詩〈祖國〉　詩與臺灣現實　臺北　笠詩刊社　1991 年 1 月　頁 41—80

145. 巫永福等　　臺灣人的唐山觀——兼論巫永福〈祖國〉一詩　林亨泰全集‧文學論述卷 6　彰化　彰化縣立文化中心　1998 年 9 月　頁 249—

[6]與會者：王昶雄、巫永福、吳松谷、林芳年、周添旺、郭水潭、黃得時、楊逵、劉捷、龍瑛宗；紀錄：黃武忠。

[7]與會者：楊啟東、郭水潭、邱淼鏘、劉捷、龍瑛宗、黃平堅、巫永福、林芳年、王昶雄、陳千武、李敏勇、林梵、何麗玲、張芳慈。

[8]主持人：陳千武；與會者：巫永福、陳千武、林亨泰、趙天儀、林宗源、白萩、李魁賢、李敏勇、李甲、蔡榮勇、黃恆秋；紀錄：張信吉。

251

146. 巫永福等[9]　　鄉土與自由——臺灣詩文學的展望　臺灣精神的崛起——《笠》詩論選集　高雄　文學界雜誌　1989 年 12 月　頁 207—234

147. 王旻婷　走進時間流裡的舊夢，訪臺灣耆老作家——巫永福、葉石濤、鍾肇政　自由時報　1995 年 4 月 16 日　29 版

148. 莊紫蓉　自尊自重的文學心靈——巫永福訪問記　文學臺灣　第 24 期　1997 年 10 月　頁 19—33

149. 莊紫蓉　自尊自重的文學心靈　巫永福全集·文集卷　臺北　傳神福音文化公司　2003 年 8 月　頁 307—329

150. 莊紫蓉　自尊自重的文學心靈　面對作家——臺灣文學家訪談錄（一）臺北　財團法人吳三連臺灣史料基金會　2007 年 4 月　頁 88—104

151. 林峻楓　為文學舉竿——訪詩人巫永福　青年日報　2001 年 4 月 7 日　13 版

152. 許雪姬　巫永福先生訪問紀錄　巫永福全集·文集卷　臺北　傳神福音文化公司　2003 年 8 月　頁 330—397

153. 許雪姬　巫永福先生訪問紀錄　巫永福精選集——評論卷　臺北　巫永福文化基金會　2010 年 12 月　頁 251—290

154. 黃富三　巫永福先生訪談錄音紀錄　巫永福全集·文集卷 2　臺北　榮神公司　2003 年 8 月　頁 181—235

155. 巫永福等[10]　日治時期詩人談詩　陳千武詩走廊散步　臺中　臺中市文化局　2003 年 8 月　頁 71—87

156. 李宗慈　巫永福——創辦文學獎推動臺灣文學　文訊雜誌　第 220 期

---

[9] 主持人：梁景峰；與會者：巫永福、陳秀喜、趙天儀、馬為義、李魁賢、陌上桑、林煥彰、喬林、李勇吉、拾虹、莫渝、郭成義、鄭康生；紀錄：李敏勇。

[10] 主持人：林亨泰；與會者：林亨泰、楊雲萍、邱淳洸、楊啟東、林精鏐、楊逵、周伯陽、江燦琳、巫永福、郭啟賢、龍瑛宗、王昶雄、郭水潭、李魁賢、陳金連、趙天儀、杜國清、康原、廖莫白、李敏勇、黃勁連；紀錄、策劃：陳千武。

2004 年 2 月　頁 32—33

157. 陳文芬　　家在臺北，巫永福　印刻文學生活誌　第 13 期　2004 年 9 月　頁
142—149

158. 巫永福等[11]　　日據時代臺灣新文學運動——第四十三次臺灣文學研究研討會
紀錄　黃得時全集 4　臺南　國立臺灣文學館　2012 年 12 月　頁
673—696

年表

159. 張恆豪　　巫永福生平寫作年表　翁鬧、巫永福、王昶雄合集（臺灣作家全
集）　臺北　前衛出版社　1991 年 2 月　頁 315—317

160.〔沈萌華編〕　　巫永福年誌　巫永福全集・小說卷 1　臺北　傳神福音文化
公司　1996 年 5 月　頁 142—243

161.〔沈萌華編〕　　巫永福年誌（1996—1999）　巫永福全集・文集卷　臺北
傳神福音文化公司　1999 年 6 月　頁 398—409

162. 許惠玟　　巫永福生平及著作年表　巫永福生平及其新詩研究　中正大學中
國文學系　碩士論文　施懿琳教授指導　1999 年 6 月　頁 1—55

163. 許惠玟　　巫永福作品繫年　巫永福生平及其新詩研究　中正大學中國文學
系　碩士論文　施懿琳教授指導　1999 年 6 月　頁 56—80

164.〔沈萌華編〕　　巫永福年誌（1999—2003）　巫永福全集・文集卷 2　臺北
榮神公司　2003 年 8 月　頁 236—239

165.〔趙天儀編〕　　巫永福寫作生平簡表　巫永福集　臺南　國立臺灣文學館
2008 年 12 月　頁 118—121

166. 許俊雅　　《臺灣文藝》重要作家作品篇目表〔巫永福部分〕　足音集——
文學記憶・紀行・電影　臺北　萬卷樓圖書公司　2011 年 12 月
頁 193

---

[11]主持人：林衡道；與會者：黃得時、李鳳儀、陳奇祿、戴瑞婷、李繼賢、楊維哲、張洋培、李筱
峰、翁佳音、黃素貞、陳琰玉、劉寧顏、王淑英、劉榮宗、謝冠雄、曾廼碩、張炎憲、曹永和、
王振義、李光周、早田健文、黃富三、李乾朗、梁惠錦、趙素貞、邢幼田、戴寶村、林子侯、王
世慶、陳進盛、陳翠蓮、李鴻禧、王啟宗、邱榮裕、朱介凡、巫永福、馬以工、蔡易達、莊永
明、陳少廷、許雪姬、江韶瑩、楊熙、胡家瑜；紀錄：胡家瑜、胡寶鳳。

167. 許俊雅，鄭清鴻編　　巫永福年表　巫永福精選集——評論卷　臺北　巫永
　　　福文化基金會　2010 年 12 月　頁 293—395

其他

168. 尉天驄　　巫永福文學評論獎第一屆評審報告　理想的追尋　新地文學出版
　　　社　1985 年 5 月　頁 27—31

169. 董成瑜　　巫永福文學會議十一月初舉行　中國時報　1997 年 10 月 30 日
　　　43 版

170. 〔民生報〕　　巫永福文學會議明舉行　民生報　1997 年 10 月 31 日　19 版

171. 曾意芳　　王藍、巫永福概贈《藍與黑》等重要手稿與文學史料‧文資中心
　　　周年‧喜獲重禮　中央日報　1998 年 7 月 25 日　18 版

172. 賴廷恆　　楊逵全集前四卷出版‧巫永福、王藍贈手稿　中國時報　1998 年
　　　7 月 25 日　11 版

173. 王蘭芬　　文資中心籌備處週歲，前輩作家眷顧——巫永福、王藍慨贈珍貴
　　　手稿　民生報　1998 年 7 月 25 日　C9 版

174. 牛慶福　　巫永福、王仁心及蕭泰然，分在文學、歌仔戲及音樂方面受肯定
　　　聯合報　1998 年 12 月 2 日　27 版

175. 〔中國時報〕　　臺北文化獎章‧首度頒發：‧第一屆從缺‧今年巫永福等
　　　三人獲殊榮　中國時報‧大臺北　1998 年 12 月 22 日　19 版

176. 朱惠賢，王秀芬　　臺北文化獎章頒發‧陳水扁頒獎表揚巫永福、王金櫻、
　　　蕭泰然的文化貢獻　中央日報‧大臺北　1998 年 12 月 23 日　21
　　　版

177. 〔第一屆南投縣文學獎評審委員會〕　　文學貢獻獎評定書——得獎人巫永
　　　福先生　第一屆南投縣文學獎得獎作品集　南投　南投縣立文化
　　　中心　1999 年 4 月　頁 8—9

178. 陳玲芳　　巫永福米壽文學展　臺灣日報　2000 年 3 月 10 日　14 版

179. 黃文記　　巫永福米壽文學展慶賀　民生報　2000 年 3 月 11 日　7 版

180. 陳宛蓉　　巫永福米壽文學展　文訊雜誌　第 175 期　2000 年 5 月　頁 64

181. 林政華　　牛津獎——臺灣文學家好事連連心　民眾日報　2000 年 11 月 29 日　15 版

182. 張良澤　　序　我的風霜歲月——巫永福回憶錄　臺北　望春風文化公司 2003 年 9 月　頁 5—8

183. 嚴　振　　福爾摩沙文學桂冠巫永福紀念展　文訊雜誌　第 278 期　2008 年 12 月　頁 142—147

184. 李承穎　　筆藏泥土愛‧巫永福獲頒總統褒揚令　聯合報‧雲嘉南　2010 年 5 月 27 日　B1 版

185. 埔里鎮立圖書館　　福爾摩沙的文學桂冠——巫永福紀念文庫　巫永福精選集——小說卷　臺北　巫永福文化基金會　2010 年 12 月　頁 305 —310

186. 〔中國時報〕　　巫永福文學創作研討會　中國時報　2011 年 5 月 26 日 E4 版

187. 陳慕真　　臺灣文學的長青樹——「巫永福捐贈展」策展紀要　臺灣文學館通訊　第 33 期　2011 年 12 月　頁 62—63

188. 〔中華日報〕　　緬懷文學家巫永福‧南投辦音樂會特展　中華日報‧雲嘉南　2012 年 5 月 20 日　A6 版

189. 陳彥明輯　　巫永福百歲冥誕文學紀念活動　中國時報　2012 年 5 月 26 日 E4 版

190. 〔中華日報〕　　南投已故文學家巫永福獲頒總統褒揚令　中華日報‧雲嘉南　2012 年 5 月 27 日　A6 版

191. 王為萱　　巫永福先生百歲冥誕文學紀念活動　文訊雜誌　第 320 期　2012 年 6 月　頁 160—161

192. 〔楊護源主編〕　　風雨中的長青樹——巫永福捐贈展　國立臺灣文學館年報 2011　臺南　國立臺灣文學館　2012 年 12 月　頁 57

作品評論篇目

綜論

193. 李魁賢　　巫永福詩中的祖國意識和自由意識　笠　第 87 期　1978 年 1 月　頁 2—7

194. 李魁賢　　巫永福詩中的祖國意識和自由意識　文學的道路　臺北　新地出版社　1985 年 5 月　頁 243—261

195. 李魁賢　　巫永福詩中的祖國意識和自由意識（上、下）　臺灣日報　1987年 8 月 11—12 日　20 版

196. 李魁賢　　巫永福詩中的祖國意識和自由意識　詩的見證　臺北　臺北縣立文化中心　1994 年 6 月　頁 63—77

197. 李魁賢　　巫永福詩中的祖國意識和自由意識　巫永福全集・詩卷 5　臺北　傳神福音文化公司　1996 年 5 月　頁 187—199

198. 李魁賢　　巫永福詩中的祖國意識和自由意識　李魁賢文集 6　臺北　行政院文建會　2002 年 10 月　頁 60—73

199. 葉石濤，彭瑞金；許素貞記錄　　又是陳酒、又是新釀——葉石濤、彭瑞金對談評論（上）——日據下的臺灣文學〔巫永福部分〕　民眾日報　1979 年 2 月 10 日　12 版

200. 葉石濤，彭瑞金；許素貞記錄　　又是陳酒、又是新釀——葉石濤、彭瑞金眾副小說對談評論〔巫永福部分〕　葉石濤全集・評論卷六　臺南，高雄　國立臺灣文學館，高雄市政府文化局　2008 年 3 月　頁 250—251

201. 〔羊子喬，林梵，張恆豪〕　　巫永福　豚（光復前臺灣文學全集）　臺北　遠景出版社　1979 年 7 月　頁 213—214

202. 舒　蘭　　中國新詩史話——巫永福　新文藝　第 286 期　1980 年 1 月　頁 70—73

203. 舒　蘭　　中國新詩史話——巫永福　巫永福全集・詩卷 5　臺北　傳神福音文化公司　1996 年 5 月　頁 178—180

204. 舒　蘭　　日據時期的臺灣詩壇——巫永福　中國新詩史話（三）　臺北

渤海堂文化公司　1998 年 10 月　頁 63—66

205. 李魁賢　論巫永福的詩　暖流　第 1 卷第 4 期　1982 年 4 月　頁 57—62

206. 李魁賢　論巫永福的詩　臺灣詩人作品論　臺北　名流出版社　1987 年 1 月　頁 9—25

207. 李魁賢　論巫永福的詩　巫永福全集・詩卷 5　臺北　傳神福音文化公司 1996 年 5 月　頁 228—254

208. 李魁賢　論巫永福的詩　李魁賢文集 4　臺北　行政院文建會　2002 年 10 月　頁 5—24

209. 趙天儀　水仙花的禮讚與呼聲——論巫永福的詩　臺灣詩季刊　第 3 期 1984 年 3 月　頁 30—38

210. 趙天儀　水仙花的禮讚與呼聲——論巫永福的詩　巫永福全集・詩卷 5　臺北　傳神福音文化公司　1996 年 5 月　頁 200—210

211. 趙天儀　水仙花的禮讚與呼聲——論巫永福的詩　臺灣現代詩鑑賞　臺中 臺中市文化局　1998 年 5 月　頁 42—53

212. 〔笠〕　臺灣詩人——巫永福　笠　第 125 期　1985 年 2 月　〔1〕頁

213. 羊子喬　為臺灣文學奠基石的巫永福　自立晚報　1985 年 8 月 22 日　10 版

214. 羊子喬　為臺灣文學奠基石——巫永福　神秘的觸鬚——羊子喬文學評論 集　臺南　臺南縣立文化中心　1995 年 6 月　頁 189—192

215. 羊子喬　為臺灣文學奠基石的巫永福　巫永福全集・小說卷 2　臺北　傳神 福音文化公司　1996 年 5 月　頁 197—202

216. 羊子喬　為臺灣文學奠基石——巫永福　神祕的觸鬚　臺北　台笠出版社 1996 年 6 月　頁 189—192

217. 羊子喬　為臺灣文學奠基石——巫永福　神秘的觸鬚——羊子喬文學評論 集　臺南　臺南縣立文化中心　1998 年 12 月　頁 189—192

218. 葉石濤　四〇年代的臺灣文學〔巫永福部分〕　文學界　第 20 期　1986 年 11 月　頁 87

219. 葉石濤　　四〇年代的臺灣文學〔巫永福部分〕　葉石濤全集・評論卷五
　　　臺南，高雄　國立臺灣文學館，高雄市文化局　2008 年 3 月　頁
　　　349—350

220. 張光正　　從白話新詩的崛起看臺灣新文學運動〔巫永福部分〕　笠　第 144
　　　期　1988 年 4 月　頁 140

221. 張光正　　從白話新詩的崛起看臺灣新文學運動〔巫永福部分〕　臺灣研究
　　　集刊　1988 年第 3 期　1988 年 8 月　頁 90—96

222. 張光正　　從白話新詩的崛起看臺灣新文學運動〔巫永福部分〕　番薯藤繫
　　　兩岸情　臺北　海峽學術出版社　2003 年 9 月　頁 219—220

223. 張恆豪　　赤裸的原慾——巫永福集序　翁鬧、巫永福、王昶雄合集（臺灣
　　　作家全集）　臺北　前衛出版社　1991 年 2 月　頁 171—172

224. 張恆豪　　赤裸的原慾——巫永福集序　短篇小說卷別冊（臺灣作家全集）
　　　臺北　前衛出版社　1994 年 3 月　頁 39—40

225. 朱雙一　　日據時期的臺灣新詩〔巫永福部分〕　臺灣新文學概觀（下）
　　　廈門　鷺江出版社　1991 年 6 月　頁 100—101

226. 王耀輝　　臺灣新文學運動的重挫——時代困圍下的不滅詩魂〔巫永福部
　　　分〕　臺灣文學史（上）　福州　海峽文藝出版社　1991 年 6 月
　　　頁 596—597

227. 葉石濤　　臺灣新文學運動的展開〔巫永福部分〕　臺灣文學史綱　高雄
　　　文學界雜誌社　1991 年 9 月　頁 51

228. 葉石濤　　臺灣文學史綱——臺灣新文學運動的展開〔巫永福部分〕　葉石
　　　濤全集・評論卷五　臺南，高雄　國立臺灣文學館，高雄市文化
　　　局　2008 年 3 月　頁 55—56

229. 〔施淑編〕　　巫永福　日據時代臺灣小說選　臺北　前衛出版社　1992 年
　　　12 月　頁 287

230. 〔施淑編〕　　巫永福　日據時代臺灣小說選　臺北　麥田出版公司　2007
　　　年 9 月　頁 276

231. 劉登翰　現實主義詩潮的勃興——林亨泰、白萩、陳千武與「笠」詩人群〔巫永福部分〕　臺灣文學史（下）　福州　海峽文藝出版社　1993 年 1 月　頁 366—367

232. 張超主編　巫永福　臺港澳及海外華人作家辭典　江蘇　南京大學出版社　1994 年 12 月　頁 494—495

233. 葉　笛　寒冬過後就是春天——巫永福的文學軌跡（上、中、下）　自立晚報　1995 年 1 月 9—11 日　19 版

234. 葉　笛　巫永福的文學軌跡　臺灣文學巡禮　臺南　臺南市立文化中心　1995 年 4 月　頁 63—82

235. 葉　笛　寒冬過後就是春天，巫永福的文學軌跡　巫永福全集・小說卷 2　臺北　傳神福音文化公司　1996 年 5 月　頁 203—231

236. 葉　笛　巫永福的文學軌跡　葉笛全集・評論卷 2　臺南　國家臺灣文學館籌備處　2007 年 5 月　頁 107—127

237. 許俊雅　日據時期臺灣小說之作者及其背景分析——小說作者之相關資料及生平略傳——巫永福　日據時期臺灣小說研究　臺北　文史哲出版社　1995 年 2 月　頁 275—276

238. 莫　渝　寫實與勁道——記文壇長青樹巫永福　北縣文化　第 45 期　1995 年 6 月　頁 73—74

239. 莫　渝　寫實與勁道——記文壇長青樹巫永福　巫永福全集・小說卷 2　臺北　傳神福音文化公司　1996 年 5 月　頁 232—239

240. 莫　渝　寫實與遒勁——記文壇長青樹巫永福　愛與和平的禮讚　臺北　草根出版公司　1997 年 4 月　頁 113—131

241. 李旭初，王常新，江少川　巫永福的詩歌　臺港文學教程　武漢　長江文藝出版社　1996 年 1 月　頁 219—224

242. 李　弦　跨越與重建——論巫永福詩的語言與心靈世界　巫永福全集・詩卷 5　臺北　傳神福音文化公司　1996 年 5 月　頁 255—308

243. 阮美慧　老而彌堅的先行者——巫永福　笠詩社跨越語言一代詩人研究

　　　　　　　東海大學中國文學系　碩士論文　陳鴻森教授指導　1997 年 5 月
　　　　　　　頁 249—265

244. 林慧娷　　巫永福與臺灣新文學運動[12]　福爾摩沙的桂冠——巫永福文學會議
　　　　　　　資料彙集　臺北　淡水管理學院主辦　1997 年 11 月 1 日　〔14〕
　　　　　　　頁

245. 林慧娷　　巫永福與臺灣新文學運動　巫永福全集‧文學會議卷　臺北　傳
　　　　　　　神福音文化公司　1999 年 6 月　頁 303—335

246. 莫　渝　　榕樹與線香——巫永福詩作的鄉土描寫與親情述懷　福爾摩沙的
　　　　　　　桂冠——巫永福文學會議資料彙集　臺北　淡水管理學院主辦
　　　　　　　1997 年 11 月 1 日　〔18〕頁

247. 莫　渝　　榕樹與線香——巫永福詩作的鄉土描寫與親情述懷　巫永福全
　　　　　　　集‧文學會議卷　臺北　傳神福音文化公司　1999 年 6 月　頁 15
　　　　　　　—47

248. 莫　渝　　榕樹與線香——巫永福詩作的鄉土描寫與親情述懷　臺灣新詩筆
　　　　　　　記　臺北　桂冠圖書公司　2000 年 11 月　頁 165—185

249. 陳明台　　強韌的精神——試論巫永福詩的主題和表現[13]　福爾摩沙的桂冠—
　　　　　　　—巫永福文學會議資料彙集　臺北　淡水管理學院主辦　1997 年
　　　　　　　11 月 1 日　〔10〕頁

250. 陳明台　　強韌的精神——試論巫永福詩的主題和表現　笠　第 203 期
　　　　　　　1998 年 2 月　頁 181—192

251. 陳明台　　強韌的精神——試論巫永福詩的主題和表現　巫永福全集‧文學
　　　　　　　會議卷　臺北　傳神福音文化公司　1999 年 6 月　頁 405—437

252. 陳明台　　強韌的精神——試論巫永福詩的主題和表現　強韌的精神　高雄
　　　　　　　春暉出版社　2004 年 11 月　頁 1—22

---

[12]本文探討巫永福的創作背景對其風格與影響，及其文學作品之發展過程。全文共 5 小節：1.前
言；2.巫永福與「臺灣藝術研究會」及《福爾摩沙》雜誌；3.巫永福與「臺灣文藝聯盟」及《臺
灣文藝》雜誌；4.巫永福與《臺灣文學》雜誌；5.結語。
[13]本文藉由巫永福詩角度探討其主題與表現，以瞭解其詩作之特質。全文共 5 小節：1.前言；2.詩
風的形成；3.詩的主題；4.詩的語言和表現；5.結語——強韌的精神。

253. 陳明台　　強韌的精神——試論巫永福詩的主題與表現　強韌的精神　高雄
　　　　　　　　春暉出版社　2005 年 5 月　頁 201—222

254. 李魁賢　　巫永福詩中的風花雪月[14]　福爾摩沙的桂冠——巫永福文學會議資
　　　　　　　　料彙集　臺北　淡水管理學院主辦　1997 年 11 月 1 日　〔9〕頁

255. 李魁賢　　巫永福詩中的風花雪月（上、中、下）　自立晚報　1999 年 1 月
　　　　　　　　21—23 日　23，13，14 版

256. 李魁賢　　巫永福詩中的風花雪月　巫永福全集・文學會議卷　臺北　傳神
　　　　　　　　福音文化公司　1999 年 6 月　頁 49—71

257. 李魁賢　　巫永福詩中的風花雪月　李魁賢文集 9　臺北　行政院文建會
　　　　　　　　2002 年 10 月　頁 35—47

258. 陳芳明　　史芬克司的殖民地文學——《福爾摩沙》時期的巫永福[15]　福爾摩
　　　　　　　　沙的桂冠——巫永福文學會議資料彙集　臺北　淡水管理學院主
　　　　　　　　辦　1997 年 11 月 1 日　〔14〕頁

259. 陳芳明　　史芬克司的殖民地文學——《福爾摩沙》時期的巫永福　左翼臺
　　　　　　　　灣——殖民地文學運動史論　臺北　麥田出版公司　1998 年 10 月
　　　　　　　　頁 121—140

260. 陳芳明　　史芬克司的殖民地文學——《福爾摩沙》時期的巫永福　巫永福
　　　　　　　　全集・文學會議卷　臺北　傳神福音文化公司　1999 年 6 月　頁
　　　　　　　　73—104

261. 施正鋒　　巫永福的民族意識[16]　福爾摩沙的桂冠——巫永福文學會議資料彙
　　　　　　　　集　臺北　淡水管理學院主辦　1997 年 11 月 1 日　〔17〕頁

262. 施正鋒　　巫永福的民族意識　巫永福全集・文學會議卷　臺北　傳神福音
　　　　　　　　文化公司　1999 年 6 月　頁 105—147

---

[14]本文論述巫永福詩作中的情感內涵，從借物喻義中分析詩意的變化。全文共 6 小節：1.前言；2.
風；3.花；4.雪；5.月；6.結語。
[15]本文論述巫永福的文學觀念及其寫作的特殊創作技巧。
[16]本文探討巫永福的創作背景及其作品中之民族意識的分析。全文共 7 小節：1.前言；2.種族與歷
史建構；3.語言與文化認同；4.祖國意識與棄民心理；5.殖民統治經驗；6.多重的國家觀與民族
觀；7.結語。

263. 彭瑞金　　從政治派到文藝派——巫永福青年時期的小說創作[17]　福爾摩沙的
　　　　　　　桂冠——巫永福文學會議資料彙集　臺北　淡水管理學院主辦
　　　　　　　1997 年 11 月 1 日　〔12〕頁

264. 彭瑞金　　從政治派到文藝派——巫永福青年時期的小說創作（1—6）　臺
　　　　　　　灣新聞報　1997 年 11 月 9—14 日　13 版

265. 彭瑞金　　從政治派到文藝派——巫永福年輕時期的小說創作　巫永福全
　　　　　　　集・文學會議卷　臺北　傳神福音文化公司　1999 年 6 月　頁
　　　　　　　205—232

266. 彭瑞金　　從政治派到文藝派——巫永福青年時期的小說創作　驅除迷霧，
　　　　　　　找回祖靈——臺灣文學論文集　高雄　春暉出版社　2000 年 5 月
　　　　　　　頁 185—201

267. 王　灝　　巫永福先生詩中的埔里經驗及埔里風土[18]　福爾摩沙的桂冠——巫
　　　　　　　永福文學會議資料彙集　臺北　淡水管理學院主辦　1997 年 11 月
　　　　　　　1 日　〔14〕頁

268. 王　灝　　巫永福先生詩中的埔里經驗及埔里風土　水沙連雜誌　第 13 期
　　　　　　　1998 年 7 月　頁 10—26

269. 王　灝　　巫永福先生詩中的埔里經驗與埔里風土　巫永福全集・文學會議
　　　　　　　卷　臺北　傳神福音文化公司　1999 年 6 月　頁 233—272

270. 羊子喬　　從祖國的呼喚到臺灣意識的建構——談巫永福的創作主軸　臺灣
　　　　　　　日報　1999 年 5 月 1 日　35 版

271. 羊子喬　　從祖國的呼喚到臺灣意識的建構——談巫永福的創作主軸　巫永
　　　　　　　福全集・文學會議卷　臺北　傳神福音文化公司　1999 年 6 月
　　　　　　　頁 439—443

272. 陳明台　　臺中市的主要作家和作品：巫永福　臺中市文學史初編　臺中

---

[17]本文論述巫永福作品之內容與創作背景，及同時代作家的文學活動。全文共 4 小節：1.巫永福與
　《福爾摩沙》；2.中間路線與巫永福的小說；3.巫永福與他同時代的作家們；4.文學政治派與文
　藝派。
[18]本文探討巫永福作品中關於埔里之重要意義，及家鄉生活對其作品之影響。

　　　　　　　臺中市立文化中心　　1999 年 6 月　　頁 69—74

273. 張明雄　　貪慾的人生面貌——巫永福的小說　臺灣現代小說的誕生　臺北
　　　　　　　前衛出版社　2000 年 9 月　　頁 111—119

274. 張明雄　　張文環與巫永福小說意境的比較　臺灣現代小說的誕生　　臺北
　　　　　　　前衛出版社　2000 年 9 月　　頁 203—219

275. 彭瑞金　　老作家的祖國情懷　臺灣日報　2000 年 12 月 3 日　　31 版

276. 許惠玟　　巫永福戰前小說分析　中國文化月刊　第 263 期　　2002 年 2 月
　　　　　　　頁 92—111

277. 賴松輝　　鄉土文學理論根源——廚川白村與泰納鄉土文藝理論——巫永福
　　　　　　　日據時期臺灣小說思想與書寫模式之研究　成功大學中國文學系
　　　　　　　博士論文　呂興昌教授指導　2002 年 7 月　　頁 246—249

278. 王　灝　　詩情中的鄉情——巫永福詩中的鄉土情懷　臺灣月刊　第 239 期
　　　　　　　2002 年 10 月　　頁 15—18

279. 王　灝　　詩情中的鄉情　巫永福全集・文集卷 2　臺北　榮神公司　2003
　　　　　　　年 8 月　　頁 158—168

280. 丁旭輝　　圓融風骨巫永福　左岸詩話　臺北　爾雅出版社　2002 年 11 月
　　　　　　　頁 91—100

281. 丁旭輝　　圓融風骨巫永福　巫永福全集・文集卷 2　臺北　榮神公司　2003
　　　　　　　年 8 月　　頁 169—180

282. 金尚浩　　「內心」的獨白，「外界」的故事——論巫永福詩中的節制和觀
　　　　　　　照　巫永福全集・文集卷 2　臺北　榮神公司　2003 年 8 月　　頁
　　　　　　　101—141

283. 金尚浩　　「內心」的獨白，「外界」的故事——論巫永福詩中的節制和觀
　　　　　　　照[19]　戰後臺灣現代詩研究論集　臺中　晨星出版公司　2005 年 3
　　　　　　　月　　頁 87—110

---

[19]本文論述巫永福詩作之本質及對時代之思想。全文共 4 小節：1.前言；2.絕對純粹的世界；3.逐漸
　顯示人的聲音而形象化；4.結語。

284. 葉　笛　呼喚祖靈和土地的詩人巫永福　創世紀　第 136 期　　2003 年 9 月　頁 124—133

285. 葉　笛　呼喚祖靈和土地的詩人巫永福　臺灣早期現代詩人論　臺北　春暉出版社　2003 年 10 月　頁 265—301

286. 葉　笛　呼喚祖靈和土地的詩人巫永福　葉笛全集・評論卷 1　臺南　臺灣國家文學館籌備處　2007 年 5 月　頁 276—311

287. 郭　楓　論巫永福新詩的藝術境界　美麗島文學評論續集　臺北　臺北縣文化局　2003 年 12 月　頁 18—71

288. 陳美美　臺灣三〇年代現代主義文學的萌芽——新浪漫派與新感覺派小說〔巫永福部分〕　臺灣現代主義文學的萌芽與再起　佛光人文社會學院文學研究所　碩士論文　馬森教授指導　2004 年 6 月　頁 43—46

289. 葉　笛　論《笠》前行的詩人們〔巫永福部分〕　笠詩社四十周年國際學術研討會論文集　臺南　國家臺灣文學館籌備處　2004 年 10 月　頁 40—43

290. 葉　笛　論《笠》前行的詩人們〔巫永福部分〕　葉笛全集・評論卷 2　臺南　國家臺灣文學館籌備處　2007 年 5 月　頁 55—58

291. 彭瑞金　巫永福——從《福爾摩沙》出發的作家　臺灣文學 50 家　臺北　玉山社出版公司　2005 年 7 月　頁 215—219

292. 蔡秀菊　從民族主義出發的詩人：淺論巫永福的詩觀　2005 南投文學——巫永福與張文環創作學術研討會　南投　南投縣政府主辦　2005 年 11 月 26 日

293. 金尚浩　論巫永福的詩：從祖國意識談起　2005 南投文學——巫永福與張文環創作學術研討會　南投　南投縣政府主辦　2005 年 11 月 26 日

294. 黃玉蘭　巫永福與張文環小說作品風格比較　2005 南投文學——巫永福與張文環創作學術研討會　南投　南投縣政府主辦　2005 年 11 月

26 日

295. 王　灝　　從鄉情到詩情：南投地域風情在巫永福詩中的文學顯相　2005　南
投文學——巫永福與張文環創作學術研討會　南投　南投縣政府
主辦　2005 年 11 月 26 日

296. 曾進豐　　論巫永福詩中的鳥獸蟲魚及其象徵[20]　2005　南投文學——巫永福
與張文環創作學術研討會　南投　南投縣政府主辦　2005 年 11 月
26 日

297. 曾進豐　　論巫永福詩的「鳥獸」意象及其象徵　國文學報　第 17 期　2013
年 1 月　頁 129—163

298. 趙迺定　　祖國・戒嚴・臺灣（上、下）——巫永福作品之賞析　笠　第 250
—251 期　2005 年 12 月，2006 年 2 月　頁 123—149，205—229

299. 趙天儀　　從自我覺醒傾聽解凍的聲音——巫永福詩作解析　臺灣現代詩
第 5 期　2006 年 3 月　頁 84—90

300. 趙天儀　　巫永福詩作賞析——從自我覺醒傾聽解凍的聲音　臺灣文學評論
第 9 卷第 3 期　2009 年 7 月　頁 165—173

301. 古遠清　　從鄉土到本土的「笠集團」——《臺灣當代新詩史》之一節〔巫
永福部分〕　笠　第 259 期　2007 年 6 月　頁 188—189

302. 李詮林　　日據時段的臺灣現代日語文學——概述——日語詩歌創作發展脈
絡〔巫永福部分〕　臺灣現代文學史稿　福州　海峽文藝出版社
2007 年 12 月　頁 238

303. 林淇瀁　　再現南投「意義地圖」——析論日治以降南投新文學發展典模
〔巫永福部分〕　臺北教育大學語文集刊　第 14 期　2008 年 7 月
頁 29—56

304. 林淇瀁　　再現南投「意義地圖」——日治以降南投新文學發展典模〔巫永
福部分〕　場域與景觀——臺灣文學傳播現象再探　臺北　印刻

---

[20]本文述評巫永福創作思想淵源及語言轉折歷程，分析有鳥獸意象系列詩作的表現手法與象徵意
義。全文共 6 小節：1.前言；2.「象徵」與「新即物」；3.「鳥獸蟲魚」意象；4.「禽鳥」之象
徵；5.「走獸」之象徵；6.結語。

文學出版公司　2014 年 2 月　頁 72—85

305. 劉敏華　　巫永福——一生的福爾摩沙　臺灣時報　2008 年 10 月 17 日　10
　　　　　　　版

306. 莫　渝　　散發靜光的銀杏——懷思巫永福先生的「文學之路」　臺灣文學
　　　　　　　館通訊　第 21 期　2008 年 11 月　頁 48—53

307. 莫　渝　　散發靜光的銀杏——懷思巫永福先生的「文學之路」　巫永福精
　　　　　　　選集——詩卷　臺北　巫永福文化基金會　2010 年 12 月　頁 5—
　　　　　　　15

308. 莫　渝　　散發靜光的銀杏——懷思巫永福先生的「文學之路」　臺灣詩人
　　　　　　　側顏　臺北　要有光　2013 年 10 月　頁 9—19

309. 橫路啓子　混合的身體——論《福爾摩沙》時期的巫永福[21]（混成する身体
　　　　　　　——『フォルモサ』時代の巫永福をめぐって）　臺大日本語文
　　　　　　　研究　第 16 期　2008 年 12 月　頁 61—80

310. 彭瑞金　　解說　巫永福集　臺南　國立臺灣文學館　2008 年 12 月　頁 105
　　　　　　　—117

311. 劉思坊　　站在流行線上的留日文藝青年——論《福爾摩沙》的流行感及巫
　　　　　　　永福的「新感覺」書寫[22]　臺灣文學評論　第 9 卷第 1 期　2009
　　　　　　　年 1 月　頁 281—298

312. 蔡雨衫　　巫永福——自由戀愛很摩登的東京　聯合文學　第 292 期　2009
　　　　　　　年 2 月　頁 54—64

313. 謝惠貞　　「フォルモサ」同人から出發した巫永福の異質性——横光利一
　　　　　　　經由の意識の流れのをめぐって　第十一屆日本臺灣學會學術
　　　　　　　大會　日本　日本臺灣學會主辦　2009 年 6 月 6 日

---

[21]本文探索《福爾摩沙》雜誌與作家的關係，並發掘巫永福與同時期臺灣作家的相異之處。全文共
　5 小節：1.はじめに；2.発表媒体《フォルモサについて》；3.〈首と体〉；4.〈黑龍〉——無意識
　に操られる身体；5.おわりに。
[22]本文論述巫永福作品與日本新感覺派之關聯，及其作品內涵與影響。全文共 5 小節：1.前言；2.
　最具「流行感」的文學雜誌——《福爾摩沙》成立背景；3.旅（留）日青年的文學流行話題；4.
　比流行更流行——巫永福《福爾摩沙》時期的創作；5.結論。

314. 王姿雯　梶井基次郎與戰前臺灣日本語文學：以巫永福、翁鬧作品為例　第八屆東亞現代中文文學國際學術研討會　日本　日本大學文理學部中文科，慶應義塾大學文學部中文科，日吉中國現代文學研究會，慶應義塾大學教養研究中心，東京大學文學部中文科主辦　2010 年 10 月 25—26 日

315. 許嘉芬　巫永福日治時期小說中的青少年書寫　Graduate Student Conference on Taiwan Literature and Culture（臺灣文學與文化國際研究生會議）　加州　美國加州大學戴維斯分校東亞語言學系，德州大學奧斯丁分校亞洲研究系，臺灣大學臺文所主辦；中興大學臺灣文學與跨國文化所協辦　2010 年 11 月 11 日

316. 許俊雅　後記　巫永福精選集——評論卷　臺北　巫永福文化基金會　2010 年 12 月　頁 396—398

317. 劉智濬　臺灣國族想像建構：抵抗戒嚴與母土回歸——霧社事件書寫（一）：向陽、巫永福——巫永福：殖民情境下原漢一體的命運認同・書寫・他者——1980 年代以來漢人原住民書寫　成功大學臺灣文學系　博士論文　應鳳凰教授指導　2011 年 1 月　頁 172—175

318. 杜國清　巫永福作品英譯研究　巫永福文學創作國際學術研討會　臺中　巫永福文化基金會，靜宜大學臺灣文學系主辦　2011 年 5 月 30—31 日

319. 金尚浩　悲劇的現實和超越意識——巫永福詩中的深層意味　巫永福文學創作國際學術研討會　臺中　巫永福文化基金會，靜宜大學臺灣文學系主辦　2011 年 5 月 30—31 日

320. 金尚浩　悲劇的現實和超越意識——巫永福詩中的深層意味　巫永福文學創作國際學術研討會論文集　臺北　財團法人巫永福文化基金會　2012 年 5 月　頁 60—86

321. 阮美慧　直感與意象：巫永福戰前詩作中的象徵世界　巫永福文學創作國

際學術研討會　臺中　巫永福文化基金會，靜宜大學臺灣文學系主辦　2011 年 5 月 30—31 日

322. 阮美慧　感時・憂國：巫永福戰前詩作中的感興與敘事表現　巫永福文學創作國際學術研討會論文集　臺北　財團法人巫永福文化基金會 2012 年 5 月　頁 90—126

323. 邱各容　典範在夙昔——巫永福少年小說作品初探　巫永福文學創作國際學術研討會　臺中　巫永福文化基金會，靜宜大學臺灣文學系主辦　2011 年 5 月 30—31 日

324. 邱各容　巫永福少年小說作品初探　泥土文學：巫永福先生百歲冥誕文學座談會　埔里　巫永福文化基金會主辦　2012 年 5 月 26 日

325. 邱各容　臺灣少年小說寫作前行者——巫永福少年作品初探　巫永福文學創作國際學術研討會論文集　臺北　財團法人巫永福文化基金會 2012 年 5 月　頁 132—156

326. 張靜茹　扭曲的啟蒙——巫永福小說中的少年成長之路　巫永福文學創作國際學術研討會　臺中　巫永福文化基金會，靜宜大學臺灣文學系主辦　2011 年 5 月 30—31 日

327. 張靜茹　扭曲的啟蒙——巫永福小說中的少年成長之路　巫永福文學創作國際學術研討會論文集　臺北　財團法人巫永福文化基金會 2012 年 5 月　頁 182—222

328. 藍建春　巫永福文學中的殖民再現及其轉折　巫永福文學創作國際學術研討會　臺中　巫永福文化基金會，靜宜大學臺灣文學系主辦 2011 年 5 月 30—31 日

329. 藍建春　日暮鄉關何處是：巫永福文學中日本殖民經驗的再現及其轉折　巫永福文學創作國際學術研討會論文集　臺北　財團法人巫永福文化基金會 2012 年 5 月　頁 364—418

330. 林大根　論巫永福文學觀念：從詩篇的詞彙起　巫永福文學創作國際學術研討會　臺中　巫永福文化基金會，靜宜大學臺灣文學系主辦

2011 年 5 月 30—31 日

331. 王惠珍　　殖民地青年的未竟之志：論《福爾摩沙》文學青年巫永福跨時代的文學夢[23]　巫永福文學創作國際學術研討會　臺中　巫永福文化基金會，靜宜大學臺灣文學系主辦　2011 年 5 月 30—31 日

332. 王惠珍　　殖民地青年的未竟之志——論《福爾摩沙》文學青年巫永福跨時代的文學夢　文史臺灣學報　第 3 期　2011 年 11 月　頁 167—210

333. 王惠珍　　殖民地青年的未竟之志：論《福爾摩沙》文學青年巫永福跨時代的文學夢　巫永福文學創作國際學術研討會論文集　臺北　財團法人巫永福文化基金會　2012 年 5 月　頁 424—464

334. 林皇德　　巫永福——飄送泥土的芬芳　用愛釀成篇章——臺灣文學家的故事　臺南　國立臺灣文學館　2011 年 7 月　頁 49—52

335. 岩　上　　見證與認同——簡論巫永福文學意象　笠　第 284 期　2011 年 8 月　頁 102—108

336. 岩　上　　見證與認同——簡論巫永福詩文學意向　泥土文學：巫永福先生百歲冥誕文學座談會　埔里　巫永福文化基金會主辦　2012 年 5 月 26 日

337. 陳慕真　　巫永福e語言論述 kap 臺語書寫　第六屆臺灣語文暨文化研討會——「中臺灣文學與文化」　臺中　中山醫學大學臺灣語文學系主辦；國立臺灣文學館合辦　2011 年 10 月 29 日

338. 王國安　　巫永福國家認同理念的產生與轉變歷程[24]　「彰雲嘉大學校院聯盟」2011 年學術研討會　嘉義　大同技術學院主辦　2011 年 12 月 16 日

339. 王國安　　巫永福國家認同的產生與轉變歷程　明新學報　第 39 卷第 1 期

---

[23]本文從巫永福處女作發表於《福爾摩沙》雜誌上談起，探討作家如何在時代變遷、語言轉換下，仍不斷地邁進文學之路。全文共 4 小節：1.前言；2.《福爾摩沙》時期的前進中央文壇的文學夢；3.戰後巫永福跨語的書寫活動；4.結語：「被時代跨越的一代」。

[24]本文以巫永福的詩、文內容為主，深入討論巫永福的國家認同理念。全文共 4 小節：1.前言；2.巫永福日治時期的國家認同；3.國府遷臺後巫永福的國家認同轉變；4.結語。

2013 年 2 月　頁 41—57

340. 李魁賢　巫永福詩的特質　笠　第 286 期　2011 年 12 月　頁 117—120

341. 王　灝　巫永福詩中的埔里情與民俗風　泥土文學：巫永福先生百歲冥誕
　　　　　文學座談會　埔里　巫永福文化基金會主辦　2012 年 5 月 26 日

342. 彭瑞金　巫永福的心路與文路　泥土文學：巫永福先生百歲冥誕文學座談
　　　　　會　埔里　巫永福文化基金會主辦　2012 年 5 月 26 日

343. 邱若山　巫永福文學創作與日本近代文學　泥土文學：巫永福先生百歲冥
　　　　　誕文學座談會　埔里　巫永福文化基金會主辦　2012 年 5 月 26 日

344. 〔李瑞騰主編〕　永福詩集——月夜等篇——手稿／沈明進捐贈　神與物
　　　　　遊——國立臺灣文學館典藏精選集（三）　臺南　國立臺灣文學
　　　　　館　2012 年 12 月　頁 44

分論

◆單行本作品

論述

《巫永福全集——評論卷》

345. 許俊雅　歷史的告白——《巫永福全集：評論卷》的意義與價值　福爾摩
　　　　　沙的桂冠——巫永福文學會議資料彙集　臺北　淡水管理學院
　　　　　1997 年 11 月 2 日　〔16 〕頁

346. 許俊雅　歷史的告白——《巫永福全集——評論卷》的意義與價值　巫永
　　　　　福全集‧文學會議卷　臺北　傳神福音文化公司　1999 年 6 月
　　　　　頁 367—404

347. 許俊雅　歷史的告白——《巫永福全集——評論卷》的意義與價值　島嶼
　　　　　容顏——臺灣文學評論集　臺北　臺北縣文化局　2000 年 12 月
　　　　　頁 120—142

《巫永福評論卷》

348. 許俊雅　良知的凝視——《巫永福評論卷》的意義與價值　巫永福精選集
　　　　　——評論卷　臺北　巫永福文化基金會　2010 年 12 月　頁 4—21

詩

《春秋──臺語俳句集》

349. 游勝冠　　不矛盾的雙鄉意象：巫永福的《春秋──臺語俳句集》　臺灣文學館通訊　第 4 期　2004 年 6 月　頁 70—74

350. 趙天儀　　巫永福台語俳句《春秋》　泥土文學：巫永福先生百歲冥誕文學座談會　埔里　巫永福文化基金會主辦　2012 年 5 月 26 日

《風雨中的常青樹》

351. 黃得時　　活生生的文學史──評巫永福《風雨中的常青樹》　自立晚報　1987 年 1 月 18 日　10 版

352. 黃得時　　活生生的文學史──評巫永福《風雨中的常青樹》　巫永福全集・評論卷 3　臺北　傳神福音文化公司　1996 年 5 月　頁 247—250

353. 王曉波　　臺灣最後的河洛人──巫著《風雨中的長青樹》讀後感　臺灣與世界　第 40 期　1987 年 4 月　頁 73—77

354. 王曉波　　臺灣最後的河洛人──巫著《風雨中的長青樹》讀後感　中華雜誌　第 286 期　1987 年 5 月　頁 46—50

355. 王曉波　　臺灣最後的河洛人──巫著《風雨中的長青樹》讀後感　巫永福全集・評論卷 3　臺北　傳神福音文化公司　1996 年 5 月　頁 251—276

356. 王曉波　　臺灣最後的河洛人──巫著《風雨中的長青樹》讀後感　臺灣史與臺灣人　臺北　東大圖書公司　1988 年 12 月　頁 239—254

散文

《我的風霜歲月──巫永福回憶錄》

357. 林淑慧　　留日敘事的自我建構──臺灣日治時期回憶錄的跨界意識〔《我的風霜歲月──巫永福回憶錄》部分〕　臺灣國際研究季刊　第 8 卷第 4 期　2012 年 12 月　頁 165，174—175

合集

《巫永福全集》

358. 沈萌華　《巫永福全集》編者報告　巫永福全集・詩卷 1　臺北　傳神福音文化公司　1996 年 5 月　頁 15—22

359. 張恆豪　觸探臺灣人的深層記憶——《巫永福全集》出版的寓義與闕失　福爾摩沙的桂冠——巫永福文學會議資料彙集　臺北　淡水管理學院主辦　1997 年 11 月 1 日　〔9〕頁

360. 張恆豪　觸探臺灣人文的深層記憶《巫永福全集》出版的寓意與闕失　巫永福全集・文學會議卷　臺北　傳神福音文化公司　1999 年 6 月　頁 149—172

361. 李魁賢　語言不是問題　李魁賢文集 8　臺北　行政院文建會　2002 年 10 月　頁 17—18

《巫永福全集（續集）》

362. 林政華　《巫永福全集》評介　東海大學文學院學報　第 45 期　2004 年 7 月　頁 545—551

363. 金尚浩　《巫永福全集》續集出版　2003 臺灣文學年鑑　臺北　行政院文建會　2004 年 8 月　頁 172—174

單篇作品

364. SK 生　臺灣文藝創刊號を讀む——巫永福氏〈我等の創作問題〉　臺灣文藝　第 2 卷第 1 號　1934 年 12 月 18 日　頁 74—78

365. SK 生　臺灣文藝創刊號を讀む——巫永福氏〈我等の創作問題〉　日本統治期臺灣文學文藝評論集・第 1 卷　東京　綠蔭書房　2001 年 4 月　頁 337—341

366. SK 生　《臺灣文藝》創刊號讀後感〔〈我們的創作問題〉〕　日治時期臺灣文藝評論集・雜誌篇 1　臺南　國家臺灣文學館籌備處　2006 年 10 月　頁 120—124

367. 賴松輝　泰納民族文學影響下臺灣文學建構——論巫永福〈我們的創作問題〉的科學創作法　巫永福文學創作國際學術研討會　臺中　巫

永福文化基金會，靜宜大學臺灣文學系主辦　2011 年 5 月 30—31
日

368. 賴松輝　　泰納文學理論影響下的臺灣鄉土文學建構——論巫永福〈我們的
　　　　　　　創作問題〉的科學創作法　巫永福文學創作國際學術研討會論文
　　　　　　　集　臺北　財團法人巫永福文化基金會　2012 年 5 月　頁 468—
　　　　　　　506

369. 林柏燕　　評介〈有一個禮拜五〉小說　幼獅文藝　第 203 期　1970 年 11 月
　　　　　　　頁 51—58

370. 趙迺定　　巫永福作品〈氣球〉讀後　笠　第 87 期　1978 年 10 月　頁 12—
　　　　　　　13

371. 李敏勇　　我們這時代的幾首臺灣詩〔〈泥土〉部分〕　海韻詩刊　第 4 期
　　　　　　　1980 年 1 月　頁 52

372. 林亨泰等[25]　作品合評——巫永福的〈泥土〉與吳晟的〈泥土〉　笠　第
　　　　　　　104 期　1981 年 8 月　頁 66—72

373. 林亨泰等　作品合評〔〈泥土〉〕　林亨泰全集・文學論述卷 6　彰化　彰
　　　　　　　化縣立文化中心　1998 年 9 月　頁 157—159

374. 利玉芳　　巫永福先生的〈泥土〉　向日葵　臺南　臺南縣立文化中心
　　　　　　　1996 年 6 月　頁 277—279

375. 李敏勇　　〈泥土〉解說　笠　第 295 期　2013 年 6 月　頁 18—19

376. 趙天儀　　〈籠鳥〉解析　1982 年臺灣詩選　臺北　前衛出版社　1983 年 2
　　　　　　　月　頁 160—163

377. 朱　南　　試論三十年代臺灣小說〔〈山茶花〉部分〕　臺灣研究集刊
　　　　　　　1984 年第 2 期　1984 年 5 月　頁 31

378. 丁鳳珍　　當愛與不愛的矛盾找上他時——翁鬧〈殘雪〉與巫永福〈山茶
　　　　　　　花〉男主角性格比較　臺南市第一屆府城文學獎得獎作品專集

---

[25]與會者：林亨泰、趙天儀、李魁賢、林鍾隆、桓夫、林亨泰、白萩、蔡榮勇、陳秀喜、杜榮琛、
何豐山、張典婉、許正宗、楊傑美、鄭烱明、陳坤崙、莊金國、曾貴海、林宗源、棕色果。

臺南　臺南市立文化中心　1995 年 5 月　頁 194—211

379. 施　淑　日據時代小說中的知識分子〔〈山茶花〉部分〕　兩岸文學論集
臺北　新地文學出版社　1997 年 6 月　頁 42

380. 張文薫　日本統治期台湾文学における「女性」イメージの機能性——
『フオルモサ』文芸世代：巫永福「山茶花」　日本台湾学会報
第 7 期　2005 年 5 月　頁 97—99

381. 劉書甫　愛情的條件——比較巫永福的〈山茶花〉與翁鬧的〈殘雪〉　第
四屆臺大、政大臺灣文學研究所研究生學術交流會　臺北　臺灣
大學臺文所，政治大學臺文所主辦　2010 年 11 月 28 日

382. 高　準　四十年代新詩選析——〈祖國〉作品簡說　東亞季刊　第 17 卷第
3 期　1986 年 1 月　頁 66—68

383. 李敏勇　祖國的夢與現實——從兩首詩看臺灣人中國意識的變遷〔〈祖
國〉部分〕　臺灣春秋　第 6 期　1989 年 3 月　頁 222—227

384. 李敏勇　祖國的夢與現實——從兩首詩看臺灣人中國意識的變遷〔〈祖
國〉部分〕　臺灣文學研究會筑波國際會議　日本　臺灣文學研
究會　1989 年 7 月 31 日—8 月 2 日

385. 張文智　「臺灣文化建構運動」與臺灣認同體系〔〈祖國〉部分〕　當代
文學的臺灣意識　臺北　自立晚報社文化出版部　1993 年 6 月
頁 65—67

386. 陳昭瑛　論臺灣的本土化運動：一個文化史的考察——臺灣意識和中國意
識的重疊與分離〔〈祖國〉〕　中外文學　第 23 卷第 9 期　1995
年 2 月　頁 12

387. 古繼堂　〈祖國〉　中外文學名著精品賞析・中國現當代文學卷（下）
北京　首都師範大學出版社　1999 年 10 月　頁 894—895

388. 何標〔張光正〕　從于右任的〈國殤〉想到巫永福的〈祖國〉　兩岸關係
2003 年第 6 期　2003 年 12 月　頁 65

389. 何　標　從于右任的〈國殤〉想到巫永福的〈祖國〉　明月多應在故鄉

　　　　　　臺北　海峽學術出版社　2008 年 1 月　頁 85—87

390.〔尉天驄編〕　　〈祖國〉賞析　是夢也是追尋　臺北　圓神出版社　2005
　　　年 3 月　頁 181

391. 李魁賢　　臺灣詩人的反抗精神（上）〔〈雞之歌〉〕　臺灣文藝　第 112
　　　期　1988 年 8 月　頁 13—16

392. 劉安城等　　以小見大（上、下）[26]〔〈雞之歌〉〕　笠　第 149—150 期
　　　1989 年 2 月，4 月　頁 113—114，124—126

393. 李魁賢　　臺灣詩人的反抗精神——跨越語言的一代〔〈雞之歌〉〕　詩的
　　　反抗　臺北　新地出版社　1992 年 6 月　頁 148—152

394. 李魁賢　　臺灣詩人的反抗精神——跨越語言的一代〔〈雞之歌〉〕　李魁
　　　賢文集 10　臺北　行政院文建會　2002 年 10 月　頁 120—123

395. 李瑞騰　　評〈燈仔花〉　80 年詩選　臺北　爾雅出版公司　1992 年 4 月
　　　頁 121

396. 李敏勇　　戰後臺灣詩政治意象裡的國家認同——一個簡單抽樣的考察
　　　〔〈愛〉部分〕　笠　第 173 期　1993 年 2 月　頁 99—100

397. 許俊雅　　日據時期臺灣小說創作形式之探討——小說敘事觀點之應用
　　　〔〈慾〉部分〕　日據時期臺灣小說研究　臺北　文史哲出版社
　　　1995 年 2 月　頁 587

398. 澀谷精一　　文藝時評〔〈慾〉〕　日本統治期臺灣文學文藝評論集・第 4
　　　卷　東京　綠蔭書房　2001 年 4 月　頁 90—96

399. 澀谷精一著；吳豪人譯　　文藝時評〔〈慾〉〕　日治時期臺灣文藝評論
　　　集・雜誌篇 3　臺南　國家臺灣文學館籌備處　2006 年 10 月　頁
　　　245

400. 莫　渝　　人際／人慾的勾纏與角力——析論巫永福短篇小說〈慾〉　巫永
　　　福文學創作國際學術研討會　臺中　巫永福文化基金會，靜宜大
　　　學臺灣文學系主辦　2011 年 5 月 30—31 日

---

[26]評論者：劉安城、彭士育、賴旻瑄、陳冠樺、陳欣愉、蔡榮勇、劉安城、蔡浩志。

401. 莫　渝　人際／人慾的勾纏與角力——析論巫永福短篇小說〈慾〉　巫永福文學創作國際學術研討會論文集　臺北　財團法人巫永福文化基金會　2012 年 5 月　頁 160—178

402. 莫　渝　人際／人慾的勾纏與角力——析論巫永福短篇小說〈慾〉　臺灣詩人側顏　臺北　要有光　2013 年 10 月　頁 23—42

403. 郁　葱　〈遺忘語言的鳥〉及小傳　河北詩神月刊　1995 年第 9 期　1995 年 9 月　頁 4—5

404. 魏奕雄　記國土淪喪之痛，頌臺胞抗爭之魂——讀《臺港文學選刊》紀念抗戰勝利臺灣光復六十週年作品專號〔〈遺忘語言的鳥〉部分〕　臺港文學選刊　第 227 期　2005 年 10 月　頁 53

405. 莫　渝　〈風箏〉與自由　笠　第 196 期　1996 年 12 月　頁 101—102

406. 陳建忠　困惑者——巫永福小說〈首與體〉中的留學生形象　福爾摩沙的桂冠——巫永福文學會議資料彙集　臺北　淡水管理學院主辦　1997 年 11 月 1 日　〔10〕頁

407. 陳建忠　困惑者——巫永福小說〈首與體〉中的留學生形象　巫永福全集‧文學會議卷　臺北　傳神福音文化公司　1999 年 6 月　頁 273—301

408. 陳建忠　困惑者——巫永福小說〈首與體〉中的留學生形象　日據時期臺灣作家論——現代性‧本土性‧殖民性　臺北　五南圖書公司　2004 年 8 月　頁 125—142

409. 許俊雅　〈首與體〉集評　日據時期臺灣小說選讀　臺北　萬卷樓圖書公司　1998 年 11 月　頁 89—90

410. 賴松輝　個人經驗與私小說——現代派的小說手法——巫永福的〈首與體〉　日據時期臺灣小說思想與書寫模式之研究　成功大學中國文學系　博士論文　呂興昌教授指導　2002 年 7 月　頁 270—272

411. 梅家玲　身體政治與青春想像：日據時期的臺灣小說〔〈首與體〉部分〕　正典的生成：臺灣文學國際研討會　臺北　中央研究院中國文哲

研究所，哥倫比亞蔣經國基金會中國文化及制度史研究中心主辦
2004 年 7 月 15—17 日　頁 48

412. 游勝冠　　導讀〈首與體〉　二十世紀臺灣文學金典——小說卷（戰後時期・第二部）　臺北　聯合文學出版社　2006 年 1 月　頁 268—269

413. 羅詩雲　　帝國想像下的故鄉凝視：以翁鬧為主要分析對象，旁論福爾摩沙集團等其他作家〔〈首與體〉〕　第 3 屆臺灣文學研究生學術論文研討會論文集　臺南　國家臺灣文學館籌備處　2006 年 7 月　頁 210—211

414. 陳建忠　　差異的文學現代性經驗——日治時期臺灣小說史論（1895—1945）——啟蒙、左翼、都市與「皇民化主題」：新文學運動中的小說類型與多重現代性〔〈首與體〉部分〕　臺灣小說史論　臺北　麥田出版公司　2007 年 3 月　頁 54—57

415. 謝靜國　　漂泊、邊界、青春夢——二十世紀三〇年代臺灣作家私人話語的建構〔〈首與體〉部分〕　文學臺灣　第 67 期　2008 年 7 月　頁 128，137—139

416. 陳建忠　　殖民現代性的魅惑——三〇年代以降現代主義與皇民文學湧現——都市文學、現代主義與文學新感覺〔〈首與體〉部分〕　文學臺灣——11 位新銳臺灣文學研究者帶你認識臺灣文學　臺南　國立臺灣文學館　2008 年 9 月　頁 73—74

417. 陳建忠　　差異的文學現代性經驗——現代臺灣小說——都市小說與文學新感覺〔〈首與體〉部分〕　文學　臺灣——11 位新銳臺灣文學研究者帶你認識臺灣文學　臺南　國立臺灣文學館　2008 年 9 月　頁 85

418. 謝惠貞　　台湾人作家巫永福における日本新感覚派の受容——横光利一「頭ならびに腹」と巫永福「首と体」の比較を中心に　日本台湾学会報　第 11 期　2009 年 5 月　頁 217—232

419. 林芳玫　日治時期小說中的三類愛慾書寫：帝國凝視、自我覺醒、革新意
　　　識〔〈首與體〉部分〕　中國現代文學　第 17 期　2010 年 6 月
　　　頁 138—140

420. 林鎮山　叫著我，叫著我，黃昏的故鄉不時地叫著我——讀巫永福的日治
　　　時期小說〔〈首與體〉〕　巫永福文學創作國際學術研討會　臺
　　　中　巫永福文化基金會，靜宜大學臺灣文學系主辦　2011 年 5 月
　　　30—31 日

421. 林鎮山　叫著我‧黃昏的故鄉不時地叫著我——讀巫永福的〈首與體〉
　　　巫永福文學創作國際學術研討會論文集　臺北　財團法人巫永福
　　　文化基金會　2012 年 5 月　頁 288—319

422. 陳　凌　英譯巫永福小說的經驗論述——以〈河邊的太太們〉為論述中心
　　　福爾摩沙的桂冠——巫永福文學會議資料彙集　臺北　淡水管理
　　　學院主辦　1997 年 11 月 1 日　〔14〕頁

423. 陳　凌　英譯巫永福小說的經驗論述——以〈河邊的太太們〉為論述中心
　　　巫永福全集‧文學會議卷　臺北　傳神福音文化公司　1999 年 6
　　　月　頁 173—204

424. 陳玉玲　二二八的新詩世界〔〈月光〉部分〕　中外文學　第 27 卷第 1 期
　　　1998 年 6 月　頁 39—40

425. 莫　渝　〈榕樹〉　笠下的一群——笠詩人作品選讀　臺北　河童出版社
　　　1999 年 6 月　頁 104—105

426. 林亨泰　現代詩的光芒——巫永福的〈枕詩〉　笠　第 215 期　2000 年
　　　2 月　頁 115—116

427. 李敏勇　〈沉默〉解說　啊，福爾摩沙！　臺北　本土文化公司　2004 年
　　　1 月　頁 2—5

428. 向　陽　〈沉默〉作品導讀　青少年臺灣文庫 2——新詩讀本 1：春天在我
　　　的血管裡歌唱　臺北　國立編譯館　2008 年 12 月　頁 94

429. 尹子玉　「發現」客家作家——論巫永福及其作品〈巫翁、巫水公派下族

譜〉 第四屆臺灣客家文學研討會 苗栗 苗栗縣政府 2004 年 12 月 14 日

430. 曾進豐 巫永福〈稻草人的口哨〉賞析 臺灣文學讀本 臺北 五南圖書公司 2005 年 2 月 頁 173—176

431. 金尚浩 戰後現代詩人的臺灣想像與現實〔〈故鄉〉部分〕 第四屆臺灣文化國際學術研討會論文集——臺灣思想與臺灣主體性 臺北 臺灣師範大學臺灣文化及語言文學研究所 2005 年 10 月 頁 269—270

432. 何佳駿 〈玄光寺的燈火〉作品賞析 閱讀文學地景·新詩卷 臺北 行政院文建會 2008 年 4 月 頁 180

433. 孟 樊 〈霧社緋櫻〉作品賞析 閱讀文學地景·新詩卷 臺北 行政院文建會 2008 年 4 月 頁 178

434. 謝惠貞 巫永福「眠い春杏」と橫光利一「時間」——新感覚派模写から「意識」の発見へ 日本台湾学会報 第 12 期 2010 年 5 月 頁 199—218

435. 謝惠貞 從新感覺派到「意識」的發現：論巫永福〈愛睏的春杏〉和橫光利一〈時間〉 巫永福文學創作國際學術研討會 臺中 巫永福文化基金會，靜宜大學臺灣文學系主辦 2011 年 5 月 30—31 日

436. 謝惠貞 從新感覺派到「意識」的發現：論巫永福〈愛睏的春杏〉和橫光利一〈時間〉 巫永福文學創作國際學術研討會論文集 臺北 財團法人巫永福文化基金會 2012 年 5 月 頁 228—281

437. 許俊雅 與契訶夫的生命對話——巫永福〈眠い春杏〉文本詮釋與比較 巫永福文學創作國際學術研討會 臺中 巫永福文化基金會，靜宜大學臺灣文學系主辦 2011 年 5 月 30—31 日

438. 許俊雅 與契訶夫的生命對話：巫永福〈眠い春杏〉文本詮釋與比較 東吳中文學報 第 22 期 2011 年 11 月 頁 313—344

439. 許俊雅 與契訶夫的生命對話—巫永福〈眠い春杏〉文本詮釋與比較 足

音集——文學記憶・紀行・電影　臺北　萬卷樓圖書公司　2011年 12 月　頁 1—40

440. 許俊雅　　與契訶夫的生命對話——巫永福〈眠い春杏〉文本詮釋與比較　巫永福文學創作國際學術研討會論文集　臺北　財團法人巫永福文化基金會　2012 年 5 月　頁 12—56

441. 趙勳達　　普羅文學的美學實驗：以巫永福〈昏昏欲睡的春杏〉與藍紅綠〈邁向紳士之道〉為中心　巫永福文學創作國際學術研討會　臺中　巫永福文化基金會，靜宜大學臺灣文學系主辦　2011 年 5 月 30—31 日

442. 趙勳達　　普羅文學的美學實驗：以巫永福〈昏昏欲睡的春杏〉與藍紅綠〈邁向紳士之道〉為中心　巫永福文學創作國際學術研討會論文集　臺北　財團法人巫永福文化基金會　2012 年 5 月　頁 324—358

443. 許俊雅　　小說還是散文？——論巫永福〈脫衣的少女〉　泥土文學：巫永福先生百歲冥誕文學座談會　埔里　巫永福文化基金會主辦 2012 年 5 月 26 日

多篇作品

444. 李敏勇　　巫永福的詩〔〈愛〉、〈祖國〉、〈難忘〉、〈氣球〉〕　笠　第 102 期　1981 年 4 月　頁 33—37

445. 李敏勇　　臺灣現代詩的鑑賞——巫永福篇〔〈愛〉、〈祖國〉、〈難忘〉、〈氣球〉〕　巫永福全集・詩卷 5　臺北　傳神福音文化公司　1996 年 5 月　頁 163—177

446. 周　青　　從鄉土文學窺視「臺灣意識」〔〈祖國〉、〈孤兒之戀〉部分〕　臺灣與世界　第 34 期　1986 年 9 月　頁 46—48

447. 施　淑　　日據時代臺灣小說中頹廢意識的起源〔〈首與體〉、〈山茶花〉部分〕　兩岸文學論文集　臺北　新地文學出版社　1997 年 6 月　頁 115—120

448. 李漢偉　偏向「見證／控訴」的記錄〔〈祖國〉、〈雞之歌〉部分〕　臺灣新詩的三種關懷　臺北　駱駝出版社　1997 年 10 月　頁 50—51，55—56

449. 許惠玟　苦悶的象徵——試析巫永福小說〈首與體〉與〈山茶花〉　第十四屆中區中文系研究生學術論文研討會　嘉義　中正大學中國文學研究所　1997 年 11 月 8—9 日

450. 陳玉玲　巫永福〈母親的相片〉、〈泥土〉、〈汽球〉、〈濱〉導讀　臺灣文學讀本（一）　臺北　玉山社出版公司　2000 年 11 月　頁 273—275

451. 葉　笛　論《笠》前行代的詩人們——跨越語言的前行代詩人們〔〈故鄉〉、〈誰都不知道的時候〉部分〕　笠詩社四十週年國際學術研討會論文集　臺南　國家臺灣文學館籌備處　2004 年 11 月　頁 40—43

452. 〔林瑞明選編〕　〈在誰都不知道的時候〉、〈乞丐〉、〈土〉賞析　國民文選‧現代詩卷 1　臺北　玉山社出版公司　2005 年 2 月　頁 154

453. 陳幸蕙　小詩悅讀（八家）——巫永福〔〈誰都不知不覺的時候〉、〈藤椅〉〕　明道文藝　第 368 期　2006 年 11 月　頁 27—28

454. 陳幸蕙　〈誰都不知不覺的時候〉、〈藤椅〉向星輝斑斕處漫溯　小詩星河——現代小詩選 2　臺北　幼獅文化公司　2007 年 1 月　頁 41

455. 陳千武　南投文學的光芒——巫永福的詩〈愛〉與〈祖國〉　2008 南投文學學術研討會論文集　南投　南投縣文化局　2008 年 4 月　頁 12

456. 陳春妤　社會傳統的厭棄、依戀與斷裂——民間宗教和生命禮儀的理解和態度〔〈山茶花〉、〈首與體〉部分〕　日治時期知識分子對殖民現代工程的批評　靜宜大學中國文學系　碩士論文　王惠珍教授指導　2008 年 6 月　頁 82—83

457. 金尚浩　殖民地的傷痕：日據時代臺灣詩人的祖國意識〔〈祖國〉、〈談四十年來家國〉、〈故鄉〉部分〕　龔顯宗教授榮退紀念論文集　高

　　　　　　雄　龔顯宗教授榮退紀念論文集編輯委員會　2009 年 1 月　頁
　　　　　　116—117

458. 羅秀美　當代都市文學「史前史」——1979 年以前臺灣文學中的都市書寫
　　　　　　——日治時期的都市書寫〔〈首與體〉、〈山茶花〉、〈慾〉部分〕
　　　　　　文明‧廢墟‧後現代——臺灣都市文學簡史　臺南　國立臺灣文
　　　　　　學館　2013 年 8 月　頁 40—42

459. 邱容各　三〇年代的臺灣兒童文學：黃金時期——推動者行止——臺灣新
　　　　　　文學作家——巫永福：臺灣少年小說寫作前行者〔〈黑龍〉、〈阿
　　　　　　煌與父親〉〕　臺灣近代兒童文學史　臺北　秀威資訊科技公司
　　　　　　2013 年 9 月　頁 266—273

作品評論目錄、索引

460. 張恆豪　巫永福小說評論引得　翁鬧、巫永福、王昶雄合集（臺灣作家全
　　　　　　集）　臺北　前衛出版社　1991 年 2 月　頁 313—314

461.〔趙天儀編〕　閱讀進階指引　巫永福集　臺南　國立臺灣文學館　2008
　　　　　　年 12 月　頁 122—123

462.〔封德屏主編〕　巫永福　臺灣現當代作家評論資料目錄（二）　臺南
　　　　　　國立臺灣文學館　2010 年 11 月　頁 991—1010

國家圖書館出版品預行編目資料

臺灣現當代作家研究資料彙編. 58, 巫永福 / 許俊雅編
選. -- 初版. -- 臺南市：臺灣文學館, 2014.12
　面；　公分
ISBN 978-986-04-3263-3(平裝)

1.巫永福 2.傳記 3.文學評論

863.4　　　　　　　　　　　　103024272

【臺灣現當代作家研究資料彙編】58
巫永福

發 行 人　翁誌聰
指導單位　行政院文化部
出版單位　國立臺灣文學館
　　　　　地　　址／70041 臺南市中西區中正路 1 號
　　　　　電　　話／06-2217201　　　　　傳　　真／06-2218952
　　　　　網　　址／www.nmtl.gov.tw　　　電子信箱／pba@nmtl.gov.tw

總 策 畫　封德屏
顧　　問　林淇瀁　張恆豪　許俊雅　陳信元　陳義芝　須文蔚　應鳳凰
工作小組　汪黛姝　陳欣怡　陳鈺翔　張傳欣　莊雅晴　黃寁婷　詹宇霈　蘇琬鈞
編　選　許俊雅
責任編輯　張傳欣
校　　對　杜秀卿　張傳欣　莊雅晴　黃寁婷　蘇琬鈞
計畫團隊　財團法人台灣文學發展基金會
美術設計　翁國鈞・不倒翁視覺創意
印　　刷　松霖彩色印刷事業有限公司

著作財產權人　國立臺灣文學館
　　　　本書保留所有權利。欲利用本書全部或部分內容者，須徵求著作財產權人
　　　　同意或書面授權。請洽國立臺灣文學館研究典藏組（電話：06-2217201）

經銷展售　國家書店松江門市（02-25180207）
　　　　　國立臺灣文學館—雪芙瑞文學咖啡坊（06-2214632）
　　　　　三民書局（02-23617511）　　　　五南文化廣場（04-22260330）
　　　　　台灣的店（02-23625799）　　　　府城舊冊店（06-2763093）
　　　　　南天書局（02-23620190）　　　　唐山出版社（02-23633072）
　　　　　草祭二手書店（06-2216872）

初版一刷　2014 年 12 月
定　　價　新臺幣 480 元整
　　　　　第一階段 15 冊新臺幣 5500 元整　第二階段 12 冊新臺幣 4500 元整
　　　　　第三階段 23 冊新臺幣 8500 元整　全套 50 冊新臺幣 18500 元整
　　　　　全套 50 冊合購特惠新臺幣 16500 元整
　　　　　第四階段 14 冊新臺幣 5000 元整

GPN　1010302584（單本）　ISBN　978-986-04-3263-3（單本）
　　　1010000407（套）　　　　　　　978-986-02-7266-6（套）

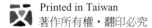

Printed in Taiwan
著作所有權・翻印必究